Man liebt nur zweimal

Elizabeth Thornton

Man liebt nur zweimal

Deutsch von
Angela Schumitz und Heinz Tophinke

Weltbild

Originaltitel: *You only love twice*

Besuchen Sie uns im Internet:
www.weltbild.de

Weltbild Buchverlag –Originalausgaben–
Genehmigte Taschenbuch-Lizenzausgabe 2006 für
Verlagsgruppe Weltbild GmbH,
Steinerne Furt 67, 86167 Augsburg

This translation is published by arrangement with
The Bantam Dell Publishing Group, a division of Random House, Inc.

Projektleitung: Almut Seikel
Redaktion: Claus Keller
Übersetzung: Angela Schumitz und Heinz Tophinke
Umschlag: Hauptmann & Kompanie Werbeagentur GmbH, München
Umschlagabbildung: © Franco Accornero via Agentur Schlück GmbH
Satz: AVAK Publikationsdesign, München
Druck und Bindung: Oldenbourg Taschenbuch GmbH,
Hürderstraße 4, 85551 Kirchheim

Gedruckt auf chlorfrei gebleichtem Papier

ISBN 3-89897-161-9

PROLOG

Er war ein Mörder. Er fühlte keine Reue, keine Scham für das, was er getan hatte. Manche Dinge waren es wert, für sie zu töten. Wenn es sein musste, würde er es wieder tun.

Schwester Martha kniete zur Abendandacht in der Kapelle, als die Stimme zu ihr kam. Zunächst verstand sie nicht richtig, was eigentlich vor sich ging. Fast ein ganzes Jahr lang waren ihr Seelenfrieden und ihre innere Ruhe nicht gestört worden, und sie hatte geglaubt, ihr Fluch sei endlich gebannt. Doch nun formte sich der Dunst in ihrem Kopf allmählich zu Gedanken und Worten, und sie erkannte, dass ihre Hoffnung verfrüht gewesen war.

Ihre Finger umklammerten den Rosenkranz, und ihr Herz schlug heftig. Wäre sie vom Dienst auf der Krankenstation nicht so müde gewesen, sie hätte sofort erkannt, was vor sich ging, und hätte diesem Geschehen einen Riegel vorschieben können. Doch nun hatte er die Tür aufgebrochen und sich in ihre Gedanken gedrängt.

Sie musste sich auf ihre Gebete konzentrieren. Ihre Lippen begannen sich zu bewegen. »Gegrüßet seist du, Maria, voll der Gnaden, du bist gebenedeit ... du bist gebenedeit ...« Sie suchte nach den Worten, konnte sie aber nicht finden.

Die Leute waren so töricht. Wenn sie ihn ansahen, sahen sie genau das, was er sie sehen lassen wollte. Niemand hätte ihn je eines Mordes verdächtigt. Er war zu schlau für sie.

Mit aller Willensanstrengung, deren sie fähig war, versuchte sie, die Stimme zu unterdrücken. Aber es war nicht wirklich eine Stimme. Es war mehr wie eine Erscheinung, eine ungebetene Erscheinung, die sich in ihre Gedanken drängte. Sie nannte es nur deshalb eine Stimme, weil ihr kein besseres Wort dafür in den Sinn kam. »Gegrüßet seist du, Maria ... Gegrüßet seist du, Maria ... Bitte, oh bitte ...«

Es war zwecklos. Er nahm sie mit sich fort, hin zu dem alten Geschehen, kehrte mit ihr zurück zum Ort des Verbrechens. Sie wusste, was als Nächstes kam. Er hatte sie schon früher dorthin entführt.

Es war vollständig dunkel, und ein leichter Regen fiel. Man konnte nichts sehen, doch eine Woge von Eindrücken überflutete ihre Sinne. Sie befanden sich in einem dichten Wald, in der Nähe war ein Bach. Sie hörte das Wasser, sie roch die nassen Pflanzen und die Blumen. Da war ein Haus auf einem Hügel, das Haus eines reichen Mannes, und hinter ihnen stand noch ein Haus.

Sie wollte nicht, dass es sich fortsetzte, doch sie wusste nicht, wie sie ihm hätte Einhalt gebieten können. In ihrer Verzweiflung begann sie wieder zu beten. »Vater unser im Himmel, geheiligt werde … geheiligt werde …«

Er hatte sich hinter einem Baum verborgen. Vom schnellen Laufen war er ganz außer Atem. Sein Herz donnerte, doch die Hand, die die Pistole hielt, zitterte nicht. Wut. Hass. Und eine eiserne Entschlusskraft. Sie spürte seine Gefühle, als seien es ihre eigenen. Ein Schatten bewegte sich an ihm vorüber, und sie machte sich auf den Knall gefasst, doch als er kam, zuckte sie dennoch zusammen.

Dann war es vorüber. Ihr Atem strömte heftig flatternd aus. Sie zitterte am ganzen Körper, und Tränen rollten über ihre Wangen. Sie sagte sich, dass es nicht gut sei, sich wegen eines Mordes zu quälen, der nun schon Jahre zurück lag. Sie wusste nicht, wer die Beteiligten waren, ob sie wirklich waren oder nur Produkte ihrer Phantasie, ihrer Einbildung.

Wenn sie nicht wirklich waren, dann war sie verrückt.

Ihr Körper wollte sich gerade wieder etwas entspannen, als das nächste Bild kam und sie mit Entsetzen erfüllte.

Eigentlich, seinem Wesen nach, war er gar kein Mörder, aber da er nun einmal gemordet hatte, konnte er es wieder tun. In der Tat würde er es wieder tun. Er war dazu entschlossen.

Ihr Mund wurde schlagartig trocken. Panik überfiel sie. Diese Vorstellung war neu, dieses Bild hatte sie noch nie gesehen. Und sie wusste nicht, wie sie es verhindern konnte. Sie wusste nicht, wer er war, wo er war. Lieber Gott, das durfte einfach nicht passieren!

Es würde eine sorgfältige Vorbereitung erfordern. Dieses Mal durfte nichts schief gehen. Er würde einen Unfall vortäuschen. Zwei Morde konnten in einer kleinen Gemeinde einen Tumult auslösen; so weit durfte es nicht kommen.

Sie hatte nicht bemerkt, dass sie aufgestanden war und dass die anderen Nonnen alle auf sie starrten.

»Tu es nicht!«, gellte es in ihrem Kopf. »Um Gottes Willen, tu es nicht!«

Sie spürte, wie er schockiert reagierte, wie seine Gedanken kurz zuckten wie ein Augenpaar, wenn es etwas Unerwartetes sieht. Dann schloss sich eine Klappe, und sie war mit ihren Gedanken allein.

Doch ihre Gedanken waren kein Trost. Denn sie hatte soeben einem Mörder offenbart, dass sie in seine Seele blicken konnte.

1

Schwester Martha war im Garten und pflückte Osterglocken, als Schwester Brigid sie fand. Martha wusste nicht, dass sie beobachtet wurde; sie hatte ihre Arbeit unterbrochen und reckte das Gesicht den Sonnenstrahlen entgegen, die durch die knospenden Äste einer Platane fielen. Im nächsten Moment vergrub sie die Nase in dem Strauß, den sie im Arm hielt. Schwester Brigid sah ganz deutlich, was dann passierte: Marthas Schultern begannen sich zu heben und zu senken, und sie ließ ein ersticktes Schluchzen vernehmen. Schwester Martha, die die Mutter Oberin behütete wie ihren eigenen Augapfel, weinte sich die Seele aus dem Leib.

Die junge Novizin zögerte, ihre Freundin in einem solch privaten Augenblick zu stören. Sie war schockiert, Schwester Martha so zu sehen, und sie fragte sich, ob es etwas mit der letzten Abendandacht zu tun hatte. Alle, zumindest alle Novizinnen, redeten darüber, wie Martha aus der Kapelle gestürzt war, als ob sie einen Geist gesehen hätte. Und jetzt dies.

Solche Gefühlsausbrüche waren nicht typisch für Martha. Sie war nicht wie die anderen Novizinnen. Zum einen war sie älter, zwei- oder dreiundzwanzig vielleicht, und damit gut sechs Jahre älter als Schwester Brigid. Und zum anderen schien Martha auf einer höheren Ebene zu leben. Normalerweise war sie ein heiterer Mensch. Und das hatte seinen guten Grund, wie die alte Schwester Dolores einmal unwillentlich verraten hatte, als sie eine der Novizinnen dafür tadelte, dass diese Martha als »Schwester ohne Fehl und Tadel« bezeichnet hatte. Schwester Martha, hatte sie aufgebracht erklärt, trage eine große Trauer in sich. Sie könne nicht über ihre Kindheit und ihre Familie sprechen und auch nicht darüber, was sie bewogen hatte, ins Kloster einzutreten. Ihre Erinnerung reiche nur drei Jahre zurück – lediglich bis zu dem Zeitpunkt, als man sie nach einem schlimmen Unfall ins Krankenhaus des Klosters gebracht habe. Dort sei sie aus einer Ohnmacht erwacht, konnte sich jedoch nicht mehr erinnern, wer sie war und woher sie kam. Selbst der Name Martha war nicht ihr Taufname; die Mutter Oberin hatte ihr diesen Namen nach einiger Zeit gegeben, weil sie wie die Martha in der Bibel so fleißig war. Die anderen Novizinnen sollten sich ein Beispiel an ihr nehmen, hatte Schwester Dolores noch hinzugefügt.

Nach diesem Vorfall hatte Schwester Brigid begonnen, die ältere Novizin zu beobachten, und je länger sie das tat, desto mehr bewunderte sie sie. Schwester Martha war vielleicht nicht so leutselig wie die anderen Nonnen, aber Taten sagten mehr als Worte. Keine Arbeit war ihr zu gering oder zu schmutzig.

Die anderen Novizinnen nutzten das sogar zuweilen aus; sie verschwanden nur allzu gern, wenn es darum ging, die Toiletteneimer auszuleeren oder schmutzige Bettwäsche abzuziehen und in die Waschküche zu bringen. Nicht so Martha. In Schwester Brigids Augen war Martha die Jungfrau Maria und die Mutter Oberin in einer Person. Sie verehrte sie geradezu, sie machte Martha zu ihrem Vorbild und war ihre ergebenste Fürsprecherin.

Als Martha aufgehört hatte zu weinen, trat Schwester Brigid gegen einen kleinen Kiesel, der geräuschvoll den gepflasterten Pfad entlangrollte, um ihr anzudeuten, dass sie nicht allein war, denn Brigid wusste, dass Martha es nicht mochte, so gesehen zu werden.

»Martha«, rief sie dann halblaut, »ah, da bist du ja!«, und ging langsam auf die am Boden Kniende zu.

Nichts war von Tränen zu sehen, als Martha aufstand und sich Schwester Brigid zuwandte. Ihr Lächeln war ungetrübt, ihre Augen waren klar.

»Die Mutter Oberin hat mich geschickt, um dich zu holen«, sagte Schwester Brigid. »Pater Howie ist bei ihr.«

»Oh«, entgegnete Martha verwundert. »Würdest du dann hier für mich weitermachen? Schwester Dolores bat mich,

Osterglocken für das Krankenhaus zu pflücken.« Sie gab Schwester Brigid den Strauß und wandte sich zum Gehen.

»Martha.« Schwester Brigid berührte leicht Marthas Hand.

»Ja?«

Marthas Miene war nicht sehr einladend. Schwester Brigid zauderte. »Nichts. Das heißt, sehen wir uns später im Krankenhaus?«

»Natürlich.«

Martha bemerkte die Neugier im Blick des jungen Mädchens, machte jedoch keine Anstalten, darauf einzugehen. Wahrscheinlich sprachen die Nonnen alle aufgeregt über ihr Benehmen bei der letzten Abendandacht. Schwester Martha, die Novizin, die nie etwas Falsches sagte oder tat, war aus der Kapelle gestürmt, als sei der Teufel hinter ihr her.

Sie wollte nicht lügen, doch sie konnte sich nicht dazu bringen, ihr streng gehütetes Geheimnis irgendjemandem anzuvertrauen. Denn wenn sie das tat, dann würde sich Schwester Brigids Sympathie in Entsetzen verwandeln; daran hegte sie keinen Zweifel.

Hexe. Monster. Verrückte. Das würden sie von ihr denken, wenn sie von ihrer Stimme erfuhren. Schon jetzt galt sie als merkwürdig und eigenartig. Manchmal fragte sie sich selbst, ob sie nicht verrückt sei. Aber sie wusste, dass ihre Stimme kein Phantasiegespinst war; sie wusste es einfach. Und sie wusste auch, dass sie nach dem, was gestern Abend geschehen war, nicht mehr länger mit dieser Lüge leben konnte.

Ihr Traum, die Gelübde abzulegen und in den Orden der Barmherzigen Schwestern einzutreten, war zerplatzt wie eine Seifenblase. Das war der Grund für ihre Tränen gewesen. Sie wusste, was sie jetzt tun musste. Sie musste einen Weg finden, zu ihrem früheren Leben zurückzukehren, und sie musste verhindern, dass dieser Albtraum Wirklichkeit wurde. Das war das einzig Richtige. Doch noch fehlte ihr der Mut zu diesem Schritt. Das Kloster war alles, was sie kannte.

Hier fühlte sie sich geborgen. Und mit der Zeit würden die anderen Nonnen schon lernen, sie zu akzeptieren.

Aber es war zu spät, sich jetzt darüber Gedanken zu machen. Sie hatte ihre Entscheidung getroffen, und sie musste sich daran halten.

Als sie das Kloster betrat, blieb sie einen Moment stehen, um die vertrauten Geräusche und Gerüche in sich aufzunehmen. Auf dieser Seite des Gebäudes war alles still. Auf der anderen Seite, hinter der großen Eichentür, lag das Waisenhaus. Schon bei dem bloßen Gedanken an die Kinder ging es ihr etwas besser. Deren Anerkennung musste sie sich nicht erst verdienen; sie vertrauten ihr von Anfang an.

Wieder stiegen ihr Tränen in die Augen, und sie schluckte, um sie im Zaum zu halten. Sie musste sich sammeln für das Gespräch mit der Mutter Oberin und Pater Howie. Sie glaubte nicht, dass die beiden sich angewidert von ihr abwenden würden, wenn sie ihnen von ihrer Stimme erzählte, aber sicher würden sie den Kurs, den sie verfolgen wollte, nicht gutheißen. Seit sie damals in der Krankenstation aufgewacht war und die freundlichen, mitleidsvollen Gesichter der beiden über sich gebeugt sah, waren der gute Pater und die Mutter Oberin zu einer Art Ersatzeltern für sie geworden. Sicher wollten sie nur das Beste für sie, sie würden sie von ihrem Fluch befreien und ihr diese Stimme austreiben wollen, damit sie nie mehr von ihr beunruhigt würde.

Und das war es ja auch, was sie wollte. Aber es war auch das, was sie mehr fürchtete als alles andere.

Sie ging geradewegs zu ihrer Zelle mit den weiß gekalkten Wänden und dem Holzboden. Das Mobiliar war sehr spärlich – ein Tisch und ein Stuhl, ein Bett und eine Waschkommode. Den einzigen Farbtupfer bildete eine Patchwork-Decke, die sie selbst angefertigt hatte.

Sie besaß nichts aus ihrem früheren Leben, was einen Hinweis darauf hätte geben können, wer sie war. Sie hatte weder eine Tasche noch ein Portemonnaie dabeigehabt, als sie direkt vor dem Kloster von einer Kutsche überfahren wurde, nichts, womit sie sich hätte ausweisen können. Die Patchwork-Decke war das Einzige, das nur ihr gehörte.

Sie zog die große Schürze aus, mit der sie bei schmutzigen Arbeiten ihre Tracht schützte, betupfte sich mit einem nassen Tuch Gesicht und Hände und betrachtete sich in dem kleinen Wandspiegel. Beim Zurechtrücken ihres Schleiers merkte sie, dass sie allmählich innerlich ruhiger wurde.

Sie war eine ganz gewöhnliche junge Frau. Nichts unterschied sie von den anderen Mädchen; sie trugen alle die schwarze Tracht und den weißen Schleier der Novizinnen. Aber weshalb war die Stimme dann ausgerechnet zu ihr gekommen?

Es musste einen Zusammenhang mit ihrer Person geben. Sie hatte immer und immer wieder darüber nachgedacht, doch keine andere Antwort ergab einen Sinn außer einer: Sie mussten sich in der Vergangenheit gekannt haben.

Anfangs hatte sie gedacht, ihre Erinnerung würde zurückkehren. Damals war es noch keine Stimme gewesen. Damals hatte sie Bilder gesehen, vage Vorstellungen, die sie nicht verstanden hatte. Sie wusste nicht mehr, wann diese Bilder und Eindrücke sich zu Worten geformt hatten oder wann die Stimme verbittert geworden war. Sie hatte versucht, die Stimme zu unterdrücken, aber sie hatte es nicht geschafft, immer auf der Hut zu sein. Gestern Abend hatte sie zum ersten Mal versucht, eine Verbindung zu der Stimme aufzunehmen, und nun wollte sie es nie mehr wieder tun. Es war zu gefährlich. Es war einfach alles zu unwirklich, um es glauben zu können!

Vielleicht war es ja doch ihre Einbildung. Vielleicht war ihr Gehirn von dem Unfall stärker geschädigt, als ihr bekannt war. Vielleicht war ihr Verstand aus den Fugen geraten, und sie wurde langsam verrückt. Vielleicht sollte man sie zu ihrer eigenen Sicherheit in eine Heil- und Pflegeanstalt einsperren.

Eigentlich, seinem Wesen nach, war er gar kein Mörder, aber da er nun einmal gemordet hatte, konnte er es wieder tun. In der Tat würde er es wieder tun. Er war dazu entschlossen.

Ein Schauder lief ihr über den Rücken. So einfallsreich konnte nicht einmal ihre Einbildung sein. Mit diesem Gedanken eilte sie aus ihrer Zelle.

* * *

Die Mutter Oberin unterbrach ihr Gespräch mit Pater Howie und lächelte Schwester Martha ermutigend zu, als diese ihr Büro betrat. Martha war jung, doch ihr ruhiges Wesen ließ sie etwas älter wirken, als sie tatsächlich war.

»Martha.« Die Mutter Oberin deutete ihr mit einer Handbewegung an, auf einem Stuhl Platz zu nehmen.

Sie setzte sich still, legte die Hände in den Schoß und richtete den Blick auf Pater Howie, einen kleinen Mann mit langem, hagerem Gesicht, buschigen schwarzen Brauen und blauen Augen, die lebhaft funkelten. Bevor er sich für das Priestertum entschied, war Pater Howie lange Zeit Arzt gewesen, und auch er beobachtete Martha schon seit ihrer Einlieferung ins Krankenhaus fürsorglich. Die Mutter Oberin war eine weibliche Version des kleinen Priesters, wenngleich sie einige Jahre jünger war; jeder, der die beiden zusammen sah, erkannte sofort, dass sie verwandt sein mussten. Martha wusste, dass sie Geschwister waren.

Martha erwiderte seinen freundlichen Gruß mit halblauter Stimme, doch sie lächelte dabei, was er als Kompliment empfand, denn er wusste, dass sie selten lächelte.

Während die Mutter Oberin Tee einschenkte, begann der Priester ein ungezwungenes Gespräch mit Martha, um die Atmosphäre etwas aufzulockern; dabei beobachtete er sie jedoch genau.

Jeder, der sie sah, hätte sie für eine perfekte Nonne gehalten. Auch wenn ihre schwarze Tracht etwas abgetragen war, so war doch alles an ihr makellos und sauber. Martha wirkte ruhig, heiter und gefasst – und doch war dieser Eindruck falsch. Denn niemand, der erlebt hatte, was diese junge Frau hatte durchmachen müssen, konnte so unversehrt sein, wie sie es vorgab.

Er hatte sie im Zustand heller Panik gesehen, damals, als sie im Krankenhaus aufwachte und nicht wusste, wer sie war. Damals war er häufig ins Kloster gekommen, und er hatte gestaunt, wie rasch sie sich dort einlebte – er war erstaunt, aber auch skeptisch. Und es hatte nicht sehr lange gedauert, bis er zu dem Schluss gekommen war, dass der Grund für Marthas rasche Gewöhnung an das Klosterleben die Furcht vor der Welt draußen war. Zusammen mit der Mutter Oberin hatte er es geschafft, ihre Ängste mit dem Versprechen zu besänftigen, sie könne so lange im Kloster bleiben, wie sie wolle.

Die Barmherzigen Schwestern waren kein in erster Linie kontemplativer Orden, sondern einer, der sich für die Armen einsetzte, und es gab hier immer viel mehr Arbeit als Hände, um sie zu tun.

Und so war sie hier geblieben, zunächst als Laienschwester, doch inzwischen war sie Postulantin, Ordensmitglied auf Probe. Seines Wissens war es ihr sehnlichster Wunsch, die Gelübde abzulegen. Zumindest war es bis gestern Abend so gewesen.

Pater Howie senkte den Kopf und rührte in seinem Tee. Als er wieder aufblickte, sagte er: »Die Mutter Oberin hat mir berichtet, dass deine Erinnerung allmählich wiederkommt, Martha.«

In ihrem Herzen sprach Martha ein rasches Bußgebet für all die Halbwahrheiten, die sie nun erzählen würde. »Es hat den Anschein, Pater. Ich würde allerdings nicht so weit gehen zu sagen, dass meine Erinnerung wiederkommt. Es sind eher Bilder und Eindrücke, die mir in den Sinn kommen, manche sehr lebhaft, andere dafür recht undeutlich.«

»Erzähl Pater Howie, was du mir gestern nach der Abendandacht erzählt hast, Martha«, sagte die Mutter Oberin.

Martha nickte. »Ein paar dieser Bilder habe ich schon früher gesehen, aber ich wusste nicht, was ich davon halten sollte. Aber gestern Abend bei der Andacht wurde mir klar, dass sie einen Bezug zu mir haben. Ich hatte das Gefühl, dass sie mir irgendwie vertraut waren.« Sie dachte an die Stimme, als sie dies sagte.

»Sprich weiter«, ermunterte sie der Priester ruhig.

Sie atmete tief durch und begann dann ganz am Beginn, noch bevor die Stimme angefangen hatte, ihr Angst einzujagen. Es gebe da ein Dorf, erzählte sie, und dahinter sei ein großes Schloss. Zwischen dem Dorf und dem Schloss stehe ein Haus, ein Gutshaus, über dem ein Falke flog. Und um das Haus herum Obstgärten und ein Bach und anmutige Hügel, auf denen Schafe weideten.

Doch da war noch mehr, viel mehr – Eindrücke, die sie tief in ihrem Inneren vergraben, aber in den langen, schlaflosen Stunden der letzten Nacht an die Oberfläche gezwungen hatte. Es war ihr nicht bewusst, dass ihre Miene während des Erzählens immer lebhafter wurde, dass ihre Stimme nach einer Weile fast verzweifelt klang. Sie sprach lange, fast ohne Pause, doch ihre Erzählung war ein beschönigter Bericht, den sie im Kopf vorbereitet hatte. Danach lehnte sie sich zurück und richtete den Blick in ängstlicher Erwartung auf Pater Howie. »Ich würde mir keine allzu großen Sorgen machen«, sagte er. »Diese Erinnerungen, wenn es denn Erinnerungen sind, können eine Bedeutung haben; es kann aber genauso gut sein, dass sie rein gar nichts bedeuten. Das wird nur die Zeit offenbaren können.«

Die Mutter Oberin lächelte. »Es gibt keinen Grund, dich zu ängstigen, mein Kind«, erklärte sie. »Was auch immer geschieht, niemand kann dich zwingen, das Kloster zu verlassen, wenn du es nicht willst. Das würde ich auf keinen Fall zulassen.«

Die Mutter Oberin und Pater Howie hatten sie also nicht verstanden. Martha suchte nach Worten, um die beiden von der Dringlichkeit ihrer Sache zu überzeugen, ohne gleichzeitig zu viel zu verraten. »Sie verstehen nicht ganz. Ich muss herausfinden, wer ich bin. Ich werde gebraucht. Jemand ruft mich. Und es geht dabei um Leben und Tod.« Sie legte eine Hand auf ihr Herz. »Ich spüre es hier. Ich muss herausfinden, wer ich bin, und zu meinem früheren Leben zurückkehren.«

*

Als Pater Howie und die Mutter Oberin wieder allein waren, stand er auf, ging an das Schränkchen unter dem Fenster und holte ein Glas und eine halbe Flasche Brandy heraus. Er schenkte sich ein wenig ein und setzte sich dann wieder.

»Ich weiß nicht, warum ich dir das durchgehen lasse«, sagte die Mutter Oberin.

Der Priester grinste. »Weil ich der Ältere bin. Das ist eine Gewohnheit, in die du hineingeschlittert bist, Lizzie,« fuhr er fort und lachte über seinen Scherz.

Die Mutter Oberin schenkte sich Tee nach. »John, welche Chancen haben wir herauszufinden, wer Martha ist?«

»Ohne göttliche Hilfe so gut wie keine, würde ich sagen. Als sie hier ankam, haben wir ja mit allen Mitteln versucht, ihre Familie ausfindig zu machen, ohne etwas zu erreichen. Und jetzt hat sie uns auch nichts Neues gesagt, das uns irgendeine Hilfe sein könnte.«

Die Mutter Oberin legte die Stirn in Falten. »Mir gefällt diese Geschichte nicht. ›Jemand ruft mich. Und es geht um Leben und Tod.‹ Das klingt doch, ganz ehrlich gesagt, als würde sie ... na ja, halluzinieren.«

»Das ist möglich. Es ist nicht ungewöhnlich, dass eifernde junge Nonnen in Trance fallen. Das passiert praktisch die ganze Zeit.«

»Ja, doch die haben für gewöhnlich Visionen von der Jungfrau Maria oder sonst einem Heiligen. Aber das hier ist anders. Das klingt überhaupt nicht wie Martha. Normalerweise ist sie doch recht vernünftig.«

»Du hast eine hohe Meinung von dieser jungen Frau, stimmt's, Lizzie?«

»Ja, und das gebe ich auch gern zu. Du hast sie nicht gesehen, als sie ins Krankenhaus kam. Sie war von einer Kutsche überfahren worden, fast vor unserer Haustür. Ein Arm und zwei Rippen waren gebrochen, ihr Gesicht völlig entstellt. Aber sie war sehr tapfer. Sie hat kaum geklagt.«

»Eine ideale Patientin, in der Tat«, murmelte er.

Sie warf ihm einen durchdringenden Blick zu. »Aber das war noch längst nicht alles. Als sie aufwachte und merkte, dass sie sich an nichts mehr erinnern konnte, war sie völlig panisch.«

»Ich weiß, ich war dabei.«

»Und seither hat sie wirklich beachtliche Fortschritte gemacht.«

»Du hast zweifellos sehr viel mit ihr erreicht.«

»Dafür kann ich nicht mich loben. Das hat Martha schon selbst geschafft. Die meisten jungen Frauen mit einem solchen Schicksal wären nicht mehr als ein Häufchen Elend. Sie hingegen verfügt über Kraftreserven, wie sie nur wenige haben. Ich weiß, sie wirkt kühl und reserviert ...«

»Lizzie, ich sage ja nicht, dass ich an deiner Kleinen etwas auszusetzen habe, ganz im Gegenteil.«

»... aber wenn du sie mit den Kindern sehen könntest, dann wüsstest du, dass in Martha mehr steckt, als man auf den ersten Blick sieht. Die Kinder lieben sie über alles. Und in der Krankenstation ist sie für Schwester Dolores unentbehrlich.«

»Trotzdem hast du ihr davon abgeraten, die Gelübde abzulegen. Weshalb, Lizzie?«

Seine Bemerkung ließ die Mutter Oberin innehalten. Nach einem Augenblick des Nachdenkens seufzte sie. »Ich war mir bezüglich ihrer Berufung nicht sicher und dachte, eine Verzögerung wäre kein Schaden. Sie hatte ihr Gedächtnis verloren. Womöglich hätte sie ihre Entscheidung bereut, wenn sie es wiedererlangt hätte. Das Kloster ist alles, was sie weiß und kennt, deshalb ist es nur natürlich, dass sie die Welt draußen fürchtet. Hier herrschen Frieden und Harmonie, und es gibt nützliche Arbeit zu verrichten. Das hat Martha gut getan. Aber es ist noch keine Berufung.«

Pater Howie neigte den Kopf zur Seite. »Habe ich eigentlich schon einmal erwähnt«, sagte er in einem seltsamen, fast spöttischen Ton, »dass du sehr weise bist?«

Die Mutter Oberin lächelte. »Mir kommt es nicht so vor, John. Eigentlich fühle ich mich ... ich weiß auch nicht ... verwirrt, unwohl. Martha war hier drei Jahre lang glücklich. Und jetzt will sie auf einmal unbedingt zu ihrem früheren Leben zurückkehren.« Sie schüttelte den Kopf. »Es wäre anders, wenn sie ihre Erinnerung wiedererlangt hätte. Dann wüsste sie, wer ihre Freunde waren. Aber so, wie die Dinge liegen, möchte ich nicht, dass sie von hier weggeht.«

»Ich glaube, wir müssen nicht befürchten, dass das geschieht. Wie ich schon sagte, hat sie uns dafür nicht annähernd genügend Anhaltspunkte gegeben. Aber es hat auch keinen Zweck, sich darüber den Kopf zu zerbrechen. Wenn der Herr es will, dass Martha in ihr altes Leben zurückkehrt, dann wird er ihr auch den Weg dorthin ebnen.«

»Und ich«, erwiderte sie mit einem festen Blick auf den Priester, »ich werde dafür beten, dass der Herr sie gut behandelt.«

Als sie zur Teekanne griff, war plötzlich vom Korridor ein Schrei zu hören, und dann rannte jemand den Flur entlang. Es klopfte an der Tür, und auf die Aufforderung der Mutter Oberin hin trat eine Nonne ein.

Schwester Brigids Gesicht war hochrot vor Aufregung. Sie atmete schwer und brachte die Worte, die sie sagen wollte, kaum schnell genug heraus. »Mutter Oberin, es ist ein Wunder! Erinnern Sie sich an die Frau, die gestern ins Krankenhaus gebracht wurde? Sie hat das Bewusstsein wiedererlangt, und – oh, Sie werden nie erraten, was passiert ist!«

Die Mutter Oberin und der kleine Priester waren aufgestanden. Sie tauschten einen raschen Blick aus.

»Es geht um Schwester Martha, stimmt's?« fragte die Mutter Oberin.

Schwester Brigid hörte den schicksalhaften Unterton in der Stimme ihrer Oberin nicht, wohl aber Pater Howie, und er lächelte wehmütig. »Ich fürchte«, sagte er, »deine Gebete wurden erhört, Lizzie, wenn auch vielleicht nicht in der Art und Weise, wie du es dir erhofft hast.«

Schwester Brigid strahlte. »Ja, es geht um Schwester Martha. Die Frau hat sie erkannt! Und sie heißt gar nicht Martha! Ihr Name ist Jessica Hayward, und sie ist die Herrin von Hawkshill Manor, einem Gutshaus in der Nähe von Chalford an der Themse.«

2

Lucas hielt sich die Ohren zu und drehte sich zur Seite. Aber es wurde nicht besser. In seinem Kopf dröhnte es wie tausend Trommeln. Jemand rief seinen Namen. Mit einem tiefen Stöhnen öffnete er einen winzigen Spalt die Augen. Doch das Licht blendete ihn so stark, dass er erst einmal ein paar Sekunden brauchte, um herauszufinden, wo er überhaupt war. Das Erste, was er erkannte, war der Nachttopf auf dem Tisch neben dem Bett. Die auf dem Kaminsims aufgereihten Soldaten entpuppten sich als leere Schnapsflaschen. Auf einem Stuhl türmte sich schmutziges Geschirr. Der abgestandene Gestank von Schweiß und billigem Parfum drehte ihm fast den Magen um.

Allmählich fiel ihm alles wieder ein, und er öffnete die Augen ganz. Er befand sich im Schwarzen Schwan. Drei, vielleicht auch vier Tage und Nächte lang hatte er hier seinen Kummer ersäuft. Und wenn ihn nicht alles täuschte – er stöhnte noch einmal, als er die weichen, weiblichen Konturen spürte, die sich an seinen Rücken schmiegten –, dann hatte er obendrein noch eine kleine Orgie gefeiert. Aber daran konnte er sich gar nicht erinnern. Na ja, er hatte versucht zu vergessen, und offenbar war ihm das auch gelungen.

Die Trommeln stellten sich als heftige Schläge gegen die Tür heraus.

»Lucas! Mach auf!« Es war die Stimme seines Cousins Adrian.

»Wir wissen, dass du da drin bist!« Und die seines jüngeren Cousins Perry.

Lucas drückte die Augen fest zu. Wenn er nicht antwortete, gingen sie vielleicht wieder.

»Verdammt noch mal!« Das war die weibliche Kontur, die sich jetzt aufrichtete. »Hört gefälligst auf mit dem Krach! Euer Freund ist sturzbesoffen!«

»Macht sofort die Tür auf!« Wieder Adrian.

»Schon gut! Schon gut! Immer mit der Ruhe«, sagte die Frau.

Lucas hörte, wie Millie – oder hieß sie Lily? – leise murrte. »Reich, sagen sie, ist er! Reich – dass ich nicht lache! Ich hab noch keinen Heller von ihm zu sehen gekriegt!« Sie packte Lucas an den Schultern und schüttelte ihn. »Ich will mein Geld. Ist schließlich nicht mein Fehler, wenn du so besoffen bist, dass du nichts auf die Reihe kriegst!« Sie unterbrach sich. »Und wer ist überhaupt diese Jess?«, setzte sie dann nach.

Das wirkte. Mit einem wütenden Aufschrei sprang Lucas aus dem Bett. Sein Zorn ließ ein wenig nach, als er die Furcht im Gesicht der Frau sah, und noch ein wenig mehr, als er merkte, dass sie das Aussehen und die blauen Augen einer Venus besaß. Wenn er mit dieser Millie? Lily? nichts auf die Reihe gebracht hatte, dann gab es keine Hoffnung mehr für ihn.

Verdammt, wie hatte er bloß so rührselig werden können?

Jess! Nur dieses eine Wort hatte seinen Zorn wieder aufflammen lassen. Zähneknirschend sah er sich in dem Zimmer nach seinen Kleidern um und bemerkte schließlich, dass er bis auf den Mantel und seine Stiefel noch alles anhatte. Der Mantel lag auf dem Boden, neben der Kleidung der Frau. Er hob ihn auf, fand seine Geldbörse, nahm einen goldenen Sovereign heraus und warf ihn ihr hin. Er war nicht überrascht, als sie vor Freude den Atem anhielt – normalerweise bekamen die Bardamen des Schwarzen Schwans für ihre Gefälligkeiten nicht mehr als eine Krone.

»Lucas, nun mach endlich die Tür auf!«

Er stieß eine markige Bemerkung aus, woraufhin das Rütteln an der Klinke aufhörte. Dann hob er die Kleidungsstücke der blauäugigen Venus auf und warf sie ihr hin. »Zieh dich an«, sagte er kurz angebunden, dann öffnete er das Fenster und atmete erst einmal tief durch. Aber es half nichts, er fühlte sich noch immer hundeelend. Mit einem Schritt – der Raum war so klein, dass man sich kaum umdrehen konnte – ging er zum Waschtisch. Er leerte den Krug in die Zinnschüssel, schöpfte mit den Händen etwas kaltes Wasser, das er gierig trank, und tauchte schließlich das ganze Gesicht ein.

Millie ließ ihn nicht aus den Augen, während sie sich ankleidete. Lucas Wilde war Stammkunde im Schwarzen Schwan, aber er ging nur selten mit einem der Mädchen nach oben – was wirklich schade war. Ein hoch gewachsener, gut gebauter Mann mit dunklen Haaren, einer, bei dessen Anblick die Herzen der meisten Mädchen ein wenig höher schlugen. Und ein armer Kerl. Sie hatte gehört, dass er den Verlust des Mädchens, das er heiraten wollte, nie wirklich überwunden hatte, und das wunderte sie, denn dieses Mädchen hatte Bella geheißen und nicht Jess. Sie konnte sich nicht vorstellen, dass eine Frau, die auch nur halbwegs vernünftig war, sich für einen anderen Mann entschied, doch genau das war geschehen. Aber das war passiert, bevor er unversehens zu einem Titel gekommen war. Jetzt war er Lord Dundas, ein echter Graf. Sogar wenn er betrunken war, benahm er sich noch wie ein richtiger Gentleman, und er war geradezu übertrieben großzügig. Sie betrachtete den glänzenden Sovereign in ihrer Hand und beschloss, Lucas das nächste Mal alles, was er versäumt hatte, nachholen zu lassen.

»Bist du fertig?« Lucas zwang sich zu einem Lächeln.

Millie nickte, stand auf und ließ sich von ihm zur Tür bringen.

Als Lucas öffnete, platzte Perry in das Zimmer und blieb dann ruckartig stehen. Dem Aussehen nach glich er eher Lucas als seinem Bruder Adrian. Mit dreiundzwanzig war er acht Jahre jünger als dieser, aber er war ebenso groß, hatte dasselbe dicke, gewellte Haar und ebenso braune Augen, doch seine Haare waren blond, während Lucas dunkel war.

Einen wesentlichen Unterschied gab es jedoch zwischen den beiden. Über Perrys jungem Leben lag noch kein Schatten aus der Vergangenheit, und das zeigte sich in seinem klaren, ungetrübten Blick. Für ihn war das Leben noch etwas, das es zu genießen galt. Das Einzige, was Perry ab und an zusetzte, war, dass Lucas und Adrian seine gemeinsamen Vermögensverwalter waren – und für seinen Geschmack hielten sie ihn einfach zu knapp.

»Donnerwetter!«, sagte er überrascht. Er trat vor Millie, legte eine Hand an ihr Gesicht und lächelte sie unzweideutig an. »Na, das nenn' ich ein hübsches Ding«, meinte er. »Sag mal, meine Süße, hat mein Cousin ...«

Er konnte seinen Satz nicht vollenden, denn im nächsten Augenblick hatte Lucas ihn am Kragen gepackt. »Perry«, sagte er gedehnt, »du benimmst dich gefälligst in Gegenwart einer Dame!«

Perry befreite sich aus Lucas' Griff und verneigte sich elegant vor der Bardame. »Perry Wilde, zu Ihren Diensten«, stellte er sich vor und zwinkerte ihr zu.

»Millie Jenkins«, erwiderte sie mit einem gekonnten Augenaufschlag, »und ebenfalls, möcht' ich meinen.«

»Na, das hört man doch gern!«, strahlte Perry.

Millie verschwand mit schallendem Gelächter. Adrian schloss die Tür hinter ihr. Obwohl er Lucas' Cousin war, bestand ihre einzige Ähnlichkeit im Aussehen darin, dass sie beide einen dunklen Teint hatten. Adrian hatte die Gesichtszüge eines Dichters und den schlanken, geschmeidigen Körper eines Akrobaten. Er verfügt über die ärgerliche Gewohnheit, immer so auszusehen, als habe er sich gerade zum Ausgehen zurechtgemacht, dachte Lucas mürrisch. Er sieht einfach immer aus wie aus dem Ei gepellt. Schon als Kind hatte Adrian nie vergessen, sich hinter den Ohren zu waschen.

Ihre Interessen waren so unterschiedlich wie ihr Äußeres. Adrian liebte die Stadt; dort konnte er seinen Liebhabereien nachgehen – Theater, Oper, seine Herrenclubs und, vor allem, Frauen. Lucas hingegen hatte den Frauen vollkommen abgeschworen. – Aber was machte er dann hier?

»Meine Versuche, diesen Barbaren zu zivilisieren«, sagte Adrian und zeigte dabei auf Perry, »sind zum Scheitern verurteilt. Er lebt jetzt schon drei Jahre in London, aber das, was er sich an städtischen Manieren erworben hat, riecht noch immer nach Mist.«

Perry lachte. »Ich hasse London und dieses städtische Getue. Ich bin ein Landbewohner wie Lucas. Was ist daran auszusetzen?«

»Lucas vergisst nie, dass er ein Gentleman ist.«

»Wenn das eine von deinen Lektionen über gutes Benehmen sein soll, Adrian«, erwiderte Perry, »dann vergiss es einfach. Denk daran, dass ich alles über dich und Lucas und euer Benehmen, als ihr so alt wart wie ich, weiß. Und bis ich mich so aufführe, habe ich noch einen weiten Weg vor mir.«

Er stellte sich vor den Tisch mit dem Nachttopf darauf, rümpfte die Nase und lachte schallend. »Du lieber Gott, Adrian! Ist das vielleicht ein Kennzeichen eines Gentlemans? Dieser Pisspot ist ja randvoll!«

Lucas lachte nicht mit, wie er es normalerweise getan hätte. Seine Augen brannten. Sein Kopf dröhnte. Und es machte ihm nichts aus, bei einer seiner Ausschweifungen ertappt zu werden, schon gar nicht von Adrian. Selbst jetzt spürte er Adrians abwägenden, prüfenden Blick auf sich gerichtet, diesen Blick, der mehr sah, als er, Lucas, preisgeben wollte. Perry war anders. Er kannte ihn nicht so gut, wie Adrian ihn kannte, und nahm einfach alles so, wie es sich darbot.

Alle seine Muskeln schmerzten, als er die zwei Schritte zum Waschtisch tat. »Wie du siehst«, erklärte er, »geht es mir gut. Ich weiß nicht, was du mit deinem Hereinplatzen erreichen wolltest.« Auf dem Waschtisch lag ein Stückchen Seife, mit dem er sich Gesicht und Hände wusch.

»Es geht um Jessica Hayward«, sagte Adrian halblaut.

Lucas erstarrte zur Salzsäule. Sein Atem stockte. Seine Schultern sanken ein. Ohne wirklich mitzubekommen, was er tat, trocknete er sich Gesicht und Hände mit einem schäbigen Tuch, das neben der Seife lag. Als er wieder sprechen konnte, brachte er nicht mehr als ein heiseres Murmeln zustande. »Sie ist tot«, sagte er. »Ist es das, was ihr mir sagen wollt?«

Perry setzte zu einer Erwiderung an, doch ein Blick seines Bruders ließ ihn verstummen. »Jess ist nicht tot«, erklärte Adrian. »Sie ist äußerst lebendig.«

Der Seifenschaum brannte Lucas in den Augen; er musste heftig blinzeln. »Sie lebt, sagst du. Und woher weißt du das?«

»Perry hat es herausgefunden. Er kann dir die ganze Geschichte erzählen.«

Perry warf einen unsicheren Blick auf Adrian. »Jessica Hayward kam gestern Morgen nach Chalford, mit einer Kutsche und in Begleitung von zwei Nonnen, ob du's glaubst oder nicht. Sie ging geradewegs ins Büro deines Anwalts in der Sheep Street und holte die Schlüssel für Hawkshill Manor ab. So viel ich weiß, ist sie jetzt dort.«

»In Hawkshill?«

»So scheint es, ja.«

Einen Augenblick lang herrschte eine gespannte Stille. »Wer hat dir das gesagt?«, fragte Lucas dann unvermittelt.

Perry war nicht auf den strengen Ton seines Cousins gefasst; er stotterte etwas, als er antwortete. »Ich, ich hab sie selbst gesehen. Zuerst habe ich sie gar nicht erkannt. Sie war so ganz ... einfach gekleidet, wie zum Arbeiten eben. Ich hätte sie für eine Dienstmagd gehalten, wenn sie nicht diese damenhafte Ausstrahlung hätte.« Er kicherte. »Ja, Jessica Hayward, die Lady! Aber das war, bevor ich sie erkannte.«

»Du hast mit ihr gesprochen?«, fragte Lucas scharf.

»Ja, natürlich habe ich mit ihr gesprochen. Ich bin doch kein Hornochse vom Land, auch wenn ihr beide das gern glaubt. Und der Skandal hatte doch mit mir gar nichts zu tun. Ich war nicht einmal hier, als das passierte. Falls du dich erinnerst, ich war in Oxford. Das war während des Semesters.«

»Perry«, sagte Adrian beschwichtigend, »erzähl nur weiter.«

»Was? Ach so, ja, wie ich schon sagte, ich habe mit ihr gesprochen. Ich weiß allerdings nicht mehr genau, was ich gesagt habe … nur die üblichen Nettigkeiten, denke ich – dass ich sie fast nicht erkannt hätte und ob sie lange bliebe und so weiter. Aber dann sagte sie, sie würde jetzt in Hawkshill Manor wohnen.«

Lucas hatte sich nicht gerührt, so lange Perry sprach. Jetzt begann er, unruhig in dem kleinen Zimmer herumzugehen. »Die ganze Zeit … habe ich mich gefragt … und dann, einfach so« – er schnippte mit den Fingern – »kommt sie in die Stadt gefahren und wohnt in Hawkshill.« Er blieb stehen und blickte auf Adrian. »Wie ist das möglich? Hawkshill gehört jetzt mir. Hätte man demnach nicht erst einmal mit mir reden müssen?«

Adrian zuckte die Achseln. »Dein Anwalt hat mir ausrichten lassen, dir mitzuteilen, dass er Mieter für Hawkshill gefunden hat, aber niemand wusste, wo du warst, nicht einmal deine Mutter. Deshalb sind Perry und ich hierher gekommen, um uns um die Sache zu kümmern.«

»Um meinem Anwalt zu raten, dass er ein Haus in meinem Besitz an Jessica Hayward vermieten soll?«, fragte Lucas ungläubig.

»Nein, nein. Es ist an die Barmherzigen Schwestern vermietet. Das ist ein Nonnenorden, der sich um die Armen kümmert. Sie wollen in Hawkshill ein Waisenheim einrichten – du weißt schon, für Kinder, die kein Zuhause haben. Das Haus stand leer und drohte zu verfallen, deshalb ergriff dein Anwalt die Chance, es zu vermieten. Du brauchst nur noch zu unterschreiben. Was Jessica anbelangt, war niemand mehr überrascht als ich, als Perry mir sagte, sie sei gekommen, um die Schlüssel in Empfang zu nehmen.«

»Nonnen!«, knurrte Lucas. »Was hat Jessica Hayward mit Nonnen zu tun?«

»Das kann ich dir sagen«, erklärte Perry gewichtig.

»Sie hat die letzten drei Jahre in einem Kloster verbracht, in London. Wenigstens hat sie mir das erzählt.«

Niemand bewegte sich. Niemand sprach ein Wort. Das Einzige, was die Stille störte, war Lucas' heftiger Atem. Schließlich fragte er: »Heißt das, sie ist jetzt eine Nonne?«

Perry schüttelte den Kopf. »Nein, das habe ich nicht gesagt. Aber sie hilft ihnen mit dem Waisenhaus oder so. Wir haben uns nur kurz unterhalten.«

Lucas schnaufte. »Also, in Hawkshill bleiben kann sie nicht.«

Perry kicherte, hielt jedoch abrupt inne, als sich zwei Augenpaare feindselig auf ihn richteten. »Nein«, stammelte er, »da würden die Leute nur anfangen zu reden.«

Adrian öffnete die Tür. »Perry, ich denke, ein Kaffee würde uns gut tun. Willst du nicht in die Schankstube hinuntergehen und einen Tisch für uns reservieren? Lucas und ich kommen in ein paar Minuten nach.«

»Aber die Schankstube ist um diese Zeit sowieso leer. Es ist nicht nötig, einen Tisch zu reservieren.«

»Perry!«

»Jaja, ist ja gut. Ich verstehe schon, dass ich nicht erwünscht bin.«

In seiner Stimme lag kein wirklicher Groll. Er stand Lucas und Adrian nahe, jedoch nur bis zu einem gewissen Punkt. Als er den Raum verließ, hatte sich seine Miene bereits wieder aufgeheitert. Er dachte an Millie Jenkins und fragte sich, ob er sie unten antreffen würde.

Lucas setzte sich auf die Bettkante und zog sich die Stiefel an. »Also, dann sag mir schon, was du zu sagen hast«, forderte er Adrian auf.

Adrian nahm erst einmal eine Prise Schnupftabak, dann blickte er sich missbilligend um, und da der einzige Stuhl voller Geschirr war, lehnte er sich schließlich gegen die Tür.

»Ich dachte, du hättest diese Schwermutattacken überwunden?« Als Lucas nichts erwiderte, fuhr er fort. »Zuerst warst du der Mittelpunkt von Lady Melroses Party, und im nächsten Augenblick warst du spurlos verschwunden!«

»Ich habe dir eine Nachricht hinterlassen.«

»Ach ja, eine Nachricht, die mir absolut nichts sagte – nicht einmal, wo ich dich für den Fall, dass etwas passiert, finden würde!«

»Ich gelobe Besserung.« Lucas stand auf und griff nach seinem Mantel.

Adrian seufzte. »Ich hatte gehofft, es würde kein nächstes Mal geben. Du weißt doch, was alle denken, oder etwa nicht? Sie glauben, du hast die Geschichte mit Bella noch nicht überwunden.«

»Das ist lächerlich!«

»Wirklich?«

»Das weißt du doch ganz genau! Du bist doch ebenso dankbar wie ich, dass sie sich nicht für dich oder mich, sondern für Rupert entschieden hat.«

Adrian lächelte. »Seltsam, so etwas zu sagen, wo Rupert doch einer unserer besten Freunde ist.«

»Du weißt schon, was ich meine«, hielt Lucas gereizt dagegen und fragte sich, was zum Teufel er wirklich meinte.

»Ja«, erwiderte Adrian. »Wir sind im Herzen Romantiker, während Rupert vom Kopf gesteuert wird.«

»Jetzt sprichst du in Rätseln«, konterte Lucas.

»Tue ich das?«

Lucas musterte seinen Cousin eingehend. »Meine Schwermutattacken, wie du es nennst, haben nichts mit Bella zu tun.«

»Das ist mir durchaus bewusst. Lucas, wann wirst du endlich aufhören, dir für das, was damals geschah, Vorwürfe zu machen?«

»Darüber möchte ich nicht reden. Wie sehe ich aus?«

Adrian blickte ernst auf seinen Freund und schüttelte den Kopf. »Wenn du in dieser Verfassung bist, kann man einfach nicht vernünftig mit dir reden.«

»Nicht, wenn du Unsinn redest«, erwiderte Lucas ebenso ernst, »und nicht, wenn ich mich fühle, als hätte mich gerade ein Pferd gegen den Kopf getreten. Sagtest du nicht etwas von Kaffee?«

Adrians Lippen formten sich zu einem widerstrebenden Lächeln. »Du siehst schrecklich aus«, sagte er. »Aber was erwartest du denn, wenn du dich fast eine Woche lang in so einem Misthaufen suhlst?«

»Eine Woche?« Lucas zog erstaunt die Brauen hoch. »So lange?«

»Kannst du dich nicht einmal daran erinnern?«

»Nur vage. Woher wusstest du, dass ich hier bin?«

»Dein Verwalter sah dein Pferd im Stall des Schwarzen Schwans und war so gut, es mir zu sagen. Er wusste, dass wir uns alle Sorgen um dich machten.«

Lucas kniff die Augen zusammen. »Wenn ich gewollt hätte, dass du mich findest, hätte ich dich schon wissen lassen, wo.«

Sobald er es gesagt hatte, bedauerte er seine Worte. Adrian war weit mehr für ihn als nur ein Cousin. Sie waren Freunde seit ihrer Kindheit. Als Jungen waren sie immer zusammen gewesen; sie hatten dieselben Schulen besucht und waren beide der Tradition ihrer Familien entsprechend zum Studium nach Oxford gegangen. Danach hatten sie im selben Regiment gedient, hatten im Spanienfeldzug gekämpft und waren nach Waterloo aus der Armee ausgeschieden. Sie hatten beide dasselbe Mädchen geliebt und verloren, Bella. Mit fortgeschrittenem Alter standen sie sich nicht mehr ganz so nahe, doch sie waren nach wie vor gute Freunde. Adrian verdiente es, besser von ihm behandelt zu werden.

Er versuchte, seiner letzten Bemerkung etwas an Schärfe zu nehmen. »Wenn ich dir verspreche, ein guter Junge zu sein und nichts anzustellen«, sagte er schnoddrig, »bist du dann zufrieden?«

Adrian lachte so laut auf, dass Lucas zusammenzuckte.

»Das ist mehr, als ich zu bitten wage«, sagte Adrian. »Du könntest dasselbe von mir verlangen.«

»Wenigstens verstehen wir uns. Gehen wir?«

Adrian richtete sich auf, trat jedoch nicht zur Seite. »Noch ein letzter kleiner Ratschlag gefällig?«

Das war das Problem, wenn man etwas wieder gutmachen wollte. Der andere schlug immer einen Vorteil daraus. So stoisch er konnte, fragte Lucas: »Was denn nun?«

»Halte dich von Jessica Hayward fern. Denk daran, was das letzte Mal passierte, als du dich mit ihr eingelassen hast. Sie ist ...«

»Jessica Hayward hat allerhand auf dem Kerbholz!«, fiel ihm Lucas ins Wort. »Ich will keine Schwierigkeiten, aber wenn sie die Klingen mit mir kreuzen will, dann wird sie es bedauern!«

Adrian trat zur Seite und ließ Lucas die Tür öffnen. »Stur wie ein Maulesel«, murrte er. »Hab ich's nicht immer gesagt?«

In der Schankstube warteten bereits Kaffee und frische, warme Butterbrötchen auf sie. Die meiste Zeit redete Perry. Adrian beobachtete Lucas und war nicht überrascht, als dieser nach ein paar Schlucken aufstand.

»Wir sehen uns im Haus«, sagte er kurz angebunden.

Adrian nahm sich noch ein Brötchen. »Du machst einen Fehler«, sagte er beiläufig.

»Kommt darauf an, wie man es sieht.«

»Wohin willst du denn?«, fragte ihn Perry.

»Mich um einige unerledigte Dinge kümmern«, erklärte Lucas.

3

Jessica Hayward. Sie hielt inne, um den Klang ihres Namens auszukosten, und knetete dann weiter den Brotteig. Sie konnte es noch immer kaum glauben. Aber sie fühlte sich jetzt nicht mehr wie eine Heimatlose. Sie war eine reale Person, Jessica Hayward, und sie hatte ihr Zuhause gefunden.

Nicht, dass Hawkshill Manor ihr gehörte. Es war an Lord Dundas verkauft worden, um die Schulden ihres Vaters zu bezahlen. Diese Sache hatte ihr eine große Enttäuschung bereitet. Und sie hatte keine lebenden Verwandten mehr. Und wusste noch immer nicht, was sie nach London geführt hatte.

Die plötzlichen Tränen in ihren Augen überraschten sie. Es war dumm, natürlich, aber sie hatte einfach gehofft … Sie unterdrückte die Tränen. Sie war also eine Waise wie ihre Klosterschützlinge. Eigentlich konnte ihr das gleichgültig sein, denn sie konnte sich an ihre Eltern ohnehin nicht erinnern. Aber es war ihr nicht gleichgültig. Bevor Mrs Marshal – die Frau im Krankenhaus, die sie erkannte – ihre Gedächtnislücke schloss, hatte sie angefangen, sich Gedanken zu ihrer Familie zu machen. Sie hatte sich vorgestellt, nach Hause zu kommen wie der verlorene Sohn in der Bibel, der aus einem fernen Land heimkehrte. Und ihre Eltern würden ihr zu Ehren ein Fest geben; sie würde von ihren Brüdern und Schwestern, Cousins und Cousinen, Onkeln und Tanten umgeben sein, und überall im ganzen Land würde große Freude herrschen. Aber dann hatte sie erfahren, dass keine ihrer Verwandten mehr lebten. Ihre Mutter war gestorben, als sie, Jessica, noch ein Kind war, und ihr Vater kurz bevor sie im Kloster aufgetaucht war.

So viel zu Phantasien.

Sie schüttelte den Kopf. Eigentlich sollte sie dankbar dafür sein, dass sie hier war. Und nun, da sie zu Hause war, würde sie Menschen treffen, die sie von früher kannten. Dann würde sie die Antworten auf all die Fragen bekommen, die sie beschäftigten. Und nun, da sie in einer vertrauten Umgebung war, würde sie vielleicht ihr Gedächtnis wieder finden.

Sie hielt inne und blickte sich in der Küche um. Wenn sie sich nur erinnern könnte ... Ungeduldig mit sich selbst knetete sie ihren Teig weiter. Das Wichtige war jetzt die Arbeit, die sie und die Schwestern zu tun hatten. Hawkshill Manor war für ihre Zwecke der ideale Ort.

Manor, Gutshaus, war für diesen heruntergekommenen Ziegelbau eigentlich viel zu hoch gegriffen. Man konnte zwar schon erkennen, dass Hawkshill einmal ein landwirtschaftliches Gut gewesen war, aber das musste lange her sein. Doch wenn die Barmherzigen Schwestern es übernahmen, dann würde wieder ein Gutshaus daraus werden. Ein Traum, den die Mutter Oberin seit langem gehegt hatte, war, den älteren Jungen im Waisenhaus eine Berufsausbildung zu ermöglichen – und nun, so hatte sie zumindest selbst gesagt, hatte sich alles gefügt, als sei es so bestimmt gewesen.

Bestimmt. Jessica musste unwillkürlich lächeln. Eigentlich bedeutete das lediglich, dass Pater Howie bei seinen Nachforschungen zu ihrer Person entdeckt hatte, dass Hawkshill Manor seit drei Jahren leer stand und billig zu mieten war. Und damit konnte Jessica nicht nur zusammen mit den Schwestern, die ein sorgsames Auge auf sie warfen, in ihr Heim zurückkehren, sondern auch der Traum der Mutter Oberin ließ sich so verwirklichen.

Der Eigentümer hatte offensichtlich kein Interesse an dem Besitz. Er wohnte nur eine Meile weit entfernt; vom Speicher aus konnte man sein Haus sehen. Der Anwalt hatte gesagt, Lord Dundas könne Hawkshill Manor nicht nutzen; er habe es nur gekauft, weil sein Land daran angrenze. In diesem Fall konnte es gut sein, dass man seine Lordschaft überreden konnte, ganz auf die Miete zu verzichten, denn schließlich ging es ja um eine gute Sache. Immerhin war Lord Dundas als ein großherziger Mensch bekannt.

Und nun waren sie also hier, als Vorhut sozusagen: sie und die Schwestern Dolores und Elvira sowie der alte Joseph, ein stämmiger ehemaliger Berufsboxer, der Pförtner des Klosters und ihr Bewacher. Sie sollten Hawkshill für die Jungen herrichten. Sie fragte sich, wie diese reagieren würden, wenn sie die vormalige Schwester Martha als Jessica Hayward, ohne Nonnentracht, zu sehen bekamen. Tief in ihrem Innersten hatte sie immer geargwöhnt, dass sie nicht zum Klosterleben berufen war, und jetzt wusste sie es. Sie war einfach nur Miss Jessica Hayward, und ihre Kleidung entsprach ihrem neuen Platz in der Welt.

Ihr neuer Platz in der Welt. Geistesabwesend nahm sie etwas Mehl aus dem irdenen Mehltopf, verteilte es auf beide Hände und teilte den Teig in drei Portionen. Sie wäre kein normaler Mensch gewesen, wenn sie nicht schrecklich darauf gebrannt hätte, etwas über ihre Freunde zu erfahren. Einen hatte sie bereits kennen gelernt, Mr Perry Wilde. Er hatte sie gestern in der Sheep Street angesprochen, und anscheinend hatte er sich wirklich sehr gefreut, sie zu treffen. Für sie war es eher ein peinlicher Moment gewesen, denn sie wollte nicht, dass ihr Gedächtnisverlust bekannt wurde. Es war zwar unvernünftig, doch sie schämte sich dafür, und es machte ihr Angst. Sie wollte nicht, dass man mit dem Finger auf sie zeigte oder dass die Leute hinter ihrem Rücken flüsterten und sagten, sie sei komisch. Was sie mehr als alles andere auf der Welt wollte, war, als ein ganz normales Mädchen betrachtet zu werden.

Ja, einfach nur als ein ganz normales Mädchen! Denn wenn irgendjemand von ihrer Stimme erfuhr, würde man sie zu einer zweiten Jeanne d'Arc machen.

Doch darüber konnte sie später noch genug nachdenken. Jetzt galt es erst einmal, Brot zu backen. Und wenn sie damit fertig war, musste sie noch Erdbeertörtchen machen. Genau genommen gab es hier immer mehr als genug Arbeit. Denn von außen sah das Haus zwar ganz passabel aus, aber innen bot es ein Bild der Verwüstung. Gestern, nach ihrer Ankunft, hatten sie den ganzen Tag nur die Küche und eines der Schlafzimmer geputzt. Und heute, wenn Schwester Dolores und Schwester Elvira vom Einkaufen in Chalford zurückkamen und Joseph, der gerade Feuerholz sammelte, wieder hier war, würden sie die übrigen Zimmer in Angriff nehmen. Bis dahin wollte sie noch Teegebäck und die Törtchen machen.

Rasch formte sie drei Laibe, deckte sie mit einem feuchten Tuch ab und stellte sie beiseite. Eier waren keine da, deshalb bestrich sie das Teegebäck mit Milch und schob es mit der langen Holzschaufel in den Backofen. Dann stellte sie die Zutaten für die Erdbeertörtchen auf den Tisch.

Sie richtete sich auf und streckte sich. Der Tisch war für sie zu niedrig; wenn sie den Großteil der Küchenarbeit erledigen sollte, was wahrscheinlich war, dann mussten sie möglichst bald einen höheren besorgen, damit sie nicht über kurz oder lang ständig Rückenschmerzen hatte. Um die schmerzenden Muskeln etwas zu entspannen, lief sie ein wenig in der Küche umher und ging dann in den Frühstücksraum und in den vorderen Flur.

Dort hing ein mannsgroßer, zerbrochener Spiegel, und wenngleich sie es immer vermied, sich anzusehen, wenn die Schwestern da waren, faszinierte sie doch nichts mehr, als sich darin zu betrachten. Die Spiegel, die es im Kloster gab, waren alle winzig klein, deshalb hatte sie sich bisher nie in voller Größe gesehen.

Das Mädchen im Spiegel blickte sie ernst an. Jessica trat näher und betrachtete genau ihre Augen, ihre Brauen, ihre Nase, ihr Kinn. Sie lächelte, legte die Stirn in Falten, drehte sich nach links und rechts. Ohne sich im Mindesten sicher zu sein, dachte sie, das Schönste an ihr sei wohl ihr Haar. Es war honigfarben, und die Locken ließen sich nur bändigen, wenn sie sich einen Zopf flocht, so wie jetzt. Ihre Figur – sie nahm die Schürze ab und legte sie auf eine Bank. Ihrer Meinung nach war sie zu schlank; das Kleid hing zu locker an ihr. Sie straffte es etwas, sodass es am Körper anlag. Das war besser. Sie fragte sich, ob der nette junge Mann, den sie in der Sheep Street getroffen hatte, sie für hübsch hielt.

Das war Eitelkeit. Solche Dinge sollte sie nicht denken. Die Mutter Oberin hatte Recht. Eitelkeit war eine Erfindung des Teufels. Es war besser, wieder an die Arbeit zu gehen.

Als sie nach ihrer Schürze griff, hörte sie von draußen Hufgetrappel. Ihr Herz machte einen Sprung. Vielleicht war das dieser nette Mr Wilde, der einen Besuch abstatten wollte? Oder ein Freund, dem er mitgeteilt hatte, dass sie wieder in Hawkshill war? Sie spürte die Aufregung bis in die Magengrube. Sie atmete tief durch, öffnete dann die Tür und trat auf die Veranda hinaus.

Beim Anblick des Reiters lief ihr ein Schauer über den Rücken. Der Mann sah aus, als hätte er das Pferd, auf dem er saß, gestohlen. Es war ein wunderschöner Rappe mit glänzendem Fell, einer langen, fließenden Mähne und kräftigen Muskeln, die sich deutlich abzeichneten. Sein Reiter hingegen war das krasse Gegenteil; er saß gebeugt im Sattel, seine Kleidung war unordentlich, das Haar wirr und das Gesicht unrasiert. Doch mehr als all dies erschreckte sie seine Miene. Die Augenbrauen saßen tief, das Kinn war angespannt – das war mit Sicherheit kein freundlicher Besuch.

Ein Gedanke schoss ihr durch den Kopf. Vielleicht war der Mann einer dieser Zigeuner oder Kesselflicker – »diese Räuber und Diebe« hatte Schwester Dolores sie beschimpft –, die sich in Hawkshill eingenistet hatten, als das Haus leer stand. Es war ihr Chaos, das sie nun beseitigen mussten. Joseph hatte sie davor gewarnt, dass diese Leute zurückkommen könnten, und ihr gesagt, was sie dann tun solle. Jedenfalls galt es jetzt, Stärke zu zeigen.

Sie eilte zurück in den Flur und holte die alte Flinte hervor, die schussbereit hinter der Tür lag. Dann ging sie wieder hinaus, um den Eindringling gebührend zu empfangen. Die Waffe sollte lediglich zur Abschreckung dienen; nur wenn es gar nicht anders ging, sollte sie einen Schuss in die Luft abfeuern, um damit Joseph zu Hilfe zu holen.

Ein paar Meter von ihr entfernt zügelte der Reiter sein Pferd. Er stieg nicht ab; er blieb ruhig sitzen und beobachtete sie aus zusammengekniffenen Augen wie ein Panther, dem zufällig ein Kaninchen über den Weg gelaufen kam.

»Ich habe mir geschworen«, begann er nach einer Weile, »nicht herzukommen, aber meine Neugier war einfach zu groß, und außerdem möchte ich unbedingt meine neuen Mieter willkommen heißen.«

Sie erfasste die Bedeutung seiner Worte kaum. Sie fragte sich vielmehr, weshalb er so anmaßend grinste. Offenbar ärgerte er sich über etwas, doch sie hatte keine Ahnung, was es sein könnte. Sie hatte ja schließlich nichts Unrechtes getan; er war es, der ungebeten ihre Schwelle überschritt.

»Hat mein Anwalt es Ihnen nicht gesagt?«, fragte er und beugte sich nach vorn. »Hawkshill Manor ist jetzt mein Besitz.« – »Hawkshill gehört Ihnen?« Sie konnte es kaum glauben. Das war also ihr Vermieter, dieser ungepflegte, geradezu anrüchig wirkende Kerl? Sie schüttelte den Kopf.

»Doch, es ist so. Fragen Sie meinen Anwalt, wenn Sie mir nicht glauben. Ich, Lucas Wilde, bin der Eigentümer von Hawkshill Manor.«

Wilde? War das nicht der Name des jungen Mannes, den sie in der Sheep Street kennen gelernt hatte? Die beiden mussten verwandt sein. »Sie sind Lord Dundas?«, fragte sie ungläubig.

»Ja, ich bin jetzt ein Lord, Miss Hayward, und obendrein so reich wie sonst keiner hier.« Er trieb sein Pferd einen Schritt nach vorn. »Aber das Leben ist voll von diesen kleinen Merkwürdigkeiten, meinen Sie nicht auch?«

Er mochte aussehen wie ein Zigeuner, doch er sprach wie ein Gentleman. Lord Dundas. Es musste stimmen. Jetzt wurde ihr der Zustand des Hauses begreiflich. Es war ganz wie sein Besitzer.

Doch die Überzeugung, dass er die Wahrheit sagte, beruhigte sie kaum. Seinem Aussehen nach zu urteilen, hatte er wohl ziemlich getrunken.

Sie hatte schon früher mit Trunkenbolden zu tun gehabt, wenn sie und die Schwestern Londons Elendsviertel nach ausgesetzten Kindern durchkämmten. Doch bei diesen Gelegenheiten hatte sie ihre Nonnentracht getragen, und selbst der heruntergekommenste Dockarbeiter hatte für die Barmherzigen Schwestern Respekt gezeigt. Jetzt aber trug sie keine Tracht.

Sie musterte ihn argwöhnisch. Er war ihr Vermieter; deshalb wollte sie ihn nicht gegen sich aufbringen. Aber sie wusste auch, dass Alkohol einen Menschen unberechenbar machen konnte. Um ihn subtil daran zu erinnern, dass sie nicht so wehrlos war, wie er womöglich glaubte, legte sie das Gewehr in die Armbeuge.

Seine Reaktion war ein polterndes Lachen. »Vorsicht«, mahnte er, »Sie könnten mit dem Ding da jemanden verletzen!« Ohne sie aus den Augen zu lassen, stieg er langsam ab und band sein Pferd fest.

Sie trat einen Schritt zurück, um besser manövrieren zu können, falls sie Joseph mit einem Schuss alarmieren musste. »Die Schwestern sind nicht hier«, sagte sie, »nur unser Helfer, Joseph.« Die Erwähnung eines Mannes sollte ein weiterer Hinweis darauf sein, dass sie nicht absolut wehrlos war. »Und ich habe keine Befugnis, die Schwestern zu vertreten.«

Er zog eine Augenbraue hoch. »Ja, ich habe schon von den Nonnen gehört, aber was man mir da erzählt hat, kann ich wirklich kaum glauben. Wollen Sie es mir nicht selbst erklären?«

»Da gibt es nicht viel zu erklären. Wir bringen einige unserer Jungen aus dem Waisenhaus hierher; sie werden zu Bauern oder Handwerkern ausgebildet, damit sie bessere Chancen haben, wenn sie uns einmal verlassen.«

»Nur Sie und die Nonnen?«

»Nein, nein. Wir werden Leute einstellen, die uns helfen.«

Er lachte rau. »Und Sie meinen wohl, dass ich Ihnen das glaube?«

Als er einen weiteren Schritt auf sie zu machte, schoss ihr durch den Kopf, dass er vielleicht viel gefährlicher war, als sie dachte.

Er war jetzt nur noch einen Sprung von ihr entfernt, und nun bemerkte sie etwas, das ihr zunächst nicht aufgefallen war. Er kämpfte offensichtlich gegen eine starke Gefühlsregung an, die er kaum im Zaum halten konnte. Den Blick starr auf sie gerichtet, stand er mit zusammengebissenen Zähnen da, und seine Hände ballten sich ständig zu Fäusten und lösten sich dann wieder.

Sie merkte, wie ihre Stimme stockte, wie ihr Puls raste. Wenn er wollte, konnte er ihr wirklich wehtun. Aber sie hatte ja die Waffe.

Seine Stimme war belegt. »Warum? Warum bist du zurückgekommen?«

»Das habe ich Ihnen doch gesagt. Wegen der Kinder. Wir bilden sie zu Landwirten aus oder lassen sie einen Beruf erlernen.«

»War es wegen des Titels? Des Geldes? Hast du geglaubt, die Vergangenheit spielt keine Rolle? Antworte mir, Jess!«

Was immer er über Jessica Hayward wusste, es war offensichtlich nicht zu ihrem Vorteil. Doch darüber nachzudenken, hatte sie jetzt keine Zeit. Er kam immer näher, er zwang sie zurückzuweichen. Noch ein Schritt und sie würde im Flur stehen.

Sie fuhr sich mit der Zunge über die Lippen. »Lord Dundas …«

Er reagierte, als hätte sie ihn geschlagen. »Bei Gott, wenn du mich noch einmal so nennst …«

Er griff nach ihr; sie riss die Flinte hoch und richtete sie direkt auf seine Brust. Er blieb wie angewurzelt stehen. »Ich weiß, wie man damit umgeht«, sagte sie und versuchte, das

Zittern in ihrer Stimme zu verbergen. »Ich warne Sie, kommen Sie nicht einen Schritt näher!«

Seine harten Gesichtzüge wurden allmählich weicher, und aus seiner Brust drang ein tiefes Lachen. »Na, das ist mehr wie die Jess, die ich kenne!« Er breitete die Arme aus und trat noch einen Schritt näher. »Na, mach schon. Drück ab! Aus der Entfernung kannst du nicht danebenschießen. Hier musst du draufzielen!« Er berührte sein Herz. »Was ist denn, Jess? Hast du etwa die Nerven verloren?«

Sie zielte auf den Boden, schloss die Augen und drückte ab. Nichts passierte.

Sie hatte einen Fehler begangen, der sie teuer zu stehen kam; sie merkte es sofort, als sie die Augen öffnete. Sein Gesicht war aschfahl, aber er grinste breit.

»Du lieber Gott! Was bist du doch für ein hinterhältiges kleines Luder! Wenn du daran gedacht hättest zu laden, dann wäre ich jetzt kastriert!«

Obwohl sie vor Angst zitterte, fühlte sie sich doch noch so weit als Schwester Martha, dass sie dem Mann, der vor Wut außer sich schien, auch ihren Zorn entgegensetzen konnte. »Gotteslästerung«, erklärte sie mit eisiger Stimme, »wird in diesem Haus nicht geduldet!«

»Ach was, das ist ja nicht zu fassen!«

Er entriss ihr das Gewehr so plötzlich, dass sie nicht mehr reagieren konnte. Sie schaffte es gerade noch, ihn zurückzustoßen, dann rannte sie los. Sie hörte einen grässlichen Fluch und als Nächstes seine Schritte – er verfolgte sie. Keuchend rannte sie in die Küche, direkt zum Backofen, neben dem die lange Holzschaufel stand. Ohne zu zielen, schwang sie sie mit aller Kraft durch die Luft – und landete einen Volltreffer an seiner Schulter. Er stolperte und fluchte erneut, aber er gab nicht auf. Diesen Mann konnte nichts aufhalten! Sie holte noch einmal aus, doch dieser Schlag ging daneben; sie traf den Mehltopf, der mit einem lauten Krachen auf dem Boden zerschellte.

Wieder röhrte sein tiefes, polterndes Lachen auf, und er machte einen Satz auf sie zu. Sie holte noch einmal aus; dieses Mal traf die Holzschaufel die Schale mit der Erdbeermarmelade. Sie knallte gegen den Kaminsims und löste sich in einen klebrig-roten Schauer auf. Es spritzte an die Decke, es regnete auf den Boden, es ergoss sich über ihn und über sie.

Die Hände in die Hüften gestemmt, warf er den Kopf zurück und brüllte vor Lachen. »Wenn du dich bloß sehen könntest!«

Es war ihr gleichgültig, wie sie aussah, zumindest, wenn sie einem Verrückten gegenüberstand. Ihr Blick war auf ihn geheftet, sie beobachtete jede kleinste Bewegung von ihm. Ihre Hände umklammerten die Brotschaufel wie eine Lanze. Als er auf sie zukam, griff sie ihn an, doch er wich ihr geschickt aus, und im nächsten Augenblick hatte er sie von hinten gepackt, hielt ihre Arme fest und hob sie mühelos hoch. Sie trat und sträubte sich, sie wand und krümmte sich, doch sie hatte gegen ihn keine Chance. Sein Griff war so stark, dass sie glaubte, ersticken zu müssen. In blinder Panik ließ sie die Schaufel fallen; im selben Moment lockerte sich seine stählerne Umklammerung.

Als ihre Füße wieder den Boden berührten, drehte er sie langsam um und blickte ihr in die Augen. »Was zum Teufel dachtest du, dass ich mit dir anstelle?«, fragte er und schüttelte sie grob.

Sie musste erst einmal Atem schöpfen. Mit letzter Kraft lehnte sie sich so weit zurück, weg von ihm, wie sein Griff es zuließ.

»Verdammt, würdest du mal aufhören, dich zu wehren?«

Sie gehorchte.

Sein Blick unter den dichten schwarzen Augenbrauen hervor wanderte langsam über ihr Gesicht. »Du hast ja Angst vor mir«, sagte er, »richtig Angst.«

»Sie haben mich angegriffen«, keuchte sie.

Ein gequältes, schiefes Lächeln formte sich in seinen Zügen. »Jess, du hattest das Gewehr. Du hast mich bedroht. Das wirst du doch einsehen.«

Er sagte es in einem Tonfall, den sie selbst manchmal im Waisenhaus benutzte, wenn sie den Kindern die Furcht nehmen wollte. Er machte jetzt nicht mehr den Eindruck eines gefährlichen Verrückten. Sein schiefes Lächeln ließ ihn fast harmlos wirken, und bei diesem Gedanken löste sich ihre Anspannung etwas. Sie zuckte hilflos die Achseln. »Ich dachte, Sie seien verrückt.«

»Und ich dachte, du warst ... reizend.«

Als er die Hand nach ihr ausstreckte, zuckte sie zurück. »Lassen Sie das!«

Er ließ die Hand fallen. Etwas in seinen Augen flammte auf und verschwand sogleich wieder, Schmerz, Bedauern – was immer es war, sie fühlte sich dadurch weniger bedroht.

»Es ist nur ein Spritzer Marmelade«, sagte er.

Sie wischte sich mit der Hand über das Gesicht. »Marmelade?«

»Lass mich das machen.« Wieder streckte er die Hand aus, doch dieses Mal zuckte sie nicht zurück. Mit dem Daumen wischte er die klebrige Masse von ihrem Kinn. »Marmelade«, wiederholte er und zeigte sie ihr. Dann blickte er ihr fest in die Augen, leckte seinen Finger ab und schluckte.

Sie schluckte unwillkürlich mit ihm. Ihre Brüste hoben und senkten sich rasch; eine seltsame Erwartung befiel sie. Den Blick fest auf ihn gerichtet, spürte sie, dass ihr Herz immer heftiger schlug.

Er atmete langsam aus. »Es ist immer noch da, Jess, nicht wahr? Du spürst es ebenso wie ich. Bist du deshalb zurückgekommen? Ist es so, Jess? *Ist es so?* Nein, schieb mich nicht weg, ich tue dir nicht weh. Ich möchte dich nur im Arm halten.«

Sie leistete keinen Widerstand, als er sie in die Arme schloss. Irgendetwas regte sich in ihr, etwas, das weiter zurückreichte als ihre Erinnerung. Sie suchte sein Gesicht ab, versuchte angestrengt, etwas zu erkennen. Dieser Mensch konnte ihr über Jessica Hayward alles erzählen, was sie wissen wollte. Dann senkte sich sein dunkler Kopf über sie, und als sich ihre Lippen trafen, ließ sie es geschehen und bewegte sich nicht mehr.

Sie hatte keine Chance zu protestieren; im Nu war jede Faser ihres Wesens wie elektrisiert. Das Entsetzen, das sie nur Augenblicke zuvor verspürt hatte, war vergessen, ebenso die Regeln, die sie als Nonne einzuhalten geschworen hatte. Der Eindruck, den er auf Jessica machte, war so stark, als hätte es Schwester Martha nie gegeben. Hawkshill Manor und seine Küche fielen dem Vergessen anheim; sie war sich nur noch einer einzigen Sache sicher: dass es richtig war, in seinen Armen zu liegen. Ihr Verstand mochte diesen Mann nicht erkennen, doch in der tiefsten Tiefe ihrer Seele war etwas stark angerührt. Sie hätte in diesem Augenblick schwören können, dass er ihr so vertraut war wie ihr eigener Herzschlag.

Die Sanftheit der starken Arme, die sie hielten, faszinierte sie; die zärtliche Leidenschaft, mit der sich seine Lippen auf ihrem Mund bewegten, war betörend. Wieder und wieder küsste er sie, und jeder neue Kuss war noch wunderbarer als der vorherige. Unter dem milden Druck seiner Lippen wurden die ihren weich und empfänglich, wie von selbst glitten ihre Hände über seine Schultern und in sein Haar.

Dieser kleine Akt der Hingabe veränderte alles. Er begann, ihr ganzes Gesicht, ihren Hals, ihre Brüste mit wilden, ekstatischen Küssen zu bedecken. Sein Atem ging heftig, die Brust bebte geradezu.

»Jess«, flüsterte er heiser, »Jess!«

Als er sie auf den Tisch legte, schrie sie angstvoll auf, doch er kniete sich neben sie, und dadurch entspannte sie sich sofort wieder und hatte keine Furcht mehr. Die Erinnerungen, die in jeder Faser ihres Körpers schlummerten, hatten sie überwältigt.

Durch den Schleier seiner dichten, dunklen Wimpern blickte er auf sie.

»Ich vertraue dir«, flüsterte sie, selbst verwundert über ihre Worte.

Er hielt inne, regungslos. »Du vertraust mir?«

Sie nickte.

Mit einem wilden Fluch richtete er sich auf. Die Zähne waren wieder zusammengebissen, der Blick erneut voller Gewalt.

Sie stützte sich erschrocken auf die Ellbogen. »Was habe ich denn gesagt?«, schrie sie angstvoll.

Er senkte das Gesicht bis auf wenige Zentimeter auf das ihre. »Du hast ein reichlich schlechtes Gedächtnis«, knurrte er. »Genau das hast du letztes Mal auch gesagt. Deinetwegen habe ich Bella verloren, und wofür? Für ein belangloses Abenteuer!«

Als er sich aufrichtete und seine Kleidung wieder in Ordnung brachte, wurde sein höhnisches Grinsen noch deutlicher. »Mach dich um Gottes Willen wieder zurecht! Und geh von dem Tisch herunter, bevor jemand hereinkommt! Oder ist es genau das, worauf du spekulierst? Wenn du glaubst, du kannst mich erpressen, damit ich dich heirate, dann solltest du besser noch einmal nachdenken.«

Allmählich begann Jessicas Verwirrung nachzulassen, aber je klarer ihre Gedanken wurden, desto entsetzter wurde sie. Der Verrückte war nicht er, sondern sie! Mit einem Aufschrei stand sie von dem Tisch auf, starrte bestürzt darauf und wunderte sich, was in aller Welt von ihr Besitz ergriffen hatte, dass sie so weit gegangen war. Glühend rot vor Scham wandte sie sich zu ihm um.

Die Verachtung in seinem Blick entfachte einen Zorn in ihr, den sie bislang nicht gekannt hatte. »Ich habe Sie nicht hereingebeten«, erklärte sie. »Das haben Sie selbst besorgt. Und was das Erpressen und Sie heiraten anbelangt – lieber lege ich so bald wie möglich meine Gelübde ab!«

Er verzog den Mund zu einem säuerlichen Grinsen, machte auf dem Absatz kehrt und schritt zur Tür. An der Schwelle drehte er sich noch einmal um. »Du hast meine Frage noch nicht beantwortet. Warum bist du zurückgekehrt? Und komm mir nicht mit diesem Blödsinn von den Jungen im Waisenhaus. Das kannst du den Nonnen erzählen, mir nicht!«

Sie reckte den Kopf hoch und blickte ihm direkt in die Augen. Sie wollte ihn so sehr aus der Fassung bringen, wie er es mit ihr getan hatte. »Ich bin zurückgekommen, um einen Mörder zu finden«, sagte sie.

Er wurde kreidebleich, sein Blick loderte. Leise, mit gepresster Stimme, sagte er: »Ich will, dass du von hier verschwindest. Gut, die Nonnen können bleiben, aber du gehst. Geh zurück in dein Kloster, Jess. Hier ist kein Platz für dich. Wenn du nicht freiwillig gehst, dann werde ich nachhelfen. Habe ich mich klar und deutlich ausgedrückt?«

Er wartete ihre Antwort nicht ab. Er schlug die Tür zu und war verschwunden.

4

Der Anwalt händigte Jessica die Dokumente aus, lehnte sich in seinem Sessel zurück und ließ ihr einen Augenblick Zeit, den Text geistig zu verarbeiten.

Schließlich blickte sie auf. »Zweitausend Pfund?«, fragte sie. Es kam ihr wie ein Vermögen vor. Das war der Rest des Besitzes ihres Vaters nach Abzug der Steuern und Tilgung diverser Schulden.

»Es ist natürlich investiert«, erklärte Mr Rempel. »Es wird nur ein kleines Einkommen sein, doch wenn Sie Sorgfalt walten lassen und das Kapital unangetastet bleibt, sollte es für Ihren Unterhalt reichen.« Er schüttelte den Kopf. »Eigentlich sollte es mehr sein, wesentlich mehr, aber Ihr Vater war nicht gerade ein sparsamer Mensch.«

Jessica fiel ein Stein vom Herzen. Als sie auf Mr Rempels kurze Mitteilung hin in die Stadt gekommen war, hatte sie befürchtet, er werde ihr eine Räumungsklage von Lord Dundas übergeben. Drei Tage waren vergangen, seit er gedroht hatte, sie aus Hawkshill hinauszuwerfen, aber bislang hatte er offenbar nichts gegen sie unternommen. Jetzt konnte er tun, was er wollte, es würde ihr nichts ausmachen. Sie konnte aus Hawkshill ausziehen und eine Wohnung in der Stadt mieten. Keine großen Räumlichkeiten, aber Bescheidenheit war sie gewohnt.

Sie hatte nicht damit gerechnet, dass Mr Rempel nett sein würde, als sie sein Büro betrat. Doch innerhalb von fünf Minuten lernte sie, ihn mit anderen Augen zu sehen. Er war klein und rundlich, ein typischer sympathischer Gentleman vom Land, der mehr Zeit im Freien verbrachte als hinter seinem Schreibtisch.

»So etwas habe ich absolut nicht erwartet«, sagte sie und gab ihm die Dokumente zurück.

Er verstand sie falsch. »Nein. Wie gesagt, Ihr Vater war kein sparsamer Mensch. Wenn Lucas nicht gewesen wäre, dann wäre das zu vererbende Vermögen noch deutlich geringer ausgefallen.«

Sie verkrampfte sich unwillkürlich. »Was hat Lord Dundas denn mit dem Vermögen meines Vaters zu tun?«

»Als Hawkshill zum Verkauf stand, erwarb Lucas es für weit mehr, als es wert war.«

»Und warum hat er das getan?«

»Warum?« Der Anwalt nahm einen Bleistift zur Hand und betrachtete ihn eingehend. »Das müssen Sie ihn schon selbst fragen.« Er blickte auf und zuckte die Achseln. »Ich kenne Lucas schon seit seiner Kindheit. Er ist schon immer ein freigebiger Mensch gewesen, sogar zu Zeiten, als er arm war und nur von der Gunst seiner Verwandten leben konnte. Ich vermute, er fühlte sich verantwortlich, vielleicht sogar schuldig, obwohl ihm niemand für das, was ihrem Vater in jener Nacht zustieß, die Schuld gab.«

»Was ist denn meinem Vater zugestoßen?«

Er blickte sie überrascht an. »Das wissen Sie nicht?«

Sie schüttelte den Kopf.

»Es stand in allen Zeitungen, ja, nicht nur in der lokalen Presse, sondern sogar in der Londoner *Gazette*.«

»Ich habe es nicht gesehen.« Als er zögerte, fuhr sie fort zu sprechen. »Bitte, machen Sie sich keine Gedanken wegen meiner Gefühle. Ich muss es wissen.«

Er blickte auf seine Hände. »Er wurde erschossen, auf dem Heimweg von einer Schenke. Ein Schuss in den Rücken, genauer gesagt.«

Sie hatte das Gefühl, als stünde sie am Rande eines Abgrunds. So etwas hatte sie sich absolut nicht vorstellen können.

Bislang hatte sie nur das gewusst, was ihr die Frau im Krankenhaus erzählt hatte: dass ihre Eltern tot waren. Von Mord hatte Mrs Marshal nichts gesagt; vielleicht hatte sie es selbst nicht gewusst. Oder sie hatte es gewusst, wollte aber die Nonnen, die sich um sie kümmerten, nicht beunruhigen.

Der Anwalt beobachtete sie und erwartete ihre Reaktion auf die Neuigkeit, die er ihr mitgeteilt hatte. Ein normales Mädchen hätte Gefühle gezeigt; ein normales Mädchen wäre in Tränen ausgebrochen oder hätte gegen das schreckliche Schicksal, das seinen Vater ereilt hatte, gewütet. Doch sie war anders. Sie hatte keine Erinnerung an ihren Vater. Aber warum war sie dann so niedergeschlagen?

»Miss Hayward, geht es Ihnen gut? Möchten Sie ein Glas Wasser? Oder lieber einen Brandy?«

Der Anwalt schickte sich an aufzustehen. Sie versuchte, sich zu fassen. »Nein. Danke schön.« Sie brachte ein Lächeln zustande. »Es geht schon wieder.«

Er ließ sich wieder in seinen Sessel zurücksinken.

Sie schluckte schwer. »Wer hat es getan?«

»Niemand konnte dafür zur Verantwortung gezogen werden.«

»Wann ist es passiert?«

»Im Spätsommer 1815.«

»Wann genau?«

»Am sechzehnten August. Ich erinnere mich an das Datum, weil das der Geburtstag meiner Frau war.«

Und am achtzehnten, zwei Tage später, war sie vor dem Kloster von einer Kutsche überfahren worden. Sie saß da, starrte ihn stumm an und ließ den Gedanken auf sich wirken. »Und wo war ich?«

»Wo Sie waren? Wissen Sie das nicht?«

Er musterte sie neugierig, beinahe argwöhnisch. Es führte kein Weg daran vorbei – sie musste ihm die Wahrheit sagen.

»Ich weiß es nicht, weil ich als Folge eines Unfalls mein Gedächtnis verloren habe. Ich kann mich an nichts erinnern, was passiert war, bevor ich im Kloster der Barmherzigen Schwestern aufwachte. Und das war vor drei Jahren.«

»Sie haben Ihr Gedächtnis verloren?«

»Bis vor ein paar Wochen kannte ich nicht einmal meinen eigenen Namen. Aber eine Patientin im Krankenhaus erkannte mich. Bis zu diesem Zeitpunkt war ich Schwester Martha. Jetzt bin ich Jessica Hayward, aber ich weiß nichts über mein Leben, bevor ich eine Nonne war. Ich weiß nicht einmal, was ich in London getan habe oder wie lange ich vor dem Unfall dort war.«

Sein Mund stand offen, und er starrte sie an, als sei sie ein Monster. Es war genau die Reaktion, die sie befürchtet hatte.

»Na so was!«, stieß er endlich hervor. »Aber ich glaube, Sie sagen die Wahrheit! Kein Wunder, dass niemand Sie gefunden hat. Wer hätte denn geglaubt, dass Jessica Hayward in einem Nonnenkloster sein würde?«

Sie wollte sich nicht ablenken lassen. »Mr Rempel, wann genau habe ich Chalford verlassen?«

Er zögerte. »Ich glaube, ich kann mich nicht mehr genau an die Abfolge der Ereignisse erinnern«, sagte er dann. »Da fragen Sie besser Constable Clay, den Wachtmeister.«

»Aber Sie wissen doch sicher, ob es vor oder nach dem Tod meines Vaters war?«

»Sie verschwanden in derselben Nacht, in der Ihr Vater zu Tode kam«, antwortete er. »Ihr Bett blieb unbenutzt. Das ist alles, was dazu bekannt ist.«

Sie starrte mit leerem Blick auf ihn, doch in ihrem Kopf jagten sich die Gedanken. »In derselben Nacht«, wiederholte sie halblaut.

Er beugte sich vor und legte seine dicken Hände auf den Schreibtisch. »Hören Sie, Miss Hayward. Fangen Sie irgendwo wieder von vorn an. Sie haben die finanziellen Möglichkeiten, das zu tun – nicht in einem allzu großen Maßstab, aber eben einigermaßen bescheiden.«

»Weshalb sollte ich das tun?«

Er zuckte die Achseln. »Die Leute reden, Sie wissen ja, wie das ist. Sie waren drei Jahre lang weg. In der Zeit ist viel über Sie spekuliert worden.«

Sie wartete gespannt. Als er nicht fortfuhr, erwiderte sie: »Sie müssen verstehen, wie das für mich ist. Ohne meine Erinnerung fühle ich mich verloren. Alles, was Sie mir sagen können, kann dazu beitragen, dass ich mich wieder zurechtfinde.«

»Ich weiß sehr wenig«, erwiderte er, »und das meiste davon nur vom Hörensagen. Nein, Miss Hayward, ich bin für Ihre Fragen nicht der Richtige.«

Sie war sich sicher, dass er ihr viel erzählen konnte, wenn er nur wollte. »Aber über den Tod meines Vaters wissen Sie doch Bescheid«, sagte sie. »Wie ist es denn passiert?«

»Er hatte im Schwarzen Schwan getrunken. Auf dem Heimweg wurde er überfallen und erschossen.«

»Und weshalb sollte sich Lucas Wilde schuldig fühlen – das war es doch, was Sie sagten, nicht wahr?«

»Lucas hat keinen Grund, sich schuldig zu fühlen. Jeder hätte Ihren Vater töten können. Es hätten auch Räuber oder Wegelagerer sein können.«

»Aber was meinten Sie dann, als Sie sagten, Lucas habe sich für das, was meinem Vater in jener Nacht zustieß, die Schuld gegeben?«

»Sie hatten unmittelbar vor der Tragödie einen Streit. Ihr Vater war nicht bewaffnet, als er den Schwarzen Schwan verließ, und deshalb konnte er sich auch nicht verteidigen. Lucas hatte ihm seine Pistole abgenommen. Sie brauchen nicht so zu schauen. Lucas wurde bei der gerichtlichen Untersuchung zu hundert Prozent freigesprochen.«

Sie atmete hastig. »Oh, das bezweifle ich nicht. Der edle Graf von Dundas hat sicher viele hochrangige Freunde.«

»Damals war er noch kein Graf«, entgegnete der Anwalt sofort. »Er war einfach nur Mr Wilde. Miss Hayward, ich möchte Ihnen einen Rat geben. Sie sollten Lucas nicht mit Schmutz bewerfen. Er ist in Chalford und in der ganzen Umgegend sehr beliebt; Sie würden sich damit nur Feinde machen.«

Sie verbiss sich eine ärgerliche Erwiderung. Schließlich hatte der Anwalt Recht. Sie musste achtsam vorgehen.

»Tut mir Leid«, sagte sie. »Ich weiß nicht, was ich von all dem halten soll, aber jedenfalls sollte ich keine voreiligen Schlüsse ziehen. Erzählen Sie mir von meinem Vater. Wo fand der Überfall statt?«

Er schüttelte seufzend den Kopf; ihre Hartnäckigkeit strengte seine Geduld an. »Er nahm eine Abkürzung, den Reitweg durch den Wald, der zu Hawkshill gehört. Wenn Sie mehr wissen wollen, sollten Sie auf der Wache nachfragen. Wachtmeister Clay hatte in jener Nacht Dienst.«

»Und worüber stritten mein Vater und Lucas?«

Er stand auf und beendete damit abrupt das Gespräch. »Auch darüber kann Ihnen Constable Clay mehr sagen, aber an Ihrer Stelle würde ich zuerst mit Lucas sprechen.«

Seine Miene verriet ihr, dass er nicht gewillt war, weitere Fragen zu beantworten. Ihre Enttäuschung hinter einem Lächeln verbergend, ließ sie sich zur Tür bringen und gab ihm die Hand. »Vielen Dank für Ihre Hilfe, Mr Rempel.«

Er ließ ihre Hand nicht los. »Es gibt vieles, das Sie nicht wissen, Miss Hayward, aber es steht mir nicht zu, Ihnen das zu sagen. Je mehr ich darüber nachdenke, desto mehr komme ich zu dem Schluss, dass Sie mit Lucas reden sollten, bevor Sie bezüglich Ihrer Zukunft irgendeine Entscheidung treffen.«

Als sie auf den Gehsteig hinaustrat, begann sie zu zittern. Alles passte zusammen. Es war die Ermordung ihres Vaters gewesen, was sie immer und immer wieder gesehen hatte. Das erklärte ihre Verbindung zu der Stimme. Die Ermordung ihres Vaters, nicht die irgendeines Fremden. Und zwei Tage darauf war sie in London von einer Kutsche überfahren worden.

Nichts konnte sie davon abbringen, dass diese beiden Ereignisse etwas miteinander zu tun hatten. Sie glaubte nicht an Zufall, zumindest nicht in einem solchen Ausmaß. Was war also geschehen? Wo war sie gewesen, als ihr Vater ermordet wurde, und wie war sie nach London gekommen?

Bei ihrem nächsten Gedanken musste sie sich am Türrahmen festhalten, um nicht das Gleichgewicht zu verlieren. Vielleicht glaubten die Menschen in Chalford alle, *sie* habe ihren Vater umgebracht und sei dann geflüchtet! Und was konnte sie zu ihrer Verteidigung vorbringen? Dass ihre *Stimme* schuld war? Welche *Stimme* denn? Und vor allem: Wem gehörte diese Stimme?

Minutenlang suchte sie in ihrem Kopf nach etwas, nach einer Erinnerung, die ihr weiterhelfen konnte. Aber da war nichts. Sie konnte sich nur an die nackten Fakten halten. Das Wichtigste, was sie bislang erfahren hatte, war, dass Lucas Wilde unmittelbar vor dem Mord einen Streit mit ihrem Vater gehabt hatte. Und sie konnte Lucas' Blick nicht vergessen, als sie ihm sagte, sie sei zurückgekommen, um einen Mörder zu finden. Er hatte etwas zu verbergen, deshalb hatte er ihr nahe gelegt, nicht hier zu bleiben.

Und er war nicht der Einzige, der ihr geraten hatte zu verschwinden. Der Anwalt hatte gemeint, sie solle »irgendwo wieder von vorn anfangen«. Anscheinend hatten weder sie selbst noch ihr Vater unter den braven Leuten von Chalford viele Freunde gehabt. Niemand hatte sie in den letzten drei Tagen besucht. Keine ehemaligen Freunde waren nach Hawkshill gekommen, um sie zu Hause willkommen zu heißen. So hatte sie es sich nicht vorgestellt. Vielleicht hatte sie hier ebenso wenig hineingepasst wie ins Kloster.

Als sie merkte, wohin ihre Gedanken sie führten, richtete sie sich auf und versuchte, sich zu fassen. Sie konnte ihre Zeit und Energie nicht in nutzlosem Selbstmitleid vergeuden. Sie war mit einem Vorsatz nach Chalford gekommen, und sie tat gut daran, diesen Vorsatz nicht zu vergessen.

Sie hatte sich nur paar Schritte vom Haus des Anwalts entfernt, als ein Reiter um die Ecke Waterside Street/Sheep Street kam. Es war Lucas. Er hatte sie noch nicht gesehen, und so trat sie rasch in den Eingang eines Textilgeschäfts. Von dort konnte sie ihn heimlich beobachten.

Dieses Mal entsprach sein Äußeres seinem edlen Pferd, ja, mehr als das. Er war geschmeidig und elegant – eine einzige Augenweide. Unter einem modischen dunkelgrauen Mantel trug er eng anliegende Reithosen aus Hirschleder, durch die sich seine starken Beinmuskeln abzeichneten. Und auf dem glatt rasierten Gesicht unter der breiten Krempe seines Hutes lag ein Lächeln.

Das Lächeln galt mehreren Bewohnern der Stadt, die in der Sheep Street unterwegs waren. Viele von ihnen riefen ihm einen Gruß zu, als er sein Pferd den Hügel hinaufführte. Kein Zweifel, Lucas Wilde gehörte hierher. Er war der Letzte, den man eines Mordes verdächtigt hätte. Aber genau das hatte ihr die Stimme während der Abendandacht mitgeteilt …

Die Leute waren so töricht. Wenn sie ihn ansahen, sahen sie genau das, was er sie sehen lassen wollte. Niemand hätte ihn je eines Mordes verdächtigt. Er war zu schlau für sie.

Plötzlich fasste sie einen festen Entschluss. Sie würde ihn demaskieren. Gott war ihr Zeuge, sie würde der Stimme ein Gesicht geben! Er hatte ihren Vater hinterrücks erschossen, wie Ungeziefer. Niemand verdiente einen solchen Tod. Ihre Stimme war ein Ungeheuer.

Für einen kurzen Augenblick spürte sie sich so von Kummer überwältigt, dass sie am liebsten geweint hätte. Sie hatte nie viele Gedanken an das Opfer in ihrer durch die Stimme ausgelösten Vision verschwendet. Sie hatte immer nur das natürliche Mitleid und das Entsetzen gespürt, das man für jeden spürte, der eines gewaltsamen Todes starb. Jetzt aber fragte sie sich, was ihr Vater im Augenblick seines Todes wohl gedacht hatte. Hatte er Angst gehabt? Hatte er leiden müssen? Hatten seine letzten Gedanken ihr gegolten?

Sie blinzelte heftig, machte kehrt und ging dann in Richtung Chapel Street. Das war nicht die Richtung, in die sie eigentlich wollte, aber sie hatte keine Lust, ihrem Vermieter zu begegnen. Über einen kleinen Umweg würde sie den Schwarzen Schwan erreichen. Auf dem Weg zum Anwalt war sie bereits daran vorbeigekommen und stehen geblieben, um den Moriskentänzern am Ufer der Themse zuzuschauen. Der Schwarze Schwan war die Schenke, die Mr Rempel erwähnt hatte; dort hatten Lucas und ihr Vater sich gestritten.

*

Es war Markttag. Im Innenhof des Schwarzen Schwans standen viele Pferde; das Gasthaus war gut besucht. Jessica schritt durch den Hofeingang und trat beherzt ein. An der Rezeption im Eingangsbereich war niemand, und so folgte sie dem Stimmengewirr, das linker Hand aus einer Glastür drang. Nach dem ersten Schritt durch die Tür blieb sie abrupt stehen. Der Raum war voll, doch mit Ausnahme der jungen Frauen, die die Gäste bedienten, war keine weibliche Person zu sehen.

Hinter ihr rief jemand ihren Namen, und eine Menge von Gesichtern wandte sich ihr zu. Jessica hörte jedoch nichts; sie stellte sich den Streit vor, der vor Jahren zwischen Lucas Wilde und ihrem Vater hier stattgefunden hatte.

Es war mit Sicherheit nicht sehr hell gewesen. Das Gebäude stammte aus der Tudor-Zeit; der Raum hatte kleine Fenster und eine niedrige, von dunklen Balken durchzogene Decke. An einem Ende befand sich die Theke mit großen Humpen Ale, die die Kellnerinnen servierten. Einige Herren saßen direkt am Tresen.

Sie konnte sich die Szene gut vorstellen, aber irgendetwas in ihrem Bild störte, ja bestürzte sie. Denn sie war auch hier, nicht als die jetzige Jessica Hayward, sondern als ein kleines Mädchen. Und irgendetwas machte sie todunglücklich.

Lucas ließ seine Freunde stehen und ging zu ihr. »Du solltest nicht hier sein, Jess.«

Sie wusste nicht, ob es eine Erinnerung war oder einfach nur ihre Einbildung.

»Du solltest nicht hier sein, Jess.«

Eine Hand an ihrem Arm drehte sie um. Lucas Wilde blickte düster auf sie nieder, nicht der Lucas aus ihrer Vorstellung, sondern einer, der unendlich bedrohlicher war. Sie brauchte einen Moment, um zu sich zu kommen, um Realität und Phantasie unterscheiden zu können. Dann wunderte sie sich – sie hatte ihn an der Sheep Street verlassen. Wie war er hierher gekommen?

»Sie sind mir gefolgt!«, fauchte sie wütend.

Er ignorierte ihren Zorn. »In Gottes Namen, Jess! Was zum Teufel willst du denn hier drinnen?«

»Ich habe hier zu tun!«, erwiderte sie schroff.

»Glaub mir, das, was es hier zu tun gibt, ist sicherlich nicht nach deinem Geschmack.«

Auf der Treppe bewegte sich etwas; er trat vor sie und blockierte ihr die Sicht, doch sie stellte sich auf die Zehenspitzen und blickte über seine Schulter. Ein Pärchen kam herunter. Die Frau zupfte an den Bändern ihres Mieders. Der Mann hatte die Arme um ihre Schultern gelegt und flüsterte ihr etwas ins Ohr. Als die beiden den Schankraum erreicht hatten, wandte sich Lucas wieder ihr zu.

»Weißt du jetzt, was ich meine?«

Jessica wusste Bescheid; sie lief puterrot an, doch sie wich nicht von der Stelle. »Als Nonne war ich schon in schlimmeren Lokalitäten, wenn wir nach den Eltern ausgesetzter Kinder suchten.«

»Was du als Nonne gemacht hast, ist mir egal. Jetzt bist du keine Nonne, und wir sind hier in Chalford. Also, gehen wir.«

Sie streckte trotzig das Kinn vor. »Ich gehe hier nicht weg, ehe ich mit dem Wirt gesprochen habe!«

Lucas wollte etwas erwidern, doch eine der Bardamen begrüßte ihn mit seinem Namen. »Ich bin es!«, rief sie mit einem breiten Lächeln und stellte das Schnapsfässchen ab, das sie wohl gerade aus dem Keller geholt hatte. »Millie Jenkins! Hast du Zeit für ’ne schnelle Nummer, Süßer? Soll dich auch nichts kosten! Ich hab schließlich Schulden bei dir, und so was lässt Millie Jenkins nicht auf sich sitzen.« Ihr Blick wanderte zu Jessica. »Und du bist anscheinend die Neue, die anstelle von Flora bei uns anfängt, hab ich Recht?«

Jessica wusste nicht, wer röter anlief, sie oder Lucas. Er stand stocksteif da und warf ihr einen beklommenen Blick zu, dann setzte er ein falsches Grinsen auf. »Ein andermal, Millie«, sagte er. »Meine Freundin und ich wollten gerade gehen.«

Er ergriff Jessicas Arm und schob sie zum rückwärtigen Teil des Gebäudes. »Wir gehen hinten raus«, sagte er kurz angebunden. »Da wartet Perry mit seiner Kutsche.«

Am liebsten hätte Jessica einen Streit vom Zaun gebrochen, doch sie hatte die Erinnerung an ihre letzte Auseinandersetzung mit diesem Mann noch zu lebhaft vor Augen. Über alle Maßen gedemütigt, gab sie ihm nach.

5

Perry hatte den Zweispänner unweit der Tür geparkt und stand bei den Pferden. Lucas wartete nicht, bis Jessica einstieg, sondern er schubste sie hinauf und sprang dann neben sie auf die Bank. Sobald er die Zügel in der Hand hatte, befahl er Perry aufzusitzen.

Kochend vor Wut beobachtete Jessica, wie der nette junge Mann, der sie an ihrem ersten Tag in Chalford so überschwänglich begrüßt hatte, auf Lucas' schwarzen Hengst stieg. Perry Wilde fand diese Situation offensichtlich witzig. Seine Augen blitzten, und er grinste noch breiter als das Barmädchen im Schankraum. Millie Jenkins, dachte sie und rümpfte die Nase.

»So bewahren wir uns wenigstens noch einen Funken Anständigkeit«, meinte Lucas. Er ignorierte Perrys ungläubiges Lachen und fuhr los, durch den Torbogen, der auf die Waterside Street hinausführte.

Auf der anderen Seite der Straße standen keine Häuser, der Blick auf die Themse war frei. Boote und Kähne schaukelten auf dem Wasser, am Ufer spielten Kinder und fütterten die Schwäne. Nach einer Weile lenkte Perry sein Pferd neben sie und versperrte ihr so die Sicht. Sie warf ihm einen langen, betrübten Blick zu, doch dann musste sie sich plötzlich festhalten, denn Lucas trieb das Gespann zu vollem Galopp an. Hecken, Hütten und gelegentlich ein Gespann oder ein Reiter flogen nur so an ihr vorüber; Lucas verlangsamte das Tempo erst, als sie die Hauptstraße verließen und auf die Zufahrt zu Hawkshill einbogen.

»Danke für das Leihen der Kutsche, Perry«, sagte er. »Reite doch gleich weiter, und wir treffen uns dann im Haus, ja?« – »Was?«

»Wir treffen uns zu Hause«, wiederholte Lucas überdeutlich. »Dann gebe ich dir auch die Kutsche zurück.«

»Ich möchte aber gern mit Jess reden.«

»Das kannst du auch noch später machen, nachdem ich mit ihr gesprochen habe.«

»Aber ...«

»Was ich mit Jess zu besprechen habe, geht niemanden sonst etwas an«, unterbrach ihn Lucas scharf. »Also lass uns jetzt allein!«

Perry wurde rot vor Ärger, und Jessica spürte ob der Missachtung des jungen Mannes durch Lucas eine Woge der Empörung in sich aufsteigen. Mithilfe des alten Joseph, der mit einigen von Lucas' Pächtern bekannt geworden war, hatte sie in den letzten drei Tagen viel über Lucas und seine Familie in Erfahrung gebracht, und sie bedauerte, dass diese Leute ihren Pachtherren nicht jetzt erleben konnten. Es war ihr ein Rätsel, warum Lucas Wilde so beliebt war.

Er grinste schief. »Perry, ich muss mich bei Jessica entschuldigen, und das ist schon schwierig genug, wenn du nicht dabei bist.«

Das klang nach einem Friedensangebot, und so trug sie nun ihren Teil dazu bei, dass Perry das Gesicht wahren konnte. »Und ich«, erklärte sie entschieden, »habe auch noch etwas mit Lucas zu besprechen.«

Perry grinste. »Schon gut, schon gut. Ich bin ja schon überredet. Da wäre ich ja wohl nur im Weg.« Er winkte ihnen und gab dem Hengst die Sporen.

Sobald Perry verschwunden war, drehte sich Lucas zu ihr um. Das war der Moment, auf den auch sie gewartet hatte. »Du hast kein Recht, mich so zu behandeln!«, schrie sie ihn an. »Das ist eine Entführung, nicht mehr und nicht weniger!«

»Ich habe nicht gehört, dass du um Hilfe geschrien hättest, als ich dich aus dem Schwan herausgeschmuggelt habe! Du hättest niemals dorthin gehen dürfen.«

»Woher hätte ich denn wissen sollen, dass es etwas anderes ist, als es den Anschein hat?«

»Du musst doch schon beim Betreten des Schankraums gesehen haben, dass dort keine Frauen waren.«

»Es waren Frauen dort! Sie haben an den Tischen bedient.« Er schnaubte verächtlich. »Frauen, ja, aber das ist schon recht höflich ausgedrückt.«

Sie kochte vor Wut. »Darüber weißt du ja wohl mehr als ich!« – Er schwieg und starrte sie eine Weile nur seltsam an. Dann wandte er den Blick von ihr ab und sagte: »Was Millie Jenkins anbelangt …«

»Was ist mit ihr?«

Er räusperte sich. »Es ist nicht, was du denkst – das heißt, ich kenne sie nur vom Sehen – ich meine, ich habe sie mal kennen gelernt …« Er zog die Augenbrauen zusammen. »Verdammt noch mal, Jess, ich weiß, was du denkst, aber das ist alles falsch! Jedenfalls, es tut mir leid, dass sie dich so angesprochen hat, dass sie das gesagt hat – aber das ist auch die einzige Entschuldigung, die du von mir bekommst!«

Jetzt starrte sie erst einmal stumm auf ihn. Sie konnte nicht begreifen, weshalb er meinte, er müsse sich wegen Millie Jenkins erklären. Glaubte er, die Szene mit dem Mädchen würde ihr etwas ausmachen, nur weil er ihr erlaubt hatte, sie zu küssen? Nein, so naiv war sie nicht.

»Du brauchst dich nicht zu entschuldigen«, erklärte sie. »Mir sind in den Wirtshäusern von London schon viel schlimmere Dinge gesagt worden. Nonnen sind nicht so behütet, wie du anscheinend denkst. Und was deine Beziehung zu Miss Jenkins anbetrifft, das bedeutet mir gar nichts.«

Er grinste verschlagen. »Bist du dir da sicher, Jess?«

»Absolut«, entgegnete sie eisig.

»Du liebst mich also nicht mehr?«

Jessica war sprachlos. Als sie sich endlich wieder gefasst hatte, fragte sie mit belegter Stimme: »Wann war ich denn je in dich verliebt?«

Er betrachtete sie aus zusammengekniffenen Augen. »Wenn du mich davon überzeugen willst, dass du dein Gedächtnis verloren hast, dann musst du dich schon ein wenig mehr anstrengen.«

Sie musste erst einen Augenblick lang überlegen, doch dann sah sie rot. »Du warst bei dem Anwalt!«, fauchte sie. »Und der hat dir gesagt, ich hätte mein Gedächtnis verloren.« Sie atmete heftig. »Das ist ja unglaublich! Es widerspricht absolut dem Berufsethos eines Anwalts, einem Klienten etwas über einen anderen Klienten mitzuteilen – wenigstens sollte es so sein!«

In Gegensatz zu ihrem aufgebrachten Ton sprach er langsam und überlegt. »Rempel tratscht nicht über seine Klienten, also reg dich nicht künstlich auf. Die Nonnen haben mir erzählt, du hättest deine Erinnerung verloren. Rempel hat mir lediglich gesagt, dass du als Nächstes wahrscheinlich im Schwan auftauchen würdest.«

Sie meinte, vor Wut zu bersten. »Wie, du warst in Hawkshill?«

»Gleich nachdem du weggefahren bist.«

»Du hast kein Recht, hinter mir herzuspionieren!«

Sie blickte ihm ins Gesicht und wandte sich dann ab. Er sah sie nicht an, als sei sie ein Monster, und sie bemerkte in seinem Blick auch kein Mitleid. Sie wusste nicht, weshalb ihr seine Meinung über sie so wichtig war, aber es war so.

»Wenn du etwas wissen wolltest«, fuhr sie etwas zurückhaltender fort, »hättest du zu mir kommen sollen.«

»Jetzt bin ich hier, und ich frage dich ganz direkt – stimmt es, was man mir gesagt hat? Hast du dein Gedächtnis verloren, Jess?«

»Glaubst du wirklich, ich hätte die Nonnen drei Jahre lang zum Narren halten können?«, fragte sie ungläubig zurück.

Er zuckte die Schultern. »Ich sage ja nicht, dass du bei dem Unfall unverletzt geblieben bist, aber als du wieder zu dir kamst, hättest du dich ja dafür entscheiden können, dass dir ein Dasein hinter Klostermauern leichter fällt als das Leben, das du hier hattest.«

Offenbar wusste er nichts über ihren Orden oder darüber, was es hieß, sich um Kinder zu kümmern. Glaubte er, sie hatten ein Heer von Dienern, die die ganze Arbeit für sie taten? Und was wusste er von einem Leben in Kontemplation, vor allem für jemanden in ihrer Lage? Keine Erinnerung, keine Vergangenheit, kein Name. Bei dem Gedanken an ihre ersten Monate im Kloster schnürte sich ihre Kehle zusammen. Damals hatte sie gehofft und gebangt, jemand werde kommen und sie zurückfordern – ein Vater, eine Mutter, ein Bruder, eine Schwester. Irgendjemand. Nur Hoffnungen und Träume hatten sie am Leben erhalten, und wenn die Hoffnung einmal schwand, dann schreckliche Verzweiflung.

Jetzt war alles anders. Sie war eine reale Person, mit einem wirklichen Namen. Sie hatte eine Geschichte. Ihre Erinnerung würde vielleicht nie mehr wiederkommen, aber sie konnte wenigstens versuchen, die leeren Stellen zu füllen. Damit war sie in den vergangenen drei Tagen schon ein ganz gutes Stück vorangekommen.

Ihr Blick fiel auf Lucas. Wenn Lucas Wilde sich bereit erklärte, ihr nur einige Fragen zu beantworten, dann würde sie augenblicklich noch viel weiterkommen. »Lucas«, sagte sie und versuchte dabei, möglichst versöhnlich zu klingen, »was muss ich tun, um dich zu überzeugen, dass ich die Wahrheit sage?« – »Du kannst damit anfangen, dass du mir sagst, wann genau du herausgefunden hast, dass dein Vater ermordet wurde.«

Es lag ihr schon auf der Zunge zu sagen, dass sie es erst vor weniger als einer halben Stunde durch den Anwalt erfahren hatte. Doch dann erkannte sie seine Falle. Bei ihrem ersten Treffen hatte sie ihm leichtsinnigerweise erzählt, sie sei nach Hawkshill zurückgekehrt, um einen Mörder zu finden. Aber wenn er Hawkshill aufsuchte und die Nonnen befragte, würde er darauf kommen, dass ihre Geschichte widersprüchlich war.

»Das habe ich im Kloster erfahren«, log sie und bemühte sich dabei, das Atmen nicht zu vergessen.

»Von der Frau, die dich erkannte?«

Sie merkte, worauf er hinauswollte, und versuchte, ihn zu überlisten, indem sie in den Angriff ging. »Du bist nach Hawkshill gekommen, um mich auszuspionieren! Na gut, von den Schwestern bekommst du keine Antworten, denn sie wissen nichts ... Ich habe ihnen nichts über meinen Vater erzählt. Ich ... konnte es einfach nicht.«

Er musterte sie eine Weile eingehend. »Das ist nicht alles«, sagte er dann. »Erkläre mir doch bitte, was vor drei Tagen zwischen uns passiert ist. Wenn du dein Gedächtnis verloren hättest, wäre ich für dich ein Fremder. Wie willst du mir also erklären, dass du kurz davor warst, dich mir auf dem Küchentisch hinzugeben? Klingt das etwa so, als hättest du dein Gedächtnis verloren?«

Sie war entsetzt.

»Willst du damit vielleicht sagen, wir hatten einmal eine Liebesbeziehung?«

Sein Blick wanderte gemächlich über ihr Gesicht. Er seufzte. »Nein, wir hatten keine Liebesbeziehung. Aber ich wüsste gerne, was los ist. Wenn du nicht gewusst hast, wer ich bin, weshalb bist du mir dann in die Arme gefallen, als ich nach Hawkshill hinauskam?«

Ein Schauer der Erleichterung überkam sie. Sie rümpfte die Nase und hoffte, er werde ihre Erklärung akzeptieren. Diese Erklärung kam der Wahrheit nahe, doch die volle Wahrheit wollte sie ihm nicht verraten. »Du hast mich attackiert. Ich erschrak und war verwirrt. Dann hast du mich in die Arme genommen. Ich wusste nicht, was ich tat und wohin das alles führte.« Sie blickte ihm direkt in die Augen. »Ich weiß nichts über Männer. Falls ich jemals in dich verliebt war, habe ich keine Erinnerung daran.«

»Ist die Vergangenheit für immer verloren, Jess, oder kommt dein Gedächtnis irgendwann zurück?«

Sie schwieg zunächst, doch da sie seine Frage für ernst hielt, gab sie ihm eine ernste Antwort. »Man sagte mir, mein Gedächtnis würde wahrscheinlich in einigen Tagen wiederkommen, aber das war schon vor drei Jahren. Dann sagten sie, es käme vielleicht ganz plötzlich wieder, mit einem Schlag. Aber vielleicht kommt es auch nie mehr wieder.«

Er blickte sie durchdringend an. »Ich weiß noch immer nicht sicher, ob ich dir glauben kann, Jess«, sagte er dann leise.

»Warum sollte ich denn lügen?«

»Ein Kloster wäre doch ein guter Platz, um sich zu verstecken, nicht wahr?«

»Verstecken?« Sie richtete sich kerzengerade auf. »Wovor denn?«

»Vor mir.«

Sie zuckte so sehr zusammen, dass sie an seinen Ellbogen stieß und die Pferde sich daraufhin aufbäumten.

»Jetzt sieh dir an, was du gemacht hast!«, schrie er und straffte die Zügel.

Sie atmete schwer. Da war etwas, eine Erinnerung, fast zum Greifen nahe. »Du hast in der Nacht, in der mein Vater ermordet wurde, mit ihm gestritten. Leugne es nicht. Der Anwalt hat es mir erzählt.«

»Weshalb sollte ich das leugnen? Das kam doch vor Gericht ohnehin alles zur Sprache. Und der Schwan war an diesem Abend voll. An die zwanzig Leute haben den Streit miterlebt.«

»Du hast ihm die Pistole abgenommen, sodass er sich nicht mehr verteidigen konnte.«

Seine Antwort kam blitzschnell. »Ich habe sie ihm abgenommen, weil er mich sonst abgeknallt hätte!«

»Worüber habt ihr gestritten?«

»Über dich natürlich. Du hast ihm gesagt, wir seien ein Liebespaar, um mich zur Heirat mit dir zu zwingen.«

Ihr Atem stockte.

»Das habe ich zu ihm gesagt? Ich kann nicht glauben, dass ich so etwas tun würde, es sei denn ...« Sie erbleichte. »Es sei denn, es wäre wahr«, fügte sie dann hinzu.

Er errötete. »Für was für eine Sorte Mann hältst du mich eigentlich? Es war natürlich nicht wahr! Ich wollte Bella heiraten. Und dann kam dein Vater in den Schwarzen Schwan geplatzt, und das war's.«

»Ich bin sicher, dass ich damit nichts zu tun hatte. So eine Frau bin ich nicht.«

»Woher willst du das wissen, wenn du dein Gedächtnis verloren hast?«

Sie blickte ihn verzweifelt an. »Lucas«, murmelte sie schwach, »willst du damit sagen, ich war eine … eine Hure?«

Es herrschte einen Herzschlag lang Schweigen, ehe er antwortete. »Nein, Jess. Ich sage lediglich, dass du in mich verliebt warst.«

Zutiefst erleichtert ließ sie ihren angehaltenen Atem ausströmen. »Erzähle mir einfach, was in jener Nacht geschah«, sagte sie. »Erzähl es mir. Bitte. Ich muss es einfach wissen.«

Er zögerte. »Ich war erst kurz zuvor vom Krieg nach Hause gekommen«, begann er dann, »und feierte im Schwarzen Schwan mit Freunden meine Verlobung mit Bella Clifford. Bald nachdem meine Freunde gegangen waren, kam dein Vater herein. Er hatte getrunken und war wütend. Er erzählte, du hättest ihm gesagt, wir seien ein Liebespaar, und beschuldigte mich, dich entehrt zu haben. Es kam zu einem Kampf. Als er mich mit seiner Pistole bedrohte, nahm ich sie ihm ab. Daraufhin ging er, und kurz darauf ging ich auch.«

Sie zitterte innerlich. »Wieso hätte ich ihm erzählt, dass wir ein Paar waren, wenn es nicht stimmte?«

Er musterte sie einen Augenblick und atmete lange aus. »Weil du schon als junges Mädchen für mich geschwärmt hast. Alle wussten das. Man hat sich in Chalford sogar darüber lustig gemacht. Ich tolerierte deine Aufmerksamkeiten, weil ich – na ja, weil ich dich nicht verletzen wollte. Du warst ja noch ein junges Mädchen. Und wahrscheinlich fühlte ich mich auch geschmeichelt, weil ich so etwas wie dein großer Held war. Aber in jener Nacht bist du zu weit gegangen.«

Diese wenig schmeichelhafte Darstellung ihrer Person missfiel ihr sehr, doch sie konnte nichts dagegenhalten. Sie dachte daran, wie es gewesen war, als Lucas sie küsste und sie ihn praktisch hatte gewähren lassen, als sie auf dem Küchentisch lag.

»Es war nicht alles nur einseitig«, widersprach sie mit bemühtem Stolz.

»Nein«, räumte er unumwunden ein. »Es war leicht, dich links liegen zu lassen, solange du ein Kind warst, aber ...«

»Aber was?«

Er schaute ihr tief in die Augen. »Aber als ich vom Krieg heimkam, warst du erwachsen.«

Ihre Blicke trafen sich, und sie spürte es wieder, dieses unwiderstehliche Verlangen. Und auch er fühlte es. Sie merkte, wie sein Atem stockte, wie seine Lider schwer wurden. Nicht wieder. Lieber Gott, nicht noch einmal.

»Jess«, murmelte er.

Als er sie berühren wollte, hielt sie ihn am Handgelenk fest. »Warum hast du Hawkshill gekauft, Lucas?«

»Was?« – »Du hast mich schon verstanden.«

Seine Lippen wurden schmal. »Warum kauft man ein Grundstück, das an das eigene angrenzt? Ich wollte dein Land haben.«

»Der Anwalt sagte, du hast mehr bezahlt, als Hawkshill wert ist. War es Blutzoll?«

Er fluchte. »Blutzoll wofür?«

»Für die Ermordung meines Vaters.«

»Noch eine solche Bemerkung, und ich lege dich übers Knie und versohle dir den Hintern!«

»Das ist keine Antwort. Der Anwalt sagte, du hattest Schuldgefühle, weil du meinen Vater entwaffnet hattest und er sich nicht verteidigen konnte. Ist das wahr?«

Er nickte. »So ungefähr.«

Seine Antwort war ein wenig zu knapp für ihren Geschmack. »Da ist doch noch mehr dran«, hakte sie nach.

Er sah drein, als sei er kurz davor zu explodieren. »Hör mal, ich wollte dein Land, und ich habe einen fairen Preis dafür bezahlt. Und das war alles!«

»Woher hattest du das Geld? Der Anwalt sagte, du hättest damals von der Unterstützung Verwandter gelebt. Woher kam also das Geld?«

»Rempel weiß nicht, wann er den Mund zu halten hat. Ich habe es von Freunden geborgt.«

»Oh, da musst du dir keine Sorgen machen – ich musste ihm jedes Wort aus der Nase ziehen! Er wollte mir auf meine Fragen nicht antworten. Deshalb frage ich ja dich. Welche Freunde?«

»Rupert Haig zum Beispiel. Und mein Cousin Adrian. Die können dir das bestätigen.«

»Weißt du, was ich glaube, Lucas? Ich glaube, dass du lügst.«

»Jess«, zischte er mit zusammengekniffenen Lippen, »es gibt eine ganze Menge Dinge, die du nicht weißt, sonst würdest du nicht so mit mir reden!«

»Dann sag sie mir!«

»Ich wollte für deinen Unterhalt sorgen für den Fall, dass mir etwas zustieße. Ja, ich fühlte mich schuldig, was deinen Vater anbelangte, weil ich ihm die Pistole weggenommen hatte. Was ist daran falsch? Und du musst auch verstehen, was mit uns war. Mein Gott, ich habe mich um dich gekümmert, seit du ein kleiner Balg warst! Du hast zu mir aufgeschaut. Ich fühlte mich für dich verantwortlich. Irgendjemand musste das ja tun. Dein Vater war ein Tunichtgut. Er hat sich nie um dein Wohl gekümmert.«

Sie atmete heftig. »Hör gefälligst auf, schlecht über meinen Vater zu reden! Was weißt du denn schon von ihm? Du warst Soldat! Du warst fort im Krieg!«

»Und du hast dein Gedächtnis verloren. Er war ein Spieler, Jess. Und er trank zu viel.«

Tränen traten ihr in die Augen. »Na gut, er war kein Heiliger. Aber er hat mich bei sich behalten. Er hat mich nicht an irgendwelche entfernten Verwandten gegeben, die mich vielleicht als Arbeitstier missbraucht hätten. Und meinen Unterhalt hätte ich mir selbst verdienen können, als Gouvernante oder ... oder als Gesellschafterin. Er muss gewollt haben, dass ich bei ihm war.«

Irgendetwas flackerte kurz in seinen Augen auf, doch seine Miene verschleierte sich sofort wieder. »Wenn du meinst«, sagte er nur.

»Was soll das heißen?«

»Dein Vater ...«

»Was?«

Er schüttelte den Kopf. »Vielleicht hast du Recht, aber mir kam es damals anders vor.«

Sein Beschwichtigungsversuch kam zu spät; sie konnte ihre angestauten Emotionen nicht mehr zurückhalten. »Mein Vater ist brutal ermordet worden«, schrie sie, »und ich werde nicht ruhen, bis ich den Mörder gefunden habe!«

Es dauerte eine ganze Weile, ehe er wieder etwas sagte. »Glaubst du wirklich, ich könnte jemanden umbringen, Jess?«, fragte er endlich.

Es spielte keine Rolle, was sie glaubte. Ihre Aussicht auf einen Erfolg war nicht gerade umwerfend; sie musste jede Chance beim Schopf packen. »Du hattest ein Motiv und die Gelegenheit.«

»Was für ein Motiv?«

»Du warst in diese Bella verliebt. Ich glaube, mein Vater drohte, ihr von mir zu erzählen. Du wolltest sie aber nicht verlieren. Und deshalb hast du ihn umgebracht.«

»Ihr das zu erzählen?« Er lachte schallend. »Nach dieser Rauferei war es zu spät, ihr noch irgendetwas verheimlichen zu wollen. Alle dort wussten, oder glaubten zumindest zu wissen, dass wir ein Liebespaar seien. Aber das war eine gottverdammte Lüge! Du wolltest die Beziehung zwischen Bella und mir zerstören. Und das ist dir auch gelungen. Bald nachdem du Hawkshill verlassen hattest, heiratete sie meinen besten Freund, Rupert Haig. Das haben deine Lügen bewirkt, Jess!«

»Wenn es nicht stimmte, warum hätte ich es dann zu meinem Vater gesagt?«

»Warum?« Er beugte sich zu ihr und starrte ihr direkt in die Augen. »Weil du dich komplett in mich verrannt hattest! Du wolltest mich zwingen, dich zu heiraten. Du wärst nicht die Erste, die versuchte, mich zu kompromittieren.«

Oh, das konnte sie sofort glauben, und aus irgendeinem seltsamen Grund brachte dieser Gedanke sie in Wallung. »Ich glaube, wenn du es nicht getan hast, dann weißt du zumindest, wer es tat. Wen versuchst du zu schützen, Lucas?«

Er rieb sich müde die Augen. »Zum Teufel, ja, wen glaubst du wohl, versuche ich zu schützen? Dich natürlich! Kapierst du denn gar nichts? Der Mörder wurde nie gefasst. Wenn du jetzt alles wieder aufrührst, dann kann es gut sein, dass er dich auch noch umbringt. Und da ist noch etwas, an das du absolut nicht denkst. Du bist in derselben Nacht verschwunden, in der dein Vater ermordet wurde. Niemand wusste, wo du warst. Da könnte es doch auch gut sein, dass du ihn ermordet hast!«

*

Er setzte sie an der Haustür ab. Jessica war zu verwirrt und zu sehr in Gedanken, um seinen Abschiedsgruß angemessen zu erwidern. Ihr Hirn fühlte sich völlig zermartert an. Ein Gedanke jagte den anderen; sie wusste nicht, woran sie sich halten, was sie bezweifeln oder verwerfen sollte.

Aber jetzt war keine Zeit, sich Gedanken zu machen. Sie hörte Stimmen aus dem Frühstücksraum, der jetzt auch als Kontor diente. Sie setzte ihre Haube ab und trat dann mit einem Lächeln auf den Lippen ein.

Die Nonnen saßen mit den Wirtschaftsbüchern beschäftigt

am Tisch. Schwester Dolores war fast sechzig Jahre alt, groß und schlank und etwas blässlich, doch ihre dunklen, buschigen Augenbrauen waren die ausdrucksstärksten, die Jessica je gesehen hatte. Ihr würdevolles Aussehen und die natürliche Autorität, die von ihr ausging, hatten ihr den Spitznamen »Schwester Herzogin« eingebracht. Wenn sie zu einem Patienten sagte, er werde wieder gesund, so scherzten die Novizinnen, dann beeilte er sich, ihr zu gehorchen, oder er starb bei dem Versuch. Schwester Elvira war ungefähr zehn Jahre jünger, und sie war klein und rundlich. Sie leitete das Waisenhaus, und auch wenn sie nie ein Kind aufgab, selbst wenn es noch so verstockt war, ließ sie sich doch auch nie um den Finger wickeln. Sie war eine seltsame Mischung aus Weltgewandtheit und Heiligkeit; die Novizinnen nannten sie deshalb »Schwester Salomon«. Sie war es auch, die für Hawkshill verantwortlich war.

Als Jessica eintrat, unterbrachen die Nonnen ihr Gespräch. Die beiden hatten das seit dem Vorfall mit der Marmelade schon mehrmals getan. Sie waren neugierig, und wenn Jessica an den Zustand der Küche dachte, als Schwester Dolores und Schwester Elvira hereingekommen waren und sie die Marmelade von der Decke gekratzt hatte, überraschte sie das nicht. Sie hatte die Schwestern nicht belogen. Sie sagte, sie habe die Schale ohne es zu wollen mit der Holzschaufel für das Brot getroffen, und dabei hatten die beiden es bewenden lassen. Allerdings entsprach eine derartige Unbedachtheit nicht Schwester Marthas Charakter, und sie merkte seither, dass die Nonnen sie insgeheim beobachteten. Das geschah nicht auf eine unfreundliche Art; aber die Mutter Oberin hatte den beiden aufgetragen, ein Auge auf Jessica zu werfen, und das taten sie, komme, was da wolle.

»Na, wie war es beim Anwalt?«, fragte Schwester Dolores. – »Sehr gut. Mein Vater hat mir etwas Geld hinterlassen. Ich bin keine reiche Erbin, aber auch nicht mittellos. Schwester Elvira, Sie scheinen sehr zufrieden zu sein.«

Schwester Elvira strahlte. »Heute Morgen war unser Vermieter hier. Er hat versprochen, unseren Mietvertrag bis zum Ende der Woche zu unterschreiben und notariell zu beglaubigen! Und nicht nur das, sondern – oh, ich schwöre, der Mann ist ein Engel! – er erbot sich auch, sechs unserer Jungen unter seine Fittiche zu nehmen und bei seinen eigenen Leuten in die Lehre zu geben – beim Schmied, beim Hufschmied, beim Wildhüter ... ich weiß sie gar nicht mehr alle.«

»Lord Dundas hat versprochen, den Vertrag zu unterschreiben?«, fragte Jessica ungläubig.

»Ja«, antwortete Schwester Dolores, »und wir sollen Hawkshill für eine sehr geringe Miete bekommen.« Sie bedeutete Jessica, auf dem Stuhl neben ihr Platz zu nehmen, und fuhr dann fort. »Er sagte, er müsse in die Stadt und seinen Anwalt aufsuchen und würde dich nach Hause fahren, falls er dich sieht.«

»Ja, das hat er getan«, erwiderte Jessica mürrisch. »Ich ... Hat er denn viele Fragen gestellt, als er hier war?«

Die beiden Nonnen tauschten einen raschen Blick aus. »Er wollte Dinge über uns wissen, über unseren Orden und unsere Jungen«, antwortete Schwester Dolores.

Er wollte etwas über *sie* erfahren, dachte Jessica verdrießlich. »Und Sie haben ihm erzählt, dass ich keine Erinnerung an früher habe?«

»Das kam zur Sprache.«

»Aber deshalb brauchst du dich doch nicht zu schämen, Jessica«, sagte Schwester Elvira. »Lord Dundas hat für deine missliche Lage viel Verständnis gezeigt.«

Verständnis! Als Lügnerin hatte er sie beschimpft. Sie runzelte die Stirn. »Ich würde alles, was er sagt, mit großer Vorsicht betrachten.« Als sich die Nonnen überrascht über diese Bemerkung zeigten, errötete sie. »Ich meine, vielleicht ändert er seine Meinung bezüglich der Jungen, wenn er mit seinem Verwalter spricht.«

Sie waren wie zwei achtsame Spatzen, die einen Wurm beobachteten. Jessica fühlte sich äußerst unwohl. Es gab keinen Ausweg – sie musste ihnen erzählen, was sie in der Stadt in Erfahrung gebracht hatte, bevor sie es von anderer Seite erfuhren.

Aber zuerst musste sie noch etwas anderes klarstellen. »Ich habe Ihnen noch nicht gesagt, dass mein Vater ermordet wurde«, erklärte sie mit einem tiefen Seufzer.

»Das ist wirklich schrecklich, Jessica«, erwiderte Schwester Dolores. »Es muss ein großer Schock für dich gewesen sein. Wir haben Lord Dundas gesagt, dass du es wahrscheinlich von Mrs Marshal erfahren hast.«

»Nun ja, es war ein Schock«, sagte Jessica, verwundert darüber, wie leicht es ihr fiel, mit Ausreden und Halbwahrheiten zurechtzukommen, »aber heute Morgen beim Anwalt haben mich noch einige weitere Schocks erwartet.« Und ohne ihnen Zeit zu lassen, zu überlegen oder nach Einzelheiten zu fragen, begann sie zu erzählen.

»Die Sache ist die: Ich habe erfahren, dass Lucas, ich meine Lord Dundas, und ich nicht gerade die besten Freunde waren, als ich hier wegging. Und es ist keine Übertreibung zu sagen, dass er mich hier nicht mehr sehen will.« Sie erzählte ihnen über Lucas' Streit mit ihrem Vater und seinen Vorwurf an sie, dass sie ihn zur Heirat habe zwingen wollen. Sie erzählte ihnen über die Ermordung ihres Vaters und dass sie in derselben Nacht verschwunden sei. Die Schwestern hörten so mitfühlend und so verständnisvoll zu, dass die Worte nur so aus ihr heraussprudelten.

Als sie geendet hatte, betrachtete Schwester Dolores sie nachdenklich. Sie war keine Frau, die leicht etwas Unbedachtes sagte. Schließlich nickte sie, als sei sie mit dem, was sie gehört hatte, zufrieden. »Das ist mehr oder weniger dasselbe, was uns auch Lord Dundas erzählt hat.«

Jessica horchte auf. »Er hat es Ihnen *erzählt*?«

»Er meint, du solltest von hier weggehen«, sagte Schwester Elvira, »und woanders ein neues Leben beginnen.«

»Ach wirklich, ist das wirklich wahr?« Jessica klang sehr gereizt und versuchte, ihren Ton zu mäßigen. Sie war nicht wütend auf die Schwestern, sondern auf Lucas Wilde, der versucht hatte, die beiden auf seine Seite zu ziehen. Das Angebot, die Jungen auszubilden, war wohl nur ein Bestechungsversuch, mit dem er die Nonnen dazu bringen wollte, sich von ihr zu trennen. »Und weshalb sollte ich von hier weggehen?«, fragte sie.

»Um Unannehmlichkeiten zu vermeiden. Die Leute reden nun mal. So hat Lord Dundas es ausgedrückt.«

»Wie nett von ihm, an mich zu denken«, erwiderte Jessica süßlich. »Ich bin allerdings nach Hawkshill gekommen, um herauszufinden ...« – »Um was herauszufinden?«, fiel ihr Schwester Elvira ins Wort.

»Um herauszufinden, wer ich bin«, fuhr Jessica fort, »und bevor ich das nicht weiß, werde ich nirgendwo hingehen.«

Sie erwartete Widerspruch, doch er blieb aus. Vielmehr pflichteten die Schwestern ihr bei. Sie waren überzeugt, dass diese ganze Sache gottgegeben war, und betrachteten es als ihre Pflicht, dem Pfad, den er vorgab, zu folgen.

Durch den blinden Glauben der Nonnen etwas nachdenklich gestimmt, begab sich Jessica in die Küche, um mit den Vorbereitungen für das Abendessen zu beginnen. Sie fühlte sich dadurch, dass sie die meiste Küchenarbeit erledigen musste, nicht ausgenutzt. Die Küche war ihre Domäne, darauf hatten sie sich von Anfang an geeinigt. Die Nonnen besorgten dafür den Großteil der Reinigungsarbeiten; zudem waren sie häufig unterwegs, um alles, was bis zur Ankunft der Jungen noch gebraucht wurde, zu erbetteln oder zu kaufen. Das Geld reichte zwar längst nicht für alles, doch das dämpfte ihre Begeisterung keineswegs. Sie gingen davon aus, dass der Herr schon für alles sorgte, und ihrer Meinung nach tat er das auch. So hatten sie bereits das eine oder andere Möbelstück bekommen, außerdem eine Kuh samt Kalb sowie einige Hühner.

Josephs Aufgabe war es, sich um die Tiere und die Instandhaltung von Hawkshill Manor zu kümmern. Vor seiner Zeit als Berufsboxer war er Landarbeiter gewesen. Er redete nicht viel, doch Jessica merkte, dass es ihm sehr gut tat, wieder auf dem Land zu leben und zu arbeiten.

Sie band sich die Schürze um, doch dann ließ sie die Arme sinken und starrte ins Leere. Tausend Gedanken, Sorgen und Ängste stürmten auf sie ein. Der schlimmste Schock des heutigen Tages war die Nachricht von der brutalen Ermordung ihres Vaters gewesen. »Papa«, flüsterte sie in die Stille hinein im Versuch, sich in die Rolle einer liebenden Tochter zu versetzen. Doch aus ihrer Erinnerung klang keine Antwort herüber.

Lange stand sie da und verharrte. Schließlich fiel ihr der Augenblick wieder ein, als sie sich als kleines Mädchen im Schwarzen Schwan gesehen hatte. Sie runzelte die Stirn. Was hatte sie damals gefühlt? Sie war in Panik gewesen, bis Lucas seine Freunde verlassen hatte und zu ihr gekommen war.

War das eine Erinnerung? Was bedeutete sie? Und wieso erinnerte sie sich an Lucas, nicht aber an ihren Vater?

Hure. Nein, es konnte nicht stimmen. Selbst ohne Gedächtnis wusste sie, dass sie nicht diese Sorte Mädchen war. Aber welche »Sorte« Mädchen war sie dann?

Ihr Blick fiel auf den Küchentisch. Sie biss die Zähne zusammen, packte die Bratpfanne und knallte sie auf die Platte.

Die Nonnen im Frühstückszimmer horchten auf und wunderten sich über den Lärm der Töpfe und Pfannen, der aus der Küche drang. Schwester Dolores' ausdrucksstarke Brauen zuckten bei jedem Klappern; Schwester Elviras Lippen formten sich zu einem selbstzufriedenen Lächeln.

»Sie ist nicht mehr dieselbe wie noch vor drei Tagen«, sagte Schwester Dolores.

»Nein«, stimmte Schwester Elvira zu. »Ich glaube, im Lauf der Zeit werden wir von Schwester Martha immer weniger zu sehen bekommen.«

Schwester Dolores stützte das Kinn auf die Hand und blickte ins Leere. »Was hast du denn von Lord Dundas gehalten?«

»Ich fand ihn nett. Er schien sich aufrichtig für unsere Arbeit zu interessieren.«

»Seltsam, dass er anbot, den Vertrag zu unterschreiben. Gleich bei seiner Ankunft hatte ich erst einmal den Eindruck, er sei gekommen, um uns an die Luft zu setzen.«

Schwester Elviras Augen funkelten. »Oh, ich bezweifle nicht, dass es so war«, bemerkte sie schlau.

Schwester Dolores wandte sich ihr zu, und ihre dunklen Brauen zogen sich verblüfft zusammen. »Aber wieso hat er dann seine Meinung geändert?«

»Der Herr, natürlich, und ...«

»Und?«

»Nun ja, wir haben dem guten Mann schon ein wenig ins Gewissen geredet. Unser guter Gott und ein gutes Gewissen, das ist eine mächtige Verbindung, das sollten wir doch am allerbesten wissen.«

»Mmmm. Du meinst also nicht, dass Jessica etwas damit zu tun hatte?«

»Natürlich hatte auch Jessica etwas damit zu tun, aber ich bezweifle, ob Lord Dundas sich dessen bewusst ist.« Schwester Elvira kicherte. »Nachdem sich Jessica an nichts erinnern kann, wird er ihr wieder ganz von vorn den Hof machen müssen.«

Schwester Dolores fiel die Kinnlade herunter. »Ihre Phantasie treibt wilde Blüten, Schwester Elvira.«

»Wollen wir wetten?«

»Du hast doch gehört, was Jessica gesagt hat. Ihr Vater versuchte, Lord Dundas zur Heirat zu zwingen, und der weigerte sich.«

»Das habe ich gehört«, stimmte Schwester Elvira zu, »aber ich weiß auch, was meine Augen mir sagen.«

Jetzt war Schwester Dolores völlig verblüfft.

Schwester Elvira, die über mehr Erfahrung mit der Welt

und ihren Niederträchtigkeiten verfügte als Schwester Dolores, wusste, wann sie etwas spitzgekriegt hatte. »Drei zu eins, dass es im Sommer eine Hochzeit gibt.«

Schwester Dolores stockte der Atem. »Meine Liebe, jetzt bist du wohl wirklich verrückt geworden!«

»Zum Glück wetten wir ja nur um Bonbons. Und es wäre auch nicht das erste Mal. Außerdem wird es die Mutter Oberin nie erfahren. Wer sollte es ihr denn schon sagen?«

»Das habe ich nicht gemeint. Aber Jessica mag Lord Dundas doch nicht einmal. Das war doch ganz offensichtlich.«

Aus der Küche drang ein Geräusch von zerbrechendem Glas.

Schwester Elvira beugte sich zu der anderen Nonne, bis sich ihre Nasenspitzen fast berührten. »Vier zu eins«, murmelte sie.

»Du bist ein schlechter Einfluss!«

»Melassebonbons«, warf Schwester Elvira ein, womit sie schamlos eine der größten Schwächen von Schwester Dolores ausnutzte.

»Die, die dir dein Neffe immer mitbringt?«

»Genau die.«

»Und was ist mein Einsatz?«

»Diese gezuckerten Pflaumen, die dir deine Nichte zum Geburtstag schickt.«

Ein kalkuliertes Lächeln erschien langsam auf Schwester Dolores' Miene. »Die Wette gilt«, sagte sie.

6

Sobald Jessica hineingegangen war, wendete Lucas die Kutsche und fuhr nach Hause zurück. Auf seine Umgebung achtete er nicht weiter; er war in Gedanken ganz bei Jessica.

Sie hatte also ihre Erinnerung verloren. Als die Nonnen es ihm erzählten, hatte er es nicht geglaubt; er hatte es nicht glauben wollen. Ja, er war richtig argwöhnisch gewesen und hatte sie ausführlich befragt. Sie machten sich über die Widersprüche, die er in Jess' Geschichte gefunden hatte, keine Gedanken; er konnte ihnen aber auch nicht sagen, wie sie in seinen Armen dahingeschmolzen war, so als habe sie ihn erst gestern verlassen. Doch sofort danach hatte er sich eilig nach Chalford aufgemacht, um Jess persönlich zur Rede zu stellen. Er hatte sie im Schwarzen Schwan gefunden, aber diese Begegnung war von Anfang an ungut verlaufen.

Sie hatte also ihre Erinnerung verloren. Vor drei Tagen, als er sie auf ihrem Küchentisch fast genommen hatte, war ihm das anders vorgekommen. Und drei Tage lang hatte er sich schwere Gedanken gemacht. Damals, als sie plötzlich verschwand, hatte er die ganze Gegend, und sogar London, nach ihr abgesucht, aber er hatte nie daran gedacht, in einem Kloster nach ihr zu schauen. Und die ganze Zeit hatte er mit der Befürchtung gelebt, eines Tages würde der Wachtmeister oder einer seiner Freunde an die Tür klopfen und ihm mitteilen, man habe ihre Leiche oder ihr Skelett gefunden. Deshalb war er wütend geworden, als sie drei Jahre später sicher und wohlbehalten wieder auftauchte, nachdem sie ihm in all dieser Zeit nicht ein Wort hatte zukommen lassen.

Aber wenn sie wirklich die Erinnerung verloren hatte, dann würde das alles erklären.

Er musste es akzeptieren. Nonnen logen schließlich nicht. Außerdem war Jess anders. Tatsächlich hatte er die Jess, die er kannte, in dieser energischen Person kaum wieder erkannt. Für die Jess seiner Erinnerung war er eine Art Held gewesen. Seit dem Tag, als ein paar Mädchen aus neureichen Familien sie auf der Kirchentreppe verspottet hatten, weil sie noch nicht lesen konnte, und er diese Gören mit einem einzigen bösen Blick zu ihren Müttern zurückschickte, hatte sie ihn angehimmelt.

Bis zu jenem Zeitpunkt hatte er Jessica nie große Aufmerksamkeit geschenkt. Sie war einfach ein Kind aus der Nachbarschaft gewesen, das unbeaufsichtigt herumstreunen durfte. Während andere Mädchen mit zwölf Jahren das Alphabet paukten, mit ihren Sticktüchern arbeiteten und überhaupt lernten, wie man sich als junges Fräulein zu benehmen hatte, war Jess sich selbst überlassen. Schon damals war William Hayward überall bekannt gewesen. Er war ein unverbesserlicher Spieler und ein jähzorniger, unfreundlicher Mensch, der es sich mit all seinen Nachbarn verdorben hatte. Als Vater war er ein kompletter Versager, aber das konnte man Jess nie klar machen. Aus irgendeinem Grund, den Lucas nie herausgefunden hatte, vergötterte sie ihren Vater.

Und noch etwas hatte er nie ergründen können – warum er sich entschlossen hatte, an ihrem Schicksal Anteil zu nehmen. Er war damals ein junger Mann von zwanzig Jahren gewesen und hätte bessere Chancen gehabt. Aber schon damals hatte irgendetwas an diesem verwahrlosten Kind mit dem verschleierten Blick seinen Beschützerinstinkt geweckt. Oder war es das Ergebnis seiner Erziehung? Obwohl seine Eltern selbst nie etwas auf die hohe Kante hatten legen können, war immer darauf Verlass gewesen, dass sein Vater jedem in Not unter die Arme griff.

Jedenfalls, aus welchem Grunde auch immer, war er Feuer und Flamme gewesen. Zuerst hatte er mit seiner Mutter gesprochen, und als diese Hayward nicht überreden konnte, Jessica in ihre Obhut zu geben, hatte er sich an den Wachtmeister um Hilfe gewandt. Und der hatte Hayward das Leben so schwer gemacht, dass er schließlich froh war, Jessica in die Schule in der Stadt schicken zu können.

Für Lucas war es nur natürlich, dass er sich fortan für Jessicas weitere Entwicklung interessierte, und es war nur natürlich, dass sie sich dadurch geschmeichelt fühlte und zu ihm aufschaute. Im Großen und Ganzen hatte er ihre Ergebenheit mit einer Art amüsierter Duldung betrachtet, selbst wenn es manchmal unangenehm gewesen war. Das alles veränderte sich jedoch, kurz bevor er in den Krieg ging, als Jess ihn im Stall in die Enge trieb.

Von da an hatte er Jessica Hayward nie mehr mit amüsierter Duldung gesehen.

Er versuchte, glimpflich mit ihr zu verfahren – hatte er das nicht immer versucht? –, aber so, wie Jess nun einmal war, wollte sie die Situation für sich ausnützen. Er erinnerte sich daran, dass er ihr einmal erzählt hatte, sie werde sich eines Tages in einen Mann verlieben, der der Richtige für sie sei, einer, der ihrem Alter besser entspräche, doch just in diesem Augenblick hatte sie die Arme um ihn geschlungen und ihn geküsst.

Er lächelte, als ihre Lippen die seinen berührten. Es war ihr erster Kuss, hatte er noch gedacht, und er wollte ihr dieses Erlebnis nicht verderben. Und irgendwie erschien es ihm auch richtig, dass er der erste Mann war, der sie küsste. Doch sein nächster Gedanke hatte ihn entsetzt – denn was er wirklich wollte, war, ihr erster Liebhaber zu sein.

Darüber war er so verblüfft, dass er erst einmal eine Weile brauchte, bis er wieder klar denken konnte. Dann packte er sie bei den Schultern und wollte sie von sich wegschieben, aber es war bereits zu spät. Irgendwie schaffte sie es, ihn umzuwerfen und mit ihm im Heu zu landen. Hätte er nicht gerade in diesem Augenblick auch noch Adrian und Bella gehört, die nach ihm riefen, dann hätte er wohl gelacht. Zu sagen, dass er Schuldgefühle hatte, wäre eine krasse Untertreibung gewesen.

Er lag mit Jess auf dem Stallboden, am helllichten Tag, allein. Sie lag auf dem Rücken, ihre Röcke waren bis zu den

Oberschenkeln hochgerutscht, und er zwischen ihren Beinen. Es war ein Wunder, dass sein Hosenschlitz noch immer zugeknöpft war.

Als die Stalltür mit einem lauten Quietschen aufging, öffnete Jess den Mund, und er wusste genau, was sie vorhatte. Dieser kleine Drachen hatte ihm eine Falle gestellt. Sie wollte schreien, damit Bella ihn praktisch in flagranti ertappte. Und das hätte seine Chancen bei Bella zunichte gemacht.

Aber er war geistesgegenwärtig genug gewesen, ihr den Mund zuzuhalten. Und Augenblicke später, als er Adrian und Bella zum Haus zurückgehen hörte, hatte er Jess so heftig geschüttelt, dass sie es so schnell nicht vergessen würde. Dann hatte er sie scheinheilig darüber aufgeklärt, wie gefährlich es sein konnte, wenn man die Leidenschaft eines Mannes entfachte. Und als sie danach immer noch darauf bestand, dass Bella ihn nicht wirklich liebe, dass sie ganz und gar die Falsche für ihn sei und ihn niemals werde glücklich machen können, hatte er Jess geflissentlich und erbarmungslos mitgeteilt, es sei zu spät. Er sei sehr in Bella verliebt und werde es immer sein.

Damals hatte er geglaubt, die Wahrheit zu sagen, aber rückblickend musste er zugeben, dass Jess die weitaus Klügere gewesen war. Bella war unter anderem deshalb so attraktiv gewesen, weil sie das begehrteste Mädchen im ganzen County war, und aus einem unerfindlichen Grund hatte sie ihm den Vorzug gegenüber ihren anderen Freiern gegeben. Das war eben die Eitelkeit der Jugend. Hätte er ihren Vater ebenso leicht für sich gewinnen können, dann hätte die Hochzeit sehr rasch stattgefunden. Aber Sir Henry hatte ein Machtwort gesprochen. Er wollte für seine geliebte Tochter etwas Besseres als einen Abenteurer, der von der Hand in den Mund lebte. Also war er, Lucas, in den Krieg gezogen, um sein Glück zu machen; Bella hatte ihm versprochen, ihm treu zu bleiben, und so gab es kein Zurück.

Aber es war nicht Bellas Bild gewesen, das ihn verfolgt

hatte, während er die Franzosen aus Spanien verjagte. Es war das Bild des verwahrlosten jungen Mädchens mit dem verschleierten Blick, das ihm ewige Liebe geschworen hatte. Es bedrängte ihn immer stärker – doch diese Obsession fand er unerträglich. Jessica Hayward! Sie war kaum mehr als ein Kind! Man sollte ihn für diese sündigen Gedanken erschießen! Und dann war da Bella. Er hatte sie um ihre Hand gebeten. Sie waren nicht offiziell miteinander verlobt, waren sich diesbezüglich aber einig. Und ein Ehrenmann stand zu seinem Wort. Auch wenn er es bis zu seinem Tod bedauern würde, er musste Bella heiraten.

Als er im Sommer 1815 nach der Schlacht bei Waterloo nach Hause zurückkam, war er fest entschlossen, das Rechte zu tun. Bellas Vater hatte sich inzwischen erweichen lassen und in ihre Heirat eingewilligt.

Doch das Schicksal hatte andere Pläne. Adrian und Rupert waren einige Wochen vor ihm nach Hause gekommen, und was sie ihm erzählten, machte ihn wütend. Jess war praktisch zur Einsiedlerin geworden. Sie hatte keine Freunde. Er ging nach Hawkshill, um William Hayward zur Rede zu stellen, traf aber nur Jess an. Später in jener Nacht erzählte Jess ihrem Vater einen Haufen Lügen, woraufhin Hayward ihn im Schwarzen Schwan in die Enge trieb.

Damals war er so zornig gewesen, dass er Jess am liebsten erwürgt hätte. Doch das war, bevor er erfuhr, dass man ihren Vater ermordet hatte und sie verschwunden war. Drei Jahre lang war er daraufhin durch die Hölle gegangen und hatte sich gefragt, was aus ihr geworden war.

Jetzt wusste er es, aber er wusste nicht, was er mit ihr anfangen sollte. Diese eigenartige Anziehung, die seit jeher zwischen ihnen bestanden hatte, war noch immer da. Jess war nun kein Kind mehr. Und Bella stand nun nicht mehr zwischen ihnen. Jess wusste es vielleicht nicht, aber sie standen am Rande eines Abgrunds. Bei dem Gedanken musste er unwillkürlich grinsen.

Als er zu Hause ankam, dachte er noch immer an Jessica. Perry erwartete ihn im Hof vor dem Stall.

»Du hast Gäste«, sagte Perry und zeigte auf die Kutsche mit den beiden Pferden, die unter einer Gruppe Eichen standen. »Bella und Rupert«, fügte er hinzu, obwohl Lucas die unverkennbaren blaugrauen Livreen von Ruperts Kutschern längst erkannt hatte. »Sie kamen heute Morgen in Chalford an, hörten die Nachricht von Jess und ließen alles stehen und liegen, um hierher zu kommen und ... na, wie sagte Bella doch gleich? ... ach ja, um ihre Hilfe anzubieten.« Er grinste. »Was für ein Unfug! Sie schäumt vor Wut, und deshalb dachte ich, ich sage es dir lieber gleich.«

Als Lucas ausstieg, sprang Perry auf den Kutschbock und nahm die Zügel in die Hand. »Kommst du denn nicht mit herein?«, fragte Lucas ihn verwundert.

»Du lieber Gott, nein! Ich meine natürlich, nein danke. Ich habe mich bereits entschuldigt. Aber Adrian ist hier und spielt den Gastgeber, bis du auftauchst.« Damit setzte er sein unausstehlich munteres Grinsen auf, knallte mit der Peitsche und verschwand in einer Wolke aus Staub.

Lucas war nicht überrascht. Perry warf ihm, Adrian und Rupert immer wieder vor, sie seien verknöcherte alte Kerle. Wenn sie zusammenkämen, würden sie ständig nur über den Krieg oder die gute alte Zeit schwadronieren.

Verknöcherte alte Kerle, dachte Lucas und lachte in sich hinein. Perry hatte sie nie in der Schlacht, als furchtlose Kämpfer, gesehen. Wenn man sie allerdings jetzt so anschaute ... Adrian war vergnügungssüchtig geworden, Rupert ein gesetzter Gentleman vom Lande, der sich hauptsächlich mit seiner Rosenzucht beschäftigte, und er ... Vermutlich war er ein unsteter Geist, oder so ähnlich.

Beim Eintreten in den Salon blieb er, noch unbemerkt, gleich hinter der Tür stehen und hörte dem Gespräch zu. Es ging um Jessica, und Bella führte das Wort.

Eine wirklich wunderschöne Frau, dachte Lucas. Das

leuchtende Blau ihrer Augen wurde durch ihr Kleid noch hervorgehoben, dunkle Locken umschmeichelten ihr makelloses Gesicht. Doch inzwischen ließ ihn ihre Schönheit kalt. Im Lauf der Zeit hatte er gemerkt, dass sich hinter der attraktiven Fassade eine eitle, engstirnige Persönlichkeit verbarg, aber da sie Ruperts Gemahlin war, fand er sich mit ihr ab.

Adrian entdeckte ihn als Erster. »Gerade habe ich zu Rupert und Bella gesagt, du seist nach Hawkshill hinuntergefahren, um den Nonnen die Kündigung zu überbringen«, sagte er. »Was hat dich denn aufgehalten?« Er musterte Lucas genauer und seufzte dann. »Du hast ihnen also nicht gekündigt. Warum überrascht mich das eigentlich gar nicht?«

Lucas warf seinem Cousin einen Blick zu, der ihm bedeutete, den Mund zu halten, und ging auf dessen spöttische Bemerkung nicht weiter ein.

»Lucas!«, rief jetzt Bella. Sie war aufgestanden und streckte ihm die Hand entgegen. »Wir haben es gerade gehört und sind gleich herübergekommen. Adrian sagt, es ist wahr, Jessica Hayward ist tatsächlich eine Nonne!«

Er küsste pflichtschuldig ihre Hand. Sie wirkte heiter, doch er spürte die Anspannung in ihren steifen Fingern. »Bella«, sagte er, »wunderschön wie immer. Aber – nein, Jess ist keine Nonne.« Lucas wiederholte, was die Schwestern ihm erzählt hatten. »Sie hat kein Gelübde abgelegt. Aber sie kann gut mit Kindern umgehen und hilft den Nonnen, bis das Waisenhaus eingerichtet ist.«

Er wandte sich Rupert zu, und nun lag in seinem Lächeln echte Herzlichkeit. Rupert war so hellblond, wie seine Frau dunkel war, ein schlanker, hoch gewachsener Mann mit etwas hängenden Schultern. Mit seiner saloppen, einem Gentleman vom Lande anstehenden Kleidung hatte er das Aussehen eines begüterten Landwirts, doch das täuschte. Rupert war der Sohn reicher, privilegierter Eltern.

»Und, alles bestens bei dir, hoffe ich doch?«, begrüßte er Lucas. – »Sicher, warum auch nicht?«

Rupert betrachtete Lucas eingehend. »Du bist so plötzlich losgefahren, ohne irgendjemandem etwas zu sagen.«

»Eine unerwartete geschäftliche Angelegenheit«, erwiderte Lucas kurz angebunden, und als Rupert erstaunt die Augenbrauen nach oben zog, fügte er humorvoll hinzu: »Stell mir die Frage noch mal, wenn keine Damen anwesend sind, dann bekommst du noch eine andere Antwort.«

»Aha«, meinte Rupert, und ein wissendes Funkeln trat in seine Augen. »Es wird allmählich Zeit, dass du eine Frau findest und gesetzter wirst, Lucas!«

Adrian konnte sich nicht zurückhalten. »Na vielen Dank, Rupert, für deine Nichteinmischung. Setz ihm doch bitte nicht solche Flausen in den Kopf!«

»Willst du denn nicht, dass er heiratet?«

»Als sein Freund, ja. Aber als sein Erbe, nein.«

Sobald das Gelächter verstummt war und Lucas Platz genommen hatte, sagte Bella ungeduldig: »Wir waren alle höchst verwundert zu erfahren, dass Jessica Hayward zurückgekommen ist. Was treibt sie für ein Spiel, Lucas, was hat sie vor?«

»Lass ihn doch erstmal Atem schöpfen, Bella«, warf Rupert lächelnd ein. »Wir sind alle gespannt darauf, die Neuigkeiten über Jessica zu hören. Also setz dich bitte und gib Lucas Zeit, seine Gedanken zu sammeln.«

Nach einigen Schlückchen Brandy erzählte Lucas seinen Freunden, was er über Jessicas Zeit bei den Nonnen wusste, und endete mit dem, was er am Morgen über ihren Unfall mit der Kutsche und dem daraus resultierenden Gedächtnisverlust erfahren hatte.

Danach fragte ihn Bella ungläubig: »Und das glaubst du ihr?«

Lucas wusste nicht, weshalb ihre Frage ihn reizte; immerhin hatte er ursprünglich selbst Zweifel gehegt. »Die Nonnen bestätigen Jessicas Geschichte«, erwiderte er langsam und bedächtig.

»Und sie ist auch schlüssig. Warum wäre Jessica sonst drei Jahre lang weggeblieben?«

»Warum?« Bella lachte gereizt. »Wegen ihrer Lügen natürlich! Weil sie Angst hatte, sich den Konsequenzen ihrer Lügen zu stellen. Weil sie weiß, dass man sie meidet, wenn sie sich hier zeigt.« Bella atmete tief durch. »Da könnte ich eine ganze Litanei herunterbeten!«

»Warum ist sie dann gerade jetzt zurückgekommen?«

Ihre Stimme wurde etwas höher und lauter. »Weil Jessica Hayward schon immer eiserne Nerven gehabt hat! Sie hat es auf dich abgesehen, Lucas, weil du jetzt einen Titel und ein Vermögen hast! Sie ist falsch, eine verschlagene Hexe, und wenn du nicht aufpasst, dann erreicht sie vielleicht dieses Mal, was sie damals nicht geschafft hat.«

Als Adrian leise lachte, drehte sich Bella abrupt zu ihm um. »Was ist denn?«, fragte sie scharf.

»Jessica Hayward«, antwortete er, »ist nicht mehr das Mädchen, das wir alle kannten. Sie will von unserem Sir Galahad hier nichts mehr wissen.«

Er deutete mit einem Kopfnicken auf Lucas. »Tatsächlich war er ihr von Anfang an höchst unsympathisch, und zwar gleich so sehr, dass sie bei ihrem ersten Zusammentreffen in Hawkshill mit einem Gewehr auf ihn anlegte und sogar abdrückte. Zum Glück hatte sie vergessen, den Hahn zu spannen.«

Bella stockte der Atem. Rupert gluckste.

»Es kommt noch schlimmer«, fügte Lucas düster hinzu. »Vor weniger als einer halben Stunde hat sie mich praktisch beschuldigt, ihren Vater ermordet zu haben.«

Ein langes Schweigen folgte dieser Neuigkeit, bis Rupert unvermittelt zu lachen begann. Als er Lucas' Blick sah, hörte er jedoch abrupt auf. »Tut mir Leid, mein Freund«, sagte er, doch es klang absolut nicht nach einer Entschuldigung. »Aber ist das nicht genau das, was du immer wolltest, damit ihre närrische Verliebtheit einmal ein Ende findet? Anscheinend hast du das ja nun geschafft. Ich weiß nicht, warum du so niedergeschlagen bist. Niemand würde dich eines Mordes verdächtigen, ganz gleich, was dieses Mädchen sagt.«

Lucas blickte zuerst zu Adrian, dann zu Rupert. »Wenn ich William Hayward erschossen hätte, dann nicht in den Rücken. Das war ein feiger Meuchelmord.«

Ein weiteres Schweigen folgte, das Rupert auf seine joviale Art beendete. »Ja, darüber habe ich auch schon nachgedacht«, sagte er. »Wer immer William Hayward auf diese verwerfliche Art und Weise ermordete, gehört zum Abschaum und verdient nichts als äußerste Verachtung.«

»Wer immer William Hayward ermordete«, sagte Bella ungehalten, »hat der Welt einen guten Dienst erwiesen, und wer etwas anderes sagt, der ist ein Heuchler!« Nachdem sie William Haywards Ermordung mit diesen harschen Worten abgetan hatte, kehrte sie zu ihrem eigentlichen Thema zurück. »Jessica Hayward bleibt also jetzt in Hawkshill? Läuft es darauf hinaus, Lucas?«

»Ich kann die Nonnen nicht einfach hinauswerfen«, entgegnete er leise. »Das sind hart arbeitende, sich aufopfernde Frauen; sie sind für unsere Gemeinde ein Gewinn.« Er zuckte hilflos die Schultern und suchte nach Worten. »Außerdem, wenn ich ihnen kündige, finden sie eben ein anderes Haus hier in der Gegend, also können sie ebenso gut gleich in Hawkshill bleiben. Das Gut steht leer, und ich habe keine Verwendung dafür.«

Bella stand auf und zog ihre Handschuhe an. »Man wird darüber reden, und das wird unangenehm.« Sie warf Lucas ein saures Lächeln zu. »Die Nonnen mögen ja ein Gewinn für unsere kleine Gemeinde sein, aber sie bewegen sich nicht in unseren Kreisen. Und Jessica Hayward wird das ebenso wenig tun. Sie hat es nie getan, und nach dem Skandal, den sie verursacht hat, wird keine auf ihren Ruf bedachte Frau es wagen, sie in ihr Haus zu lassen. Die Ärmste, fast habe ich Mitleid mit ihr.«

Die Herren hatten sich alle höflich von ihren Plätzen erhoben. Lucas zupfte sich einen Fussel vom Ärmel.

»Dieses Haus wird für Jessica immer offen sein«, erklärte er ruhig und blickte Bella mit großen und klaren Augen an.

»Zum einen war meine Mutter immer begeistert von Jess, und wenn sie aus London hierher kommt, wird sie sie wiedersehen wollen. Und zum anderen glaube ich nicht, dass Jess ihrem Vater diese Lügen aufgetischt hat. Ich glaube, William Hayward hat sich diese Geschichte selbst ausgedacht, um Geld aus mir herauszuschlagen.«

»Das ist das erste Mal, dass du diese Theorie erwähnst, Lucas«, bemerkte Bella steif.

»Wirklich? Na dann sagen wir mal, jetzt, da ich genügend Zeit hatte, darüber nachzudenken, kommt mir diese Theorie ganz plausibel vor.«

Rupert blickte mit gerunzelter Stirn auf einen losen Knopf an seinem Jackett. »Ich habe Jessica immer gemocht«, sagte er, »ja, und sie hat mir auch Leid getan. Mit diesem Vater hatte sie schließlich kaum ein Leben, das man als solches hätte bezeichnen können.« Er wandte den Blick lächelnd Bella zu. »Ich weiß, meine Liebe, wenn du dir die Zeit nimmst, darüber nachzudenken, dann wirst du einsehen, dass es so, wie Lucas die Dinge sieht, am besten ist.« Und an Lucas gewandt fügte er hinzu: »Auch unser Haus wird für Jessica offen sein.«

Lucas bemerkte, dass Bella hinter ihrem Lächeln mit ihrer Wut kämpfte. »Wenn Jessica sich so sehr verändert hat«, sagte sie schließlich, »dann werde ich natürlich mein Bestes tun, dabei mitzuhelfen, dass sie gesellschaftlich akzeptiert wird.« Dann wandte sie sich abrupt an Rupert. »Lass uns gehen, mein Lieber. Ich habe der Köchin versprochen, heute Nachmittag die Speisenfolge mit ihr durchzusprechen, und du weißt ja, dass dieses dumme Weib nichts zustande bringt, was man ihr nicht genau aufträgt.«

Lucas und Adrian blickten Ruperts Kutsche nach, bis sie aus ihrem Blickfeld verschwunden war.

»Du bist also sicher, dass Jessica ihr Gedächtnis verloren hat?«, fragte Adrian nachdenklich.

»Ja, ich bin sicher«, antwortete Lucas.

Da er sich nicht weiter erklärte, fuhr Adrian fort: »Wenn du Jessicas Ruf wiederherstellen willst, brauchst du die Hilfe einer Frau.«

»Welcher denn zum Beispiel?«

»Wie wär's mit der des Vikars? Die wäre bestimmt gut dafür geeignet.«

»Das werde ich mir überlegen. Warum schaust du denn so ernst drein?«

»Ich denke an Bella. Die wird aus deiner Jess Hackfleisch machen.«

»*Meiner* Jess?«, fragte Lucas düster nach.

Adrian lachte schallend und klopfte Lucas freundschaftlich auf die Schulter. »Lucas, ein Blinder könnte sehen, was mit dir los ist, und ich bin nicht blind. Ein kleiner Rat gefällig?«

»Den kannst du dir sparen, Adrian.«

Wieder ein schallendes Lachen. »Aber vielleicht stellst du sicher, dass sich die Geschichte nicht wiederholt.«

*

Auf der Fahrt nach Hause redete Bella über alle möglichen belanglosen Dinge, ohne zu erwähnen, was sie wirklich beschäftigte. Doch das tat sie nur wegen der Kutscher; sie hätten sonst am Ende etwas aufgeschnappt und ausgeplaudert. Niemand sollte sagen können, Bella Haig sei ausgestochen oder vor den Kopf gestoßen worden, weil Jessica Hayward wieder im Lande war. Sie war einmal zur Zielscheibe des Spotts geworden; es würde nicht noch einmal geschehen.

Sobald sie zu Hause ausgestiegen und die Kutscher zu den

Ställen weitergefahren waren, sagte sie: »Ich weiß nicht, warum wir jeden Sommer in diesem Provinznest verbringen müssen. Wir könnten doch genauso gut in Brighton beim Prinzregenten sein. Er hat mich ausdrücklich gefragt, ob wir dieses Jahr kommen würden.«

»Ich bedauere es nicht weniger als du, meine Liebe«, entgegnete Rupert mit großer Nachsicht, »aber wir können unsere Leute nicht enttäuschen. Und sie erwarten nun einmal von uns, dass wir bei ihrem Ball der Pächter da sind.«

»Können sie ihn denn nicht im August veranstalten?«

»Da sind sie zu sehr mit der Ernte beschäftigt. Außerdem ist das eine Tradition in meiner Familie, die seit vielen Generationen besteht.«

Bellas Lippen wurden schmal. Rupert war zwar in aller Regel ein nachsichtiger Ehemann, doch bei einer Sache blieb er unnachgiebig. Wenn sie nach Berkshire kamen, dann mussten sie in dem Haus wohnen, das sich seit mehr als zweihundert Jahren im Besitz seiner Familie befand, das Haus, in dem er von seinem Großvater erzogen worden war. Auf Tradition legte ihr Gatte größten Wert.

Und das war natürlich blanker Unsinn. Das Haus ihres verstorbenen Vaters, das weitaus besser gewesen war als dieser Haufen modernder Ziegel, war verkauft worden. Und jetzt musste sie mehr als die Hälfte des Jahres Räumlichkeiten ertragen, die eher begehbare Schränke waren als Zimmer, dazu rauchige Kamine und einen Verputz, der gleich in ganzen Stücken von der Decke brach, wenn man eine Tür mit etwas Temperament schloss.

Sie hatten das Geld, um das ganze Anwesen vom Keller bis zum Dach zu renovieren, aber Rupert wollte nichts davon wissen. Bei diesem Thema pflegte er sie stets daran zu erinnern, dass das Haus in London ihres war und sie damit machen könne, was sie wolle. In diesem Punkt konnte sie in der Tat nichts an ihm aussetzen – es waren keine Ausgaben gescheut worden, das Haus am Grosvenor Square in ihren eigenen, privaten Palast zu verwandeln. Und das war noch nicht einmal mit ihrem Geld geschehen. Nichts hatte sie nach ihrer Hochzeit mehr überrascht als die Feststellung, wie reich Rupert war. Dass die Haigs viel Geld hatten, war natürlich bekannt gewesen, doch das spartanische Leben Ruperts und seines Großvaters in diesem trübseligen Haus hatte keinen Hinweis darauf gegeben, wie wohlhabend sie wirklich waren. Bella konnte nicht verstehen, weshalb jemand so leben wollte, wenn Geld genug vorhanden war, um sich jeden Wunsch zu erfüllen.

Als sie den großen Saal betraten, kniff sie die Lippen noch mehr zusammen. Sie hasste diesen düsteren Raum mit seiner dunklen Täfelung und den kleinen Fenstern. Andere wohnten in lichtdurchfluteten, palladianischen Herrenhäusern mit schmucken griechischen Säulen und weißem Marmor. Aber Rupert so etwas zu sagen war zwecklos. Er pflegte dann stets zu erwidern, dies sei ein Haus im Tudor-Stil, ein Haus mit Charakter, und Marmor und griechische Säulen seien etwas schrecklich Überzogenes. Aber was verstand er schon davon? Wenn es für den Prinzregenten gut genug war, dann wohl auch für sie.

Als Rupert erwähnte, er wolle in den Wintergarten gehen und sich um seine Rosen kümmern, fragte sie ihn sehr nett, ob er nicht in ihren Salon käme, sie würde gern ein Gespräch unter vier Augen mit ihm führen. Sie wartete, bis er die Tür hinter sich geschlossen hatte.

»Ich glaubte meinen Ohren nicht zu trauen«, legte sie dann los, »als du sagtest, unser Haus stünde immer offen für Jessica Hayward, und das nach all dem, was sie mir angetan hat!«

Rupert setzte sich auf eine Sessellehne. »Ich habe dabei an dich gedacht«, erwiderte er. »Wie sähe es denn aus, wenn du dieses Mädchen schneiden würdest? Dann würde es doch gleich heißen, du bist noch immer in Lucas verliebt oder eifersüchtig auf Jessica.«

»Was die Leute sagen, ist mir egal!«, schrie sie außer sich.

»Das glaubst du doch selbst nicht. Dir ist es sehr wichtig, was die Leute denken, und mir ebenso.«

Sein ruhiger Tonfall erregte sie noch mehr. »Das stimmt nicht! Es ist mir egal!«

»Ach wirklich?« Im Nu waren sein Lächeln und seine Freundlichkeit wie weggeblasen, seine Miene steinhart. »Nun gut, mir eben nicht. Und ich stehe zu meinem Wort, Bella. Ich lasse nicht zu, dass unser Name durch den Schmutz gezogen wird. Und dass sich meine Frau in vulgärer Weise benimmt. Ich verlange von dir nicht, dieses Mädchen wie eine Freundin zu behandeln, aber du wirst dich so benehmen, wie es unserer Familie gebührt!«

Sie war betroffener, als sie zugeben wollte. In diesem Ton sprach er äußerst selten mit ihr; es erinnerte sie jedes Mal an ihren Vater. Sie schob diese Erinnerung beiseite und richtete sich arrogant auf. Diesen Ton wollte sie sich nicht bieten lassen. »Jessica Hayward hat mir großes Unrecht zugefügt«, erklärte sie, »und das werde ich ihr niemals verzeihen!«

Er stand auf. »Ich verlange auch nicht von dir, ihr zu verzeihen. Aber du wirst dich ihr gegenüber höflich benehmen. Das ist alles.« An der Tür drehte er sich noch einmal um und präsentierte ihr sein typisches freundliches Lächeln. »Habe ich dir schon gesagt, dass ich eine neue Rosensorte gezüchtet habe? Ich werde sie dir zu Ehren ›Arabella‹ nennen. Sie hat ein wunderschönes Rot und eine vollkommene Blüte. Und sie ist sehr robust. Wirklich, sie erinnert mich an dich.«

Zorn durchbrandete sie. Glaubte er wirklich, sie bestechen zu können, indem er eine Rose nach ihr benannte?

Als sie allein war, setzte sie sich auf ein Sofa und faltete die Hände. Das Weiß an ihren Knöcheln trat stark hervor. Noch vor ein paar Stunden war sie in London gewesen, und glücklich. Und jetzt – was für ein Anblick! Sie war gespannt wie eine Sprungfeder.

Das passierte immer in Chalford. In London war sie ein

anderer Mensch; hier hingegen spürte sie all die subtilen Anzeichen dafür, dass sie nicht wirklich dazugehörte und nie dazugehören würde. Ihr Vater hatte sie gewarnt, dass in dieser provinziellen Gesellschaft Stand und Ansehen zählten, dass Rang und Schönheit hier nur begrenzte Wirkung hatten. Nun, wenn sie keine Dame von Stand war, dann wusste sie nicht, wer sonst. Sie war eine Frau, die auf sich achtete. Sie war immer nach der letzten Mode gekleidet, sie kannte alle wichtigen Leute, ihre Festivitäten waren in aller Munde. Doch in Lucas' Salon hatte man sie spüren lassen, dass man von Jessica Hayward, einer jungen Frau, die durch ihre zwielichtige Vergangenheit doch eigentlich ihren Ruf vollständig hätte einbüßen sollen, mehr hielt als von ihr.

Nicht einmal ihr eigener Gatte hatte zu ihr gehalten.

Schon der bloße Gedanke daran brachte sie zur Weißglut. Sie war es schließlich, der Unrecht zugefügt worden war. Aber warum trat dann niemand für sie ein? Vier Jahre lang hatte sie auf Lucas gewartet. Nie hätte sie geglaubt, dass er so lange im Krieg bleiben würde. Vier Jahre, in denen ihre Freundinnen alle eine nach der anderen heirateten. Die Leute hatten schon angefangen, sie für eine alte Jungfer zu halten. Aber sie hatte Lucas geliebt. Und mit der Zeit wurde es immer schwieriger, den Kurs zu ändern. Die Leute hätten gesagt, sie habe ihre besten Jahre damit vergeudet, auf ihn zu warten. Man hätte sie ausgelacht. Deshalb harrte sie aus.

Dann war der Skandal über sie hereingebrochen. Sie wurde lächerlich gemacht, und das war etwas, das sie nie verzieh.

Ihr Vater war noch wütender gewesen als sie. Er hatte nie gewollt, dass sie Lucas heiratete; er war immer für Rupert gewesen. Der würde zwar nie einen Titel erben, aber seine Herkunft war untadelig. Er hatte Geld. Er war ein Kriegsheld. Und so hatte sie, eine Frau, die jeden Mann hätte haben können, seinem Antrag zugestimmt.

Und das sollte nun ihre Belohnung sein?

Sie atmete kräftig durch und zwang sich zu entspannen. In der Hitze des Gefechts hatte sie Rupert erklärt, was die Leute dachten, sei ihr egal. Das stimmte natürlich ganz und gar nicht, ganz im Gegenteil. Aber sie wollte auch unter keinen Umständen eine Kränkung hinnehmen. Lucas hatte seine Schuld bezahlt, als er sie an Rupert verlor. Aber Jessica Hayward ...

Jessica Hayward war ihr von jeher ein Dorn im Auge. Sie war schon als Kind eigenartig und immer irgendwie übereifrig gewesen – wenn man denn die Wahrheit wirklich kannte. Doch sie, Bella, konnte die Wahrheit niemandem sagen, denn die Wahrheit würde ein schlechtes Licht auf sie werfen. Wegen Jessica Hayward hatte ihr Vater, Sir Henry, ihr, Bella Clifford, dem begehrtesten Mädchen im ganzen County, die schlimmste Tracht Prügel ihres Lebens verpasst.

Er war darauf gekommen, dass im Haus Porzellan und Silberschmuck gestohlen worden waren, und hatte einen seiner Diener bezichtigt. Doch in Wahrheit war Bella die Missetäterin gewesen. Sie hatte jedoch zu viel Angst, ihre Schuld einzugestehen, und so wurde der Diener angeklagt, verurteilt und für sein angebliches Verbrechen in eine der Kolonien verbannt. Irgendwie war Jessica Hayward dann auf die Wahrheit gestoßen und hatte sie an Sir Henry verraten – mit dem Ergebnis, dass er seine einzige Tochter verprügelte und den kleinen Goldschmied in Chalford, der Bella die ganzen Sachen abgekauft hatte, in den Ruin trieb. Damit Jessica Hayward nicht redete, hatte er ihrem Vater sogar noch Geld zugesteckt – das der jedoch sofort vertrank und verspielte.

Hätte Sir Henry seiner Tochter genug Taschengeld gegeben, dann wäre sie gar nicht erst gezwungen gewesen zu stehlen. Es war ja eigentlich auch gar kein richtiger Diebstahl, denn sie hätte die Sachen ohnehin einmal geerbt. Letztlich war alles lediglich viel Lärm um nichts.

Danach hatte sie sich immer sehr bemüht, sich von Jessica Hayward fern zu halten. Doch sie hatte Gerüchte über sie verbreitet und Leute gegen sie aufgebracht. Als Lucas im Krieg war, ging das ganz leicht; niemand fühlte sich bemüßigt, Jessica in Schutz zu nehmen.

Und dann war Lucas nach Hause zurückgekommen ... und Jessica Hayward hatte den Spieß umgedreht. Niemand, der sich das herausnahm, kam ungeschoren davon.

Etwas ruhiger geworden, lehnte sich Bella in ihrem Sessel zurück und schloss die Augen. Aber es vergingen noch viele Minuten, bis sich ihr Schmollmund zu einem Lächeln formte. Sie öffnete die Augen. Sie würde tun, was ihr Gatte verlangte. Sie würde das Haus der Haigs für Jessica Hayward öffnen – allerdings mit der Absicht, Rache zu üben.

7

Nach dem Abendessen ging Joseph in seine Werkstatt in der Scheune, während Jessica und die Schwestern abspülten und die Küche aufräumten. Danach arbeiteten die Nonnen am Tisch an einem Teppich, den sie aus in Streifen geschnittenen Altkleidern machten. Sie bestritten den Großteil der Unterhaltung; Jessica hörte nur mit halbem Ohr zu, als die beiden über einige Nachbarn redeten, die angeboten hatten, bei den in Hawkshill notwendigen Reparaturarbeiten mitzuhelfen.

Denn Jessica hatte andere Dinge im Sinn. Sie legte sich ihren Schal um und verließ unauffällig das Haus. In dem gepflasterten Hof blieb sie kurz stehen. Aus dem überwucherten Kräutergarten wehte der Duft von Minze und Zitrone herüber. Als sie den Kopf drehte, bekam sie den nicht unangenehmen Geruch der Tiere des Bauernhofs und von frisch gemähtem Gras in die Nase. In dem sanften Zwielicht sahen die Nebengebäude weniger heruntergekommen aus.

Langsam ging sie zur Scheune hinüber und suchte dabei verzweifelt nach etwas, das sie vielleicht erkannte. Doch sie fand nichts; alles an Hawkshill Manor war ihr ebenso unbekannt wie den Schwestern und Joseph.

Noch schlimmer war, dass sie auch keinerlei Erinnerung an ihren Vater hatte, doch wenn man Lucas glauben konnte, war das ja sogar besser für sie.

Sie öffnete die Scheunentür. Der alte Joseph stand vor seiner Werkbank und begutachtete gerade eines der Wagenräder. Er blickte auf und grinste ihr zahnlos zu. Er hatte sie erwartet, wie auch die Stute. Tulip wieherte, um Jessica auf sich aufmerksam zu machen.

»Sie will ihren Zucker«, sagte Joseph.

Er war ein großer Mann mit kräftigen Armen und Schultern und starken Händen. Der Faustkämpfer, der er einmal gewesen war, ließ sich an seiner Statur noch immer erkennen. Er sprach nie von diesem früheren Leben, aber Jessica hatte gehört, dass er es aufgegeben hatte, als er einmal unabsichtlich einen Gegner tötete.

Er setzte das Rad ab. »Hab von deinem Papa gehört. Tut mir wirklich Leid, diese Geschichte, wirklich.«

Es sollte mir nichts ausmachen, sagte Jessica zu sich selbst. Es war töricht, um einen Vater zu trauern, an den man sich nicht erinnern konnte. »Ist schon gut, Joseph«, sagte sie. »Das ist schon drei Jahre her, und ich kann mich nicht an ihn erinnern.«

Er wischte sich mit dem Ellbogen über das Gesicht. »Ich kann mich an meinen Vater auch nicht erinnern, und nach dem, was ich weiß, ist es besser so. Ist gar nicht so gut, wenn man zu viel weiß. Besser, du hörst mit dem Suchen auf.«

Typisch Joseph, dachte Jessica. Er sagte, was er zu sagen hatte, und kein Wort mehr. Er stellte keine großen Gefühle zur Schau und warf nicht mit Ratschlägen um sich.

Während er sein Werkzeug aufräumte, sah sie sich in der Scheune um. Alles war makellos sauber. Die Kuh und ihr Kalb lagen in einem Stand beisammen; in einem anderen stand Tulip, den Blick erwartungsvoll auf Jessica gerichtet. Lachend ging sie zu der Stute und gab ihr ein Stück Zucker, legte die Wange an ihren Hals und atmete tief ein. Sie liebte den Geruch von Pferden.

»Du bist auf dem Land groß geworden.« Als sie aufblickte, fuhr Joseph fort. »Du hast keine Angst vor den Viechern. Aber die Schwestern« – er zeigte ihr ein weiteres zahnloses Grinsen – »die trauen sich noch nicht mal in den Hühnerstall!«

Jessica lachte. Es stimmte wirklich. Die Schwestern misteten lieber den Stall aus, als dass sie sich mit einer Henne anlegten, die ihre Eier nicht herausrücken wollte. Aber wenn sie auf dem Land aufgewachsen war, dann hatte sie keine Erinnerung daran.

Sie überließ Joseph wieder seiner Aufräumarbeit und ging nach draußen. Dies war der Moment, auf den sie gewartet hatte, wenn ihre Pflichten erfüllt waren und sie Zeit hatte nachzuforschen.

Sie ging an den Nebengebäuden vorbei den Hügel hinab, auf den Wald zu, der im Dämmerlicht ein wenig bedrohlich wirkte. Als sie den Reitweg erreichte, blieb sie stehen. Nach unten verlor sich der Weg bald in dichtem Unterholz und Bäumen. Sie war sicher, irgendwo dort unten hatte ihre Stimme sich versteckt und auf ihren Vater gewartet, als er vom Schwarzen Schwan nach Hause ging.

Ihr Herzschlag wurde schneller, der Atem kürzer und flacher. Sie warf einen letzten Blick zurück auf die Gebäude von Hawkshill. Von hier sah alles so sicher und gediegen aus; die vielen kleinen Fensterscheiben des Hauptgebäudes reflektierten die letzten Strahlen der Sonne. Doch unter ihr lag bereits alles im Schatten; alles war still. Mit einem langen, zittrigen Atemzug raffte sie ihre Röcke zusammen und begann, den Hang hinabzusteigen.

Anfangs waren die Schatten noch undeutlich, doch nach einer Weile hatten sich ihre Augen an das Dunkel gewöhnt, und sie konnte den Weg gut erkennen. Er war breit und nicht sehr steil und wurde offenbar nach wie vor benutzt. An einer Stelle gabelte er sich, und hier blieb sie stehen – nicht weil sie sich der Richtung unsicher war, sondern weil sie wusste, dass die Abzweigung nach rechts zu Lucas' Haus führte.

Walton Lodge. Sie sprach den Namen leise vor sich hin in der Hoffnung, eine Erinnerung zu wecken, doch das Einzige, was ihr einfiel, war, was ihr die Schwestern beim Abendessen erzählt hatten. Lucas hatte ihnen gesagt, Walton Lodge sei sein erster Wohnsitz gewesen, bis er den Titel und das Vermögen seines Onkels erbte. Jetzt hatte er ein Haus in London und ein Gut in Hampshire, aber Walton Lodge, hatte er gesagt, werde immer sein Zuhause sein, und es habe ihm große Freude bereitet, das Anwesen zu renovieren, sobald er das Geld dafür hatte.

Lucas' Mutter und eine junge Verwalterin, hatten die

Schwestern ihr erzählt, lebten in London. Das war ein tröstender Gedanke, denn sie glaubte nicht, dass die Mutter sie mit offenen Armen willkommen heißen würde; nicht nach dem, was sie ihrem Sohn angetan hatte.

Sie schluckte. Welches Mädchen würde schon so etwas tun? Jedenfalls nicht eines, wie sie es sein wollte. Sie hatte nicht erwartet, gleich das beliebteste Mädchen der Stadt zu sein, als sie nach Hawkshill zurückkam, aber so hatte sie es sich auch nicht vorgestellt. Wenn sie die Zeit zurückdrehen könnte, würde sie dieses Mädchen einmal kräftig durchschütteln.

Oder hatte Lucas übertrieben? Sie hoffte es, ja sie betete, dass er übertrieben hatte. Das Problem bei einem Gedächtnisverlust war eben, dass einer einem alles erzählen konnte und man nicht wusste, was man glauben sollte.

Aber weshalb hatte sie keine Freunde? War das nur, weil es dazu »noch zu früh« war, wie die Nonnen sagten? Eine einzige Freundin hätte ihr doch schon genügt, ein Mädchen ihres Alters, das froh war zu erfahren, dass sie zurückgekommen war.

Du bist in derselben Nacht verschwunden, in der dein Vater ermordet wurde. Niemand wusste, wo du warst. Da könnte es doch auch gut sein, dass du ihn ermordet hast.

Lucas' Abschiedsworte hallten in ihrem Kopf wider. Glaubten die Leute wirklich, sie habe womöglich ihren eigenen Vater umgebracht? War das der Grund, warum niemand nach Hawkshill gekommen war, um sie willkommen zu heißen? Nun, sie wusste, dass sie ihren Vater nicht ermordet hatte, aber wie konnte sie das mit ihrer Stimme erklären? Das war einfach unmöglich.

Mit einem Schauder wandte sie sich von Walton Lodge ab und blickte den Reitweg hinunter. Hawkshill mochte ihr nicht bekannt sein, doch diese Abkürzung in die Stadt war es. Sie war hier viele Male gewesen, zusammen mit ihrer Stimme. Die Stimme hatte ihr sogar eine Wegbeschreibung gegeben. Sie schloss die Augen und versuchte, sich zurechtzufinden.

Hinter ihr war ein Gutshaus, über dem ein Falke flog – das konnte nur Hawkshill Manor sein, das Haus auf dem Falkenhügel. Da war das Haus eines reichen Mannes auf einem anderen Hügel. Lucas' Haus? Wohl eher nicht. Als ihr Vater ermordet wurde, war Lucas noch kein reicher Mann gewesen, und Walton Lodge war für den Eindruck, der ihr vermittelt worden war, nicht groß genug. In der Ferne war ein Schloss, das war natürlich Windsor Castle, das auffälligste Bauwerk der ganzen Gegend.

Sie öffnete die Augen und atmete tief durch. Sie ging einen Schritt, und einen zweiten, und dann beschleunigte sich ihr Tempo und sie schritt aus wie von einer unsichtbaren Kraft getrieben. Sie wusste genau, dass jeder Schritt sie ihrem Ziel näher brachte, aber sie spürte keine Angst. Ihr Verstand und ihre Sinne arbeiteten scharf und exakt, vorbereitet auf den Augenblick des Wiedererkennens.

Die Sonne verschwand hinter dem Horizont, die Schatten wurden dunkler. Ein Ast schlug ihr fast ins Gesicht; sie schob ihn zur Seite und setzte ihren Weg unbeirrt fort. Jetzt konnte sie den Bach hören, wie er über die Steine plätscherte, genau wie die Stimme es ihr gesagt hatte. Ihr Herz schlug heftig, ihr Atem raste. Genau so hatte sich auch ihre Stimme gefühlt, in der Nacht, als sie – als er – ihren Vater abgepasst hatte. Sie war in der Nähe, sie war ganz nah …

Der gedämpfte Knall der Pistole ließ sie wie angewurzelt stehen bleiben. Sie brauchte einen Moment, bis sie merkte, dass der Schuss nur in ihrem Kopf gefallen war. Die Hand auf das Herz gedrückt, blickte sie nervös um sich. An dieser Stelle begann der Baumbestand lichter zu werden, und der Pfad wurde eben. Etwa zwanzig Meter weiter gab der Wald den Blick auf die offene Landschaft frei; die vom Abendrot verfärbten Wolken am Horizont sahen aus wie eine Gebirgskette in weiter Ferne.

Sie blickte den Weg zurück, auf dem sie gekommen war. Wenn Lucas die Stimme war, dann musste er einen anderen Weg genommen haben, um vor ihrem Vater hier angelangt zu sein. Dann hatte er sich hinter einem Baum versteckt, genau hier, und als ihr Vater an ihm vorbei war, hatte er ihn in den Rücken geschossen.

Es war logisch, aber absolut falsch. Und zwar deshalb, weil sie es nicht glauben wollte. Sie wollte nicht, dass Lucas Wilde der Mörder war.

Sie blickte noch immer auf den Reitweg zurück in dem Versuch, sich an jedes Detail des Mordes zu erinnern, das die Stimme ihr geschildert hatte, als sie plötzlich merkte, dass sie sich, ohne es zu wollen, für ihn, den Mörder, geöffnet hatte. Er war präsent, unmittelbar am Rande ihres Bewusstseins, und er dachte die gleichen Gedanken, die auch sie dachte. Sie wurde stocksteif, als sie es bemerkte, und vergaß sogar zu atmen. Mit aller Willenskraft, derer sie mächtig war, versuchte sie, ihre Gedanken auszulöschen, damit er ihre Gegenwart nicht bemerkte.

Er war verblüfft. Eines der Bilder, das sie an ihn weitergegeben hatte, war ihm unbekannt, und er hatte innegehalten, um darüber nachzudenken. Sie nahm seine Verwirrung wahr, seine wachsende Unsicherheit, die schließlich zu Argwohn wurde. Nach einer scheinbaren Ewigkeit spürte sie, wie er erstaunt dreinblickte, so als hätte jemand anderer seine Aufmerksamkeit auf ein anderes Gespräch gelenkt. Er verharrte noch einen Augenblick, dann war er verschwunden.

Sie rührte sich nicht vom Fleck; sie fürchtete sich sogar, Atem zu schöpfen. Als sie ganz sicher war, mit ihren Gedanken allein zu sein, begann sie am ganzen Körper zu zittern.

Ohne wirklich zu registrieren, was sie tat, verließ sie den Pfad und begab sich in den Schutz der Bäume. An eine Eiche gelehnt, holte sie Atem. Allmählich ließ ihre Angst etwas nach; sie sank auf die Erde und versuchte, ihre Gedanken zu ordnen.

Dies war nicht das erste Mal, dass sie sich verraten hatte. Auch bei der Abendandacht, als sie ihn innerlich angeschrien hatte, nicht noch einmal zu morden, hatte er ihre Anwesenheit bemerkt. Ein einmaliges Eindringen in seine Gedanken mochte er noch als bloße Phantasie abtun, aber ein zweites Mal sicher nicht mehr. In Zukunft musste sie wachsamer sein. Es durfte keine unvorsichtigen Momente und keine Möglichkeit mehr für die Stimme geben, in ihre Gedanken einzudringen. Denn wenn sein Argwohn sich zur Überzeugung verfestigte und er von ihrer Existenz erfuhr, dann würde er mit ihr am Ende ebenso verfahren wie mit ihrem Vater.

Aber sie hatte aus dieser Begegnung etwas gelernt. Sie war auf der richtigen Spur. Dies war der Mord, den ihre Stimme unzählige Male in Gedanken durchlebt hatte. Wenn sie herausfand, wer zu dieser Stimme gehörte, dann würde sie wissen, wer ihren Vater ermordet hatte.

Mit einem lang gezogenen Seufzer stand sie auf. Sie wusste nicht, wie sie vorgehen sollte, um nachzuweisen, wer ihren Vater auf dem Gewissen hatte. Wenn der Wachtmeister dieses Verbrechen nicht hatte lösen können, wie konnte sie hoffen, dass es ihr gelingen würde? Aber vielleicht konnte Constable Clay ihr die Richtung weisen. Sie würde also in die Stadt gehen, sobald man sie in Hawkshill entbehren konnte, und den Wachtmeister befragen.

Mit diesem Gedanken schlang sie ihren Schal fester um sich und machte sich auf den Heimweg.

Später, als sie sich schlaflos in ihrem Bett wälzte, spürte sie die Gegenwart der Stimme wieder. Doch sie hatte ihre Gedanken sorgsam verschlossen und jegliches Eindringen unmöglich gemacht.

8

In den folgenden Tagen hatte Jessica so viel zu tun, dass ihr Vorsatz, mit dem Wachtmeister zu sprechen, vollständig aus ihren Gedanken verdrängt wurde. Anfang Juni sollten die ersten Jungen in Hawkshill eintreffen; damit stand für sie, Joseph und die Nonnen mehr Arbeit an, als sie bewältigen konnten. Sie war müde, aber auch sehr nervös – bald würden ihre Jungen hier sein. Sie kam mit Kindern gut zurecht. Die Kinder brauchten sie. Ihre Arbeit in Hawkshill war wichtig und ließ ihr kaum Zeit, über sich selbst nachzudenken.

Lucas kam regelmäßig zu Besuch, allerdings nur in seiner Eigenschaft als Vermieter. Er redete zwar gelegentlich auch mit ihr, legte es jedoch nie ausdrücklich darauf an. Er hatte Dachdecker bestellt, die die Dächer der verschiedenen Gebäude ausbesserten, sowie Zimmerleute, die neue Aborte bauten und Simse, Schwellen und Türen reparierten. Ein- oder zweimal, als nicht genug Männer da waren, krempelte er sogar selbst die Ärmel hoch und packte mit an. Sie hörte die Handwerker von ihrem Küchenfenster aus, als sie das Mittagessen zubereitete – freundliches Geplänkel unter Männern auf Kosten seiner Lordschaft; sie merkte, wie sie sogar selbst die Lippen zu einem Lächeln verzog, als sich Lucas auf die gleiche Art und Weise revanchierte. Wie nicht anders zu erwarten, waren die Schwestern voll des Lobes über ihn. Es hieß nur noch »Lord Dundas dies« und »Lord Dundas jenes«; ja, sie hatten sogar begonnen, dem Herrn beim täglichen Abendgebet dafür zu danken, dass er ihnen einen so großherzigen Wohltäter geschickt hatte.

Überdies hatten sie angefangen, Jessica und Lucas zu beobachten, wann immer sich deren Wege kreuzten, und das war meistens dann, wenn die Handwerker samt Lucas in die Küche kamen, um die von ihr zubereiteten Mahlzeiten einzunehmen. Bei diesen Gelegenheiten wurde das Gespräch etwas gedämpfter, und sie spürte die heimlichen Blicke nicht nur der Nonnen, sondern auch der Männer, die ihr und Lucas galten. Dabei wusste sie allerdings nicht, ob sie erwarteten, dass sie sich auf Lucas stürzte, um ihn zu küssen oder um ihm eine schallende Ohrfeige zu verpassen. Und das erregte und beunruhigte sie nicht weniger als die viele Arbeit, die sie hatte, um die Berge von Pasteten, Kartoffeln und sonstigen Gerichte samt Nachspeisen auf den Tisch zu bringen, die die Männer verzehrten.

Lucas nahm alles leicht. Während sie und die Nonnen ständig damit beschäftigt waren, den heißhungrigen Männern Essen aufzutragen und für Nachschub zu sorgen, blinzelte er ihr gelegentlich zu, wenn sich ihre Blicke trafen.

Ihr fiel es sehr schwer, dann nicht das Gesicht zu verziehen; sie musste sich jedes Mal wieder daran erinnern, dass diese Männer glaubten, sie habe einmal versucht, Lucas zu kompromittieren, und das brachte sie wieder auf den Boden zurück.

Jetzt kamen auch die ersten Nachbarn zu Besuch. Den Anfang machten der Vikar und seine Frau, John und Anne Rankin. Sie brachten Körbe voller Kleidungsstücke und Bettzeug mit, die ihre Kirchengemeinde für die Jungen gesammelt hatte. Andere folgten ihrem Beispiel, etwa der Apotheker Wilson mit seiner Frau, und zur Überraschung aller auch Anwalt Rempel und seine Gattin. Das durch diese Besuche ersichtliche allgemeine Wohlwollen und die Großzügigkeit zerstreuten nun auch jegliche Befürchtungen der Nonnen, womöglich nicht von ihren Nachbarn akzeptiert zu werden. Sie waren ihrer Arbeit immer frohgemut und ohne Klagen nachgegangen, aber nun schienen sie geradezu im siebten Himmel zu schweben. Es gab nichts mehr, was sie nicht in Angriff genommen hätten – Jessica und der alte Joseph amüsierten sich köstlich, als sie Schwester Dolores und Schwester Elvira sahen, wie sie sich mit Besen bewaffnet sogar in den Hühnerstall aufmachten, um den Hennen ihre kostbaren Eier abspenstig zu machen.

Jessica war so glücklich wie noch nie, so weit ihre Erinnerung zurückreichte, aber dennoch musste sie einige schmerzliche Schläge einstecken, wenn Besucher, die sie nicht erkannte, sie beim Namen nannten. Es machte sie verlegen und schüchtern, wenn sie sich ihr vorstellen mussten, umso mehr, als sie dann auch das Gefühl hatte, ihr schreckliches Ansehen wieder gutmachen zu müssen. Aber es gab noch mehr, was ihr Unbehagen bereitete. Sie fragte sich, wie es ihr gehen würde, wenn sie schließlich ihrer Stimme gegenüberstand. Würde es zum Augenblick der Wahrheit kommen? Zu einem Erkennen, bei dem einen Moment lang das Herz stehen blieb? Würden sie einander kennen? Jedes neue Gesicht betrachtete sie genau und mit ängstlicher Erregung.

Doch es ereignete sich kein solcher Augenblick. Alle Besucher waren sehr nett und absolut nicht ungewöhnlich. Das einzige Mal, dass sie diesen Moment des Erkennens erlebt hatte, war mit Lucas gewesen, doch alles in ihr hatte gegen den Gedanken, er könne ihre Stimme sein, rebelliert. Sie wusste nicht, weshalb; schließlich kannte sie ihn kaum. Doch über das, was sie tief in ihrem Inneren fühlte, hatte die Logik keine Macht.

Manchmal hielt sie in ihrer Arbeit inne und blickte sich in Hawkshill um, ließ den Blick von einem freundlichen Gesicht zum nächsten wandern, und jedes Mal wieder kam es ihr unvorstellbar vor, dass nur eine halbe Meile den Reitweg hinunter ein Mord stattgefunden hatte. Niemand redete davon; niemand erwähnte ihre Rolle beim Streit ihres Vaters mit Lucas oder ihr darauf folgendes Verschwinden. Sie war zwei Nächte lang verschollen gewesen, ehe sie im Kloster auftauchte. Wo war sie gewesen? Was hatte sie veranlasst, nach London zu fahren? Sie hatte nicht die geringste Vorstellung davon, was sie dazu getrieben hatte. Und niemand beantwortete eine der vorsichtigen Fragen, die sie den Leuten stellte – sie wichen entweder aus, oder sie wussten schlicht und einfach nichts.

Lucas' Cousin Perry gegenüber machte sie schließlich ihrer Enttäuschung Luft. Mit niemandem aus ihrem früheren Leben fühlte sie sich auch nur halb so wohl wie mit ihm. Sie waren im selben Alter, er war offen und freundlich, und neben Lucas war er ihr häufigster Besucher.

»Die Leute sind einfach nur taktvoll«, meinte er. Doch dann blickte er sie durchdringend an: »Hast du sie ausgefragt, Jess?«

»Ich habe es versucht. Oh, mach dir keine Sorgen, ich bin sehr diplomatisch. Aber keiner sagt mir etwas.«

»Lucas will nicht, dass du Fragen stellst«, sagte er.

Sie wurde zornig. »Warum soll ich denn keine Fragen stellen? Hat er vielleicht etwas zu verbergen?«

»Sei nicht so dämlich! Er denkt dabei doch nur an dich. Er will nicht, dass dich jemand ärgert.«

»Ich ärgere mich aber! Weil niemand mit mir reden will, nicht einmal du!«

Ihr Zorn brachte ihn zum Lachen. »Also gut, du sollst deinen Willen haben. Was willst du denn wissen?«

Was sie von Perry erfuhr, bestätigte nur, was Lucas ihr erzählt hatte. Als kleines Mädchen war sie in Lucas vernarrt gewesen und hatte ihn regelrecht verfolgt. Bezüglich der Nacht, in der ihr Vater den Tod fand, konnte Perry ihr nicht weiterhelfen. Er hatte zu jener Zeit an der Universität studiert, und was er wusste, hatte er von anderen erfahren. Eine Neuigkeit hatte er allerdings für sie. Bella, erklärte er, sei die wichtigste Person in Chalford. Früher oder später würden sie sich auf jeden Fall treffen.

Diese kleine Information ängstigte Jessica. Niemand hatte erwähnt, dass Bella in Chalford lebte. Sie hatte angenommen, ja gehofft, Bella sei nach ihrer Hochzeit weggezogen.

Bei dem Gedanken daran, was sie früher für ein Mädchen gewesen war – schrecklich verliebt in einen Mann, der einer anderen versprochen war, ein verschlagenes kleines Luder, das rücksichtslos log, um seinen Willen durchzusetzen –, krümmte sie sich innerlich. Sie konnte in diesem Mädchen nicht sich selbst erkennen, und sie wusste nicht, was sie zu Bella sagen sollte, um ihr Verhalten wieder gutzumachen.

Als sie Lucas das nächste Mal sah, stand sie unter einer der großen Eichen von Hawkshill und schaute beim Entladen von Vorräten zu, die zwei Männer soeben mit einem Wagen angeliefert hatten. Sie verteilte Limonade an die durstigen Helfer und ging dann zu ihm hinüber. Da sie der Meinung war, dass Diplomatie bei ihm nicht ankam, fragte sie ihn rundheraus, ob das, was Perry ihr erzählt hatte, wahr sei.

»Ja, Bella ist hier in Chalford«, antwortete er und trank das Glas Limonade leer, das sie ihm angeboten hatte. »Sie ist hier zu Hause. Wo sollte sie sonst sein?«

»Ich dachte ... ich hörte ... ich war der Meinung, sie lebt in London.«

»Nur einen Teil des Jahres. Am Ende der Saison kommt sie mit Rupert immer hierher zurück.«

»Ach so«, sagte sie.

Er wandte sich etwas ab und blickte sie dann forschend von der Seite an. »Was ist los, Jess?«, fragte er vorsichtig. »Hast du nicht gewusst, dass du Bella früher oder später gegenübertreten musst? Und nicht nur Bella. In ein, zwei Tagen ist meine Mutter hier, und ...«

»Deine Mutter?!«

»Hast du nicht gewusst, dass ich eine Mutter habe? Ich dachte, Perry hat es dir vielleicht erzählt.«

»Die Schwestern haben es mir erzählt, aber sie sagten, sie lebt in London mit ... mit einer jungen Verwandten.«

»Ellie ist mein Mündel. Meine Mutter und Ellie verbringen den Sommer meistens hier bei mir. Schau doch nicht so leidend. So viel ich weiß, hat meine Mutter gar nichts gegen dich. Bella hingegen – na ja, das ist eine andere Geschichte. Ich möchte nicht in deiner Haut stecken, wenn ihr euch trefft.«

Er sagte es mit einem solchen Vergnügen, dass sie zusammenzuckte. In letzter Zeit hatte sie den Eindruck gewonnen, dass er ihr gegenüber verträglicher geworden war, dass er sie vielleicht sogar ein wenig mochte. Jetzt erkannte sie, dass sie sich zu viel erhofft hatte.

»Nun schau doch nicht so verängstigt«, sagte er in einem freundlicheren Ton. »Niemand tut dir etwas. Es sei denn, jemand will sich mit mir anlegen.«

»Schöne Worte!«, fauchte sie wutentbrannt. »Dir würde das doch am allerwenigsten ausmachen! Ich habe nicht vergessen, dass du mich aus Hawkshill hinauswerfen wolltest! Du hast mir mit allem Möglichen gedroht, falls ich nicht freiwillig gehe! Du hast angedeutet ... ach, ich weiß nicht, was alles«, endete sie matt. Sie fühlte sich gefährlich den Tränen nahe und wäre am liebsten sofort ins Haus gerannt, doch er stand ihr im Weg.

»Und, sieht das so aus, als würde ich dich verjagen wollen?«, fragte er und deutete mit einer ausholenden Handbewegung auf Hawkshill mit all den Veränderungen, die dort dank seiner Initiative im Gange waren.

»Ich wiederhole nur deine eigenen Worte.«

»Das ist lange her, Jess. Mindestens drei Wochen.« Er rieb sich den Nacken. »In drei Wochen kann viel passieren. Vielleicht habe ich es mir anders überlegt.«

»Weshalb, Lucas? Weshalb solltest du es dir anders überlegt haben? Was willst du denn eigentlich wirklich? Warum bist du in einem Augenblick nett zu mir und im nächsten ekelhaft?«

Er grinste dumm und blickte an ihr vorbei. »Ah«, sagte er, »hier sind zwei Herren, die dich gerne begrüßen würden. Jessica, du wirst dich nicht an Rupert Haig erinnern, aber ich bin sicher, er erinnert sich an dich.«

Sie drehte sich um und sah die beiden Männer, die das Entladen des Wagens beaufsichtigt hatten. Der blonde verbeugte sich, und sie machte verlegen einen raschen Knicks. Sie nahm wache, intelligente graue Augen und ein freundliches Lächeln wahr, doch dann registrierte sie, was Lucas gesagt hatte, und blickte rasch weg. Das war Rupert Haig, der Mann, den Bella geheiratet hatte? Durch ihre Verwirrung hindurch hörte sie ihn in freundlichem Ton sagen, seine Frau werde sie besuchen, sobald in Hawkshill etwas mehr Ruhe eingekehrt sei. Bis dahin würde Bella schon einmal einiges spenden – Haferflocken, Kartoffeln, Zucker, Kerzen, er wisse nicht, was noch alles –, und er hoffe, die Dinge würden von Nutzen sein.

Bella Haigs Großzügigkeit ließ sie schamvoll erröten, und sie bedankte sich unbeholfen.

»Und das«, fuhr Lucas fort, »ist mein Cousin Adrian Wilde. Du kennst bereits seinen Bruder Perry.«

Er war der am besten aussehende Mann, den sie je gesehen hatte. Eine dunkle Locke fiel über seine Braue, und seine braunen Augen taxierten sie auf eine ausgesprochen männliche Art und Weise. »Das ist also Perrys Jessica«, sagte er. »Miss Hayward, ich erkenne Sie kaum wieder.« Er lachte. »Jetzt verstehe ich allmählich. Perry hat nicht übertrieben.«

»Perry«, sagte sie, »ist mir ein guter Freund geworden.«

Als sie zu Lucas blickte, bemerkte sie, dass dieser aus irgendeinem unerfindlichen Grund wieder unausstehlich geworden war. Doch in diesem Augenblick erschienen die guten Schwestern und luden alle ins Haus ein, um eine Kleinigkeit zu sich zu nehmen. Die nächsten dreißig Minuten nahm Jessica an einem Gespräch teil, von dem sie später kein einziges Wort mehr erinnern konnte.

*

Die Jungen kamen an einem der bislang wärmsten Tage dieses Sommers an. Die Landschaft zeigte sich von ihrer besten Seite, um sie willkommen zu heißen. Die Wiese war noch nicht gemäht und glich einem Meer aus Klee und Butterblumen. An niedrigen Steinwänden rankte Geißblatt und verbreitete einen süßen, betörenden Duft. Die Schwalben waren zurückgekehrt und brillierten mit ihren rasanten Flugkünsten. In den höchsten Ästen der Eichen beim Haus hatten sich die Rotkehlchen und die Sperlinge zu einem fulminanten Chor zusammengefunden. Sogar das Pony machte mit; Tulip stellte die Ohren hoch, trabte gemächlich über die Wiese und wieherte einen Willkommensgruß, als sie den Zaun erreichte.

Alle vergnügten sich lachend und scherzend im Hof, als die Jungen aus London eintrafen. Sauber gewaschen, geschniegelt und in ihren besten Sonntagsanzügen stiegen sie aus den beiden gemieteten Kutschen, zusammen mit Schwester Brigid und zwei jungen Priestern, die jedoch weiterfahren wollten, sobald die Knaben abgesetzt waren.

Die Jungen waren kaum angekommen, als sie auch schon einen ganzen Schwall von Fragen vom Stapel ließen.

»Schwester Martha, warum trägst du deine Tracht nicht?«

»Joseph, stimmt es, dass du uns beibringst, wie man Bauer wird?«

»Schwester Elvira, wo ist der Abort? Ich muss mal!«

»Ich habe Hunger! Wo gibt's was zu futtern?«

»Ich möchte auf dem Pferd reiten! Schwester Dolores, darf ich auf dem Pferd reiten?«

Auch als sie ins Haus gingen, hörten sie nicht auf zu reden. Die Fahrt von London war für sie ein großes Abenteuer gewesen. Was für ein Luxus! Was für ein Komfort! Mit einem Nachttopf unter dem Sitz! Letzteres war offenbar das größte Wunder, das sie je gesehen hatten, wie Schwester Brigid mit rollenden Augen bestätigte. Jessica lachte. Sie war nicht weniger aufgeregt als die Jungen und freute sich, dass die junge Nonne von nun an zu ihnen gehören würde. Sie mochte diese junge Novizin ausgesprochen gern. Schwester Brigid klagte nie, und sie erzählte auch nie Klatsch über die anderen Nonnen. Sie war von Natur aus schüchtern, aber sie wusste auch, wann sie sich zur Wehr setzen musste.

Es dauerte eine volle Stunde, bis sie endlich Atem schöpfen konnten, eine Stunde, in der der Schmutz von der Reise von vielen kleinen Händen und Gesichtern gewaschen und Einigkeit darüber erzielt werden musste, wer wo schlief und wo wessen Habseligkeiten untergebracht wurden. Als dann endlich alle ihren Platz an den einfachen Tischen einnahmen, die im großen Wohnzimmer von Hawkshill zu einer langen Tafel zusammengeschoben worden waren, war Jessica den Tränen nahe. Ihr Blick wanderte über die kleinen Gesichter, die vor Freude glühten; sie hätte sie nicht als dieselben Kinder wiedererkannt, die erst vor kurzem in das Kloster gekommen waren.

Die Jungen waren zwischen sieben und zehn Jahren alt, doch sie sahen jünger aus. Ihre schmächtigen und für ihr Alter zu kleinen Körper waren sehr von Leuten gefragt gewesen, die sie als Kaminkehrer oder Kloakenreiniger eingesetzt hatten. Bis zu ihrer Rettung durch die Nonnen hatten diese Kinder nur selten das Tageslicht zu sehen bekommen. Ihre Eltern hatten sie misshandelt oder ausgesetzt, und so waren sie zu einer leichten Beute für skrupellose Machenschaften geworden.

Aber nun waren sie in sicherem Gewahrsam. Sie ließ den Blick zu den Nonnen und zum alten Joseph schweifen, und ihr Herz schwoll vor Dankbarkeit an. Sie sahen ziemlich komisch aus, Joseph mit seinem zahnlosen Grinsen und die Schwestern in ihren schwarzen Trachten wie Krähen, aber das täuschte. Sie waren Heilige und Krieger in einem. Sie hatte bei ihnen einen sicheren Hafen gefunden, und dasselbe galt auch für diese Jungen.

Dieser Gedanke begleitete sie durch den Tumult des Abendessens und die Stille der Andacht danach. Später, als die Kinder im Bett waren, legte sie ihren Schal um und schlich zu Joseph, eine Gewohnheit, die sich seit ihrer ersten Nacht in Hawkshill entwickelt hatte. Er sagte nicht viel, aber was er sagte, rührte immer etwas in ihr an.

Tulip verlangte mit einem Wiehern ihren Zucker, als Jessica den Stall betrat, Joseph bearbeitete noch ein Stück Holz. Hier, ging es ihr durch den Kopf, spürte sie etwas Vertrautes, Bekanntes – wenn Tulip sanft die Nase an ihre Hand drückte, wenn sie den Geruch der Tiere und des Heus wahrnahm und jemand an der Werkbank hämmerte oder sägte, so wie Joseph. Ihr Vater vielleicht. Vielleicht mochte sie deshalb diese stillen Abendstunden so gern. Vielleicht hatte sie sich hier am meisten mit ihrem Vater unterhalten.

»Sind die Jungs alle im Bett?«, fragte Joseph und riss sie aus ihren Gedanken.

Sie nickte und ging zu ihm. »Die waren vor Aufregung todmüde. Kaum angekommen, brennen sie schon darauf, in die Welt hinauszugehen und etwas zu lernen, Stalljunge oder so, und die Schwestern meinen auch, dass sie das machen sollten.«

»Und du nicht?«

Sie seufzte. »Ich weiß es nicht. Wahrscheinlich wissen es die Schwestern am besten. Aber ich muss eben immer daran denken, was unsere Jungs alles durchmachen mussten. Sie haben bei uns einen sicheren Hafen gefunden. Ich möchte, dass sie so lange wie möglich hier bleiben. Einen Beruf zu lernen, dazu haben sie noch genug Zeit.«

Joseph hielt das Brett, das er gehobelt hatte, vor sich und betrachtete es von allen Seiten genau. »Häfen sind gut«, sagte er nur.

»Genau das denke ich auch.«

»Aber Schiffe werden nicht gebaut, um im Hafen zu liegen.« Er legte das Brett zur Seite und zeigte Jessica sein zahnloses Grinsen. »Schiffe müssen aufs Meer hinaus, auch wenn es noch so gefährlich ist. Unsere Jungs wissen das.«

Sie konnte die Zustimmung, die in ihr schwang, fast hören.

9

Die letzte Ruhestätte ihrer Eltern befand sich auf dem Saint-Luke-Friedhof am Rand des Ortes. Der Grabstein war ein kleiner Granitblock, auf dem nur die Namen und Daten eingraviert waren. Das Grab war gepflegt, aber nicht mit Blumen oder Grünpflanzen geschmückt. So wirkte es zwar nicht vernachlässigt, aber etwas fehlte – eine Vase, eine Urne, ein bisschen Zierrat –, gewisse Dinge, die die anderen Gräber im Vergleich dazu liebevoll umsorgt erscheinen ließen. Als Jessica es sah, bekam sie einen Kloß im Hals.

Sie hatte Blumen mitgebracht, weiße Margeriten, die in Hawkshill im Überfluss wuchsen. Sie legte den Strauß vor den Grabstein. Mary Hayward, ihre Mutter, war mit sechsundzwanzig Jahren gestorben, als Jessica erst drei Jahre alt war. Ihr Vater war fast fünfzig gewesen, als er den Tod fand. Sie wusste nicht viel über das gemeinsame Leben der beiden, aber jetzt immerhin mehr als noch vor ein paar Tagen. Schwester Brigid hatte auf dem Speicher eine alte Schachtel mit Habseligkeiten ihres Vaters gefunden.

Es war nichts Wertvolles darin zutage gekommen, doch Jessica hätte sich nicht für alles Geld der Welt von dieser Schachtel getrennt. Sie enthielt Bücher, Papiere und ähnliche Dinge, die nur deshalb von Interesse für sie waren, weil sie eben ihrem Vater gehört hatten. Am meisten schätzte sie dessen Taschenuhr mit seinen eingravierten Initialen, seinen Goldring und zwei Briefe, die er im Abstand von zwei Jahren aus London an ihre Mutter geschrieben hatte. Ihr Inhalt kreiste größtenteils um den Kauf und Verkauf von Pferden. Der unpersönliche Stil enttäuschte sie zwar, doch Schwester Elvira erklärte ihr, er sei durchaus nicht ungewöhnlich. Männer brächten ihre Gefühle nun einmal ungern zu Papier. Wichtig war jedoch, dass er seine Tochter einmal namentlich erwähnte: »Sag der kleinen Jess, dass Papa bald zu Hause sein wird«, hatte er geschrieben.

Diese wenigen Worte hatten auf sie gewirkt wie eine Flut nach langer Trockenheit. Tief in ihrem Inneren war etwas aufgeblüht. Und natürlich hatte sie immer wieder heulen müssen. Aber den scharfen Augen kleiner Jungen entging nichts, und so musste sie zu einer Notlüge greifen. Sie habe sich ein wenig erkältet, erklärte sie ihnen, nachdem sie sich innerhalb von zehn Minuten ebenso oft die Nase hatte putzen müssen.

Sag der kleinen Jess, dass Papa bald zu Hause sein wird. Sie wiederholte die Worte wieder und wieder in ihrem Kopf in der Hoffnung, damit Erinnerungen wachzurufen, und sei es nur eine einzige. Aber so sehr sie es auch versuchte, sie fand den Schlüssel zu dieser verschlossenen Türe nicht.

Sie ließ die Finger über den Grabstein wandern. Wenn sie nichts wieder erkennen konnte, so spürte sie doch zumindest eine Art Anziehung, eine Übereinstimmung. Ihr Vater musste sie geliebt haben – weshalb hätte er sie sonst bei sich behalten? Er hätte sie ebenso gut an Bauern weggeben können, die sie gegen ein geringes Entgelt als Arbeitskraft eingesetzt hätten. William Hayward musste gewollt haben, dass sie bei ihm blieb. Und es war seine Tochter gewesen, woran er in der letzten Nacht seines Lebens gedacht hatte. Er hatte nur getan, was jeder verantwortungsvolle Vater getan hätte, um ein Unrecht an seinem Kind wieder gutzumachen.

Lange stand sie da und blickte auf den Grabstein, machte endlich kehrt und ging denselben Weg wieder zurück. Jetzt erst bemerkte sie, dass sie nicht allein war. An einem Grab unweit der steinernen Pforte kniete ein junges Mädchen. Mit gefalteten Händen ins Gebet versunken, bemerkte es Jessica ebenso wenig, wie die junge Frau ihr aufgefallen war, bis sie plötzlich zu ihr herüberblickte.

Jessica lächelte etwas verlegen und wie um sich zu entschuldigen. Doch nun veränderte sich der ausdruckslose Blick des Mädchens zu offener Feindseligkeit; es sprang auf und lief davon.

Verblüfft über diese offenkundige Ablehnung blieb Jessica unvermittelt stehen. Als sie sich wieder gefasst hatte, schaute sie auf den Grabstein, vor dem die junge Frau gekniet hatte. *Bragge* stand dort zu lesen; hier lagen zwei Generationen der Familie Bragge begraben. Aber natürlich wusste sie mit diesen Namen nichts anzufangen.

Sie stand noch immer auf dem Friedhof, als jemand durch die steinerne Pforte hereinkam, eine freundlich lächelnde Dame.

»Jessica?«, fragte sie. »Jessica Hayward? Ellie sagte, Sie seien hier. Oh, verzeihen Sie, meine Liebe. Ich bin Rosemary Wilde, Lucas' Mutter.«

Jessicas Herzschlag wurde schneller. Diese schöne Frau war Lucas' Mutter? Das konnte doch nicht sein. Sie war zu jung. In ihrem glänzenden braunen Haar, das unter dem Hut hervorlugte, war nicht eine silberne Strähne zu sehen, und ihre Figur war so geschmeidig wie die eines jungen Mädchens. Die Linien in ihrem Gesicht waren Lachfalten, die sie ausgesprochen liebenswürdig erscheinen ließen.

»Lucas' Mutter«, wiederholte die schöne Frau, dieses Mal langsam.

Jessica wollte etwas sagen, doch sie brachte nicht mehr heraus als ein entgeistertes: »Oh!«

»Sie müssen Ellie verzeihen«, sagte Lucas' Mutter und ignorierte Jessicas Verblüffung einfach. »Ellie hätte Sie zu mir bringen sollen, aber ich vermute, sie war zu sehr vom Kummer überwältigt.« Sie zeigte auf den Grabstein, neben dem sie standen. »Ihre ganze Familie liegt hier begraben, bis auf ihren Bruder Philip. Wissen Sie noch …« Sie schüttelte den Kopf. »Was sage ich denn! Natürlich erinnern Sie sich nicht an die Bragges. Sie hatten ein Haus in der Waterside Street. Der arme Philip fiel bei Waterloo. Lucas und er waren gute Freunde. Immer wenn wir hierher nach Chalford zurückkommen, geht Ellie als Erstes ans Grab ihrer Familie.«

Allmählich gewann Jessica die Fassung wieder. »Wie traurig«, sagte sie und blickte auf die Vase mit weißen Rosen auf dem Grab.

Mrs Wilde schaute an Jessica vorbei auf das Grab ihrer Eltern. »Ich wusste, dass Sie das verstehen würden.« Sie lächelte. »Aber dies ist eigentlich kein guter Platz für eine Unterhaltung.« Sie hängte sich bei Jessica ein und führte sie aus dem Friedhof hinaus. »Wir sind gestern Abend angekommen und Lucas hat uns schon so viel über die gute Arbeit erzählt, die Sie und die Nonnen tun. Sie müssen mir sagen, wann wir Sie am besten besuchen können, oder noch besser, Sie kommen einfach zu uns nach Walton Lodge.«

Draußen auf der Straße führte sie das Gespräch in dieser zwanglosen Weise fort, und Jessica begriff nun endlich, dass Lucas' Mutter versuchte, die unangenehme Situation bei ihrer ersten Begegnung zu überspielen, und war ihr dafür dankbar.

Ellie saß in einer offenen Kutsche. Jetzt blickte sie nicht mehr feindselig, aber sie war auch nicht unbedingt freundlich.

»Dürfen wir Sie nach Hause bringen, Jessica?«, fragte Mrs Wilde.

Jessica zeigte auf den Wagen, auf dem Joseph sie erwartete. »Wir müssen noch ein paar Besorgungen machen«, sagte sie. Dass sie auf dem Weg zum Wachtmeister war, um ihn nach Hinweisen zur Ermordung ihres Vaters zu fragen, erwähnte sie lieber nicht.

*

Rosemary Wilde wartete, bis die Kutsche auf die Hauptstraße einbog. Dann fragte sie: »Was hast du zu Jessica gesagt, Ellie?«

»Ich habe gar nichts gesagt, Tante Rosemary.«

Rosemary lächelte. »Was? Ihr habt euch nicht einmal begrüßt, als ihr euch im Friedhof gesehen habt?«

»Nein. Ich ... ich war fast am Weinen, und da wollte ich nicht ... ich wollte mit niemandem sprechen. Aber warum fragst du mich das?«

Sie war sich nicht ganz sicher, ob sie Ellie glauben sollte. Zum einen sah sie aus, als hätte sie ein schlechtes Gewissen, und zum anderen war Ellie eifersüchtig. Mit ihren knapp sechzehn Jahren war sie in einem schwierigen Alter.

Es war Lucas gewesen, der Ellie, ohne es zu ahnen, auf die Palme gebracht hatte.

Gestern Abend beim Essen hatte er lang und breit von Jessica und Hawkshill und der guten Arbeit erzählt, die die Nonnen dort leisteten. Das hatte die arme Ellie vor den Kopf gestoßen, denn sie war gerade zum ersten Mal in ihrem Leben verliebt – in Lucas.

Und nicht nur Ellie verfolgte argwöhnisch Lucas' Interesse an Jessica Hayward, sondern auch seine Mutter. Rosemary dachte an die Zeit zurück, als Jessica noch klein war. Lucas hatte sich für Jessica interessiert, aber es war keine Liebe gewesen, sondern eher die Zuneigung eines älteren Bruders. Rosemary selbst hatte Jessica immer sehr gern gemocht. Sie kam mit ihr gut zurecht. Jessica hatte ein weiches Herz. Und wenn sie jemanden wirklich mochte, dann stand sie dazu. Auch wenn Lucas anderer Meinung war, Rosemary hatte Jessicas Zuneigung für ihren Vater sehr ergreifend gefunden. Und ihre Zuneigung für Lucas war verständlich gewesen. Sicher war er diesem Mädchen, das sich allein durchs Leben schlagen musste, vorgekommen wie ein edler Ritter.

Dann war Bella Clifford zugezogen, und Lucas hatte sich in sie verliebt. Jessica hatte Bella nicht gemocht, ebenso wenig wie sie – Bella war schrecklich selbstsüchtig, bei ihr zählten keine Gefühle außer ihren eigenen; ihre Dienerschaft fürchtete sich sogar vor ihr. Doch von all dem wollte Lucas absolut nichts hören, und schon gar nicht von seiner Mutter. Aber sie wusste, es würde nur eine Frage der Zeit sein, bis Lucas Bellas schöne Fassade durchschaute. Trotzdem, wenn er nicht in den Krieg gezogen wäre, hätten sich die Dinge auch ganz anders entwickeln können.

»Tante Rosemary?«

»Ja, Ellie?«

»Meinst du nicht, man sollte dieser Miss Hayward sagen, dass sie hier nicht erwünscht ist und besser weggehen sollte? Nach all dem, was sie angerichtet hat?«

»Was hat sie denn angerichtet?«

»Sie hat Lügen über Lucas verbreitet!«, sagte Ellie entrüstet. »Er hat Bella verloren, die er jahrelang geliebt hat.«

»Hat er das? Ich bin mir heute nicht mehr sicher, ob er Bella wirklich geliebt hat.«

Ellie war schockiert. »Aber warum hat er sich dann mit ihr verlobt, als er vom Krieg heimkam?«

Sie hatte zu viel gesagt.

Ellie war noch zu jung, um zu begreifen, dass Liebe nur selten die treibende Kraft im Leben eines Mannes war. Bei manchen Männern war es das Geld, bei anderen Prestige. Bei Lucas war es Ehre. Bella hatte vier Jahre lang auf ihn gewartet. Er hätte sein Versprechen niemals zurückgenommen. In der Tat galt seine größte Verachtung Menschen, die ein Versprechen nicht einhielten.

Eine düstere Vorahnung befiel sie. Sie zitterte.

»Tante Rosemary, fehlt dir etwas?«

Sie fasste sich. »Nichts, Liebes. Ich habe gerade daran gedacht, was Lucas uns sagte: Wir sollen die Vergangenheit ruhen lassen und Jessica so akzeptieren, wie sie ist. Also achte bitte darauf, was du zu ihr sagst.«

»Lucas kann sagen, was er will, ich werde die Vergangenheit nie vergessen!«

Mrs Wilde erwiderte nichts auf diese leidenschaftliche Äußerung. Die Kutsche hielt vor der Leihbücherei in der Waterside Street. Als sie zum Fenster hinaussah, blieb ihr Blick an einem vornehm aussehenden Herrn Ende vierzig haften, der gerade mit einem Buch in der Hand aus dem Gebäude kam.

Ohne sie oder die Kutsche zu bemerken, ging er die Waterside Street hinunter.

Ihr Herz schlug einen Purzelbaum. Er sollte nicht hier sein. Hätte sie gewusst, dass er hier war, sie wäre nie nach Chalford gekommen.

Sie hatten sich doch abgesprochen – im Sommer war Chalford ihr Revier, er kam zur Jagdsaison hierher. Was hatte er jetzt also hier zu suchen?

»Wer ist denn dieser Gentleman, Tante Rosemary?«, fragte Ellie.

»Sir Matthew Paige«, murmelte sie. Das Aussprechen seines Namens brachte sie wieder ins Jetzt zurück. »Ich habe ihn seit Jahren nicht gesehen.« Dann fügte sie heiter hinzu: »Und jetzt lass uns nachsehen, ob wir Mr Scotts neuen Roman finden!«

* * *

Als Jessica das Büro des Wachtmeisters verließ, war sie rasend vor Wut, jedoch weniger wegen der Dinge, die sie in Erfahrung gebracht hatte, sondern weil er sie einfach nicht ernst genommen hatte.

Sobald sie bei Joseph im Wagen saß, sagte sie: »Ich komme immer mehr zu dem Schluss, dass sich mein Vater selbst erschossen haben muss. Jedenfalls gibt es Constable Clay zufolge niemanden in Chalford, der sich zu so einer feigen Tat herabließe. Die Leute hier sind alle Heilige! ›Oh nein, der Übeltäter muss aus einer anderen Stadt gekommen sein, vielleicht sogar aus London, Sie wissen schon, einer dieser Spieler, mit denen Ihr Vater sich herumgetrieben hat.‹ Es würde mich gar nicht überraschen, wenn sich der Mörder als der Mann im Mond herausstellen würde!«

Joseph blickte mitfühlend und schnalzte mit den Zügeln. Tulip setzte sich in Bewegung.

Eine ganze Weile später sagte sie: »Lucas fand die Leiche

meines Vaters. Kannst du das glauben? Lucas fand die Leiche, aber er hat mir nichts davon gesagt!«

»Leuchtet ein, dass er sie gefunden hat.«

Jessica blickte ihn streng an. »Was meinst du damit?«

»Der Reitweg. Wie wäre seine Lordschaft sonst heimgekommen?«

Das milderte ihren Zorn etwas. »Trotzdem«, sagte sie, »irgendetwas läuft hier falsch. Niemand hat etwas zu verbergen – so oder ähnlich soll ich es dem Wachtmeister nach glauben, aber im nächsten Atemzug rät er dann, nur ja nichts aufzurühren. Der verschweigt mir etwas, ja, genau wie Lucas auch, und ich habe keine Ahnung, was das sein könnte.«

»Vielleicht hat es mit dir und deinem Vater gar nichts zu tun.«

Sie blickte ihn an, als wollte sie sagen »Auch du, Brutus?«, doch sie schwieg. Ihr Groll hielt auch nicht lange an. Joseph verstand es, die Dinge ins richtige Licht zu rücken. Sie regte sich über nichts und wieder nichts auf. Und die Information, die sie dem Wachtmeister entlockt hatte, war schließlich gar nicht so schlecht.

»Niemand hat ernstlich mich des Mordes an meinem Vater verdächtigt«, erklärte sie. »Sie haben sogar befürchtet, dass mir auch etwas zugestoßen wäre. Der ganze Ort hat nach mir gesucht.« Sie blickte auf ihre Hände. »Ich hatte nicht bemerkt ... das heißt ... die Leute können so nett sein.«

»Sogar seine Lordschaft?«, fragte Joseph mit einem gewitzten Lächeln.

Sie zog die Brauen zusammen.

»Es war seine Lordschaft«, entgegnete sie heftig, »der mich auf den Gedanken brachte, man hätte mich des Mordes an meinem Vater verdächtigt!«

»Aber du hast gewusst, dass du unschuldig bist.«

»Natürlich wusste ich das. Ich habe die ganze Zeit gewusst, dass es ...«

»Dass es was?«

Sie hatte gewusst, dass ihre Stimme der Mörder war. »Unmöglich war«, sagte sie.

Als sie auf die Zufahrt nach Hawkshill einbogen, bemerkte sie etwas oben auf dem Hügel, der sich an Lucas' Grund entlangzog. Zwei Reiter waren aus dem Wald herausgekommen, ein Mann und eine Frau. Lucas erkannte sie sofort, seine Begleiterin jedoch nicht. Die beiden hielten an, und Lucas stieg vom Pferd. Als er der Dame beim Absteigen half, glitt sie aus dem Sattel und schien zu stolpern. Lucas legte die Arme um sie.

Dann küssten sie sich. Richtig, auf den Mund.

Jessica wandte den Blick ab. Joseph hatte es auch gesehen. Sie wollte nichts sagen, sie war entschlossen, nichts zu sagen, aber die Worte entglitten ihr einfach.

»Wer ist das, Joseph? Kennst du sie?«

Aber Joseph kannte sie nicht. Oder er wollte es ihr nicht sagen.

*

Es war der Geruch von Rauch, was sie aufweckte. Schlaftrunken setzte sie sich auf, doch dann sprang sie abrupt aus dem Bett. Unten auf dem Hof stand der Wagen in hellen Flammen. Sie rief nach Joseph und den Schwestern, bedeckte sich mit einem Schal und eilte die Treppe hinunter.

Joseph war schon da. Als sie zum Wagen laufen wollte, hielt er sie fest. »Da ist nichts mehr zu machen. Der ist hinüber.«

»Wie ist das passiert?«, schrie sie.

»Jemand hat ihn angezündet.«

»Mit Absicht?« Sie hatte das Gefühl, schwach zu werden. »Woher weißt du das so sicher?«

Er ging in die Hocke und deutete unter den Wagen. »Sie haben das Feuer hier unten gelegt, siehst du? Und ich rieche auch das Pech.« Er stand auf und wischte sich den Schweiß von der Stirn. »Ich hätte den Wagen wegsperren sollen, aber mit so was habe ich einfach nicht gerechnet.«

Sie blickte über den ganzen Hof. Die Hühner gackerten, die Stute wieherte, und die Kühe muhten. »Tulip!«, schrie sie und wollte in den Stall rennen, doch Joseph hielt sie zurück.

»Der ist absolut dicht«, sagte er. »Da konnten sie nichts anstellen.«

Augenblicke später waren auch die Schwestern zur Stelle, doch als sie die Jungen von oben schreien hörten, ging Schwester Brigid wieder hinein, um sie zu beruhigen.

»Das hätte schlimmer ausgehen können«, sagte Schwester Dolores. »Es hätte den Stall erwischen können oder sogar das Wohnhaus.«

Trotzdem – die Vorstellung, dass jemand ihnen etwas antun wollte, war entsetzlich.

Während die Nonnen sich halblaut unterhielten, ging Joseph los, um die Umgebung abzusuchen. Jessica fröstelte trotz der Hitze, die von dem brennenden Wagen ausging. Das war gegen sie gerichtet, nicht gegen die Nonnen, auch nicht gegen die Waisenkinder – nur gegen sie, Jessica Hayward. Sie spürte es in jeder Faser ihres Körpers.

Joseph blicke düster drein, als er zurückkam. »Sie haben einem Huhn den Hals umgedreht und es über der Tür aufgehängt. Gottverdammte Rüpel! Verzeiht mir den Ausdruck, Schwestern. Buben aus dem Dorf, würde ich sagen. Wenn ich sie erwische, dann dreh ich denen den Kragen um!«

»Wir müssen Lord Dundas Bescheid sagen«, meinte Schwester Elvira. »Er wird wissen, was zu tun ist.«

»Sollten wir nicht den Wachtmeister holen?«, fragte Jessica rasch. Vielleicht würde er sie ja jetzt ernst nehmen.

Schwester Elvira wandte sich an Joseph. »Was meinst du, Joseph?«

Nach einem Moment des Überlegens nickte er. »Warum nicht? Eine Nacht oder zwei im Kittchen, das ist genau, was diese Schufte verdienen.«

Sie blieben im Hof stehen, bis der Wagen nur mehr ein rauchendes, schwarzes Skelett war. Joseph wollte nicht mehr zu Bett gehen; er machte sich im Stall ein Lager aus Stroh und holte sich die alte Flinte aus dem Haus. Falls die Übeltäter noch einmal wiederkamen, würde er für sie gerüstet sein.

Wieder in ihrem Zimmer, warf sich Jessica auf das Bett und starrte an die Decke. Sie dachte an die Warnung des Wachtmeisters, nichts aufzurühren. Dieselbe Warnung hatte auch Lucas ihr gegeben.

10

Sie hatte eine Meuterei am Hals, und die kleinen Monster hatten den falschen Augenblick gewählt, um sie auf die Palme zu bringen. Sie hatte Kopfschmerzen. Es war ein schrecklicher Tag gewesen. Als der Wachtmeister am Morgen kam, um den verbrannten Wagen zu begutachten, hatte sie noch einmal mit ihm gesprochen. Sie war mit dem Abendessen zu spät daran, und sie war restlos am Ende ihrer Kräfte.

Und die Jungen nutzten das aus.

»Ihr esst jetzt, was ich für euch gemacht habe«, erklärte sie, »oder ihr sitzt bis zum Sankt-Nimmerleins-Tag an diesem Tisch.«

Das Wissen, dass sie soeben einen schweren Fehler begangen hatte, half auch nicht gegen ihr Kopfweh. »Nie leere Drohungen aussprechen« war eine der Grundregeln, die Schwester Elvira ausgegeben hatte.

Die Jungen starrten auf das Essen auf ihren Tellern. Pip, der Rädelsführer, ein dürres, kleines Balg von acht Jahren, verschränkte die Arme vor der Brust. Das war das Zeichen für die anderen, es ihm nachzutun, und so saßen nun sechs widerspenstige Wichte mit verschränkten Armen und aufsässigen Mienen um den Küchentisch und blickten düster vor sich hin.

Jessica veränderte die Taktik. »Nun kommt schon, Jungs«, lockte sie, »esst. Dann werdet ihr so stark wie … wie Joseph.«

»Ich ess' keine Kröten«, knurrte Pip. »Die sind schleimig!«

Jessica war kurz davor, sich die Haare zu raufen. »Das sind doch keine Kröten! Wie oft muss ich euch das noch sagen! Das sind Würstchen! Würstchen in Pfannkuchenteig gebacken! Die mögt ihr doch, stimmt's?«

»Warum hast du dann gesagt, das sind Kröten?«, wollte Martin wissen, Pips jüngerer Bruder.

»Weil das nun mal ›Kröte im Loch‹ heißt.« Sie wünschte, den Namen des Gerichts nie ausgesprochen zu haben.

»Aber die sehen überhaupt nicht wie Würstchen aus!«

»Weil ich sie aufgeschnitten habe.« Als keine Reaktion kam, gab Jessica ein wenig klein bei. »Also gut«, sagte sie, »lasst die Kröten ... die Würstchen. Trinkt eure Milch und esst ein paar Butterbrote, und danach könnt ihr zu euren Freunden gehen.«

»Ich mag die Milch nicht. Die schmeckt komisch.«

»Das ist frische Milch«, protestierte sie, »ganz frisch und sahnig, das ist alles.«

»Aber ich mag sie nicht!«

»Und die Butter schmeckt auch komisch«, kam es von einer anderen Ecke.

Die Arme in die Hüften gestemmt, blickte Jessica mit offener Abneigung auf ihre Schützlinge. Sie hatten in Löchern gehaust. Sie waren misshandelt und geschlagen worden und hatten Hunger gelitten. Und sie besaßen die Frechheit, etwas an dem gesunden und bekömmlichen Essen auszusetzen, das sie ihnen mit großer Mühe zubereitet hatte? Undankbare Kerlchen! Kein Wunder, dass ihre Eltern sie ausgesetzt hatten!

Das war ein böser Gedanke, aber auch wenn sie es wusste, es ging ihr deshalb nicht besser. »Schön«, sagte sie, »dann werdet ihr hier sitzen bleiben, bis ... bis ich sage, dass ihr gehen könnt.« Dann fügte sie noch hinzu: »Möchtet ihr denn nicht bei den anderen Jungs sein? Oder Joseph helfen, einen neuen Wagen zu bauen? Oder ihr könntet auch den Schwestern beim Jäten des Gemüsegartens helfen.«

»Nicht, wenn wir dieses Zeug da essen müssen.«

Das war wieder Pip, der Rädelsführer. Und diese Jungen waren nach Hawkshill gekommen, weil die Mutter Oberin von ihnen die beste Meinung gehabt hatte! Wenn es nach ihr gegangen wäre, hätte sie sie alle umgehend zurückgeschickt.

Aber sie würde sich nicht unterkriegen lassen. Nur um ihnen zu zeigen, dass sie es wirklich ernst meinte, stapfte sie zu dem großen, steinernen Spülbecken, rollte die Ärmel hoch und begann, die Töpfe zu säubern. Sollten sie doch dort sitzen bleiben, bis sie schwarz wurden. Denn eines wusste sie sicher – wenn sie jetzt nachgab, dann würden sie das immer wieder ausnutzen.

Sssssummmm.

Jessica zuckte zusammen; Wasser aus dem Topf lief über ihre Schürze. Sie setzte den Topf ab und drehte sich langsam um. »Wer hat dieses Geräusch gemacht?«, fragte sie in einem gefährlich leisen Tonfall. Die kleinen Monster wussten, dass sie vor Bienen und Wespen große Angst hatte.

Sechs unschuldige Gesichter starrten auf sie.

Da niemand antwortete, drehte sie sich um und machte weiter. Sie würden sie nicht ärgern.

Sssssummmm.

Jessica schürzte die Lippen. Es waren wirklich kleine Teufel, aber vielleicht verdiente sie es ja nicht anders. Sie war unausstehlich, seit sie Lucas mit ... nein ... dieser Kuss hatte nichts damit zu tun ... seit sie gestern diesen heftigen Wortwechsel mit dem Wachtmeister gehabt hatte. Und sein Auftritt heute hatte ihren Ärger nur noch vergrößert. Joseph hatte ihm eine Nachricht hinterlassen, und als er sie erhielt, war der Wachtmeister wie der Teufel nach Hawkshill geritten gekommen.

Sie war überrascht, dass sein Pferd ihn trug. Constable Clay war gebaut wie ein Ochse. Er war alt, älter als Schwester Dolores, aber was sie wirklich ärgerte, war, dass er anscheinend keinerlei Interesse daran hatte, den Mord an ihrem Vater aufzuklären, und auch der verbrannte Wagen schien ihn nicht im Geringsten zu berühren.

Und er war wütend.

»Ich war darauf gefasst, euch alle ermordet in euren Betten zu finden!«, brüllte er. »Und ihr ruft mich wegen eines abgebrannten Wagens? Das ist doch Kinderei! Ein übler

Scherz, sonst nichts! Ich habe schließlich Wichtigeres zu tun, als mich um solchen Unsinn zu kümmern!«

Die Schwestern und Joseph reagierten mit Ernüchterung, nicht aber Jessica. Und als sie mit dem Wachtmeister allein war, hatte sie ihm genau gesagt, was sie von ihm hielt – und dazu noch ein paar andere Dinge, die sie besser nicht gesagt hätte.

Sssssummmm.

Diese Buben waren einfach unbelehrbar! Nein. Sie waren nur boshaft, und nach allem, was sie in ihrem kurzen Leben bereits durchgemacht hatten, war das ein gutes Zeichen.

»Schwester Martha«, sagte Martin, »da ist wirklich eine Wespe in deiner Küche.«

Sie drehte sich um. »Wirklich?«, fragte sie, als würden Wespen ihr absolut nichts bedeuten. »Wo denn?« Da war keine Wespe. Sie schüttelte den Kopf. »Einen Scherz kann ich ja gut vertragen, aber lügen solltet ihr nun wirklich nicht.«

»Aber Schwester Martha …« Pip wollte etwas erwidern, doch in diesem Augenblick ging mit einem Schwung die Tür auf, sodass alle zusammenfuhren.

Lucas stand mit finsterer Miene im Raum. »Ich komme gerade aus Chalford«, begann er, »und da bin ich zufällig Constable Clay begegnet.« Seine Stimme schwoll zornig an. »Du hast es gewagt, mich zu beschuldigen …«

»Lord Dundas!«

Ihr heftiger Ton ließ ihn verstummen. Er blickte auf die Jungen. »Raus!«, schrie er und hielt die Tür auf.

Die Jungen begannen ausgelassen, vom Tisch aufzustehen. »Setzt euch!«, rief Jessica in ihrem gebieterischsten Ton. Als die Jungen langsam wieder auf ihre Plätze zurücksanken, wandte sie sich Lucas zu. »Sie gehen nirgendwo hin«, herrschte sie ihn an, »so lange sie nicht gegessen haben, was auf ihren Tellern ist! Und wenn Sie mit mir sprechen wollen, dann warten Sie im kleinen Wohnzimmer auf mich. Es ist hinter dem Esszimmer.«

»Ich warte hier«, erwiderte er in einem Ton, der keinen Widerspruch duldete.

Niemand bewegte sich. Niemand sprach ein Wort. Sechs niedergeschlagene Jungen blickten auf ihre Teller. Jessica fuhr fort, ihre Töpfe zu spülen.

»Und, was ist los mit eurem Essen?«, fragte Lucas endlich.

Pip antwortete ihm. »Wir essen keine Kröten«, sagte er.

»Würstchen!«, rief Jessica. »Das sind Würstchen! Wie oft muss ich euch das noch sagen? ›Kröte im Loch‹ ist nur der Name. Es bedeutet nicht ... ach, esst jetzt und hört endlich mit diesem Unsinn auf!«

Wieder rührte sich niemand.

Nach einer langen Stille sagte Lucas zu Pip: »Gib mir deinen Teller.«

Pip gehorchte, und Lucas schaufelte sich eine riesige Gabel voll in den Mund. »Wer hat gesagt, dass das Würstchen sind?«, fragte er nach einer Weile, noch immer kauend.

»Schwester Martha!«, antworteten die Jungen wie aus der Pistole geschossen.

»Schwester Martha?« Er zog die Augenbrauen hoch und blickte zu Jessica. »Also, Schwester Martha liegt falsch. Das sind Kröten, wirklich und wahrhaftig.«

Jessica starrte ihn wutentbrannt an. Jetzt würden sie nie mehr widerspruchslos essen.

»Ich weiß es«, fuhr Lucas fort, »weil ich die ganze Zeit Kröten esse.«

Die Jungen hielten den Atem an.

Er schluckte und nahm sich die nächste Gabel. »Na ja, alle Soldaten machen das. Und Berufsboxer, so wie Joseph. So wird man nämlich erst ein Soldat oder ein Boxer. Aber wehleidige kleine Jungs machen das natürlich nicht. Und wenn sie groß werden, dann sind sie wehleidige kleine Schwächlinge. Und wisst ihr was? Mit denen machen Joseph und ich kurzen Prozess. Und jetzt esst!«

Widerstrebend nahmen die Jungen ihre Gabeln zur Hand

und stocherten in ihrem Essen herum. Jessica warf Lucas ein strahlendes Lächeln zu. Er grinste zurück.

»Und«, sagte Lucas, »wer als Erster fertig ist, darf auf meinem Hengst reiten. Aber erst, wenn ich mit Miss ... äh, mit Schwester Martha geredet habe.«

»Auf dem Hengst reiten!« Pip stieß seine Gabel in den Pfannkuchenteig, spießte ein Stück Würstchen auf und probierte vorsichtig. »Eigentlich nicht so schlecht«, meinte er und gabelte den nächsten Happen auf. Jetzt brauchten die anderen Jungen keine Aufforderung mehr. In wenigen Minuten hatten sie alle ihre Teller leer geputzt, und wenn Jessica sie nicht an ihre Pflichten erinnert hätte, wären sie aus dem Zimmer gerannt. So rasch wie noch nie räumten sie den Tisch ab und stapelten die Teller aufeinander, und dann stürzten sie mit Gebrüll aus der Küche wie eine Indianerhorde auf dem Kriegspfad aus einer der Geschichten, die sie ihnen vor dem Zubettgehen vorlas.

Jessica blickte sehnsuchtsvoll auf die offene Tür. Zu spät fiel ihr ein, dass sie nun mit Lucas allein im Haus war. Wenn sie richtig überlegt hätte, wäre sie mit den Jungen gegangen. Als Lucas auf sie zutrat, wandte sie sich rasch zu ihm um. »Das war Bestechung«, sagte sie. »Wir arbeiten hier nicht mit solchen Methoden.«

»Was macht das schon? Es hat dir geholfen, dein Gesicht zu wahren. Du solltest mir dankbar sein.«

Und das wäre sie auch gewesen, wenn sie sich nicht über ihn geärgert hätte. Er stellte ihr nach, und das irritierte sie. Als er näher kam, wich sie zurück und achtete darauf, dass der Tisch zwischen ihnen war. »Das nächste Mal werden sie wieder eine Belohnung erwarten ...«

»Lass diese Ausflüchte!«, herrschte er sie an. »Du weißt, warum ich hier bin.«

»Wenn es wegen Constable Clay ist ...«

»Du weißt ganz genau, dass es wegen Constable Clay ist. Du hast mich beschuldigt, deinen Vater ermordet zu haben.

Versuch gar nicht erst zu leugnen! Clay hat es mir selbst gesagt.«

War sie wirklich so weit gegangen? In der Hitze des Gefechts hatte sie dem Wachtmeister vieles gesagt. »Das muss er missverstanden haben. Alles, was ich gesagt habe, war, dass er unvoreingenommen bleiben soll. Er kennt dich und deine Freunde von Anfang an. Er ist dir gegenüber befangen, zu deinem Vorteil. Das siehst du ja auch daran, dass er heute gleich zu dir gerannt kam.«

Er stützte sich auf die Tischplatte und lehnte sich zu ihr. »Du hast mich außerdem beschuldigt, euren klapprigen alten Wagen in Brand gesteckt und einem eurer dämlichen Hühner den Hals umgedreht zu haben!«

Sie fasste sich mit zitternder Hand an den Hals. »Ich wollte ihm etwas klar machen!«, rief sie. »Ich wollte, dass er endlich mal so denkt, wie ein Vertreter des Gesetzes denken sollte! Er sollte alles und jeden verdächtigen und nicht immer alles glauben, was seine Freunde ihm erzählen!«

Er blickte sie aus zusammengekniffenen Augen an. »Warum hast du dich mir gegenüber so verändert, Jess?« Dann kam er plötzlich darauf. »Ich habe euren Wagen gesehen, gestern, vom Hügel aus. Das ist es, stimmt's? Du hast mich auf dem Hügel gesehen.«

»Hör mal!«, zischte sie.

Er richtete sich auf. »Was ist denn?«

Sssssummmm.

»Eine Wespe!«, kreischte sie. »Da! Lucas, hilf mir!«

Sie hielt die Hände vor das Gesicht, lief um den Tisch herum und geradewegs in Lucas' Arme – so heftig, dass sie ihn umstieß und sie beide zu Boden gingen.

Die Wespe summte über sie hinweg und zur Tür hinaus, die langsam nach innen aufging.

»Hallo? Hallo? Ist jemand zu Hause?« Die Stimme war kultiviert, und sie gehörte zu der Frau, die Lucas auf dem Hügel geküsst hatte.

Lucas half Jessica auf die Beine. »Bella!«, rief er. »Was zum Teufel machst du denn hier!?«

*

Jessica hatte erwartet, verlegen zu sein, wenn sie Bella wiedertreffen würde. Schließlich plagten sie wegen ihres Verhaltens schreckliche Schuldgefühle. Und entdeckt zu werden, als sie sich in Lucas' Armen auf dem Boden wälzte, übertraf ihre schlimmsten Befürchtungen. Doch die Art Scham, die sie nun erlebte, war ihr neu, und sie schämte sich für diese Scham.

Sie saß Bella in einem Sessel mit gerader Lehne im kleinen Wohnzimmer gegenüber; Lucas hatte rechts von ihr Platz genommen und die Schwestern Dolores und Elvira links. Im Verlauf der Konversation beobachtete sie, wie Bellas forschender Blick jeden Makel und jeden Schönheitsfehler im Raum registrierte, und immer wenn dieser Blick an etwas haften blieb, was nicht ganz sauber oder sonst wie unvollkommen war, krümmte sich Jessica innerlich. Sie sah plötzlich alles durch Bellas Augen, und sie schämte sich – sie schämte sich ihrer selbst, ihrer abgearbeiteten Hände und ihrer Arbeitskleidung wegen, sie schämte sich für das Wohnzimmer mit dem schäbigen Teppich und den nicht zusammenpassenden Möbelstücken, die sie von den Nachbarn geschenkt bekommen hatten, sie schämte sich wegen der angeschlagenen Teller und Tassen und der missgestalteten Kekse, die zu backen ihr die Jungen geholfen hatten. Alles war schäbig und abgetragen, und sie hatte es entweder nie bemerkt oder es hatte ihr bisher nichts ausgemacht.

Wenn man hingegen Bella betrachtete, sah man absolute Perfektion. Nicht ein Haar war unordentlich, ihre Haut war makellos, ihr teures weißes Musselinkleid mit dem kurzen blauen Spenzer war der letzte Schrei. Bella roch sogar teuer. Dass die Liebenswürdigkeit ihres Gasts lediglich aufgesetzt war, dessen war sich Jessica wohl bewusst. Seit sie das Wohnzimmer betreten hatten, dominierte Bella das Gespräch. Sie hatte ein paar oberflächliche Fragen zu Hawkshill gestellt und dann sich selbst zum Thema der Konversation gemacht. Sie sprach von berühmten Leuten, die sie kannte, wie andere von Alltäglichkeiten. Sie wollte Eindruck machen. Jessica wusste das alles, aber das schien ihr nicht zu helfen. In Bellas Gegenwart fühlte sie sich klein und minderwertig.

Sie konnte nicht umhin, auf Lucas zu blicken, um zu sehen, welchen Eindruck Bella auf ihn machte. Er beobachtete sie aufmerksam, und Jessica fragte sich, ob er noch immer in sie verliebt war. Ein Stich schien ihr Herz zu durchbohren, und als sich Lucas ihr zuwandte, wich sie seinem Blick rasch aus.

Bella war inzwischen wieder zum Thema Hawkshill zurückgekehrt, und nun ruhte ihr Blick auf Schwester Elvira. Sie musterte die kleine, mollige Nonne mit dem runden Gesicht und den spärlichen Wimpern lange und ausgiebig und wandte sich dann mit einem verächtlichen Augenaufschlag wieder ab. Jessica dachte an die endlosen Stunden, die die Schwestern arbeiteten, an ihre Selbstaufopferung, ihre Freude an einfachen Dingen und ihren unerschütterlichen Glauben, und ein Anflug von Groll überkam sie. Bella hatte sie beschämen wollen, und es war ihr gelungen. Vielleicht verdiente sie es, für das, was sie getan hatte, beschämt zu werden. Aber eine Beleidigung der Nonnen wollte sie nicht hinnehmen.

Plötzlich fasste Bella sie in den Blick. Jessica versteifte sich. »Wie ich schon sagte«, erklärte Bella mit ihrer wunderbar modulierten Stimme, »brennen wir alle darauf, Hawkshill zu einem Erfolg werden zu lassen.« Sie legte eine dramatische Pause ein. »Und ich bin auf die Idee gekommen, einen Wohltätigkeitsball zu veranstalten.«

»Einen Wohltätigkeitsball«, wiederholte Schwester Elvira vorsichtig.

»Oh, das wird Sie keinen Pfennig kosten«, sagte Bella.

»Ich habe es mit meinem Gatten besprochen, und er meint, das wäre eine wirklich gute Idee. Der Ball findet natürlich bei uns statt, und wir lassen Einladungen drucken.« Sie lachte. »Wir möchten ja schließlich, dass nicht irgendjemand daran teilnimmt, nicht wahr? Und wenn die Gäste am Eingang ihre Karten vorzeigen, müssen sie einen guten Eintrittspreis berappen. Dieses Geld geht dann nach dem Ball an Hawkshill.«

»Wir sind immer knapp bei Kasse«, sagte Schwester Dolores. »Ich denke, das ist eine großartige Idee. Wie nett von Ihnen!«

Schwester Elvira steckte die Hände in die Ärmel ihrer Kutte und hüllte sich in nachdenkliches Schweigen.

Lucas beugte sich vor, die Arme auf die Knie gestützt, die Hände gefaltet. »Und wann gedenkst du, diesen Ball zu veranstalten?«

»Sobald alles arrangiert werden kann«, erwiderte Bella. »Eigentlich je eher, desto besser. Rupert besteht auf dem Ball für seine Pächter, wie du weißt, also muss er davor stattfinden.«

»Warum nicht danach?«, fragte Lucas.

»Weshalb sollten wir warten?«, konterte Bella.

Lucas schaute zu Jessica und wandte sich dann wieder Bella zu. »Ich bin mir nicht sicher, ob Jessica auf so ein großes Ereignis vorbereitet ist.«

»Mein lieber Lucas, ich werde da sein und ihr helfen.« Sie lächelte Jessica zu. »Außerdem ist das der ideale Weg, um sie wieder in die Gesellschaft von Chalford einzuführen.«

Jessica hatte die Unterhaltung achtsam verfolgt. Sie hatte gewusst, dass etwas im Kommen war, aber das hatte sie nicht erwartet. Ihre anfängliche Überraschung über Bellas großzügiges Angebot verwandelte sich rasch in Bestürzung. Sie erwarteten von *ihr*, an diesem Ball teilzunehmen? Das konnte sie nicht, nicht ohne die Schwestern, und sie wusste nur zu gut, dass die Nonnen das nicht tun würden. Und ihr würde es sicher nicht gefallen; es würde quasi dem Fegefeuer gleichkommen. Falls sie jemals hatte tanzen können, hatte sie es vergessen. Sie hatte keine Ahnung, wie man sich in einer großen Gesellschaft benehmen musste, wie man Konversation trieb, wie man ... Sie wusste nicht, was von ihr erwartet wurde, und das machte ihr Angst. Außerdem hatte sie nichts anzuziehen.

Bella wusste das alles, und sie hatte angeboten, ihr zu helfen.

Jaja, man hatte ja auch schon Pferde kotzen sehen.

Lucas wandte sich an Schwester Elvira. »Ich muss mich gegen diese Idee aussprechen«, sagte er.

»Aber wieso denn?«, fragte Bella mit einem gequälten Lachen.

»Aus eben dem Grund, den ich bereits genannt habe. Jessica ist einer solch großen Sache nicht gewachsen. Sie war jetzt drei Jahre lang eine Nonne und weiß nicht, wie unsere Welt funktioniert. Ein Ball wäre für Jessica wie ein Debüt, ein Sich-der-Welt-Präsentieren. Und danach würde man von ihr erwarten, ihren Platz in der Gesellschaft einzunehmen.« Er riskierte einen raschen Blick auf Jessica. »Sie ist noch nicht so weit«, sagte er abrupt, »das ist alles.«

Die Scham, die Bella auf sie gehäuft hatte, indem sie jeden Makel und jeden Schönheitsfehler im Raum registrierte, war nichts im Vergleich zu dem Ärger, den Jessica jetzt spürte. Anscheinend entging auch Lucas' scharfem Blick absolut nichts. Sie stellte sich vor, wie sie in ihren abgetragenen Kleidern und mit Josephs altem, klapprigem Wagen in Chalford herumfuhr und elegante Damen aufsuchte und sie dann im schäbigen Wohnzimmer von Hawkshill empfing. Lucas sagte die Wahrheit, sie wusste es. Außerdem hatte er genau das ausgesprochen, was sie dachte. Doch nun dämmerte ihr auch, wie Lucas sie sah – mit dem Ergebnis, dass sie nicht recht wusste, ob sie am liebsten davonlaufen oder ihn ohrfeigen sollte.

Bella blickte unschuldig aus großen Augen. »Aber Lucas«, protestierte sie, »ich will doch nur das Beste für Jessica. Das wird allen die Chance geben zu sehen, dass zwischen uns alles vergeben und vergessen ist, und außerdem kommt noch Geld für Hawkshill zusammen.«

»Das bestreite ich ja nicht«, erklärte er sachlich. »Aber ich will auch das Beste für Jessica. Und deshalb sage ich Nein.«

Zorn funkelte in Bellas Augen. »In diesem Fall wird der Ball ohne Jessica stattfinden. Aber denk daran, das wird Gerede geben!«

So war das also! Nicht nur, dass man über sie redete, als sei sie unsichtbar, nein, man dachte noch nicht einmal daran, in dieser Sache, die sie doch direkt betraf, nach ihrer Meinung zu fragen. Sie wollte an Bellas Ball so wenig teilnehmen, wie sie vorhatte, zum Mond zu fliegen.

Am liebsten hätte sie ihnen allen eine schroffe Absage erteilt, doch sie brachte die Worte nicht über die Lippen. Dass sowohl Bella als auch Lucas von ihr erwarteten, sich zum Narren zu machen, brachte sie zum Kochen. Sie mochte im Kloster der Barmherzigen Schwestern nicht die feine Lebensart gelernt haben, aber sie wusste, was gute Manieren waren. In dieser Hinsicht war das Klosterleben um vieles disziplinierter, als Lucas offenbar glaubte.

Und noch etwas rumorte in ihr. Sie war nicht mehr Schwester Martha. Sie war Jessica Hayward von Hawkshill Manor. Sie war William Haywards Tochter. Es war an der Zeit, dass sie sich endlich entsprechend verhielt.

»Natürlich werde ich teilnehmen«, erklärte sie. »Es ist ja nicht so, dass der Ball mir zu Ehren stattfindet. Niemand wird von mir erwarten, Mittelpunkt des Geschehens zu sein oder keinen Tanz auszulassen. Außerdem« – sie dachte an das, was Joseph ihr über Schiffe und einen sicheren Hafen gesagt hatte – »außerdem kann ich mich nicht ewig hier in Hawkshill verstecken.«

Jetzt endlich brach Schwester Elvira ihr Schweigen. »Mrs

Haig hat Recht«, konstatierte sie. »Es kommt zu Gerede, wenn Jessica nicht an dem Ball teilnimmt, vor allem, da er doch das Ziel verfolgt, Geld für unsere Arbeit zu beschaffen.« Sie schenkte Jessica ein Lächeln, das einen großen Teil der Verletzungen, die diese im Verlauf des Gesprächs hatte erdulden müssen, wieder wettmachte. »Und Jessica hat auch Recht. Es ist an der Zeit, Jessica. Wie klug von dir, das zu wissen, bevor ich darauf gekommen bin.«

»Dann wäre dieses Problem ja gelöst«, erklärte Bella reizend und mit einem triumphierenden Blick.

Kurz danach brach sie mit rauschenden Röcken und in einer Wolke von Parfüm auf. Lucas begleitete sie hinaus, kam jedoch nach einigen Minuten wieder zurück. Er wolle mit den Schwestern unter vier Augen sprechen, sagte er mit einem sehr direkten Blick auf Jessica. Sie richtete sich stocksteif auf und marschierte aus dem Zimmer.

*

Jessica tauchte den Mopp in den Eimer, drückte ihn aus und wischte sorgfältig das letzte Stück des Küchenbodens. Oben herrschte ein Höllenlärm. Die Kinder sollten schon längst im Bett sein, doch sie weigerten sich einfach. Sie hassten Hawkshill und das Landleben. Hier war alles anders. Die Milch war zu sahnig, die Butter war zu fett. Sie liebten die Tiere auf dem Bauernhof, nicht aber die Pflichten, die die Tiere mit sich brachten. Und sie hatten Heimweh nach dem, was ihnen bekannt und vertraut war – London.

Jessica wusste nicht, weshalb sie etwas anderes erwartet hatte. Wenn sie die Kinder aus Bruchbuden herausgeholt hatten, die selbst für Schweine zu schäbig gewesen wären, war es jedes Mal genau dasselbe gewesen. Das war ihre vertraute Umgebung, und sie hatten einfach eine große Angst davor, sich auf etwas Neues einzulassen.

Sie hatte vieles mit den Kindern gemein. Keine Frau sollte

Angst davor haben, auf einen Ball zu gehen. Aber Angst hin oder her, sie konnte jetzt keinen Rückzieher mehr machen, dafür war sie nicht zuletzt auch zu stolz. Ja, wenn sie bloß den Mund gehalten hätte!

Jetzt veränderte sich alles; dafür hatte Lucas mit seiner vertraulichen Unterredung mit den Schwestern gesorgt. Jetzt wollten sie die Mutter Oberin bitten, noch einige Nonnen zu schicken, um Jessica zu entlasten, obwohl sie vehement dagegen protestiert hatte. Aber das war noch lange nicht alles. Ihr kleines Einkommen sollte für neue Kleider ausgegeben werden. Und für ihre Erledigungen im Ort sollte sie von nun an den kleinen Einspänner benutzen, den seine Lordschaft den Nonnen freundlicherweise zur Verfügung gestellt hatte. Außerdem sollten sie die Hilfe von Anne Rankin in Anspruch nehmen, der Frau des Vikars; sie sollte Jessica einige Tänze, aber auch andere Dinge beibringen, die in der Gesellschaft von Chalford als gutes Benehmen galten – eine Liste, die schier endlos schien.

Jetzt wusste sie also endgültig, dass sie sich nicht getäuscht hatte. Lucas meinte, man müsse Mitleid mit ihr haben und sie davor bewahren, sich lächerlich zu machen. Als ob sie das gekümmert hätte!

Ein lautes Lachen von oben ließ sie aufhorchen. Noch eine Woche vielleicht, dann würden die Kinder nicht mehr so viel an London denken. Schließlich war ihnen ja nicht alles unvertraut – sie kannten die Nonnen, das war schon einmal von großer Bedeutung. Und Schwester Brigid war ihr großer Liebling. Sie würden Hawkshill schon bald ihr Zuhause nennen.

Aber was war Jessica Haywards Zuhause? Das war die Frage.

Sie wrang ihren Mopp aus und drehte ihn um. Dann machte sie einen Knicks, zählte vor – eins, zwei, drei, eins, zwei, drei – und begann, im Walzertakt im Raum herumzutanzen. Sie senkte den Kopf, sie drehte sich, sie klimperte mit den Wimpern und schaute lächelnd zu ihrem noblen Tanzpartner auf, als er ihr ein Kompliment machte. Sie fühlte sich beschwingt und einfach wunderbar.

Ein langsames Klatschen zerstörte ihre Phantasie. Sie blieb wie angewurzelt stehen und wandte sich dem Eindringling zu. Es war Lucas – sie hatte gewusst, dass es niemand sonst sein konnte.

»Was willst du denn?«, fragte sie ihn grob. Um ihre Verlegenheit zu verbergen, wandte sie ihm den Rücken zu und stellte den Eimer samt Mopp zur Seite.

Er beobachtete sie genau. »Hat es dir Schwester Elvira nicht gesagt? Ich soll dir für Bellas Ball das Walzertanzen beibringen.«

Sie warf ihm einen finsteren Blick zu. »Schwester Elvira hat nichts dergleichen zu mir gesagt.«

»Anscheinend hat sie es vergessen.«

Sein tadelloses Äußeres und ihre schmutzige Schürze waren ihr qualvoll bewusst. Sie zog die Schürze rasch aus und hängte sie hinter die Küchentür. »Anne Rankin will mir das Tanzen beibringen«, erklärte sie, noch immer von ihm abgewandt. »Du musst dir also keine Mühe machen.«

Als sie sich umdrehte, stand er nur wenige Zentimeter hinter ihr. Dieser Mann konnte sich so lautlos und schnell bewegen wie ein Panther. Sie stand mit dem Rücken zur Tür und kam nicht an ihm vorbei, ohne ihn zu berühren.

»Es macht mir keine Mühe. Mit dem Mopp bist du schon ganz gut. Nun lass uns mal sehen, wie es mit einem richtigen Mann geht.«

Sein großspuriges Grinsen und sein Ton machten sie wütend. »Lass mich vorbei, Lucas!«

Sein Lächeln verschwand; er trat zur Seite. Sie ging an den Küchenschrank und räumte Geschirr weg. Lucas stieß einen langen, tiefen Seufzer aus.

»Du hast mich mit Bella oben auf dem Hügel gesehen. Das ist es, stimmt's?«

Sie blickte kurz zu ihm und wandte sich dann wieder ihrer Arbeit zu.

Er ließ nicht locker. »Sie muss gewusst haben, dass du uns sahst. Deshalb hat sie mich geküsst. Aber du brauchst deswegen nicht eifersüchtig zu sein. Es war nur ein flüchtiger Kuss, weiter nichts.«

Und was sie noch wütender machte, war, dass er sie so gut durchschaute. Stolz schob sie das Kinn nach vorn. »Du musst mir keine Erklärungen liefern.«

»Gut, denn das ist die einzige Erklärung, die du bekommst.«

Er wartete, und als sie nichts erwiderte, fuhr er fort. »Du bist sauer, weil ich gesagt habe, du bist noch nicht bereit für Bellas Ball. Aber ich habe dabei an dich gedacht, nur an dich.«

»Das nehme ich zur Kenntnis«, sagte sie aufgesetzt freundlich.

Als er einen Schritt auf sie zu machte, zuckte sie zurück.

Er runzelte die Stirn und stemmte die Hände in die Hüften. »Was ist denn bloß in dich gefahren?«

»Du bist nicht gekommen, um mir das Walzertanzen beizubringen. Schwester Elvira hat nicht vergessen, mir zu sagen, dass du kommst. Warum also bist du hier?«

Er grinste einfältig und zuckte die Achseln. »Nicht, um Böses mit dir anzustellen, wie du offenbar denkst, Jess.« Als sie daraufhin ernst blieb, redete er weiter. »Wir haben noch immer nicht das Gespräch beendet, das wir führten, als Bella uns so grob unterbrach. Der Wachtmeister hat mir erzählt, du hättest ihm viele Fragen gestellt.«

Sie stand kerzengerade da, den Blick fest auf ihn gerichtet. »Mein Vater wurde ermordet. Wie soll ich herausfinden, wer es war, wenn ich keine Fragen stelle?«

»Du hast zu Constable Clay gesagt, du würdest mich noch immer als deinen Hauptverdächtigen sehen.«

»Ich verdächtige jeden.«

Er kniff heftig die Augen zusammen. Sein Ton war eisig. »Ich habe deinen Vater nicht getötet!«

»Mag sein, aber ich glaube, du weißt, wer es getan hat.« Die Worte überraschten sie so sehr, wie sie ihn zu beunruhigen schienen. Sie hatte nicht gemerkt, dass es das war, was sie gedacht hatte, bis sie es ausgesprochen hatte. Und es war auch nicht das erste Mal, dass sie auf diesen Gedanken gekommen war, aber irgendwie war er dann immer in den Hintergrund getreten.

Seine Augen blitzten, und seine Stimme war rau. »Das haben wir alles schon durchgekaut. Du weißt gar nichts, Jess.«

Jetzt, nachdem sie begonnen hatte, ihre Gedanken zu ordnen, fiel ihr das Reden leicht. »Hier ist irgendeine Verschwörung im Gang. Niemand will, dass ich Fragen zum Tod meines Vaters stelle, weder der Wachtmeister noch der Anwalt noch du und deine Freunde. Nur Perry gibt mir eine klare Antwort, und zwar deshalb, weil er mit der Sache nichts zu tun hat. Er war zur fraglichen Zeit nicht hier.«

»Du hast also noch immer nicht aufgegeben«, knurrte er. »Machst immer noch Schwierigkeiten mit deiner ewigen Fragerei.«

»Würdest du etwa keine Fragen stellen, wenn dein Vater ermordet worden wäre?«, schrie sie ihn an.

»Vielleicht hat dein Vater den Tod verdient!«

Ein Kloß stieg ihr in den Hals; sie begann heftig zu weinen.

Er fluchte leise. »Hey, das tut mir Leid. Das hätte ich nicht sagen dürfen.«

»Mein Vater war nicht so schlimm, wie du ihn immer darstellst!«, schluchzte sie. »Er war vielleicht nicht der beste Mensch, aber ich habe sehr viel von ihm gehalten!«

»Wie kannst du das wissen, wenn du dein Gedächtnis verloren hast?«

»Das hat mit der Wachtmeister erzählt.«

Eine eigenartige Spannung erfasste sein Gesicht. Mit einem

plötzlichen Ruck machte er kehrt und ging auf die Hintertür zu. Sie folgte ihm. »Wer hat meinen Vater ermordet, Lucas? Wer?«

»Mein Gott, gibst du denn nie auf?!« Er packte sie an den Schultern und schüttelte sie so heftig, dass ihre Haarnadeln zu Boden fielen. »Lass die Vergangenheit ruhen, Jess! Zu viele gute Menschen könnten sonst ruiniert werden!«

Sie starrte ihn fassungslos an. »Wen deckst du, Lucas?«, flüsterte sie.

Seine Augen waren schwarz wie Kohle. »Was wäre, wenn ich sagen würde, ich war es, Jess? Würdest du mich dann Constable Clay übergeben, damit ich an den Galgen komme? Das tun sie doch mit Mördern, hab ich Recht?«

Mit einem Schlag war ihre Kehle völlig ausgetrocknet. So weit hatte sie es noch nie durchdacht. Sie schüttelte den Kopf. Niemals würde sie ihm das antun können.

»Und wenn ich tatsächlich der Mörder *bin*, hast du dann nicht Angst vor dem, was ich dir antun könnte? Schau dir diese Hände an, Jess. Siehst du, wie stark sie sind? Sie könnten dein Leben ohne weiteres auslöschen. Also lauf vor mir davon, so lange du es noch kannst!«

Er sprach leise und eindringlich, seine Stimme hypnotisierte sie. Sie betrachtete seine Hände mit den dicken, grobschlächtigen Fingern und sah in seine Augen. Als er seine Hände um ihren Hals legte, erschauderte sie.

»Jetzt kannst du nicht mehr schreien, nicht wahr, Jess? Jetzt ist es zu spät. Nur noch ein kleiner Druck auf deine Kehle, und dann ist es um dich geschehen.«

Seine Daumen liebkosten ihren Hals und drückten sanft ihr Kinn nach oben. Dann senkte er sein Gesicht ganz nah über das ihre. Tränen quollen aus ihren Augen, als sie zu ihm aufschaute.

»Jess«, flüsterte er, »Jess.« Dann bedeckte er ihren Mund mit seinem.

Seine Zärtlichkeit war verführerisch, der sanfte Druck seiner Lippen überwältigte sie. Sie wollte nicht gegen ihn kämpfen; sie wollte ihn trösten. Sie glaubte nicht, dass er ein Mörder war. Sie hatte ihm wehtun wollen, und es war ihr gelungen. Aber eigentlich wollte sie es nicht, sie wollte es gar nicht. Nie in ihrem Leben hatte sie sich sicherer gefühlt. Mit einem Laut hingebungsvoller Leidenschaft schlang sie die Arme um ihn und erwiderte seinen Kuss.

Er presste sie an die Tür und rieb begehrlich seinen Körper an ihrem. Sie bäumte sich ihm entgegen, verlangte nach mehr. Er kam ihrem Wunsch nach; seine Hände liebkosten ihre Brüste, streichelten sie sanft, erzeugten ein Verlangen in ihr, das ebenso stark war wie das seine. Seine Zunge drängte in ihren Mund und bewegte sich im Rhythmus mit ihren Körpern, und sie folgte jedem seiner Schritte.

Aber plötzlich ließ er sie los und trat zurück. Ein schiefes Lächeln erschien in seinem Gesicht. »Ja, das ist ein Kuss, so wie er einem Mann gefällt«, sagte er. »Was du mit Bella gesehen hast, war kaum einer solchen Eifersucht wert, nicht wahr, Jess?«

Er hob sie von der Tür weg, als sei sie leicht wie eine Feder. »Oh, und du brauchst mir für diese Lektion in männlicher Anatomie wirklich nicht zu danken. Betrachte sie einfach als mein Vergnügen«, fügte er hinzu und verließ grinsend den Raum.

Nachdem er gegangen war, blieb sie noch eine ganze Weile erregt, aber auch wutentbrannt stehen. Dann drehte sie sich plötzlich um und versetzte dem Mopp einen Schlag, dass er zu Boden schleuderte. Sie schritt aus der Küche hinaus, stapfte die Treppe hinauf zu ihrem Schlafzimmer und schloss mit einem Knall die Tür hinter sich.

11

Als Lucas' Kutsche am Abend des Wohltätigkeitsballs vor dem Eingang von Hawkshill vorfuhr, erfasste Jessica eine entsetzliche Panik. Wie dumm war sie bloß gewesen zu glauben, sie könne dieses Ereignis gut überstehen! Nur ihre Eitelkeit hatte sie in diese missliche Lage gebracht. Sie hatte Bella und Lucas zeigen wollen, dass sie mit allem fertig werden konnte. Aber es stimmte nicht. Ihr Kopf war voller Dinge, die sie verwirrten und die keinen Sinn ergaben. Lucas' Mutter und die Frau des Vikars hatten ihr zwar in den beiden vergangenen Wochen alles beigebracht, was man wissen musste, um in der vornehmen Gesellschaft von Chalford bestehen zu können, doch jetzt war alles, was sie gelernt hatte, zu einem einzigen riesigen Durcheinander geworden. Sie konnte sich an nichts mehr erinnern. Sie würde sich in Verruf bringen, und jeder würde sehen, was sie wirklich war – eine Betrügerin, eine Schwindlerin. Und wie sollte sie dann ihren wohlwollenden Mentorinnen gegenübertreten? Und den ehrwürdigen Schwestern? Und Joseph? Und den Jungen? Und der Mutter Oberin? Und …

»Das sollte reichen«, sagte Schwester Brigid und versenkte die letzte Nadel in Jessicas hochgesteckte Locken. Dann trat sie zurück, um ihr Werk zu bewundern. »Jetzt dreh dich um.«

Jessica wandte sich von dem nagelneuen Spiegel, dem einzigen in Hawkshill, ab und blickte zu den Nonnen. Als sie stumm blieben, musterte sie ängstlich die Gesichter der Schwestern.

Schwester Dolores stand der Mund offen. Sie warf einen verstohlenen Blick auf Schwester Elvira; ihre Brauen zuckten. »Meinst du nicht …?« Sie klopfte sich leicht auf die flache Brust.

»Ganz gewiss nicht!«, entgegnete Schwester Elvira entschieden. »Du wirst doch nicht wollen, dass unsere Jessica ein Mauerblümchen wird! Also muss sie sich den Gepflogenheiten einer Ballgesellschaft anpassen. Andere Länder, andere Sitten, wie man sagt, davon hat schon der Apostel Paulus gesprochen.«

»Das wusste ich nicht, dass der heilige Paulus so etwas gesagt hat«, murmelte Schwester Dolores.

Schwester Elvira kicherte. »Na ja, vielleicht nicht genau so, aber bestimmt hat er sich ähnlich ausgedrückt. Jessica, hör auf, an deinem Kleid herumzuzupfen.«

Jessica versuchte nicht weiter, ihr Mieder hochzuziehen, wenngleich sie der Meinung war, dass ihr Ausschnitt eindeutig zu viel zeigte. »Horcht!«, sagte sie plötzlich.

Sie lauschten.

»Ich höre nichts«, sagte Schwester Dolores.

»Das ist es ja gerade«, meinte Jessica. »Was ist mit den Jungs? Was haben sie vor? Das würde ich doch gerne wissen.«

»Die schlafen schon längst«, meinte Schwester Elvira tröstend. »Die haben heute nichts mehr vor außer zu schlummern wie die Engelchen.« Sie blickte fragend zu Schwester Brigid.

Die Novizin nickte. »Als ich das letzte Mal nachschauen war, schliefen sie alle fest.«

Jessica war noch nicht überzeugt. In den letzten beiden Wochen hatten die kleinen Monster keine Gelegenheit ausgelassen, ihr, wann immer sie konnten, einen Streich zu spielen. Sie führten etwas im Schilde, dessen war sie sich sicher.

Das Geräusch des Türklopfers zerstreute ihre Gedanken. Sie atmete tief ein.

Schwester Dolores lächelte selbstzufrieden. »Das wird Lord Dundas sein«, meinte sie. »Wie nett von ihm, unsere Jessica in seiner Kutsche mitzunehmen.«

Sie hörten, wie Joseph zur Tür ging, und gleich darauf leise Männerstimmen.

Jessica zuckte zusammen, als Schwester Elvira ihr die

Hände auf die Schultern legte. Die kleine Nonne schaute ihr tief in die Augen. »Jessica«, sagte sie, »ich möchte, dass du alle Regeln vergisst, die du in der letzten Zeit gelernt hast. Denk einfach nicht mehr daran. Ich meine das ganz ernst. Sei einfach nur du selbst! Hast du mich verstanden?«

Sie hatte nicht verstanden, nickte aber trotzdem.

»Aber«, witzelte Schwester Dolores, »vergiss nicht die wichtigste Regel.«

»Geld für Hawkshill zu sammeln«, sagte Jessica.

Einen Augenblick lang war alles still, dann brach eine ausgelassene Lachsalve los.

»Dich zu amüsieren!«, prustete Schwester Dolores. »Um Himmels willen, du gehst auf einen Ball, Jessica! Du solltest nicht vergessen, dich darüber zu freuen!«

Mit neuerlichem Gelächter wurde Jessica aus dem Zimmer geleitet, doch auf dem Weg die Treppe hinunter verging ihr das Lachen. Lucas erwartete sie, und er sah so gut aus, wie sie ihn noch nie zuvor gesehen hatte. Ein vorzüglich gearbeitetes dunkelblaues Jackett betonte seine breiten Schultern; darunter trug er eine hellblaue, mit weißen Lilien bestickte Weste. Er war einfach umwerfend.

Er unterhielt sich mit Joseph und hatte sie noch nicht bemerkt. Joseph sah sie vor Lucas, und sein Mund blieb offen stehen. Daraufhin drehte sich Lucas um – und verstummte ebenfalls.

Sein Blick wanderte über jede Rundung, jede Kontur ihres Körpers und blieb dann an der Vertiefung zwischen ihren Brüsten haften.

Erst danach trafen sich ihre Blicke. Jessica brauchte einen Moment, bis sie merkte, dass das Funkeln in seinen Augen der Ausdruck größter männlicher Anerkennung war. Sie seufzte leise. Alles würde gut gehen.

Sie machte einen Knicks, und als die Nonnen wieder zu reden begannen, schlüpfte sie an ihm vorbei und ließ sich von Joseph ihren dunklen Seidenumhang um die Schultern legen.

»Nun, Joseph«, sagte sie leise, »hast du keine weisen Worte, die du mir auf den Weg mitgeben kannst?«

»Doch«, erwiderte er besonnen.

»Und die wären?«

Joseph ballte die Faust. »Immer schön auf der Hut bleiben!«

Er zeigte ihr sein zahnloses Grinsen, und sie wandte sich mit einem Lächeln ab. Dann gingen sie hinaus; Lucas führte sie zu seiner Kutsche, die Nonnen folgten ihnen. Es dämmerte, und Jessica war sicher, hoch oben in einer der großen Eichen eine Nachtigall singen zu hören. Ihre Panik hatte sich gelegt, sie fühlte sich beschwingt. Dieser Abend war wie geschaffen zum ...

Sie hörte ein Knarren und war sofort im Bilde. Eines der oberen Schiebefenster ging auf. Sie hatte doch gewusst, dass ihre kleinen Monster versuchen würden, ihr einen Dämpfer aufzusetzen! Und das auch noch vor Lucas! Außerdem saßen auch noch seine Mutter und sein Mündel in der Kutsche und hörten jedes Wort! Wie konnten sie ihr das bloß antun!

»Schwester Martha? Schwester Martha?« Es war Pips Stimme.

Mit einem zähneknirschenden Lächeln blickte Jessica nach oben – aus jedem Fenster des Schlafsaals schauten breit grinsende Kinder auf sie herab.

»Ein dreifaches Hoch auf Schwester Martha!«, brüllte Pip, so laut er konnte, und die Jungen schrien im Chor: »Hurra! Hurra! Hurra!«

»Ich schließe mich an«, murmelte ihr Lucas ins Ohr.

»Engel«, sagte sie kopfschüttelnd, »sie sind absolute Engel!«, und stieg mit hochrotem Kopf ein.

Während der Fahrt beruhigte sie sich allmählich wieder. Es gab so vieles zu sehen, und da Lucas ihr immer wieder Dinge zeigte und beschrieb, vergaß sie all ihre Zweifel und Bedenken bezüglich des bevorstehenden Ereignisses. Mit Ellie kam es noch zu einem kleinen Zwist, weil es ihr erster Ball war und sie nicht tanzen durfte, doch davon abgesehen verlief die Fahrt angenehm.

Als sie über den Fluss kamen und in die Priory Road einbogen, reihten sie sich in eine Kolonne von Kutschen ein, die alle zu Bellas Ball wollten.

»Dort ist das Haus der Haigs«, erklärte Lucas, und Jessica streckte den Hals, um es vom Fenster der Kutsche aus sehen zu können.

Es stand auf einer Erhebung über dem Fluss, und seine Lichter durchdrangen das Dämmerlicht wie das Signalfeuer eines Leuchtturms.

Jessicas Befürchtungen kehrten schlagartig zurück. Sie schluckte nervös. Lucas neigte sich zu ihr und legte seine Hand auf ihre. »Ich möchte wetten«, sagte er, »dass du die Ballkönigin wirst.«

*

Sie war vielleicht nicht die Ballkönigin, doch zu Beginn der ersten Pause war Jessica bereits schwindlig, so viel hatte sie getanzt. Wenngleich sie nicht gerade von Partnern belagert wurde, erhielt sie doch mehr als genug Aufforderungen und war froh, als sie einmal einen Tanz aussetzen konnte.

Sie saß zwischen Lucas' Mutter und Anne Rankin, ihren beiden Ratgeberinnen und ständigen Begleiterinnen während der vergangenen beiden Wochen. Heute Abend waren sie auch noch ihre Anstandsdamen. Beide waren sehr nett und großzügig, und Jessica mochte sie sehr gern, allerdings konnten sie auch tyrannisch sein – vor allem Anne. Ihrem stetigen Drängen war es zu verdanken, dass Jessica auf Bellas Ball überhaupt tanzen konnte.

Anne lehnte sich zu ihr. Sie war rotblond mit Sommersprossen und etwa so alt wie Lucas' Mutter. »Jessica, hast du gewusst, dass diese Rosen nach Bella benannt wurden?«

Jessica sah sich in dem großen Saal um. Jetzt erst bemerkte

sie die Stoffbahnen aus weißem Satin, die vom Boden bis zur Decke reichten und vor denen Reihen roter Rosen einen deutlichen Kontrast bildeten. Und sogar die Dienerschaft war passend eingekleidet – weiß gepuderte Perücken, rote Jacketts und weiße Kniehosen.

»Es ist eine Sorte, die Rupert selbst gezüchtet hat«, fuhr Anne fort.

Jessica wusste, dass Anne prüfen wollte, ob sie belanglos plaudern konnte. »Was für eine nette Geste«, erwiderte sie. Es folgte ein betretenes Schweigen. Offenbar wurde etwas mehr von ihr erwartet, doch alles, was sie zu Bella sagen konnte, hätte ihre Begleiterinnen nur entsetzt. Es blieb also nur Rupert. »Aber«, fuhr sie fort und suchte nach weiteren Worten, »es überrascht mich nicht allzu sehr. Es ist ein großes Glück für Bella, einen derart liebenswürdigen Gatten zu haben.«

Ihre beiden Anstandsdamen strahlten und kehrten dann zu dem Thema zurück, über das sie eigentlich sprechen wollten – die Schwangerschaft von Annes älterer Tochter. Jessica machte es nichts aus, nicht weiter Konversation um der Konversation willen zu treiben. Smalltalk war etwas für Bekannte und Fremde; Freunde plauderten oder auch nicht, und niemand kümmerte sich darum.

Bei dem letzten Gedanken wanderte ihr Blick auf die Galerie, auf der Lucas an diesem Abend bereits viel Zeit zugebracht hatte. Doch jetzt war er nicht da. Wehe, wenn er tanzen war – sie würde Bellas widerlich süßlich riechende Rosen fressen. Schließlich hatte er bisher nur ein einziges Mal getanzt – den Eröffnungswalzer, und zwar mit Bella.

Nicht dass sie von ihm erwartete, sie den ganzen Abend zu umschmeicheln. Lucas' Mutter hatte ihr gesagt, dass ein Gentleman an einem Abend nicht öfter als zweimal mit derselben Dame tanzte. Aber wollte er nicht wenigstens einmal mit ihr tanzen? War ihm am Ende noch gar nicht aufgefallen, dass ihr Kleid nicht von der Stange war, sondern die

Kreation eines Londoner Modisten, und dass die Nonnen den Saum mit winzigen weißen Reben bestickt hatten?

Die Schwestern waren ganz aufgeregt gewesen, als sie sie für den Ball einkleideten. Sicher würden sie warten, bis sie nach Hause kam, und dann würden sie von ihr Wort für Wort alles wissen wollen, was seine Lordschaft mit ihr gesprochen hatte. Sie waren so herrlich romantisch, die Schwestern Elvira und Dolores. Lucas hielten sie für einen charmanten Herrn. Pah! Wenn sie je darauf kamen, dass er Bella geküsst hatte, würden sie entsetzt sein – so sicher, wie sie entzückt sein würden, wenn sie erführen, das Lucas *sie* geküsst hatte.

»Bewegst du immer die Lippen, wenn du in Gedanken verloren bist?«

Lucas' leicht spöttisch klingende Frage schreckte sie auf. Sie hatte sein Kommen nicht bemerkt. Sie hatte daran gedacht, wie er sie geküsst hatte. Ihr Herz klopfte noch immer, und ihre Kehle war staubtrocken. Sie spürte, wie sie errötete.

Lucas zog die Augenbrauen hoch. »Vielleicht hast du ja gebetet«, meinte er mit einem schelmischen Blick. »Aber das braucht Ihr jetzt nicht mehr zu tun, schöne Dame.« Er verbeugte sich elegant vor ihr. »Hier bin ich, Lucas Wilde, zu Euren Diensten.«

Plötzlich wurde ihr bewusst, dass er mit ihr flirtete und dass von ihr erwarte wurde, das Spiel mitzuspielen.

Anne Rankin hustete; Lucas' Mutter gab Jessica einen heimlichen Stoß in die Rippen. Sie musste etwas sagen. Sie stand auf, machte einen vollendeten Knicks und sagte das Erste, was ihr in den Sinn kam. »Es heißt, Gott erhört Gebete auf wundersame Weise. Jetzt glaube ich es.«

Einen Augenblick lang herrschte vollkommene Stille, dann warf Lucas den Kopf in den Nacken und lachte. Anne Rankin kicherte ebenfalls, und Mrs Wilde lächelte amüsiert.

»Gut gemacht, Jessica«, sagte sie. »Du hast wirklich alles wunderbar gelernt.«

Lucas wandte sich an seine Mutter. »Mit Eurer Erlaubnis, Madam, würde ich mit Jessica gern auf die Terrasse gehen, um ein bisschen frische Luft zu schnappen.«

»Jessica?«, fragte Mrs Wilde.

»Vielen Dank, Mylord«, sagte Jessica, noch immer hochrot vor Freude darüber, dass sie eine geistreiche Erwiderung zustande gebracht hatte. »Ich wüsste nicht, was ich lieber täte.«

Während Lucas sie aus dem Raum geleitete, setzte sich Anne auf Jessicas Stuhl. »Jetzt sag mir noch einmal, dass sich da keine Romanze anbahnt«, meinte sie verschmitzt.

Rosemary schaute den beiden nach. »Ich weiß es nicht, Anne, ich weiß es wirklich nicht.«

»Das weißt du nicht?«, rief Anne verblüfft. »Was haben wir beide, und die Schwestern ebenso, denn in den letzten zwei Wochen anderes gemacht als Jessica auf ihre Rolle als Lucas' Frau vorzubereiten?«

Rosemary drehte sich lächelnd zu Anne um. »Ich sage ja nicht, dass Lucas sich nicht für sie interessiert. Aber Jessica macht mir Kummer. Ich bin mir nicht sicher, ob sie meinen Sohn liebt. Sie ist sehr reserviert; sie zeigt ihre Gefühle nicht.«

»Natürlich nicht! Ein Mädchen in ihrer Position! Aber sie mag ihn, das ist doch offensichtlich. Und die Liebe kann schließlich auch nach der Hochzeit kommen, das wissen wir beide doch selbst recht gut.«

»Stimmt«, erwiderte Rosemary, doch dieses Thema wollte sie nicht weiter vertiefen. Stattdessen richtete sie ihren Blick auf Ellie. »Wenn du Recht hast«, fuhr sie fort, »dann wird Ellie sogar noch schwieriger, als sie die letzten Wochen war. Zu Jessica ist sie unglaublich grob.«

Anne musterte das junge Mädchen und seufzte. Ellie stand mit einigen Leuten ihres Alters zusammen, doch ihre ganze Aufmerksamkeit galt Lucas und Jessica. Ihr hübsches Gesicht war zu einer unfreundlichen Grimasse verzogen. »Anscheinend ist sie in ihn verliebt, oder?«, fragte Anne.

»Ich wusste nicht, wie schlimm es ist, bis sich Lucas für Jessica zu interessieren begann. Seitdem ist Ellies sonniges Gemüt wie weggeblasen. Sie ist ein launisches und mürrisches Ding geworden; ich weiß wirklich nicht mehr, wie ich noch mit ihr fertig werden soll.«

Anne tätschelte den Arm ihrer Freundin. »Sie ist noch sehr jung, Rosemary. Sie wird schon darüber hinwegkommen.«

»Wenn es nach mir geht, dann je eher, je lieber.«

*

Auf der Terrasse lehnte sich Lucas an die steinerne Balustrade und bewunderte Jessica. In ihrem Kleid aus fließender Gaze und mit ihrem hochgesteckten Haar sah sie einfach himmlisch aus. Am liebsten hätte er die ganzen Haarnadeln entfernt und seine Finger durch ihre goldenen Locken gleiten lassen. Nein, eigentlich wollte er noch viel mehr.

Sie betrachtete das große Zelt, das auf dem Rasen errichtet worden war und in dem sie bald zu Abend essen würden, und dann wanderte ihr Blick die vielen beleuchteten Pfade zwischen den Sträuchern entlang, auf denen Pärchen promenierten und ein wenig frische Luft schnappten.

»Was ist los, Jess?«, fragte er. »Warum schaust du so?«

»Wie schaue ich denn?«, fragte sie leichthin zurück.

»Ich weiß nicht recht, wie ich es beschreiben soll, aber ich habe diesen Blick schon oft bei dir gesehen. Irgendwie wehmütig und suchend. Und manchmal sogar richtiggehend verzweifelt.«

Sie versuchte zu lachen, brachte jedoch nur einen freudlosen Laut zustande. »Das Haus der Haigs interessiert mich. Ich bin neugierig, mich interessiert alles und jeder. Ist das nicht natürlich für einen Menschen, der sein Gedächtnis verloren hat?«

»Du suchst nach etwas, das dir bekannt vorkommt – ist es das, Jess? Etwas, das du wieder erkennst? Etwas, das eine Erinnerung in dir wachruft? Ein bekanntes Gesicht vielleicht? Oder einen Ort? Oder ein Déjà-vu-Erlebnis?«

Sein präzises Wahrnehmungsvermögen frappierte sie. Tatsächlich hatte sie genau nach etwas Derartigem gesucht. Sie tat das immer, wenn sie neue Menschen kennen lernte, ein noch unbekanntes Haus betrat oder sonst etwas Neues zu sehen bekam. Sie suchte verzweifelt nach dem roten Faden, der sie aus dem schrecklichen Labyrinth ihrer Unkenntnis führen würde. Und sie suchte nach dem Gesicht, das zu ihrer Stimme gehörte.

Ihr nächster Gedanke beunruhigte sie. Hätte irgendein anderer als Lucas dies gesagt, sie wäre sofort äußerst argwöhnisch geworden. Es hatte den Anschein, als könne er ihre Gedanken lesen.

Sie fasste sich. So leicht würde sich ihre Stimme nicht verraten. Der Mensch dahinter würde sorgfältig darauf achten, nichts zu sagen, was ihren Verdacht erregen konnte – es sei denn, er wollte sie prüfen. Aber es war nicht Lucas. Das wollte sie einfach nicht glauben.

»Was habe ich gesagt, Jess?«

Sie gebot der Flut ihrer Gedanken Einhalt und lächelte. »Dies ist ein Ball«, meinte sie scherzend. »Und ich weigere mich, mir auf einem Ball ernsthafte Gedanken zu machen.«

Er hatte sie noch nie so zart und fragil gesehen. Ihre großen grauen, auf ihn gerichteten Augen verrieten weit mehr, als ihr klar war. Die Botschaften, die er darin las, erweckten in ihm den Wunsch, sie in die Arme zu schließen und an einen sicheren Ort zu bringen, an dem nichts und niemand sie je wieder verletzen konnte. Am liebsten hätte er ihr gesagt, dass es auch andere Erinnerungen gab, glückliche Erinnerungen, wenn sie nur nachgeben und zulassen würde, dass er sich um sie kümmerte.

»Du hast Recht«, sagte er. »Dies ist keine Nacht für ernste Diskussionen – nicht, wenn ich mit der schönsten Frau auf dem ganzen Ball zusammen bin.«

Irgendetwas, vielleicht seine Worte oder die Art, wie er sie betrachtete, ließ ihren Kummer vergehen; sie fühlte sich plötzlich fast benommen vor Glück.

»Ich wünschte, die Schwestern und unsere Jungen könnten hier sein«, sagte sie.

»Ach ja? Weshalb?«

Sie schenkte ihm ihr seltenes, scheues Lächeln, ein Lächeln, dessen Wirkung er sofort im ganzen Körper spürte.

»Weil sie ganz verzweifelt waren«, antwortete sie, »ob ich jemals mit den Tanzschritten zurande kommen würde. Weißt du, nur mit Nonnen und kleinen Jungs als Partnern war es nicht gerade leicht.«

»Wie konntest du sie denn überhaupt dazu überreden?«

»Bestechung«, sagte sie. »Ein Penny pro Tanz. Ich schulde jedem von ihnen einen ganzen Schilling. Aber wirkliche Probleme hatten wir nur beim Walzer. Die Nonnen befürchteten, er sei unschicklich. Aber Joseph hat sie schließlich herumgekriegt.«

»Joseph?«, fragte er vorsichtig. »Wie hat er denn das gemacht?«

»Er hat mit Schwester Elvira Walzer getanzt. Und sie waren dabei so vergnügt, dass wir gar nicht mehr aufhören konnten zu lachen. Unsere Buben haben sich natürlich über alles lustig gemacht. Und danach konnte sich niemand mehr einen Walzer anders vorstellen denn als deftigen Scherz.«

Lucas lachte aus vollem Halse, dann meinte er kopfschüttelnd: »Manchmal frage ich mich wirklich, ob in Hawkshill Nonnen wohnen oder ob es nicht eher ein Irrenhaus ist.«

»So geht es uns auch. Den Nonnen, meine ich.«

Als seine Belustigung verschwand, wurde auch sie wieder ernst. Er ging zu ihr und streckte die Arme aus. »Lass uns mal einen Walzer versuchen, Jess. Lass uns sehen, ob es ein Scherz ist.«

In ihrer Küche hatte sie sich aus Verlegenheit geweigert, mit ihm zu tanzen. Schließlich hatte er sie in einem höchst peinlichen Augenblick ertappt. Aber heute war es anders. Sie trug keine schäbige Schürze, und er hatte sie nicht mit einem Wischmopp in der Hand vorgefunden. Ihr Kleid war mindestens so schön wie alle anderen, die sie heute Abend gesehen hatte – vielleicht mit Ausnahme von Bellas –, und ihre Tanzpartner waren ausnahmslos vornehme junge Gentlemen gewesen.

Mit einem bezaubernden Lächeln und im vollen Vertrauen darauf, dass sie sich nicht blamieren würde, begab sie sich in seine Arme. Sie hatte alle Tänze geübt, bis sie sich sicher gefühlt hatte.

Als er ihre Taille umfasste, schwand ihr Lächeln ein wenig. Er hatte die Handschuhe ausgezogen, und sobald er die Hand auf ihren Rücken legte, fühlte sie seine Wärme in ihren Körper ausstrahlen.

»Leg deine linke Hand auf meine Schulter«, sagte er leise. Sie gehorchte. »Und jetzt die rechte Hand in meine.«

Sie trug lange weiße Handschuhe, doch sie spürte seine unglaublich starke Energie dennoch. Selbst der Anblick seiner kräftigen, männlichen Hand, die beinahe schützend ihre schmalen Finger umfasste, löste etwas bislang Ungekanntes, Neues in ihr aus.

»Und jetzt schau mich an, Jess«, murmelte er.

Sie hörte, dass seine Stimme belegt klang, und das schnürte ihr selbst fast die Kehle zu. Sie sah zu ihm auf. Sein Blick unter schweren Lidern hervor wirkte betörend, hypnotisierend; sie wollte die Augen schließen.

»Vergiss das Atmen nicht«, sagte er und begann sich mit einem leisen Lachen zu bewegen und sie im Takt zu wiegen.

Es spielte keine Musik, aber sie brauchte gar keine. Sie ließ es einfach geschehen, und es kam ihr vor wie die natürlichste Sache der Welt, in Lucas' Armen zu sein und sich im Rhythmus mit ihm zu bewegen. Sie spürte die kräftigen Muskeln seiner Schultern und seine starken Beine, die gegen ihre Röcke streiften, während sie zu einem Takt tanzten, den niemand außer ihnen wahrnahm. Sogar ihre Herzen schienen im Einklang zu schlagen. Weit weg lachte jemand, doch das war ihr völlig gleichgültig.

Seine Lippen berührten ihr Ohr. »Das genügt fürs Erste«, sagte er und ließ langsam die Arme sinken.

Sie öffnete die Augen und blickte in sein lächelndes Gesicht.

»Schau doch nicht so geknickt, Jess«, bat er sie. »Nach dem Essen gibt es noch einen Walzer, und für den melde ich mich jetzt schon an.«

Es dauerte einen Augenblick, bis seine Worte den Nebel in ihrem Gehirn durchdrungen hatten. »Aber Lucas«, sagte sie dann betroffen, »ich habe diesen Walzer schon jemand anderem versprochen.«

»Du hast was?«

Seine Brauen verformten sich zu einem einzigen schwarzen Strich. »Dann musst du dein Versprechen eben zurücknehmen.«

»Das kann ich nicht. Versprochen ist versprochen.«

»Und wer ist es? Perry, vermutlich. Das hat er bestimmt aus Jux gemacht, weil ich ihn vorgewarnt habe, weil ich sie alle vorgewarnt habe. Den ersten Walzer musste ich mit unserer Gastgeberin tanzen. Aber der zweite gehört mir!«

»Ach«, fuhr sie ihn an, »wie dumm, dass du mich nicht vorgewarnt hast! Außerdem ist es nicht Perry.«

»Und wer zum Teufel ist es dann?«

»Einer von Bellas Londoner Freunden.«

Er hieß Rodney Stone und war ihr erster Tanzpartner des Abends gewesen. Und er war sehr elegant, weitaus eleganter als Perry oder irgendjemand aus Chalford. Sie hatte sich geschmeichelt gefühlt, als er sie bat, den zweiten Walzer für ihn zu reservieren.

»Wer denn?«, fragte Lucas fordernd.

Sie blickte ihn argwöhnisch an. »Weshalb willst du das wissen?«

»Was glaubst du wohl? Damit ich ihm sagen kann, dass du meinen Walzer irrtümlich ihm versprochen hast!«

Ihr stockte der Atem. »Das wirst du nicht tun!«

»Das werden wir ja sehen!«

»Das ist gegen die Regeln.«

»Welche Regeln denn?«

»Die Regeln, die deine Mutter und Anne Rankin mir letzte Woche eingebläut haben!«

»Ich mache meine eigenen Regeln.«

»Lucas«, sagte sie sanfter und versuchte, ihn mit einem Lächeln zu beschwichtigen, »ich kann ein Versprechen nicht brechen, aber ...«

»Du lieber Gott, Jess, ich verlange doch nicht von dir, eine Verlobung aufzulösen oder ein Eheversprechen. Es ist doch schließlich nur ein Walzer!«

»Es gibt andere Tänze, die ich lieber mit dir tanzen möchte.«

»Ich mag keine Bauerntänze!«

»Du magst ... aber wieso denn nicht?«

»Ich habe mich nie bemüht, sie zu lernen.«

»Und warum hast du mich dann nicht gebeten, den Walzer für dich zu reservieren?«

»Du kleines boshaftes Ding! Weil ich nicht erwartete, dass du ...« Er unterbrach sich.

»Weil du dachtest, ich sei ein Mauerblümchen«, sagte sie tonlos.

»Ich dachte einfach nicht, dass du so umworben sein würdest.«

Sie blickte durch die Glastüren zurück in den Saal. In ihrem Kopf jagten sich die Gedanken. Abgesehen von Mr Stone waren die einzigen Tanzpartner, die sie bisher gehabt hatte, entweder Freunde von Lucas oder von Perry gewesen. Jetzt erkannte sie, dass Lucas es alles so eingefädelt hatte. Er war ein guter, ein netter Mann. Er hatte es um ihretwillen getan. Aber lieber wurde sie ignoriert als bemitleidet.

»Jess«, sagte er und ergriff ihre Hand. »Du solltest nicht …«

Von der Glastür her wurde sein Name gerufen. Es war Ellie. Er ließ die Hand sinken und lächelte seinem Mündel zu. »Was gibt es, Ellie?«

Jessica versuchte, die verräterischen Tränen in ihren Wimpern wegzublinzeln. Ellies Lächeln war freundlich, aber es galt nur Lucas; für sie hatte Ellie nie ein Lächeln oder gar ein Wort übrig. Der Gedanke, dass sie bei diesem Mädchen, das sich ihr gegenüber auf so eigenartige Weise feindselig verhielt, wenigstens wusste, woran sie war, wirkte fast wie ein Trost.

»Es ist Essenszeit!«, rief Ellie. Sie warf ihre dunklen Locken zurück und blickte argwöhnisch auf Jessica, bevor sie sich wieder lächelnd Lucas zuwandte. »Du hast versprochen, mich zu Tisch zu führen.«

»Das werde ich auch«, meinte er leichthin. »Und Miss Hayward ebenso.« Etwas formeller fügte er dann noch hinzu: »Das heißt natürlich nur, falls Sie frei sind, sich uns anzuschließen, Miss Hayward?«

Er wollte also noch einmal sicherstellen, dass sie kein Mauerblümchen war. Eigentlich sollte sie dafür dankbar sein, aber alles, was sie fühlte, war eine Leere genau da, wo ihr Herz sein sollte.

»Jessica?«

Sie nickte zustimmend. Ellie hatte bereits einen Redeschwall vom Zaun gebrochen im Versuch, Lucas' ungeteilte Aufmerksamkeit zu gewinnen.

»Wir reden später weiter«, sagte Lucas leise, doch dieses Mal nickte sie nicht.

*

Der Ball war schon fast vorüber, als Bella auf der Galerie Lucas traf. »Ich dachte, ich hätte dich mit Adrian und Rupert gesehen«, meinte sie.

»Hast du auch«, erwiderte er, ohne den Blick von der Tanzfläche abzuwenden. Er verfolgte aufmerksam Jessica und den jungen Mann, der ihm seinen Walzer gestohlen hatte; die beiden nahmen gerade ihre Plätze ein.

»Aber wo sind sie dann jetzt?«, fragte Bella, und ein kurzer Zornesblitz flammte in ihren Augen auf. Sie war es nicht gewohnt, links liegen gelassen zu werden.

»Hmmm? Oh, ich glaube, sie sind ins Billardzimmer gegangen.«

Er kniff unwirsch die Augen zusammen und fixierte den jungen Mann neben Jessica. Was für ein Geck! Ein bartloser, babygesichtiger Modegeck!

Bella nippte an ihrem Champagnerglas. »Jessica«, meinte sie wie beiläufig, »Jessica hat sich ja zu einem ganz ... hübschen Ding gemausert, findest du nicht?«

Er blickte ihr direkt in die Augen. »Hübsch ist nicht gerade das Wort, das ich wählen würde«, antwortete er.

Bella trat hinter ihn. Das war, zumindest sah Lucas es so, ein ausdrücklicher Versuch, seine Aufmerksamkeit von Jessica auf sie zu lenken. Aber es machte ihm nichts aus, ihr nachzugeben – zum einen hatte sein Blick schon viel zu oft an diesem Abend Jessica gesucht, und zum anderen würde Bella es ihm wahrscheinlich nie verzeihen, wenn er sie jetzt ignorierte.

Er drehte sich zu ihr um. Ihr dunkles Haar war mit einer Girlande aus winzigen weißen Rosenknospen zurückgesteckt; das Kleid hätte aus gesponnenem Gold sein können. Wahrscheinlich hätte er ihrer Schönheit mehr Anerkennung gezollt, wenn er sie nicht so gut gekannt hätte.

Sie neigte den Kopf zur Seite und blickte aus dichten Wimpern zu ihm auf. »Wie würdest du sie denn beschreiben?«, fragte sie durchtrieben.

Er blickte wieder über das Geländer. Das Orchester spielte gerade den Auftakt; der Geck verbeugte sich, und Jessica machte einen Knicks. Es war ein sehr förmlicher Knicks, weitaus förmlicher, als man es in Chalford gewohnt war. So hätte vielleicht eine der Hofdamen der Königin ihren Knicks gemacht. Der Gedanke brachte ein Lächeln auf seine Lippen.

»Es gibt keine, die ich mehr bewundere«, erklärte er unumwunden.

Er übertrieb nicht, und was er sagte, war auch nicht neu. Schon als Jess noch ein kleines Mädchen war, hatte er ihren Mut bewundert. Wenn sie sich zu etwas entschlossen hatte, dann tat sie es auch. Sie hatte sich entschlossen, Bellas Ball zu besuchen, und nun war sie hier.

Aber es gab noch einen Grund, weshalb er sie bewunderte. Sie hatte sich nicht beirren lassen. »Versprochen ist versprochen«, hatte sie gesagt, und sie stand dazu.

»Ich glaube, wir beide«, sagte Bella nachdenklich, »wir beide haben es geschafft, Jessicas Ruf wiederherzustellen. Die feine Lebensart fehlt ihr natürlich noch ein bisschen, aber mit der Zeit kommt das schon.«

Er erwiderte nichts, denn was er sagen wollte, konnte man der Gattin eines Freundes nicht zumuten. Im Grunde war Bella höchst verärgert, denn sie hatte gehofft, Jess würde sich zu Tode blamieren. Aber sie hatte nicht mit Schwester Elvira gerechnet. Sie hatte nicht erkannt, wie klug Schwester Elvira war – die niemals zugelassen hätte, dass »ihr Küken« flügge wurde, ohne gründlich auf die Welt vorbereitet zu sein.

Wäre Schwester Elvira nur einen halben Zentner leichter und dreißig Jahre jünger gewesen, er hätte sich leicht in sie verlieben können.

»Warum lächelst du denn?«

Er blickte wieder ernst. »Ich habe an Jess gedacht«, antwortete er. Und nur, um Salz in die Wunde zu streuen, fügte er noch hinzu: »Dieser Abend ist ein echter Triumph für sie.«

»Ein Triumph? Tatsächlich?« Bella lachte auf. »Wer sind denn ihre Freunde? Wer ihre Tanzpartner? Ich sage es dir, Lucas. Es sind *deine* Freunde. Wenn du nicht wärst, wäre Jessica Hayward heute Abend total untergegangen. Ich glaube nicht, dass sich in den letzten drei Jahren viel verändert hat. Sie ist noch immer eine tölpelhafte Person.«

»Bella«, entgegnete er freundlich, »dein Problem ist, dass du innere Größe nicht erkennst. Die feine Lebensart kann man erlernen. Aber das, was Jess hat, kann man nicht lernen. Man kann es auch nicht käuflich erwerben. Es spielt keine Rolle, ob sie sich in Schale wirft oder in Sack und Asche geht. Sie hat innere Größe, und das merken die Menschen.«

Ihre Finger umklammerten krampfhaft das Champagnerglas, doch sie war kontrolliert genug, nicht spontan zu reagieren. Sie konnte es sich nicht leisten, sich Lucas zum Feind zu machen. Er hatte zu viel Einfluss in Chalford, und vor allem hatte er zu viel Einfluss auf ihren Mann.

Nur ihr Blick verriet Tadel und Vorwurf. »Natürlich«, sagte sie endlich, »werde ich alles tun, was ich kann, um Jessica zu helfen. Mehr wollte ich nicht sagen, Lucas.«

Er zupfte eine unsichtbare Fussel von seinem Ärmel. »Natürlich, Bella. Aber jetzt entschuldige mich bitte, ich habe eine wichtige Verabredung im Billardzimmer.«

Sie blieb am Geländer stehen, nippte an ihrem Glas und biss die Zähne zusammen. Und sie versuchte zu tun, als ob nichts wäre, für den Fall, dass jemand sie sah.

12

Tanzveranstaltungen, dachte Rosemary Wilde, sollten nur und ausschließlich für junge Leute sein. Für Menschen ihres Alters waren sie mit zu vielen Erinnerungen, mit zu viel Wehmut und zu vielen Sehnsüchten verbunden. Sie machten zu sehr deutlich, wie die Zeit verging. Es kam ihr vor, als sei es erst gestern gewesen, dass sie die ganze Nacht durchgetanzt hatte. Und jetzt? Jetzt musste sie die Anstandsdame mimen! Wo waren all die Jahre hin?

Aber sie war nicht unglücklich und schon gar nicht verbittert. Nein, sie hing nur ihren Gedanken nach. Den ganzen Abend lang hatte sie an andere gedacht – Lucas, Jessica, Ellie – und jetzt tat es einfach gut, einmal ein paar Minuten an sich selbst zu denken. Ein anderer würde es schließlich nicht für sie tun. Man hatte sie allein gelassen. Lucas tanzte nicht gern, das wusste sie; sicher war er nach getaner Pflicht nun mit seinen Freunden im Billardzimmer. Ellie hatte sich mit einer Gruppe Gleichaltriger zum Gewächshaus aufgemacht, um die Rosen zu bewundern, und Jessica tanzte mit einem jungen Mann Walzer. Auch Anne war verschwunden; sie war jetzt bei ihrem Gatten. Die beiden waren überaus nett und versuchten immer, sie in ihre Aktivitäten mit einzubeziehen, aber sie wollte nicht jedes Mal wieder das fünfte Rad am Wagen sein.

Sie entdeckte sich in einem der langen Spiegel zwischen zwei Fenstern. Da ihr ohnehin niemand Aufmerksamkeit schenkte, ging sie hinüber und betrachtete sich eingehend. Denn auch das nahm ihr ja keiner ab; schließlich hatte niemand mehr viel für eine Frau übrig, die ihre besten Jahre hinter sich hatte.

In diesem Augenblick schlich sich ein Gedanke bei ihr ein, ehe sie ihn unterdrücken konnte. Sie fragte sich, was Matt wohl über sie denken würde, wenn er sie jetzt sähe. Fünfzehn Jahre waren eine lange Zeit. Sie seufzte und schüttelte den

Kopf. Matt war der wahre Grund dafür, dass sie sich so genau unter die Lupe nahm. Anne hatte sie über ihn auf dem Laufenden gehalten, ohne zu wissen, was sie damit eigentlich tat. Einmal hatte sie ihr gegenüber erwähnt, sie habe Sir Matthew zufällig gesehen, wie er aus der Leihbücherei in der Waterside Street kam, und die Antwort ihrer Freundin hatte sie verblüfft.

»Oh, jetzt, wo sein Trauerjahr vorüber ist, wird man ihn sicher öfter zu sehen bekommen«, hatte Anne gemeint. »Na ja, wir wissen ja, dass die arme Olivia London mehr schätzte, aber da sie nun verstorben ist, hält ihn ja nichts mehr davon ab, Matchings zu seinem Hauptwohnsitz zu machen. Immerhin ist es das prächtigste Haus im ganzen County. Ich empfand es immer als eine Schande, dass es das halbe Jahr leer steht.«

Sie hatte außerdem in Erfahrung gebracht, dass Sir Matthew geschäftlich nach London gereist war, aber versuchen wollte, rechtzeitig zu Bellas Ball wieder zurück zu sein.

Du dummes altes Weib!, beschimpfte sie stumm ihr Spiegelbild. *Hast dir heute Abend so viel Mühe mit deinem Aussehen gemacht, und wozu? Matt ist nicht hier, und selbst wenn er hier wäre, wärst du die Letzte, auf die er ein Auge werfen würde. Seine Geliebte ist halb so alt wie du. Du bist alt, Rosemary Wilde. Finde dich endlich damit ab!*

Plötzlich tauchte ein zweites Bild im Spiegel auf, und ihr Herz setzte aus. Matt! Er stand nur ein paar Meter hinter ihr. Und er hatte sie gesehen und kam auf sie zu.

»Rosemary?«

Sobald sie wieder atmen konnte, wandte sie sich langsam zu ihm um.

»Rosemary«, wiederholte er. »Ich wusste doch, dass du es bist. Rodie!«, sagte er dann, als würde er den Spitznamen, den immer nur er benutzt hatte, besonders auskosten. »Fünfzehn Jahre sind eine lange Zeit, aber es kommt mir vor, als wär's erst gestern gewesen!«

Sie reagierte äußerlich gelassen, doch ihr Herz pochte so heftig, dass es schmerzte. Sie fühlte sich so verlegen wie ein junges Mädchen mit seinem ersten Kavalier. Und das war töricht. Denn sie war schließlich kein junges Mädchen. Ob ihn die Spuren, die die Jahre bei ihr hinterlassen hatten, schockierten?

Er hatte sich in all der Zeit nicht sehr verändert. Sein Gesicht war faltiger geworden und das Haar von silbernen Strähnen durchzogen, doch seltsamerweise ließ ihn das nur männlicher erscheinen. Er hatte immer ein bisschen zu gut ausgesehen, und dieser »Makel« war nun behoben. Er war größer, als sie ihn in Erinnerung hatte, aber seine Augen waren noch immer dieselben – leuchtend blau mit langen, dunklen Wimpern.

»Gehen wir ein paar Schritte?«, fragte er.

Sie legte die Hand auf den Arm, den er ihr bot, und ließ sich von ihm nach draußen führen. Er sagte etwas über die großen Veränderungen, denen Rupert das Haus unterzogen habe, und sie antwortete irgendetwas. Doch in Gedanken war sie ganz woanders. Sie dachte an ihre erste Begegnung, einen gemeinsamen Ausritt. Er war ihr Nachbar geworden, und sie hatte ihn von Anfang an sympathisch gefunden. Als sie im Lauf der Zeit darauf kamen, dass sie beide einen schwer kranken Ehepartner hatten, vertiefte sich ihre Freundschaft. Ihr Mann hatte einen Schlaganfall gehabt; seine Frau hatte sich beim Reiten die Wirbelsäule gebrochen. Niemand hatte für ihre Einsamkeit und ihre Enttäuschung Verständnis gehabt, und da sie auch mit ihrem jeweiligen Partner nicht darüber reden konnten, hatten sie sich einander anvertraut. Damals verstand sie noch nicht, was geschah, wenn sich ihre Blicke trafen und selbst in einer Menschenmenge nicht mehr voneinander abließen, oder warum sie sich besser fühlte, wenn er in ihrer Nähe war. Sie waren schon ineinander verliebt gewesen, lange bevor es ihnen bewusst geworden war.

Schweigend stiegen sie die Treppe zum Rasen hinunter. Es war schon dunkel, doch die Gärten waren gut beleuchtet. Ohne Worte wählten sie gemeinsam einen der gepflasterten Wege den Hang entlang. Konversation zu treiben schien jetzt nicht angebracht, doch sie wusste nicht, wie sie das, was sie beschäftigte, in Worte fassen konnte.

»Ich werde alles zwischen uns ändern, Rodie«, sagte er, »aber ich dachte, zuvor sollte ich dich warnen.«

Sein ernster Ton alarmierte sie. »Was meinst du damit, Matt?«, fragte sie.

Er nahm sich für seine Erwiderung etwas Zeit. »Mein Trauerjahr ist jetzt beendet, und ich habe beschlossen, mich wieder mehr in die Gesellschaft zu begeben. An Festen, Bällen und so weiter teilzunehmen. Du kannst also davon ausgehen, mir in Zukunft wesentlich häufiger zu begegnen. Und ich hoffe, wir können die Vergangenheit hinter uns lassen, wenn wir uns sehen, und ungezwungen miteinander umgehen.«

Sie schluckte schwer. Sie glaubte zu verstehen. Er hatte keine Kinder. Bestimmt wollte er wieder heiraten, sich eine junge Frau suchen, die ihm Söhne gebären konnte. Natürlich, nur deswegen wollte er sich wieder mehr in Gesellschaft begeben – um eine geeignete Braut zu finden. Er teilte es ihr mit, als höfliche Geste, aber es wäre gar nicht notwendig gewesen. Sie bedeuteten einander nun nichts mehr.

»Ich verstehe«, sagte sie tonlos.

»Was verstehst du denn?«

»Ein Mann in deiner Lage will heiraten und Erben bekommen.«

»Ich habe Erben, Rodie«, erwiderte er leise. »Einen Bruder, Neffen. Früher einmal wollte ich Kinder, aber das ist vorbei. Ich will etwas anderes mit meinem Leben anstellen.« Er hörte abrupt auf zu sprechen und blickte ihr in die Augen. »Hasst du mich noch immer, Rodie?«

»Matt, ich habe dich nie gehasst.« – »Nein?«

»Nein. Es war nur klar, dass wir keine Freunde mehr sein konnten.«

»Können wir jetzt Freunde sein?«

»Welchen Unterschied würde das denn machen?«

»Es wäre schöner für uns beide, wenn wir uns treffen, auf Festen wie heute zum Beispiel, und das wird ja wohl passieren.«

Die Aussicht auf weitere Abende wie diesen, an denen sie vorgeben musste, nichts für ihn zu empfinden, ging ihr durch Mark und Bein. »Freunde?«, fragte sie zurück. »Das wäre unmöglich, Matt, aber wir können zumindest freundlich zueinander sein.«

»Und warum können wir keine Freunde sein? Weil dein Sohn mich noch immer hasst?«

»Wir sprechen nie über dich«, konterte sie rasch.

»Bist du denn nie einsam, Rodie?«

Seine ziemlich schroffe Art, wie auch die Frage als solche, verblüffte sie.

Sie zögerte, ehe sie antwortete. »Natürlich bin ich nicht einsam. Das Leben hat es gut mit mir gemeint. Ich habe meine Familie und Freunde.«

Es folgte eine lange Pause. »Willst du mich nicht fragen, ob ich mich manchmal einsam fühle?«, fragte er endlich.

Sie brauchte nicht zu fragen. Sie wusste die Antwort. Er war zwar bei seiner Frau geblieben, aber er war ihr nicht treu gewesen. Er hatte immer eine Mätresse gehabt. Doch im letzen Jahr, nach dem Tod seiner Frau, hatte er eine Geliebte nach der anderen.

Sie sprach leichthin, denn ihm ihre wahren Gedanken zu offenbaren wäre zu peinlich und zu schmerzvoll für sie gewesen.

»Matt, ich weiß, dass du nicht einsam bist. Die Leute reden, und man hört so manches. Du hast nie Mangel an weiblicher Gesellschaft. Und deine neueste Geliebte …« Sie unterbrach sich abrupt.

Er blickte ihr forschend in die Augen. »Du weißt von Madaleina?«

Madaleina Cartier war Opernsängerin, der Star des King's Theatre. Und sie war nicht älter als ihr Sohn. »Jeder weiß von ihr, Matt. Du bist nicht gerade diskret, was deine Affären anbelangt.«

Er lächelte wehmütig.

»Was hätte ich auch für einen Grund dazu? Ich habe keine Frau, keine Kinder, niemanden, der durch meine Indiskretion verletzt werden könnte. Kurz gesagt, was ich treibe, ist allen völlig gleichgültig, Rodie.«

Ein Kloß formte sich in ihrer Kehle, und das erschreckte sie. Früher waren sie einmal ein Paar gewesen, aber jetzt war ihr dieser Mann fremd. Sie sollte keine solchen Gefühle für ihn hegen.

Rosemary blickte ihm mit einem heiteren Lächeln in die Augen. »Du musst dich nicht erklären, Matt. Nicht mir gegenüber. Das ist unnötig. Aber ich muss zurückgehen. Mein Mündel wird sich schon fragen, wo ich bin. Nein, bleib hier, ich gehe lieber allein. Bitte.«

Sie lief nicht gerade vor ihm davon, doch sie beeilte sich. An der Terrasse angelangt, zögerte sie.

Dort stand Jessica mit dem jungen Mann, mit dem sie vorhin getanzt hatte. Sie wollte jetzt ganz bestimmt keine Anstandsdame, die ihr am Rockzipfel hing.

Es gab noch das Gewächshaus, aber dort war Ellie mit ihren Freunden, und auch sie wollte jetzt sicher keine Aufpasserin dabei haben.

Ach, die Männer hatten es so viel leichter; sie konnten sich immer ins Billard- oder ins Kartenzimmer zurückziehen. Und sie wusste nicht, wo sie in Ruhe ihre Gedanken ordnen konnte.

Aber es gab ja noch die Damengarderobe.

Mit einem unbeschwerten Lächeln winkte sie Jessica zu, querte die Terrasse und verschwand im Haus.

Jessica musterte Lucas' Mutter ernst und genau, als sie ins Haus ging. Mrs Wildes Lächeln war unnatürlich heiter. Sie schien beunruhigt zu sein und nicht einmal zu merken, dass sie gegen den Strom schwamm. Denn gerade jetzt kamen viele Gäste auf die Terrasse, um das Feuerwerk zu sehen, das gleich beginnen sollte. Jessica schaute auf den Pfad zurück, auf dem Mrs Wilde gekommen war, und sie spürte etwas, aber was immer es war, sie konnte es nicht klar benennen.

Ein laues Lüftchen strich ihr über die Haut, und sie hob lauschend den Kopf, als wollte der Wind ihr etwas zutragen. Aber es gab nichts zu sagen. Alles war ganz normal – Diener gingen eilfertig ihrer Arbeit nach und räumten die Reste des reichlichen Abendessens ab, das die Gäste genossen hatten. Der Wind spielte leicht mit den Wänden des Zelts; in den Baumkronen schwankten Laternen und blinkten wie ferne Sterne; von den Gärten klang Gelächter herauf, und irgendwo wieherte ein Kutschpferd.

Sie sah zu ihrem Begleiter und bemerkte, dass er die Lippen bewegte. Mr Stone redete mit ihr. Sie blinzelte und kam langsam wieder ins Hier und Jetzt zurück.

»... ein kleiner Spaziergang an der frischen Luft würde vielleicht helfen«, meinte er.

Sie spürte sofort ein Schuldgefühl, denn sie hatte den armen Mr Stone völlig vergessen. Sie hatten Walzer getanzt, doch plötzlich war er gestolpert und hatte sich an die Stirn gefasst. Die Hitze sei zu viel für ihn, meinte er, und so waren sie auf die Terrasse herausgegangen, um ein bisschen frische Luft zu schnappen. Aber dort waren ihre Gedanken sofort zu einem anderen Herrn und einem anderen Walzer gewandert; sie hatte sich noch gewundert, wie anders sie sich in seinen Armen gefühlt hatte.

Sie hätte an Mr Stone denken sollen. Er sah wirklich etwas besorgniserregend aus. Sein rotblondes Haar und die geröteten Wangen ließen ihn sehr jung erscheinen. Aber knabenhaft hin oder her, er war nach der allerletzten Mode gekleidet. Sein pfauenblauer Rock war so eng, dass sie nicht wusste, wie er damit hatte tanzen können. Vielleicht war das ja das Problem gewesen.

Sie hörte, dass er stockend atmete, und fragte ängstlich: »Sind Sie sicher, dass Sie sich nicht setzen möchten, Mr Stone? Ich könnte ja einen der Diener bitten, Ihnen ein Glas Wasser oder einen Schluck Wein zu bringen.«

»Nein, danke, es geht mir schon viel besser.« Er holte ein Taschentuch hervor und betupfte sich die Stirn. »Es war nur die Hitze. Hier draußen ist es schön kühl. Gehen wir ein bisschen spazieren?«

Er bot ihr nicht seinen Arm, aber er ging ganz offensichtlich davon aus, dass sie ihn begleitete. Und sie hatte dagegen nichts einzuwenden. Ihre Mentoren hatten ihr beigebracht, dass ein Gentleman, anstatt mit einer Dame zu tanzen, sie auch bitten konnte, ein wenig mit ihm flanieren zu gehen oder sich einfach mit ihm zu unterhalten. Und wie auch immer, wenn Mr Stone unwohl war, konnte sie ihn nicht einfach sich selbst überlassen.

Sie verließen die Terrasse und gingen den Fahrweg entlang, wo die ganzen Kutschen standen. Meistens redete Mr Stone; Jessicas Blick wanderte immer wieder über die Sträucher. Sie spürte etwas, sie hatte ein unbestimmtes Gefühl, aber was immer es auch war, es wurde nicht greifbar.

An einer Stelle blickte sie über ihre Schulter. Sie waren der ganzen Biegung des Fahrwegs gefolgt, von hier aus war das Haus nicht mehr zu sehen. Auch Kutschen standen hier kaum mehr. Sie gingen langsamer und blieben schließlich stehen. Es war ihr nicht aufgefallen, dass sie so weit gegangen waren.

»Ich denke, wir sollten zurückgehen«, sagte sie.

Sie hörte seine Erwiderung nicht. Denn plötzlich schoss ein Lichtstreifen über den Nachthimmel und explodierte dann zu tausend Sternen, die die ganze Gegend aufhellten.

»Meine Kutsche«, sagte Mr Stone. »Haben Sie mir nicht

zugehört, Miss Hayward? Ich fahre Sie mit meiner Kutsche zurück. Und dann, glaube ich, muss ich nach Hause.«

Jessica blickte auf die Kutsche, auf die er zeigte. Sie stand abseits von den anderen und ... Ohne eine Vorwarnung schlug eine Welle dunkler Feindseligkeit über ihr zusammen, ein Dröhnen erfüllte ihre Ohren, und sie hatte plötzlich das Gefühl, ersticken zu müssen. Aber ihr Verstand war vollkommen klar. Nichts war, wie es schien, weder Mr Stone noch die unscheinbare Kutsche.

Er wollte, dass sie in die Kutsche stieg. Nicht Mr Stone – nein, ihre Stimme! Er wollte sie in dieser Kutsche haben. Später würde er sie sich dann vornehmen. Schon jetzt war er auf dem Weg zu ihr.

Es war ihm nicht bewusst, dass er ihr seine Gedanken verriet. Seine Gefühle waren zu stark, zu heftig. Ein Gedanke war ganz laut und deutlich – er werde alles tun, um sie sich vom Hals zu schaffen.

Mr Stone hatte ihren Arm ergriffen. »Nun seien Sie doch nicht so prüde«, sagte er. »Ich warte schon den ganzen Abend darauf, Sie zu küssen!«

Es war inszeniert, ein Vorwand, um ihre Angst zu beschwichtigen. Er wollte, dass sie in diese Kutsche stieg.

»Nein, bitte nicht«, sagte sie. »Ich muss zurück zu meinen Freunden. Sie werden sich schon fragen, wo ich bin.« Sie versuchte, sich zu befreien, doch sein Griff wurde nur noch fester.

»Gerade eben haben Sie sich um Ihre Freunde noch keine Sorgen gemacht. Einen Kuss, mehr will ich doch gar nicht. Kommen Sie mit mir in die Kutsche, und dann bringe ich Sie zum Haus zurück.«

Sie kämpfte gegen die Panik an und versuchte, einen klaren Gedanken zu fassen. Josephs Abschiedsworte fielen ihr ein. *Immer schön auf der Hut bleiben!* Es war kein Scherz gewesen. Oh Gott, warum hatte sie bloß nicht besser aufgepasst!

»Ich weiß nicht, was auf einmal mit mir los ist«, sagte sie. »Ich fühle mich so schwach.«

Er lockerte seinen Griff. »In einer Minute wird es Ihnen besser gehen. Kommen Sie, ich helfe Ihnen in die Kutsche.«

Jessica nutzte ihren einzigen Vorteil. Sie ließ sich gegen ihn sinken und versetzte ihm dann unvermutet mit voller Wucht einen Tritt mit dem Knie. Er konnte zwar gerade noch parieren; sie traf ihn jedoch so hart am Oberschenkel, dass er wankte und ein kräftiger Schubs ihn auf den Rücken warf.

»Halt sie fest!«, rief er seinem Kutscher zu.

Sie reagierte instinktiv. Mit einem Satz sprang sie ins Gebüsch und landete auf Händen und Knien. Dornen kratzten über ihr Gesicht und gruben sich in den feinen Stoff ihres Kleids. Sie wartete nicht, bis sie sich von dem Aufschlag erholt hatte. Die Schritte zweier Männer kamen auf sie zu. Sie warf ihre Schuhe von sich und rannte.

Ihr erster Gedanke war, ein Versteck zu finden, doch als am Himmel eine weitere Leuchtrakete explodierte und die Nacht zum Tag machte, nahm sie all ihre Willenskraft zusammen, um ihren Verfolgern zu entrinnen. Sie wusste, dass sie aufholten, wagte aber nicht zurückzublicken. Sie wollte geradewegs auf das Haus zu laufen. Es war jetzt nicht mehr weit. Bitte, lieber Gott, es war doch nicht mehr weit …

Die Schatten der Bäume und Büsche um sie herum schwankten. Als sie ein Licht sah, schluchzte sie vor Erleichterung auf. Aber plötzlich fiel der Boden unter ihr weg. Sie stürzte, streckte die Arme aus, um sich abzustützen, doch als sie auf den Boden aufschlug, trieb die Wucht ihres Falls sie weiter vorwärts, abwärts, bis sie endlich hart auf der Seite liegen blieb. Normalerweise hätte sie aufgeschrien, doch das blanke Entsetzen verlieh ihr einen stählernen Willen, der ihren Schrei in der Kehle erstickte. Wenn sie sich verriete, würde das Unheil, das sie schon den ganzen Abend spürte, über sie hereinbrechen. Sogar die Luft, die sie atmete, war erfüllt von seiner Präsenz.

Lange Zeit lag sie da und konnte sich wegen der starken Schmerzen in ihrer Seite nicht bewegen. Vielleicht hatte sie sich eine Rippe gebrochen, und auch ihr Handgelenk tat entsetzlich weh. Aber es waren nicht die Schmerzen, was ihr schließlich die Tränen in die Augen trieb, sondern blankes Entsetzen. Sie befürchtete, jeden Augenblick könnten raue Männerhände nach ihr greifen und sie hochziehen. Es war zwecklos. Sie konnte nicht mehr weiter. Dann hörte sie Stones Stimme, die ihren Namen rief – ein drohendes Flüstern, das ihr aus dem Dunkel zugetragen wurde. Sie versuchte, sich zu konzentrieren und still zu bleiben.

Vom Feuerwerk flammte kein Licht mehr auf, das sie hätte leiten können; nur der blasse Schein des Mondes half ihr noch ein wenig. Das Licht, auf das sie zugelaufen war, blinkte noch immer verlockend. Es hätte ebenso gut eine Sonne in einem fernen Universum sein können.

Ganz in der Nähe knackte ein Zweig, dann noch einer. Ihre Augen suchten hektisch das Dunkel ab. Gleich vor ihr befand sich ein Felsblock oder ein Busch, sie konnte es nicht erkennen. Sie biss sich auf die Lippe, um ein Stöhnen zu unterdrücken, und kroch dann langsam und vorsichtig darauf zu. In Gedanken betete sie.

Lucas, dachte sie. *Oh, Lucas.*

13

Die Herren verließen einer nach dem anderen das Billardzimmer. Als Adrian hereinkam, legte Lucas gerade die Queues beiseite.

Adrian schüttelte den Kopf. »Also, ich spiele ja auch leidenschaftlich gern Billard, aber das geht einfach zu weit. Lucas, du hockst nun schon seit Stunden hier drin.«

Die Explosion eines Feuerwerkskörpers übertönte Lucas' Erwiderung. Als es wieder still war, sagte er mit einem Grinsen: »Wenn man sich amüsiert, vergeht die Zeit eben wie im Flug. Aber so ganz stimmt es nicht, was du da sagst, Adrian. Ich bin seit einer halben Stunde in diesem Zimmer und keine Minute länger.«

»Wie auch immer. Wenigstens wissen deine Freunde stets, wo man dich auf einem Ball findet.« Er warf einen Blick auf seine Uhr. »Rupert wird jeden Augenblick durch diese Tür kommen.« Dann nahm er einen kräftigen Schluck aus seinem Champagnerglas und lächelte. »Hast du etwa Kummer mit den Frauen? Das sollte mir aufrichtig Leid tun, wirklich! Andererseits stelle ich mit großer Freude fest, dass endlich eine Frau die Macht hat, dich aus deiner Selbstzufriedenheit herauszureißen.«

»Ich habe kein Problem mit einer Frau«, brummte Lucas. »Jessica hat eine falsche Vorstellung, das ist alles. Aber sobald sie ein wenig vernünftiger geworden ist, werde ich ihr alles erklären, dann beruhigt sie sich schon wieder.«

Adrians Augen flackerten. »Wie wenig du die Frauen kennst!«

»Na ja, nicht jeder kann so umfassende Erfahrungen haben wie du«, konterte Lucas trocken.

»Oh, ich habe den Frauen abgeschworen. Ich habe erkannt, dass sie mehr Probleme machen, als sie wert sind.«

»Und wie ist es so weit gekommen?«

Adrian nahm erneut einen kräftigen Schluck, hielt dann

das Glas gegen das Licht und betrachtete es eingehend. »Sie ist verheiratet, Lucas, und sie liebt die Ehrbarkeit mehr als mich. Muss ich noch etwas hinzufügen?« Er blickte auf Lucas. »Warum runzelst du die Stirn? Etwa, weil ich mein Herz verloren habe? Nein? Dann deshalb, weil sie verheiratet ist.« Er zuckte hilflos die Achseln. »Aber so ungewöhnlich ist das nun auch wieder nicht, oder? Ich denke, das kommt in den besten Familien vor.«

Adrians unbeschwertes Geplänkel passte nicht zu seiner ernsten Miene, deshalb wusste Lucas nichts zu erwidern. Adrian hatte schon zahllose Affären hinter sich. Er war der größte Weiberheld auf Gottes Erdboden, aber er hielt es mit keiner Frau lange aus. Und um verheiratete Frauen hatte er immer einen großen Bogen gemacht.

Lucas musterte seinen Cousin, und nun fiel ihm auf, dass er ihn eigentlich nie hinterfragt hatte. Normalerweise war Adrian kein ernster Mensch. Für ihn war das Leben ein Spiel. Wie lange hatte er sich nicht mehr bemüht, hinter Adrians allzu bereitwilliges Lächeln und seinen sardonischen Witz zu schauen?

Adrian seufzte. »Na ja, es ist ja nicht das Ende der Welt. Herzen brechen nicht. Aber wenigstens weiß ich jetzt, dass ich eines habe.« In diesem Moment ging die Tür auf, Rupert trat ein und Adrian lächelte wieder. »Wie ich eben sagte«, fuhr er fort, »hier kommt Rupert.«

»Ich wusste doch, dass ich euch beide hier finden würde«, begann Rupert.

»Seht ihr?«, entgegnete Adrian und lachte schon wieder. »Wir sind verknöcherte alte Kerle, wie Perry immer sagt, bei uns weiß man immer, woran man ist.«

Lucas betrachtete Rupert prüfend. »Was ist los? Stimmt etwas nicht?«

»Es ist nichts Schlimmes. Deine Mutter ist draußen. Sie möchte dich sprechen, das ist alles.«

Lucas wartete nicht auf weitere Erklärungen.

Er traf seine Mutter im Korridor. »Ich mache mir Sorgen um Jessica«, sagte sie. »Ich kann sie nirgendwo finden.«

»Vielleicht schaut sie draußen das Feuerwerk mit an.«

Rosemary schüttelte den Kopf. »Nein, da war ich gerade. Bella sagte, sie sah sie mit einem jungen Mann, aber sie weiß nicht, wer er ist.«

»Sie weiß nicht, wer er ist? Sie wird doch wohl wissen, wen sie zu ihrem eigenen Ball eingeladen hat?«

»Offenbar nicht. Aber sicher ist es nichts Besorgniserregendes. Vielleicht sind sie ein bisschen spazieren gegangen. Die Wege sind gut beleuchtet, und es sind viele Leute draußen im Garten.« Doch ihr ängstlicher Blick strafte ihren ruhigen Ton Lügen.

Als Adrian und Rupert aus dem Billardzimmer kamen, sahen sie Lucas und seine Mutter den Korridor entlangeilen.

»Was soll denn das alles, hast du eine Ahnung?«, fragte Rupert.

»Jessica Hayward. Warum sonst würde Lucas losrasen wie ein Verrückter?«

»Ich habe mich schon immer gefragt, was er an diesem Mädchen findet«, meinte Rupert. »Glaubst du ...« Er ließ die Frage unausgesprochen stehen.

»Was ich glaube«, erwiderte Adrian, »ist, dass ich nicht mehr weiß, was ich überhaupt noch glauben soll. Los, komm, wir sehen besser mal nach, was er vorhat.«

Auf dem Weg nach draußen trafen sie Perry. Er kam mit einigen Freunden aus dem Kartenzimmer und sah sehr zufrieden aus.

»Was ist los?«, fragte er, als er die ernste Miene seines Bruders bemerkte.

»Nichts«, antwortete Adrian und schob sich an ihm vorbei.

Perry blickte den beiden nach. »Das sagt er immer zu mir«, murmelte er vor sich hin. Er zögerte noch kurz, dann machte er kehrt und folgte ihnen.

Lucas schritt den Pfad zum kleinen Pavillon entlang. Auf Ruperts Gelände gab es mehrere beleuchtete Pfade, und er hatte seinen Freunden aufgetragen, sie alle abzukämmen. Dieser war der längste, und er suchte ihn eben deshalb selbst ab, weil er am Pavillon endete. Wenn sich ein Mann Freiheiten gegenüber einer Frau herausnehmen wollte, so dachte Lucas, dann war der Pavillon dafür der perfekte Ort. Rupert hatte ihn am besten Aussichtspunkt gebaut, am Rand des Steilabfalls; man konnte von dort wunderbar das Tal und die Hügel überblicken. Selbst nachts war die Szenerie sehr schön, denn unterhalb sah man in der Ferne die Lichter von Chalford.

Er wusste nicht, weshalb er so panisch war.

Wer immer mit Jess hier herausgegangen war, musste verrückt sein, wenn er mehr wollte als ein harmloses Küsschen. Andererseits hatte der Betreffende vielleicht Gerüchte über sie gehört und glaubte, sie sei leicht zu haben.

In diesem Fall würde er dem Bastard jeden Knochen einzeln brechen.

»Jess!«, rief er. »Jess!«

Stille.

Sein Verstand sagte ihm, dass es Jess gut ging, aber gegen diese nicht fassbare Angst, die ihn gepackt hatte, war er machtlos. Bilder drängten sich vor sein geistiges Auge, doch er unterdrückte sie gewaltsam. Aber er lief immer schneller.

In der letzten Biegung des Pfads rannte er bereits so schnell wie ein Wettläufer. Aber nun lag der Pavillon vor ihm. Er war an allen Seiten offen, und die Laterne darin hätte eigentlich brennen sollen. Kurz vor dem Gebäude blieb Lucas stehen. Die Laterne war gar nicht da. Niemand war da. Und nur ein paar Meter weiter war das Geländer am Rand der Klippe.

Er trat an das Geländer und blickte nach unten. Es war nichts zu sehen, nichts zu hören. Und er wusste mit Sicherheit, dass Jess nicht abgestürzt war – es sei denn, sie hätte es absichtlich getan.

Dazu hätte sie zuerst über das Geländer klettern müssen. Es ging jedoch nicht ganz um die Klippe herum.

Verzweiflung packte ihn. Er zwang sich, seinen heftigen Atem zu beruhigen. Alle seine Sinne versuchten, ein Geräusch oder einen Laut von Jessica zu erhaschen. Und er hörte tatsächlich etwas – ein leises Wimmern von jemandem, der Schmerzen litt.

»Jess!«, schrie er und rannte ins Unterholz.

Der Anblick, der sich ihm bot, brachte ihn zum Kochen. Sir Matthew Paige war über Jess gebeugt. Er hielt die Laterne vom Pavillon in der Hand; Jess saß am Boden, von ihm abgewandt und gegen einen Felsen gelehnt.

»Verdammt, was machen Sie da? Scheren Sie sich zum Teufel!«

Sir Matthew richtete sich auf. Lucas sprang in die kleine Mulde, in die Jess gefallen war, und sank neben ihr auf die Knie. In ihrem Blick standen Schmerz und Schock zu lesen. Aus dem einen Mundwinkel rann Blut. Ihr Gesicht war völlig zerkratzt; ihr Kleid, das er so sehr bewundert hatte, war in Fetzen. Und sie hatte keine Schuhe an.

»Ich war im Pavillon«, erklärte Sir Matthew, »und hörte plötzlich etwas, das ich für ein Tier hielt, das Schmerzen leidet. Also nahm ich die Laterne, um nachzusehen, was es war. Sie sind nur Sekunden nach mir gekommen.«

Lucas antwortete ihm nicht.

»Es wird alles gut, Jess«, sagte er. »Jetzt bin ich ja hier. Du bist in Sicherheit.«

Ohne nachzudenken, begann er, sie nach eventuellen Brüchen abzutasten. Bei der Berührung ihres linken Handgelenks stöhnte sie, und bei einem leichten Druck gegen den Brustkorb schrie sie auf. Als er alle ihre Verletzungen festgestellt hatte, wandte er sich Sir Matthew zu.

»Lassen Sie die Laterne hier und gehen Sie zum Haus zurück. Bringen Sie Dr. Vale hierher; ich habe ihn zuletzt im Kartenzimmer gesehen. Sie hat sich womöglich das Handgelenk und eine Rippe gebrochen. Erklären Sie dem Arzt, ich hätte das gesagt. Er weiß dann, was er zu tun hat.«

Sir Matthew wollte etwas erwidern, doch Lucas schnitt ihm das Wort ab. »Reden können wir später. Gehen Sie jetzt, und beeilen Sie sich!«

Er zog seinen Rock aus und legte ihn um Jessicas Schultern. Sie stöhnte. »Ich weiß, ich weiß, das tut weh«, beschwichtigte er sie, »aber du darfst dich jetzt nicht auch noch erkälten. Jess, ich muss dich fragen: Hat er dich vergewaltigt?«

Sie schüttelte den Kopf.

Lucas war sich ihrer Antwort beinahe sicher gewesen. Ihr Kleid war zwar zerfetzt, aber die Unterwäsche war unversehrt. Es entsprach nicht unbedingt dem Verhalten eines Gentleman, aber er hatte es geprüft, als er ihre Knochen untersucht hatte.

»Wer war es, Jess? Sag mir seinen Namen.«

Sie wusste nicht wirklich, ob sie ihm antwortete. Jetzt, da sie sicher war, wollte sie nur noch in jenes gesegnete Vergessen hinüberdriften, in dem es weder Schmerz noch Furcht gab. Aber sie wagte es nicht, sich dem Vergessen anheim zu geben. Denn es war noch nicht vorbei. Er war noch immer hier, sie spürte es.

»Rodney Stone.« Lucas wiederholte, was sie gesagt hatte. »Was hat er getan, Jess? Erzähl mir, was geschehen ist.«

»Er versuchte, mich in seine Kutsche zu locken, aber ich habe ihn abgewimmelt. Und dann ist er hinter mir her.« Sie schluchzte. »Wenn du mich nicht gefunden hättest, hätte er mich entführt!«

»Jetzt ist alles gut, Jess. Jetzt hast du nichts mehr zu befürchten. Er ist längst verschwunden. Morgen knöpfe ich ihn mir vor und ...«

Lucas' tröstende Worte gingen über sie hinweg. Sie dachte nicht an Rodney Stone, sondern an ihre Stimme. Sein Zorn ließ nach, und das erschwerte es, seine Gedanken zu erfassen.

Dann erlosch die Stimme wie eine Kerze, und andere Stimmen lenkten sie ab, viele Stimmen, und die lauteste war die von Lucas.

»Um Himmels willen, mussten Sie denn gleich ein ganzes Regiment anschleppen?«, schimpfte er. In der Tat war Sir Matthew und Dr. Vale ein ganzer Haufen Schaulustiger gefolgt. »Treten Sie zurück! Zurück, sage ich! Lassen Sie den Doktor seine Arbeit machen!«

Adrian und Rupert traten ein wenig abseits der Menge, hinter ihnen stand Perry. Die drei unterhielten sich mit gedämpfter Stimme.

Jessica blickte zu den vielen Gesichtern auf. Als jemand sie anhob und dann auf den Rücken legte, stöhnte sie vor Schmerz.

»Passen Sie doch besser auf, verdammt noch mal!«, hörte sie Lucas' schneidenden Ton.

Ohne ihn zu beachten, fuhr Dr. Vale mit seiner Untersuchung fort. Bei jedem kleinen Schmerzensschrei, bei jedem Stöhnen fuhr Lucas zusammen. Die Menge verstummte zusehends.

»Sie ist ohnmächtig geworden, Lucas«, sagte der Arzt schließlich, »und das ist gut so. Tragen wir sie so rasch wie möglich ins Haus zurück. Dort kann ich sie dann noch gründlicher untersuchen. Nein, stützt sie nicht. Am besten ist es, wenn sie flach liegt.«

Sie benutzten Lucas' Rock als behelfsmäßige Trage. Lucas und Adrian packten an den Ärmeln an, Rupert und Perry an den Rockschößen. Sir Matthew ging voraus und machte den Weg frei, denn nun kamen immer mehr neugierige Gäste, die sehen wollten, was an dem Gerücht daran war, das sich wie ein Lauffeuer verbreitete.

Lucas schaute grimmig drein, als sie Jessica zum Haus trugen, doch innerlich zitterte er heftig. Er musste daran denken, dass sie womöglich über die Klippe gestürzt und gestorben wäre, wenn sie nicht in die kleine Senke gefallen wäre.

Der Ball war vorüber, aber niemand hatte es eilig, nach Hause zu gehen. Die Gäste drängten sich im großen Saal, als sei es ein Theater und sie das Publikum. Als einige sogar versuchten, ihnen die Treppe hinauf zu folgen, erteilte Rupert einen schroffen Befehl. Daraufhin eilten mehrere Diener zur Stelle und versperrten den Neugierigen den Weg.

Oben wurden sie von Bella erwartet. Auch Lucas' Mutter und Ellie waren bei ihr. Als Bella Jessica sah, fasste sie sich erschrocken ans Kinn. »Du lieber Gott! Ich habe es eben erst gehört. Was ist denn mit ihr passiert?«

Rupert gab ihr eine vage, beruhigende Antwort.

Bellas Augen blitzten vor Zorn. »Wie kann man nur so töricht sein und mit einem Mann gehen, den man nicht kennt! Was hat sie denn erwartet?«

Rupert kam Lucas zuvor. »Meine verehrte Gattin«, herrschte er sie in einem Ton an, der alle überraschte, »wenn du nichts Zweckdienlicheres zu sagen hast, dann würde ich vorschlagen, du hältst den Mund!«

Lucas war sich des forschenden Blicks seiner Mutter, der zwischen ihm und Jessica hin und her wanderte, wohl bewusst.

»Hier hinein«, sagte sie und führte sie zu einer offenen Tür. »Mrs Rankin hilft den Dienstmädchen, alles herzurichten.«

Anne Rankin erbleichte, als sie Jessica sah.

»Sie ist ohnmächtig geworden«, erklärte Lucas.

Anne trat rasch an das Bett und schlug die Decke zurück.

Als sie Jessica darauf gelegt hatten, blickte Lucas sie an, und dabei ballte er die Hände ständig zu Fäusten und öffnete sie dann wieder. Ihr Gesicht war kreidebleich, dadurch traten die Schürfungen und Kratzwunden noch deutlicher hervor. Mit dem zerzausten Haar, das wirr um ihre Schultern lag, wirkte sie schrecklich hilflos.

Dr. Vale gebot allen Anwesenden, den Raum zu verlassen. Nur Anne Rankin durfte bleiben. »Lucas?«, fragte er knapp und hielt ihm seinen Rock hin. Als er merkte, wie widerwillig Lucas das Zimmer verließ, fügte er noch hinzu: »Es ist nicht so schlimm, wie es aussieht. Im äußersten Fall eine gebrochene Rippe und ein gebrochenes Handgelenk. Aber sie wird schon sehr bald wieder aufstehen können. Wirklich, Lucas, es gibt keinen Grund, sich große Sorgen zu machen.«

Dr. Vale sprach von Jessicas physischem Zustand. Aber es gab noch mehr zu bedenken. Lucas wusste, was die Leute über diese neueste Eskapade denken, wie sie darüber reden würden. Man würde für das Geschehene nicht den Mann zur Verantwortung ziehen. Wie Bella würden sie alle Jess die Schuld dafür geben, dass ihr dies passiert war.

»Lucas, ich muss mich jetzt um meine Patientin kümmern.«

Lucas wandte den Blick von Jessica ab. »Wie bitte?«

»Ich muss mich um Miss Hayward kümmern.«

»Ja, irgendjemand muss sich immer um sie kümmern!«, platzte er heraus und ging aus dem Zimmer.

14

Stimmen drangen in ihr Bewusstsein, schwebten in gedämpften Tönen umher, tröstende Stimmen, die ihren anfänglichen Schrecken besänftigten, als sie allmählich zu sich kam. Hier gab es nichts zu fürchten. Sie kannte diese Stimmen, sie kannte die sanften Berührungen dieser Hände. Sie gehörten den Nonnen von den Barmherzigen Schwestern. Als ihre Ängste verblassten, schlief sie langsam wieder ein.

Sie stöhnte, als ein plötzlicher stechender Schmerz in ihre Seite jagte. Jemand hatte sie von ihrem Kissen hochgehoben und hielt ihr eine Tasse an die Lippen. Gehorsam trank sie einen Schluck, und noch einen.

»So wie es aussieht, hast du dir das Handgelenk verstaucht und eine Rippe gequetscht.« Das war Schwester Elviras Stimme – prosaisch, munter, Vertrauen erweckend. »Du bist recht unglücklich gestürzt, und das wirst du noch ein, zwei Tage merken. Nichts Ernsthaftes, nichts, um sich Sorgen zu machen. Du wirst schon bald wieder auf den Beinen sein. Schwester Dolores hat dir ein Fläschchen ihres berühmten Elixiers dagelassen, um die Schmerzen zu betäuben. Ich muss nach Hawkshill zurück, aber wenn du etwas brauchst, ist Schwester Brigid für dich da. So ist es recht, trink es aus, und dann schläfst du wieder eine Runde.«

Beruhigende Geräusche – das Rascheln einer Tracht, das Klappern einer Tasse auf der Untertasse, eine tickende Uhr, ihr flacher Atem. Sie schlief.

Jetzt war es heller, und andere Stimmen waren im Raum.

Eine junge Stimme, gereizt. »Ich verstehe einfach nicht, wieso Lucas durch die Gegend rennt und versucht, diesen Mr Stone zu finden. Was hat Lucas mit dieser Frau zu tun? Wieso kann Adrian ihn nicht suchen, oder Perry?«

»Still, Ellie. Nicht so laut! Die kleine Nonne kann jeden Augenblick aufwachen.« Bellas Stimme. »Er fühlt sich verantwortlich, nehme ich an.«

»Aber weshalb? Sie ist schließlich nicht eine von uns, oder? Ich meine, ich weiß ja, dass sie eine Nonne war und all das, aber das entschuldigt nicht, was sie getan hat. Mariah Hicks hat mir gesagt, ihre Mutter hat ihr danach verboten, mit Miss Hayward zu sprechen!«

»Das überrascht mich nicht. Die Leute vergessen nicht, und Jessica Hayward hat ihre freundliche Aufnahme hier längst verspielt. Aber mit ihrer Herkunft, das hat alles seine Richtigkeit, also ist sie wohl eine von uns.«

»Was glaubst du, hat dieser Mann ihr getan?«

Bella atmete kurz und heftig aus.

»Keine Ahnung, aber ich bin sicher, dass sie auf jeden Fall selbst daran schuld ist.«

Die Türklinke war zu hören. Jessica hob ein wenig die Lider an. Schwester Brigid kam mit einem Tablett herein, gefolgt von Lucas' Mutter; Rosemary trug Handtücher und einen Krug mit dampfend heißem Wasser.

»Ich habe Schwester Brigid auf der Treppe getroffen«, sagte sie. »Das arme Mädchen hatte alle Hände voll, deshalb habe ich ihr etwas abgenommen.« Sie legte die Handtücher auf den Waschtisch und stellte den Krug daneben. Jessica konnte die Augen nicht mehr offen halten. »Bella, ich glaube, du solltest ein Dienstmädchen herbestellen, das alles besorgt, was Schwester Brigid braucht. Es wäre zu bedrückend für Jessica, wenn sie in einer unvertrauten Umgebung aufwachen würde und niemand bei ihr wäre.«

»Das habe ich doch längst getan!« Bella klang entnervt. »Wahrscheinlich hat sich das dumme Mädchen von einem meiner anderen Gäste aufhalten lassen. Aber das ist ja nicht weiter verwunderlich. Heute geht es schon den ganzen Morgen zu wie in einem Wirtshaus; jeder frühstückt zu einer anderen Zeit, bevor er losfährt. Eigentlich sollte ich gar nicht hier sein, es gibt viel zu viel zu tun, worauf ich ein Auge haben sollte. Ich komme später noch einmal, wenn sich die Dinge einigermaßen beruhigt haben.«

Nachdem Bella gegangen war, fragte Mrs Wilde: »Wie geht es Jessica heute Morgen?«

Schwester Brigid stellte ihr Tablett neben das Bett. »Sie hat schlecht geschlafen, aber der Doktor sagt, sie ist nur leicht verletzt. In ein, zwei Tagen wird sie wieder auf den Beinen sein.«

»Na Gott sei Dank! Komm, Ellie, wir sind hier sowieso nur im Weg. Oh, Schwester Brigid, bitte sagen Sie Jessica, ich hoffe sehr, dass sie sich rasch erholt. Die Arme, sie sieht aus, als wäre sie im Krieg gewesen.«

Die Tür schloss sich. Einen Moment lang herrschte Stille, dann hörte sie Schwester Brigid. »Ein Dienstmädchen herbestellt, pah! Wenn sie das wirklich getan hat – ich habe nie eines gesehen! Je eher wir wieder in Hawkshill sind …« Sie unterbrach sich. »Oh, Schwester Martha, du bist ja wach!«

*

Lucas kam erst am späten Nachmittag, um nach Jessica zu sehen. Als er ins Zimmer geführt wurde, saß sie in einem geliehenen Morgenmantel am Fenster, den Arm in einer Schlinge, und trank Tee. Sie hatte den größten Teil des Tages verschlafen. Nun freute sie sich zwar, ihn zu sehen, und begrüßte ihn mit einem Lächeln, aber ihr Kopf schmerzte noch immer, und auch die Seite tat ihr bei jeder Bewegung sehr weh. Aber es waren nicht nur die Schmerzen, die sie steif und langsam machten. Ihr Verband um den Brustkorb war so eng, dass sie kaum atmen konnte.

Lucas begann mit ein paar höflichen Floskeln, dann bat er Schwester Brigid, ob er mit der Patientin einige Minuten allein sprechen dürfe. Jessica stellte vorsichtig ihre Tasse ab und nickte zustimmend. Auch sie wollte unbedingt unter vier Augen mit Lucas reden.

Lächelnd stellte er einen Stuhl neben sie und setzte sich. »Dr. Vale sagt, es ist nicht mehr als ein verstauchtes Handgelenk, eventuell mehrere gequetschte Rippen und einige Schürfwunden und Kratzer, ja?«, begann er.

»Mach dir darüber jetzt keine Gedanken«, erwiderte sie. »Erzähle mir lieber von Mr Stone. Hast du ihn gefunden?«

»Ach ja, Mr Stone. Der junge Mann, der versuchte, dich in seine Kutsche zu locken.«

Irgendetwas an ihm erschien Jessica seltsam. In seinem Blick war kein Funken Mitgefühl zu entdecken. »Vielleicht benutzt er ja jetzt einen anderen Namen«, sagte sie vorsichtig.

»Warum sollte er? Hat er etwas Unrechtes getan?«

Er klang so sarkastisch, dass sie argwöhnisch wurde. Sie räusperte sich. »Was ist passiert, Lucas?«, fragte sie. »Stimmt etwas nicht?«

»Doch, alles bestens. Ich weiß jetzt genau, was passiert ist, und das beruhigt mich. Gestern Abend hast du dich nicht sehr klar ausgedrückt. Oh, ich will damit nicht sagen, du hättest gelogen. Sagen wir einfach, ich habe dich missverstanden, ja, Jess?«

Sie wollte etwas sagen, zögerte jedoch. Seine Worte waren wohlwollend, aber sein Ton machte ihr Angst. »Ihr habt Mr Stone gefunden, und er hat alles abgestritten – ist es das?«

»Ich habe ihn gefunden, ja, und im Wesentlichen stimmen eure Versionen überein.«

»Er hat es zugegeben? Was hat er denn gesagt?«

»Das wirst du gleich hören.«

Er stand auf und ging hinaus. Als er zurückkam, zuckte sie vor Schreck zusammen. Rodney Stone war bei ihm, und er gab das Bild eines schuldbewussten Schuljungen ab. Sein Gesicht war gerötet, die Schultern hochgezogen, und er konnte sie kaum ansehen.

»Meine liebe Miss Hayward«, sagte er stotternd und unterbrach sich. »Meine liebe Miss Hayward, ich weiß gar nicht, wie ich mich entschuldigen soll. Alles, was ich zu meiner Verteidigung sagen kann, ist, dass ich Sie missverstanden … das heißt … ich hätte einfach nicht versuchen dürfen, Sie zu küssen.«

Jessica glaubte nicht eine Sekunde lang an diese Maske des reuigen Sünders. Sie blickte flehentlich zu Lucas. »Er hat versucht, mich in seine Kutsche zu zerren!«, schrie sie.

»Sie sagten, Sie würden sich schwach fühlen«, konterte Stone rasch. »Da wusste ich nichts anderes zu tun.«

»Ist das wahr, Jess?«, fragte Lucas ruhig.

»Ja, aber das war nur ein Vorwand, um ihn glauben zu machen, ich sei hilflos. Ich wollte ihn überrumpeln.«

Ihre Brüste hoben und senkten sich; sie hielt den unverletzten Arm an die Rippen.

»Als ich ihn wegstieß …«

»Du hast ihn weggestoßen, Jess?« Lucas' Miene war steinhart. »Hast du Mr Stone nicht vielmehr attackiert?«

»Ja«, schrie sie, »weil ich wusste, dass er Schlimmes im Sinn hatte! Er war hinter mir her, Lucas, er und sein Kutscher!«

»Ich habe mit dem Kutscher gesprochen«, widersprach Lucas. »Er ist über jeden Verdacht erhaben. Er arbeitet seit über einem Jahr hier im Mietstall. Und er war nicht hinter dir her, Jess. Er hat dich nicht einmal gesehen.«

»Ich wusste, dass Sie in Panik geraten waren«, erklärte Mr Stone, »und befürchtete, Sie könnten sich verletzen. Es tut mir wirklich Leid, dass mein Tun, das nur mit den besten Absichten verbunden war, Sie noch mehr verwirrte. Ich hatte keine Ahnung, dass Sie dachten, ich wolle Ihnen etwas antun. Um ganz offen und ehrlich zu sein – ich dachte, das Beste, was ich tun konnte, war zu gehen. Und das tat ich dann auch.«

Sie blickte Rodney Stone direkt in die Augen. »Wenn Sir Matthew und Lucas mich nicht gefunden hätten, dann hätten Sie mich in dieser Kutsche entführt!«

Einen kurzen Augenblick war Mr Stone entsetzt. »Miss Hayward, Sie irren sich!« Er wandte sich zu Lucas um. »Ich habe nicht versucht, Miss Hayward zu entführen. Wir waren spazieren, das ist alles.«

»Sie haben mich dazu verleitet! Sie sagten, Ihnen sei nicht wohl.«

»So war es auch, aber der Aufenthalt an der frischen Luft hat mir geholfen.«

»Er wollte mich vorsätzlich in seine Kutsche locken, Lucas!«

Mr Stone blickte hilflos auf Lucas. »Ich hätte nie versuchen dürfen, sie zu küssen, Sir.« Er straffte die Schultern. »Natürlich werde ich jegliche Wiedergutmachung leisten, die Sie für angebracht halten.«

Jessica spürte, wie sich ihr Magen zusammenzog, als sie Lucas' eisige Miene sah.

Doch sobald er sich zu Mr Stone umwandte, verschwand die Härte in seinem Gesicht.

»Es war also ein höchst unglückliches Missverständnis«, meinte er. »Jedes andere Mädchen hätte gewusst, dass es sich nicht so weit vom Haus entfernen darf, aber Miss Hayward ist nun einmal in den letzten Jahren sehr behütet gewesen. Je weniger über die ganze Sache geredet wird, desto besser. Ich werde unseren Freunden erklären, Miss Hayward sei spazieren gegangen und habe sich verlaufen. Das entspricht mehr oder weniger der Wahrheit.«

»Sie können auf meine Diskretion zählen, Sir. Miss Hayward, ich entschuldige mich nochmals. Der Irrtum war ganz auf meiner Seite. Das ist meine aufrichtige Überzeugung.«

Lucas' Blick sagte Jessica, dass es besser sei, ihm nicht zu widersprechen. »Wir nehmen Ihre Entschuldigung an. Einen guten Tag noch, Mr Stone.«

Mr Stone verbeugte sich. »Lord Dundas. Miss Hayward.«

Noch ehe die Tür wieder geschlossen war, versuchte Jessica aufzustehen. Sie schaffte es zwar, auf die Füße zu kommen, doch sie musste sich am Tisch festhalten. »Lucas, du kannst ihn nicht einfach so gehen lassen!«

»Gib mir einen guten Grund, ihn aufzuhalten, und ich tue es.«

»Er entstellt die Wahrheit!«

»Lügt er?«

»Nicht direkt. Aber ich weiß, was ich weiß!«

»Bist du mit ihm zu seiner Kutsche gegangen oder nicht?«

»Du weißt, dass ich das getan habe, aber ich *wusste* nicht, dass wir zu seiner Kutsche gingen!«

»Hast du zu ihm gesagt, dass du dich schwach fühlst?«

»Ja, aber nur, um ihm zu entkommen. Ich habe ihm nicht getraut.«

»Aber du hast ihm genug getraut, um mit ihm zu einem unbeleuchteten Teil des Fahrwegs zu gehen. Was war die Ursache für deinen Meinungsumschwung?«

Sie hatte ihre Meinung geändert, weil sie plötzlich das überwältigende Gefühl gehabt hatte, dass etwas Böses im Gange war. Sie hatte erkannt, dass ihre Stimme ihr eine Falle gestellt hatte. Sie hatte gespürt, dass er hier war, sie hatte seine Entschlossenheit gespürt, und zuletzt seinen Zorn.

Aber nichts von alledem konnte sie irgendjemandem anvertrauen, und schon gar nicht dem Mann, der vor ihr stand und dessen Blick sie mit Verachtung strafte. Sie sank in den Stuhl zurück und unterdrückte ein Wimmern, denn plötzlich spürte sie auch ihren dumpfen Schmerz wieder aufflammen.

»Er hat sich verändert«, sagte sie schwach. »Er war auf einmal nicht mehr so nett wie vorher. Eine Frau weiß über solche Dinge Bescheid. Du kannst es Instinkt nennen, oder Intuition, jedenfalls wusste ich, dass er Böses im Schilde führte.«

»Er versuchte, dich zu küssen, und du bist in Panik geraten. Wenn du es so darstellst, dann könnte ich es akzeptieren.«

»Glaubst du wirklich«, erwiderte sie heftig, »ich hätte so verzweifelt versucht, ihm zu entkommen, wenn das alles gewesen wäre?«

Er beugte sich über sie und stützte sich auf den Armlehnen

ab. »Weißt du, was ich denke, Jessica? Was ich *wirklich* denke?«

Sie schüttelte den Kopf.

»Ich glaube, dass du dich so sehr über mich geärgert hast, dass du versuchtest, es mir heimzuzahlen, indem du mit Mr Stone hinausgingst. Ich glaube, du hast vielleicht mit ihm geflirtet und dann mehr bekommen als das, worauf du gefasst warst.«

Ihre Stimme war nur mehr ein bebendes Flüstern. »Ich habe mich nicht über dich geärgert, Lucas. Wenn ich mich über jemand geärgert habe, dann über mich. Ich hatte mir zu viel erhofft. Ich wollte ... nun, es spielt keine Rolle, was ich wollte. Aber ich schwöre, ich habe mich nicht über dich geärgert!«

Er richtete sich auf und blickte sie verblüfft an. »Du hast nicht versucht, mich eifersüchtig zu machen?«

»Nein, Lucas.«

»Oder es mir heimzuzahlen?«

»Nein.«

»Du hast nicht mit ihm geflirtet?«

»Nein! Bist du deshalb so zornig auf mich?«

Er seufzte tief. »Oh Gott, ich weiß wirklich nicht mehr, was ich denken soll.«

Sie beobachtete ihn, wie er am Fenster stand und hinausstarrte. »Warum glaubst du ihm mehr als mir?«, fragte sie leise.

Er drehte sich um. »Das tue ich nicht, Jess. Ich glaube, ihr sagt beide die Wahrheit – so wie ihr sie seht.«

»Er lügt, Lucas«, erwiderte sie nur.

»Jess ...« Er schüttelte den Kopf und seufzte noch einmal. »Hör mir zu. Würde ein Mann, der versucht hat, dich zu entführen, in Chalford bleiben, damit deine Freunde ihn sich vornehmen können? Würde er heute hierher kommen und eine Heirat anbieten, um Wiedergutmachung zu leisten? Also ich kann das schlicht und einfach nicht glauben.«

Sie bekam große Augen. »Eine Heirat anbieten? So weit würde er nicht gehen.«

»Aber das hat er – hast du es nicht gehört? – damit getan, dass er sagte, er würde jede Wiedergutmachung leisten, die ich für angebracht hielte.«

Sie hatte das zuerst nicht verstanden. Jetzt, wo Lucas sie darauf hinwies, wusste sie nicht mehr, was sie davon halten sollte.

Sie legte die Hände an ihre pochenden Schläfen. »Ich dachte ...«

»Was dachtest du?«

Sie versuchte, sich an die genaue Abfolge der Ereignisse des gestrigen Abends zu erinnern. Wenn sie unvoreingenommen war, dann musste sie zugeben, dass Mr Stone sie nicht gezwungen hatte, mit ihm zu gehen, und er hatte sie auch nicht attackiert. Er hatte lediglich versucht, sie zu küssen. In der Tat war sie es gewesen, die ihn angegriffen hatte. Aber sie war nicht unvoreingenommen, und sie wusste, was sie wusste.

Oder doch nicht?

Sie war sich ihrer Sinneseindrücke so sicher gewesen, als sie die Kutsche gesehen hatte, aber nun zwang Lucas sie, die Dinge in einem anderen Licht zu sehen. Sah sie Mr Stone falsch? Das konnte sie ja noch eingestehen, nicht aber, dass sie sich irrte, was ihre Stimme anbelangte. Gestern Abend hatte sie *ihn* laut und deutlich gehört.

Als sich Lucas plötzlich neben sie setzte und ihre unversehrte Hand ergriff, zuckte sie zusammen. »Jess«, sagte er und schüttelte den Kopf.

»Was?« Sein Lächeln wirkte unnatürlich, angestrengt, und das alarmierte sie nur noch mehr. »Was ist denn, Lucas? Sag es mir!«

»Du hast bis zu diesem unglückseligen Zwischenfall große Fortschritte gemacht. Die Leute in Chalford hatten dich gerade akzeptiert. Sie mögen dich, Jess.«

Er schien Schwierigkeiten zu haben, die richtigen Worte zu finden. »Ich mag sie auch«, sagte sie nervös. »Aber sprich weiter.«

»Nach dem gestrigen Abend wird es mit Sicherheit zu Gerede kommen.« Er blickte besorgt auf ihre Hand. »Frag mich nicht, warum, aber die Leute geben in solchen Fällen immer der Frau die Schuld.«

»Ich dachte, auch du gibst mir die Schuld. Du warst so zornig.«

Er lächelte wehmütig. »Ich war zornig, weil ich die ganze Nacht auf war und mir Sorgen machte über all die Dinge, die dir womöglich zugestoßen waren. Wenn ich irgendetwas die Schuld gebe, dann deiner Unerfahrenheit. Du bist zu vertrauensselig. Aber das ist gar nicht das, was ich eigentlich sagen will.«

»Was willst du denn sagen?«

»Worauf ich hinauswill, ist, dass du nicht ewig in Hawkshill bleiben kannst. Du bist keine Nonne, Jess, und du wirst auch nie eine werden. Die Schwestern wissen das. Du bist ja nicht einmal katholisch getauft. Du gehörst der anglikanischen Kirche an, genau wie ich.« Er hielt abrupt inne und sagte etwas Unverständliches, bevor er fortfuhr. »Wie zum Teufel komme ich denn jetzt darauf? Ich fürchte, ich drücke mich nicht gerade klar aus. Was ich sagen wollte, ist, du musst an deine Zukunft denken – was du tun willst, wohin du gehen willst, wenn du Hawkshill verlässt. Und ich habe eine Lösung.«

Seine Nervosität beunruhigte sie. Ihr wurde schwindlig; sie legte eine Hand an die Stirn. »Aber Lucas, ich kenne nur das Kloster, sonst nichts.«

»Das ist es ja, was ich meine. Das reicht nicht aus, Jess, und – mein Gott, du zitterst ja!«

Er stand auf, schenkte ein Glas Wasser ein und hielt es ihr an die Lippen. »Trink.«

Sie nippte ein wenig, doch ihr Magen hob sich, und sie

schob seine Hand beiseite. »Ich glaube, mir wird schlecht«, sagte sie. »Hol bitte Schwester Brigid.«

*

Als Lucas Bellas Salon betrat, erstarb das Gespräch sofort. Sie saßen alle beim Tee – Bella und Ellie, Rupert, Adrian und Perry. Ellie sprang auf, als sie ihn sah, und lief ihm entgegen. »Ich wollte dich sehen«, sagte sie, »aber alle meinten, ich soll hier bleiben, bis du mit dieser Frau geredet hast.«

Sie war blass; Lucas fuhr ihr leicht über die gerunzelte Stirn. »Diese Frau hat einen Namen – Miss Hayward, und mir zu Gefallen wirst du ihn auch benutzen, Ellie.«

Er setzte sich zwischen Adrian und Rupert. »Wo ist meine Mutter?«

»Sir Matthew kam vorbei und fuhr sie nach Hause«, erklärte Rupert.

Lucas wandte sich ihm zu. »Sir Matthew? Und sie ist mit ihm gefahren?«

»Warum nicht?«

Lucas merkte, dass alle auf ihn starrten, und zuckte gleichgültig die Achseln. »Ich dachte, sie würde auf mich warten.«

Bella reichte ihm eine Tasse Tee. Ihr hinterhältiges Schweigen sprach Bände, und das machte ihn ärgerlich. Falls sie das Ganze selbst geplant hatte, hätte sie sich für Jessicas Einführung in die Gesellschaft keinen schlimmeren Ausgang erhoffen können.

Nun gut, es war ein Rückschlag für Jess, aber es war bei weitem nicht das Ende, noch nicht einmal annähernd. Es war vielmehr erst der Anfang.

Er würde sie natürlich heiraten, und damit würde alles vereinfacht – nicht nur für ihn, sondern auch für sie. Sie stand dann unter seinem Schutz, und niemand würde es wagen, mit dem Finger auf sie zu zeigen, oder sich hinter ihrem Rücken über sie lustig machen. Sobald sie seine von Luxus umgebene

Gräfin war, konnte sie alte Rechnungen begleichen, wenn sie es wollte, und Leuten wie Bella, die immer auf sie herabgeblickt hatten, eine lange Nase machen.

Nicht, dass Jess so etwas tun würde. Das war nicht ihre Art. Eine andere Frau hätte er sehr wohl mit seinem Titel und seinem Reichtum in den Hafen der Ehe locken können. Bei ihr aber musste er Gründe finden, die sie akzeptieren würde. Und bislang wusste er noch nicht, wie er einer ehemaligen Nonne beibringen sollte, ihn einfach deshalb zu heiraten, weil sie beide nicht voneinander lassen konnten.

Er unterdrückte ein Lachen und nahm einen Schluck Tee. »Ich weiß gar nicht, warum ihr alle so bedrückt seid«, sagte er schließlich. »Es ist genau, wie ich es euch gesagt habe. Das Ganze war ein einziges Missverständnis. Jessica hat überhaupt nichts falsch gemacht. Sie ging spazieren und fiel in eine Bodensenke. Und gleich darauf habe ich sie gefunden.«

Bella fühlte sich provoziert. »Hah! Niemand wird dir diese Geschichte glauben!«

»Ich glaube sie«, sagte Rupert.

»Es spielt keine Rolle, was die Leute glauben«, fuhr Lucas fort. »Jess wird mit Respekt behandelt, und wenn nicht, dann will ich wissen, warum nicht.«

Ellie war jetzt noch bleicher als zuvor. »Aber alle wissen doch, welche Gefühle du für sie hegst, Lucas.«

Er wandte sich ihr zu. »Wer hat dir da etwas aufgetischt, Ellie?«

»Niemand.« Ihr Blick glitt zu Bella und wieder zurück zu Lucas. »Das haben gestern Abend alle gesagt.«

Perry und Adrian hatten sich mit gedämpfter Stimme unterhalten. Jetzt stand Perry auf. »Komm, Ellie«, sagte er. »Machen wir einen kleinen Spaziergang im Rosengarten. Die Erwachsenen wollen unter sich sein.«

»Ich bin doch kein Kind mehr!«, protestierte sie entrüstet.

Als niemand etwas darauf erwiderte, stolzierte sie steif aus dem Raum. Perry folgte ihr.

Adrian brach als Erster das Schweigen. »Wie hast du Mr Stone gefunden?«

»Nachdem ich zu dem Schluss gekommen war, dass er sich nicht nach London abgesetzt hatte, war das nicht allzu schwierig. Adrian, an deinem Lächeln sehe ich, dass du erraten hast, wie weit ich gefahren bin, bis ich darauf kam, wieder umzukehren.«

»Wie weit warst du denn schon?«, fragte Rupert.

»Bis in Henley, und in jedem Gasthaus auf dem Weg dahin wurde mir die gleiche Geschichte erzählt. Keine Kutsche hatte Station gemacht.«

»Und was ist dann passiert?«, fragte Adrian.

»Dann«, fuhr Lucas fort, »fuhr ich nach Chalford zurück und habe dort meine Runden gedreht.« Er gähnte. »Ist euch eigentlich klar, dass ich letzte Nacht nur zwei Stunden geschlafen habe? Ich fand ihn im Gasthof Krone, als er sich gerade zum Frühstück fertig machte.«

»War er überrascht, dich zu sehen?«

»Sehr.«

Überrascht war nicht das richtige Wort. Der junge Stone war zu Tode erschrocken gewesen. Lucas war nicht dazu aufgelegt, sich Erklärungen anzuhören, als er in Stones Zimmer platzte. Er hatte ihn einfach am Schlafittchen gepackt und an die Wand gedrückt. Hätte Stone sich gewehrt, dann hätte er ihn ordentlich verprügelt, aber mit einem Mann, der keinen Widerstand leistete, ging das nicht. Es hatte allerdings einige Zeit gedauert, bis er sich so weit beruhigt hatte, dass er ihm zuhören konnte.

»Also«, sagte Adrian und unterbrach Lucas' Gedanken, »nun lass uns nicht so lange warten. Wieso weilt er noch unter den Lebenden?«

Lucas lachte. »Weil er lediglich versucht hat, von Jess einen Kuss zu bekommen. Aber sie geriet in Panik und lief ihm davon. Und dann ist sie gestürzt und hat sich dabei verletzt. Mr Stone hat nie Hand an sie gelegt.«

Alle blieben stumm. Lucas trank seinen Tee. »Aber da ist noch etwas, das ich dich fragen wollte«, wandte er sich an Rupert. »Wer ist das eigentlich, dieser Mr Stone?«

Rupert zuckte die Schultern. »Ich kenne ihn nicht. Es war Bellas Ball. Ich habe ihn nicht auf die Einladungsliste gesetzt. Du, Bella?«

Bella schüttelte den Kopf. »Ich kenne ihn auch nicht, aber ich bin sicher, dass ich ihn schon in der Stadt gesehen habe. Vielleicht kennt Perry ihn.«

Lucas richtete sich in seinem Sessel auf. »Heißt das, du hast ihn nicht zu deinem Ball eingeladen? Aber wie kam er dann ohne eine Einladung herein?«

»Ich habe immer ein paar spezielle Einladungskarten für junge Gentlemen, die sie an Freunde weitergeben. Deshalb sind meine Bälle immer ein großer Erfolg. Es sind immer mehr Herren als Damen anwesend. So ist nie ein Mädchen dazu verdammt, Mauerblümchen zu sein.«

»Karten, auf die jeder seinen Namen eintragen kann?«

»Ja, warum denn nicht.«

»Wem hast du solche Karten gegeben?«

»Perry zum Beispiel. Und meinem Cousin Philip. Jungen Gentlemen von Rang und Namen eben, die sich für die Freunde, die sie einladen, verbürgen können. Ist denn das so wichtig?«

»Nein«, antwortete Lucas.

Und das war es auch nicht.

Die Sache war abgeschlossen, und je rascher sie vergessen wurde, desto besser für Jess.

»Einen Augenblick noch«, sagte Rupert und stand auf. »In der ganzen Aufregung hätte ich fast vergessen, euch die gute Nachricht mitzuteilen. Unser Ball hat fast zweitausend Pfund an Spenden eingebracht. Stellt euch vor – zweitausend Pfund! Und das ist einzig und allein Bellas Verdienst. Das ist doch ein guter Grund zum Feiern. Also, machen wir den Champagner auf!«

Niemand wollte wirklich Champagner, aber aus Respekt vor Rupert füllten sie die Gläser und stießen auf Bella an.

*

Rodney Stone blickte auf seine Stiefel und fluchte. Ein Absatz war abgegangen. So konnte er nicht laufen. Er stellte seine Reisetasche ab, schlug mit einem Stein den zweiten Absatz ab und warf beide in den Fluss. Mit einem neuerlichen Fluch setzte er dann seinen Marsch fort.

Er konnte ja verstehen, dass Geheimhaltung notwendig war, aber dass man sie auf diesem Weg erreichen musste, das konnte er absolut nicht einsehen. Er war nicht gewöhnt, lange Strecken zu Fuß zu gehen, und bis zu dem Treffen war es ziemlich weit. Der Treidelpfad war schlammig, und bei dem verblassenden Licht war kaum etwas zu erkennen. Aber sein Komplize wollte nicht das geringste Risiko eingehen. Sie durften nicht zusammen gesehen werden. Und seit seiner Begegnung mit Lord Dundas konnte er auch verstehen, warum.

Er unterdrückte ein Schaudern. Gott, als Dundas an diesem Morgen auf ihn losging, hatte er den Schock seines Lebens bekommen. Nie hätte er geglaubt, dass dieses Mädchen ihm jemanden auf den Hals hetzen würde. Bis zu diesem Zeitpunkt hatte er nichts falsch gemacht. Sie war schuld. Er konnte nicht glauben, wie sich der Graf aufgeführt hatte – für nichts und wieder nichts. Wenn Dundas je die Wahrheit erfahren würde …

Er konnte es nicht erwarten, aus Chalford wegzukommen. Er fühlte sich hier nicht mehr sicher. Er traute Lord Dundas zu, dass er ihn noch einmal aufsuchte, und diese Aussicht entsetzte ihn. Und seinem Auftraggeber erging es offenbar ebenso. Diesen Morgen hatte ihm ein Laufbursche exakt verfasste Anweisungen überbracht. Er solle im Gasthof Krone seine Zeche bezahlen und heute Abend zum vereinbarten Treffpunkt kommen. Dort würde ein Pferd auf ihn warten, mit dem er reiten könne, wohin er wolle – *nachdem* sie alles geregelt hatten.

Die Worte *alles geregelt* machten ihm Sorgen. Er hatte seinen Auftrag verpfuscht, und nun würde er wahrscheinlich nicht die vereinbarte Summe bekommen. Aber das wollte er nicht hinnehmen. Es war nicht seine Schuld, dass diese dumme Zicke Angst bekommen hatte, noch bevor sie überhaupt in der Kutsche saß. Er wusste noch immer nicht, wie sie ihm auf die Schliche gekommen war. Alles war nach Plan gelaufen – sie hatte den Köder geschluckt wie ein Fisch den Wurm. Sobald er sie in der Kutsche gehabt hätte, wäre er mit ihr zum Treffpunkt gefahren und dann so schnell wie möglich zurück zum Ball. Dann sollte er mit seiner eigenen Kutsche wegfahren, und genau das hatte er getan. Oh Gott, sollte der Graf je herausbekommen, dass zwei Kutschen im Spiel waren und nicht nur eine, dann würde er ein toter Mann sein.

Er schüttelte den Kopf. Der arme Kerl glaubte wirklich, dass dieses Mädchen eine Lady war. Um seine eigene Haut zu retten, hatte er das Spiel mitgemacht, obwohl er ihm eigentlich am liebsten ins Gesicht gelacht hätte. Dumme Zicke! Warum war sie plötzlich losgegangen wie eine der Raketen dieses blöden Feuerwerks? Das würde ihn noch teuer zu stehen kommen.

Bei dem Gedanken, was ihr bevorstand, leckte er sich die Lippen. Er hätte nichts dagegen gehabt, sie selbst kleinzukriegen. Denn so viel war sicher – ihr Bezwinger würde voll und ganz auf seine Kosten kommen.

Wäre sie ein anständiges Mädchen gewesen, dann hätte er vielleicht ein paar Gewissensbisse gespürt. Aber das war sie nicht. Ihrem vornehmen Getue zum Trotz war sie eine kleine Schlampe. Er kannte diese Sorte Mädchen. Wenn sie an diesem Leben einmal Geschmack gefunden hatten, konnten sie es nicht mehr aufgeben. Sie waren verdorbener als die primitivsten Männer.

Der Weg gabelte sich, und er wandte sich nach links, vom

Fluss ab. Dann kam ihm plötzlich ein Gedanke, und er blieb stehen. Vielleicht würde es ihn ja nicht allzu viel kosten, nicht, wenn er seine Karten richtig spielte. Dieses zickige Weib hatte Lord Dundas ja ganz offenbar um den Finger gewickelt. Ein kleiner Hinweis an seinen Auftraggeber, dass er mit dem, was er wusste, versucht sein könnte, den Grafen aufzusuchen, würde vielleicht ein Sümmchen locker machen. Man konnte es ja zumindest probieren.

Die restliche Strecke des Weges stellte er sich vor, wie es wäre, ein regelmäßiges Einkommen zu haben. Er würde nur noch zu den besten Schneidern gehen und in den besten Bordellen und Spielsalons verkehren. Und er würde seinen Freunden gegenüber nicht knauserig sein. Denn wenn es eines gab, was man über Rodney Stone definitiv sagen konnte, dann, dass er extrem freigiebig war. Deshalb hatte er so viele Freunde.

Das Gebäude hob sich schwarz vor dem Horizont ab. Er verließ den Pfad und kletterte über eine niedrige Mauer. Sein Komplize erwartete ihn bereits.

»Hat Sie jemand gesehen?«

»Nein. Ich habe Ihre Anweisungen genau befolgt.«

»Gut. Hier lang.«

Stone ging unter einem Torbogen durch, und im selben Augenblick spürte er eine seltsame Angst. »Ziemlich unheimlich hier«, sagte er noch.

Der Schlag in seinen Nacken ließ ihn in die Knie sinken. Nach dem nächsten Schlag war er tot.

*

Jessica setzte sich im Bett auf. Ihr Herz hämmerte, die Härchen in ihrem Nacken standen hoch, ihre Augen waren weit aufgerissen. »Stimme?«, sagte sie.

Lucas blinzelte verschlafen, dann stand er auf und trat rasch an ihr Bett.

»Was ist?«, fragte er. »Hast du Schmerzen? Hast du etwas gehört?«

Jessica blickte ihn mit blinden Augen an. »Stimme?«, wiederholte sie.

»Ach, du träumst nur«, meinte Lucas erleichtert. Er schenkte aus der Karaffe Wasser in ein Glas und setzte es Jessica an die Lippen.

Sie trank und sank auf die Kissen zurück. »Wo bin ich?«

»Haig House. Hast du es vergessen? Soll ich Schwester Brigid holen? Ihr Zimmer ist gleich gegenüber. Sie wird in einem Moment hier sein.«

An ihrem Blick erkannte er, dass sie sich langsam ihrer Umgebung bewusst wurde. Aber ihre Unterlippe bebte. »Lucas, halt mich fest.«

»Jess!« Er setzte sich auf die Bettkante und nahm sie in die Arme. »Was ist los, Jess?«

»Ich weiß nicht! Ich weiß es nicht! Geh nicht weg! Lucas, versprich mir, dass du mich nicht allein lässt.«

»Versprochen«, sagte er besänftigend. »Ich verspreche es dir.« Aber sie ließ nicht locker, bis er sich neben ihr auf dem Bett ausgestreckt hatte.

Sie schmiegte sich vertrauensvoll an ihn. »Ich habe Angst«, flüsterte sie.

»Es war doch nur ein Traum.«

»Ein Traum?«

»Nur ein Traum.«

Langsam entspannte sie sich. Nach einiger Zeit schloss sie die Augen.

Lucas blieb noch eine Zeit lang liegen und versuchte dann, sich aus ihren Armen zu lösen. Aber selbst im Schlaf wollte sie es nicht zulassen. Er musste lächeln. »Jess, was soll ich bloß mit dir machen?«, flüsterte er. Dann wurden seine Lider schwer, und auch er schloss die Augen.

Als sie am Morgen aufwachte, konnte sie sich nicht an ihren Traum erinnern. Aber es gab vieles andere, das ihr Kummer bereitete. Der Vikar und seine Frau standen wie angewurzelt im Türrahmen, und beide waren kreidebleich. Gleich hinter ihnen stand mit entsetzt aufgerissenen Augen Perry. Und Lucas lag lang ausgestreckt auf ihrem Bett, unter der Decke, und schnarchte wie ein Sägewerk.

»Wir haben nur in einem Bett geschlafen«, versuchte sie sich zu rechtfertigen. Sie gab Lucas einen Stoß in die Seite, um ihn aufzuwecken. Dann zog sie sich hinter eine Mauer des Schweigens zurück.

15

Die meiste Zeit schlief Jessica, und wenn sie wach war, fühlte sie sich so elend, dass sie kaum den Kopf vom Kissen heben konnte. Sie fragte sich, ob sie diese Schwäche selbst verursachte, damit sie sich nicht mit der Ungeheuerlichkeit dessen, was sie getan hatte, auseinander setzen musste. Die Gedanken, die sie quälten, waren unerträglich; jedes Mal, wenn sie kamen, drückte sie das Gesicht in die Kissen und stöhnte vor Verdruss.

Der schreckliche Morgen, als sie aufwachte und Lucas neben sich im Bett fand, während der Vikar und seine Frau zu Salzsäulen erstarrt in der Tür standen, war gefolgt von einem heillosen Durcheinander bruchstückhafter Erinnerungen – Lucas, wie er aus ihrem Bett aufstand und sich mit der Selbstsicherheit eines Menschen, der sich gerade vom Esstisch erhob, mit den Besuchern unterhielt; Schwester Elvira, so mitfühlend wie unflexibel, die ihr versicherte, alles werde sich für sie zum Besten wenden; und später Lucas, ebenso mitfühlend wie unflexibel, der um ihre Hand anhielt. Oder besser gesagt, er hatte ihr erklärt, jetzt, nachdem sie das Bett miteinander geteilt hätten, gebe es keinen anderen Weg mehr.

Und sie war an allem schuld.

Immer wieder sagte sie sich, niemand könne sie zwingen, etwas zu tun, was sie nicht tun wollte, und sie wollte keinen Mann heiraten, der sie nicht liebte. Sobald sie sich besser fühlte, würde sie alles klarstellen, und zwar zuallererst mit Lucas. Der aber war nach London gefahren, um Geschäfte zu erledigen, und inzwischen hatte das Ganze eine Art Eigendynamik entwickelt. Besucher kamen und gingen, und alle wünschten ihr Glück oder sprachen sonst irgendwie von ihrer bevorstehenden Hochzeit. Ihre schwachen Einwände dagegen hätte sie ebenso gut an eine leere Wand sprechen können.

Seit Lucas fort war, fühlte sie sich isoliert. Sie hatte abwechselnd Angst vor ihrer Stimme und davor, den Verstand zu verlieren. Was, wenn es die Stimme gar nicht gab? Was, wenn es sie gab? Ihre Gedanken jagten sich in einem Schwindel erregenden Durcheinander.

Sie mochte das Haus der Haigs nicht. Sie wollte nach Hause, nach Hawkshill. Sie vermisste ihre Jungen. Sie vermisste die Nonnen. Aber alle ihre flehentlichen Bitten hatte Schwester Elvira mit einem freundlichen, aber bestimmten Nein beantwortet. Sie sei Lord Dundas' Verlobte, und sie könne nicht in ihr altes Leben zurück, als ob nichts geschehen sei. Sobald Lord Dundas wieder hier sei, werde er sich um alles kümmern und beschließen, was zu tun sei. In der Zwischenzeit, sagte Schwester Elvira, habe sie der Mutter Oberin geschrieben und sie über Jessicas veränderte Lebensumstände in Kenntnis gesetzt.

Ein Besucher, den Jessica immer gern empfing, war Perry. Nur wenn er im Krankenzimmer war, hatte sie das Gefühl, mit einem vernünftigen menschlichen Wesen zu reden. Auch er sah nicht ein, dass sie Lucas heiraten müsse. Er war auch nicht taktvoll, nein, zuweilen war er so freimütig, dass es an Grobheit grenzte. Er war einfach erfrischend anders als all die Leute, die Jessica Glück wünschten, ohne ihr dabei in die Augen schauen zu können.

Als Perry in der zweiten Woche ihrer Rekonvaleszenz kam, ging es im ganzen Haus zu wie in einem Ameisenhaufen. Am Abend sollte der jährliche Ball der Pächter stattfinden, und obwohl nur Einheimische geladen waren, verwendete Bella schon seit Tagen ihre ganze Energie darauf. Dementsprechend selten kam sie, um nach Jessica zu sehen.

»Du solltest Lucas nicht heiraten, wenn du es nicht willst, Jess«, sagte Perry.

Sie saßen jeder auf einer Seite des Tisches vor dem Fenster, und Perry rückte seinen Stuhl näher, damit er ihr Gesicht besser sehen konnte. »Ein Gutes ist allerdings dabei herausgekommen. Das Gerede hat aufgehört.«

»Ist es denn allgemein bekannt«, fragte sie mit elend klingender Stimme, »dass Lucas und ich ... du weißt schon ... dass wir zusammen im Bett gesehen wurden?«

»Guter Gott, nein! Wenn das der Fall wäre, dann müsstest du ihn natürlich schon heiraten. Ich meinte das Gerede über dich und Mr Stone. Jetzt wissen die Leute, dass du mit Lucas verlobt bist, und darüber haben sie diese andere Episode vergessen.«

»Was wird denn über Lucas und mich geredet?«

»Sie sagen, dass es eine Liebesheirat ist.«

Eine Liebesheirat. Hätte sie sich nicht so elend gefühlt, sie hätte nur gelacht. Ihre Erinnerungen waren sehr undeutlich, aber eines wusste sie noch sehr genau. Als Lucas ihr seinen Antrag machte, war das Wort Liebe darin *nicht* vorgekommen. Er hatte ihr eine Menge Gründe dafür aufgezählt, weshalb sie heiraten sollten, aber am Ende hatte sie den deutlichen Eindruck gehabt, dass er besser daran sein würde, wenn er eine Gouvernante anstellte, die sich um sie kümmerte, oder eine Krankenschwester, oder vielleicht beides.

»Was ich nicht verstehe«, bemerkte Perry, »ist, was Lucas zu so später Stunde in deinem Zimmer gemacht hat.«

»Er wollte nur kurz bleiben. Aber er war so erschöpft. Er war ja fast die ganze vorherige Nacht auf gewesen und hatte nach Mr Stone gesucht.«

»Aber in ein und demselben Bett einzuschlafen! Das ist wirklich unentschuldbar.«

Sie wollte etwas erwidern, überlegte es sich aber dann anders. Lucas hatte ihr gesagt, sie solle keine Erklärungen oder Entschuldigungen abgeben. Sie hätten schließlich nichts Falsches getan.

Perry fuhr fort. »Das ist schlimmer als die Geschichte mit Mr Stone. Und nach dem, was vor all den Jahren zwischen Lucas und dir passiert ist, sollte er mehr bemüht sein, mit dir nicht in einer kompromittierenden Situation angetroffen zu werden. Ich denke, da steckt einfach mehr dahinter.«

Einen Augenblick lang war sie neugierig, doch sie fragte nicht nach, was er wohl damit gemeint hatte. Es war eine Sache, an ihre Stimme zu glauben, und eine andere, dunkle Motive zu sehen, wo keine existierten. Lucas war über jeden Verdacht erhaben. Er war mit ihr allein gewesen, als Sir Matthew den Arzt holen ging, und er hatte alles für sie getan, was er konnte. Er war nicht ihre Stimme. Alles in ihr sträubte sich gegen einen derartigen Verdacht.

Und die Stimme war auch nicht Rodney Stone. Er konnte es nicht sein. Zwischen ihm und Chalford oder ihrem Vater gab es keinen Zusammenhang. Er hatte sie erschreckt, aber das musste sie sich selbst zuschreiben. Was sie beim Anblick der Kutsche gespürt hatte, das war ihre Stimme gewesen. Sie konnte sich jetzt nur mehr eine vernünftige Erklärung für ihr Misstrauen gegen Stone vorstellen: dass sie in Panik geraten war, als sich ihre Stimme meldete, und dann gedanklich Verbindungen herstellte, die einfach nicht existierten.

Wenn es denn überhaupt eine Stimme gab. Nun, da erwiesen war, dass sie sich in Mr Stone geirrt hatte, begann sie, ihr eigenes Urteil anzuzweifeln. Eine Hirnschädigung könne durchaus gegeben sein, hatte Pater Howie in ihren ersten Wochen im Kloster zur Mutter Oberin gesagt. Wenn das der Fall war, dann gab es keine Stimme, dann hatte sie keinen sechsten Sinn, keine Intuition und auch nicht die Fähigkeit, die Gedanken anderer Menschen zu lesen oder Situationen im Vorhinein zu erkennen. Andererseits, wenn ihr Gehirn nicht geschädigt war ... und so ging es weiter und weiter.

Perry wartete darauf, dass sie etwas sagte. »Vielleicht hast du ja Recht«, bemerkte sie nur.

»Und die Sache mit Lucas ist die, wenn er sich etwas in den Kopf setzt, dann lässt er sich nicht mehr davon abbringen.«

»Ich weiß.«

Er tätschelte ihre Hand. »Schau doch nicht so betrübt, Jess. Wenn alle Stricke reißen, dann heirate ich dich.«

Sie musste lachen, hielt jedoch abrupt inne, denn ein heftiger Schmerz fuhr ihr in die Seite. Ihre gequetschten Rippen heilten zwar, aber sie war noch lange nicht gesund.

»Ich meine es ernst, Jess.«

»Aber ... aber warum würdest du das tun?«

Er errötete. »Du wirst dich nicht daran erinnern, aber früher waren wir richtige Freunde. Ich meine, als wir noch Kinder waren. Jungen in meinem Alter, mit denen ich spielen konnte, gab es nicht, und – na ja, du konntest auf Bäume klettern und hast es mit den Besten aufgenommen. Wir sind immer gut miteinander ausgekommen.«

»Ich war ein Wildfang?«, fragte sie ungläubig.

Er grinste. »Wenn ich dich so nannte, hast du mir immer eine Ohrfeige gegeben. Du warst ganz schön hitzig, Jess.«

Sie musterte ihn neugierig – diesen blonden jungen Mann, der aussah wie eine jüngere Version von Lucas. Irgendwie war er sehr attraktiv. Der Gedanke, dass sie einst Freunde gewesen waren, gefiel ihr. »Was ist aus unserer Freundschaft geworden, Perry?«

Er zuckte die Achseln. »Ich ging weg, zur Schule. Als ich wiederkam, warst du in Lucas verknallt. Du bist auf keine Bäume mehr geklettert. Wir stritten. Das ist das einzige Mal, an das ich mich erinnern kann, dass ich dir eine Ohrfeige gab.«

Sie dachte, sie müsse wieder lachen, und hielt sich die Rippen, aber stattdessen traten ihr Tränen in die Augen.

»Na, was hab ich denn nun gesagt?« Ihre Hand lag auf dem Tisch; er legte seine darauf.

Sie lächelte etwas gequält.

»Ich wünschte, ich könnte mich an diese Zeit erinnern, aber ich kann es nicht. Eines werde ich jedoch nie vergessen, und das ist deine Freundschaft, als ich wirklich einen Freund brauchte.« Sie legte spontan seine Hand an ihre Wange. »Aber keine Sorge, ich nehme dich jetzt nicht gleich beim Wort, du brauchst also keine Angst zu haben.«

Sie lachten beide, doch im nächsten Augenblick zog Perry seine Hand erschrocken zurück. Jessica drehte sich um, und dann zuckte auch sie zusammen. Im Türrahmen stand Lucas mit seiner Mutter und Ellie.

Lucas' Blick ruhte unbeirrbar auf ihr, während er auf sie zuschritt. Seine Augen, die jenen von Perry so sehr ähnelten, waren verändert. Sie waren schwarz wie Gewitterwolken, und als er sich zu ihr hinabbeugte, machte sie sich auf einen seiner Wutausbrüche gefasst. Stattdessen gab er ihr einen Kuss mit offenem Mund, der ihr durch Mark und Bein ging – langsam und besitzergreifend.

Als er sich wieder aufrichtete, atmete sie schwer, und ihre Wangen waren flammend rot. Lucas betrachtete sie lange und lächelte dann. Sichtlich verwirrt blickte sie an ihm vorbei zu seiner Mutter und Ellie. Mrs Wilde lächelte, Ellie hingegen stand die Wut ins Gesicht geschrieben.

»Es freut mich zu sehen, dass du dich gut erholst, Jessica«, sagte Mrs Wilde. Sie setzte sich auf den Stuhl, den ihr Neffe ihr anbot. »Danke, Perry. Ellie und ich haben uns gefragt, wo du abgeblieben bist.«

»Ähh – ich schaue immer um diese Tageszeit bei Jessica vorbei.«

»Ja. Das hat uns Bella erzählt.«

Lucas nahm einen Stuhl und setzte sich neben Jessica. »Ich habe Perry gebeten, so lange ich weg bin ein Auge auf meine Verlobte zu werfen, Mutter«, sagte er. »Wo ist übrigens Schwester Brigid?«

Es war leichthin gesagt, aber Jessica spürte den Vorwurf darin. Wieder einmal war sie ertappt worden, als sie eine gesellschaftliche Grundregel missachtete. Sie hatte ohne eine Begleitperson Herrenbesuch empfangen – wenn man Perrys Besuch denn so einordnen wollte. Und gerade sie sollte es doch besser wissen. Würde sie denn nie dazulernen?

Sie zwang sich zu einem Lächeln. »Mrs Haig bat sie, sich um ein Dienstmädchen zu kümmern, das starke Zahnschmerzen hat. Ich glaube, der Zahn muss gezogen werden. Aber sie wird bald wieder hier sein.«

Lucas ergriff ihre linke, am Gelenk verbundene Hand. »Ich habe dir etwas aus London mitgebracht«, sagte er. »Einen Verlobungsring.«

Jessica blickte auf den Ring, den er ihr an den Finger steckte, einen Saphirring mit goldener Filigranarbeit. Er passte ihr perfekt. Ein Bild kam ihr in den Sinn, eine bruchstückhafte Erinnerung oder ein Traum. *Weine nicht, Jess. Ich kaufe dir einen Saphirring.* Sie versuchte, sich an mehr zu erinnern, doch je mehr sie sich bemühte, desto mehr verblasste die Erinnerung.

»Wenn er dir nicht gefällt, Jess«, sagte Lucas, »dann sag es mir einfach. Dann kaufe ich dir einen anderen.«

»Doch, er gefällt mir«, entgegnete sie. »Ich finde ihn sogar sehr schön.«

Sie schaute zu Lucas und dann zu seiner Mutter. Sie konnte den Ring nicht annehmen. Sie sollte etwas sagen, bevor es zu spät war. Aber sie brachte es nicht übers Herz, Lucas vor seiner Mutter zu blamieren.

»Er ist sehr schön«, wiederholte sie schwach.

Die Tür ging auf, und Schwester Brigid und Schwester Elvira traten ein.

»Wir haben uns auf der Treppe getroffen«, begann Schwester Brigid. »Oh, was für ein wunderschöner Ring!«

Die beiden Nonnen beugten sich über Jessica und bewunderten ihr Geschenk. Jessica nahm kaum wahr, wie sie reagierte. Ihr wurde schwindlig.

»Ich halte nicht viel von langen Verlobungen«, erklärte Schwester Elvira, »und die Mutter Oberin ebenso wenig. Gerade heute Morgen ist ein Brief von ihr gekommen. Sie schreibt, na ja, sie schreibt eine ganze Menge, aber …« Sie konnte vor Aufregung kaum stillhalten und trat ständig von einem Fuß auf den anderen. »Du kannst ihn selbst lesen. Dieser hier ist für dich, Jessica.«

Jessica erbrach das Siegel und las den Brief langsam durch. Sie hätte die Mutter Oberin in diesen wenigen, knappen Sätzen nicht wiedererkannt. Es war der Befehl einer Vorgesetzten, und die Aussage war im Wesentlichen, sie müsse Lucas Wilde heiraten, um den guten Namen des Ordens zu bewahren.

»Was schreibt sie denn?«, fragte Lucas.

Sie starrte wie blind auf das Schreiben und blickte dann verwirrt auf.

»Die Mutter Oberin sagt, wir müssen sofort heiraten.«

Ihr Blick wanderte von einem Gesicht zum nächsten. Die Schwestern strahlten, Lucas beobachtete sie wie eine Katze die Maus, Ellie sah drein, als habe ihr gerade jemand eine Ohrfeige verpasst, und Perrys Miene glich einem Gewitter. Nur Lucas' Mutter ließ etwas Sympathie erkennen. Sie klopfte Jessica sanft auf die Schulter, stand auf und rückte ihren Schal zurecht.

»Für mich klingt deine Mutter Oberin wie eine sehr vernünftige Frau«, erklärte sie. »Ich möchte allerdings nicht, dass es heißt, Jessica und mein Sohn hätten überstürzt und in aller Heimlichkeit geheiratet. Es hat schon genug Klatsch gegeben. Meinst du nicht auch, Lucas?«

Er sah seine Mutter fragend an. »Was schlägst du vor, Mutter?«

»Dass eure Hochzeit nicht in aller Stille stattfindet, so als ob ihr beiden etwas zu verbergen hättet. Nein, es soll eine Hochzeit werden, an die man sich erinnert.«

»Wenn ich einen kleinen Vorschlag einbringen dürfte?«, warf Schwester Elvira zögernd ein.

Jessica kannte diesen Blick und setzte sich aufrechter.

Pass auf, was jetzt kommt, ging es ihr durch den Kopf.

Sie mochte Schwester Elvira zwar sehr gern, doch die Miene der kleinen Nonne konnte täuschen. Sie war nicht immer so mütterlich und nachgiebig, wie sie schien. Wenn sie der Meinung war, dass einer der Jungen oder eine Novizin einen Anstoß in die richtige Richtung brauchten, dann konnte sie auch stahlhart sein.

Als Lucas' Mutter nickte, fuhr Schwester Elvira fort. »Das wird für Jessica eine schwierige Übergangsphase, vor allem dann, wenn sie in Chalford bleibt. Hier weiß sie nicht recht, ob sie Schwester Martha oder Jessica Hayward ist. Ich möchte, dass sie den bestmöglichen Start ins Eheleben bekommt. Sie haben doch ein Haus in London, soviel ich weiß. Darf ich den Vorschlag machen, dass Sie Jessica dorthin bringen?«

Jessica hatte das Gefühl, als würde ihr der Boden unter den Füßen weggezogen.

»Aber ... aber ich kann doch nicht von Hawkshill weg«, protestierte sie. »Ich habe hier Arbeit zu tun. Ich kann doch unsere Jungs nicht einfach allein lassen!«

Schwester Elvira beugte sich über sie, und wie immer, wenn sie auf etwas bestand, blickte sie Jessica tief in die Augen.

»Ich meine nicht, dass du für immer in London bleiben sollst, Jessica. Du wirst in Hawkshill immer willkommen sein. Aber zuerst solltest du dir die Zeit nehmen, dich in deiner neuen Rolle zurechtzufinden. Du brauchst nichts zu überstürzen. Und es besteht auch kein Anlass, so traurig zu schauen, meine Liebe. Wenn sich eine Tür schließt, öffnet sich eine neue. Sagen wir Nonnen das nicht immer? Deine Arbeit hier wird nicht beendet sein, Jessica. Du wirst einfach in eine neue Umgebung hineinwachsen.«

Mrs Wilde meldete sich zu Wort. »An dem, was Schwester Elvira sagt, ist durchaus etwas dran«, meinte sie. »Alles in allem ist eine Hochzeit in London vielleicht genau das, was wir wirklich brauchen. Wir feiern in den Prunkzimmern von Dundas House. Jessica braucht ein Brautkleid – das müssen wir so bald wie möglich alles arrangieren. Und sobald sie wieder reisen kann, muss sie nach London kommen und bei uns wohnen.«

»Aber Tante Rosemary!« Ellie klang wie ein zänkisches Kind, das sich übergangen fühlte.

»Ja, Liebes?«

»N-nichts.« Sie ließ den Kopf hängen.

Jessica hatte nur Augen für Lucas, und sie legte alles in ihren Blick. Sie flehte ihn an, sie bettelte; ihr Blick sprach Bände und war voller Botschaften, die nur er verstehen konnte. Aber sie sagte, zitternd, nur ein einziges Wort: »Lucas?«

Lucas blickte sie lange schweigend an und wandte sich dann den anderen Anwesenden zu. »Ich würde gern mit Jessica unter vier Augen sprechen«, sagte er.

Als sie allein waren, nahm er ihre Hand und küsste ihre Fingerspitzen. »Hör mir zu, Jess«, begann er. »Es wird alles gut werden, du wirst sehen. Ich bin kein Unmensch. Na gut, ich war ein bisschen außer mir, als ich dich vorhin mit Perry sah, aber das hat nichts zu bedeuten. Wenn wir verheiratet sind, werde ich dich mit Respekt und absoluter Zurückhaltung behandeln. Du warst in den letzten drei Jahren im Kloster, und das werde ich selbstverständlich in Betracht ziehen. Unsere Ehe wird nach deinen Vorstellungen gestaltet. Ich gebe dir so viel Zeit, wie du brauchst, ehe ich meine ehelichen Rechte einfordere; du bestimmst, wann es so weit ist. Kannst du dazu Ja sagen?«

So viel zu einem Blick, der Bände sprach und voller Botschaften war, die nur er verstehen konnte! Wie konnte ein Mann nur so schwer von Begriff sein? Das war es nicht, was sie hören wollte. Sie zog ihre Hand zurück.

»Du willst mich doch gar nicht heiraten«, sagte sie gereizt, »weshalb also bist du so wild entschlossen, es zu tun?«

»Ich will dich nicht heiraten?«, fragte er verblüfft. »Natürlich will ich dich heiraten!«

»Und warum?«, fragte sie voller Hoffnung zurück.

»Weil ich noch nie eine Frau so begehrt habe wie dich.«

Damit küsste er sie sittsam auf den Mund und verließ das Zimmer.

Der Ball der Pächter war in vollem Gang, als sich Lucas zum Billardzimmer aufmachte. Er war noch kurz bei Jessica gewesen, doch sie hatte fest geschlafen. Eigentlich wäre er gern bei ihr geblieben, doch dann hatte er es sich anders überlegt. Denn heute Abend war er nicht erschöpft, und wenn sie ihn wieder überredet hätte, sich neben sie zu legen, hätte er für nichts garantieren können.

Er hatte sie kompromittiert. In absoluter Arglosigkeit. Vielleicht hätte er sich schuldig fühlen sollen, aber er konnte nicht vorgeben, etwas zu fühlen, wenn dem nicht so war. Und wenn man alles in Betracht zog, dann war der Umstand, dass sie zusammen im Bett gesehen worden waren, genau der Impuls, den Jess gebraucht hatte, um zu tun, was sie eigentlich ohnehin tun wollte. Die Frauen mussten einfach immer alles kompliziert machen. Die Gründe, weshalb sie sich gegen die Heirat mit ihm gewehrt hatte, waren alle falsch gewesen. Er käme allein viel besser zurecht; seine Freunde würden entsetzt sein, wenn er sie heirate; sie wisse nicht, wie sie sich als Gräfin zu benehmen habe; sie gebe bei allem sich selbst die Schuld.

Wenn sie ihm gesagt hätte, dass sie ihn nicht wollte, dann hätte er das vielleicht akzeptiert. Oder doch nicht, denn er hätte ihr nicht geglaubt.

Dieser Gedanke führte ihn zu einem anderen, der sein Grinsen ersterben ließ. Als er Jess heute besucht hatte, war er entsetzt gewesen über ihre Veränderung. Sie schien dünner, blasser, und unter den Augen hatte sie dunkle Ringe gehabt. Ihre Verletzungen waren nicht so schlimm gewesen, und der Unfall war nun immerhin schon zwei Wochen her. Eigentlich hätte sie vor Gesundheit strotzen müssen, anstatt schlechter auszusehen. Er fragte sich, ob Bella oder sonst jemand etwas zu ihr gesagt hatte, das sie sehr aus der Fassung gebracht hatte.

Je eher sie heirateten, desto besser würde es für alle sein. Schwester Elvira hatte Recht. Was Jess brauchte, war ein vollständiger Bruch mit ihrem alten Leben. Sie sollte hübsche Dinge um sich haben. Sie würde lernen, sich zu freuen. Sie sollte keinen Handstrich tun, wenn sie es nicht wollte. Verwöhnt und umsorgt sollte sie werden, und ob es ihr gefiel oder nicht, er würde sich darum kümmern.

Er wusste, wie es so weit gekommen war.

Als er nach London gefahren war, um Nachforschungen über Rodney Stone anzustellen, beschloss er, auch einen längst fälligen Besuch im Kloster der Barmherzigen Schwestern zu machen. Die Mutter Oberin war zunächst argwöhnisch gewesen. Sie hatte von Schwester Elvira gehört, wie er Jess kompromittiert hatte und dass er nun beabsichtige, sie zu heiraten, und sie war davon nicht beeindruckt. Wenn es die öffentliche Meinung für Jessica unmöglich mache, ihre Arbeit in Hawkshill fortzusetzen, dann könne sie jederzeit wieder ins Kloster zurückkehren, hatte sie gemeint.

Vielleicht hatte er zu viel gesagt. Zum Teufel, er wusste, dass er zu viel gesagt hatte. Doch die Vorstellung, Jess würde den Rest ihres Lebens hinter Klostermauern verbringen, hatte ihn dazu provoziert, der kleinen Nonne ein paar peinliche Wahrheiten über ihren Schützling zu erzählen. Jess, so sagte er der Mutter Oberin, habe nicht das Naturell für eine Nonne. Sie sei eine dem Leben und seinen Freuden sehr aufgeschlossene Frau, die dafür geschaffen sei, einen Ehemann und Kinder zu haben. Und wenn er sie nicht nehme, dann wisse er nicht, wer sonst oder welcher Mann überhaupt mit ihr fertig werden könne. Dann würde sie für den Rest ihres Lebens im Kloster festsitzen, und wenn es das sei, was die Mutter Oberin sich für Jess vorstelle, dann würde sie Jess nicht halb so gut kennen, wie sie glaube.

Er hatte sich dieses Gespräch danach viele Male durch den Kopf gehen lassen, aber trotzdem wusste er noch immer nicht, wodurch genau er die Mutter Oberin überzeugt hatte. Eigentlich hatte er erwartet, hinausgeworfen zu werden. Stattdessen hatte ihm die Mutter Oberin das ganze Kloster gezeigt, und als sie in ihr Büro zurückkamen, bot sie ihm sogar einen Brandy an. Und dann hatten sie noch eine halbe Stunde über Jess gesprochen.

Das Mädchen, das sie beschrieb, hatte nichts mit der Jess gemein, die er kannte. »Schwester ohne Fehl und Tadel«? Die Nonne, die nie etwas Falsches sagte oder tat? Er konnte es sich einfach nicht vorstellen. Aber ebenso wenig konnte er sich Jess überhaupt in der kargen Welt des Klosters vorstellen und wie sie das disziplinierte Leben einer Nonne führen konnte.

Mit ihrem Vater hatte sie nicht gerade viel vom Leben gehabt, aber sie hatte immer nach Belieben kommen und gehen können. Und was die Furcht vor dem Leben anbelangte – Jess hatte gierig mit beiden Händen nach dem Leben gegriffen. Und er hatte ihr geholfen und beobachtet, wie sie heranwuchs – nicht weil sie ihm Leid tat, sondern weil ihn das einnehmende Wesen dieses Mädchens fasziniert hatte.

Nichts hatte sich verändert, aber alles war anders geworden. Sie teilten nicht mehr dieselben Erinnerungen, und in mancher Hinsicht war es wie ein Neubeginn. Wie die Mutter Oberin ihm gesagt hatte, musste er jegliche Gedanken an das Mädchen, das er gekannt hatte, aus seinem Gedächtnis streichen und stets daran denken, dass alles, was die neue Jess kannte, ihr Leben als Nonne war.

Er akzeptierte diese Theorie, aber die Schwierigkeit war, sie in der Praxis umzusetzen.

Unsere Ehe wird nach deinen Vorstellungen gestaltet.

Hatte er das wirklich gesagt? Er hoffte, dieses Versprechen erfüllen zu können.

Als er den Korridor zum Billardzimmer erreichte, musste er einem leicht beschwipsten, attraktiven Dienstmädchen ausweichen. Ruperts Ball der Pächter war nicht gerade das, was er gewohnt war; es war eine ausgelassene Feier, und in dieser einen Nacht im Jahr sollten die Pächter und ihre Herren gleichgestellt sein. Das machte so manches Dienstmädchen kühn und ließ ihre Opfer, wie zum Beispiel ihn, in Deckung gehen.

Als er die Tür zum Billardzimmer öffnete, stellte er fest, dass er nicht der einzige Gentleman war, der in Deckung gegangen war. Eine gigantische Tabakwolke hing in der Luft. Das Stimmengewirr wurde schwächer, als man sein Hereinkommen bemerkte, schwoll jedoch wieder an, als erkennbar wurde, dass er kein Diener mit Nachschub für die leeren Gläser war, die viele der Herren in den Händen hielten.

Er stieß mit jemandem zusammen und entschuldigte sich mit einem Lächeln. Doch das Lächeln erstarb, als er sein Gegenüber erkannte. »Sir Matthew«, sagte er nur. Er hatte gedacht, Matthew Paige sei bereits nach Hause gegangen.

Sir Matthew nickte. »Dundas«, quittierte er Lucas' Gruß mit der Herzlichkeit eines Eisbergs.

Es ließ sich nicht vermeiden. Sie mussten ein paar Worte wechseln. »Ich dachte«, begann Lucas gedehnt, »Sie seien bis zum Beginn der Jagdsaison in London festgehalten.«

»Und ich dachte«, erwiderte Sir Matthew nicht weniger gedehnt, »Jessica Hayward wäre das letzte Mädchen, das Sie heiraten würden. Aber Ihre Mutter sagte mir, es ist eine Liebesheirat. Gratuliere, Dundas.«

Alle um sie herum lachten. Lucas stimmte mit ein, aber in Wirklichkeit hätte er ihm am liebsten die Faust in sein schönes Gesicht geschmettert. Der Hinweis, dass dieser Mann und seine Mutter wieder auf freundschaftlichem Fuße standen, gefiel ihm gar nicht. Nein, eigentlich machte ihn das sogar wütend.

Die bitteren Erinnerungen, die er mit diesem Menschen verband, ließen sich einfach nicht unterdrücken. Er war nicht mehr der idealistische Sechzehnjährige von früher, und man konnte ihn auch nicht mehr so leicht schockieren. Aber für seine Gefühle konnte er nichts. Sir Matthew war der Freund seines Vaters gewesen, oder zumindest hatte er das vorgegeben. Aber er war auch der Liebhaber seiner Mutter gewesen.

Die Erinnerung an diesen Treuebruch war in ihm so lebendig, als sei es erst gestern geschehen.

Der Zustand seines Vaters hatte sich verschlechtert, und seine Mutter war irgendwo draußen, um zu zeichnen. Er hatte die ganze Gegend nach ihr abgesucht und war endlich zu Sir Matthews stattlichem Anwesen gekommen. Er hatte sich Hilfe von ihm erhofft, schließlich war Sir Matthew ein Freund der Familie, und er wusste auch nicht, wohin er sich noch wenden konnte.

Dann fand er sie, im Sommerhaus.

Den Schock, als er sie entdeckte, konnte er noch heute spüren. Er hatte zu Sir Matthew aufgeschaut, hatte eine unglaublich hohe Meinung von ihm gehabt. Matthew Paige war bei ihnen ein und aus gegangen und hatte viel Zeit mit seinem gebrechlichen Vater verbracht.

Aber er hätte wissen sollen, dass Sir Matthew nicht wegen eines Invaliden nach Walton Lodge kam, der doppelt so alt war wie er selbst. Es war die junge, schöne Ehefrau, hinter der er her war.

Er hatte nicht auf seine Mutter gewartet. Er hatte ihr wegen des Vaters Bescheid gesagt und dann auf dem Absatz kehrtgemacht, ohne sich darum zu kümmern, wie sie nach Hause kam.

Die Episode im Sommerhaus erwähnte er nie, aber er stellte klar, dass sie nicht sowohl ihren Sohn als auch ihren Geliebten haben konnte. Und Sir Matthew hatte er seither gemieden wie die Pest.

Die Männer am Billardtisch legten die Queues zur Seite.

»Ein Spielchen?«, fragte Lucas.

Sir Matthew blickte auf den Spieltisch und dann wieder auf Lucas. »Warum nicht?«, meinte er erfreut.

Sie rieben die Spitzen ihrer Queues mit Kreide ein wie zwei Duellanten, die ihre Pistolen vorbereiteten. Was für ein melodramatischer Gedanke – wäre Lucas' Gegner jemand anderes gewesen, er hätte sich halb tot gelacht. Aber er war todernst, und so sehr er es versuchte, er konnte seinen üblichen Charme nicht aufbieten. Natürlich war es nur ein Spiel, aber es war auch mehr als das.

Sie warfen eine Münze, um zu bestimmen, wer den Anfang machte. Sir Matthew gewann. Er spielte mit dem Charme und der Sorglosigkeit eines Mannes aus bestem Hause. Als ein Stoß daneben ging, war Lucas an der Reihe.

Sein Auge und seine Hand waren nie ruhiger gewesen. Seine Entschlossenheit war eisern. Stoß für Stoß versenkte er die Kugel. Vor dem entscheidenden Stoß musterte er seinen Gegner mit einem prüfenden Blick.

Sir Matthew war sehr ungezwungen; an einen Tisch gelehnt und sein Queue locker in der Hand haltend, verfolgte er das Spiel mit wachem Blick und einem ironischen Lächeln.

»Eine absolut fehlerfreie Partie, wie ich sehe«, kommentierte er.

Trotzdem fühlte sich Lucas, als er nach dem Spiel das Zimmer verließ, wie der Verlierer.

Er hatte nicht nur Sir Matthews Gratulation für eine gut gespielte Partie akzeptieren, sondern auch dessen Hand schütteln müssen.

Sir Matthew hatte genau gewusst, was er tat.

Er hatte ihm die Hand angeboten, und Lucas hatte sie nehmen müssen.

Als er an der Treppe vorbeikam, überlegte er kurz, ob er noch einmal zu Jessica nach oben schauen sollte. Auf halber Höhe die Stufen hinauf kam ihm seine Mutter entgegen.

»Ich habe gerade nach Jessica gesehen«, sagte sie. »Sie schläft noch.«

Er bot ihr einen Arm und begleitete sie feierlich die Treppe hinunter.

Als er ihren forschenden Blick spürte, lächelte er.

»Ich habe mich entschlossen, die schönste Frau zum Abendessen zu geleiten«, sagte er. »Darf ich dich also bitte zu Tisch führen. Und jetzt suchen wir noch Ellie.«

Im Korridor kamen sie an Sir Matthew vorbei, aber Mutter und Sohn waren so sehr ins Gespräch vertieft, dass sie ihn nicht zu bemerken schienen.

Ihre Lider fühlten sich bleischwer an. Sie lag da und versuchte, sie zu öffnen, aber jede Zelle ihres Körpers schien zu fordern, dass sie wieder schlafen solle. Laudanum ... Das Wort schwebte durch ihren Kopf. Deshalb konnte sie sich zu nichts aufraffen; deshalb lag sie hier wie ein Stein, obwohl etwas völlig falsch lief.

Sie nahm all ihre verbliebene Willenskraft zusammen und öffnete langsam die Augen. Obwohl sie abgespannt und das Zimmer dunkel war, wusste sie, wo sie sich befand. Sie war in ihrem Schlafzimmer im Haus der Haigs. Und unten war ein Fest im Gang. Nein. Der Ball der Pächter. Das war es. Wenn sie sich nicht so unwohl gefühlt hätte, wäre sie dort unter den Gästen.

Die Klänge einer deftigen Tanzweise drifteten zu ihr herauf. Sie hörte Stimmen und Gelächter, aber alles war sehr gedämpft.

Das war es nicht, was sie aufgeweckt hatte. In der Luft lag ein Duft nach Rosen – keine echten Rosen, sondern etwas Unangenehmes, Widerwärtiges.

Bellas Parfüm.

Sie setzte sich ruckartig auf und keuchte, weil der Schmerz in der Seite so stark war. Schwindel erfasste sie. »Bella?«, flüsterte sie. »Bella?«

Die Stille machte ihr Angst.

Und nicht nur die Stille. Keine der Kerzen brannte. Die Vorhänge waren zugezogen. Schwester Brigid hätte ihr antworten sollen oder eines der Dienstmädchen. Sie hätten sie nie im Dunkeln allein gelassen. Zumindest hätten sie eine Kerze für sie brennen lassen.

Sie rutschte vorsichtig über die Bettkante und stellte sich auf die Füße. Sie tat es wieder, sie tat, was sie mit Rodney Stone getan hatte. Alles ließ sich logisch erklären, sie musste sich nur konzentrieren. Und sie brauchte lediglich am Klingelzug zu ziehen, und schon würde ein Dienstmädchen kommen. Dann würden die Kerzen angezündet.

Mit langsamen, unsicheren Schritten durchquerte sie den Raum. Als sie nach dem Klingelzug griff, hörte sie ein Geräusch – etwas fiel mit einem dumpfen Aufschlag auf den Teppich. Noch ehe sie aufschreien konnte, ließ ein Schlag sie zu Boden sinken. Sie kämpfte gegen Übelkeit und einen heftigen Schmerz an und wand sich, um dem nächsten Schlag auszuweichen. Aber es kam keiner. Die Tür öffnete und schloss sich, und dann hörte sie Schritte den Korridor entlangeilen.

Sie war allein.

Erst nach einer langen Weile stand sie auf. Zuerst ging sie langsam und vorsichtig auf die Knie und stützte sich mit einer Hand an der Wand ab.

Sie atmete schwer.

Dann richtete sie sich ganz auf, zog an der Klingelschnur und setzte sich schließlich wieder auf das Bett.

Bella hatte sich hinter den Bettvorhängen versteckt. Aber weshalb? Bella musste die Kerzen ausgelöscht und sich dann hinter den Bettvorhängen versteckt haben.

Aber das ergab keinen Sinn. Dies war Bellas Haus; sie musste sich nicht wie ein Dieb in jemands Schlafzimmer schleichen. Sie konnte überall im Haus hingehen, wo sie wollte.

Die Tür öffnete sich, und ein Dienstmädchen kam mit einer Kerze herein. »Oh, Miss«, rief sie, »Ihre Kerzen sind ja ausgegangen!«

Jessica schaute zu, wie die junge Frau die Kerzen auf dem Kaminsims anzündete.

»Kann ich Ihnen etwas bringen, Miss?«

Jessica konnte nicht lächeln, obwohl sie es versuchte. »Danke, Eliza, aber die Kerze war alles, was ich wollte. Oh, und ich glaube, da ist etwas auf den Boden gefallen.«

Das Mädchen suchte die Stelle ab, auf die Jessica deutete, und fand eine große Schere. »Wie kommt denn dic Schere der Mistress hierher?«, fragte sie ungläubig.

Noch lange, nachdem das Dienstmädchen wieder gegangen war, saß Jessica auf dem Bett, die Hände an ihre schmerzenden Schläfen gedrückt. Sie hätte alles darum gegeben, wieder Schwester Martha zu sein und wieder in der heiteren Umgebung des Klosters der Barmherzigen Schwestern zu leben.

16

Drei Wochen später wurden Lucas und Jessica im großen Empfangssaal von Dundas House getraut. Die Braut hatte sich gewünscht, dass Pater Howie nach seiner Rückkehr aus Rom den göttlichen Segen für ihre Ehe in einem weiteren Gottesdienst im Kreis der Nonnen und engsten Verwandten erbitten sollte. Jetzt hingegen stand der Salon allen Freunden, Verwandten und Bekannten offen.

Als Lucas seiner Braut den Ehering überstreifte, fragte er sich, warum sie für diesen Schritt so lange gebraucht hatten. Endlich war sie seine Frau, aber wenn er auch nur einen Funken Verstand besessen hätte, hätte er sie schon vor sieben Jahren geheiratet, damals, als sie ihm im Stall aufgelauert und versucht hatte, ihn zu kompromittieren, als Bella und Adrian hereinkamen. Jahrelang hatte er seine Gefühle für sie verleugnet. Wie hatte er nur so blind sein können? Doch das hatte er nun davon – jetzt war er derjenige, der Jess nachstellte. Die alte Jess hätte triumphiert. Diese Jess … diese Jess …

Sie war eine der schönsten Frauen, die er je gesehen hatte. Ihr langärmliges Hochzeitskleid war aus perlgrauer Seide, den kurzen Schleier und den Brautstrauß zierten zarte weiße Lilien, die aus seinem eigenen Gewächshaus stammten. An ihrem Ausschnitt glitzerte sein Hochzeitsgeschenk, ein schlichtes goldenes Kreuz, das, passend zu ihrem Verlobungsring, mit Saphiren besetzt war. In ihrem Haar hatte sich ein Sonnenstrahl verfangen und ließ einzelne Strähnen wie Goldfäden schimmern. Gedanken drängten sich in seinen Kopf, die den Umständen ganz und gar nicht angemessen waren.

Als sie ihr Ehegelübde wiederholte, blickten ihre großen grauen Augen ängstlich und gleichzeitig fragend zu ihm auf. In all den Jahren, die er sie kannte, hatte er diesem Blick, der an sein tiefstes Inneres rührte, nie widerstehen können. Damit hatte alles angefangen. Es wäre besser für ihn gewesen – ja, besser für sie beide –, wenn er mehr auf diesen Blick und darauf, was er bei ihm auslöste, geachtet hätte.

Jessica bemerkte, wie ernst er wirkte, und verlor allen Mut. Aber Zweifel an dieser Ehe – falls ihn denn welche beschlichen – kamen zu spät. Und das war nicht ihre Schuld; sie hatte ihm wahrlich genügend Gelegenheiten geboten, einen Rückzieher zu machen. Er aber hatte nicht locker gelassen, und nun mussten sie das Beste daraus machen.

Sie hatte die Gabe, aus allem das Beste zu machen, daran hatte die Mutter Oberin sie erst gestern noch erinnert. Sie hatte ihr erzählt, wie sie in der Krankenstation aufgewacht war ohne die geringste Ahnung, wer sie war oder wie sie dorthin gekommen war. Aber nach und nach habe sie sich ein neues Leben aufgebaut, und in der Ehe würde sie es ebenso tun. Jede Braut werde von Ängsten befallen, die jetzt auch sie plagten; es liege an ihr, sich in die neue Rolle als Lucas' Ehefrau zu finden.

Als Lucas den Kopf neigte und sie auf den Mund küsste, fuhr sie erschrocken zusammen. »Schau nicht so verängstigt, Lady Dundas!«, flüsterte er. »Eine Hochzeit ist doch ein freudiges Ereignis. Lächle!«

Aus Schwester Martha war jetzt Lady Dundas geworden. Würde sie je erfahren, wer sie wirklich war?

Sie lächelte, als sie der Pfarrer zu Mann und Frau erklärte und ihnen bedeutete, dass sie sich nun ihren Gästen zuwenden konnten.

*

Beim anschließenden Empfang bemühte sich Jessica, ihre Unsicherheit zu verbergen. Sie musste eine Rolle spielen, und das tat sie, so gut sie konnte. Es fiel ihr nicht einmal besonders schwer. Lucas' Mutter hatte viel mit ihr geübt. Für Jessica war es eine Ehrensache, bei so vielen Leuten von Stand dem Protokoll Genüge zu tun, und außerdem waren alle wirklich reizend zu ihr, alle bis auf drei – Ellie, Perry und Bella. Ellie war beleidigt, Perry zornig, und Bella hatte sich in ein grünäugiges Monster verwandelt.

Aus den Augenwinkeln sah sie, wie Ellie aus dem Zimmer stürmte und Perry ihr mit düsterer Miene nacheilte. Jessica fand es ziemlich anstrengend, diese zwei widerspenstigen jungen Leute um sich zu haben, die kein Hehl aus ihren Gefühlen machten. Allmählich begriff sie, wie strapaziös sie als Heranwachsende gewesen sein musste.

Ihr Blick blieb an Bella haften. Sie stand in der Mitte einer kleinen Gruppe und ließ sich über etwas aus, was ihre Zuhörerschaft offensichtlich sehr faszinierte. Ihre Augen aber irrten gierig im ganzen Saal umher und verschlangen all seine Schätze.

Es war wirklich eine Ironie des Schicksals. In Hawkshill hatte Bellas Adlerblick jeden Makel erspäht, und Jessica hatte sich geschämt, weil dort alles so schäbig war. Jetzt bekam Bella große Augen bei allem, was sie sah – die unschätzbaren Werke Tizians an den Wänden, das Sèvres-Porzellan, die Aubusson-Teppiche und vor allem die stattlichen korinthischen Säulen und das unvergleichliche Interieur von Robert Adam. Eigentlich hätte Jessica jetzt triumphieren können, aber in ihr regte sich nur Mitleid. Bella hatte etwas, was man mit Geld nicht kaufen konnte, und sie wusste es nicht einmal: einen Mann, der sie liebte. Rupert stand neben ihr mit einem traurigen kleinen Lächeln auf den Lippen, als wüsste er, dass er vor Bellas Augen nie Gnade finden würde.

Unwillkürlich fiel ihr wieder Bellas nächtliche Attacke im Haus der Haigs ein. Je mehr sie darüber nachgedacht hatte, desto sicherer war sie sich, dass es tatsächlich Bella gewesen war. Als ihr Lucas am Morgen danach erklärt hatte, dass sie noch am selben Tag nach London reisen würden, war sie so aufgewühlt gewesen, dass sie ihm alles versprochen hätte, um aus diesem Haus zu entkommen. Und er hatte es ihr leicht gemacht, das Gesicht zu wahren. Unsere Ehe wird nach deinen Vorstellungen gestaltet, hatte er ihr versprochen.

Ich habe noch nie eine Frau so begehrt wie dich, hatte er gesagt.

Begehrt, nicht geliebt! Sie unterhielt sich mit ihren Gästen, sie lächelte, aber ihre Gedanken schweiften immer wieder nach Hawkshill und zu ihrem letzten Besuch dort. Vielleicht wäre es besser gewesen, diesen Besuch zu unterlassen, aber sie hatte den Jungen noch einmal versichern wollen, dass sie sie nicht im Stich lassen würde. Es war für alle Beteiligten ziemlich anstrengend gewesen.

Joseph sagte, wenn sie jetzt nicht aufhören würden zu jammern und zu weinen, müsste er noch eine Arche bauen wie Noah. Als sie sich aus der Kutsche gelehnt hatte, um ein letztes Mal zu winken, hatte er noch mit ernster Miene und nur für ihre Ohren bestimmt gesagt: »Ein dreifaches Hoch auf Jessica Hayward!«

»Nicht auf Schwester Martha?«, hatte sie wissen wollen.

Er hatte nur den Kopf geschüttelt. »Ich setze auf Jessica Hayward.«

Die Erinnerung an seine Abschiedsworte tröstete sie etwas.

In diesem Moment machte jemand eine Bemerkung über das Haus. Sie zwang sich, ihre Gedanken wieder der Gegenwart zuzuwenden. Es sei wirklich ein wunderschönes Haus, meinte sie zustimmend und blickte sich noch einmal um. Obwohl das Interieur für ihren Geschmack etwas zu pompös war, konnte sie dennoch nicht umhin, es zu bewundern. Überall schimmerten ockerfarbener Marmor und vergoldete Säulen. Das stattliche, im neoklassischen Stil entworfene Anwesen lag im Zentrum von Mayfair, aber im Westen gingen die Fenster auf den Green Park, und es kam einem vor, als befände man sich mitten auf dem Land. Dabei war Piccadilly, die meistbefahrene Straße ganz Londons, nur einen kurzen Spaziergang entfernt.

»Warum bist du so still?«

Als sie aufblickte, merkte sie, dass Lucas sie beobachtet hatte. »Ich habe dein Haus bewundert«, meinte sie.

Lucas musterte den Raum flüchtig, dann lächelte er. »Ein ziemlicher Unterschied zu Hawkshill und deinem Kloster, nicht wahr, Jess?«

»Deshalb aber nicht besser, sondern nur anders.«

Sein Lächeln schwand. »Warum der scharfe Ton, Jess? Ich dachte, es gefällt dir hier. Zumindest hast du es meiner Mutter versichert.«

»Es stimmt ja auch. Aber dort, wo ich früher war, war ich auch glücklich«, erwiderte sie.

Als sie merkte, dass sie noch immer sehr kritisch klang, wollte sie ihm erklären, was in ihr vorging, doch Lucas wurde schon wieder von seinen Gästen in Beschlag genommen.

Jessica schlenderte in den Speisesaal. Dort bogen sich die langen, mit feinstem Damast bedeckten Tische unter einer Vielzahl von Köstlichkeiten. Kristall und Silber funkelten im Licht der Kronleuchter. Die Diener trugen ihre Galalivreen, gepuderte Perücken, weiße Satinhosen und silberne Jacken. Das Orchester spielte auf dem Podium feierliche Weisen. Alle waren frohgemut und versuchten, die Musik zu übertönen. Jessica hatte das Gefühl, ihr Gesicht würde vor lauter Lächeln Sprünge bekommen, und ihr Kopf schmerzte. Als sie durch einen Torbogen den scharlachroten Raum betrat, fiel ihr Blick zuerst auf Ellie.

Das junge Mädchen stand vor dem venezianischen Fenster in einem Kleid, das Jessica viel zu erwachsen vorkam – das tief ausgeschnittene, reich bestickte blaue Seidengewand enthüllte merklich zu viel Busen. Ellies Haar war kunstvoll gelockt und von Perlen durchzogen. Sie war wirklich ein hübsches Ding, aber sie versuchte mit allen Mitteln, älter zu wirken.

Zunächst wollte sich Jessica ungesehen davonschleichen. In Lucas' Anwesenheit war Ellie zwar die Nettigkeit in Person, machte ansonsten aber kein Hehl aus ihrer Abneigung gegenüber Jessica.

Doch dann traf sich ihr Blick mit dem von Ellies Begleiter, Perry. Jetzt konnte sie sich nicht mehr aus dem Staub machen, sie musste zu den beiden gehen.

Bei Perrys ersten Worten fiel es ihr schwer, weiter zu lächeln. »Ich hoffe, du schaffst es, sie zur Vernunft zu bringen«, sagte er mit leiser, angespannter Stimme. »Den ganzen Abend bläst sie Trübsal, das ist schon mehreren Gästen aufgefallen.«

Ellies Zorn war ebenso spürbar wie der seine. »Ach, scher dich doch um deine eigenen Angelegenheiten!«

»Genau das tue ich. Und Lucas hat mich nun mal gebeten, mich um dich zu kümmern.«

»Ich habe Kopfschmerzen, mehr nicht.«

Auch Jessicas Kopfschmerzen wurden immer schlimmer. »Perry«, kam sie ihm zuvor, denn er wollte Ellie gerade etwas entgegnen, »wärst du so nett und würdest mir eine Kleinigkeit zu essen bringen? Ein Sandwich würde völlig genügen. Ich habe den ganzen Tag noch nichts gegessen und falle schier um vor Hunger.«

»Wie bitte?«

»Ein Sandwich«, wiederholte sie. »Ellie, hättest du auch gern etwas zu essen?«

Ellie streckte ihm ihre Erdbeerlimonade entgegen. »Da«, sagte sie. »Du könntest mir statt diesem Zeug ein Glas Champagner bringen.«

Perry grinste. »Dafür würde mich Lucas zur Rechenschaft ziehen. Trink deine Limonade, Ellie, die ist gut für junge Damen.«

»Du gemeiner ...« Aber Perry war schon weg, bevor Ellie ihren Satz beenden konnte, deshalb stürzte sie sich mit all ihrer Wut auf Jessica. »Ich nehme an, du bist jetzt endlich zufrieden?«, fragte sie verbittert.

Jessica war sich bewusst, dass die Leute in ihrer Nähe anfingen, sie anzustarren. »Nicht unbedingt, Ellie«, entgegnete sie leise. »Eigentlich fühle ich mich inmitten all dieser vornehmen Menschen ziemlich unbehaglich. Ich bin eine solche Umgebung nicht gewohnt.«

»Nein, doch du würdest dich sicher sehr gern daran gewöhnen, nicht wahr, Jessica? Doch du passt nicht hierher! Du gehörst nicht hierher! Aber das ist dir wahrscheinlich einerlei, jetzt, wo du eine Gräfin bist.«

Jessica hatte in der Gästeschar nach Lucas Ausschau gehalten und ihn auch entdeckt. Er stand auf der anderen Seite des Saals, in ein Gespräch mit Rupert und Adrian vertieft. Sie hatte ihm zuwinken wollen, doch bei Ellies Worten ließ sie die Hand sinken. Angespannt wandte sie sich wieder ihrer Gesprächspartnerin zu.

»Ich habe Lucas nicht wegen seines Titels geheiratet.«

»Nein, aber wegen seines Geldes.«

»Das stimmt nicht.«

»Ach ja? Das zeigst du allerdings auf eine recht merkwürdige Weise. Aber Lucas ist kein Dummkopf. Er ist dir schon längst auf die Schliche gekommen.«

Jessica starrte sie verständnislos an. »Was willst du damit sagen?«

»Erinnerst du dich noch an die Kleider, die du bei Mrs Marsh bestellt hast? Ich habe gesehen, wie die Schachteln eintrudelten. Und Lucas hat gesagt, wenn du so weitermachst, bringst du ihn noch an den Bettelstab!«

In diesem Moment stiegen Tränen in Ellies Augen, was Jessicas Unmut ein wenig beschwichtigte. In Ellies Alter hatte sie sich wegen Lucas ebenfalls sehr töricht benommen. Jetzt wünschte sie sich, sie hätte eine ältere Schwester oder sonst jemanden gehabt, der ihr ein paar Dinge erklärt hätte.

»Ellie«, sagte sie ruhig, »Lucas und ich sind jetzt verheiratet. Wir haben uns ein Eheversprechen gegeben. Das musst du langsam, aber sicher begreifen und akzeptieren.«

»Er wird dich nie lieben!«, brach es aus Ellie heraus. »Er

liebt Bella, und das schon seit vielen Jahren. Sie hat alles, was du nie haben wirst.«

Jessicas Mitgefühl schwand rapide. »Ich will nicht so sein wie Bella, und auch du solltest das nicht anstreben. Du bist eine hübsches junges Mädchen. Warum willst du so sein wie eine andere?«

Schlagartig wurde ihr klar, dass Ellie versuchte, eine Frau aus sich zu machen, die Lucas lieben konnte. Ihre Kleider, ihre Haare, ihre ganze Art hatte sie bei Bella abgeschaut. »Ach, Ellie«, sagte sie, »wirf doch nicht so leichtfertig deinen wertvollsten Besitz weg! Sei doch einfach du selbst!«

Ellie schien sie nicht gehört zu haben. »Frag Lucas doch mal nach seinen Schwermutattacken. Du kannst fragen, wen du willst – sie werden dir alle sagen, dass er noch nicht über Bella hinweggekommen ist und deshalb immer wieder in tiefe Depressionen verfällt.«

Jessica hätte Ellie am liebsten geohrfeigt, aber natürlich konnte sie nicht in aller Öffentlichkeit eine Szene machen. Deshalb sagte sie nur: »Ellie, du bist außer dir. Können wir später noch einmal darüber reden?«

»Du hast ihn dir geschnappt, und es war dir völlig egal, mit welchen Mitteln! Ich glaube keine Sekunde daran, dass Rodney Stone dich heiraten wollte. Ich glaube vielmehr, ihr habt das gemeinsam ausgeheckt, um Lucas in eine Falle zu locken.«

Immerhin wusste Ellie nicht, dass Lucas in ihrem Bett ertappt worden war, sonst hätte sie es sicher in alle Welt hinausposaunt.

Dennoch stieg Schamesröte in Jessicas Gesicht.

Alle blickten nun auf sie, und Ellie gab sich nicht die geringste Mühe, leise zu sprechen. Jessica kam zu dem Schluss, dass es das Beste sei, einen Rückzieher zu machen.

»Entschuldige, Ellie«, meinte sie, »aber ich muss mich um meine Gäste kümmern.«

Als sie an Ellie vorbeigehen wollte, ließ sich das Mädchen

plötzlich auf sie fallen und verschüttete dabei ihre ganze Erdbeerlimonade auf Jessicas Hochzeitskleid.

Jessica starrte fassungslos auf den Fleck, der sich auf ihrem wunderschönen Hochzeitskleid ausbreitete. Nun konnte sie sich nicht mehr beherrschen, sie packte Ellie am Handgelenk. »Du boshafte Göre!«, stieß sie mit leiser, doch bebender Stimme hervor. »Das hast du absichtlich gemacht!«

Ellie entwand sich ihrem Griff. »Es war keine Absicht!«, schrie sie. Sie blickte sich gehetzt um, und als sie sah, dass Lucas auf sie zusteuerte, wurde ihre Stimme noch etwas lauter. »Es war ein Unfall, Lucas, aber Jessica will mir nicht glauben!«

Erbärmlich schluchzend warf sie sich an seine Brust, und er nahm sie fürsorglich in die Arme.

»Beruhige dich, Ellie«, tröstete er sie. »Jessica weiß, dass es ein Unfall gewesen ist. Jetzt sag ihr, dass es dir Leid tut, und dann vergessen wir das Ganze!« Er wandte sich an Jessica: »Was um Himmels willen geht hier eigentlich vor?«

Jessica überlief es eiskalt. »Es war kein Unfall«, sagte sie, »sondern Absicht!«

Lucas blickte kurz auf all die neugierigen Zuschauer, dann wieder auf seine Gattin. »Meine Güte, so beruhige dich doch! Ellie ist ja noch ein Kind. Ellie, entschuldige dich bei Jessica!«

Ellie blickte mit tränenverschleierten Augen auf Jessica. »Es tut mir wirklich Leid. Bitte verzeih mir!«

Jessicas Stimme war noch immer kalt. »Wenn es dir Leid tut, Ellie, dann verzeihe ich dir selbstverständlich.«

Perry kam mit zwei Tellern voller Köstlichkeiten zurück, die er auf den nächsten Beistelltisch stellte, als er sah, wie bleich Jessica war. »Was ist passiert?«, fragte er. »Ellies Stimme schallte bis ins nächste Zimmer!«

Nun begann Ellie völlig unbeherrscht zu weinen.

»Mein Gott, das artet ja in ein fürchterliches Spektakel aus«, knurrte Lucas. »Bring Jessica bitte auf ihr Zimmer!«, bat er Perry schroff. »Wenn sie sich umgezogen hat, soll sie sich wieder um ihre Gäste kümmern. Ich bringe Ellie zu meiner Mutter. Gehen wir, Ellie!« Seine barsche Stimme war weicher geworden. »Na ja, du hast zwar Jessicas Kleid ruiniert, aber das ist ja schließlich kein Weltuntergang. Ich werde ihr ein neues kaufen.«

»Nein.« Ellie legte ihren Kopf an Lucas' Schulter, während die beiden weggingen. »Ich werde es von meinem Taschengeld bezahlen.«

Jessica hörte noch, wie Lucas lachte.

Sie zitterte am ganzen Körper. »Das hat sie absichtlich gemacht!«, erklärte sie Perry.

»Das musst du mir nicht sagen«, erwiderte er. »Man sollte Ellie einmal kräftig durchschütteln. Aber versuch mal, das Lucas klar zu machen.«

Seine Worte linderten das flaue Gefühl in ihrem Magen. Sie schaffte es sogar zu lächeln. »Ich glaube, Lucas hat uns einen Befehl erteilt.«

Perry grinste. »Das kann er richtig gut. Aber wir beide konnten ihm nie besonders gut gehorchen.«

»Aber jetzt liegen die Dinge anders.«

»Tja, da hast du wohl Recht. Und wer ist daran schuld?«

Sie fiel ihm ins Wort, bevor er sich weiter darüber auslassen konnte. »Gehen wir?«

Sie benutzten den Dienstbotenaufgang, um neugierige Blicke zu vermeiden. Perry wartete draußen auf dem Gang, während Jessica in ihr Zimmer ging. Sie fand es ziemlich einschüchternd, auch wenn es nicht ganz so üppig dekoriert war wie die Räume im Erdgeschoss. Ihre wenigen Habseligkeiten waren erst heute eingetroffen, aber sie machten den Raum kaum heimischer.

In dieser herrschaftlichen Umgebung fühlte sie sich wie ein Eindringling.

Rasch ging sie in den Ankleideraum, wo sich auch ein Klingelzug befand, durch den sie ihre Zofe hätte herbeirufen können. Aber weil sie nicht gewöhnt war, sich von vorn bis hinten bedienen zu lassen, begann sie, sich alleine auszukleiden.

Als sie auf ihr Bild in dem Standspiegel blickte, hielt sie inne. Der rote Fleck hatte sich vom Mieder bis zum Saum ausgebreitet. Nach dem Waschen würde er zwar verblassen, aber das Kleid würde nie wieder so schön sein wie zuvor.

Ich kaufe ihr ein neues.

Sie wollte kein neues Kleid, sie wollte dieses. Es war ihr Hochzeitskleid! Sie hätte es sorgfältig eingepackt und nur ab und zu hervorgeholt, zu ganz besonderen Gelegenheiten, vielleicht auch zur Hochzeit ihrer Tochter, wenn ihr das Glück beschieden würde, eine Tochter zu bekommen. Ein einfühlsamer Mann hätte das sicher verstanden, nicht aber Lucas.

Ungeduldig drängte sie die aufsteigenden Tränen zurück, zog rasch das Kleid aus und ging zum Schrank, in dem eine stattliche Auswahl an Kleidern für sämtliche Gelegenheiten und aus allen möglichen Stoffen hingen – Musselin, Seide, Sarsenett, Croisé. Ellie hatte Recht gehabt, in der letzten Woche waren tatsächlich zahllose Schachteln geliefert worden. Aber sie hatte diese Kleider nicht in Auftrag gegeben. Eine Schneiderin war ins Haus gekommen und hatte Maß genommen, Mrs Marsh hatte mit Lucas' Mutter verhandelt, und das war dabei herausgekommen. Die meisten ihrer alten Kleider waren als Spende in die Pfarrei gewandert, um an die Armen verteilt zu werden. Selbst ihre Unterwäsche war neu.

Sie befühlte den Stoff ihres Unterhemds: reine Seide. Doch Ellies Anfall hatte ihr die Freude verdorben, die sie empfunden hatte, als sie sich für ihre Hochzeit schön gemacht hatte.

Sie entschied sich für ein lavendelfarbenes Musselinkleid und schlüpfte rasch hinein. Beim Hinausgehen fiel ihr Blick auf ein buntes Etwas – den Patchworkquilt, den sie im Kloster genäht hatte und der jetzt ordentlich gefaltet auf einer Stuhllehne hing. Sie breitete ihn am Fußende ihres Bettes aus. An der Tür drehte sie sich noch einmal um und begutachtete den Raum, und sofort fiel ihr Blick auf den bunten Fleck auf ihrem Bett.

Jetzt gefiel es ihr hier schon etwas besser. Jessica Hayward ließ sich nicht einschüchtern. Sie würde in diesem Haus ihre Spuren hinterlassen, und nicht nur im Haus, sondern auch bei Lucas Wilde.

*

»Worüber habt ihr euch denn gestritten, Ellie und du?«

Bei Perrys Frage richtete sich Jessica kerzengerade auf. »Das geht nur Ellie und mich etwas an«, erwiderte sie.

Sie stiegen nebeneinander die Treppe hinab. »Aha, es ging also um Lucas. Hüte dich vor Ellie, Jessica! Sie ist ein eifersüchtiges kleines Biest, und im Gegensatz zu mir weiß sie nicht, wo die Grenzen sind.«

Seine Anspielungen, dass er in sie verliebt sei, gingen ihr allmählich auf die Nerven. »Ich würde deine Freundschaft nur sehr ungern verlieren, Perry«, entgegnete sie mit scharfer Stimme, »aber wenn du dich mir gegenüber nicht wie ein Bruder benehmen kannst, ist es das Ende unserer Freundschaft.«

Sie blieb stehen und sah ihm direkt in die Augen. »Und das fände ich schrecklich, denn ich habe nicht sehr viele Freunde.«

Sein finsterer Blick hellte sich langsam wieder auf. »Ich bin es zufrieden, dein Freund zu sein.«

Sie lächelte. »Danke, Perry!«

Sie setzten ihren Weg fort, bis sie fragte: »Perry, was weißt du über Lucas' Schwermutattacken?«

»Hat dir Ellie davon erzählt?«, fragte er, wobei sich seine Miene wieder verdüsterte.

»Dann stimmt es also.«

»Aber das ist doch alles graue Vorzeit. Jetzt ist Lucas verheiratet und wird sich gewiss ändern.« Auf ihren fragenden

Blick hin fügte er noch scherzhaft hinzu: »Ich kenne nicht viele verheiratete Männer, die sich wochenlang irgendwelchen Ausschweifungen hingeben können. Ihre Ehefrauen erlauben es ihnen nicht.«

Sie sagte ihm nicht, dass er ihr mehr verraten hatte, als sie bislang gewusst hatte. »Ich habe gehört, er hätte Kummer ob einer längst verflossenen Liebe.« Sie waren am mittleren Treppenabsatz angekommen. Jessica blieb stehen. »Und? Stimmt das?«

Perry wich ihrem Blick aus. »Lucas vertraut mir seine tiefsten Geheimnisse nicht an, Jess, aber Adrian glaubt das nicht.«

Jetzt wollte sie unbedingt alles wissen. »Perry, erklär mir bitte den Unterschied zwischen einem Mann, der eine Frau liebt, und einem, der eine Frau nur begehrt«, bat sie ihn ohne Umschweife.

Perry errötete. »Über solche Dinge sollten wir nicht reden!«

»Perry!«, meinte sie flehentlich. »Ich kenne mich bei Männern überhaupt nicht aus. Du bist mein bester Freund. Wie soll ich es jemals herausfinden, wenn du es mir nicht erklärst?«

Er trat verlegen von einem Fuß auf den anderen, aber ihrem bittenden Blick konnte er nicht widerstehen. »Man liebt nur eine Frau«, sagte er, »aber man kann viele begehren. Du gehörst zu der Sorte Frauen, die geliebt werden, Jessica. Die andere Sorte Frauen – nun ja, solche Frauen dienen eher dazu, das Verlangen zu stillen.«

Sie runzelte die Stirn. »Warum gehöre ich zu der Sorte Frauen, die ein Mann liebt?«

»Na ja, du bist eben eine Frau, die ein Mann achtet.«

»Und Frauen, die das Verlangen stillen, werden nicht geachtet?«

»Im Allgemeinen nicht. Wie ich schon sagte – solche Frauen dienen eher als Mittel zum Zweck.« Er lockerte sein

Halstuch, als sei es ihm plötzlich zu eng geworden. »Hat Ellie dieses Thema angesprochen? Der würde ich am liebsten den Hals umdrehen! Bitte, keine weiteren Fragen, Jess, ich habe ohnehin schon viel zu viel gesagt!«

Zögernd kam sie seiner Bitte nach und wechselte das Thema. »Ich sollte Ellie nicht so böse sein«, sagte sie. »Soviel ich gehört habe, war ich ihr in diesem Alter sehr ähnlich.«

Er stürzte sich froh auf das neue Thema. »Tja, du warst absolut scharf auf Lucas, falls es das ist, was du meinst. Aber damit hören die Ähnlichkeiten auch schon auf. Ellie wurde von klein auf verwöhnt. Ihre Eltern waren schon etwas älter und beteten sie an. Als sie starben und sich ihr Bruder und seine Frau um sie kümmerten, ließ Ellie auch sie nach ihrer Pfeife tanzen.«

»Philip Bragge und seine Frau Jane? Aber die beiden sind doch auch schon tot.«

Jessica hatte die tragische Geschichte von Lucas' Mutter erfahren. Zuerst war Ellies Schwägerin, Jane Bragge, bei einem Unfall in der Themse ertrunken, und ein paar Monate später war Janes Mann Philip bei Waterloo gefallen. Er war sehr eng mit Lucas befreundet gewesen und hatte Seite an Seite mit ihm gekämpft. Deshalb war Lucas auch zu Ellies Vormund ernannt worden.

»Danach wurde Ellie Lucas aufgehalst«, sagte Perry, »und ...«

»Aufgehalst!«, rief sie empört. »Perry, das ist nicht nett von dir!«

»Nett hin oder her, es entspricht der Wahrheit.« Er sah Jessica an und zuckte hilflos die Schultern. »Vielleicht war es nicht nett. Ich hätte sagen sollen: Ellie suchte sich Lucas als ihren Vormund aus.« – »Sie suchte ihn aus?«

»Zur Debatte standen er, Adrian und Rupert. Es gab da so eine Abmachung, musst du wissen.«

»Was für eine Abmachung?«

»Ach, das weißt du noch gar nicht? Vor der Schlacht von Waterloo hatten sie einander geschworen, falls einer von ihnen umkäme, würden sich die Überlebenden aus ihrer Gruppe um die Hinterbliebenen kümmern. Soldaten machen so etwas häufig vor einer Schlacht. Die vier standen sich sehr nahe, und der arme Philip starb.«

»Ellie war sicher am Boden zerstört.«

»Ja, natürlich. Aber immerhin waren Lucas und auch seine Mutter für sie da, und die beiden haben sie weiter verwöhnt. Eigentlich haben alle Mitleid mit ihr, und sie nutzt das weidlich aus.«

Sicher hatte er in mancher Hinsicht Recht, aber Jessica wusste aus ihrer Erfahrung im Kloster, dass Waisen schreckliche Selbstzweifel plagten. Manche klammerten sich dann an die Menschen, die sich fortan um sie kümmerten, andere strapazierten deren Geduld bis zum Äußersten. Man hätte schon eine Heilige sein müssen, um dabei gelassen zu bleiben.

Und sie war keine Heilige.

»Wie war es denn bei mir, Perry?«, fragte sie. »Wurde ich auch verwöhnt?«

»Na ja, wie man's nimmt. Du hattest mehr Freiheiten als Ellie, mehr Freiheiten als die meisten Mädchen.«

»Ich wünschte, ich könnte mich an diese Zeit erinnern«, sagte sie. »Ich wünschte …«

»Was?«

»Ich wünschte, ich könnte mich an meinen Vater erinnern. Was für ein Mensch ist er gewesen, Perry?«

Er dachte kurz nach, dann zuckte er die Schultern. »Du hast große Stücke auf ihn gehalten, daran kann ich mich noch gut erinnern. Aber …«

»Was aber?«

»Jess, ich weiß es wirklich nicht mehr. Ich war die meiste Zeit in der Schule.«

»Perry, du verletzt mich nicht, wenn du mir die Wahrheit

sagst«, meinte sie so unbeschwert wie möglich. »Ich weiß, dass mein Vater ein Spieler war und zu viel getrunken hat. Ich weiß auch, dass er in Chalford nicht sehr beliebt war. Aber all das sagt mir nicht, wie er als Vater gewesen ist.«

»Ich weiß noch«, sagte er bedächtig, »dass er dir immer Geschenke mitgebracht hat, wenn er aus London zurückkam.«

Ihr Augen leuchteten auf. »Was für Geschenke denn?«

Er lachte. »Irgendwelchen Flitterkram, eben Sachen, die Mädchen so mögen. Jane Hicks ist fast in Ohnmacht gefallen, als du ihr erzählt hast, dein Vater habe dir seidene Unterwäsche gekauft. Ach ja, einmal hat er dir einen Saphirring geschenkt, den du an einer Kette getragen hast, weil er dir noch zu groß war. Alle Mädchen wurden grün vor Neid, und das hast du natürlich genossen.«

Diese Vorstellung gefiel ihr so, dass sie vergnügt lachte. »Oh, das glaube ich gern!«, rief sie. »Was ich bisher gehört habe, war ich als Kind wohl ein ziemliches Biest. Wahrscheinlich war mein Vater zu nachgiebig.«

»Das war er bestimmt. Zumindest war meine Mutter dieser Meinung.«

Sie nickte. »Es war sicher sehr schwer für ihn, ein Kind alleine großzuziehen.«

In diesem Augenblick wurde ihr bewusst, was sie soeben tat, und sie hielt inne. Sie klang wie die Kinder aus dem Waisenhaus – sie machte ihren Vater zu etwas, was er ganz sicher nie gewesen war. Aber immerhin hatte ihr Vater sie nicht im Stich gelassen. Wahrscheinlich war er nicht der beste aller Väter gewesen – zumindest hatte Lucas das einmal erwähnt –, aber er war sicher auch nicht abgrundtief schlecht gewesen.

Das konnte er einfach nicht gewesen sein.

Sie lächelte Perry an. »Du hast gesagt, ich wäre als Kind ziemlich ungestüm gewesen.«

Er nickte. »Der Wildfang von Hawkshill, so habe ich dich

immer genannt, und dafür hast du mich ordentlich vermöbelt.«

»Hat dich das davon abgehalten, mich zu necken?«

Er grinste. »Natürlich nicht. Ich habe dich auch eine Hexe genannt. Das war aber nicht so lustig, dabei hast du nämlich zu weinen begonnen wie ein typisches Mädchen.«

Sie runzelte die Stirn. »Wie bist du darauf gekommen?«

»Du hast mir immer Streiche gespielt und so getan, als ob du in die Zukunft sehen könntest.«

»Was für Streiche denn?«

»Na ja, einmal war mein Hund verschwunden, und du hast mir gesagt, wo er steckt. Für diese Information hast du mir dann einen Penny abgenommen.«

Ihr Herz begann heftig zu pochen, und sie musste sich am Treppengeländer festhalten, weil ihr schwindelig wurde. »Das war aber nicht nett von mir.«

»Nein, wirklich nicht, schließlich waren wir Freunde. Aber du hast mich dasselbe zahlen lassen wie alle anderen«, meinte er. Dabei klang er allerdings nicht vorwurfsvoll, sondern eher neckisch.

Doch Jessica war ernst, auch wenn sie sich bemühte, ihm das nicht zu zeigen. »Ich habe Leuten Geld abgenommen? Welchen Leute?«

»Gören aus der Nachbarschaft, Richter Hicks' Tochter zum Beispiel, eine deiner Schulfreundinnen. Und noch allen möglichen anderen, wem genau, habe ich vergessen.«

»Ich habe ihnen Geld abgenommen dafür, dass ich Dinge für sie fand, die sie verloren hatten?«

»Manchmal, aber du hast auch die Zukunft vorhergesagt, und das war dein Verhängnis. Du hast Phoebe Fulham geweissagt, dass ihr Großvater sterben würde, und er ist tatsächlich gestorben. Ach, schau doch nicht so betroffen! Alle wussten, dass er sterben würde, nur wir Kinder nicht. Lucas meinte, du hättest wohl Erwachsene belauscht und dein Wissen genutzt, um deine Karriere als Wahrsagerin zu fördern.«

»Wahrsagerin«, wiederholte sie halblaut und nachdenklich.

»Dieses Wort stammte von Lucas. Wir Kinder haben dich einfach nur ›Hexe‹ genannt.«

»Wahrscheinlich hat Lucas meiner Karriere dann auch ein Ende gesetzt, oder?«, fragte sie vorsichtig.

»Na klar hat er das! Er ärgerte sich, wenn auch nicht halb so viel wie ich, als er mir erzählte, dass du meinen Hund wohl geschnappt und in der Scheune der Hendersons eingesperrt hättest, um mir den Penny abzuluchsen. Da hatte ich große Lust, dich zu vermöbeln.«

Sie fiel in sein Lachen ein. »Und – warum hast du es nicht getan?«

»Lucas meinte: ›Die knöpf ich mir vor!‹ Ich weiß nicht, was er dir gesagt hat, aber du hast allen ihr Geld zurückgegeben, das weiß ich noch genau. Und das war das Ende deiner Hexenkarriere.«

»Aha, verstehe.«

Den Rest des Weges war sie sehr still. Unten angekommen, legte sie eine Hand auf seinen Arm. »Perry«, meinte sie, »Ich habe noch einmal über Rodney Stone nachgedacht.«

»Rodney Stone? Guter Gott, wie kommst du denn jetzt auf den?«

Sie stand kurz davor, ihm ihr Herz auszuschütten. Er war ihr Freund, er war nett, er wollte nur ihr Bestes, und sie war es zutiefst leid, mit niemandem reden zu können.

»Was ist los, Jess? Warum schaust du so besorgt?«

Sie zögerte, weil sie Angst hatte, er würde ihr keinen Glauben schenken, und dann würde zwischen ihnen alles anders werden. Perry war so unkompliziert, so vernünftig. Sie wollte nicht, dass er sie für leicht verrückt hielt.

»Ellie hat ihn erwähnt«, sagte sie, »und seitdem denke ich über ihn nach.«

»Typisch Ellie. Du darfst dir nicht die Schuld an dem geben, was passiert ist, Jess!«

»Nein, das tue ich ja auch gar nicht.« Ihre Augen waren

weit geöffnet und klar. »Je mehr ich über ihn nachdenke, desto überzeugter bin ich, dass Mr Stone Übles im Schilde führte. Ich muss die Wahrheit herausfinden, damit ich wieder ruhiger werde. Willst du mir helfen, Perry?«

Er schüttelte den Kopf, doch als er ihren flehentlichen Blick gewahrte, seufzte er resigniert und meinte: »Was soll ich denn tun?«

»Finde über ihn heraus, was du kannst – mit wem er befreundet ist und so weiter. Ich glaube, jemand hat ihn beauftragt, mich in Verruf zu bringen.« Als er abermals den Kopf schüttelte, fuhr sie verzweifelt fort: »Perry, ich muss es einfach wissen! Diese Unsicherheit treibt mich in den Wahnsinn! Wenn ich es könnte, würde ich selbst Erkundigungen anstellen, aber das ist unmöglich.«

»Lucas hat das doch schon getan und nichts gefunden, was Stone diskreditiert hätte. Glaubst du ihm denn nicht?«

»Natürlich glaube ich ihm. Aber Lucas hat nur sehr oberflächlich nachgeforscht. Ich glaube, Mr Stone verbirgt etwas, und ich will wissen, was.«

Perry dachte kurz nach, dann meinte er: »Das wird Lucas aber nicht gefallen.«

Sie holte tief Luft und atmete langsam wieder aus. »Lucas darf nichts davon erfahren!«, sagte sie ernst.

*

Adrian steckte den Briefumschlag ein, den ihm Lucas soeben überreicht hatte. »Das wäre aber nicht nötig gewesen«, meinte er.

Sie waren wie viele der anderen Gentlemen in den Garten gegangen, um in Ruhe eine Zigarre zu rauchen. Nun standen sie etwas abseits an dem schmiedeeisernen Gitter, welches das Anwesen vom Green Park abgrenzte.

»Doch«, erwiderte Lucas. »Jessica ist jetzt meine Frau. Von nun an werde ich für sie sorgen, und ich habe beschlossen, Hawkshill dem Kloster zu überlassen. Deshalb ist es vollkommen in Ordnung, dass ich dafür zahle. Mit diesem Scheck sind meine Schulden bei dir beglichen, mehr nicht.«

»Aber das Geld für Hawkshill war doch kein Kredit, es war Teil unserer Abmachung, für Jessica zu sorgen. Es war eine Ehrenschuld.«

Lucas nahm einen tiefen Zug an seiner Zigarre und stieß den Rauch langsam aus. »Ich erinnere mich an keine Abmachung«, sagte er, »und Rupert auch nicht.«

»Wie du meinst«, murmelte Adrian. »Aber bevor wir dieses Thema fallen lassen, muss ich dir noch etwas sagen: Jessica hat mir dort drinnen« – er nickte in Richtung Haus – »ein paar Fragen zu Philip und Jane Bragge gestellt.«

»Na und?«

Adrian zuckte die Schultern. »Wenn sie nicht aufhört, in der Vergangenheit herumzustochern, könnte das für uns alle sehr unangenehm werden.«

Lucas schüttelte den Kopf. »Du vergisst, dass ich ihr Hauptverdächtiger war. Jetzt, wo wir verheiratet sind, wird sie mich wohl kaum hängen sehen wollen. Sie möchte nur etwas mehr über Ellie erfahren, das ist doch ganz natürlich.«

Adrian grinste. »Du hast mir nie erzählt, wie du Jessica dazu gebracht hast, deinen Antrag anzunehmen. Ich dachte, sie sei wild entschlossen, dich zurückzuweisen, obwohl du in flagranti ertappt worden bist.«

Lucas' Miene verfinsterte sich. »Ich nehme an, das hast du von Perry erfahren?«

»Beruhige dich! Schließlich bin ich sein Bruder, und er hatte Liebeskummer. Wem hätte er sich sonst anvertrauen sollen? Außer uns weiß es niemand, glaub mir, und außerdem ist das Ganze ja wirklich nur eine Jugendliebe. Er wird schon darüber hinwegkommen.«

»Er macht sich damit zum Narren.«

Adrian zog ein letztes Mal an seinem Zigarrenstummel, dann warf er ihn ins Gebüsch. »Er tritt nur in unsere Fußstapfen. Erinnerst du dich noch an die Witwe Watkins?«, fragte er und klopfte seinem Freund auf die Schulter. »Wir wollten uns wegen ihr duellieren, bis wir feststellten, dass Junker Soundso das Lager mit ihr teilte. Und wir waren schier untröstlich ...«

»Adrian, wir waren damals vierzehn!«

»... bis Sally Mathers des Weges kam. Nur falls du sie schon vergessen haben solltest – sie war die Frau des Schmieds. Wir verliebten uns beide unsterblich in sie. Damals haben wir uns tatsächlich einen Faustkampf geliefert.«

Lucas lachte leise. »Schließlich hat ihr Mann uns rechtschaffen verprügelt, und daraufhin haben wir uns wieder versöhnt.«

»Und als Bella kam, haben wir um sie gekämpft.«

Lucas lehnte sich an einen Baumstamm. »Wie um alles in der Welt sind wir überhaupt auf dieses Thema gekommen?«

»Bei Hochzeiten werde ich immer sentimental«, meinte Adrian wehmütig. »Und deine Hochzeit ist ganz besonders schlimm für mich. Nun bist auch du im Hafen der Ehe eingelaufen, und ich habe das Gefühl, dass meine Tage als Junggeselle gezählt sind. Wir haben immer alles gemeinsam gemacht. Wahrscheinlich ist es nur eine Frage der Zeit, bis es auch mich erwischt.«

Lucas sah ihn forschend an. »Wie steht es denn um deine letzte Liebe, diese verheiratete Frau?«

»Ach, die«, meinte Adrian abwiegelnd, »das ist schon längst vorbei. Habe ich dir das noch nicht erzählt? Momentan bin ich in Lady Caroline Howard verliebt. Fort mit der Verflossenen, her mit der neuen Liebsten, so lautet meine Devise. Aber eigentlich wollten wir doch über Perry sprechen.«

»Und, was ist mit ihm?«

»Nun, wenn er sich schon verlieben muss, dann bin ich froh, wenn es ihm bei jemandem wie Jessica passiert. Sie wird ihn sanft abwimmeln. Aber du hast mir noch keine Antwort auf meine letzte Frage gegeben.« – »Welche Frage?«

»Was hat Jessica zu ihrem Sinneswandel veranlasst?« Er blickte Lucas scharf an, dann prustete er los.

»Was ist denn?«, fragte Lucas beklommen.

»Du hast sie mit Argumenten überzeugt, stimmt's?«

»Und wenn schon, warum nicht?«

»Na, egal«, erwiderte Adrian. »Wenn du es nicht selber merkst, kann ich es dir nicht erklären. Aber wenn ich du wäre …«

»Was dann?«

»Versuch's doch mal mit Küssen, du Narr!« Mit einem letzten Lachen schlenderte Adrian ins Haus zurück.

17

Jessica saß vor ihrem Frisiertisch und war gerade dabei, sich einen Zopf zu flechten, als sie Lucas an ihrem Zimmer vorbeigehen hörte. Sie erkannte seine Stimme und die höhere Stimmlage seines Kammerdieners. Als die Tür am Ende des Ganges zufiel, atmete sie tief aus. Sie hatte gar nicht gemerkt, dass sie so lange die Luft angehalten hatte.

Doch schließlich war das keine normale Hochzeitsnacht. Sie hatten sich schon vor geraumer Weile gute Nacht gewünscht, als die letzten Gäste aufgebrochen waren. Lucas' Mutter war noch da und Ellie natürlich auch; er hatte noch ein paar Worte mit seiner Mutter gewechselt und dann nachgeschaut, ob die Haustüren verriegelt waren. Jessica war das ganz recht gewesen, sie hatte ohnehin nicht mit ihm reden wollen. Hätte er sie auch nur einmal schief angesehen, sie wäre explodiert. Das hatte sie nun davon, dass sie immer alles in sich hineinfraß und ständig gute Miene zum bösen Spiel machte.

Sie wollte gerade noch etwas Parfüm auflegen, als sie in ihrem Ankleidezimmer ein Rascheln vernahm. Sie zuckte zusammen. Rasch verschloss sie den Flakon, stellte ihn ab und lauschte. Türen gingen auf und zu, ein paar leise Stimmen waren noch zu hören, dann senkte sich Stille über das ganze Haus.

Ich habe noch nie eine Frau so begehrt wie dich.

Enttäuscht schniefend marschierte sie zum Bett und legte ihr Negligé ab. Die Laken fühlten sich kühl an und dufteten schwach nach Zitrone. Sie rückte noch ein paar Kissen zurecht, dann setzte sie sich hin, verschränkte die Arme und dachte über ihr neues Zuhause nach.

Eigentlich hätte sie die Kerzen jetzt ausblasen können. Lucas würde nicht zu ihr kommen, zumindest nicht, wenn er auch nur einen Funken Verstand besaß. Ein Mann, der seine Frau am Hochzeitstag brüskierte, konnte wohl kaum erwarten, dass sie in der Nacht in seinen Armen liegen wollte. Und außerdem hatte er ihr versprochen, sie könne den Zeitpunkt bestimmen, an dem ihre Ehe vollzogen werden sollte. Wahrscheinlich hatte er ihrem Blick, als sie sich zur Nacht verabschiedete, entnommen, dass sie ihn am liebsten in der Hölle schmoren sehen würde.

Als Nonne wären ihr niemals derartige Gedanken in den Sinn gekommen.

Wieder schniefte sie. Aber war sie denn nicht im Recht? Ellie hatte die Erdbeerlimonade absichtlich über ihr Brautkleid gekippt, und Lucas hatte das Mädchen noch dafür belohnt, indem er sich den Rest des Abends von ihr hatte vereinnahmen lassen. Es war töricht von ihm gewesen, seine Ehefrau zu vernachlässigen.

War das der einzige Grund für ihren Unmut? Ellie hatte eigentlich nur einen kleinen Teil dazu beigetragen. Der wirkliche Stachel waren Perrys Worte gewesen: *Ein Mann liebt nur eine Frau, aber er kann viele begehren.*

Gerade als sie über diesen Gedanken nachgrübelte, ging die Tür zu ihrem Ankleidezimmer auf, und Lucas kam herein. Er trug einen auberginefarbenen Morgenmantel, der mit einem Gürtel zusammengehalten wurde, aber Jessica achtete weniger auf seine Kleidung als vielmehr auf die Weinflasche und die zwei Gläser in seinen Händen. Als Nächstes bemerkte sie das breite Lächeln auf seinem Gesicht.

Dieses Lächeln war ein Fehler. Sie kam sich wie eine Katze vor, die gegen den Strich gestreichelt wurde.

Als er zum Kamin ging und die Gläser auf einem kleinen Mahagonitisch abstellte, stand sie auf, streifte ihr seidenes Negligé über und schnürte den Gürtel fest zusammen. »Ich war davon ausgegangen, dass das hier mein Zimmer ist«, sagte sie kühl.

Er füllte die Gläser. »Das ist es auch.«

»Ich kann mich nicht entsinnen, dich eingeladen zu haben.«

Er hob ein Glas und nippte an dem Wein. »Ein Mann hat das Recht, das Zimmer seiner Frau zu betreten, wann immer er möchte, Jess«, erwiderte er sanft. »Magst du auch einen Schluck?« Er bot ihr das andere Glas an.

Unwillkürlich griff sie danach, doch dann fiel ihr ein, dass sie ja eigentlich böse auf ihn war, und sie zog die Hand zurück.

»Wir haben eine Vereinbarung, Lucas, von der ich dich nicht entbunden habe!«

Sein Blick verdüsterte sich. »Und was verleitet dich zu der Annahme, dass ich mich nicht an unsere Vereinbarung halten würde?« Er hob sein Glas. »Hast du geglaubt, ich würde dich jetzt mit Wein abfüllen und willfährig machen? Jess, Jess«, fuhr er milder gestimmt fort und lächelte leise, »der Wein war eigentlich gar nicht für dich bestimmt, sondern für die Dienstboten. Wenn sie morgen Früh zwei Gläser vorfinden, glauben sie, dass wir eine ganz normale Ehe führen. Ansonsten würden sie sich sicher das Maul zerreißen, und das könnte sehr unangenehm werden.«

Das nahm ihr den Wind aus den Segeln. »Ach so!«

Er musterte sie eindringlich. »Das mit Ellie tut mir Leid«, sagte er. »Es tut mir Leid, dass sie dein Kleid ruiniert hat.«

Nun schwand ihr Zorn rapide. »Wirklich?«

Er nickte.

»Sie hat es absichtlich getan, Lucas!«

Er wand sich unbehaglich. »Ich weiß. Aber du musst verstehen, was in ihr vorgeht. Sie schaut zu mir auf wie ... wie zu einem Vater. Jess, versetz dich doch einmal in ihre Lage: Sie ist noch ein Kind. Sie hat beide Eltern verloren, und dann noch ihren Bruder und dessen Frau. Es war schrecklich für sie. Ich habe versucht, ihr Leid ein wenig zu lindern, doch sie trauert noch heute. Sie mag dich nicht, aber das ist doch ganz natürlich: Sie hat Angst, dass du an ihre Stelle trittst und sie mich dann auch noch verliert. Mit der Zeit wird sie sich schon an dich gewöhnen. Gib ihr eine Chance, Jess!«

So betrachtet schämte sich Jessica fast, dass sie Ellie ablehnte. Aber eigentlich änderte sich dadurch nichts.

Sie schüttelte den Kopf. »Sie tut mir Leid, Lucas. Aber ich glaube nicht, dass du ihr hilfst, wenn du ihr immer alles durchgehen lässt.«

Er nahm ihre Hand und tätschelte sie. »Aber es ist doch nicht so schlimm, Jess! Es ist doch nur ein Kleid. Du hast noch genügend andere Kleider.«

Sie entzog ihm ihre Hand. »Darum geht es überhaupt nicht! Es war mein Hochzeitskleid!« Allmählich wirkte er leicht besorgt, was ihr sehr gut tat. »*Mein Hochzeitskleid*, Lucas!«

»Ich werde es ersetzen.«

»Nur damit du es weißt: Ein Hochzeitskleid lässt sich nicht ersetzen.«

»Was willst du damit sagen, Jess?«

Enttäuscht wandte sie sich von ihm ab, dann wirbelte sie wieder herum, denn ihr war noch etwas eingefallen. »Und warum hast du Ellie gesagt, ich würde dich noch an den Bettelstab bringen?«

»Wie bitte?«

»Leugnen ist zwecklos! Du hast gemeint, ich hätte so viele Kleider bestellt, dass ich dich damit an den Bettelstab bringen würde.«

»Das war doch nicht mein Ernst. Und außerdem habe ich das zu meiner Mutter gesagt, als sie mir die Rechnungen für die von ihr bestellten Kleider überreichte. Ellie hat es bestimmt missverstanden.«

War es tatsächlich so gewesen? Möglicherweise, dachte sie. »Ich weiß nichts über heranwachsende Mädchen, aber …«

»Aber was?«

»Ich dachte an die Jungen in unserem Kloster. Sie brauchen Liebe, das ist klar, aber sie brauchen auch Disziplin.«

»Jess«, erwiderte er vorwurfsvoll, »das hier ist kein Waisenhaus! Ellie ist ein Mitglied unserer Familie. Ich habe ihrem Bruder versprochen, mich um sie zu kümmern, wenn ihm etwas zustieße.«

»Ja«, entgegnete sie, »du hattest irgendeine Abmachung mit deinen Freunden getroffen, nicht wahr? Dass ihr euch alle um sie kümmern würdet ... Perry hat mir davon erzählt.«

Sein Blick wurde starr. »Wir waren Kameraden. Es war ein Versprechen, dass wir uns allen gegenseitig gaben, nicht nur Philip. Willst du damit sagen, dass ich Ellie jetzt zu Adrian oder Rupert abschieben soll?«

»Nein!«, rief sie entsetzt. »Daran habe ich überhaupt nicht gedacht. Das wäre grausam!«

»Ich bin froh, dass du das so siehst.« Er zögerte. »Wenn du nur versuchen würdest, dich mit ihr anzufreunden, würde sich gewiss alles einrenken.«

Vergeblich versuchte sie, sich vorzustellen, wie sie sich mit Ellie anfreunden könnte. Solange Ellie in Lucas verliebt war, würde sie immer eine Feindin in ihr sehen.

Lucas verstand nicht, wie tief das Problem ging. Er dachte, Ellie sähe ihn als eine Vaterfigur, und für ihn war Ellie nur ein Kind. Es war fast, als wiederhole sich die Vergangenheit, nur dass Ellie jetzt ihren Platz einnahm und sie Bellas.

Dieser Gedanke berührte sie unangenehm. Sie wollte nicht, dass Ellie sie so hasste, wie sie Bella gehasst hatte. Es musste doch einen Weg geben, das Mädchen für sich zu gewinnen. Aber wie? Vielleicht sollte sie Schwester Elvira fragen. Ja, sie würde Schwester Elvira schreiben und um Rat bitten.

»Ich werde es versuchen«, sagte sie seufzend. »Aber erwarte nicht zu viel!«

»Das ist alles, was ich von dir will, Jess!«

Sein Lächeln hätte ein steinernes Herz erweichen können, aber Lucas hatte ihr Herz ohnehin schon fast erobert. Plötzlich fühlte sie sich von allem überwältigt, was in den letzten Stunden auf sie eingestürmt war – Perrys weise Worte, Ellies

Hass, Zweifel an ihrer Stimme, Rodney Stone und nicht zuletzt ihre Rolle als Lucas' Frau. Sie wollte nur noch allein sein.

»Falls du nichts dagegen hast, würde ich jetzt gerne ins Bett gehen, Lucas«, sagte sie leise.

Er grinste, und seine Augen funkelten übermütig. »Soll ich das so verstehen, dass du mir anbietest, das Bett mit mir zu teilen?«

Ihr Atem stockte. »Ich habe nur gemeint …« Dann bemerkte sie das Funkeln in seinen Augen. »Ich denke anders als du, Lucas!«, sagte sie zähneknirschend.

Sie ging entschlossen zu ihrem Bett und streckte sich darauf aus. »Wenn ich an ein Bett denke, denke ich ans Schlafen!«

Er stellte sein Glas ab und schlenderte zu ihr. Sie drehte sich weg, als er sich über sie beugte, doch der Schalk war noch nicht aus seinen Augen gewichen. »Unabhängig davon, was du sagst, glaube ich, dass du momentan nur an das eine denkst.«

Sie schnaubte ungläubig.

Er lachte, denn er war sich seiner selbst und seiner Männlichkeit gewiss und erfreute sich daran. »Ich werde es dir beweisen«, meinte er. »Was fällt dir ein, wenn du an einen Küchentisch denkst?«

Er spielte mit ihr, das war klar. Benahmen sich verheiratete Paare so? »Ein Küchentisch?«, fragte sie unschuldig. »Das ist nicht schwer, ich denke …«

Doch das Bild, das nun vor ihrem inneren Auge auftauchte, ließ eine Welle heißer Erregung in ihr aufsteigen. Ihr Atem beschleunigte sich, als sie sich daran erinnerte, was in ihr vorgegangen war, als er sie beinahe auf dem Küchentisch in Hawkshill erobert hatte. Sein kraftvoller Körper auf dem ihren, sein Gewicht, unter dem sie sich kaum hatte rühren können. Und sie hatte es gewollt. Er hatte sie dazu gebracht, es zu wollen, wie jetzt auch.

Sie blickte ihn an und merkte, dass er genau wusste, was in ihr vorging. Die Belustigung, die er noch vor wenigen Minuten gezeigt hatte, war verschwunden. Er war sehr still, seine Züge hatten sich verhärtet, seine Augen verdunkelt. Der starke Puls an seinem Hals ließ auch ihr Herz schneller schlagen.

Als seine Hand ihren Oberschenkel streifte, schrie sie überrascht auf; sie duckte sich weg und sprang aus dem Bett. Sie musste jetzt etwas sagen, irgendetwas, um die spannungsgeladene Atmosphäre zu entschärfen. »Gemüse schneiden«, rief sie.

Er blinzelte. »Wie bitte?«

»Wenn ich an einen Küchentisch denke, fällt mir Gemüseschneiden ein.«

Seine Lippen zuckten. »Ich wusste gar nicht, dass Nonnen so lügen können. Schäm dich, Jess!«

Sie wich ihm weiter aus; nicht, weil er sich bewegt hatte, sondern weil seine Anwesenheit sie schier überwältigte, seine Stärke, seine Männlichkeit und die Erregung, die von seinem Körper auf sie überzugehen schien. Und er wollte, dass sie sich dessen bewusst war; das konnte sie an seinen Augen erkennen.

Sie musste dieses Spiel beenden. »Was willst du, Lucas?«

Er senkte den Kopf. »Nur einen Gutenachtkuss, Jess«, sagte er mit rauer Stimme. »Ist es zu viel verlangt, wenn sich ein Mann in der Hochzeitsnacht von seiner Frau einen Gutenachtkuss wünscht?«

Die Kerzen verströmten ein sanftes Licht, wärmten ihre Haut und öffneten ihre Sinne. Sie hörte seinen leisen, stockenden Atem; auch sie atmete unregelmäßig. Aber am faszinierendsten waren seine Augen: schwarz wie die Nacht – und ebenso gefährlich. Als sein Kopf sich abermals neigte, entfuhr ihr ein Stöhnen.

Seine starken, sinnlichen Lippen verzogen sich zu einem schwachen Lächeln. »Nur ein Kuss, Jess!«, flüsterte er.

Sein Mund legte sich auf den ihren, nicht bedrohlich, sondern behutsam, fast zärtlich. Ihr Magen verkrampfte sich, ihre Knie wurden schwach. Sie versuchte, ihn wegzustoßen; sein heftig pochendes Herz beschleunigte abermals ihren Puls.

Sein Kuss wurde intensiver, brachte sie dazu, seiner Zunge Einlass zu gewähren. Sie merkte, wie er die Schleife an ihrem Zopf aufzog und mit den Fingern durch ihr Haar fuhr, bis es lose auf ihre Schultern fiel. Ihr war nur noch ganz schwach bewusst, dass sie das eigentlich nicht wollte, doch ihr Instinkt wusste es besser, er war stärker und sagte ihr das Gegenteil.

Ohne aufzuhören, sie zu küssen, nahm er ihre Hand und führte sie an seine nackte Brust. Warmes, männliches Fleisch, starke Muskeln erbebten unter ihren Fingerspitzen. Er drängte sich so sehr an sie, dass er sie an die Wand presste. Sie spürte seine harten Lenden, und ihre letzten Ängste und Vorbehalte vergingen in einer Welle der Lust.

Lucas richtete sich auf und sah sie an. Augen, so grau und verhangen wie die stürmische See, erwiderten seinen Blick. Sie begehrte ihn ebenso sehr wie er sie.

Er schüttelte den Kopf, um die Beherrschung wiederzuerlangen. Er hatte einen Grund gehabt, sie diese Nacht noch einmal zu besuchen, aber nicht diesen. Doch er konnte sich nicht entsinnen, welchen, nicht jetzt, wo sein Körper hart wie Stahl war und ihn drängte, sich ihrer zu bemächtigen. Er musste sich wieder unter Kontrolle bringen und zur Vernunft kommen. Nachdem er tief durchgeatmet hatte, wurde sein Kopf allmählich wieder klarer.

Nach dem Gespräch mit Adrian hatte er beschlossen, dass er im Schlafzimmer seiner Frau kein Fremder sein wollte. Er wollte sich von Jessica nicht sämtliche Regeln diktieren lassen. Aber wie war er in diese Situation geraten? Er hatte sie gegen die Wand gedrückt, und selbst jetzt konnte er nicht aufhören, seine harte Männlichkeit an ihren weichen, weiblichen Körper zu pressen.

Er war zu weit gegangen; er wusste nicht, ob er jetzt noch von ihr lassen konnte. Aber wenn er es nicht tat, würde er morgen dafür büßen müssen.

Mit einem resignierten Seufzer richtete er sich vollends auf, doch bevor er zurücktreten konnte, schlang Jessica einen Arm um seinen Nacken und bäumte sich ihm entgegen.

»Jess?«, murmelte er heiser.

Sie antwortete ihm mit einem leisen, erregten Stöhnen. Er konnte nicht anders, er musste sie erneut küssen. Er küsste ihre Brauen, ihre Wangen, ihre Ohren; sie flüsterte mit rauer Stimme seinen Namen, was ihn über alle Maßen erregte. Er zog sie fest an sich und rieb sich mit rhythmischen Bewegungen an ihr.

Seine Hände legten sich um ihre großen Brüste. Sie schmiegte sich an ihn, und mit jedem kleinen Schritt der weiteren Hingabe wuchs seine Leidenschaft.

Als er sie zu ihrem Bett trug, dachte er nicht mehr darüber nach, ob es klug sei. Jessica war die Frau, die er seit Ewigkeiten begehrte; eigentlich war sie die Einzige, die er je wirklich begehrt hatte. Er war nur zu blind gewesen, es zu erkennen. All die Jahre galt es nun nachzuholen. Er würde sie nie mehr gehen lassen.

Er wollte sich gerade auf sie senken, als es plötzlich an der Tür klopfte und jemand versuchte, sie zu öffnen. Lucas stöhnte und hob den Kopf. Er atmete angestrengt, und auch Jessicas Atem ging heftig. Blinzelnd versuchte sie, sich zu fassen.

»Jessica!«, erschallte Ellies glockenhelle Stimme von draußen. »Ich weiß, dass du noch wach bist! Ich sehe noch Licht in deinem Zimmer.«

Lucas fluchte still vor sich hin.

Verwirrt blickte sich Jessica um, dann stieß sie einen kleinen Schrei aus: Sie lag auf ihrem Bett, ihre Füße berührten den Boden, Lucas lag auf ihr, seine harte Männlichkeit presste sich zwischen ihre Schenkel. Ihr einziger Schutz war ihr dünnes Nachthemd. Er war unter seinem Morgenmantel nackt.

Er musste ein Lachen unterdrücken. »Rühr dich nicht! Rühr dich jetzt bitte nicht, sonst kann ich für die Folgen nicht garantieren!«

»Jessica!«, rief Ellie abermals. »Mach die Tür auf! Ich muss mit dir reden.«

Lucas kicherte. Jessicas Gesicht war flammend rot. Stöhnend schloss sie die Augen.

Nun war noch eine andere Stimme zu hören, die von Lucas' Mutter. Sie sprach so leise, dass ihre Worte nicht deutlich vernehmbar waren, doch ihr Ton war unmissverständlich scharf.

»Aber Tante Rosemary, ich wollte mich doch nur bei Jessica entschuldigen!«

Dann entfernten sich die Stimmen, und es wurde wieder still.

Lucas musterte Jessicas Gesicht. »Jetzt kannst du dich wieder nach Herzenslust winden!«, sagte er.

Sie stemmte die Hände gegen seine Brust. Ebenso gut hätte sie versuchen können, eine Steinmauer zu stemmen, doch als er merkte, dass sie es ernst meinte, verzog er sein Gesicht und wälzte sich von ihr herab.

»Was ist jetzt los?«, fragte er verstimmt. Ungestilltes Verlangen quälte seinen Körper. Er war so kurz davor gewesen, sich in ihren warmen, willigen Körper zu versenken, dass er es nicht begreifen wollte, warum sie nicht einfach fortfahren konnten, wo sie aufgehört hatten.

»Denk an das Versprechen, das du mir gegeben hast, Lucas!«, sagte sie mit schwankender Stimme.

»Mein Versprechen?«, fragte er ungläubig. »Daran soll ich denken, jetzt, nach dem, was wir gerade getan haben?«

Jessica schwankte zwischen Tränen der Kränkung und dem Impuls, wegzurennen und sich zu verstecken. Sie schluckte und nickte, entsetzt über sich selbst. Sie hatte ihn praktisch angefleht, sie zu nehmen; sie hatte sich ihm förmlich aufgedrängt! Wenn Ellie nicht geklopft hätte, wäre es zu spät gewesen. Dann wäre sie jetzt nur noch ein Mittel für ihn, sein Verlangen zu stillen. Sie bat ihn ja nicht um seine Liebe, aber sie wollte um jeden Preis von ihm respektiert werden.

»Zum Teufel mit meinem Versprechen!«, knurrte er. »Ich will dich! Und du warst mehr als nur bereit dazu! Das ist doch ganz einfach.«

Kein Wort von Liebe. Allerdings hatte sie das ja wohl nicht erwartet – oder etwa doch? Sie setzte alles auf eine Karte. »Für mich ist das offensichtlich nicht so einfach.«

Er funkelte sie zornig an. »Das könnte es aber sein, wenn du nur eine Sekunde lang vergessen würdest, dass du ...«

»Dass ich was?«, unterbrach sie ihn gereizt.

Er zögerte.

Er wollte nicht mit ihr streiten, er wollte mit ihr ins Bett. »Dass du eine Nonne bist«, fuhr er milder gestimmt fort. »Das wollte ich sagen.«

Ihre Stimme bebte. »Eine verdorrte alte Nonne, hast du wohl gemeint.«

»Ach, zum Teufel!«

»Pass auf, was du sagst!«

Seine Enttäuschung übermannte ihn. »Wenn du jetzt mit mir ins Bett gehen würdest, dann müssten wir uns nicht streiten!«

»Bett!«, fauchte sie verächtlich. »Bett! Kannst du nur an das eine denken?«

»Ja!«, schrie er so laut, dass sie erschrocken zusammenzuckte. »Und wenn du nur einen Funken Ehrlichkeit in dir hättest, würdest du zugeben, dass auch du nur daran denken kannst!«

Ihre Lippen brannten noch von seinen Küssen, und ihr Puls hämmerte. Er hatte Recht, das wusste sie ebenso gut wie er, aber das wollte sie um nichts in der Welt zugeben. »Du hast keine Ahnung, was ich will«, erwiderte sie und versuchte, möglichst selbstbewusst zu klingen. Doch ihr war klar, dass ihre Stimme pathetisch bebte.

»Ich weiß es ganz genau«, meinte er. »Wenn auch nicht aus deinen Worten, Jess. Du kannst mir alles Mögliche erzählen, aber dein Körper lügt mich nicht an!«

Sein Blick fiel auf ihre Brüste. Sie spürte, wie sie sich zusammenzogen, und blickte ebenfalls darauf. Der weiche Stoff ihres Negligés spannte sich, und die Spitzen ihrer Brüste zeichneten sich darunter ab wie zwei überreife Erdbeeren.

»Ja«, sagte er mit sinnlich heiserer Stimme. »Deine Brüste flehen mich an, sie zu küssen, und genau das möchte ich auch tun.«

Sie wimmerte leise und verschränkte die Arme.

Lucas musterte sie lange. Allmählich ebbte seine Enttäuschung ab. Ihre großen, ausdrucksvollen Augen waren ängstlich geweitet auf ihn gerichtet. Ihr Mund zitterte, an ihrem Hals zeichnete sich ihr pochender Puls ab. Er sah, was er bei ihr ausgelöst hatte. Doch offenbar hatte es nicht gereicht, um ihre jungfräulichen Skrupel zu besiegen, oder was immer es war, das sie abhielt, sich ihm hinzugeben.

»Früher oder später wird es passieren«, sagte er schließlich.

Sie biss sich auf die Unterlippe.

Er lächelte grimmig. »Ich halte mein Versprechen, aber ich werde nicht von dir lassen, nicht nach heute Nacht. Das wäre wirklich zu viel verlangt!«

Sie blieb stumm.

Er seufzte. »Trink einen Schluck Wein!«, riet er. »Dann wirst du besser schlafen. Gute Nacht, Jessica!« Damit erhob er sich und ging.

In seinem Zimmer goss er sich ein kleines Glas Brandy ein und leerte es mit zwei Schlucken. Sein Herz pochte noch immer wild, sein Körper verlangte noch immer heftig nach ihr. Er fragte sich, warum die Frauen nur immer alles so kompliziert machen mussten.

Schon wollte er sich einen weiteren Brandy einschenken, doch plötzlich merkte er, was er tat, hielt mitten in der Bewegung inne und knallte das leere Glas auf den Tisch. Jess war die einzige Frau, die ihn je dazu gebracht hatte zu trinken.

Er dachte an die Schwester Oberin, dann kopfschüttelnd an Adrian. Mit einem reumütigen Lächeln genehmigte er sich schließlich doch noch einen kleinen Brandy, den er sehr langsam und bedächtig trank.

*

Ihr eigener panischer Schrei hatte sie aufgeweckt. Nun lag sie zitternd in ihrem Bett, ihr Herz raste, das Blut pochte in ihren Adern. Nur langsam wurde ihr klar, dass sie geträumt hatte. Erleichtert setzte sie sich hin.

Sie hatte von einem Kinderspiel geträumt, einem Spiel, das zu einem Albtraum geworden war. Bald würde die Erinnerung verblassen, und sie würde wieder in den Schlaf zurückfinden.

Aber der Traum wollte nicht weichen; sie erinnerte sich noch immer lebhaft daran und konnte ihn nicht abschütteln. Resigniert schob sie die Decke beiseite und schwang die Beine über die Bettkante.

Im Raum war es fast völlig dunkel, nur am Rand der Vorhänge fiel ein dünner blasser Lichtschein herein. Sie machte sich nicht die Mühe, eine Kerze anzuzünden; stattdessen stand sie auf, ging ans Fenster und öffnete die Vorhänge.

Ihre Fenster gingen zum Green Park hinaus. Obwohl sich der neue Tag bereits mit einem schwachen Dämmerlicht ankündigte, war alles noch unklar und verschwommen. Nur die Lichter von Buckingham House am anderen Ende des Parks waren deutlich zu sehen.

Sie rieb sich ihren verspannten Nacken. Lucas' Rat folgend hatte sie vor dem Zubettgehen noch ein Glas Wein getrunken. War der Wein an ihrem Albtraum schuld? Doch nein, Wein machte die Menschen glücklich oder schlug ihnen auf den Magen, aber er führte sicher nicht zu anhaltendem Unbehagen.

Nein, es war nicht nur Unbehagen, es war schlimmer. Grauen war das richtige Wort.

Sie tastete nach ihrem Negligé, streifte es über und zog einen Stuhl ans Fenster. Es war zwecklos, jetzt wieder schlafen zu gehen. Sie wusste, sie würde kein Auge zutun, solange sie nicht versucht hatte, ihren Gefühlen auf den Grund zu gehen.

Der Traum hatte völlig harmlos begonnen. Sie waren auf der Wiese vor Hawkshill gewesen – sie, die Nonnen und die Kinder – und hatten ein Spiel gespielt, der Plumpsack geht um. Alle lachten und redeten durcheinander, und plötzlich hatte sich die Umgebung verändert. Aus Hawkshill war eine Kirche geworden, aber die Nonnen und die Kinder waren verschwunden.

Vor der Kirche stand ein großes steinernes Kreuz, ihr Kreuz, und um dieses Kreuz wurde gespielt, jedoch mit anderen Mitspielern.

»Dreh dich nicht um, der Plumpsack geht um!«, wurde noch immer gerufen.

Lucas und Bella liefen gemeinsam um die Sitzenden herum. Lucas schickte sich an, den Plumpsack hinter ihr fallen zu lassen und ließ ihn dann doch hinter Rodney Stone fallen, der sofort aufsprang und wegrannte. Lucas rannte hinter ihm her, schnappte ihn und führte ihn weg; dann begann das Spiel von neuem.

Blankes Grauen erfüllte sie, denn sie wusste, es war kein Spiel. Den Leuten, hinter denen der Plumpsack abgelegt wurde, drohte Gefahr. Laut schreiend unterbrach sie das Spiel, sprang hoch und hetzte hinter Rodney Stone her, durch die Kirchentür in das düstere Innere. Rodney Stone war nirgends zu sehen, aber sie bemerkte eine steinerne Treppe, die tief in die Erde hinabführte. Und ihr wurde klar, dass sie sich in ihrem eigenen Grab befand.

Dann kamen die anderen hinter ihr her, all die Gäste, die auf ihrer Hochzeit gewesen waren. »Wer ist als Nächster dran, Schwester Martha?«, riefen sie im Chor. »Wer ist der Nächste? Wer ist der Nächste?«

Sie sprang auf. »Oh mein Gott, nein!« Ihr war gar nicht klar, dass sie diese Worte laut gesprochen hatte. »Oh Gott, nein!«

Es war gar nicht ihr Traum gewesen, sondern der Traum ihrer Stimme. Und sie wusste genau, was er zu bedeuten hatte: Entweder hatte die Stimme Rodney Stone bereits umgebracht, oder der Mord war geplant.

Sie starrte aus dem Fenster und versuchte mit aller Kraft zu leugnen, was ihre Intuition ihr soeben mitgeteilt hatte. Lucas und Bella – daran war Ellie schuld. Sie hatte angedeutet, dass die beiden ein Paar gewesen waren, und so waren sie auch in ihrem Traum erschienen. Und Rodney Stone? Nun, an ihn hatte sie unablässig gedacht. Und all die anderen in ihrem Traum? An ihnen war ebenfalls nichts Unnatürliches, sie hatte sie ja alle auf ihrer Hochzeit gesehen.

Doch so vernünftig das alles klang, es konnte sie nicht überzeugen.

Sie setzte sich wieder hin und starrte in den leeren Raum. Sie hatte ihre Stimme nun schon länger nicht mehr vernommen, und noch nie so wie vorhin. Vielleicht war es doch nicht ihre Stimme gewesen, vielleicht doch nur ein Traum?

»Stimme?«, flüsterte sie und öffnete sich ihr. »Stimme?«

Doch da war nichts als Leere.

18

Jessica zog die Musselinvorhänge zur Seite und blickte in den Hof hinunter. Dort wartete schon die Kutsche, mit der Lucas' Mutter und Ellie zu einer Operette fahren wollten, zu der sie Lady Bowes in ihr Haus am Manchester Square eingeladen hatte. Um sich davor zu drücken, hatte Jessica in letzter Minute Kopfschmerzen vorgetäuscht. Sie hatte für diesen Abend eine andere Verabredung getroffen, eine geheime Verabredung.

Sorgfältig hatte sie den richtigen Moment abgepasst. Lucas wollte zusammen mit ein paar Freunden in Twickenham einen Boxkampf anschauen und hatte angekündigt, dass er erst zu später Stunde heimkehren würde. Jessica war froh, dass er weg war. Sein Blick war zu scharf, er hätte sich von ihren Kopfschmerzen nicht hinters Licht führen lassen und vielleicht noch vorgeschlagen, daheim zu bleiben, um ihr Gesellschaft zu leisten. Dann hätte sie ihre Verabredung mit Perry absagen müssen.

Unten herrschte geschäftiges Treiben. Als Mrs Wilde und Ellie die Treppe hinabgingen, eilte ein Diener zur Kutsche und hielt ihnen die Tür auf. Mrs Wilde stieg als Erste ein, Ellie folgte ihr, und dahinter kam Ellies Page. Es war Pip, der Anführer der Knaben in Hawkshill, den Schwester Elvira auf Jessicas Brief hin geschickt hatte. Ellie brauche eine Ablenkung, hatte Schwester Elvira gemeint, und die Erfahrung werde auch Pip gut tun. Seltsamerweise hatten sich Pip und Ellie von Anfang an hervorragend verstanden; sie hatte den Jungen sogleich unter ihre Fittiche genommen und kümmerte sich nun persönlich darum, dass es ihm gut ging.

Das Mädchen war nicht mehr so trübsinnig und jähzornig wie früher, aber Jessica gegenüber war sie nach wie vor nicht freundlich, ja sie konnte sogar richtig ekelhaft sein.

Jessica dachte gerade daran, als Ellie sich umdrehte und einen letzten Blick auf das Haus warf. Jessica zog den Vorhang zu und trat rasch zurück, aber sie bemerkte noch, dass sich Ellies Gesicht zu einem Lächeln verzog. Fast hatte sie das Gefühl, Ellie wüsste genau, was sie vorhatte.

Aber das konnte sie gar nicht wissen. Jessica und Perry hatten ihre Pläne auf einem Spaziergang im Green Park erörtert, wo sie keiner belauschen konnte. Sicher war es nur ihr schlechtes Gewissen, was Jessica jetzt plagte.

Als die Kutsche durch das Tor in den St. James's Place einbog, atmete Jessica erleichtert auf, machte auf dem Absatz kehrt und eilte in ihr Zimmer auf der anderen Seite des Hauses. Es würde erst in zwei Stunden dunkel werden, und dann erst konnte sie Perry treffen. Sie verfluchte die Sommerabende, die für ihren Geschmack viel zu lange dauerten.

Unruhig lief sie auf und ab, als es plötzlich an ihrer Tür klopfte. Ihr erster, ihrem schlechten Gewissen geschuldeter Gedanke war, dass Lucas früh heimgekehrt sei. Sie sprang ins Bett und zog die Decke bis ans Kinn, bevor sie mit zitternder Stimme »Herein!« hauchte. Doch es war nur ein Dienstmädchen, das der »Kranken« das Abendessen bringen wollte. Jessica dankte und nahm das Tablett entgegen. Nachdem das Mädchen wieder draußen war, setzte sie sich an die Bettkante und starrte die Uhr an.

Wollte die Zeit denn überhaupt nicht verstreichen?

Sie blickte auf das Tablett neben ihrem Bett; ein aromatischer Duft stieg ihr in die Nase. Eigentlich war sie sicher, dass sie keinen Bissen herunterbringen würde, aber trotzdem nahm sie den silbernen Deckel vom Teller. Die Köchin hatte sich selbst übertroffen: dünne Scheiben Beefsteak in würziger Weinsauce, winzige Ofenkartoffeln, mit Butter beträufelter und mit Mandelsplittern bedeckter Rosenkohl – alles kunstvoll und höchst appetitlich auf dem Teller angerichtet. Und obendrein noch ihre Lieblingsnachspeise: Obstbiskuit mit Sahne.

Ihr knurrender Magen erinnerte sie daran, dass sie den ganzen Tag vor Aufregung kaum einen Bissen gegessen hatte.

Nun zog sie einen Stuhl heran, setzte sich und ließ es sich schmecken.

*

Lady Bowes Gäste begaben sich gemächlich zum Abendessen. Es waren nicht so viele junge Männer vertreten wie bei anderen gesellschaftlichen Zusammenkünften, etwa den Bällen. Ellie beklagte sich gerade lautstark darüber bei ihrer Anstandsdame, Mrs Wilde, während sie sich in dem großen, offiziellen Einladungen vorbehaltenen Speisesaal ihre Teller an einer Theke füllen ließen.

»Junge Männer haben ein sonderbares Verhältnis zur Musik«, erklärte Mrs Wilde. »Sie halten Musik für etwas Unmännliches, vor allem, wenn ganz in der Nähe ein Boxkampf stattfindet. Die arme Hetty hat den falschen Tag für ihre Einladung gewählt.«

Ihre Brauen hoben sich fragend, als sie sah, was Ellie sich auftragen ließ. »Erdbeereis?«, fragte sie. »Ich dachte, du hasst Eiscreme!«

Ellie lächelte schelmisch. »Das ist für Pip«, erklärte sie. »Ich habe ihm eine Belohnung versprochen, wenn er es schafft, eine Woche lang nicht zu fluchen.«

Lächelnd sah Mrs Wilde Ellie nach, als diese sich auf die Suche nach ihrem Pagen machte. Seit Pips Eintreten in den Haushalt war ihr Mündel viel glücklicher. Allerdings nicht, wenn sie mit Jessica zusammen war, dachte Mrs Wilde, und ihr Lächeln schwand. Ellie war auf eine Art eifersüchtig, die nicht mehr mit kindlicher Vernarrtheit in Lucas erklärt werden konnte. Sie hatte immer im Mittelpunkt gestanden, doch das hatte sich nun geändert, und deshalb war sie auf Jessica böse.

Daran gab Mrs Wilde sich die Schuld. Sie hatte sich sehr gefreut, als Ellie zu ihnen gezogen war. Lucas brauchte sie nicht mehr, Ellie hatte ihrem Leben einen neuen Sinn gegeben – sie war die Tochter, die sie sich immer gewünscht hatte. Sie hatte sie verwöhnt, und jetzt kam es ihr schier unmöglich vor, andere Saiten aufzuziehen.

Aus den Augenwinkeln bemerkte sie, dass Sir Matthew Paige eintrat. Da er nicht in ihre Richtung blickte, erlaubte sie sich, ihn rasch, aber gründlich zu inspizieren, bevor sie wieder auf ihren Teller starrte.

Es gab wohl kaum einen Mann, der sie jemals so beeindruckt hatte. Es hatte nie einen anderen gegeben, und es würde nie einen anderen geben. Er hatte etwas an sich, etwas Vitales und Zielgerichtetes, das er schon als junger Mann gehabt hatte.

Sie suchte sich einen freien Platz am Ende des langen Esstisches. Ohne Eile steuerte er direkt auf sie zu und setzte sich auf den freien Stuhl neben sie.

»Lächle!«, sagte er. »Sonst beginnen die Leute, sich Gedanken über uns zu machen.«

Sie lächelte. »Das tun sie doch ohnehin schon, Matt.«

Vor allem aber tat sie es. Sie war davon ausgegangen, dass sie ihre Beziehung geklärt hätten, aber jedes Mal, wenn sie sich umdrehte oder hochblickte, stand er vor ihr. Und stets trafen sich unweigerlich ihre Blicke, und sie fasste neuen Mut.

Nicht noch einmal. Lieber Gott, nicht noch einmal!

Er blickte interessiert auf. »Wer denn?«

»Meine Schwiegertochter Jessica zum Beispiel. Sie hat mich schon mehrmals über dich ausgefragt. Und Ellie ebenso. Wo immer wir hingehen, bist auch du, Matt. Du musst endlich aufhören, mir nachzulaufen! Du weißt doch ganz genau, dass es sinnlos ist.«

»Das sehe ich nicht so«, entgegnete er gelassen.

Das Herz hämmerte ihr in der Brust; sie umklammerte ihr Besteck, um ihre zitternden Finger zu beschäftigen. Es waren nicht nur seine Worte, die sie so heftig bewegten, sondern auch der Blick, mit dem er sie geäußert hatte. Nur Matt vermochte eine Frau mit einem Blick zu verführen.

»Hat dein Sohn denn etwas gesagt?«, fragte er unvermittelt.

»Nein«, erwiderte sie. »Warum fragst du?«

»Ich dachte, vielleicht hätte er dich gewarnt und dir befohlen, dich von mir fern zu halten.«

»Warum sollte er das tun? Er weiß, dass das nicht nötig ist. Wir bedeuten uns nichts mehr, Matt. Jetzt nicht mehr.«

Eine Zeit lang beschäftigten sie sich schweigend mit ihrem Essen, dann sagte er beiläufig: »Denkst du jemals an die Zukunft, Rodie? Daran, worauf du dich noch freuen könntest?«

Sie wusste nicht, wie es ihr gelang zu lachen, aber sie lachte.

»Ich lebe in der Gegenwart, Matt. Ich habe meine Familie und meine Freunde. Ich habe gar keine Zeit, an die Zukunft zu denken.«

»Dein Sohn ist jetzt verheiratet«, sagte er. »Er braucht dich nicht mehr.«

»Ich habe noch ein Mündel.«

»Ich dachte, Ellie sei das Mündel deines Sohns?«

»Sie braucht eine Mutter.« Abermals lachte sie, doch auch dieses Lachen kostete sie viel Kraft. »Und so Gott will, werde ich bald Enkel haben.«

»Und du willst dich den Rest deines Lebens deiner Familie widmen?«

»Reicht das denn nicht?«

Er zuckte mit den Schultern. »Du wirst immer am Rand ihres Lebens stehen. Willst du denn nicht etwas nur für dich?«

»Ich bin glücklich und zufrieden. Ganz ehrlich! Viele würden mich beneiden. Ich habe alles, was ich mir wünsche.«

Wenn sie weiter so log, würde sie daran ersticken, dessen war sie sich ganz sicher. Sie blickte sich verzweifelt nach einem Fluchtweg um, konnte aber keinen entdecken. Ellie stand bei einer Gruppe von Freunden, die sich soeben mit ihren Tellern in den Nebenraum aufmachten. Niemand schaute zu ihr, sie musste es alleine schaffen, ihre Fassung wiederzuerlangen.

Sie blickte ihren Gesprächspartner an. »Matt, warum hörst du nicht auf, dich mit mir zu streiten? Sag mir einfach, was du willst!«

Er musterte sie eindringlich, dann nickte er. »Ich will dich«, sagte er unverblümt. »Du musst wissen, ich liebe dich noch immer, und ich glaube, du liebst mich auch. Wir sind jetzt frei und könnten heiraten. Und ich denke, das sollten wir tun.«

Seine Worte schockierten sie, aber sie erregten sie auch. Es dauerte lange, bis sie etwas erwidern konnte. »Matt, es ist jetzt fünfzehn Jahre her. Irgendwann stirbt jede Liebe.«

Er blickte auf sein Weinglas. »Meine nicht. Deine etwa?«

Sie konnte sich nicht dazu bringen, ihm darauf zu antworten. Tief in ihr regte sich eine Sehnsucht, die ihren ganzen Körper erfasste. Er brachte sie dazu, sich Dinge zu wünschen, die sie nie haben konnte, das wusste sie ganz genau.

Er musterte sie forschend. »Ich will ja nicht, dass du etwas aufgibst, Rodie. Wenn wir zusammen sind, ändert sich doch nichts an deinem Verhältnis zu deiner Familie. Ich will dir etwas geben, nicht nehmen. Wir könnten aufs Festland reisen, nach Florenz, Rom, Paris – all die Orte besuchen, die wir in unserer Jugend besuchen wollten. Erinnerst du dich noch daran?«

Und ob sie sich daran erinnerte! Nur zu gut erinnerte sie sich, wie sie sich nach gestillter Leidenschaft in den Armen gelegen und Zukunftspläne geschmiedet hatten. Wie hatten sie nur so naiv sein können?

Doch als sie ihm in die Augen blickte, in diese wunderschönen, traurigen Augen, kristallblau und sehr, sehr verwundbar, vergaß sie, wie verzweifelt sie war. In diesen Augen erkannte sie ihre eigene Verwundbarkeit wieder. Sie wollte ihn nicht verletzen, aber sie musste seinen Träumen Einhalt gebieten.

»Du liebst doch gar nicht mich, Matt, sondern das Mädchen, das ich früher einmal war. Dieses Mädchen gibt es nicht mehr. Sieh mich an! Sieh mich doch einmal richtig an!«

Sie wusste, wovon sie sprach. Seit ihrem Gespräch auf Bellas unglücklichem Ball hatte sie immer wieder ihr Spiegelbild gemustert, schonungslos, auch wenn sie nackt war. Dieser Anblick hatte ihr Selbstvertrauen nicht gefördert. Sie war alt; Matt hatte im Lauf der Jahre zahllose blutjunge Mätressen gehabt.

In seinen Augenwinkeln tauchten Lachfältchen auf. »Deine Schönheit ist nicht verblasst«, sagte er. »Sie ist gereift, und ich finde sie sehr viel interessanter als früher!«

»Matt, ich bin nicht mehr jung!«

»Ich auch nicht.«

»Ich bin ...« Sie hasste es, dieses Wort zu äußern. »Du meine Güte, ich bin eine Witwe. Mir sind immer wieder Gerüchte über dich und deine Mätressen zu Ohren gekommen, über deine Affären. Ich könnte dich nie zufrieden stellen. Nimm doch Madaleina Cartier, wenn du eine Reisebegleiterin brauchst. Das sage ich jetzt nicht, um dich zu verletzen. Das ist die Wahrheit, und das weißt du ebenso gut wie ich.«

»Und worüber sollten meine Mätresse und ich uns unterhalten?«

»Wie bitte?«

»Wenn ich mit Madaleina nach Florenz fahre, worüber sollen wir uns dann unterhalten?«

Sie schüttelte verständnislos den Kopf, denn sie begriff nicht, worauf er hinauswollte.

»Rodie, diese jungen Dinger langweilen mich zu Tode. Wir haben nichts gemein, wir haben uns nichts zu sagen. Die Unterhaltungen, die Mätressen bieten können, sind nicht der Rede wert. Du und ich hatten uns immer etwas zu sagen.«

Ein Abbild der früheren Rodie tauchte auf. »Da habe ich aber eine ganz andere Erinnerung«, meinte sie schmunzelnd.

Er grinste. »Das natürlich auch.«

Plötzlich war all ihre Unbeholfenheit verschwunden, und es fiel ihr leicht weiterzureden. »Wir waren verrückt, damals. Wir hätten wissen müssen, dass wir andere verletzten.«

»Meine Frau hat es nie erfahren«, sagte er. »Und wenn sie es erfahren hätte, hätte es ihr nichts ausgemacht. Sie hat mich nie geliebt, Rodie. Schon bevor sie hinfällig wurde, hatten wir uns auseinander gelebt. Das weißt du doch.«

Sie starrte an ihm vorbei ins Leere und erinnerte sich an früher. Ja, deshalb hatte es sie so zueinander hingezogen: Sie waren beide einsam gewesen und hatten sich Leid getan. Aber ihr schlechtes Gewissen war stärker gewesen als das seine; denn ihr Mann war zu ihr immer sehr nett gewesen, wenn auch mehr wie ein Vater.

»Du hast mir nie gesagt, wie es für dich war«, meinte er. »Du hast mir damals nur schriftlich mitgeteilt, dass du mich nie mehr sehen wolltest. Was ist danach passiert?«

»Ist das denn heute noch wichtig?«

»Für mich schon.«

Ja, auch für sie war es heute noch wichtig; aber es tat weh, diese Erinnerungen noch einmal zu durchleben. Es waren die schmerzhaftesten Erinnerungen ihres ganzen Lebens.

»Ich nahm endlich Vernunft an«, sagte sie zögernd. »Ich merkte, dass es falsch gewesen war zu glauben, ich würde niemandem wehtun, als ...« Sie schüttelte den Kopf, denn sie wusste nicht, wie sie den Satz beenden sollte.

»Dein Sohn«, sagte er mit einem verbitterten Unterton. »Dein Sohn hat dich gezwungen, dich zwischen mir und ihm zu entscheiden.«

»Matt«, ermahnte sie ihn sanft, »so einfach war es nicht! Du warst noch verheiratet, und ich musste an meinen jungen Sohn denken. Sein Wohlergehen war mir wichtiger als alles andere.«

»Und genau diese Umstände liegen nun nicht mehr vor.« Er ließ sie kurz über seine Worte nachdenken, dann lächelte er trotz der Sorgen, die er in ihren Augen sah. »Ich will dir nicht wehtun, Rodie. Ich will um dich werben. Wir haben noch viel Zeit, über die Zukunft nachzudenken. Wir sollten nicht versuchen, Hindernisse zu überwinden, bevor sie sich uns stellen.«

Als er aufstand und ging, war ihr, als wäre ein Licht verloschen. Das spielt keine Rolle, befahl sie sich streng. Sie würde sich daran gewöhnen, sie hatte sich ja schon einmal daran gewöhnt. Und sie hatte nach wie vor einen Sohn, der ihr mehr bedeutete als alles andere.

Aber in ihrem Herzen ging ein Hoffnungsfunke auf.

*

Von ihrem Schlafzimmerfenster aus erspähte Jessica das verabredete Signal. Perry hatte die Laterne von der hinteren Veranda geholt und schwenkte sie nun langsam hin und her. Sie hielt die Kerze ans Fenster, um ihm zu bedeuten, dass sie seine Botschaft empfangen hatte. Jetzt musste sie ihm noch fünf Minuten Zeit geben, damit er eine Droschke herbeiwinken konnte, dann würde sie aufbrechen. Sie hatten ihr Unterfangen bis ins kleinste Detail geplant. Sogar über die Kleidung hatten sie sich Gedanken gemacht – möglichst einfach und praktisch, um nicht aufzufallen, hatten sie verabredet.

Die Droschke wartete am St. James's Place. Gleich um die Ecke war die St. James's Street, in der sich viele exklusive Herrenclubs befanden. Vorsichtshalber trug Jessica einen verschleierten Hut. Perry hielt die Tür für sie auf und half ihr beim Einsteigen. Dann streckte er den Kopf aus dem Fenster und befahl dem Kutscher, in die Drury Lane zu fahren, eine Seitengasse des Strand. Dort wohnte Rodney Stone.

»Hat jemand gesehen, wie du das Haus verlassen hast?«, fragte er.

»Niemand«, versicherte sie ihm. »Gegen elf sind die meisten Bediensteten schon im Bett, und ich bin aus der Seitentür geschlichen.«

Sie schwiegen, bis die Droschke in die Pall Mall einbog. Dann meinte Perry: »Ich hasse es, Lucas so zu hintergehen. Was passiert, wenn er herausfindet, dass wir uns gemeinsam weggeschlichen haben? Was, glaubst du, wird er denken?«

Zuversichtlicher, als ihr tatsächlich zumute war, entgegnete sie: »Er wird es nicht herausfinden. Und wenn doch, wird er sich nichts dabei denken. Ich werde ihm einfach die Wahrheit sagen.«

Perry lachte, aber er klang nicht sehr fröhlich. »Ach ja, die Wahrheit. Und die wird er dir selbstverständlich abnehmen. Wie hast du es nur geschafft, mich dazu zu bringen? Wir sind Einbrecher! Weißt du, was die Behörden mit Einbrechern anstellen? Sie schicken sie in die Kolonien!«

»Deshalb werden wir sehr vorsichtig sein und uns nicht erwischen lassen.«

»Aber was passiert, wenn man uns trotzdem erwischt?«

»Dann erzählen wir, dass wir Bekannte von Rodney Stone seien und uns Sorgen gemacht hätten, als keiner seiner Freunde uns sagen konnte, wo er steckt.«

»Und deshalb sind wir bei ihm eingebrochen, um die Adresse seiner Tante zu suchen.«

Sie nickte.

Das entsprach mehr oder weniger der Wahrheit.

Rodney Stone war spurlos verschwunden. Perry hatte hervorragende Detektivarbeit geleistet und herausgefunden, dass Mr Stones Londoner Freunde glaubten, er sei in Brighton, während seine dortigen Freunde ihn in London wähnten. Wenn er verschwunden war, vermuteten sie, dann wahrscheinlich, weil er sich wieder einmal verschuldet hatte und sich bedeckt halten wollte, bis seine Tante seine Schulden beglichen hatte. Aber niemand hatte diese Tante je getroffen, und man konnte Perry auch nicht sagen, wo sie zu finden war.

Jessica hätte nur zu gern geglaubt, dass alles so einfach wäre.

Als sie in die Drury Lane einbogen, zog Perry an der Schnur, um die Droschke anzuhalten. Er bezahlte den Kutscher, nahm Jessica am Arm und steuerte die Water Street an.

»Hätten wir den Kutscher nicht lieber auf uns warten lassen sollen?«, fragte sie.

»Hier gibt es viele Theater«, erwiderte er. »Wenn wir fertig sind, finden wir bestimmt gleich eine andere Droschke.« Kopfschüttelnd blieb er stehen. »Ich muss verrückt sein. Das ist genau wie damals, als wir noch Kinder waren. Du hast mich immer vom rechten Pfad abgebracht.«

Ihre Augen blitzten vergnügt. »Ach ja?«, meinte sie.

»Du hast gut lachen!« Sein Lächeln nahm seinen Worten den Stachel. »Aber wenn ich mich recht entsinne, habe immer ich die Prügel dafür abbekommen.« Sein Ton wurde sachlicher. »Hast du eine Zunderbüchse mitgebracht, damit wir eine Kerze anmachen können?«

Sie klopfte auf ihre Handtasche. »Ja, aber ich kann das nicht besonders gut.«

»Ich auch nicht.«

»Hast du das Brecheisen dabei?«, wollte sie wissen.

Nun klopfte er auf seine Manteltasche. »Jawohl!«

»Dann haben wir alles, was wir brauchen.«

*

Rodney Stones Wohnung befand sich im Erdgeschoss. Perry kannte sich aus, denn er war schon am Morgen hier gewesen, um sich umzusehen. Allerdings hatte ihm die Vermieterin, eine ziemlich strenge Person, den Zutritt verwehrt. Sie wohnte direkt über Mr Stone, sie mussten also sehr leise sein.

Jessica hielt Wache, während Perry mit dem Brecheisen ein Fenster aufstemmte. Das war noch einfach. Schwieriger wurde es erst, als sie drinnen mit der Zunderbüchse eine Kerze anzünden wollten. Nach mehreren vergeblichen Versuchen, mit dem Feuerstein Funken zu schlagen, versuchte

Jessica in ihrer Verzweiflung, die Tür zum Flur zu öffnen. Unter dem Türspalt drang nämlich Licht herein, draußen musste also noch eine Laterne oder eine Kerze brennen. Die Tür war leider verschlossen, doch mit Hilfe einer Haarnadel von Jessica schaffte es Perry schließlich, sie zu öffnen. Nachdem sie sich vergewissert hatten, dass niemand da war, nahm sie eine Kerze aus einem der Wandhalter und kehrte in Stones Wohnung zurück. Im Nu waren die Kerzen auf dem Tisch entzündet, und Jessica brachte die geborgte Kerze wieder zurück.

»Meine Achtung vor Einbrechern ist soeben erheblich gestiegen«, meinte Perry. »Ich habe keine Ahnung, wie die das immer schaffen.«

»Sei still!«, mahnte Jessica. Sie sah nach, ob die Vorhänge zugezogen waren.

Dann deutete sie auf einen Stuhl und danach auf die Tür. Gehorsam stellte Perry den Stuhl so, dass die Lehne die Klinke blockierte. »Das sollte mindestens zwei Sekunden halten«, murmelte er.

»Leise!«, wiederholte Jessica.

Sie stand mit dem Rücken zum Fenster und sah sich um. Dem ersten Eindruck nach war der Raum zwar schäbig, aber aufgeräumt. Es gab nur wenige Möbel – einen gepolsterten Lehnstuhl am Kamin, einen kleinen Esstisch mit zwei Stühlen, eine Anrichte und einen Schreibtisch. Kochutensilien konnte sie nirgends entdecken. Das hieß, dass Stone überwiegend auswärts speiste oder sich aus den diversen Imbissstuben dieser Gegend eine Mahlzeit nach Hause bringen ließ. Ihr zweiter Eindruck war, dass seit vielen Wochen niemand mehr hier gewesen war. In der Luft hing ein Geruch nach Moder und Staub. Als sie mit dem Finger über den Tisch fuhr, hinterließ sie eine deutliche Spur.

Perry beschäftigte sich nun mit dem Schreibtisch, sie nahm eine der Kerzen und ging ins Schlafzimmer. An der Wand tanzten flackernde Schatten. Nachdem sie die Vorhänge zugezogen hatte, musterte sie den winzigen Raum. Das Bett war in eine Nische eingebaut, sodass man etwas mehr Bewegungsfreiheit hatte. Sonst gab es neben einem Stuhl und einem großen Mahagonischrank hier nur noch einen ziemlich großen Toilettentisch, auf dem allerlei Glasgefäße und Fläschchen standen wie auf der Frisierkommode einer Dame.

Sie öffnete die Schranktüren. In den Fächern stapelten sich Kleidungsstücke: Mäntel in allen Farben, weiße Batisthemden, Jacketts, Hosen, Stiefelhosen aus weißem Satin. Ihr Herz begann zu flattern – warum, wusste sie nicht. Sie machte die Türen zu und zog eine der Schubladen im unteren Teil des Schranks auf. Schwach nach Stärke duftende, frisch gebügelte Halstücher nahmen den größten Teil dieser Schublade ein. Daneben lagen sorgfältig zusammengelegte weiße Batisttaschentücher, bestickt mit Mr Stones Initialen.

Sie berührte die Taschentücher, zog die Hand jedoch rasch wieder zurück; denn ihre feinen Nackenhaare sträubten sich, ihr Hals schnürte sich zu, und in ihren Ohren begann es zu rauschen. Trotzdem nahm sie sich vor, die Taschentücher noch einmal zu berühren. Bevor sie es sich anders überlegen konnte, drückte sie rasch eine Hand auf eines der Tücher – und wurde sofort in ihren Traum zurückversetzt.

Sie sah eine Kirche und ihre Hochzeitsgäste, die im Schatten eines Kreuzes spielten. Rodney Stone wurde gepackt und weggeführt.

»Nein!«, schrie sie auf. »Nein!« Entsetzt machte sie kehrt und rannte hinaus.

Im anderen Zimmer war niemand, aber die Eingangstür stand offen. »Perry?«, fragte sie mit zitternder Stimme. »Perry?«

Stille.

Sie blies ihre Kerze aus, warf sie auf den Tisch und hastete in den Flur. Dort kauerte Perry vornübergebeugt auf dem Boden. Als sie zögernd auf ihn zuging, schlangen sich plötzlich starke Arme um sie, und eine Hand legte sich auf ihren

Mund, um ihren Schrei zu ersticken. Das Grauen verlich ihr ungeahnte Kräfte, und sie kämpfte mit der Wildheit einer in die Enge getriebenen Raubkatze. Doch ihr Angreifer war stärker. Er drehte ihr den Arm auf den Rücken und setzte sie außer Gefecht.

»Ich habe den anderen Übeltäter, Jack«, rief er. »Hier!«

Stöhnend kam Perry wieder zu sich und rieb sich den Hinterkopf. Ein rotgesichtiger, muskulöser Mann mit einem Knüppel in der Hand kam zur Eingangstür herein.

»Polizisten von der Bow Street«, erklärte Perry blinzelnd. »Ich hab dir doch gleich gesagt, dass wir geschnappt werden!«

*

Die Polizisten schafften sie zur Wache. Sie wurden in getrennte Zellen gesteckt und nacheinander verhört. Niemand wollte ihnen Glauben schenken, und es nahm ihnen auch keiner ab, dass sie von vornehmem Stand wären. Die Polizisten hatten ihnen aufgelauert, denn die Vermieterin hatte sie herbeigerufen, da sie Verdacht schöpfte, als Perry am Morgen um Einlass in Stones Wohnung bat. Sie seien ja noch nicht einmal wie Leute von Stand angezogen, meinte einer der Wachtmeister; ihre Kleidung sei äußerst schlicht, ja fast schon schäbig. Nein, sie seien Einbrecher, die auf frischer Tat ertappt worden seien. All ihre Proteste stießen auf taube Ohren.

Ihr Glück wendete sich erst, als sich schließlich der Friedensrichter herabließ, sie zu sehen. Er erkannte Perry als alten Schulfreund seines Sohnes. Perry bauschte diese Verbindung und auch seine »Freundschaft« mit Rodney Stone, aus dem er ebenfalls einen guten alten Schulfreund machte, um den er sich Sorgen gemacht hätte, nach Kräften auf. Schließlich ließ sie der Friedensrichter laufen und versprach ihnen sogar noch, Rodney Stones Verschwinden nachzugehen.

Einer der Wachtmeister hatte eine Droschke für sie besorgt. Als sie endlich darin saßen, meinte Perry: »Schau nicht so besorgt drein, Jessica! Ich weiß, wir waren jetzt drei geschlagene Stunden weg, aber Lucas wird das nie erfahren. Du siehst ihn doch erst morgen zum Frühstück, wenn überhaupt. Diese Sportsfreunde schlagen sich immer die Nächte um die Ohren. Ich wette, sie sind inzwischen voll wie die Strandhaubitzen und schlafen irgendwo ihren Rausch aus. Ich wünschte nur, ich wäre jetzt bei ihnen!«

Jessica hatte gar nicht an Lucas gedacht, sondern an Mr Stone und das schreckliche Gefühl, das sie befallen hatte, als sie eines seiner Taschentücher berührt hatte. Das einzig Gute an der ganzen Geschichte war, dass der Friedensrichter nun Nachforschungen anstellen wollte.

»Hast du in Stones Schreibtisch etwas gefunden?«, fragte sie beklommen.

»Nichts. Aber das ist ja gerade das Interessante«, meinte er. »Er hat alles ausgeräumt. Es sah aus, als hätte er sich eiligst aus dem Staub gemacht.«

Sie dachte an die peinlich aufgeräumten Zimmer und die ordentlich gestapelten Kleidungsstücke in Stones Schrank. »Wenn er eilig aufgebrochen wäre«, sagte sie, »wäre alles viel unordentlicher gewesen. Aber seine Wohnung war sehr aufgeräumt.«

»Tja, aber was hat das zu bedeuten?«

»Ich weiß es nicht«, sagte sie. »Ich kann mir keinen Reim darauf machen.«

Zu Hause angekommen, begleitete Perry sie zu dem Seiteneingang, der zu den Wohnräumen der Bediensteten führte, und verabschiedete sich.

Obwohl sie sicher war, dass jetzt alle schliefen, begann ihr Herz zu rasen, als sie die Treppe hinaufstieg. An der Tür zum Korridor blieb sie kurz stehen, um sich zu vergewissern, dass die Luft rein war, und schlich dann rasch in ihr Schlafzimmer.

Dort fiel erst einmal alle Anspannung von ihr ab. Sie war wieder heil daheim gelandet, und Lucas brauchte nie zu erfahren, was passiert war. Doch im nächsten Moment erstarrte sie – die Kerzen brannten, obwohl sie felsenfest davon überzeugt war, sie ausgeblasen zu haben, bevor sie zu ihrem Abenteuer aufgebrochen war. Sie hatte ja alle in dem Glauben wiegen wollen, dass sie schliefe und nicht gestört werden wolle.

Sie sah sich gehetzt im Zimmer um, dann fiel ihr Blick auf die Tür zu ihrem Ankleideraum. Starr vor Entsetzen sah sie, dass sich der Türknopf drehte und die Tür langsam aufging. Auf der Schwelle stand Lucas, bis auf seinen Mantel noch voll bekleidet.

Seine Miene wirkte gefährlich gelassen.

19

Zunächst starrte sie ihn nur an, doch dann kam sie wieder zu sich und traf blitzschnell eine Entscheidung: Angriff war die beste Verteidigung. Sie richtete sich kerzengerade auf, zog betont langsam ihren Mantel aus und warf ihn über eine Stuhllehne. »Du hast mir doch gesagt, dass du erst im frühen Morgengrauen heimkommen würdest!«, meinte sie vorwurfsvoll.

»Und mir hat man gesagt«, erwiderte er in einem Tonfall, der umso bedrohlicher wirkte, als er ausgesprochen höflich war, »dass du die Operette nicht besucht hast, weil du Kopfschmerzen hattest und daheim bleiben wolltest.«

»Warst du etwa dort?«

Er grinste finster.

»Ich habe Ellie eine Nachricht für dich hinterlassen. Hat sie dir nichts ausgerichtet? Ich hatte beschlossen, gleich nach dem Boxkampf noch bei Lady Bowes vorbeizuschauen. Schließlich bin ich frisch verheiratet. Meine Freunde hatten vollstes Verständnis, ja sie fänden es wahrscheinlich sogar seltsam, wenn ich meiner Braut gegenüber nicht ein paar Zugeständnisse machen würde.«

Sie überhörte die sarkastische Anspielung mit der Braut, weil ihre Gedanken sich nicht von Ellie losreißen konnten. Sie erinnerte sich an Ellies Lächeln, als diese noch einmal das Haus betrachtet hatte, bevor sie in die Kutsche gestiegen war. Ellie musste erraten haben, dass sie etwas plante, und hatte sicher gehofft, Lucas würde sie dabei ertappen. Und so war es dann auch gekommen.

»Nein, sie hat mir nichts gesagt«, erwiderte sie.

»Zweifellos hat sie dich nicht stören wollen, du fühltest dich ja nicht wohl.«

»Die gute Ellie«, meinte sie süßlich. »Die sich immer so um mein Wohlergehen sorgt ...«

»Nicht wahr?«, pflichtete er ihr gespielt liebenswürdig bei.

»Und hast du gewusst, dass Perry ebenfalls indisponiert war?«

»Perry?«, fragte sie mit zitternder Stimme.

Er nickte. »Perry kam nicht zum Boxkampf, weil er – tja, was hatte er gleich noch mal? Ich glaube, eine Erkältung; zumindest hat er das Adrian erzählt. Ein merkwürdiger Zufall, findest du nicht auch? Du und Perry, beide am selben Abend indisponiert.«

Seine betonte Liebenswürdigkeit machte sie nur noch nervöser. Sie befeuchtete sich die Lippen. »Du weißt doch, solche Zufälle gibt es immer wieder!«

Plötzlich brüllte er so laut, dass sie erschrocken zusammenfuhr: »Lüg mich nicht an! Du hast dich heute Abend mit Perry getroffen. Keine weiteren Lügen und Ausflüchte! Ich sehe doch, wie er dich betrachtet und mit seinen Blicken verfolgt! Ich will die Wahrheit hören, Jessica, und zwar auf der Stelle! Was hast du mit Perry getrieben?«

»Wie seine Blicke mich verfolgen?« Sie biss ergrimmt die Zähne zusammen. »Ich hoffe nur, du willst damit nicht andeuten, dass ...«

»Sag es mir!«

Er schleuderte ihr die Worte wie einen Fehdehandschuh entgegen, und sie nahm die Herausforderung unverzüglich an. Ihre Ängste und Schuldgefühle, dass sie ihn belogen hatte, wurden nun von einer noch stärkeren Empfindung überlagert: blanker Wut. Mit zornesfunkelnden Augen stieß sie zwischen zusammengepressten Zähnen hervor: »Nur ein Mensch, der so eine schmutzige Phantasie hat wie du, kann glauben, dass Perry und ich dazu fähig wären!«

Er starrte sie lange und durchdringend an, doch dann wandte er als Erster den Blick ab und kehrte ihr den Rücken zu. Sich die Haare raufend, stieß er hervor: »Zum Teufel noch mal, was soll ich denn glauben? Jedes Mal, wenn ich mich umdrehe, ja sogar in meinem eigenen Haus, stolpere ich über diesen jungen Kerl.«

»Er ist mein Freund«, schmetterte sie ihm entgegen, »und dein Cousin! Auch Adrian ist oft hier, aber über ihn beklagst du dich nie!«

»Ich beklage mich gar nicht.« Seine Stimme war rau. »Es ist nur so, dass ...«

»Wie?«, fragte sie, als er zögerte.

Er wandte sich wieder zu ihr. »Du solltest ihn nicht ermutigen. Perry ist jung und leicht zu beeindrucken.«

Der Mund blieb ihr offen stehen vor Empörung. »Ich ermutige ihn doch gar nicht! Weder ihn noch sonst jemanden!«

»Tja, und das ist der zweite Punkt: Unsere Beziehung ist nicht normal. Wenn wir eine normale Ehe führen würden, wäre Perry überhaupt kein Problem.«

»Was für ein Problem ist Perry denn?«

»Du weißt ganz genau, was ich meine. Ich weiß einfach nicht, was du für mich empfindest. Du lässt mich nicht an dich heran.«

»Du kommst doch jeden Abend zu mir.«

»Und du sitzt rum und nähst irgendwas für deine verfluchten Waisenknaben.«

»Und wir unterhalten uns. Ich dachte, wir sollten uns besser kennen lernen.«

Nun wurde er wieder zornig. »Ich weiß, was ich gesagt habe, aber ich meine ...« Frustriert schüttelte er den Kopf. »Doch darum geht es momentan gar nicht. Ich will wissen, wo du heute Abend mit Perry warst und was ihr getan habt!«

Er war noch immer wütend, wirkte aber nicht mehr so bedrohlich. Offenbar war er zu der Überzeugung gelangt, dass zwischen ihr und Perry nichts vorgefallen war. Allmählich verebbte auch ihr Zorn. Nach all dem, was sie hinter sich hatte, wollte sie sich nur zu gerne aussprechen. Und er wirkte wie ein Fels, als könne ihn nichts erschüttern. Sie fühlte sich schon besser, wenn sie ihn nur ansah.

Leise schniefend gestand sie ihm: »Das war eine der schlimmsten Nächte meines Lebens! Zumindest des Lebens, an das ich mich erinnern kann. Ach, Lucas, in den letzten drei Stunden waren Perry und ich in der Bow Street eingesperrt.« Sie setzte sich auf die Bettkante und blickte ihn verzagt an. »Wir hatten entsetzliche Angst, dass man uns in die Kolonien schicken würde und unsere Freunde nie erfahren würden, was mit uns passiert war.«

»In der Bow Street? Drei Stunden lang? Du und Perry?«

Sie nickte abermals schniefend.

Nach einem langen, verblüfften Schweigen fing er plötzlich an zu lachen und hörte erst auf, als er ihren vorwurfsvollen Blick bemerkte. Er kniete sich vor sie hin und nahm ihre Hände. »Mein armer Schatz! Wie schrecklich für euch! Wegen dieses unrechtmäßigen Arrests werde ich meine Anwälte auf diese elenden Gendarmen hetzen. Wenn dich jemand verletzt oder beleidigt hat, soll er dafür büßen!«

Seine Worte wirkten wie Balsam auf ihre verletzte Seele. »Es war nicht so schlimm«, gab sie zu. »Der zuständige Friedensrichter hat Perry erkannt und ließ uns schließlich laufen.«

Er runzelte die Stirn. »Aber sie werden ja wohl einen Grund gehabt haben, euch zu verhaften.«

Sie schluckte. »Die Wachtmeister meinten, wir seien Einbrecher.«

»Einbrecher? Wie sind sie denn darauf gekommen?«

»Sie haben uns erwischt, als wir in Rodney Stones Wohnung einbrachen.«

Er ließ ihre Hände fallen und stand auf. »Was hattet ihr dort zu suchen?«

»Wir haben versucht, Mr Stone aufzuspüren. Wir dachten, vielleicht könnten wir dort ein paar Hinweise auf seinen momentanen Aufenthaltsort finden.«

»Aber warum das Ganze?«

Nun sprudelten die Worte nur so aus ihr heraus. »Weißt du, dass niemand eine Ahnung hat, wo er steckt? Zum letzten Mal wurde er gesehen, bevor er nach Chalford aufbrach, du weißt schon, zu Bellas Ball. Seitdem ist er nicht mehr in seiner Stadtwohnung gewesen. Findest du das nicht merkwürdig?«

»Nein. Stone teilte mir mit, er wolle von Chalford aus direkt nach Brighton fahren.«

»Aber das ist es ja gerade! Seine Freunde in Brighton haben ihn auch nicht mehr gesehen. Lucas, ich befürchte, ihm ist etwas zugestoßen.«

»Unsinn! Ich habe mit seiner Tante gesprochen. Sie hat mir erzählt, er habe große Schulden und sie wolle ihn diesmal ein Weilchen schmoren lassen, bevor sie ihm aus der Patsche helfen würde. Offenbar hat er sich irgendwo vor seinen Gläubigern versteckt.«

»Du hast seine Tante getroffen?«, fragte sie erstaunt. »Wann denn?«

»Als du dich von deinem Sturz erholt hast. Welche Rolle spielt das denn?«

»Ach, Perry und mich beschlichen schon Zweifel, ob diese Tante überhaupt existiert. Wie hast du es geschafft, sie ausfindig zu machen?«

»Stones Vermieterin gab mir ihre Adresse. Warum?«

»Sie hat Perry gesagt ...«

»Was denn?«

»Ach, egal. Offenbar hat sie ihm nicht über den Weg getraut. Sie hat nämlich auch die Wachtmeister gerufen.«

»Wärst du so freundlich und würdest mir endlich erklären, was das Ganze zu bedeuten hat?«

Sie stand auf, weil er sich jetzt über sie gebeugt hatte und sie sich im Nachteil fühlte. »Es bedeutet, dass ich Rodney Stone nach wie vor nicht für so unschuldig halte, wie du das offenbar tust«, sagte sie hastig, bevor sie es sich anders überlegen konnte. »Nein, Lucas Wilde, lass mich bitte ausreden!«, fuhr sie entschlossen fort. »Es passt alles perfekt zusammen, verstehst du das denn nicht? Er hatte Schulden. Jemand gab ihm eine Menge Geld oder hat es ihm zumindest angeboten, damit er mich entführt. Und jetzt ist Rodney Stone verschwunden!«

»Herr im Himmel!«, stöhnte er und ging zum Kamin.

Sie folgte ihm. »Seine Wohnung ist seit Wochen nicht betreten worden«, sagte sie. »Aber seine Kleider sind alle da. Nur sein Schreibtisch wurde ausgeräumt.« Ihrer Meinung nach bestärkte all dies ihre Vermutung. »Weißt du, was ich glaube, Lucas? Ich glaube, jemand hat seinen Schreibtisch ausgeräumt, jemand, der nicht wollte, dass wir einen Brief oder sonst etwas Belastendes finden.«

Schroff erwiderte er: »Ich würde dir ja gerne glauben, wenn du mir nur einen Grund nennen könntest, warum dich jemand entführen wollte.«

»Liegt das denn nicht auf der Hand? Weil ich Fragen über den Mord an meinem Vater stelle. Der Mörder wollte mich abschrecken. Vielleicht bin ich ihm zu nahe gekommen.«

»Jetzt fang bloß nicht wieder damit an!«

»Das ist die einzige vernünftige Erklärung.«

Er senkte den Kopf, bis sich ihre Nasen praktisch berührten. »Du versuchst also noch immer herauszufinden, wer deinen Vater ermordet hat. Das steckt doch hinter all dem, oder?«

»Jawohl!«, fauchte sie.

Eine Sekunde lang war es ganz still, dann sagte er in einem beängstigend sanften Ton: »Verdächtigst du noch immer mich, Jess? *Mich*?«

»Wenn ich dich für den Mörder halten würde, wäre ich jetzt nicht hier, oder?«

»Wen verdächtigst du dann?«

Ihre Stimmen waren zu einem Flüstern abgesunken. Jessica beschlich ein unheimliches Gefühl. Er stand reglos wie eine Skulptur vor ihr, nur seine Augen waren lebendig und beobachteten sie mit einer Intensität, der sie nicht standhalten konnte. Sie trat einen Schritt zurück.

»Niemanden und jeden«, sagte sie. »Aber wer auch immer

es getan hat, er muss ein Motiv und die Gelegenheit gehabt haben.«

Er lachte verbittert. »Das hast du auch einmal über mich gesagt.«

»Aber du warst an jenem Abend im Schwarzen Schwan nicht allein.«

»Den Streit, den ich mit deinem Vater hatte, haben mindestens zwanzig Leute beobachtet«, meinte er. »Verdächtigst du alle diese Leute?«

»An sie habe ich nicht gedacht.«

»An wen dann?«

»Adrian, Rupert – ich weiß nicht. Du hast damals mit ihnen zu Abend gegessen, und kurz bevor mein Vater kam, verließen sie das Lokal. Einer von ihnen hätte es tun können.«

Sie sah die Szene deutlich vor sich. »Sie haben meinen Vater sicher in den Schwarzen Schwan kommen sehen, und dann hat ihm vielleicht einer von ihnen auf dem Reitweg aufgelauert.«

»Das ist grotesk! Weißt du überhaupt, von wem du da sprichst? Diese Männer – Adrian und Rupert – sind meine Freunde. Wir sind zusammen in die Schule gegangen, wir haben im Krieg Seite an Seite gekämpft. Ich kenne sie, und ich sage dir, keiner der beiden hat deinen Vater ermordet.«

So gesehen war es wirklich grotesk. Sie mochte Rupert und Adrian und traute keinem der beiden so etwas Grässliches zu.

Die Leute waren so töricht. Wenn sie ihn anblickten, sahen sie nur das, was er sie sehen lassen wollte. Keiner hätte ihn je eines Mordes verdächtigt.

»Jessica«, sagte er, »meine Freunde sind Ehrenmänner. Sie hätten deinen Vater nie in den Rücken geschossen, selbst wenn sie ein Motiv gehabt hätten, ihn umzubringen.«

Sie sah ihn scharf an. »Vielleicht nicht, aber ich glaube, du weißt mehr, als du mir sagen willst. Was verbirgst du vor mir?«

»Mein Gott, das ist ja zum Verrücktwerden! Was sollte ich denn vor dir verbergen?«

Sie war ebenso angespannt wie er. »Das weiß ich nicht, aber ich werde es herausfinden! Wen schützt du, Lucas?«

»Hörst du mir denn nie zu?« Er knirschte mit den Zähnen und ballte die Hände zu Fäusten. »Der einzige Mensch, den ich beschütze, bist du! Du hattest ein Motiv und die Gelegenheit! Danach hast du doch gesucht, oder? Dann brauchst du gar nicht weiter zu suchen!«

»Was für ein Motiv?«, fragte sie höhnisch. »Jeder weiß, dass ich meinen Vater verehrt habe. Er war vielleicht kein einfacher Mensch, aber er war mir zugetan und ich ihm, das habe ich von allen Leuten gehört. Ich hätte ihm nie wehgetan. Erzähl mir doch, was für ein Motiv ich hätte haben können, meinen Vater zu ermorden. Es gibt keines, Lucas, das weißt du ganz genau!«

»Dein bewundernswerter Vater wollte dich verkaufen!«, brach es unbeherrscht aus ihm heraus. »Er wollte dich versteigern lassen, Jess, wie eine Sklavin! Er hätte dich an den Meistbietenden verkauft, um seinen leeren Beutel zu füllen.«

Sie schüttelte den Kopf. »Nein«, flüsterte sie, »das glaube ich dir nicht!«

»Du hast deinen Vater nicht besonders gut gekannt, Jess. Er hat dir erzählt, er wolle gemeinsam mit dir in London einen Spielsalon eröffnen. Du hast mich angefleht, dir zu helfen, und ich versprach es dir. Aber er führte noch viel Schlimmeres im Schilde, er wollte dich verkaufen. Das hat er dir natürlich nicht erzählt. Es sollte eine Versteigerung stattfinden …«

Verschwommene Erinnerungen stiegen in ihr auf, aber sie waren zu schmerzlich, um sich jetzt damit zu befassen; sie drängte sie zurück. »Lügner!«, schrie sie und wollte davonrennen.

Er setzte ihr nach und fasste sie an den Schultern. Sie schlug ihm mit der offenen Hand ins Gesicht und hätte ihn ein weiteres Mal geschlagen, wenn er sie nicht gepackt und fest an sich gepresst hätte. Doch der Sturm der Gefühle, den seine Worte in ihr ausgelöst hatten, tobte weiter. »Lügner!«, schluchzte sie. »Lügner!«

»Jess, Jess«, murmelte er beruhigend. »Komm wieder zu dir! Hör auf damit, mein Schatz, du tust dir sonst noch weh!«

Doch sie wurde nur noch wütender und kämpfte noch wilder, um sich zu befreien. Als sie die Zähne in seine Schultern schlug, riss er sich von ihr los, schleppte sie zu ihrem Bett und warf sie darauf. Dann legte er sich auf sie und schaffte es schließlich mit der Last seines ganzen Gewichtes, sie zu bändigen. Aber ihre Wut war noch lange nicht verflogen.

»Du wolltest mir wehtun!«, presste sie heftig schluchzend und stöhnend hervor. »Nur deshalb sagst du das alles. Es stimmt nicht! Ich weiß ganz genau, dass es nicht stimmt. Mein Vater hat mich geliebt. Er muss mich geliebt haben. Er hat mich sicher geliebt.«

Sein Gesicht war aschfahl, seine Augen fast schwarz. »Ich hätte es dir nie sagen dürfen und wollte es auch nicht tun. Vielleicht habe ich mich geirrt. So genau kann ich mich nicht mehr erinnern. Es ist doch schon so lange her, Jess! Jess, reg dich bitte nicht so auf! Liebling, bitte! Es spielt doch heute keine Rolle mehr. Nach all dieser Zeit kann es gar keine Rolle mehr spielen.«

Obwohl sie wusste, dass er sie trösten wollte, bohrte sich jedes seiner Worte wie ein Widerhaken in ihr Herz. Es war sicher so gewesen, sonst würde er jetzt nicht versuchen, seine Worte zurückzunehmen. Und es stand ihm alles ins Gesicht geschrieben – Schuld, Reue, Angst, Hilflosigkeit. Jetzt tat es ihm Leid, jetzt, wo er es gesagt hatte.

Es stimmte also. Ihr Vater hätte sie an den Meistbietenden verhökert. Warum war sie so schockiert? Dasselbe grässliche Schicksal war auch einigen der Kinder aus dem Waisenhaus widerfahren, bevor die Barmherzigen Schwestern sie gerettet hatten.

Als seine Lippen ihre Stirn berührten, kreischte sie auf. »Rühr mich nicht an!« Ein Schrei der reinen Verzweiflung entrang sich ihrer Brust; sie presste das Gesicht ins Kissen und weinte hemmungslos.

*

Sie wusste nicht, wie lange sie, den Kopf ins Kissen vergraben, dagelegen hatte wie eine kaputte Puppe; doch schließlich wurde ihr bewusst, dass er im Zimmer herumlief, und sie richtete sich mühsam auf. In ihrer Hand lag ein großes weißes Taschentuch; wie es dorthin gelangt war, wusste sie nicht mehr, aber sie benutzte es nun, um sich die Tränen von den Wangen zu wischen und die Nase zu putzen.

Er stand am Kamin und trank etwas aus einem Kristallglas, das wie Brandy aussah, wobei er sie über den Glasrand hinweg beobachtete und wirkte, als sei er die Maus und sie die Katze. Das ließ sie wieder etwas zu sich kommen.

»Beruhige dich, Lucas, ich habe genug geweint, jetzt will ich Antworten.«

»Jess, es ist schon spät ...«

»Du hast damit angefangen.«

Er zog resigniert die Schultern hoch und setzte sich ans Fußende des Bettes. »Es tut mir Leid, dass ich dich so erschüttert habe«, sagte er. »Und bitte, glaub mir: Ich habe keine Sekunde lang gedacht, dass du deinen Vater ermordet hast. Das habe ich in meiner Wut nur so dahingesagt.«

Ihr Interesse, den Mörder ihres Vaters zu finden, war – zumindest vorläufig – verflogen. Jetzt wollte sie mehr über ihren Vater erfahren, und über sich selbst. »Was weißt du über diese Versteigerung?«

»Ich weiß nur das, was mir dein Vater erzählt hat. Sie sollte in London stattfinden, und zwar bald, denn es war kein Geheimnis, dass dein Vater bis zum Hals in Schulden steckte.«

»Wer wusste noch davon?«

»Niemand. Wenn sich das in Chalford herumgesprochen hätte, wäre dein Vater am nächsten Laternenpfahl aufgeknüpft worden. Niemand mochte deinen Vater, Jess.«

»Bis auf mich«, sagte sie verbittert. »Um wie viel Geld ging es denn?«

»Keine Ahnung. Ich weiß aber, dass dein Vater eine Hochzeit zwischen uns beiden für eine Katastrophe hielt. Ich war damals ja nur ein armer Soldat. Es hätte keinen Ehevertrag gegeben, bei dem so viel für ihn herausgesprungen wäre, dass er seine Schulden begleichen oder ein standesgemäßes Leben hätte führen können. Er war wütend, als er in den Schwarzen Schwan kam, und er geriet schier außer sich vor Wut, als ich ...«

Er stockte.

»Als du es abgelehnt hast, mich zu heiraten?«, fragte sie nüchtern.

»Jess, ich hatte nur wenige Stunden zuvor um Bellas Hand angehalten. Ich konnte keinen Rückzieher machen, nicht zu jenem Zeitpunkt. Und ich war böse auf dich, weil du mir deinen Vater auf den Hals gehetzt hattest. Natürlich hattest du gelogen, als du ihm sagtest, du wärst keine Jungfrau mehr.« Zögernd fuhr er fort: »Beschädigte Ware, das waren seine Worte, glaube ich. Aber es hat nicht gestimmt, Jess!«

»Bitte, Lucas, versuch jetzt nicht, mich zu verschonen! Ich will ja nur meinen Vater verstehen. Du hast mich doch an jenem Tag besucht. Was ist da passiert?«

»Ich wollte mit deinem Vater reden, aber er war nicht da. Nur du warst da. Ich war wütend auf deinen Vater, sehr wütend sogar wegen der Dinge, die Adrian mir erzählt hatte. Du hattest dich damals völlig zurückgezogen, du bist nirgends hingegangen, hast nichts unternommen, hattest keine Freunde. Deinem Vater war das egal. Er war ein unverbesserlicher Spieler und Trinker und hatte Hawkshill dem Verfall preisgegeben.«

»Kein Wunder, dass du mich nicht auf Bellas Ball gehen

lassen wolltest«, sagte sie verbittert. »Du hattest Angst, dass alle mich schneiden würden.«

»Das stimmt nicht. Die Leute in Chalford haben dich immer akzeptiert, Jess. Sie mögen dich.«

»Aber nur deinetwegen! Eins verstehe ich allerdings nicht – warum hast du dich um mich gekümmert, damals wie heute?«

»Warum wohl?«, entgegnete er. »Natürlich, weil zwischen uns immer mehr war, als ich zugeben wollte.«

Es interessierte sie nicht, was früher gewesen war. Er hatte sie verletzt – vorsätzlich, wie sie glaubte –, und das würde sie ihm nie verzeihen können. »Sag mir nur, was passiert ist, als du mich damals getroffen hast.«

Er sah sie lange an, dann blickte er auf das Glas in seiner Hand. »Du hast mir gesagt, dass du mit deinem Vater nach London gehen würdest. Er wollte einen Spielsalon eröffnen, und du solltest sein Zugpferd sein. Ich hörte dir gar nicht richtig zu und merkte auch nicht, dass du mich um Hilfe bitten wolltest. Ich stellte mir nur vor, dass du in einer Spielhölle arbeiten würdest, dass du um keinen Deut besser sein würdest als die Flittchen im Schwarzen Schwan.« Er schüttelte den Kopf, und seiner Miene war deutlich zu entnehmen, dass er sich deshalb noch heute Vorwürfe machte. »Du hast keine Ahnung, was das in mir ausgelöst hat, Jess. Ich kann es nur so erklären, dass ich leicht verrückt wurde. Ich warf mein Ehrgefühl über Bord, ich vergaß Bella, ich ...«

Er nahm einen großen Schluck Brandy, bevor er fortfuhr: »Ich bin nicht stolz auf das, was dann passierte. Aber du warst schockiert, und das brachte mich wieder zur Vernunft. Ich habe dir zugehört, und im Gegensatz zu dir traute ich deinem Vater alle Schlechtigkeit der Welt zu. Ich war entschlossen, dich aus Hawkshill wegzuschaffen. Meine Mutter lebte in London, und ich wollte dich zu ihr bringen, bis mir etwas Besseres einfiele.«

»Und ich war einverstanden?«

»Ich hatte nicht vor, dich zu fragen.« – »Ich flehte dich an, mich zu heiraten, stimmt's?«

Auf seiner Wange begann ein Muskel zu zucken. »Ja«, erwiderte er leise.

Das spielt jetzt keine Rolle, sagte sie sich, nicht die geringste. »Und was ist dann passiert?«

»Ich habe Bella besucht.«

Sie zog die Knie ans Kinn und schlang die Arme um ihre Beine. »Und du hast ihr einen Heiratsantrag gemacht.«

Er grinste wieder voller Selbstverachtung. »Ja. Du hast mir gesagt, dass ich es noch bereuen würde; aber ich habe nicht auf dich gehört. Allerdings fand ich ziemlich rasch heraus, dass du Recht hattest. Ich werde es nie vergessen: Nachdem sie meinen Antrag angenommen hatte, saß ich völlig versteinert in ihrem Salon und wunderte mich, warum mir so kalt war.«

»Dann hast du mit deinen Freunden im Schwarzen Schwan zu Abend gegessen. Wo war mein Vater an jenem Tag?«

»In Oxford, glaube ich, um sein letztes Hab und Gut zu verkaufen. Jess, dein Vater hatte ständig Schulden.«

»Und was ist passiert, als mein Vater dich fand?«

Er seufzte. »Ich saß allein an einem Tisch, als er in den Schwarzen Schwan kam, und er setzte sich zu mir. Er hatte getrunken. Zuerst begriff ich gar nicht, was er sagte. Ich hätte all seine hochfliegenden Pläne ruiniert, warf er mir vor. Und dann rückte er mit der Wahrheit heraus. In London gebe es Männer, die zehnmal so viel Geld hätten wie ich, und die hätten einen stattlichen Preis für dich bezahlt, solange du Jungfrau warst. Aber jetzt, wo du beschädigt seist … Jess, ich glaube, jetzt habe ich genug gesagt.«

Trotz des dumpfen Schmerzes, den sie in ihrem Herzen. spürte, zwang sie sich, möglichst nüchtern zu klingen. »Nun stellt sich die Frage: Habe ich meinen Vater so sehr gehasst, dass ich ihn hätte umbringen können?«

»Es ist mir völlig gleichgültig, ob du ihn umgebracht hast«, erwiderte er ungestüm.

»Du glaubst also, ich habe es getan?«

Der Ärger in seiner Miene verflog. »Nein, Jess. Du hättest nie jemanden umbringen können. Dir waren nur endlich die Augen aufgegangen. Aber trotz alledem – ich glaube nicht, dass du deinen Vater gehasst hast, nicht einmal dann. Ich glaube, du hättest ihm alles verziehen. Du hast ihn immer in Schutz genommen.«

Jetzt fiel ihr noch etwas anderes ein. »Ich hätte nie eine Stelle als Gouvernante oder Gesellschafterin bekommen, nicht wahr, Lucas? Ich war nicht respektabel genug, deshalb bin ich bei meinem Vater geblieben. Wohin hätte ich sonst gehen sollen?« Sie biss sich auf die Lippen.

Er streckte die Hand nach ihr aus. »Jess ...«

Sie zuckte zurück und sprang auf. Nachdem sie eine Weile ziellos umhergelaufen war, blieb sie am Fenster stehen und zog die Vorhänge zur Seite. Dabei fiel ihr Blick auf den Saphirring, den er ihr zur Verlobung geschenkt hatte. »Früher besaß ich einen Saphirring, den ich an einer Kette trug, nicht wahr, Lucas?« Als er nicht antwortete, drehte sie sich um und blickte ihm prüfend ins Gesicht.

»Erinnerst du dich an diesen Ring?«, fragte er.

»Nein. Perry hat mir davon erzählt. Was weißt du darüber?«

»Der Ring gehörte deiner Mutter«, sagte er. »Er war das Einzige, was du von ihr hattest, dein wertvollster Besitz.«

»Habe ich ihn verloren?«

»Warum willst du das wissen?«

»Ich erinnere mich, oder glaube zumindest, mich zu erinnern, dass ich im Schwarzen Schwan nach dir gesucht habe, um dir zu erzählen, was mit dem Ring passiert ist.«

Er nickte. »Du warst ziemlich fassungslos, und ich versprach dir, einen neuen Saphirring zu kaufen, sobald ich das Geld hätte. Es hat aber nicht viel geholfen, du wolltest keinen anderen Ring. Nichts hätte den Ring deiner Mutter ersetzen können.«

Plötzlich stieg eine klare Erinnerung in ihr auf. »Ich habe ihn gar nicht verloren. Mein Vater hat ihn mir weggenommen und verkauft, nicht wahr?«

»Ich ... ich weiß es nicht mehr so genau. Möglich ist es natürlich.«

»Sag mir die Wahrheit! Ich habe das Recht, die Wahrheit zu erfahren.«

»Ja, er hat ihn verkauft, und dann hat er das Geld verspielt. Ich fand heraus, dass er ihn an Lady Radford verkauft hatte. Als sie letztes Jahr gestorben ist, habe ich den Ring aus ihrem Nachlass zurückgekauft.«

Sie blickte auf den Ring an ihrem Finger. »Willst du mir damit sagen, dass das der Ring meiner Mutter ist?«, fragte sie ungläubig.

»Ja«, entgegnete er schlicht.

Plötzlich stiegen ihr Tränen in die Augen, und sie kehrte ihm den Rücken zu. Eine normale Frau wäre von dieser Geste zutiefst gerührt gewesen, sagte sie sich; und sie war auch gerührt, aber zugleich schämte sie sich entsetzlich, auch wenn sie nicht wusste, weshalb.

Als sie sich wieder etwas gefasst hatte, sagte sie: »Ich versuchte, überall den Eindruck zu erwecken, dass mein Vater mich verwöhnte. Aber du hast mir das nie abgenommen, nicht wahr?«

»Nein, das habe ich nie gedacht. Du selbst wolltest es nur zu gerne glauben, Jess, und du hast auch versucht, andere dazu zu bringen. Dein Vater war durch und durch selbstsüchtig und obendrein brutal. Ich habe nie begriffen, wie solch ein Mensch eine Tochter wie dich hat haben können. Aber du hast es nie geduldet, dass jemand etwas gegen ihn sagte.«

Sie lachte spröde. »Jetzt bin ich klüger. Das sollte dich doch freuen. Die Arbeit mit den Kindern hätte mich das lehren können. Du kannst dir gar nicht vorstellen, wie viel Kummer und Leid Kinder ertragen und dennoch an ihren Eltern hängen, Eltern, für die du und ich nur Verachtung empfinden könnten.«

»Ich kann es mir vorstellen«, sagte er leise.

Sie drehte sich zu ihm um. »Du? Du kannst dir das vorstellen?« Ihr Blick war wund vor Schmerz. »Nichts kannst du dir vorstellen! Was weißt du denn vom Hunger eines Kindes nach Liebe? Du hattest Eltern, die dich liebten. Du bist mit der Erwartung großgeworden, dass alle dich mögen und bewundern. Und so ist es gekommen. Du bist in Chalford so beliebt wie kein anderer. Frag den Wachtmeister oder deinen Anwalt.« Ihr Atem kam stoßweise, keuchend rang sie um die richtigen Worte.

»Du auf einem Ball – schon der Anblick ist die reine Freude. Jeder sollte so viele Freunde haben wie du. Sag mir also nicht, dass du mich verstehst, Lucas Wilde, denn du wirst nie verstehen, was Einsamkeit bedeutet!«

Er stellte sein Glas ab und stand auf.

Sie war noch nicht fertig. »Ja, ich wollte jemanden haben, der mich liebte, nur einen, der mich für etwas Besonderes hielt. Du hast immer Legionen solcher Menschen um dich gehabt. Konnte ich mir nicht wenigstens einen einzigen wünschen?«

Ihre Stimme wurde brüchig.

»Glaube bloß nicht, dass ich mich jetzt in Selbstmitleid suhle! Ich denke gar nicht an mich, sondern an das Kind, das ich einmal gewesen bin. Oft genug habe ich um unsere Heimkinder geweint, warum also nicht auch einmal um mich selbst?«

Er wollte sie in die Arme nehmen, aber sie entzog sich ihm. »Was war nur los mit mir, dass mich niemand lieben konnte, nicht einmal mein eigener Vater? War ich zu böse, war ich niederträchtig oder was sonst?«

Sie schämte sich der Tränen, die über ihre Wangen rannen. Als er sie wieder an sich zog, versuchte sie, ihn wegzustoßen, aber diesmal ließ er sich nicht abweisen. »Bedauere mich jetzt nicht!«, schrie sie. »Wage es ja nicht!«

Er wiegte sie in seinen Armen. Ihren Widerstand missachtend, küsste er sacht ihr Gesicht überall dort, wo sie ihm nicht auswich. »Du Dummerchen«, murmelte er, »du hast nicht erkannt, was eigentlich sonnenklar war. Nein, kämpf jetzt nicht gegen mich, hör mir einfach nur zu! Du warst nie allein. Ich habe dich immer für etwas ganz Besonderes gehalten. Das weißt du nur nicht, weil du dich nicht mehr daran erinnern kannst. Warum, glaubst du, war ich so außer mir, als ich erfuhr, dass du in einer Spielhölle arbeiten solltest?«

»Du hast Bella geliebt!«, schluchzte sie. »Für dich war doch immer nur Bella wichtig.«

Er schüttelte sie sanft. »Tja, das habe ich mir eine Zeit lang tatsächlich eingebildet. Aber als Soldat in Spanien hat mich nicht ihr Bild verfolgt, sondern deines und kein anderes. Vielleicht kannst du dir vorstellen, dass ich deshalb etwas verstört war, denn du warst ja fast noch ein Kind. Ich hatte mich mit Bella geeinigt; es wäre unehrenhaft gewesen, mein Versprechen ihr gegenüber nicht einzulösen. Und ich dachte, meine Gefühle für dich würden nachlassen.«

Sie starrte ihn überrascht an. »Unehrenhaft? Ein seltsames Wort!«

»Nicht für mich. Mein Vater hat mich so erzogen. Ich hätte diese Hochzeit nur vermeiden können, wenn mich Bella meines Versprechens entbunden hätte. Wenn nicht ohnehin alles ganz anders gekommen wäre, hätte ich sie gebeten, unsere Verlobung zu lösen. Ich gebe zwar zu, dass ich etwas außer mir war, als du deinen Vater auf mich gehetzt hast, aber früher oder später hätte ich sie darum gebeten. Ich brauchte einfach etwas Zeit, mich damit anzufreunden, dass du inzwischen eine erwachsene Frau warst und es nicht mehr unstatthaft war, so an dich zu denken, wie ich es getan hatte.«

Er hielt inne und musterte sie eindringlich. »Wenn du vorhattest, mich zu bestrafen, dann ist dir das gelungen. Die letzten drei Jahre waren die reine Hölle ohne dich. Ich war immer wieder völlig verzweifelt – meine Freunde nannten es ›Anfälle von Schwermut‹ –, weil ich es nicht mehr aushielt, nicht zu wissen, was aus dir geworden war. Als ich dich schließlich in Hawkshill wiedersah, war mir klar, was passieren würde. Du bist etwas ganz Besonderes für mich, Jess. Ich lasse dich nie mehr gehen. Weißt du das denn noch immer nicht?«

Sie schüttelte den Kopf. »Du hast mich geheiratet, weil du musstest.«

»Das hat meine Pläne nur ein bisschen beschleunigt. Früher oder später hätte ich dich sowieso gebeten, meine Frau zu werden. Du gehörst mir, Jess, mir und keinem anderen.«

Ihr Hals schnürte sich zusammen; sie schluckte.

Er nickte. »Und jetzt, wo ich dich wieder gefunden habe, lasse ich dich nie mehr gehen.« Seine Stimme wurde rau. »Du hattest nie Angst, ein Risiko einzugehen, Jess. Tu es jetzt! Tu es mit mir!«

Er streichelte sanft ihre Wangen. Dann nahm er ihr Gesicht in die Hände, und sein Mund streifte den ihren, erst ganz sanft, dann nachdrücklicher. Ihre Lippen öffneten sich, und ihre Lider wurden schwer. Sie schloss die Augen und lehnte sich an ihn.

20

Er hatte sich vorgenommen, ihr zu zeigen, dass sie für ihn etwas ganz Besonderes war. Ihr Leid berührte ihn zutiefst, aber es war nicht nur Mitleid – eine Vielzahl von Gefühlen stürmte auf ihn ein. Sie hatte Recht, sein Leben war immer einfach gewesen. Als Soldat hatte er zwar genügend Mühsal und Leid erlebt, aber er hatte nie erfahren müssen, was es bedeutete, vollkommen allein zu sein. Er konnte sich tatsächlich kein Bild davon machen, wie sehr Jess darunter gelitten hatte und es noch immer tat.

Seine Lippen streiften ihren Mund. Als sie sich ihm öffnete, entflammte seine Leidenschaft und erfasste rasend schnell seinen ganzen Körper. Jeder einzelne Muskel spannte sich an und dehnte sich wieder. Er hatte das Gefühl, aus Stahl zu bestehen, und sein Atem ging stoßweise.

»Oh Gott«, stöhnte er. »das hatte ich nicht im Sinn. Ich weiß, ich weiß, ich soll den Namen des Herrn nicht unnütz im Munde führen ...« Er küsste sie wieder leidenschaftlich.

Er wusste nicht, warum sich ein Lächeln auf ihre Lippen stahl. Er erbebte; er wollte unbedingt alles richtig machen, wollte ihr auf keinen Fall Angst einjagen oder etwas tun, was es für sie verdorben hätte. Aber er würde alles verderben, wenn er sich jetzt nicht wieder unter Kontrolle brachte. An diesem Gedanken hielt er sich fest, bis er allmählich etwas ruhiger wurde.

Mit einem fragenden Blick entzog sie sich ihm. »Du bist so anders«, sagte sie.

Seine Stimme klang belegt, aber auch ein wenig belustigt. »Ja, ich weiß.«

»Warum?«

»Weil das hier anders ist. Du bist anders.« Hilflos zuckte er die Schultern, weil ihm die richtigen Worte fehlten. »Ich dachte, ich wüsste, wie man eine Frau liebt, aber bei dir komme ich mir wie ein grüner Junge vor. Du bist mir wichtig, Jess, und ich möchte, dass du es genießt. Ich habe Fehler bei dir gemacht, schwere Fehler, die ich auf gar keinen Fall wiederholen will.«

Als er merkte, wie sie die Stirn runzelte, wurde ihm klar, dass er soeben einen unverzeihlichen Fauxpas begangen hatte. Wenn ein Mann mit einer Frau ins Bett ging, durfte er keinesfalls die Schatten verflossener Geliebter heraufbeschwören.

Ihr Blick senkte sich, und sie begann, an seinem Hemd zu nesteln. »Als du in Hawkshill praktisch auf dem Küchentisch mit mir schlafen wolltest, hast du dich nicht wie ein grüner Junge benommen.«

Er wand sich unbehaglich.

»Kannst du das nicht einfach vergessen? Ich habe doch eben gesagt, dass ich Fehler gemacht habe, aber ich werde sie nicht wiederholen.«

»Oder als du mich an die Küchenwand gedrängt hast, jawohl, mit den Nonnen und den Kindern im ersten Stock, und mir gezeigt hast, wie ein Männerkörper beschaffen ist. Lucas, das war sehr böse von dir!«

Seine Wangen färbten sich rot. »Ich wünschte, du würdest auch das vergessen!«

»Oder«, fuhr sie unbeirrt fort, »in unserer Hochzeitsnacht, wo mir nur deshalb ein grauenhaftes Schicksal erspart blieb, weil Ellie klopfte und störte.«

»Jess!«, protestierte er, hielt jedoch inne, als er merkte, dass ihre Augen übermütig blitzten und ihre Lippen zuckten. Das erinnerte ihn an die frühere Jess. »Was willst du mir damit sagen?«, fragte er.

»Lucas«, erwiderte sie, »du weißt nicht, wie oft ich Ellie verflucht habe, dass sie genau in diesem Moment geklopft hat, oder wie oft ich an den Küchentisch und den Anatomieunterricht zurückgedacht und mich danach gesehnt habe, von dir berührt zu werden.«

Sie klang so sehr nach der Jess von früher – voller Übermut und Schalk –, dass er einfach nur dastehen und sie anstarren konnte.

Sie schlang die Arme um seinen Nacken und lächelte ihn an. »Lucas Wilde«, sagte sie, »sei bitte nicht anders, sonst bist du mir so fremd. Sei einfach nur du selbst!«

»Jess«, murmelte er. Sie kam zurück zu ihm, die alte Jess war wieder da und kehrte zu ihm zurück. Unendlich erleichtert lachte er, trug sie zum Bett, legte sich neben sie und ergötzte sich an ihrem Anblick. Einen Moment lang fürchtete er, sie würde sich scheu von ihm abwenden, doch sie tat es nicht. Ohne den Blick von ihm zu lassen, begann sie, die winzigen Knöpfe ihres Mieders zu öffnen.

»Das kommt mir so bekannt vor«, sagte sie. »Ich kann es kaum glauben, dass es mein erstes Mal ist. Ich …« Ihr Blick senkte sich zu den Knöpfen, und ihre Finger hielten inne.

»Was ist los, Jess?«

Sie blickte ihm besorgt in die Augen. »Lucas, sag mir die Wahrheit: Waren wir ein Liebespaar?«

»Nein, niemals, das schwöre ich dir, Jess.«

Nun beschäftigte sie sich wieder mit ihrem Mieder; sie öffnete einen Knopf, dann den nächsten, dann hielt sie erneut inne. Ihre Finger zitterten. Er sah, wie rasch sich ihre Brüste hoben und senkten.

»Habe ich etwas Falsches gesagt?«

Sie fasste sich an den Hals und flüsterte mit bebender Stimme: »Ich habe es schon einmal getan, das weiß ich ganz genau.«

Er runzelte die Stirn. »Was denn?«

Sie schluckte. »Ich war schon einmal mit einem Mann zusammen.«

»Aber wie denn? Das ist doch unmöglich!«

»Als wir uns in Hawkshill wieder trafen, hast du es nicht für unmöglich gehalten. Du hast mich auf dieselbe Stufe gestellt wie die Flittchen im Schwarzen Schwan. Das hast du mir selbst gesagt!«

»Das habe ich nicht! Ich sagte, du *würdest* noch so enden wie die Mädchen im Schwarzen Schwan. In Zukunft.«

»Das beweist rein gar nichts.«

Fassungslos starrte er sie an. »Ich kann nicht begreifen, wie rasch du dich veränderst. Noch vor einer Minute warst du bereit, dich in meine Arme zu werfen, und jetzt bist du kalt wie Eis.«

»Vor einer Minute hatte ich auch noch nicht diesen schrecklichen Verdacht, es schon einmal gemacht zu haben.«

Er schüttelte den Kopf. »Wenn dem so wäre, wäre dein Vater nicht so wütend auf mich gewesen, damals, als wir uns stritten.«

»Du meinst, als du dich geweigert hast, mich zu heiraten.«

»Er sagte, ich hätte dich entehrt. Deshalb war er ja so erbost. Er hätte schließlich nicht mehr so viel Geld für dich verlangen können.«

Bei diesen Worten zuckte sie zusammen. Er wollte sie trösten, doch sie entzog sich ihm und stand auf. Er folgte ihr und legte eine Hand auf ihre Schulter, doch sie schüttelte ihn ab.

»Und was ist, wenn mein Vater wusste, dass ich keine Jungfrau mehr war, und versucht hat, mich dir anzudrehen? So etwas hätte ihm doch ähnlich gesehen, oder?«

»Jess, bitte quäle dich nicht mit solchen Gedanken!«

Doch ihre Pein war nicht zu verkennen. »Wo war ich in jener Nacht, als ich davonlief?«, flüsterte sie bedrückt. »Mit wem war ich zusammen? Wie bin ich nach London gekommen?«

»Ich weiß es nicht, Jess, und es ist mir auch gleichgültig.«

»Und wenn ich mit einem Mann zusammen war? Vielleicht konnte ich gar nichts dagegen tun?«

Schon bei dem bloßen Gedanken an diese Möglichkeit krümmte er sich innerlich. Dennoch sagte er so ruhig wie möglich: »Ich würde jeden umbringen, der dir wehgetan hat. Aber es würde nichts ändern. Und mir wäre es nur dann wichtig, wenn es für dich wichtig wäre.«

»Vielleicht habe ich es ja sogar freiwillig gemacht. Würde es dir dann etwas ausmachen?«

»Jess«, erwiderte er, »ich selbst bin nicht unerfahren. Macht dir das etwas aus?«

»Ja!«, entgegnete sie stürmisch.

Darüber musste er leise lächeln. »Sieh mal«, sagte er, »das ist ein Neuanfang für uns beide. Was immer geschehen ist, es ist vorbei. Vergiss es, Jess, belaste dich nicht damit!« Er breitete die Arme aus. »Und jetzt komm zu mir! Lass mich dich lieben!«

Ihre Augen weiteten sich. »Du wirst natürlich sofort feststellen, ob ich noch eine Jungfrau bin, Lucas, nicht wahr? Und ich werde es auch merken.«

»Na und?«

»Ich will es nicht wissen«, sagte sie rasch.

»Jess, sei nicht albern! Ich habe dir doch schon gesagt, dass es mir gleichgültig ist, und dir sollte es genauso gleichgültig sein!«

Lange starrte sie an ihm vorbei ins Leere, dann schüttelte sie den Kopf. Von einer schrecklichen Ahnung überkommen, wandte sie sich von ihm ab. Vielleicht war ihre Vergangenheit noch viel düsterer, als Lucas glaubte. Jetzt, wo ihre Illusionen über ihren Vater zerschlagen worden waren, schien alles möglich. Und auch über sich selbst hatte sie sich einige Illusionen gemacht. Sie wusste nicht, ob sie bereit war, der ungeschminkten Wahrheit ins Auge zu blicken. Nein, jetzt noch nicht.

Er merkte, dass sie sich seiner Anwesenheit kaum mehr bewusst war. Sie saß gedankenverloren auf der Bettkante, und so, wie es aussah, waren es keine glücklichen Gedanken: Ihre Hände wrangen und kneteten die Bettdecke so heftig wie die einer Waschfrau.

Er konnte es nicht mehr länger mit ansehen.

»Solange du die Wahrheit nicht kennst, wirst du deinen Seelenfrieden nie finden«, meinte er.

Beim Klang seiner Stimme fuhr sie erschrocken hoch. Er knöpfte gerade sein Hemd auf. »Nein, Lucas«, sagte sie.

Doch er achtete nicht auf ihren Einspruch. »Vielleicht liegt es ja an mir. Vielleicht bin ich nicht der Mann, den du willst?«

Ihre Lippen wurden schmal. »Du weißt ganz genau, dass das nicht stimmt«, erwiderte sie. »Was hast du vor?«

»Ich werde dir jetzt zeigen, wie dumm deine Befürchtungen sind.«

Von Unruhe und Scheu ergriffen, beobachtete sie ihn, wie er sein Hemd abstreifte und es zu Boden warf. Muskeln wölbten sich auf seinen starken Armen und seinem Brustkorb; hautenge schwarze Hosen umspannten seine langen, kräftigen Beine.

Er sah nicht aus wie der Lucas, den sie kannte. Dieser Mann schüchterte sie ein. Als er sich neben ihr auf dem Bett niederließ, hielt sie den Atem an.

Er schob sie sanft nach hinten. Sie starrte ihn an. Sein Blick kam ihr so fremd vor, so forschend, so ernst, aber er hatte auch etwas Beruhigendes. Ihre Anspannung ließ nach, ihr Herzschlag wurde etwas ruhiger. Gott sei Dank, es war doch noch der Lucas, den sie kannte.

»Schau nicht so bedrückt, Jess!« Er fuhr ihr durch das Haar und streifte ein paar Strähnen zurück. »Ich werde dir jetzt beweisen, dass ich dein erster und dein einziger Liebhaber bin.«

Abermals wurde sie von allen möglichen Ängsten gepackt. Sie war nicht die Frau, für die er sie hielt, das würde er bald herausfinden, und trotz seiner Beteuerungen glaubte sie nicht, dass ihn das kalt lassen würde; schließlich war es auch ihr alles andere als gleichgültig.

Während sie dalag und ihn anstarrte, begann er, die restlichen Knöpfe ihres Mieders zu öffnen. Als seine Hände ihre Brüste streiften, merkte er, wie ihr Herz zu rasen anfing und die Adern an ihrem Hals heftig zu pulsieren begannen. Doch in ihren Augen flackerte noch immer die Panik eines in die

Enge getriebenen Tiers. Er umfasste ihren Nacken, um sie daran zu hindern, sich ihm erneut zu entziehen.

Er lächelte nur, als sie anfing, wirres Zeug zu plappern. Sie wolle von einem Arzt prüfen lassen, ob sie schon einmal mit einem Mann geschlafen habe; sie sollten diese Sache lieber verschieben; er habe es noch nicht ausreichend durchdacht; sie sei nicht die Frau, für die er sie halte; es sei alles grundfalsch; er würde sich ihr gegenüber nachher gewiss völlig anders verhalten.

Er beendete ihren Redefluss, indem er ihre Lippen mit einem Kuss versiegelte. Dann legte er ein Bein über die ihren, achtete nicht weiter auf ihren Widerstand und begann, sie mit sanften, wie zufälligen Berührungen zu liebkosen. Bedächtig streichelte er sie von den Brüsten abwärts über den Bauch zu den Oberschenkeln, einmal hier, einmal da verweilend. Ihre Lippen schmeckten nach Verlangen, aber sie war noch immer von Angst besetzt. Behutsam legte er sich der ganzen Länge nach auf sie.

Obwohl die Hitze seines Körpers sie überwältigte, fühlte sie sich taub vor Kälte. Eine Flut von Bildern drängte in ihren Kopf. Sie wollte ihn berühren, von ihm berührt werden, seinen nackten Körper auf ihrer Haut spüren; sie wollte, dass er sie festhielt und eroberte. Aber es kam ihr alles so bekannt vor – so schrecklich, entsetzlich bekannt. Und es war einfach nicht richtig, es war so …

Er merkte genau, an welchem Punkt sie die Kontrolle verlor. Sie wimmerte schwach, und dann veränderte sich ihr Atem – er wurde flacher, rascher, und die Hände, die ihn zuvor noch weggeschubst hatten, umklammerten ihn plötzlich und zogen ihn näher.

Er küsste ihre geschlossenen Augen, ihre Ohren, die pulsierende Halsschlagader, ihre Lippen. Er war fasziniert von ihren Lippen, wie sie zitterten und weich wurden, wie sensibel sie waren und auf seinen Mund reagierten. Unter ihren Lidern sickerten Tränen hervor, die er wegküsste. Nichts hatte ihn auf die heftige Gier vorbereitet, mit der er sie plötzlich besitzen wollte, und auch nichts auf die bittere Reue, die er deshalb verspürte. Wenn er nur ein besserer, ein einfühlsamerer Mann gewesen wäre, wenn er nur von Anfang an seinem Herzen vertraut hätte statt seinem Kopf, dann wäre alles ganz anders gekommen. Sie wäre in all diesen Jahren nicht allein und schutzlos gewesen. Sie würde jetzt nicht von den Geistern einer Vergangenheit geplagt werden, an die sie sich nicht erinnern konnte. Er glaubte nicht, dass sie ihre Unschuld verloren hatte, aber selbst wenn – es wäre ihm tatsächlich gleichgültig gewesen, ob sie einen oder ein ganzes Heer von Liebhabern gehabt hätte. Für ihn hätte sich dadurch nichts geändert – sie war noch immer dieselbe Jess.

Als er die Spitzen ihrer verhüllten Brüste küsste, spürte er, wie ein Verlangen ihren Körper durchzuckte. Seine eigene Leidenschaft zügelte er, so gut er konnte, denn er wollte, dass sie spürte, wie wunderschön sie war, wie begehrenswert. Er wollte ihr zeigen, dass sie für ihn immer wunderschön und begehrenswert sein würde, egal, was früher passiert war. Langsam, sehr langsam begann er, sie zu entkleiden.

Benommen starrte sie ihn an, doch als er ihr das Kleid abstreifte und es zu Boden fallen ließ, klärte sich ihr Blick. Sie umklammerte seine Handgelenke. »Lüg mich nicht an, Lucas! Sag mir die Wahrheit: Waren wir ein Liebespaar?«

Er schüttelte den Kopf. »Nur in meinen Träumen. Ich habe viele Jahre auf dich gewartet, Jess. Weise mich jetzt nicht zurück!«

Er küsste sie, bevor sie wieder ins Grübeln verfallen konnte, und hörte nicht auf, als er ihr die übrigen Kleider abstreifte und schließlich die Bettdecke über sie beide zog. Seine Küsse wurden intimer. Er konnte den Spitzen ihrer Brüste nicht widerstehen. Bei der ersten Berührung seiner Zunge erschauerte sie, und als er stärker saugte, bäumte sie sich ihm entgegen. Er schob die Bettdecke beiseite und küsste ihren Brustkorb, ihren Bauch, das kleine Mal an der Innenseite ihrer Oberschenkel. Er musste lächeln, als er spürte, wie sie erbebte.

Sie wollte denken, denken, denken, aber diese geschickten Hände und Lippen ließen ihr keine Zeit. Sie konnte dem, was er ihr ins Ohr flüsterte, kaum Glauben schenken. So schön war sie doch gar nicht. Sie konnte es doch gar nicht sein, die ihn all das fühlen ließ, was er behauptete. So sehr konnte er sie doch gar nicht begehren. Aber als er sie zwischen ihren Beinen berührte, ging alles in einer Woge der Lust unter – Lügen, Wahrheit, Gestern, Morgen, alles verschwand. Ihr Geist, ihre Seele, ihre Sinne waren nur noch auf ihn gerichtet, auf nichts sonst.

Er stand kurz auf, um sich ganz auszuziehen, dann legte er sich wieder zu ihr und küsste sie sehr langsam und sehr behutsam.

Nun, da er all die besonders sensiblen Stellen ihres Körpers kannte, konnte er sie noch zärtlicher streicheln. Er wollte ihr keine Zeit zum Denken geben, er wollte nicht, dass sie es sich jetzt noch einmal anders überlegte.

Das Blut in ihren Adern schien sich zu verdicken und seinen Fluss zu verlangsamen. Sie wurde unruhig. Es war zu heiß im Zimmer; ihre Lungen verlangten nach mehr Luft, sie schwitzte. Ihrer Kehle entstiegen seltsam animalische Laute. Sehnliche Erwartung pulsierte durch ihren ganzen Körper. Und sie wusste, was auch immer in ihrem Leben geschehen war, noch nie hatte sie ein derart starkes Verlangen verspürt – niemals!

»Lucas?«, drängte sie ihn. »Lucas?«

Er legte sich auf sie. Sie umklammerte seine Arme, ihr Griff wurde fester, dann wieder lockerer; sie zeigte ihm genau, was sie wollte. Er schob ihre Beine auseinander und schickte sich an, in sie einzudringen, doch dann hielt er noch einmal inne.

Als sie es merkte, schlug sie die Augen auf und sah ihn an. Der Schein der flackernden Kerzen ließ seine Wangenknochen hervorstehen; sein Haar wirkte pechschwarz; aber was sie am stärksten in den Bann schlug, war sein Blick: seltsam intensiv, fast ärgerlich und gleichzeitig wild entschlossen.

»Hör mir zu, Jess«, sagte er eindringlich. »Das ist das erste Mal für uns beide, hast du mich verstanden? Und für mich war es noch nie so. Niemals! Ich will nicht, dass du uns die Freude daran nimmst. Es ist mir egal, ob du schon andere vor mir hattest. Von heute an bin ich dein einziger Geliebter, und du bist meine einzige Geliebte. Nur darauf kommt es an, glaub mir!«

Er war so wunderbar, so gut, dass sie nicht mehr daran zweifelte, ihn als junges Mädchen geliebt zu haben. Sie liebte ihn auch jetzt. Sie hatte sich zweimal in ihrem Leben in ihn verliebt, und wenn sie sich trennen müssten und als Fremde wieder träfen, würde sie sich abermals in ihn verlieben. Sie würde ihn immer lieben. Doch das sollte ihr Geheimnis bleiben. Sie wollte ihm nicht etwas aufbürden, wonach er nie gefragt, was er nie gewünscht hatte.

Sie nahm sein Gesicht in die Hände und küsste ihn auf den Mund. Er atmete kurz aus, dann drang er langsam in sie ein. Mit dem ersten Stoß durchzuckten schmerzhafte Stiche ihren ganzen Körper. Sie schnappte nach Luft. Sie konnte nicht reden, nicht atmen. Doch er verstand sie nicht, er wollte nicht von ihr lassen, nicht aufhören. Sie grub die Fingernägel in seine Schultern, versuchte, ihm ihre Not verständlich zu machen. Etwas stimmte nicht. Das konnte doch nicht sein! Sie merkte, dass er versuchte, ihr nicht wehzutun, aber es gelang ihm nicht. Er murmelte ihr irgendetwas Beruhigendes ins Ohr, aber es half nichts. Vergeblich wand sie sich hin und her und versuchte, ihn wegzustoßen. Als sie merkte, dass er bei jedem ihrer Befreiungsversuche nur noch tiefer in sie eindrang, gab sie auf, und plötzlich wich der brennende Schmerz einem unangenehmen Gefühl der Fülle, und ihr ganzer Körper erschlaffte.

Er hob den Kopf und blickte auf sie. In ihren Augen schimmerten Tränen, ihr ganzes Gesicht war ein einziger Vorwurf.

Er fand nicht den Atem, um auszudrücken, was in ihm vorging, noch nicht. Sie aber musste etwas an seinem Blick bemerkt haben, denn ihr Gesichtsausdruck veränderte sich; langsam wurde ihr etwas klar; es brachte ihre Wangen zum Erblühen und zauberte ein langsames, befreites Lächeln auf ihre Lippen. Die Freude auf ihrem Gesicht machte ihn ganz benommen.

»Du bist mein erster Liebhaber«, hauchte sie.

Er holte tief Luft. »Nein«, verbesserte er sie, »dein erster und dein letzter! Und so soll es bleiben.«

Sie streichelte sein Gesicht und wirkte auf einmal leicht besorgt. »Geht es dir gut?«

»Jetzt schon«, erwiderte er und legte seine Wange sanft an ihre. »Aber ehrlich gesagt möchte ich so etwas nie wieder erleben.«

Sie kicherte. »Lucas, weißt du, was ich denke?«

Offenbar hatte sie Lust, mit ihm zu reden, und keinerlei Vorstellung davon, welche Qual er noch litt. Sie war heiß und feucht und unglaublich eng, und er stand kurz davor zu explodieren. Er war entsetzt, wie sehr er um seinen letzten Rest an Selbstbeherrschung kämpfen musste.

»Ich glaube ...«, fing sie an.

Er unterbrach sie mit einem Kuss. Als er langsam weiter in sie drang, hörte er, wie sie heftig einatmete. Dieses Zeichen von Erregung ermutigte ihn. Er begann, sich kräftiger zu bewegen, in tiefen, harten Stößen. Als sie ihm folgte, konnte er das in ihm schwelende Feuer nicht länger kontrollieren. Sie bäumte sich ihm ungestüm entgegen und gab sich ihm völlig hin. Genau so hatte er sie in seinen Träumen erlebt. In zahllosen lausigen Winkeln in Spanien hatte er sie sich so vorgestellt, wie sie jetzt war – wild und voller Leidenschaft; einer Leidenschaft, die der seinen ebenbürtig war. Als er spürte, wie sie in seinen Armen erbebte, setzte sein Denken aus. »Ja, Liebste«, stieß er heiser hervor, »gib dich mir ganz!«

Er spürte ihre Überraschung, als sie zum Höhepunkt kam,

und als ihr Körper unter ihm heftig pulsierte, überließ er sich endlich seinem eigenen Rhythmus. Die Welt hörte auf zu existieren, und es gab nur noch sie beide.

*

Langsam wachte sie auf und begann, die Augen noch geschlossen, Eindrücke in sich aufzunehmen. Die Laken waren frisch gewaschen; ihr Haar lag über das Kissen gebreitet; durch ihre Lider nahm sie das Flackern der Kerzen wahr; ihr Körper war warm und feucht. Ein unvertrauter Geruch umgab sie – der Duft von Liebe und Leidenschaft.

Dann plötzlich kehrte die Erinnerung zurück, und sie riss die Augen auf. Lucas hatte die Bettdecke zurückgeschlagen, um sie betrachten zu können. Im Morgenmantel saß er auf der Bettkante, seine Hand ruhte auf ihrer Brust und drückte sie sanft. Nun senkte er den Kopf und ließ seinen warmen Atem über eine der hoch aufgerichteten Brustwarzen streichen. Sie unterdrückte ein Stöhnen, aber entweder hatte er es doch gehört oder es gespürt. Er blickte sie an und lächelte.

Nun lernte sie wieder einen anderen Lucas kennen. Sein Blick war schläfrig, sein Lächeln wirkte etwas schief und träge. Träge und sündig, sündig-sinnlich.

Sie wollte ihn zu sich ziehen und ihm zeigen, dass auch sie sündig, sündig-sinnlich sein konnte. Doch mit einem Mal fühlte sie sich verlegen und hielt inne. Bei dem bloßen Gedanken an letzte Nacht wurde ihr überall heiß.

Er beugte sich zu ihr und küsste sie zärtlich, doch bevor er weitergehen konnte, richtete sie sich auf. Sie musste noch etwas hinter sich bringen, bevor ihr der Mut dazu wieder abhanden kam. In der letzten Nacht, als sie sich dem Schlaf überlassen hatte, hatte sie sich ihm so nahe gefühlt, dass sie all ihre dunklen, hässlichen Geheimnisse mit ihm hatte teilen wollen; denn sie wollte nicht, dass sich Lügen oder Halbwahrheiten zwischen sie drängten. Sie wollte eins sein mit ihm. Jetzt oder nie musste sie es wagen, sich ihm anzuvertrauen.

Er seufzte. »Du wirkst schon wieder so besorgt. Was ist es denn diesmal? Ich dachte, du wärst überglücklich darüber, dass du vor mir noch keinen Liebhaber gehabt hast.«

»Ja, das bin ich auch«, erwiderte sie.

»Aber?«

Ihr Blick wich ihm aus.

Mit einem Finger hob er ihr Kinn an und zwang sie, ihn anzuschauen.

»Aber?«, wiederholte er sanft.

Er war so direkt, so durch und durch ehrlich, während sie voller Schatten und dunkler Spiegel war, voller unerklärlicher Geheimnisse. Er dachte nie schlecht von den Menschen; er konnte sich überhaupt nicht vorstellen, dass jemand versuchen würde, ihn zu betrügen, während sie ständig von Argwohn und Misstrauen geplagt war. Warum konnte sie ihm nicht ähnlicher sein?

Unauffällig schlüpfte sie wieder unter die Bettdecke. »Lucas«, sagte sie ernst, unterbrach sich jedoch gleich wieder. Sie konnte nicht einfach loslegen, sie musste es langsamer angehen, behutsamer. »Lucas«, fing sie noch einmal an, »du weißt doch, dass ich von einer Kutsche überfahren worden bin.« Als er nickte, fuhr sie fort: »Ich glaube, durch diesen Unfall habe ich nicht nur mein Gedächtnis verloren, sondern … vielleicht auch noch etwas anderes mit meinem Gehirn angestellt.«

»Ich höre.«

Er nahm sie ernst, und das gab ihr den Mut, weiterzusprechen. »Gestern Nacht kam mir alles so vollkommen bekannt vor, so als hätte ich es schon einmal erlebt. Ich wusste genau, was passieren würde. Natürlich nicht alles. Ich wusste nicht, was ich fühlen würde. Aber ich wusste, wie du mich berühren würdest. Ich wusste, wohin es führen würde. Findest du das nicht seltsam?«

»Nicht, wenn deine Erinnerungen allmählich zurückkehren. Das tun sie doch, oder?«

»Ich ... ich weiß es nicht. Kleine Dinge, ja, aber nichts wirklich Wichtiges. Nichts, womit ich mir das alles erklären könnte.«

»Vielleicht war es ja das Aufblitzen einer Erinnerung.«

»Was soll das heißen?«

Er grinste schelmisch. »Na ja, du warst ziemlich frühreif, und ich war wirklich scharf auf dich, auch wenn ich es nicht zugeben wollte. Man könnte durchaus sagen, dass wir einoder zweimal etwas zu weit gegangen sind. Wahrscheinlich hast du dich daran erinnert.«

»Ich – frühreif?«, fragte sie entrüstet. »Du bist doch um einiges älter als ich, da kannst du mir doch keine Schuld geben. Wie weit sind wir denn gegangen, Lucas Wilde?«

Seine Augen blitzten, und ohne den Blick von ihr zu wenden, hob er ihre Hand und drückte einen Kuss auf die Innenseite. »Ich schwöre dir, nicht weiter, als wir es getan haben, seit du zu mir zurückgekehrt bist. Abgesehen von gestern Nacht natürlich.«

»Und du hast mich nie ausgezogen?«

»Nur in meinen Träumen. Jess, du warst noch Jungfrau, das haben wir hier in diesem Bett bewiesen! Ich verstehe deine Probleme nicht.«

»Das Problem ist, dass ich nicht mehr weiß, was real ist und was nicht«, sagte sie zögernd. Unruhe machte sich in ihr breit.

Er küsste sie. »Zerbrich dir nicht den Kopf darüber! Du bist nicht geistig verwirrt, darauf wette ich mein Leben! Du hast dein Gedächtnis verloren, du hast die letzten drei Jahre hinter Klostermauern verbracht – du hast einfach keinerlei Maßstab dafür, was real ist und was nicht. Mit der Zeit wird sich alles klären. Jess, du bist nicht anormal. Du hast nur sehr schlimme Erfahrungen gemacht.«

Geistig verwirrt, anormal ... Bei diesen Worten schrillten

die Alarmglocken in ihr. Er würde ihr nie glauben. Er würde sie für verrückt halten. Und er täuschte sich – nichts würde sich mit der Zeit klären, alles würde nur noch verwirrender, noch beängstigender werden. Sie dachte dabei nicht bloß an die letzte Nacht und dass ihr alles so bekannt vorgekommen war. Sie wollte mit ihm auch unbedingt über Rodney Stone reden; vor allem aber wollte sie ihm von ihrer Stimme erzählen, auch wenn es sie im Augenblick gar nicht zu geben schien. Und selbst das kam ihr merkwürdig vor.

Er beobachtete sie und wartete, dass sie etwas sagte. Doch ihre furchtsame Seite gewann die Oberhand. Sie wollte nicht, dass Lucas sich ihr gegenüber änderte oder gar Abscheu empfand. Und vielleicht – ja, vielleicht hatte er ja sogar Recht.

Lucas beobachtete das Wechselspiel der Gefühle auf ihrem Gesicht, das in einer Miene tiefer Resignation mündete. Doch dann war auch diese verschwunden, und sie lächelte strahlend. Früher hätte er sich davon blenden lassen, jetzt jedoch nicht mehr; dafür war er ihr zu nahe gekommen.

»Jess, was ist los?« Er klang sanft, beruhigend.

»Nichts. Überhaupt nichts«, entgegnete sie mit brüchiger Stimme.

»Sag mir, was dich beunruhigt!«

Sein Blick wurde durchdringend. Sie musste ihn ablenken, sonst würde er ihr die Wahrheit entlocken, und das durfte nicht passieren, nicht jetzt, nachdem sie beschlossen hatte, ihm nicht zu zeigen, wie anormal sie war. Sie hob die Arme hoch, warf den Kopf zurück und fuhr sich durch das Haar. Die Bettdecke rutschte herunter und entblößte ihre Brüste. Doch Lucas blickte ihr noch immer starr und fragend in die Augen.

Das zaghafte Lächeln, das sie ihm schenkte, war nicht nur gespielt. Sie führte seine Hand an ihre Brust. »Das hier ist real«, sagte sie. »Wenn du mich berührst, wenn du mich liebst, vergesse ich alles andere. Liebe mich, Lucas. Liebe mich jetzt!«

Einen Augenblick lang widerstand er, doch seine Finger begannen unwillkürlich, sich um ihre Brust zu legen. Jessica erbebte. Er berührte sie noch einmal, doch diesmal massierte er ihre Brustwarze ganz bewusst mit dem Daumen.

Als sie sich ihm entgegenbäumte, nahm er die Hand wieder weg. »Später. Wenn wir geredet haben.«

Aber er war schwankend geworden. Sie merkte es an seinen geweiteten Pupillen, sie hörte es an seiner Stimme, die wieder rau geworden war. Seine Selbstbeherrschung, auf die er so stolz war, verließ ihn.

»Ich will aber nicht reden.« Sie hoffte, ihr Lächeln wirkte verführerisch. »Lucas, ich sehne mich nach dir. Ich will dich! Ich brauche dich!«

Ohne seine Antwort abzuwarten, zog sie ihm den Mantel von den Schultern. Schon bei der ersten Berührung ihrer Finger spannten sich all seine Muskeln, doch er sagte kein Wort und nahm sie auch nicht in die Arme. Sein Schweigen und seine Reglosigkeit verwirrten sie. Sie hatte ja nicht die leiseste Ahnung, wie man einen Mann verführte. Vielleicht machte sie alles falsch?

Schließlich beschloss sie, nur noch ihrem Instinkt zu folgen, und presste ihre Lippen auf seine nackte Haut. Er stöhnte lustvoll auf, auch wenn er es zu unterdrücken suchte. Dieses Geräusch war das schönste, das sie je gehört hatte, und es flößte ihr enormes Selbstvertrauen ein. Sanft schubste sie ihn aufs Bett und beugte sich über ihn.

Er war ein herrliches Exemplar der Gattung Mann, doch das wusste sie bereits. Jetzt sah sie ihn anders; sie sah seine wilde Kraft, seine offenkundige Männlichkeit, die er ihr zuliebe zu bändigen versuchte. Im Liebesakt lieferte er sich mit all seiner Macht ihr aus und ließ sie darüber bestimmen.

Sie berührte sein Glied, aber als er sich plötzlich aufrichtete und sie von sich schob, fuhr sie erschrocken zurück. In seinen Augen brannte Leidenschaft, doch darunter war auch eine gewisse Belustigung zu erkennen.

»Mein Schatz«, sagte er, »ein Mann hält nur ein gewisses Maß an Reizen aus, bevor er sich blamiert. Die Vorfreude ist zu viel für mich!«

Dann wich das Lachen in seinem Blick ganz der Leidenschaft.

Sein Mund ergriff Besitz von ihren Lippen, und sie merkte, wie dumm es gewesen war zu glauben, alles würde nach ihren Regeln laufen. Gib nach, befahl ihr sein Kuss. Und sie gab nach – nicht, weil sie Angst vor ihm hatte, sondern weil sie alles Männliche an ihm genoss. Noch nie in ihrem Leben hatte sie sich so weiblich gefühlt.

»Ich habe dich seit Jahren begehrt«, murmelte er. »Ich habe von dir geträumt. Ich will alles von dir wissen, jeden noch so kleinen Teil von dir kennen lernen.«

Er war nicht sanft, aber das wollte sie auch gar nicht. Sie waren beide gierig, ja wild und verzweifelt. Einmal, als er zu grob war, schrie sie leise auf. Sofort hielt er inne und blickte sie zerknirscht an.

»Jetzt«, stöhnte sie, »jetzt!«, grub ihre Fingernägel in seine Schultern und drängte ihn dazu, sie zu nehmen.

Wieder schrie sie auf, als er sie penetrierte. Er stützte sich mit den Händen auf und drang so tief wie nur möglich in sie ein. Ihre Blicke versenkten sich ineinander, dann wurden sie leer. Jessica hörte auf zu denken und presste sich an ihn. Das war das Zeichen, auf das er gewartet hatte. Er ließ der Leidenschaft, die sie nun beide packte und überwältigte, freien Lauf; beide erreichten gemeinsam einen bebenden, explosiven Höhepunkt. Dann war nur mehr ihr angestrengtes Atmen zu hören.

In diesem Moment der tiefen Befriedigung nach ihrer gestillten Lust wollte er reden, doch sie wollte schlafen. Er lag noch lange wach neben ihr und dachte über das Gespräch nach, das sie zuvor geführt hatten. Sie hatte ihm etwas erzählen wollen, etwas, das sie äußerst beunruhigte, doch im letzten Moment hatte sie den Mut verloren. Je mehr er darüber nachdachte, desto überzeugter wurde er, dass sie ihn absichtlich davon abgehalten hatte, das Thema weiter zu verfolgen.

Ihre Brust hob und senkte sich langsam und gleichmäßig. Er strich ihr das Haar aus dem Gesicht, legte ihren Kopf in die Mulde zwischen Schulter und Brust und schmiegte sich an sie.

Wieder befiel ihn die ihm mittlerweile vertraute heftige Besitzgier. Er war jetzt ihr Geliebter. Vielleicht wusste sie es noch nicht, doch das veränderte alles zwischen ihnen.

21

»Perry, dir ist ja wohl klar, wenn jetzt ein anderer an deiner Stelle wäre, stünden wir uns mit Duellpistolen gegenüber!«

Perry zerrte an seinem Halstuch, als ob es ihm plötzlich zu eng sei. Lucas stand mit dem Rücken zum Fenster; das Licht der Sonne blendete Perry zwar nicht, erschwerte ihm aber, Lucas' Miene zu lesen, und auch seine Stimme verriet nichts. Perry war ziemlich nervös, er brauchte dringend einen Drink.

Sein Blick irrte im Raum umher – seine Zweizimmerwohnung lag über einer Tuchhandlung in der Bond Street – und fiel schließlich auf die Karaffen auf dem Beistelltisch. Sie waren leer.

Er räusperte sich. »Es tut mir Leid, aber ich kann dir nichts zu trinken anbieten«, sagte er entschuldigend.

»Ich hätte ohnehin nichts genommen. Perry, deine Wohnung ist ein Saustall. Wie kannst du nur so leben? Hast du schon mal was von Hygiene gehört?«

Perry ignorierte das schmutzige Geschirr auf dem Tisch und das Durcheinander von Büchern und Wäsche, das sich auf jeder verfügbaren Ablagefläche türmte. »Tja nun, nicht jeder ist ein Graf mit einem Heer von Bediensteten, die hinter ihm herräumen«, erwiderte er angriffslustig.

»Eine sehr schwache Ausrede! Ich bin dein Treuhänder, das brauche ich dir ja wohl nicht zu sagen. Ich weiß, was du dir leisten kannst und was nicht. Wo steckt dein Kammerdiener?«

»Er hat gekündigt, und ich habe vergessen, einen neuen einzustellen. Ich weiß gar nicht, warum du so herummäkelst. Ich erinnere mich noch sehr gut an die Zimmer von Adrian und dir in Oxford. Man konnte nichts aufheben, ohne dass eine Made darunter hervorkroch.«

Als Lucas lachte, fiel Perry ein Stein vom Herzen. In der letzten halben Stunde hatte er ihm ausführlich über sein Abenteuer mit Jessica berichtet und dabei selbst begonnen, an seinem Verstand zu zweifeln. Mitten in der Nacht war er mit der Ehefrau eines anderen losgezogen. Und zwar nicht der Ehefrau eines x-Beliebigen, sondern der von Lucas. Lucas war ein ausgezeichneter Schütze. Natürlich hätte er ihn nicht getötet, wenn er ihn tatsächlich gefordert hätte; aber vielleicht hätte er beschlossen, ihm eine Lehre zu erteilen, und ihm eine Fingerspitze weggeschossen oder den Scheitel neu gezogen, und zwar dauerhaft.

»Die Quintessenz ist also, dass *meine Frau*« – Lucas betonte diese Worte und lächelte grimmig, als Perry zusammenzuckte – »davon überzeugt ist, dass Mr Stone ein böses Ende ereilt hat.«

»Und ich pflichte ihr bei«, meinte Perry.

»In der Bow Street scheint man zu glauben, dass er sich vor seinen Gläubigern versteckt.« Lucas nickte, als Perry fragend den Kopf hob. »Jawohl, ich war schon dort, und zwar noch bevor ich zu dir gekommen bin. Ich denke, dass sich Mr Stones Verschwinden damit noch am ehesten erklären lässt. Aber vielleicht hatte er ja auch einen Unfall. Wie dem auch sei – Jessica ist zutiefst beunruhigt, weil sie nichts Genaueres weiß.« Lucas setzte sich auf die Fensterbank und verschränkte die Arme. »Und mir gefällt es nicht, wenn sich meine Frau Sorgen macht.«

»Nein, natürlich nicht«, erwiderte Perry; Lucas' Ton brachte ihn dazu, sich aufzurichten.

»Mir gefällt es aber auch nicht, dass sie sich spätabends in der Stadt herumtreibt und ich sie nicht beschützen kann.«

Perry schluckte. »Ja, das verstehe ich.«

»Vor allem aber kann ich es nicht leiden, wenn sie in der Bow Street eingesperrt wird wie eine gemeine Diebin.«

Darauf wusste Perry nichts mehr zu erwidern.

Lucas seufzte lang und tief. »Ich glaube nicht, dass Jess ihren Seelenfrieden finden wird, solange sie nicht ganz genau weiß, was mit Stone passiert ist. Und deshalb habe ich eine Aufgabe für dich, Perry: Wir sollten herausfinden, wer sich in Chalford an ihn erinnert. Wer hat ihn zuletzt gesehen? Wer hat gesehen, wie er abgereist ist? Wenn ich du wäre, würde ich beim Gasthof Krone anfangen. Dort hat er übernachtet.«

»Chalford! Aber das könnte Tage, ja Wochen dauern! Ich bin hier kaum abkömmlich.«

Lucas grinste zynisch. »Ich denke, es tut allen Beteiligten nur gut, wenn du und Jessica ein wenig Urlaub voneinander nehmen würdet.«

Er streifte langsam seine Handschuhe über. »Und wenn du schon in Chalford bist, kannst du auch noch etwas anderes für mich erledigen.«

Von der Straße her waren verärgerte Stimmen zu hören. Lucas blickte aus dem Fenster. Ein aus einer Seitengasse kommender Pferdekarren blockierte den Kutschenverkehr auf der Hauptstraße. Lucas wollte sich soeben wieder Perry zuwenden, als sein Blick auf eine Dame und einen Herrn fiel, die auf der gegenüberliegenden Straßenseite spazierten. Seine Mutter wirkte so hübsch und lebhaft, wie er sie schon lange nicht mehr gesehen hatte. Und ihre ganze Aufmerksamkeit galt Sir Matthew Paige, der wiederum nur Augen für sie hatte. Keiner der beiden achtete auf den Streit zwischen dem Karrenlenker und den Kutschern, die einander übel beschimpften.

»Nun, was soll ich noch für dich erledigen?«, fragte Perry resigniert.

Lucas' Miene hatte sich wieder geglättet, als er Perry seine weiteren Anweisungen erteilte. »Wenn du in Chalford bist, solltest du auch bei Bella vorbeischauen. Lass dir von ihr eine Liste aller Herren geben, denen sie Blankoeinladungen für ihren Ball hat zukommen lassen. Schick mir die Liste, ich werde sie dann abarbeiten. Ach ja, mit dem Butler solltest du auch reden. Möglicherweise kann der sich noch an etwas erinnern.«

»Ich kann mir nicht vorstellen, wie uns das bei unserer Suche nach Mr Stone weiterhelfen sollte.«

»Vielleicht kommt nichts dabei heraus; aber ich würde doch sehr gerne wissen, wie Stone an eine Einladung zu Bellas Ball gekommen ist, denn dort schien ihn offenbar niemand zu kennen.«

»Allmählich begreife ich, worauf du hinauswillst«, rief Perry. »Auch du glaubst also, dass es mit Mr Stone eine Bewandtnis hat, die sich nicht auf den ersten Blick erschließt.«

»Nein«, erwiderte Lucas. »Ich versuche nur, alles zu klären, um Jessicas Ängste zu beschwichtigen, mehr nicht."

Als er Perrys Wohnung verließ, musste er sich eingestehen, dass er hauptsächlich deshalb nicht an unheilvolle Gründe für Rodney Stones Verschwinden glauben wollte, weil er sich sonst mit einer ganzen Reihe von Möglichkeiten würde befassen müssen, über die er nicht weiter nachdenken wollte. Und die dann nötigen Schritte einleiten wollte er erst recht nicht.

Auf der Bond Street war von seiner Mutter und Sir Matthew nichts mehr zu sehen. Höchstwahrscheinlich brachte Sir Matthew sie gerade nach Hause. Er selbst musste noch einmal einen Abstecher zu Rodney Stones Wohnung machen, was vielleicht auch besser war. In letzter Zeit war ihm Sir Matthew Paige nämlich ein wenig zu häufig über den Weg gelaufen, und es fiel ihm zunehmend schwer, seine Meinung darüber für sich zu behalten.

*

Rosemary blieb vor den schmiedeeisernen Toren von Dundas House stehen. »Komm doch noch auf ein Glas Sherry herein«, bat sie ihren Begleiter. »Dann könnte ich dir meine Schwiegertochter vorstellen. Allerdings ist sie keine typische junge Braut. Sie wird dich wahrscheinlich fragen, ob du ihr nicht bei der Unterbringung ihrer Waisenknaben helfen könntest, oder dich um eine Spende für ihr Kloster bitten.« Sie lachte.

Sein Lächeln wirkte etwas ironisch. »Ich würde deine Einladung gerne annehmen, Rodie, aber ich glaube, dein Sohn wäre nicht allzu begeistert.«

Ihr Lächeln erstarb. »Eure Beziehung hat sich doch inzwischen geändert, Matt. Wenn ihr euch begegnet, seid ihr jetzt immer recht höflich zueinander.«

»Lass dich nicht täuschen! Dein Sohn betrachtet mich nach wie vor als seinen Todfeind.«

»Da irrst du dich gewiss!«, sagte sie rasch.

»Meinst du? Und warum hat mich Lucas dann nie seiner Frau vorgestellt? Er hätte genügend Gelegenheiten dazu gehabt.«

»Lucas ist momentan nicht zu Hause. Nichts könnte mich daran hindern, dir Jessica vorzustellen.«

Er wirkte etwas ungeduldig. »Rodie, darum geht es nicht. Sieh endlich ein, dass dein Sohn sich nie mit mir aussöhnen wird. Das musst du einfach akzeptieren!«

Sie legte eine Hand auf seinen Arm und blickte ihn flehentlich an. »Er braucht noch etwas Zeit, um sich daran zu gewöhnen, dass wir jetzt ein Paar sind. Sei geduldig, Matt! Lucas ist kein kleiner Junge mehr, er wird sich schon damit abfinden.« Als seine Züge sich verhärteten, klagte sie: »Wir haben ihn verletzt, Matt! Vor all diesen Jahren haben wir ihn sehr verletzt. Das kann er nicht so einfach verzeihen.«

»Ich lege keinen Wert darauf, dass er mir verzeiht. Ich schäme mich nicht für unser Verhältnis von damals. Unsere Lage war unerträglich, und wir haben einander Freude bereitet. Ich habe fünfzehn Jahre lang ohne diese Freude leben müssen. Wenn mein Glück von deinem Sohn abhängt, dann sag es mir, denn in dem Fall weiß ich, dass ich nicht mehr zu hoffen brauche!«

Schweigen senkte sich über sie, und der langsame Schlag ihres Herzens kam ihr vor wie das Läuten einer Totenglocke. Noch vor wenigen Momenten hatte sie die Wärme der Sonne gespürt, sie waren glücklich gewesen, hatten geschäkert und sich an ihrem Zusammensein erfreut. Jetzt war sein Blick kalt, und diese Kälte jagte ihr Angst ein. Sein Gesicht wirkte hart und angespannt, als erwarte er einen Schlag.

Nein, dieser Schlag würde nicht kommen. Sie wollte Matt kein zweites Mal verlieren, und sie dachte dabei nicht nur an sich selbst, sondern vor allem an ihn. In all den Jahren ihrer Trennung hatte sie nie recht verstanden, wie sehr er gelitten hatte, denn sie war viel zu sehr mit ihren Schuldgefühlen und ihrem eigenen Leid beschäftigt gewesen. Sie wusste, dass er andere Frauen gehabt hatte, viele Frauen, und sie hatte immer gedacht, er habe ihre Trennung viel leichter überwunden als sie. Doch das war falsch gewesen. Er war trotz all seiner Affären einsamer gewesen, als sie sich je hatte vorstellen können. Sie hatte ihren Sohn gehabt, Matt dagegen nur eine Ehefrau, die ihn verachtet hatte.

All das hatte sie gewusst, aber nur mit dem Verstand erfasst. Erst in letzter Zeit hatte auch ihr Herz begriffen, was für ein Mensch er war und was in ihm vorging. Er war nicht der unbezwingbare Ritter in schimmernder Wehr, als den sie ihn früher gesehen hatte. Er war ein Mann aus Fleisch und Blut, mit all den Fehlern und Unsicherheiten, die jeder hatte.

Und sie wollte nicht, dass er jemals wieder so einsam wäre.

Schließlich flüsterte sie: »Wenn ich mit dir zusammen bin, scheint alles so einfach.«

»Es ist einfach!« Seine Augen funkelten. »Rodie, lass uns nicht länger auf irgendjemandes Einverständnis warten! Lass uns sofort heiraten! Was hält uns davon ab, einfach durchzubrennen? Jetzt, auf der Stelle? Was wir bräuchten, könnten wir unterwegs kaufen, auf dem Weg nach Schottland oder wo immer du hinwillst. Lass uns dieses eine Mal nur an uns denken! Oder noch besser: Hören wir einfach auf zu denken, folgen wir nur noch unseren Herzen!«

Sie seufzte leise. »Das kann doch nicht dein Ernst sein, Matt!«

»Noch nie war mir etwas so ernst!«

»Matt, ich kann nicht einfach weg, bloß weil mir gerade danach ist. Ich habe Verpflichtungen gegenüber meiner Familie und meinem Mündel. Das musst du doch verstehen!«

»Genau so oder so ähnlich hast du es mir damals geschrieben. Es hat sich nichts geändert, nicht wahr, Rodie?«

»Damals waren wir beide verheiratet ...«

»Ja, und seitdem haben wir für unsere Sünden gebüßt«, fiel er ihr ins Wort. »Und wenn es nach deinem Sohn geht, werden wird das für den Rest unseres Lebens tun.«

»Ich bitte dich nur um ein klein wenig Zeit«, sagte sie leise. »Nicht für mich, sondern für meinen Sohn. Ich möchte ihn nicht verletzen, Matt. Und ich will ihn nicht verlieren.«

Sein kühler, resignierter Blick verriet, was er als Nächstes sagen würde. »Wir drehen uns im Kreis. Ich glaube, ich habe immer gewusst, wie deine Antwort ausfallen wird. Du würdest dich immer für deinen Sohn entscheiden, wenn du zwischen uns wählen müsstest.«

»Aber warum sollte ich zwischen euch beiden wählen müssen?«, klagte sie.

»Weil er dich dazu zwingt.«

Er streifte ihre Hand ab. »Eigentlich dachte ich, meine Geduld sei grenzenlos«, meinte er. »Aber nun merke ich, dass ich mich geirrt habe. Ich bin an die Grenze dessen gestoßen, was ich aushalten kann. Es war töricht von mir zu glauben, ich könne die Vergangenheit wieder lebendig machen; zu denken, du hättest dich geändert. Es wäre besser gewesen, ich hätte mich von dir fern gehalten. Wir haben offenbar eine Strafe, die wir zeit unseres Lebens abbezahlen müssen.«

Seine Verbitterung jagte ihrem Herzen eine kalte Angst ein. »Nein ... Matt ... Nein. Ich werde mit Lucas reden. Ich werde ihm sagen, wie es zwischen uns steht. Vielleicht wird es ihm nicht gefallen, aber er wird es akzeptieren. Du wirst schon sehen!«

Sein Lächeln spiegelte sich nicht in seinen Augen. »Ich denke schon eine Weile daran, etwas mehr von der Welt zu sehen«, meinte er. »Ich hatte gehofft, du würdest mich begleiten.«

»Und das werde ich auch!«, rief sie leidenschaftlich.

»Wirklich?« Er sah an ihr vorbei auf das Haus, und danach war sein Blick leer. »Ich habe vor meiner Abreise noch einiges zu regeln, mein Haus in Chalford zum Beispiel. Ich weiß gar nicht, warum ich es so lange behalten habe.« Er nickte, als habe er soeben etwas beschlossen. »Ich sollte es wirklich verkaufen. Vielleicht kehre ich nie mehr nach England zurück.«

Der Kloß in ihrem Hals machte es ihr fast unmöglich, einen Ton herauszubringen. »Matt, was willst du mir damit sagen?«

Sein Lächeln wirkte seltsam gezwungen. »Morgen früh fahre ich nach Chalford«, meinte er. »Meine Geschäfte dort werden mich ein paar Tage, vielleicht auch etwas länger beanspruchen. Ich werde nicht nach London zurückkehren. Wenn du mir etwas zu sagen hast, Rodie, dann weißt du, wo du mich finden kannst.«

»Soll das ein Ultimatum sein?«

»Nein. Ich denke, du hast dich bereits entschieden.«

Mit diesen Worten wandte er sich ab und machte sich zur St. James's Street auf. Sie wankte und stützte sich mit einer Hand an dem kalten eisernen Tor ab. Eine Kutsche versperrte ihr die Sicht; als sie vorübergefahren war, war er verschwunden. Wild entschlossen betrat sie das Haus. Lucas musste endlich klar gemacht werden, dass Matt nicht der Schurke war, für den er ihn hielt. Es war höchste Zeit, zu vergeben und zu vergessen; niemand war vollkommen. Wenn alle Beteiligten etwas guten Willen zeigten, würde sich diese verfahrene Situation sicher bereinigen lassen.

Auf dem Weg zur Treppe hörte sie ein Rascheln in der Bibliothek. Sie dachte, es sei Lucas, klopfte an und trat ein. Aber am Schreibtisch saß nicht Lucas, sondern Jessica.

»Jessica, was machst du da?«

Jessica blickte erschrocken hoch, doch als sie sah, um wen es sich handelte, lächelte sie. »Ich gab Lucas einen Brief an Anne Rankin, und jetzt wollte ich noch etwas dazufügen. Er muss hier irgendwo sein.« Sie deutete auf die Briefe, die vor ihr auf dem Schreibtisch lagen.

Rosemary kam näher. »Ich glaube, du bist zu spät dran. Er hat die Post heute Morgen mitgenommen, als er das Haus verließ. Weißt du denn, wann er wieder zurück sein wollte?«

Jessica lehnte sich in Lucas' großem ledernen Schreibtischsessel zurück und musterte ihre Schwiegermutter. Bei näherer Betrachtung kam sie ihr sehr angespannt vor. »Er meinte, er habe einiges zu erledigen, wollte aber zum Abendessen wieder da sein. Rosemary, fehlt dir etwas?«

»Ich habe nur etwas Kopfweh«, entgegnete sie und strich sich über die Augen. »Wenn ich mein Lorgnon benutzen würde, ginge es gleich vorbei. Meine Eitelkeit bringt mich noch ins Grab.« Sie lächelte, und Jessica erwiderte ihr Lächeln. »Ist Ellie zu Hause?«, wollte sie noch wissen.

Jessica schüttelte den Kopf. »Bella kam unerwartet in die Stadt. Sie wollte ein paar Einkäufe erledigen, und Ellie hat sie begleitet.«

»Zweifellos werden wir beim Abendessen alles Nähere von Ellie erfahren. Sie redet ja kaum über irgendetwas anderes als Bella. Ich wünschte, Lucas ...« Sie beendete diesen Satz nicht, sondern seufzte nur. »Na ja, Lucas tut es nicht, also können wir es ebenso gut vergessen.«

Als Rosemary gegangen war, atmete Jessica langsam aus. Sie wusste, dass ihre Schwiegermutter enttäuscht war, dass sie und Ellie sich nicht angefreundet hatten. Vielleicht sollte sie sich mehr bemühen. Aber sie konnte tun, was sie wollte, Ellie wies alle Annäherungsversuche zurück. Die heutige Einkaufstour war dafür typisch gewesen. Jessica hatte sich mehr oder weniger selbst eingeladen und gemeint, sie könne unterwegs ja ein paar Bücher an die Leihbücherei zurückgeben; doch Bella und Ellie waren in die entgegengesetzte Richtung losmarschiert, um bei Bellas Schneiderin vorbeizuschauen. Jessica hatte nicht weiter darauf bestanden mitzukommen, denn sie hatte gemerkt, dass kein Wert auf ihre Begleitung gelegt wurde. So ging es die ganze Zeit, und Ellies Widerstand gegen sie wurde durch so etwas nur noch verstärkt.

Seufzend blickte sie auf die Briefe und begann, sie zu sortieren. Noch gestern hätte sie nicht den Mut aufgebracht, die Bibliothek ihres Mannes zu betreten und seine privaten Dinge zu untersuchen. Aber jetzt, wo sie ein Liebespaar waren, war alles anders.

Sie dachte lange über Lucas nach, und dabei spielte ein Lächeln um ihre Lippen. Lucas vermittelte ihr das Gefühl, etwas ganz Besonderes zu sein.

Gerade eben stellte er Nachforschungen über Rodney Stone an, und zwar nicht, weil er glaubte, dass ihm etwas zugestoßen sei, sondern weil er wollte, dass sie sich nicht länger Sorgen machte. Wenn es zu ihrem Seelenfrieden beitragen würde, Mr Stone ausfindig zu machen, hatte er gesagt, dann würde er das eben tun.

Als sie sich zu gehen anschickte, streifte sie einen Stapel Papiere, und ein Pergament fiel zu Boden. Sie hielt es zwar nicht für richtig, die persönliche Korrespondenz ihres Mannes zu lesen, aber als sie ihren Namen auf dem Dokument entdeckte, musste sie einfach weiterlesen.

Es war ein Schreiben von Lucas' Anwalt, in dem dieser ihm mitteilte, dass er wunschgemäß diverse Beträge aus dem für Jessica Hayward eingerichteten Treuhandfonds ausbezahlt habe. Die Namen der Empfänger lauteten Rupert Haig und Adrian Wilde.

Sie faltete den Brief und legte ihn ganz oben auf den Stapel. Lucas hatte ihr erzählt, dass er bei seinen Freunden Geld geborgt hatte, um Hawkshill zu kaufen. Aber es war doch sonderbar, dass er so lange damit gewartet hatte, diese Schuld zu begleichen.

Gedankenverloren ging sie auf ihr Zimmer.

Jessica setzte sich auf ihr Bett und begann, ihr Haar zu flechten. Sie dachte daran, wie sie an diesem Morgen aufgewacht war, in diesem Bett, in den Armen ihres Mannes, erfüllt von Freude über die Nähe, die sie geteilt hatten. Sie war glücklich gewesen, hoffnungsvoll und sorgenfrei. Doch all dies war im Laufe eines spannungsgeladenen Abendessens verschwunden. Ihre Schwiegermutter schien geistesabwesend, Ellie wirkte bedrückt, und Lucas dachte offenbar an völlig andere Dinge. Dann hatte eine scheinbar harmlose Bemerkung von Rosemary das Fass zum Überlaufen gebracht.

»Sir Matthew möchte sein Haus in Chalford verkaufen«, hatte sie bemerkt. »Ich dachte, es wäre doch nett, wenn wir ihm zu Ehren zusammen mit all unseren Freunden aus Chalford ein kleines Fest veranstalten würden.«

Ohne aufzublicken erwiderte Lucas: »Ich wusste gar nicht, dass Sir Matthew Freunde hat.«

»Lucas«, meinte Rosemary tadelnd, »du weißt doch ganz genau, dass das nicht stimmt! Alle mögen Sir Matthew.«

»Ich nicht.«

Die Kälte in seiner Stimme überraschte Jessica. Verzweifelt versuchte sie, die Atmosphäre zu lockern. »Er war sehr nett zu mir, als ich damals bei den Haigs stürzte und er mich fand.«

»Sir Matthew Paige«, sagte Lucas scheinbar ruhig, »wird nie einen Fuß über die Schwelle eines Hauses setzen, das mir gehört.«

Bei diesen Worten blickte er seine Mutter an, und sein Gesicht kam Jessica wie das eines Fremden vor. »Lucas ...«

Er hob eine Hand. »Warum trinkst du deinen Kaffee nicht mit Ellie im Salon, Jessica? Ich glaube, meine Mutter möchte mir etwas mitteilen. Wir kommen später nach.«

»Aber, Lucas ...«

»Lasst uns bitte allein, und zwar sofort!«

Er hatte zwar leise gesprochen, doch sein Ton duldete keinen Widerspruch. Jessica und Ellie erhoben sich sofort. Aber weder Lucas noch seine Mutter kamen später in den Salon nach. Schließlich teilte ihnen ein Diener mit, dass Mrs Wilde sich in ihr Zimmer zurückgezogen habe und seine Lordschaft ausgegangen sei.

Die Hoffnungen, die Jessica an diesem Tag fast hatten schweben lassen, zerplatzten mit einem Schlag und ließen eine abgrundtiefe Leere zurück. Sie hatte sich eingebildet, Lucas zu kennen, ihn zu verstehen, ihm nahe zu sein. Doch offenbar kannte sie nur seine äußere Schale.

Vielleicht war es auch gar nicht möglich, jemanden wirklich zu kennen. Kein Mensch zeigte, was in seinem Inneren vorging, jeder trug eine Maske. Aber Lucas hatte keine Maske getragen, als er mit seiner Mutter gesprochen hatte. Jessica glaubte nicht, dass sie jemals seine grimmig entschlossene Miene oder die Kälte in seiner Stimme vergessen würde.

Lange lag sie wach und wartete vergebens auf ihren Mann. Am Morgen war es dann so, als hätte es die Missstimmung beim Abendessen nie gegeben. Das Leben ging weiter wie zuvor. Sobald ein Lächeln schwand, wurde rasch ein neues aufgesetzt. Niemand entschuldigte sich, keiner bot eine Erklärung an.

Und niemand erwähnte Sir Matthew Paige.

22

Das Kloster der Barmherzigen Schwestern lag unweit der Fleet Street in der Temple Lane. In den armseligen Behausungen dieses Viertels drängten sich die Bewohner bis unter die Dächer. Es gab zahllose Spelunken und Lasterhöhlen. Achtbare Bürger wagten sich nur in sicheren Kutschen in diese Gegend. Ansonsten kamen nur Wachtmeister vorbei, die hier ein breites Betätigungsfeld fanden, oder Nonnen aus dem Kloster, denen eine Art liebevolle Toleranz entgegengebracht wurde, da sie für ihre Großherzigkeit bekannt waren. Wer versuchte, ihnen auch nur ein Haar zu krümmen, brachte das ganze Viertel gegen sich auf.

Jessica fühlte sich dem Kloster nach wie vor verbunden. Als Ehefrau eines Grafen konnte sie sich an Leute wenden, die einen erheblichen Beitrag zur Arbeit der Nonnen leisten konnten, und zwar in finanzieller wie auch in praktischer Hinsicht, etwa indem sie den älteren Kindern Arbeit anboten. Doch am liebsten besuchte Jessica, falls es ihre anderweitigen Verpflichtungen erlaubten, das Kloster, um sich mit den Kleinen im Waisenheim zu beschäftigen.

Heute war so ein Tag. Lucas hatte schon früh das Haus verlassen, um ein paar Dinge zu erledigen, und wurde erst gegen Abend zurückerwartet; Rosemary besuchte Freunde in Canterbury und wollte einige Tage dort bleiben; Ellie war bei Bella. Jessica konnte diesen Tag also ganz nach ihrem Gutdunken verbringen.

Sie kauerte neben einer Wanne und badete eines der Kinder, als Schwester Brigid einen Gast hereinbrachte.

»Miss Bragge«, sagte sie und schnaubte vielsagend.

Jessica hob die kleine Sarah gerade aus der Wanne und konnte sich deshalb nicht ihrem Gast zuwenden, dachte aber, in dem momentanen Trubel habe sie den Namen sicher falsch verstanden. Es war nämlich Essenszeit, und einige Babys schrien sich die Lunge aus dem Hals.

Nachdem sie Sarah in ein Tuch gewickelt hatte, drehte sie sich um, um ihre Besucherin in Augenschein zu nehmen. Zu ihrer großen Verwunderung handelte es sich tatsächlich um Ellie. Sie hatte das junge Mädchen zwar schon mehrmals eingeladen, das Kloster zu besichtigen, doch Ellie hatte stets abgelehnt. Daran war natürlich Bella schuld, die behauptete, sie sei zu sensibel und könne das Leid dieser armen Würmer einfach nicht ertragen, und Ellie hatte beschlossen, ihrem Beispiel zu folgen.

Jessica drückte Sarah fest an sich und stand auf. »Wo ist Bella?«

»Sie ist heute Morgen nach Chalford abgereist.«

»Nach Chalford? Wie bist du dann hierher gekommen?«

»Ich habe eine Droschke genommen. Jessica, es geht um Pip. Pip ist verschwunden!«

Jessica wusste, wie sehr Ellie an ihrem Pagen hing. Dennoch wunderte sie sich, wie verzweifelt das junge Mädchen klang. »Wahrscheinlich musste er für einen der Diener einen Botengang erledigen. Wie ich Pip kenne, wird er spätestens zur nächsten Mahlzeit wieder auftauchen.«

»Ach, wenn du nur Recht hättest!«, jammerte Ellie. Dann konnte sie sich nicht mehr beherrschen und brach in Tränen aus.

*

Jessica brachte Ellie in ihre karg möblierte frühere Zelle und wartete mit ihren Fragen, bis sich das Mädchen ausgeweint hatte. Soweit sie es verstanden hatte, glaubte Ellie, Pip sei weggelaufen, und hoffte, dass er sich vielleicht ins Kloster geflüchtet habe.

»Ich denke nicht, dass er weggelaufen ist«, versicherte ihr Jessica. »Aber falls er es doch getan hat, dann nicht zum ersten Mal. Mädchen sind viel umgänglicher und wissbegieriger. Deshalb schicken wir die Mädchen auch auf unsere

Schule in Chelsea. Manchmal glaube ich, Jungen sind dazu geboren, Ärger zu machen.«

Ellie brachte kein Lächeln zustande, aber sie versuchte immerhin, sich wieder zu fassen. Sie putzte sich die Nase mit einem Taschentuch, das ihr Jessica in die Hand gedrückt hatte, und tupfte sich die Augen.

»Er ist doch erst acht!«, meinte sie gequält.

»Aber sehr schlau für sein Alter.«

Ellie hob den Kopf, und zum ersten Mal, seit sie die Zelle betreten hatte, gelang es ihr, Jessica in die Augen zu sehen. »Jessica«, fragte sie, »hast du hier wirklich drei Jahre lang gelebt?«

»Aber sicher. Warum auch nicht?«

Ellie zuckte die Schultern. »Es ist so ... so trostlos.«

»Das kommt dir nur so vor, weil du es mit deiner Umgebung vergleichst. Wenn du wüsstest, aus welch armseligen Verhältnissen diese Kinder stammen, würdest du das Kloster mit anderen Augen sehen. Das hier ist ein Ort der Hoffnung für sie. Ohne die Liebe und den Einsatz der Nonnen wäre ihnen wirklich ein düsteres Los beschieden. Und jetzt erzähl mir, was mit Pip los war.«

Ellie blickte auf das zerknüllte Taschentuch in ihren Händen. »Ich habe ihn im Stich gelassen«, sagte sie mit gepresster Stimme.

Jessica konnte sich das nicht recht vorstellen. Man konnte Ellie einiges vorwerfen, nur nicht mangelndes Interesse für ihren Pagen. Sie hatte sich stets um ihn gekümmert und auch darauf geachtet, dass er seinen Unterricht nicht versäumte und von den anderen Dienstboten nicht gehänselt wurde.

»Was ist denn nun passiert?«, fragte Jessica.

»Ich wusste, dass er sich um seinen Bruder Sorgen machte.« Ellies Blick zeigte, wie elend sie sich fühlte. »Ich wollte es dir schon vor drei Tagen sagen, aber ich wusste nicht, wie.«

»Pip hat mehrere Brüder. Um welchen ging es?«

»Um seinen jüngeren Bruder Martin. Er hat für Rupert als Stallbursche gearbeitet.«

Jessica nickte. »Martin wollte schon immer mit Pferden umgehen, obwohl er natürlich keine Ahnung von ihnen hat. Aber rede weiter!«

»Nachdem ich Bella von Pip erzählt hatte, fiel ihr ein, dass sie auch gern einen Pagen hätte. Deshalb hat sie Martin zu ihrem Pagen gemacht.« Nun sprudelten die Worte nur so aus ihr heraus. »Aber Martin hat alles Mögliche zerbrochen, und Bella hat sich über ihn geärgert. Sie hat ihn bestraft, und schließlich ist er weggelaufen. Bella war das egal. Sie hat nicht einmal versucht, ihn wiederzufinden. Und heute Morgen« – sie schluckte schwer – »hat Pip mir nicht wie gewohnt meine Schokolade gebracht, und keiner weiß, wo er steckt.«

»Und Martin ist auch weg?«

»Ja.«

»Wie lange weißt du das schon?«

Ellie senkte den Blick. »Seit dem Tag, an dem ich mit Bella einkaufen war.«

Zuerst war Jessica sprachlos, dann sprang sie auf. »Also deshalb warst du neulich so still beim Abendessen! Du wusstest, dass ein kleiner Junge seit drei Tagen vermisst wurde, und du hast nicht daran gedacht, mir das zu sagen?«

»Bella meinte, er hätte sich irgendwohin verdrückt und würde sicher zurückkommen. Und dann würde er feststellen, dass sie ohne ihn nach Chalford gefahren sei, und das würde ihm eine Lehre sein. Sie sagte, der Hunger würde ihn schon wieder heimtreiben.«

»Bella sagte, Bella meinte«, fauchte Jessica. »Was weiß Bella schon von diesen Kindern? Was weiß sie über das Leben auf Londons Straßen? Was weiß Bella über Kinder, die so verzweifelt sind, dass sie alles tun, um am Leben zu bleiben?«

»Jessica, das habe ich nicht gewusst«, erwiderte Ellie gequält.

»Oh doch, das hast du sehr wohl! Bei diesem Abendessen hat dich dein schlechtes Gewissen gedrückt, aber ich habe es nicht gemerkt. Weil du mich nicht magst, nein, weil du mich hasst, lässt du zwei unschuldige Kinder leiden. Jawohl, du hast Pip im Stich gelassen! Als du nichts unternommen hast, um seinen Bruder zu finden, blieb ihm nichts anderes übrig, als selbst nach ihm zu suchen.«

Tränen strömten über Ellies Wangen. »Es tut mir Leid, Jessica. Es tut mir so Leid!«

»Verschone mich damit!«, fuhr Jessica sie wütend an.

Sie knöpfte ihr Kleid auf. Ellie war zu eingeschüchtert, um etwas zu sagen, sie saß nur da wie ein Häufchen Elend, während Jessica ihr Kleid abstreifte und in die Nonnentracht schlüpfte, die auf einem Haken an der Tür hing. Als sie sich den Schleier umlegte, räusperte sich Ellie.

»Jessica«, flüsterte sie, »was sollen wir denn nun wegen Pip und Martin tun?«

»Ich werde sie finden«, sagte Jessica. Sie stand vor dem kleinen Wandspiegel und nestelte an ihrem Schleier herum, bis keine Haare mehr zu sehen waren.

»Ich würde gerne mitkommen«, meinte Ellie.

»Oh nein!«, entgegnete Jessica. »Ich werde Orte aufsuchen, die du dir nie vorstellen könntest, und ich möchte nicht, dass du siehst, was dort abläuft. Außerdem würde mir Lucas böse sein, wenn ich dir solche Lasterhöhlen zeigte.«

»Aber ich habe etwas gutzumachen.«

Jessica war jetzt für ihr Vorhaben gerüstet, und ihr Ärger hatte nachgelassen. »Vielleicht, aber ich habe Wichtigeres zu tun, als an deinen Seelenfrieden zu denken.«

»Aber ...«

»Nein! Du gehst nach Hause und wartest dort auf mich. Eins kannst du allerdings tun – beten. Bete für diese Jungen, Ellie. Und jetzt komm!«

Sie trennten sich im Korridor. Ellie wurde Schwester Brigids Obhut übergeben, Jessica marschierte, begleitet von zwei anderen Nonnen und einem stämmigen Pförtner, zur Fleet Street.

»Ich wusste gar nicht, dass Sie in London sind, Schwester Brigid«, meinte Ellie.

»Ich bin auch nicht mehr lange hier«, erwiderte diese. »Wir Novizinnen verbringen immer abwechselnd einen Monat hier und einen in Hawkshill.«

»Ach ja?«

»Dort vorne an der Ecke zur Fleet Street gibt es einen Droschkenstand«, sagte Schwester Brigid. »Schwester Martha kommt daran vorbei und wird dir eine Droschke schicken.«

Ellies gequälter Gesichtsausdruck stimmte die Nonne etwas nachsichtiger.

»Schwester Martha weiß, was sie tut, und sie wird hier sehr geschätzt. Sie wird deine Jungen sicher finden.«

»Schwester Martha?«, fragte Ellie.

»Jessica. Lady Dundas.«

»Ist sie wirklich eine Nonne?«

»Hast du daran gezweifelt?«

»Na ja, eigentlich nicht, aber Bella sagte ...« Ellie unterbrach sich mitten im Satz.

»Was?«

»Ach, es ist egal, was Bella sagte.« Ellie blickte Schwester Brigid in die Augen. »Ich war nicht sehr nett zu Ihnen, damals in Chalford, als Sie sich um Jessica gekümmert haben. Ich habe mich wie ein kleines Kind benommen. Hoffentlich können Sie mir verzeihen! Es tut mir sehr Leid. Ich wünschte, ich könnte etwas für Sie tun, zur Wiedergutmachung.«

Schwester Brigid schien kurz nachdenken zu müssen, dann lächelte sie und sagte leise: »Ich vergebe dir unter einer Bedingung.«

»Welche Bedingung?«

»Dass du dir diese Worte für Schwester Martha aufsparst!«

Es dämmerte bereits, als Jessica erschöpft heimkehrte. Sie trug noch immer ihre Nonnentracht. Ellie beobachtete sie aus einem Fenster im Obergeschoss. Als sie Pip aus der Droschke hüpfen sah, raffte sie ihre Röcke und stürzte aus dem Zimmer. Am Eingang sah sie, wie ein Diener Pips Bruder ins Haus trug.

»Martin ist am Ende seiner Kräfte«, sagte Jessica rasch. »Ich weiß schon, dieser Geruch ist unerträglich, aber Martin war die letzten drei Tage in einem Abwasserkanal eingesperrt. Es hätte alles viel schlimmer kommen können, das kannst du mir glauben, noch viel schlimmer!«

Sie erteilte einer Bediensteten, die sie mit großen Augen anstarrte, Anweisungen.

Es sollte ein Bad eingelassen werden, für die Jungen sollten Schlafanzüge bereitgelegt werden, und die Köchin sollte etwas Kräftigendes auftischen, um den Hunger der beiden zu stillen.

»Ist Lucas denn schon zu Hause?«, fragte sie Ellie.

»Nein, noch nicht.«

»Gut! Dann habe ich noch Zeit, mich umzuziehen.«

Sie machten sich auf den Weg nach oben. Ellie nahm Pip an der Hand, der sich jedoch gleich wieder losriss, um ihr zu zeigen, wie Schwester Martha dem alten Scurvy mit der Faust eins mitten auf die Nase gegeben hatte.

»Richtig gut getroffen!«, schwärmte er. »Ha, war das herrlich! Überall Blut!«

»Wer ist denn Scurvy?«, fragte Ellie.

»Scurvy ist eine Kanalratte«, erklärte Jessica, »ein Lumpensammler, der in den Abwasserkanälen nach Brauchbarem sucht. Man kann ganz gut davon leben. Das Problem ist nur, dass die Kanäle für Erwachsene an manchen Stellen zu eng sind. Dann holen sich diese Kerle kleine Kinder. Aber Martin werden sie nicht mehr in die Finger kriegen!«

»Hast du ihn wirklich geschlagen?«, fragte Ellie, hin- und hergerissen zwischen Entsetzen und Bewunderung.

»Es war keine Absicht. Er hat nur im falschen Moment den Kopf gedreht«, wiegelte Jessica ab.

Als Pip das hörte, gluckste er, und selbst Martin rappelte sich auf und lächelte.

In Jessicas Schlafzimmer erfuhr Ellie dann nach und nach die ganze Geschichte, während die Jungen gewaschen und zum Schlafengehen hergerichtet wurden. Jessica und die Nonnen hatten die Mutter der Jungen in einer Schnapsschenke aufgespürt. Zuerst leugnete sie, ihre Söhne gesehen zu haben, aber als Jessica ihr drohte, sie verhaften und vor den Friedensrichter bringen zu lassen, gab sie zu, dass Martin vor drei Tagen aufgetaucht war und sie ihn gleich dem alten Scurvy übergeben hatte. Pip war ausgerissen und hatte versucht, seinen Bruder zu retten; wann sie ihn zuletzt gesehen hatte, wusste sie nicht mehr.

»Die Mutter zu finden war nicht schwer«, sagte Jessica. »Schwieriger war es bei Scurvy. Dort in der Gegend münden sehr viele Kanäle in die Themse. Wenn Pip mich nicht gesehen und gerufen hätte, hätten wir womöglich noch tagelang suchen müssen.«

Sie kniete sich neben die Kupferwanne, in der die Jungen saßen. »Ich wasche Martin, und du kannst Pip übernehmen«, sagte sie und hielt Ellie einen Waschlappen hin.

Ellie starrte kurz auf den Lappen und nahm ihn dann mit spitzen Fingern. Jessica deutete das Zögern des Mädchens falsch. »Sie sind es gewöhnt, von den Nonnen gebadet zu werden, also keine falsche Scham!«, meinte sie.

Ellie blickte auf die Knaben, die mit angezogenen Knien und schweren Lidern in der Wanne kauerten. Pip war relativ sauber, aber Martin, der viel kleiner war als sein Bruder, sah aus wie eine Puppe, die man in einen Trog mit Fett getaucht und dann in Ruß gewälzt hatte. Tränen stiegen ihr in die Augen.

Rasch kniete sie sich hin. »Du musst mir nur zeigen, was ich tun soll«, sagte sie.

Jessica lachte. »Denk dir einfach, du hättest eine Kartoffel vor dir, und schrubb ihn so sauber, wie du es mit Kartoffeln tun würdest!«

In diesem Moment riss Martin die Augen noch einmal weit auf. »Hast du's auch gesehen, Pip?«, rief er. »Ein Volltreffer! Mitten auf die Nase! Die gute alte Schwester Martha, die kann's einfach!« Um Schwester Marthas Großtat zu demonstrieren, schmetterte er die Faust ins Wasser, und ein Sprühregen ergoss sich in alle Richtungen.

*

Nachdem die Jungen ins Bett gebracht worden waren, räumte Jessica noch rasch ihr Zimmer auf und zog sich um. Dann läutete sie nach einem Dienstboten, der kurz darauf mit einer Karaffe Brandy und zwei Gläsern zurückkehrte.

»Du siehst aus, als könntest du ein Glas von Schwester Dolores' berühmtem Stärkungsmittel brauchen«, meinte sie zu Ellie und goss für sie beide einen Brandy ein.

Eigentlich sah Ellie aus, als würde sie jeden Moment vor Erschöpfung umkippen. Ihre Wangen waren bleich, die dunklen Ringe unter ihren Augen wirkten fast wie Blutergüsse. Ihr Mund zitterte, und beim geringsten Anlass kamen ihr die Tränen, die allerdings ebenso rasch wieder versiegten. Offenbar hatte sie mehrere Nächte vor Sorge kein Auge zugetan und stand nun, nachdem endlich alles vorbei war, kurz vor dem Zusammenbruch.

»Das ist zwar nur ein schwacher Ersatz für Dolores' Stärkungselixier«, sagte Jessica, als sie Ellie den Brandy reichte, »aber wir müssen uns eben damit behelfen. Trink einen Schluck, es wird dir gut tun. Und dann ab ins Bett mit dir!«

Während Ellie gehorsam an dem Brandy nippte, ließ sich Jessica in den gegenüberliegenden Sessel neben dem Kamin fallen. »Nein!«, sagte sie streng, als Ellie das Gesicht verzog und das Glas wieder abstellen wollte. »Ich weiß, das Zeug schmeckt widerlich, aber es hilft. Schluck es einfach wie eine Medizin!«

Ellie nahm noch einmal ein Schlückchen, dann schniefte sie weinerlich. Nach einem weiteren Schluck fragte sie: »Jessica, wie kann man Kindern nur so etwas antun?«

»Wegen des Geldes«, antwortete Jessica. »Auch wenn die Lumpensammler nur einen Hungerlohn bekommen. Aber es ist völlig legal. Pip und Martin haben Glück, dass sie unter der Obhut der Pfarrei stehen; sonst hätte ich nämlich wirklich um sie kämpfen müssen.«

Das musste Ellie erst einmal verdauen. Schließlich sagte sie mit leiser, zitternder Stimme: »Ich glaube, die Nonnen sind wahre Heilige, wenn sie das tun, was du heute getan hast. Ich hatte ja keine Ahnung, in welche Gefahr man sich dabei begibt. Ich dachte immer, als Nonne säße man die ganze Zeit im Kloster herum.«

»Bitte mach mich nicht zu etwas, das ich nicht bin. Ich bin keine Heilige! Am Ende würde ich dich doch nur enttäuschen.«

Ellie errötete und blickte auf das Glas in ihrer Hand. »Du denkst wohl gerade an Bella. Wie konnte ich nur so große Stücke auf sie halten! Martins Schicksal war ihr vollkommen gleichgültig.« Ihr Lachen klang brüchig. »Ich habe gut reden – ich wusste alles und habe doch nichts unternommen. Also bin ich um keinen Deut besser als Bella.«

»Was ich dir heute Morgen an den Kopf geworfen habe, war nicht so gemeint«, entgegnete Jessica ruhig. »Es ist einfach aus mir herausgeplatzt, weil ich mir so große Sorgen um die Jungen machte.«

»Ich habe es nicht besser verdient.«

»Ellie, wenn du dir unbedingt Vorwürfe machen willst, dann muss ich auch meinen Teil auf mich nehmen.«

Überrascht blickte Ellie auf. »Weshalb machst du dir Vorwürfe?«

Jessica zuckte mit den Schultern. »Ich wusste, dass dich in

den letzten Tagen etwas bedrückt hat. Ich hätte dich fragen sollen, was los ist, aber mein Stolz hielt mich davon ab. Ich hatte Angst vor einer weiteren Zurückweisung. Wie du siehst, bin auch ich nicht ganz unschuldig.«

Diese Worte bewirkten jedoch genau das Gegenteil dessen, was Jessica beabsichtigt hatte. Tränen schossen Ellie in die Augen. Sie tastete nach ihrem Taschentuch und wischte sich das Gesicht.

Schließlich stammelte sie: »Ich hatte felsenfest damit gerechnet, dass mir Bella mitteilen würde, Martin sei wieder nach Hause gekommen. Schließlich lebte er in einem schönen Haus, er hatte es warm und trocken, und er hatte immer genug zu essen.«

»Das stimmt. Aber offenbar war dem armen Martin das Leben auf Bellas stattlichem Anwesen plötzlich unerträglich geworden.«

»Sie muss ihm etwas Schlimmes angetan haben, dass er zu dieser schrecklichen Frau gerannt ist, die sich seine Pflegemutter nennt.«

»Tja, das hat sie wohl.«

»Und was?«

»Sie hat ihn übel beschimpft.«

»Wie denn?«, stöhnte Ellie.

»Sie hat ihn ein Baby geheißen.«

Ellie richtete sich auf. »Baby?«

»Jawohl. Aber das war noch nicht das Schlimmste. Sie ging so weit, ihn überhaupt nicht mehr bei seinem Namen zu rufen und nur noch ›Baby‹ zu nennen. Nur ein Baby würde ständig Sachen fallen lassen, wie sie sagte. Und dann fingen auch die anderen Dienstboten an, ihn ›Baby‹ zu nennen. Damit kann ein Junge, der etwas auf sich hält, einfach nicht leben.«

Ellie fing an zu lachen. »Ich dachte, sie hätte ihn geschlagen oder so.«

»Ach, das hätte Martin mit Freuden ertragen. Vielleicht

hätte er sogar damit geprahlt. Aber diese Verhöhnung war zu viel für seinen Stolz. Er schämte sich über alle Maßen.«

Das Lächeln aufs Ellies Gesicht erstarb; sie senkte den Kopf, und ihre Schultern begannen zu beben. Jessica kniete sich neben sie und nahm sie in die Arme.

»Ist ja schon gut!«, tröstete sie das junge Mädchen. »Es ist ja noch mal gut gegangen. Und jetzt, wo wir Martin gefunden haben, behalten wir ihn einfach bei uns. Darüber wird sich Pip sicher freuen!«

Ellies Worte waren fast unverständlich. »Ach, Jessica! Ich war so grausam zu dir. Ich … ich verdiene deine Freundschaft nicht.«

»Na ja, wenn man sich Freundschaften verdienen müsste, dann hätte keiner Freunde, oder?«

»Du verstehst mich nicht. Ich – ich habe etwas Schreckliches getan!«

»Was denn?«

»Ich habe den Wagen der Nonnen in Hawkshill in Brand gesteckt, um dich so zu erschrecken, dass du wieder weggehen würdest … Und später bin ich in dein Zimmer eingedrungen, als ich dachte, du schliefst schon. Ich schwöre dir, Jessica, ich wollte dich mit dieser Schere nicht verletzen. Ich wollte nur die Bettvorhänge zerschneiden, um dir einen Schrecken einzujagen und dir zu zeigen, dass du nicht erwünscht bist.«

Jessica brauchte eine ganze Weile, um zu begreifen, was Ellie ihr soeben gestanden hatte. Schließlich fragte sie ungläubig: »Du hast den Wagen angezündet? Und das warst du, in meinem Zimmer bei den Haigs?«

Ellie nickte.

»Aber … ich verstehe es immer noch nicht … im Haus der Haigs habe ich doch Bellas Parfüm gerochen.«

»Vielleicht hatte ich es benutzt. Ich weiß es nicht mehr so genau. Du … du hast doch nicht etwa geglaubt, es sei Bella gewesen?«

»Doch, leider. Und als unser Wagen brannte, dachten wir, das ginge auf das Konto von ein paar jungen Burschen aus der Gegend.«

»Ach du mein Gott! Aber jetzt verstehst du vielleicht, wie niederträchtig ich bin?«

»Ist ja gut, alles in Ordnung«, versuchte Jessica das junge Mädchen zu beruhigen, deren Schluchzer immer heftiger wurden. »Ich verzeihe dir ja. Offenbar war ich in deinem Alter genauso. Jugendliche Vernarrtheit verleitet uns alle dazu, Dummheiten zu machen.«

Ellie hob mühsam den Kopf. »Das war es nicht! Es war wegen Jane. Es kam mir vor, als würde ich Jane betrügen, wenn ich anfinge, dich zu mögen. Ich konnte es mir einfach nicht erlauben. Aber Jane war ein guter Mensch, genau wie du. Sie hätte dir nie die Schuld an dem gegeben, was dein Vater getan hat.« Ihre Worte sprudelten nun immer heftiger. »Und ich fühlte mich so schuldig. Vielleicht hätte ich sie daran hindern können. Irgendetwas hätte ich bestimmt tun können. Aber ich schwöre dir, ich hätte nie im Leben gedacht, dass sie sich ertränken würde!«

»Jane? Welche Jane denn?«

»Die Frau meines Bruders.«

Jessica erinnerte sich an Jane Bragges Grab auf dem Friedhof von Saint Luke, und ihr fiel ein Gespräch mit Lucas' Mutter ein, in dem diese ihr erzählt hatte, die junge Frau sei bei einem Bootsunfall ertrunken. Und noch etwas fiel ihr ein: Philip Bragge, Janes Mann, war bei Waterloo gefallen, sodass Ellie niemanden mehr gehabt hatte, der sich um sie kümmerte, bis sich Lucas ihrer annahm.

Sie starrte auf Ellies gesenkten Kopf. »Nein, Ellie«, meinte sie, »du täuschst dich. Es war ein Unfall.«

»Das glauben alle«, wimmerte Ellie, »aber ich weiß es besser.«

Jessica wurde von einer Taubheit befallen, die sich in ihrem ganzen Körper ausbreitete. Jane Bragge und ihr Vater?

Darüber wollte sie nicht weiter nachdenken, denn dieser Gedanke machte ihr Angst. »Du hast mich abgelehnt, weil du in Lucas verliebt warst«, sagte sie leise.

»Nein!«, schluchzte Ellie. »Ich habe dich gehasst, weil du eine Hayward bist! Ich habe dich gehasst, weil dein Vater Jane etwas Schreckliches angetan hat!«

Lange Minuten verstrichen. Ellies Schluchzen verwandelte sich allmählich in ein weinerliches Schniefen, und schließlich hob sie den Kopf und schluckte heftig. »Ich habe zu viel gesagt«, flüsterte sie. »Ich hätte es dir nie sagen dürfen.«

Doch nun wollte Jessica alles wissen. »Was hat mein Vater Jane angetan?«, fragte sie. Ellie schüttelte nur den Kopf, doch Jessica erriet die Antwort aus dem gequälten Antlitz des jungen Mädchens. »Hat er sie vergewaltigt?«

Ellie holte tief Luft. Wieder schwammen ihre Augen vor Tränen. »Ja«, flüsterte sie tonlos.

Jessica spürte, wie sich ihr Herz verkrampfte, aber sie blieb trotzdem einigermaßen gefasst. Irgendetwas in ihr hatte es bereits geahnt. »Hat Jane es dir gesagt?«

»Nein.«

»Oh, Ellie! Warst du etwa dabei, als es passierte?«

»Nein. Aber ich habe gehört, wie Lucas und die anderen darüber redeten.«

»Lucas?«

Ellie nickte.

Jessica setzte sich wieder in ihren Sessel und nahm einen großen Schluck Brandy, um Mut zu fassen. Sie war überrascht, wie ruhig sie klang. »Trink noch etwas Brandy, Ellie. Und dann erzähle mir in aller Ruhe, was du weißt, und zwar von Anfang an.«

Ellie nippte gehorsam an ihrem Glas. Mit gesenktem Kopf, die Augen kaum geöffnet, begann sie schließlich zu reden. »Lucas war erst kurz zuvor aus dem Krieg heimgekehrt«, sagte sie. »Richter Hicks und seine Frau hatten mich vorübergehend bei sich aufgenommen. Lucas und die anderen kamen, um mit dem Richter zu reden. Ich wurde weggeschickt und ging in die Scheune, um auf dem Heuboden mit den jungen Kätzchen zu spielen. Später kamen auch Lucas und die anderen in die Scheune. Sie wussten nicht, dass ich da war, und sprachen über Jane. Ich bekam alles mit.«

»Wer war denn dabei, Ellie?«, fragte Jessica tonlos.

»Lucas, Adrian und Rupert.«

»Erzähl weiter!«

Ellie holte tief Luft. »Wie gesagt sprachen sie über Jane. Sie sagten, dass sie ins Wasser gegangen sei.«

»Aber woher wollten sie das denn wissen? Die näheren Umstände ihres Todes waren doch niemandem bekannt.«

»Sie hat meinem Bruder einen Brief hinterlassen. Rupert hatte den Brief. Ich verstand nicht alles, was sie geschrieben hatte. Damals nicht.«

»Und was wollten sie tun?«

Ellie zögerte mit ihrer Antwort. Sie warf einen raschen Blick auf Jessica, schaute jedoch gleich wieder weg. »Sie … sie wollten deinen Vater bestrafen, ihn zu einem Duell herausfordern, ihn auspeitschen … irgend so etwas. Es sei eine Ehrensache, sagten sie.«

»Sie wollten meinen Vater gemeinsam bestrafen?«

Ellie schüttelte den Kopf. »Nein. Sie wollten knobeln. Wer den kürzesten Strohhalm zog, sollte es tun.«

»Sie haben also geknobelt«, wiederholte Jessica.

Ellie konnte die volle Bedeutung dessen, was sie soeben berichtet hatte, nicht begreifen. *Sie wollten ihn zu einem Duell herausfordern, ihn auspeitschen, irgend so etwas.* Offenbar hatten sie sich geeinigt. Und sie hatten mit Strohhalmen darum geknobelt, wer es ausführen sollte.

Sie konnte sich die Szene in der Scheune so lebhaft vorstellen, als wäre sie an Ellies Stelle gewesen. Ellie hatte wohl an der offenen Heubodentür gekauert und nach unten gespäht. Wie stattlich, wie elegant mussten diese jungen Männer, die gerade aus dem Krieg heimgekehrt waren, auf das junge

Mädchen gewirkt haben. Wie edel, wie heldenhaft. Sicher hatten sie sich sehr zivilisiert unterhalten. Ellie hatte die Anspielungen nicht verstehen können. Und wenn ihr wirklich etwas seltsam vorgekommen wäre, hätte sie es nicht geglaubt.

Wahrscheinlich hielten sie sich heute noch für Ehrenmänner. Sie hatten sich alle an ihre Abmachung gehalten. Sie hatten sich um Ellie gekümmert. Sie hatten sich auch um sie kümmern wollen. Aber das hätten sie nicht getan, wenn sie nicht geglaubt hätten, dass sie einen Anspruch darauf gehabt hätte. Man brauchte nicht besonders viel Phantasie, um sich auszumalen, welcher Art dieser Anspruch war. Warum hatte sie das nicht schon viel früher begriffen?

Jetzt verstand sie auch den Brief von Lucas' Anwalt. Als Lucas sie geheiratet hatte, war die Verantwortung für ihren Schutz und ihre Versorgung auf ihn allein übergegangen. Deshalb hatte er seine Freunde ausbezahlt.

Keine starke Regung bemächtigte sich ihrer, keine Wut, kein Hass, keine Angst. Wahrscheinlich würden die meisten Menschen denken, der Gerechtigkeit sei Genüge getan worden. Ein böser Mann hatte bekommen, was er verdiente. Wenn sie Hass verspürte, dann auf ihren Vater. Mitleid und Bedauern konnte sie nur für die arme junge Frau empfinden, die unter seinen Händen gelitten hatte.

Sie blickte auf und fragte nüchtern: »Wer hat den kürzesten Strohhalm gezogen, Ellie?«

Ellie schüttelte den Kopf. »Ich weiß es nicht.«

»Es war Lucas, nicht wahr?«

In Ellies Augen stand das nackte Elend. »Ja«, flüsterte sie schließlich.

Auch diese Enthüllung konnte Jessica nicht mehr schockieren, denn sie hatte es bereits geahnt. Die Worte fielen ihr nicht besonders schwer. »Mach dir keine Sorgen, Ellie! Es passierte ja nichts weiter. Es kam zu keinem Duell, und Lucas hat meinen Vater auch nicht ausgepeitscht. Mein Vater hatte viele Feinde. Offenbar ist einer von ihnen Lucas zuvorgekommen.«

Ellies Gesicht hellte sich auf. Sie stieß einen langen, zittrigen Seufzer aus.

»Kennt sonst noch jemand die Geschichte, die du mir soeben erzählt hast?«, fragte Jessica.

»Nein. Ich konnte es ja niemandem sagen, weil …« Ellie schluckte. »Wenn Jane ins Wasser gegangen ist … wenn sie es absichtlich getan hat … dann hätte sie nicht auf dem Friedhof bestattet werden können.«

»Ich weiß nicht, wer sich solch dumme Vorschriften ausdenkt, aber ich bin mir sicher, Gott wird die Verantwortlichen zur rechten Zeit bestrafen. Ich bin froh, dass du es mir erzählt hast. Trotzdem denke ich, wir sollten es für uns behalten, nicht nur Jane, sondern auch Lucas zuliebe.«

»Ich würde nie etwas tun, was Lucas schaden könnte, Jessica!«, rief Ellie leidenschaftlich.

»Ich weiß, meine Liebe, ich weiß. Und mir geht es genauso.«

»Bitte sag ihm nicht, dass ich es dir erzählt habe, Jessica! Weißt du, es klingt, als hätte ich ihn verraten wollen, doch das würde ich niemals tun.«

»Nein, ich werde es ihm nicht sagen. Es bleibt ein Geheimnis zwischen dir und mir. Aber jetzt sollten wir zusehen, dass du ins Bett kommst.«

*

Nachdem sie Ellie zu Bett gebracht hatte, lief Jessica rastlos durch das Haus und grübelte über alles nach, was sie von Ellie erfahren hatte. Zuerst konnte sie nur an Jane Bragge denken und an die Qualen, die sie durchlitten hatte, bevor sie sich umbrachte. Und je mehr sie an Jane dachte, desto stärker verachtete sie ihren Vater.

Aber über das, was Lucas getan hatte, konnte sie nicht

stillschweigend hinwegsehen, auch wenn sie es verstehen konnte. Er war Soldat gewesen, und nach dem Gemetzel bei Waterloo, wo so viele von Englands Besten gefallen waren, hatte ihm das Leben eines einzelnen, abgrundtief schlechten Mannes wohl kaum etwas bedeutet.

Ihr einziger Trost war, sich immer wieder zu sagen, dass es ja nur ein Einzelfall gewesen sei. Es war vorbei. Es war vor vielen Jahren passiert. Es gab keinen Grund, Angst vor der Zukunft zu haben.

Aber es war kein Einzelfall. Rodney Stone wurde vermisst, und niemand wusste, was mit ihm passiert war.

»Nein«, flüsterte sie verzweifelt. »Lucas ist nicht meine Stimme!«

Aber sie glaubte ihre eigenen Worten nicht.

23

Lucas kam kurz nach Mitternacht nach Hause. Er wollte noch einmal rasch in seine Bibliothek, doch auf der Schwelle blieb er stehen, als sein Blick auf Jessica fiel. Sie hatte sich auf dem Sofa zusammengerollt und schlief tief und fest. Im Kamin flackerte ein kleines Feuer, und auch einige Kerzen brannten noch.

Eine Weile verharrte er reglos und musterte die Schlafende. Er hatte frühmorgens einen Eilbrief von Perry erhalten und seitdem jedes noch so kleine Detail überprüft, das er über Rodney Stone in Erfahrung hatte bringen können. Und nun wusste er nicht mehr, was er denken sollte. Jessica hatte in fast allen Punkten Recht gehabt. Sie hatte mehr über Stone gewusst als seine Tante und seine Freunde. Wie war das möglich? Lucas konnte es sich einzig dadurch erklären, dass sie Stone von früher kannte. Aber warum hatte sie ihm das nicht gesagt?

Leise trat er an den Beistelltisch, auf dem diverse Karaffen standen, und schenkte sich ein Glas Brandy ein. Dann starrte er wieder auf Jessica. Im Kerzenlicht schimmerte ihre Haut wie Bronze. Ihr dichtes goldenes Haar war aufgelöst; lange Strähnen klebten an ihren Wangen und am Hals. Das Spitzentüchlein, das sie zur Zierde in ihren Ausschnitt gesteckt hatte, war verrutscht, sodass ihr cremefarbener Busen deutlich zu sehen war.

So viel Schönheit und Unschuld hatten schon immer seinen Beschützerinstinkt geweckt, auch beim Liebesakt – vor allem beim Liebesakt.

Er nahm einen zweiten tiefen Schluck Brandy, dann wurden seine Lippen schmal. Er wollte sie nicht beschützen, jetzt nicht. Er wollte sie nehmen, sie besitzen, sie beherrschen, ihr ein für alle Mal klar machen, dass er ein Recht auf sie hatte. Er war ihr Mann, nicht ihr Schoßhündchen, das sie nach Lust und Laune streicheln oder zurückweisen konnte.

Es schmerzte ihn, dass sie ihm gegenüber nicht aufrichtig gewesen war.

Mit einem weiteren Schluck leerte er sein Glas und knallte es mit einem lauten Klirren auf den Tisch. Jessicas Wimpern zuckten, dann schlug sie langsam die Augen auf.

Sie stützte sich auf einen Ellbogen und blickte sich verstört um, bis ihr Blick auf Lucas fiel.

»Wie spät ist es?«, fragte sie benommen und setzte sich auf.

Er gab keine Antwort.

Etwas war seltsam an seinem Schweigen. Sie schüttelte ihre Müdigkeit ab. Er starrte sie so eindringlich an, dass ihr der Atem stockte. Das war Lucas, der Mann, den sie liebte, und doch erkannte sie ihn kaum wieder. Sie fröstelte trotz der Wärme, die das Kaminfeuer noch immer verbreitete. Wusste er etwa, was ihr Ellie heute erzählt hatte? Nein, das konnte nicht sein. Aber warum dann der harte, entschlossene Ausdruck in seinem Gesicht?

Sie konnte kaum atmen, sich kaum rühren, sie fühlte sich wie gefesselt von seinem beharrlichen, düsteren Blick. Sie musste etwas sagen, um die verstörende Stille zwischen ihnen zu vertreiben, doch die Worte erstarben ihr auf den Lippen. Ein Schauer, der nichts mit Angst zu tun hatte, durchlief sie, ein Wissen, so alt wie Eva, begann sich in ihr zu entfalten.

Er hatte wohl etwas in ihren Augen gelesen, denn plötzlich veränderte sich seine Miene. Ein schwaches Lächeln umspielte seine Lippen, und er senkte die Lider, knüpfte sein Halstuch auf und warf es achtlos auf einen Stuhl. Dann legte er den Mantel ab und fing an, seine Weste aufzuknöpfen.

»Lucas …«

»Nein. Sag jetzt nichts, Jess! Ich will jetzt nicht reden.«

Ihr Herz stockte, als er an das Sofa trat. Er atmete hörbar laut, seine Nasenflügel waren gebläht, sein brennender Blick fesselte sie noch immer, fester als jedes Band. Wenn sie jetzt versuchte, ihm zu entkommen, würde er sie daran hindern, dessen war sie sicher. Er war außer sich, in ihm tobte eine verzehrende Kraft, er war entschlossen, sie zu überwältigen.

Die nackte Begierde in seinen Augen entfachte ein ebenso starkes Verlangen in ihr. Erregung durchdrang jede Faser ihres Körpers. Langsam ließ sie sich zurückgleiten. Erst jetzt gab sein Blick sie wieder frei.

Nun starrte er auf ihre geöffneten Lippen, auf die pochenden Adern an ihrem Hals, ihren Brustansatz, ihre langen, verhüllten Beine. Als er sich neben sie kauerte, entfuhr ihr ein unterdrücktes Stöhnen.

Mit halblauter, wie besessener Stimme erklärte er ihr, er habe es satt, nach ihrer Pfeife zu tanzen. Sie sei für ihn geschaffen und für das, was er mit ihr zu tun gedenke. Während er sie auszog, flüsterte er stockend und mit heiserer Stimme, dass er sie genau so haben wolle: offen, verletzlich, unfähig, ihm zu widerstehen. Und er bewies ihr aufs Gründlichste, dass es ihm keine Mühe bereitete, sie in diese Lage zu versetzen. Ihr Körper wurde zu einem Instrument ihrer gegenseitigen Lust, auf dem er meisterhaft zu spielen vermochte. Er nahm sich viel Zeit, bis er sie endlich auf den Fußboden legte und begann, sich zu entkleiden.

Atemlos, benommen vor Leidenschaft, starrte sie zu ihm auf. Als sich ihre Blicke ineinander versenkten, trat absolute Stille ein. Er verharrte völlig reglos, und sie erkannte, dass ihn Zweifel überfallen hatten, während sie völlig schamlos seine Liebkosungen genossen hatte.

»Lucas«, flüsterte sie und breitete die Arme aus.

Als sei dies das Zeichen gewesen, auf das er gewartet hatte, legte er sich auf sie. Im ersten Moment genoss sie sein Gewicht, das auf ihr lastete; dann drang er derart ungestüm in sie ein, dass sie beide aufschrien. Seine Küsse waren verzweifelt, seine Hände fordernd, und sie gab sich ihm restlos hin.

»Lucas«, flüsterte sie nur, als sie spürte, wie seine Stärke ihre ganze Welt eroberte, so wie er ihren Körper eroberte. Noch rasten Gedanken durch ihren Kopf, aber sie wollte sich nicht damit befassen. Es war gleichgültig, wer oder was er war. Es war gleichgültig, was er getan hatte. Sie würde ihn schützen. Sie liebte ihn. Sie liebte ihn. Lucas, dachte sie nur, Lucas, und ihr Hals schnürte sich zusammen.

Die Erschütterung, die sein kraftvoller Körper schließlich in ihr auslöste, schien bis in ihr Herz zu dringen. Ihre Schultern begannen zu beben, sie fing an zu schluchzen und wurde schließlich von einer Flut von Tränen überwältigt.

Er ließ von ihr ab und nahm sie in die Arme.

»Jess, Liebste, das wollte ich nicht. Ich wollte dich nicht erschrecken.«

Er lehnte sich an das Sofa und hielt sie eng umschlungen. Dann begann er, sie zu streicheln, wieder und immer wieder, sie zärtlich auf die Brauen, die Augen, die Wangen zu küssen. »Ich dachte, du würdest es verstehen. Ich dachte, du wolltest es auch so.«

Er wusste nicht, woher ihm all die tröstenden Worte zuflogen, die er ihr ins Ohr flüsterte, aber er wusste, dass er ihr nicht die ganze Wahrheit sagte. Natürlich hatte er sie nicht erschrecken wollen, aber er hatte ihr klar machen wollen, dass sie nicht mit ihm herumspielen konnte. Das Problem war nur, dass er zu weit gegangen war.

»Es muss nicht immer so sein«, meinte er besänftigend. »Wenn du möchtest, kann ich auch sehr behutsam und zurückhaltend sein.«

Allmählich versiegten ihre Tränen. Sie legte den Kopf zurück und blickte ihn an. »Ich habe es schon richtig verstanden«, sagte sie. »Und ich wollte es auch so – weil du es wolltest. Und du hast mich nicht erschreckt, Lucas«, setzte sie hinzu. »Na ja, anfangs schon ein wenig, das muss ich zugeben.«

Er atmete erleichtert auf. »Und warum hast du dann geweint?«

»Weil …« Erst einmal suchte sie seine Lippen.

»Weil?« Er legte seine Hände um ihren Hinterkopf und

streifte ihre Lippen ganz sacht mit seinem Mund. »Weil?«, fragte er abermals leise.

Weil sie ihn liebte. Weil sie Angst vor der Vergangenheit hatte und Panik vor der Zukunft. Aber das konnte sie ihm nicht sagen.

»Weil ... ich nicht wusste, dass es auch so sein kann.« Sie stockte. »Es war großartig.« Und das stimmte. »Du warst großartig. Weil ...« Sie atmete heftig ein, als sie seine Hand auf ihrer Brust spürte, und begann leise zu stöhnen, als er mit einer ihrer hoch aufgerichteten Warzen spielte.

»Weil?« fragte er noch einmal.

»Lucas«, meinte sie matt, »was machst du da?«

Er zog sie sachte auf seinen Schoß. »Ich liebkose meine Frau«, sagte er. »Und zwar so, wie es sich gehört.«

Er verwöhnte sie mit langsamen, sanften Zärtlichkeiten und mit Worten, die ihr Herz jauchzen ließen. »Ich liebe dich«, sagte er. »Ich liebe dich, Jess!«

Und sie schenkte ihm die Worte, nach denen es ihn verlangte, Worte, die sie ihm schon längst hatte sagen wollen. »Ich liebe dich auch, Lucas. Ich liebe dich!«

Es war beinahe vollkommen.

*

»Und was wolltest du mir sagen?«, fragte sie.

Sie saßen in Morgenmänteln an dem kleinen Tisch in Jessicas Wohnzimmer und tranken Tee. Lucas hatte unbedingt noch mit ihr reden wollen und gemeint, wenn sie sich jetzt schlafen legten, würden sie nie mehr dazu kommen. Das hatte er zwar mit einem schelmischen Grinsen erklärt, aber sie ließ sich davon nicht blenden. Lucas hasste Tee, also musste er etwas Ernstes auf dem Herzen haben.

»Nein«, sagte er und verzog das Gesicht, während er tapfer das Gebräu hinunterwürgte, das er insgeheim als »Stutenpisse« bezeichnete. »Ich lasse dir den Vortritt. Du hattest auf mich gewartet, weil du noch mit mir reden wolltest. Worum ging es?«

Sie nahm erst einmal einen belebenden Schluck Tee, bevor sie ihm antwortete. »Mir war ein Gedanke gekommen«, meinte sie, »und den wollte ich dir so bald wie möglich mitteilen.« Sie hielt inne und überdachte noch einmal kurz die kleine Rede, die sie sich zurechtgelegt hatte, als sie auf seine Heimkehr wartete.

»Was denn?«

Sie bemühte sich, lebhaft und eifrig zu klingen. »Du hast doch einmal vorgeschlagen, dass wir unsere Flitterwochen in Paris verbringen könnten.«

»Aber du wolltest nicht verreisen.«

»Na ja, ich habe es mir anders überlegt, nur ... nur jetzt würde ich am liebsten noch viel mehr sehen als nur Paris. Was hindert uns daran, ein halbes Jahr oder noch länger auf dem Kontinent zu verbringen – du weißt schon, eine richtig große Rundreise?«

»Du willst aus England weg?«

»Na ja, ich möchte die Welt sehen. Ich bin so provinziell, Lucas. Bei all deinen welterfahrenen Freunden komme ich mir immer fehl am Platze vor. Auf einer großen Reise lässt sich viel erleben, und so eine Reise bildet auch.«

Er schlürfte ein wenig Tee. »Seltsam«, meinte er. »Plötzlich wollen alle aufs Festland. Du, meine Mutter, Bella. Ob Ellie auch mitkommen möchte?«

»Es würde mich nicht wundern. Lucas, du wirst es kaum glauben, aber Ellie und ich haben uns angefreundet.« Und sie berichtete ihm mit sorgfältig gewählten Worten, was an diesem Tag vorgefallen war.

Er hatte ihr den Rücken zugekehrt und stand am Teewagen, in dessen unterem Fach eine Sherrykaraffe stand. Als er sie Jessica entgegenstreckte, schüttelte sie den Kopf. Sie goss sich lieber noch etwas Tee nach, um die Nervosität zu bekämpfen, die sich ihrer plötzlich bemächtigte.

Unvermittelt sagte er: »Wie bald möchtest du England denn verlassen, Jess?«

In seiner Stimme schwang etwas mit, das Jessica sich nicht erklären konnte.

»So bald wie möglich.«

»Wäre morgen bald genug?«, fragte er trocken.

Sie lachte. »Das wäre wunderbar, wenn es sich einrichten ließe. Wir könnten ja vorausfahren, und Ellie und deine Mutter könnten in ein oder zwei Wochen nachkommen.«

»Nein, das geht nicht. Ich habe noch etwas Geschäftliches in Chalford zu erledigen. Aber du brauchst nicht auf mich zu warten.«

Ihr Herzschlag stockte. »Ich würde nicht im Traum daran denken, ohne dich loszufahren. Was für Flitterwochen sollten das sein? Aber was hast du denn in Chalford zu tun?«

»Deshalb wollte ich mit dir reden. Heute früh kam ein Eilbrief von Perry. Du hast noch geschlafen.«

»Ein Eilbrief?«, wiederholte sie, als habe sie noch nie von so etwas gehört.

»Ein Brief von einem Sonderkurier.«

Sein fragender Blick kam ihr seltsam vor. Er schien vor ihr ebenso auf der Hut zu sein wie sie vor ihm. »Es war wohl etwas sehr Wichtiges«, meinte sie vorsichtig.

»In der Tat. Es ging um Rodney Stone. Jess, du hattest Recht, er hat Chalford nie verlassen.«

»Er ist tot«, sagte sie tonlos.

»Das weiß man nicht, aber die Polizei vermutet allmählich auch, dass etwas nicht stimmt. Offenbar wurde Mr Stone zuletzt vom Schleusenwärter auf dem Treidelpfad gesehen, der zur alten Abtei führt. Danach hat ihn niemand mehr gesehen, weder im Gasthof Krone noch im Schwarzen Schwan.

»Vom Schleusenwärter?«, fragte sie.

»Der Mann, der sich um das alte Wehr kümmert. Mr Frome ist der Schleusenwärter bei Saint Martha's Cross. Er erinnerte sich an Stone, weil er ihn wenige Stunden zuvor noch im Schankraum des Gasthofs Krone gesehen hatte. Er dachte, Stone würde noch einen kleinen Spaziergang machen.«

Saint Martha's Cross – wo hatte sie das schon einmal gehört? Plötzlich stieg eine lebhafte Erinnerung in ihr hoch: ein steinernes Kreuz vor einer Kirche und ein Kinderspiel, das gar keines war. Die Menschen, die in diesem Spiel gefangen wurden, waren weggeführt und enthauptet worden.

Saint Martha's Cross. Bis zu diesem Moment hatte sie noch nie davon gehört. Aber Rodney Stone war von dem Schleusenwärter bei Saint Martha's Cross gesehen worden. Und in ihrem Traum hatte das entsetzliche Spiel um ein steinernes Kreuz herum stattgefunden, das einen unheimlichen Schatten auf den Kreis der Mitspieler geworfen hatte.

Dreh dich nicht um, der Plumpsack geht um.

Wer ist der Nächste, Schwester Martha? Schwester Martha?

Wenn die Leute ihn anblickten, sahen sie nur das, was er sie sehen lassen wollte. Keiner hätte ihn je eines Mordes verdächtigt. Er könnte es wieder tun.

Wer hat den kürzesten Strohhalm gezogen, Ellie? Wer? Wer?

Es war Lucas. Es war Lucas. Es war Lucas.

»Nein!«

Als sie wieder zu sich kam, versuchte Lucas gerade, ihr etwas Sherry einzuflößen. Sie stieß seine Hand weg und griff nach ihrer Teetasse. Gierig trank sie, ohne darauf zu achten, dass sie sich mit dem heißen Tee so sehr den Mund verbrannte, dass ihr Tränen in die Augen stiegen.

Lucas runzelte die Stirn. »Es tut mir Leid, dass ich dich so erschreckt habe.«

»Wann ist er denn verschwunden?«

»Kurz nachdem er dich bei Bella besucht hatte.«

»Als ich mich von meinem Sturz erholte?«

»Genau.«

»Und Saint Martha's Cross? Wo ist das? Ich meine – steht da ein Kreuz?«

»Jetzt nicht mehr. Aber die Einheimischen erinnern sich noch daran, wo es früher gestanden hat. Es war auf dem Gelände der alten Abtei. Constable Clay und seine Männer haben die Ruinen schon abgesucht, Stone aber nicht gefunden.«

Sie kämpfte gegen die Übelkeit an, die in ihr aufstieg. Abtei. Kirche. Ein geweihter Ort – das alles hatte sie in ihrem Traum gesehen. Aber da Lucas weiterredete, verdrängte sie diese Gedanken und versuchte, sich auf seine Worte zu konzentrieren.

»Nachdem ich Perrys Brief erhalten hatte, beschloss ich, mich doch etwas eingehender mit Mr Stones Angelegenheiten zu befassen. Ich suchte seine Bank auf, wo sich herausstellte, dass Stone vor seiner Abreise nach Chalford zu Geld gekommen war. Im Gegensatz zu dem, was seine Freunde glauben, hatte er gar keine Schulden. Er beglich sie, bevor er die Stadt verließ. Ich habe auch seine Tante ein weiteres Mal besucht, aber sie hat ebenso wenig Ahnung wie ich, woher das Geld stammte, es sei denn, er hätte es beim Kartenspielen gewonnen.«

Er schüttelte den Kopf. »Jess, du hattest doch vermutet, dass Stone dich entführen wollte.«

»Damals kam es mir so vor. Aber du meintest, ich sei in Panik geraten.«

»Du hast erwähnt, dass ihn jemand dafür bezahlt haben könnte.«

»Wirklich? Daran kann ich mich gar nicht erinnern.«

»Und du hast auch vermutet, dass etwas an seinem Verschwinden nicht stimmte. Alle anderen waren hingegen davon überzeugt, dass er vor seinen Gläubigern ausgerissen sei. Woher hast du das alles gewusst?«

»Ich habe es nicht gewusst. Erst als Perry herausfand, dass keiner von Stones Freunden wusste, was mit ihm passiert war, begann ich … begannen wir das Schlimmste zu befürchten.«

»Aber warum hast du dich darum gekümmert? Warum bist du in seine Wohnung eingedrungen, Jess? Wonach hast du gesucht?«

»Nach nichts Bestimmtem. Perry und ich haben uns nur Sorgen gemacht.«

»Und du hast dort nichts gefunden?«

»Nein. Frag Perry, wenn du mir nicht glaubst.«

»Ich glaube dir, Jess. Ich glaube dir immer, wenn du mir eine direkte Antwort gibst.«

Er stand auf und stellte sich vor das Kaminfeuer, sodass er ihr wieder den Rücken zukehrte. »Perry schrieb in seinem Brief, Stone sei am Abend vor Bellas Ball mit einer Frau gesehen worden«, sagte er düster.

»Mit einer Frau? Welcher Frau?«

»Ich weiß es nicht. Keiner scheint zu wissen, wer sie war. Vielleicht gibt es sie ja gar nicht.«

Er drehte sich unvermittelt um und musterte sie mit einem harten, forschenden Blick. Panik flackerte in ihr auf, und vor ihren Augen begann alles zu verschwimmen.

»Jess«, fragte er, »verbirgst du etwas vor mir? Hast du mir alles gesagt, was du weißt? Es könnte gefährlich sein, etwas zu verschweigen, das ist dir doch hoffentlich klar! Nur Gott weiß, was als Nächstes passiert, falls Stone tatsächlich ermordet wurde. Deshalb möchte ich, dass du dich von Chalford fern hältst!«

»Ich weiß nichts«, sagte sie und fing zu ihrem eigenen Entsetzen an zu schluchzen.

Er trat neben sie; in seiner Miene war nichts als Fürsorge zu lesen, es war das Gesicht eines guten Menschen. Wie konnte sie nur denken, was sie gerade dachte?

Dennoch, alles schien zusammenzupassen. Selbst Dinge, über die sie nie weiter nachgedacht hatte, gewannen plötzlich eine neue Bedeutung. Er hatte sie geheiratet, und darüber hatten sich alle gewundert. Er hatte sie mehr oder weniger gezwungen, ihn zu heiraten. Gab es etwas Besseres, um ein Auge auf eine Frau zu haben, die zu viele gefährliche Fragen stellte?

Und eine Ehefrau konnte vor Gericht nicht gegen ihren Mann aussagen.

Als er die Hand nach ihr ausstreckte, zog sie sich brüsk zurück. »Jess«, sagte er, »Liebste«, und nahm sie trotz ihres Sträubens in die Arme. »Ich hätte dir nichts von Stone erzählen sollen. Es war wohl zu viel für dich.«

Sie spürte seinen regelmäßigen Herzschlag an ihrer Brust und seine kraftvollen Muskeln, als er sie an sich zog. »Geh nicht nach Chalford«, sagte sie und hörte die nackte Angst in ihrer Stimme. »Bleib hier, bei mir!«

»Ich muss dort hin. Mach dir keine Sorgen, Liebes, ich passe schon auf mich auf.«

»Dann lass mich mitkommen.«

»Nein.«

»Aber warum musst du nach Chalford?«

»Perry ist dort. Und ich würde diese Sache mit Mr Stone gerne aufklären.«

»Aber ...«

Mit einem Kuss hinderte er sie am Weitersprechen. »Es ist schon alles besprochen. Adrian und ich brechen morgen früh auf. Ich bin bald wieder da!«

Er trug sie in ihr Schlafzimmer und deckte sie fürsorglich zu. Nachdem er die Kerzen gelöscht hatte, legte er sich neben sie. »Du frierst ja«, sagte er. »Ich wärme dich noch ein bisschen.«

Und er liebte sie, doch ganz anders als vorher. Sie vereinigten sich so behutsam, dass sie sich eher zu trösten als Lust zu spenden schienen. Sie fühlte sich in seinen Armen unendlich geborgen – obwohl es ihr falsch vorkam. Doch sie konnte ihre Gefühle nicht leugnen. Richtig oder falsch – sie liebte ihn von ganzem Herzen.

Sobald sich seine Brust regelmäßig hob und senkte, löste sie sich aus seinen Armen.

Sie schlüpfte aus dem Bett, warf sich den Morgenmantel über und ging in den Ankleideraum.

Nur von ihrem Tastgefühl geleitet, fand sie in der untersten Schublade von Lucas' Kommode das, wonach sie suchte – eine geladene Pistole, um notfalls Einbrecher in Schach zu halten.

Rasch kehrte sie ins Schlafzimmer zurück und versteckte die Waffe in ihrem Sekretär.

Dann trat sie vor eines der hohen Fenster und blickte hinaus. Buckingham House mit seinen fröhlichen Lichtern winkte ihr zu und sagte ihr, dass alles auf der Welt mit rechten Dingen zuging.

Sie presste eine Hand auf ihren Mund, um einen angstvollen Schluchzer zu unterdrücken. Sie durfte sich jetzt nicht von ihren Gefühlen überwältigen lassen.

Ach, hätte sie jetzt nur einen Funken jener Entschlossenheit aufbringen können, die sie besessen hatte, als sie das Kloster verlassen hatte und nach Hawkshill zurückgekehrt war! Damals war ihr alles so einfach erschienen. Sie hatte nur den einen Gedanken gehabt: einen Mörder daran zu hindern, einen weiteren Mord zu begehen.

Nun stand sie wieder ganz am Anfang, aber jetzt war alles anders. Sie hatte nicht geahnt, dass sie sich in ihre Stimme verlieben würde.

»Stimme!«, flüsterte sie in die Dunkelheit. »Ich lasse es nicht zu, dass du das tust. Kehr um, bevor es zu spät ist!«

Sie spürte nur ein kleines Flackern, nichts mehr, keinen Argwohn, kein Erkennen.

Stimme? wiederholte sie stumm, aber umso nachdrücklicher, wie um ihn und sich selbst auf die Probe zu stellen. Aber das brauchte sie gar nicht, jetzt nicht. Ihre Stimme war so real wie sie selbst.

Sie öffnete sich ihm. *Stimme? Stimme?*

Lucas rührte sich. Sie trat ans Bett. »Jess? Jess? Ich liebe dich!«

Seine leise gemurmelten Worte ließen etwas in ihr zu Bruch gehen. Schlauer, ach so schlauer Lucas!

Es gab keine Waffe, zu der er nicht greifen würde, um ihren Argwohn zu beschwichtigen.

Aber er kam zu spät.

Aus ihrem Argwohn war inzwischen Überzeugung geworden. Den Mord an ihrem Vater konnte sie ihm verzeihen, aber nicht den an Rodney Stone, und auch nicht den an seinem nächsten Opfer.

Ich werde dich daran hindern, Lucas. Das werde ich tun, verlass dich drauf!

Ihre eigenen Worte schienen sie zu verhöhnen.

»Jess! Komm zurück ins Bett!«

Sobald sie seiner Aufforderung gefolgt war, legten sich seine Arme um sie. Während er sie liebkoste, lag sie starr wie ein Brett da und zwang sich, nicht auf ihn zu reagieren; diesmal nicht.

Er hob den Kopf.

»Jess? Was ist los?«

»Nichts«, murmelte sie und legte die Arme um seine Schultern.

»Dann liebe mich, Jess. Liebe mich!«

Ihr Widerstand erstarb.

Ihr Verstand schaffte es nicht, ihr Herz zu überstimmen.

»Lucas«, flüsterte sie hilflos und hoffnungslos, als er in sie eindrang. »Lucas.«

Ihr Körper hatte keine Vorbehalte, er hieß ihn willkommen, antwortete ihm, als er mehr forderte.

Auf dem Höhepunkt stieß sie einen verzweifelten Schrei aus, und wieder stiegen Tränen in ihr auf.

Er war unendlich zärtlich zu ihr, als ihre Leidenschaft verebbte. »Ich weiß, ich weiß, es war großartig«, sagte er lächelnd.

Sie lag still da und wartete darauf, dass er einschlief. Sie selber fand noch lange keine Ruhe. Sie dachte nach und dachte nach.

Als sie am nächsten Morgen aufwachte, war Lucas schon weg. Sie rannte nur mit ihrem Nachthemd bekleidet aus dem Schlafzimmer. An der Treppe begegnete ihr ein Diener. Sie bestürmte ihn mit Fragen, bis er ihr endlich erklärte, dass seine Lordschaft heute sehr früh mit seinem Cousin, Mr Adrian Wilde, nach Chalford aufgebrochen sei.

Eine Stunde später saßen Jessica und ihre Zofe in einer Kutsche auf dem Weg nach Chalford.

24

Sie übernachtete im Schwarzen Eber, einem Gasthaus ein paar Meilen vor Chalford. Obwohl in dieser Gegend niemand sie kannte, trug sie sicherheitshalber einen dichten Schleier und behielt ihn an, bis man sie und ihre Zofe auf ihre Zimmer gebracht hatte. Am liebsten hätte sie Sadie gar nicht mitgenommen; sie wollte ihre geheime Mission alleine durchführen und hatte auch nicht die Kraft für oberflächliche Gespräche. Aber eine Lady auf Reisen musste von einer Zofe begleitet werden; eine allein reisende Lady hätte die wildesten Spekulationen ausgelöst.

Obwohl ihr Bett bequem war, fand sie keinen Schlaf. Sie versuchte zu beten, aber ihr wollten keine Gebete einfallen; sie lauschte, aber da war nichts als eine unfassbare Leere. Mit schreckgeweiteten Augen starrte sie an die Decke; ihr Verstand war wie gelähmt und unempfänglich für Gedanken oder Gefühle.

Am Morgen schwindelte sie ihrer Zofe etwas vor. Sie erklärte ihr, sie habe hier etwas zu erledigen und brauche dafür ein bis zwei Stunden. Nach ihrer Rückkehr würden sie dann gemeinsam nach Walton Lodge weiterfahren.

Sie kämpfte mit sich, ob sie Lucas' Pistole mitnehmen sollte oder nicht, doch schließlich kam sie zu dem Schluss, dass sie für ihr Vorhaben keine Waffe brauchte. Die Pistole war einfach zu unhandlich. Und später wollte sie Lucas in Begleitung ihrer Zofe zur Rede stellen.

Sie fuhr mit einer Droschke nach Chalford und ließ sich etwa eine Meile vor ihrem Ziel absetzen. Vielleicht war sie übervorsichtig, aber sie wollte auf keinen Fall von jemandem gesehen werden. Nachdem sie den Kutscher bezahlt hatte, schlug sie den Weg zur Sankt-Lukas-Kirche ein, aber sobald die Kutsche weggefahren war und sie sich unbeobachtet wähnte, verließ sie die Hauptstraße und ging zum Treidelpfad am Fluss.

Unterwegs hatte sie kurz das Gefühl, dass ihre Stimme wieder zu ihr sprechen wollte, doch sie wehrte sich mit aller Macht dagegen, denn sie hätte das jetzt einfach nicht ertragen. Deshalb zwang sie sich, ausschließlich an das zu denken, was sie sehen und berühren konnte.

Der Morgen war warm. Vom Fluss her stieg ein leichter Dunst auf, der beide Ufer verhüllte. Dennoch konnte sie sehen, wie sich die Wasseroberfläche kräuselte. Heute waren keine Frachtkähne unterwegs, die gewöhnlich Ladung nach Henley oder London brachten, und auch keine Stocherkähne oder andere Boote. Immer wieder schoben sich ein paar Wolken vor die Sonne, und schließlich begann es zu nieseln. Sie kam an einem hübschen kleinen Landhaus vorbei, das neben einer Schleuse stand. Hier hatte der Schleusenwärter Rodney Stone wohl auf seinem letzten Spaziergang gesehen.

Kurz darauf erreichte sie eine Weggabelung; sie schlug den Pfad ein, der vom Fluss weg auf einen kleinen Hügel führte. Er war nicht besonders steil, normalerweise wäre sie dabei nicht außer Atem geraten – heute schon. Oben angekommen, blieb sie stehen und sah sich um. Zu ihrer Linken lag Haig House hoch über dem Tal. Von ihrem Aussichtspunkt aus entdeckte sie auch den Pavillon, zu dem sie in der Nacht, als Rodney Stone sie verfolgt hatte, flüchten wollte. Sie versuchte, diesen Gedanken einfach an sich vorüberziehen zu lassen, doch der Stachel saß zu tief, und sie spürte, wie er sich in ihr Fleisch bohrte. Wenn Rodney Stone an jenem Abend Lucas' Befehlen gefolgt war, dann …

Aber über die Konsequenzen wollte sie nicht weiter nachgrübeln. Jetzt galt es nur, Lucas aufzuhalten. Das war ihr oberstes Ziel. Alles andere – ihre verlorene Liebe, ihre zerschlagenen Hoffnungen, ihre zerschmetterten Träume – konnte sie später beweinen.

Ein dünner Nebelschleier legte sich um sie, dann löste er sich wieder auf. Plötzlich stimmte ein Vogel ein lautes Lied an. Sie blickte sich verzagt um. Aus einer uralten Esche flog eine Drossel auf. Jessica hob den Kopf und sah ihr nach. Sie spürte den Nieselregen auf ihrem Gesicht und hörte den Wind in den Baumwipfeln rauschen. Ihr Atem ging in ein stockendes Seufzen über.

Lange stand sie da, das Gesicht dem Regen zugewandt. Die Sonne versuchte, die Wolkendecke zu durchbrechen; ein zaghafter Strahl tanzte auf ihrem Gesicht und wärmte sie, bevor er hinter der nächsten Wolkenbank verschwand. Sie schloss die Augen und betete.

Danach fühlte sie sich ruhiger. Niemand außer ihr konnte Lucas aufhalten. Niemand liebte ihn so, wie sie ihn liebte. Aber das, was sie heute vorhatte, musste einfach getan werden. Nur deshalb hatte das Schicksal sie nach Hawkshill zurückgeführt.

Sie wandte dem House der Haigs den Rücken zu und blickte auf das, wovor sie sich am meisten fürchtete – die verfallene Abtei. Sie lag viel tiefer als Haig House, in einem dichten Wäldchen versteckt, deshalb hatte sie sie nie gesehen. Aber es gab auch nicht viel zu sehen. Von dem einstmals stattlichen Kloster waren nur ein paar verfallene Wände und der Turm übrig geblieben.

Aber dort gab es mehr zu sehen, als das bloße Auge wahrnehmen konnte.

Nicht nur vom Fluss, sondern auch von der feuchten Erde stieg jetzt wieder mehr Nebel auf, ein vom Himmel gesandter Schleier, der ihr sehr entgegenkam. Nun konnte sie die Ruinen erforschen ohne die Angst, entdeckt zu werden,.

Als sie den Hügel auf der anderen Seite hinunterschritt, legte sich ein dichter Nebelschleier über Haig House.

*

Ein gutes Stück vor der Abtei führte der Pfad scharf nach links und dann wieder steil nach oben, hin zu den Bäumen, hinter denen die Straße verlief. Jessica schürzte ihre Röcke, verließ den Pfad und stakste durch eine frisch gemähte Wiese zu der niedrigen Mauer, welche die Ruinen umgab.

Da war sie, die »Kirche« aus ihrem Traum. Obwohl sie gewusst hatte, was sie erwarten würde, beschlich sie ein unheimliches Gefühl. Hier, auf dieser nackten Steinplatte, hatte das Kreuz gestanden. Vom Pfarrhaus zu ihrer Rechten waren nur mehr eine steinerne Kanzel und ein paar Grundmauern übrig. Die Klosterzellen waren längst verschwunden; dort, wo sie sich befunden haben mussten, erstreckte sich heute eine Wiese. Und genau dort hatten ihre Hochzeitsgäste ihr Spiel gespielt.

Als sie langsam zum Hauptgebäude ging, begann sie zu frösteln. Dorthin war Rodney Stone gebracht worden, um geköpft zu werden. Auch von diesem Bau standen nur noch Ruinen, in ihrem Traum aber war das Gebäude intakt gewesen – oder doch nicht? Sie hatte nur vage Eindrücke gehabt.

Dreh dich nicht um, der Plumpsack geht um, hämmerte es wieder und immer wieder in ihrem Kopf.

Wer war das nächste Opfer? Wer?

Unwillkürlich blickte sie über die Schulter zum Haig House, das von Nebelschwaden umhüllt war wie von einem dünnen Gazeschleier. Es herrschte eine angespannte Stille, fast so, als hielte die ganze Schöpfung den Atem an und wartete darauf, was sie als Nächstes tun würde.

Rasch machte sie kehrt und schritt durch den steinernen Bogen in das Kirchenschiff. Bogen und Turm waren fast vollständig erhalten, aber man hätte auch ins Kirchenschiff gelangen können, wenn man über einen kleinen Steinhaufen geklettert wäre. Ohne weiter darüber nachzudenken, hatte sie den Turmeingang genommen, doch jetzt merkte sie, dass sie genau dem Weg folgte, den sie in ihrem Traum gegangen war.

Über ihr, wo sich früher einmal das Dach wie ein Baldachin gewölbt hatte, war nun freier Himmel. Unter ihren Füßen befanden sich Steinplatten, vor ihr der Raum, in dem früher der Hochaltar gestanden hatte. Sie schritt an weißen Marmorstatuen in Nischen vorbei und steinernen Abbildern von Rittern. Der Nebel tauchte alles in ein gespenstisches Grau, manchmal verdeckte er ihren Blick, dann hob er sich wieder und ließ den traurigen Glanz einer längst vergangenen Zeit erahnen. Aber der Nebel hinderte sie nicht daran, das zu sehen, weshalb sie hierher gekommen war. Sie sah alles mit ihrem inneren Auge.

Während sie sich dem Altarraum näherte, spürte sie eine bohrende Angst in sich aufsteigen. Mit jedem Schritt schärften sich ihre Sinne. Der feuchte Saum ihres Kleides heftete sich an ihre Beine. Sie nahm den Geruch eines Holzfeuers wahr und den süßen Duft frisch gemähten Heus. Es hatte aufgehört zu regnen. In der Ferne bellte ein Hund – und jemand beobachtete sie.

Ihr Herz machte einen Sprung. Sie wirbelte herum. Hoch oben auf einer der Mauern saß ein Eichhörnchen und blickte auf sie herab, während es ruhig an einem Weizenhalm knabberte. Ihr Herz brauchte lange, um sich zu beruhigen.

In einer kleinen Nische neben dem Altarraum fand sie schließlich, wonach sie suchte. Wie der Turmeingang war auch dieser Teil des Gebäudes noch gut erhalten, und auch hier bestand der Boden aus Steinfliesen.

In der Mitte befand sich ein prunkvolles steinernes Grab mit dem Abbild einer zur letzten Ruhe gebetteten Frau, die Hände zum Gebet gefaltet.

»Die heilige Martha«, stieß Jessica tonlos hervor. »Die Gruft der heiligen Martha.« Das Grab aus ihrem Traum.

Und die letzte Ruhestätte von Rodney Stone.

Ein Schluchzen wollte in ihrer Brust aufsteigen, doch sie unterdrückte es. Wie würde dies alles enden? Aber sie konnte nicht an Lucas zu denken. Es stand zu viel auf dem Spiel.

Rigoros unterdrückte sie alles, was auf sie einstürmen wollte, und untersuchte das Grab der heiligen Martha. Es war kein Sarg, sondern nur eine steinerne Einfassung, unter der sich wohl eine Gruft befand. In ihrem Traum hatte eine Steintreppe ins Erdinnere geführt.

Sie erforschte das Grabmal von allen Seiten. Sie berührte die Skulptur an allen Stellen, sie zog und drückte. Nichts passierte. Schließlich kauerte sie sich hin und dachte nach: Es musste etwas geben, was sie übersehen hatte.

Als sie sich noch einmal gründlich in der kleinen Nische umsah, fiel ihr Blick auf ein lebensgroßes Relief der Heiligen. Sie stand auf und begann, dieses Relief abzutasten. Die heilige Martha stand unter einem blätterumrankten Kreuz, in einer Hand hielt sie einen Fisch, in der anderen eine Lampe. Aber nicht sie, sondern das von einem kunstvoll gearbeiteten Heiligenschein umgebene Kreuz zog Jessicas Aufmerksamkeit auf sich. Es war das Kreuz aus ihrem Traum.

Jetzt bemerkte sie, dass das Relief nicht Teil der Mauer war, sondern sich auf einer Steinplatte befand und wie ein Bild an der Mauer hing. Als sie am unteren Rand dieser Platte entlangfuhr, spürte sie einen kalten Windhauch. Ihre Aufregung wuchs. Sie begann, an sämtlichen Teilen zu drehen, zu drücken und zu ziehen. Nichts passierte. Zuletzt – sie wollte schon fast aufgeben – fuhr sie über die lateinische Inschrift, die sich zu Füßen der heiligen Martha befand. Ließ sich diese Inschrift bewegen? Sie drückte fester, und tatsächlich, sie schaffte es, sie zu verschieben; etwas knirschte wie ein Schlüssel in einem Schloss.

Ihr Puls raste, ihr Herz hämmerte. Sie drückte mit aller Kraft auf das Relief, das zu ächzen schien, als wolle es ihr Widerstand leisten, schließlich aber doch langsam nach innen schwang.

Sie hatte die Stufen gefunden. Sie führten in eisiges, tiefschwarzes Dunkel.

Adrian kam gähnend in den Frühstücksraum von Walton Lodge und bediente sich erst einmal am Büffet, bevor er sich zu Lucas setzte.

»Wo bleibt Perry?«, fragte Lucas.

»Er badet noch.« Adrian blickte auf die Uhr. »Und was steht heute Morgen auf dem Programm?«

»Ich schlage vor, als Erstes ziehst du dich an!«

Adrian blickte grinsend auf seinen Morgenmantel. »Warum? Es sind keine Damen anwesend, die sich daran stören könnten. Wir sind doch unter uns, wie in den guten alten Tagen.«

»Waren diese Tage so gut? Ich beginne langsam, daran zu zweifeln.«

Adrians Lächeln schwand, und er betrachtete Lucas eingehender. »Du klingst, als wärst du mit dem falschen Fuß aufgestanden«, meinte er. »Was ist los?«

»Das habe ich dir doch auf dem Herweg schon alles erklärt«, erwiderte Lucas, legte seine Serviette beiseite und begann an seinen Fingern abzuzählen.

»Erstens: Rodney Stone wird vermisst, und wir befürchten das Schlimmste. Zweitens hat Perry herausgefunden, dass der Butler der Haigs alle Einladungskarten von Bellas Ball aufbewahrt hat, aber es gibt keine Karte mit Stones Namen. Der Butler erinnerte sich noch gut an Rodney Stone, weil der so geckenhaft daherkam. Was ist mit seiner Einladungskarte passiert? Drittens: Es geht das Gerücht, Stone habe hier eine Frau getroffen, aber niemand kennt diese geheimnisvolle Fremde, und es kann auch niemand sagen, wie dieses Gerücht aufgekommen ist. Viertens: Meine Frau glaubt, Stone wurde dafür bezahlt, sie so zu erschrecken, dass sie aufhören würde, Fragen über den Tod ihres Vaters zu stellen. Und diese Liste könnte ich noch um einiges fortsetzen.« Lucas blickte ins Leere, dann fuhr er etwas ruhiger fort: »Ich sage dir, Adrian, hier passieren seltsame Dinge, Dinge, die ihren Anfang nahmen in der Nacht, als William Hayward ums Leben kam.«

Adrian schenkte sich eine Tasse Kaffee ein, bevor er antwortete. »Ich sehe es nicht so. Ich persönlich glaube, Stone ist nach Schottland oder sonst wohin abgetaucht, und wenn er wieder auftaucht – und das wird er meiner Meinung nach sicher tun –, wird sich alles aufklären.«

»Das kann gut sein, aber solange ich ihn nicht persönlich befragen kann, will ich keine Risiken eingehen.«

»Welche Risiken denn?«

»Zum Beispiel das Risiko, dass Jessica etwas zustößt.«

Adrian war so verblüfft, dass er sich an dem viel zu heißen Kaffee den Mund verbrannte. »Ist das dein Ernst?«, fragte er ungläubig. »Wer sollte Jessica etwas zuleide tun wollen?«

»Der Mörder ihres Vaters.«

Adrian brauchte eine Weile, um das zu verdauen. Schließlich schüttelte er den Kopf. »Du willst doch nicht etwa sagen, dass einer von uns Jessica wehtun würde?«

»Ich weiß es nicht, Adrian. Ich weiß nicht mehr, was ich denken soll.«

»Aber du warst es doch, der ... das heißt, wenn du es nicht warst ... ich verstehe das nicht.«

In Lucas' Augen blitzte Wut auf, aber er bemühte sich, nicht laut zu werden. »Ich habe William Hayward nicht exekutiert. Ja, ich weiß, ich hatte den kürzesten Strohhalm gezogen, aber ich habe es nicht getan. Ich habe euch schon damals gesagt, dass ich es nicht tun würde, es nicht tun könnte. Aber wer war es? Das würde ich zu gerne wissen.«

»Wenn du es nicht getan hast – Rupert oder ich waren es auch nicht.«

Lucas schwieg.

Als Adrian aufblickte, war seine Miene ebenso versteinert wie die seines Freundes. »Und wenn doch jemand von uns die Sache in die Hand genommen hat?«, fragte er leise. »Würdest du ihn den Behörden ausliefern? Würdest du dein Wort brechen, das du deinen Kameraden gegeben hast? Wem gegenüber bist du loyal, Lucas?«

Blitzschnell schloss sich Lucas' Hand um Adrians Arm, und dessen Kaffeetasse samt Inhalt flog durch die Luft. Doch keiner der beiden achtete auf die Porzellantasse, die in tausend Stücke zersprang, oder den Kaffeefleck, der sich auf dem blütenweißen Tischtuch ausbreitete.

Mit halblauter, gepresster Stimme sagte Lucas: »Meine Frau steht an allererster Stelle, hast du das verstanden? Nicht die Vergangenheit, nicht unsere Freundschaft, kein Eid, den ich bei meiner unsterblichen Seele geschworen habe, nichts! Und wenn ich herausfinde, dass jemand versucht hat, Jessica zu verletzen oder zu erschrecken, dann ist dieser Mensch mein Todfeind, egal, um wen es sich handelt, und ich werde mich entsprechend verhalten. Habe ich mich klar genug ausgedrückt?«

Er ließ Adrian los, sprang auf und trat ans Fenster. Innerlich verfluchte er sich, dass er seine Wut an Adrian ausgelassen hatte. Sein größtes Problem war die schreckliche Ohnmacht, die er spürte; und obendrein war er zutiefst beunruhigt durch das, was Perry und er inzwischen herausgefunden hatten. Eine Einladungskarte fehlte. Er wusste, dass Bellas Butler Verney sehr gewissenhaft war. Wenn Verney sagte, dass eine Karte fehlte, dann hieß das, jemand hatte sie an sich genommen. Aber am meisten beunruhigte Lucas das Gerücht über die Frau, mit der sich Stone angeblich getroffen hatte. Immer wieder wurde gemunkelt, Jessica sei diese geheimnisvolle Frau gewesen. Und falls Stone tatsächlich ermordet worden war, würde man als Nächstes munkeln, Jessica habe etwas damit zu tun.

Er war froh, dass er sie in London zurückgelassen hatte, denn dort war sie in Sicherheit.

Mit einem bemühten Lächeln wandte er sich wieder an Adrian. »Es tut mir Leid. Ich hätte meine Wut nicht an dir auslassen dürfen. Du hast gefragt, was heute ansteht. Wir sollten uns heute Morgen mit Rupert treffen, und zwar bei ihm zu Hause. Aber zuvor möchte ich noch mit dem Kutscher sprechen, der Stone an jenem Abend gefahren hat. Jessica war sich sicher, dass er sie gesehen hat. Vielleicht lügt er, vielleicht hat er etwas zu verbergen.«

Adrian rieb sich noch immer die Stelle, an der ihn Lucas gepackt hatte. »Warum laden wir Rupert nicht hierher ein?«

»Weil ich auch seinen Butler noch einmal befragen will. Und außerdem will ich mir die alte Abtei anschauen.«

Adrian wollte gerade etwas erwidern, als der Butler hereinkam. »Mylord«, sagte er, »die Zofe Ihrer Gattin ist da.«

Er hielt die Tür auf, und Sadie trat ein. »Was um alles in der Welt machst du hier in Chalford?«, fragte Lucas barsch.

Das junge Mädchen erbleichte ob des feindseligen Tons ihres Herrn und begann zu zittern. »Ich habe ihre Ladyschaft begleitet«, antwortete sie und brach in Tränen aus.

Nun mischte sich der Butler ein. »Draußen steht übrigens noch ein Droschkenfahrer, Mylord, der meinte, er habe ihre Ladyschaft zur Sankt-Lukas-Kirche gefahren. Aber ihre Ladyschaft sei gar nicht in die Kirche gegangen, sie habe vielmehr den Weg zur alten Abtei eingeschlagen.«

»Ich ziehe mich an«, sagte Adrian.

Lucas war bereits auf dem Weg nach draußen.

*

Sie bekreuzigte sich, bevor sie über die Schwelle trat. Auf der ersten Stufe verharrte sie reglos, denn ein entsetzliches Grauen bemächtigte sich ihres ganzen Körpers. Es war nicht nur die Angst vor dem, was sie in der Gruft vorfinden würde. In ihrer Aufregung hatte sie auch keinerlei Gedanken daran verschwendet, eine Kerze oder eine Laterne mitzunehmen.

Sie vernahm ein leises Geräusch – ein Pferd auf dem Reitweg, ein kleines Tier, das dort droben herumhuschte? – und wirbelte herum. Nebelschwaden kleideten die Wände der Abtei in ein gespenstisches Tuch.

Was auch immer sie gehört hatte, jetzt war es totenstill. Sie atmete tief ein und begann dann, langsam, vorsichtig die Stufen hinabzusteigen.

Unten angekommen, berührten ihre Füße fest gestampfte

Erde. Zögernd versuchte sie wahrzunehmen, was sie mit ihren Sinnen erfassen konnte. Die Luft war kalt und modrig, aber das, was sie am meisten befürchtet hatte, wehte ihr nicht entgegen. Sie hatte sich auf den Geruch verwesenden Fleisches gefasst gemacht, doch davon war nichts zu bemerken. Dennoch war sie überzeugt, dass sich hier irgendwo Rodney Stones Leichnam befinden musste; denn inzwischen war sie sicher, dass ihr der Traum direkt vom Geist des Mörders übermittelt worden war. Sie wusste nur nicht, in welchem Verfallsstadium sich die Leiche befinden würde.

Sie spähte in die Dunkelheit, die das karge Licht vom Eingang nach nur wenigen Schritten verschluckte. Obwohl sie nichts erkennen konnte, sah sie in ihrer Phantasie Dinge, die ihr die Haare zu Berge stehen ließen. Eine Gruft war nun einmal ein Bestattungsort. Nur Gott wusste, was sie erwartete, und sie war nicht so tapfer, wie sie gehofft hatte.

Nach einigen tiefen Atemzügen war sie wieder ein wenig gefasster, doch nun bemerkte sie etwas, das ihr vorher nicht aufgefallen war: Ein schwacher, süßlicher Geruch lag hier unten in der Luft – der Duft von Rosen.

Wirre Gedanken stürmten auf sie ein, von denen schließlich nur einer übrig blieb. »Bella!«, schluchzte sie leise.

Wie ein spöttischer Refrain hallte der Name dumpf von den Wänden wider.

Sie hielt den Atem an und lauschte. Jetzt herrschte wieder Totenstille. Sie nahm all ihren Mut zusammen und begann, sich an der steinernen Wand entlangzutasten. Vielleicht bildete sie es sich nur ein, doch der Rosenduft schien stärker zu werden. Plötzlich trat sie auf etwas Kleines, Weiches. Sie schrie auf und sprang entsetzt zur Seite. Der Rosenduft war jetzt nicht mehr zu verkennen. Es kostete sie den letzten Rest ihrer Selbstbeherrschung, sich zu bücken und nach dem zu tasten, worauf sie getreten war: Es war eine Rosenblüte. Ihre Finger schlossen sich krampfhaft darum.

»Oh Bella«, seufzte sie und kauerte sich nieder.

Zitternd und zu Tode verängstigt starrte sie in die schwarze Tiefe der Gruft, und nun beschlich sie das gleiche unheimliche Gefühl, das sie in Rodney Stones Wohnung erfasst hatte. Ihr ganzer Körper begann zu beben. Sie wollte schreien, aber nur ein verstörtes Wimmern drang aus ihrem Mund. Wie ein in Panik geratenes wildes Tier sprang sie auf und floh.

Sie stürzte die Stufen hinauf, als wären ihr tausend Teufel auf den Fersen, sie hetzte durch die Nische – und stieß mit einer Gestalt zusammen, die aus dem Nebelschleier heraustrat.

»Jessica!«, rief Lucas, und seine Arme schlossen sich wie eine Falle um sie.

Ein Schrei löste sich aus ihrer Brust. Sie drehte und wand sich, sie versuchte mit aller Kraft, ihm zu entkommen, aber sein Griff wurde nur noch fester, bis sie kaum noch Luft bekam. Erst als sie aufhörte zu kämpfen, ließ der stählerne Griff seiner Hände nach.

»Jess, was ist passiert?« Er blickte über ihre Schulter zu der Gruft. »Wovor läufst du weg?«

»*Mörder*!«, wollte sie schreien, aber ein animalischer Instinkt bewahrte sie davor. Doch kein Instinkt würde ihr zersprungenes Herz heilen können. Er hatte gewusst, dass sie in Chalford war; er hatte genau gewusst, wo er sie finden würde. Dafür gab es nur eine einzige Erklärung: Er war ihre Stimme, und er konnte ihre Gedanken ebenso gut lesen wie sie die seinen.

Sie hatte geglaubt, sich mit der Tatsache abgefunden zu haben, dass es Lucas war, dessen Stimme sie immer wieder in sich vernahm. Doch nun erkannte sie, dass sie sich geirrt hatte. Sie hatte sich an die schwache Hoffnung geklammert, dass irgendein Wunder geschehen würde. Mit einem Mal war diese Hoffnung zerschlagen. Ein eisiges Gefühl absoluter Verzweiflung bemächtigte sich ihrer.

»Jess, sag mir, was los ist!«, drängte er und schüttelte sie sanft, um sie zum Sprechen zu bewegen.

»Dort drunten!«, stammelte sie und deutete auf die Gruft. »Dort drinnen!«

»Hast du Rodney Stones Leiche gefunden? Wo? Zeig es mir, Jess!«

Er würde auch sie töten, und niemand würde je erfahren, was aus ihr geworden war. »Warum, Lucas? Warum?«

»Wer weiß schon, was im Kopf eines Mörders vorgeht? Ich weiß nur, dass man ihn aufhalten muss. Und jetzt zeig mir, wo du die Leiche gefunden hast!«

Ja, man musste ihn aufhalten, und sie war die Einzige, die das tun konnte.

Sie würden diese üble Farce bis zum bitteren Ende spielen. Sie klammerte sich an ihn, tat, als sei sie völlig hysterisch, und begann, wirres Zeug zu plappern – nur um seinen Argwohn zu beschwichtigen. Offenbar machte sie ihre Sache gut; denn er legte schützend einen Arm um sie und versuchte, sie mit sanften Worten zu beruhigen. Aber sie wusste, dass auch dies lediglich gespielt war.

Am Eingang zur Gruft der heiligen Martha blieben sie stehen. Lucas starrte auf das Loch in der Wand, als sähe er es zum ersten Mal. Er war wirklich ein hervorragender Schauspieler.

Sie legte einen Finger an die Lippen und flüsterte mit zitternder Stimme: »Dort unten ist jemand. Ich habe ihm einen Stein an den Kopf geschlagen, vielleicht ist er ohnmächtig geworden.«

Lucas' Miene verhärtete sich. »Du bleibst hier!«, befahl er und zog eine Pistole aus seiner Manteltasche.

Er hatte angebissen. Sie war wohl ebenfalls eine ausgezeichnete Schauspielerin. Nun wartete sie, bis er nicht mehr zu sehen war, und zog dann an der Türkante. Sie hörte noch einen überraschten Ruf, dann seine Tritte, mit denen er versuchte, die Tür aufzuhalten, aber das blanke Entsetzen verlieh ihr eine Kraft, die sie sich nie zugetraut hätte.

Erst als die Tür zugefallen war, wurde ihr klar, dass sie sehr dumm gehandelt hatte. Sicher kannte Lucas den Mechanismus der Tür zur Gruft ganz genau. Offensichtlich kam und ging er ja nach Belieben. Mit ihrem Kraftakt hatte sie sich also lediglich eine kleine Atempause verschafft.

Bei diesem Gedanken wirbelte sie herum und floh. Instinktiv vermied sie den direkten Weg aus der Ruine und sprang auf eine der niedrigen Mauern. Doch der Stein unter ihrem Fuß war locker; sie verlor das Gleichgewicht, stürzte auf der anderen Seite der Mauer zu Boden und schlug mit dem Kopf gegen einen Stein. Außer Atem, völlig benommen und zitternd lag sie da wie eine leblose Puppe.

Sie wusste nicht, wie lange sie so dagelegen hatte, bis sie sich ihrer Umgebung wieder bewusst wurde. Blinzelnd drehte sie sich zur Seite, rollte sich zu einer Kugel zusammen und stöhnte, als wäre ein Messer bis in ihr Herz gedrungen. Tausend Erinnerungen hatten sich wieder eingestellt, bittere, gallenbittere Szenen drohten sie zu überwältigen. Lucas war ihre Stimme! Und er hatte schon einmal versucht, sie zu töten, damals in der Nacht, als er ihren Vater ermordet hatte. Deshalb war sie aus Hawkshill weggelaufen.

Und die Geschichte wiederholte sich.

Doch das war jetzt nicht wichtig. Nichts und niemand war ihr mehr wichtig, nicht einmal sie selbst. Sie hatte ihm Skrupel zugestanden; sie hatte gedacht, es läge ihm etwas an ihr. Aber es war alles Lug und Trug gewesen. Er hatte sie zum Schweigen bringen wollen, weil sie zu viel wusste.

Sie konnte nicht einmal mehr weinen. Ein trockenes, ersticktes Schluchzen schüttelte sie so, dass sie mit den Zähnen klapperte und wie Espenlaub zitterte. Hätte Lucas sie jetzt überfallen, sie hätte nichts zu ihrer Rettung tun können.

Es dauerte lange, bis sie endlich wieder an die Gegenwart denken konnte. Sie lachte bitter auf. Wie oft hatte sie gebetet, ihr Gedächtnis möge zurückkehren? Dabei war es ihr ohne Erinnerungen wahrlich besser ergangen. Gott war mitfühlender, als sie gedacht hatte.

Er musste aufgehalten werden. Erst ihr Vater, dann Rodney Stone und nun Bella. Sie hatte zwar Bellas Leiche nicht gefunden, aber als sie in der Gruft dieses abgrundtiefe Entsetzen spürte und ihr bewusst geworden war, wie niederträchtig und gemein dieser Mörder wirklich war, war ihr Bella in den Sinn gekommen.

Ihre Mission war gescheitert. Sie hatte versagt, versagt, versagt. Wenn sie ihm nur nicht vertraut hätte, dann wäre Bella noch am Leben!

Mühsam rappelte sie sich auf. Sie durfte ihrer Verzweiflung jetzt nicht nachgeben. Dazu war erst Zeit, wenn alles vorbei war.

Plötzlich war von der anderen Seite der Wand ein leises Rufen zu hören: »Jessica?«

Lucas!

Ungeachtet ihres schmerzenden Kopfes und ihrer klappernden Zähne stürzte sie davon.

Haig House war die einzige Zuflucht, die nahe genug war. Das wusste Lucas natürlich genauso gut wie sie. Er würde versuchen, ihr den Weg abzuschneiden. Egal – sie hatte keine Wahl, sie musste weg. Wenn sie nur ungesehen an ihm vorbeischlüpfen könnte, dann würde sie vielleicht Rupert finden. Er würde wissen, was zu tun sei.

Ein Gedanke ließ sie abrupt innehalten.

Bestimmt hatte Lucas hier irgendwo sein Pferd festgebunden; vielleicht konnte sie es für ihre Flucht verwenden.

Aber sie sah nur in Nebel gehüllte Hecken und die Mauern der Abtei. Und selbst wenn sie das Pferd fände – vielleicht war Lucas ja auch schon dort und wartete auf sie?

Sie suchte den Weg vor ihr ab.

Der Nebel nahm ihr zwar die Sicht, aber er war auch ein Segen. Er würde sie vor ihrem Verfolger schützen.

Sie sah sich noch einmal um. Was tat er gerade? Worauf wartete er?

»Jessica …«

Panik schnürte ihr die Kehle zusammen. Sie wandte sich wieder um und rannte weiter.

Bei den Bäumen schöpfte sie Atem und blickte erneut um sich, aber es war weder ihr Verfolger zu sehen noch waren donnernde Hufschläge zu hören. Sie musste einen Weg finden, auf dem ihr kein Pferd folgen konnte.

Ermattet lehnte sie sich an einen Baum. Ein Wassertropfen landete mitten auf ihrem Gesicht. Sie blickte nach oben. Auf den Zweigen hatten sich Regentropfen gesammelt und tropften auf sie herab. Ihr Mantel war zwar noch nicht völlig durchnässt, aber unangenehm feucht, und ihre weichen Lederstiefel waren hoffnungslos verschmutzt. Bis zu diesem Augenblick waren ihre Augen trocken geblieben, doch beim Anblick ihrer ruinierten Stiefel kamen ihr die Tränen.

Zornig fuhr sie sich über die Wangen. Sie musste sich zusammenreißen, sich konzentrieren. So still und so rasch wie möglich durchquerte sie das kleine Wäldchen, bis sie die Straße erreichte, die zum Haus der Haigs führte, das noch hinter dichtem Nebel verborgen war. Alles war still, nichts rührte sich; sie überquerte hastig die Straße und suchte sogleich wieder Schutz im Dickicht der Bäume auf der anderen Seite.

Das letzte Stück des Weges war sehr beschwerlich. Der Anstieg zum Haus der Haigs forderte seinen Tribut. Als sie endlich keuchend oben ankam, hatte sie Seitenstechen und verkrampfte Waden, aber alle Schmerzen und Leiden waren vergessen, als sie plötzlich das Haus vor sich aufragen sah.

Es sah so sicher aus, so fest, so normal in einer Welt, die völlig aus den Fugen geraten war. Sie vergewisserte sich, dass die Luft rein war, dann stürzte sie über den Rasen auf das Haus zu.

25

Als sie die Büsche hinter sich hatte, die rings um das Haus gepflanzt waren, blieb sie erleichtert stehen. Doch sie wollte sich nur einen kurzen Moment der Erholung gestatten. Noch war nicht alles ausgestanden, Lucas konnte sie noch immer abfangen. Bei diesem ernüchternden Gedanken sank sie zu Boden und versuchte erst einmal, sich zu orientieren.

Hier war der Nebel weniger dicht, denn eine leichte Brise wehte über die Hügel und zerstreute ihn immer wieder. Doch immer wenn der Wind nachließ, rollten die Schwaden wieder heran. Sie befand sich unweit der Stelle, wo das Festzelt für Bellas Ball gestanden hatte. Nur das Gewächshaus trennte sie noch von der Terrasse und den gläsernen Türen.

Lange saß sie da und lauschte auf die wenigen, leisen Geräusche, die an ihr Ohr drangen – Wasser tropfte vom Dach in eine kleine Pfütze, irgendwo sang ein einsamer Vogel sein Lied. Aber sie hörte nichts Bedrohliches. Schließlich stand sie wieder auf und steuerte mit leisen, raschen Schritten auf die Terrasse zu. Als sie am Gewächshaus vorbeikam, ging plötzlich die Tür auf, und Rupert trat heraus. Sie blieb wie angewurzelt stehen, doch er schien noch überraschter als sie, denn er ließ den Blumentopf fallen, den er in den Händen gehalten hatte. Der Topf schlug auf die Wiese auf, zersprang aber nicht. Nur die Rose darin brach entzwei.

»Jessica!«, rief er. »Ich wusste gar nicht, dass du in Chalford bist. Mein Gott, was ist denn mit dir passiert?«

Sie wusste, dass sie zum Fürchten aussah, aber das spielte jetzt keine Rolle. Was sollte sie Rupert sagen? Kein Mann liebte seine Frau so sehr, wie Rupert Bella liebte, und sie musste ihm jetzt eine Nachricht überbringen, die seine Welt zum Einsturz bringen würde.

Doch erst einmal sagte sie mit matter Stimme: »Es tut mir Leid um deine Rose!«

»Welche Rose?«

Sie deutete auf den geknickten Rosenstock vor seinen Füßen.

»Keine Sorge, die wächst schon wieder.« Er schnitt die Blüte ab und steckte sie in seine Brusttasche. »Aber jetzt komm erst mal ins Haus und erzähl mir, was passiert ist.«

Doch sie packte ihn am Arm und zerrte ihn ins Gewächshaus, in dem Rosen über Rosen in allen Farben und Sorten wuchsen. Der Duft ließ sie erzittern. Gleich neben der Tür stand eine steinerne Bank, auf die sie niedersank. Er blieb vor ihr stehen. Die Überraschung auf seinem Gesicht war inzwischen großer Besorgnis gewichen.

»Was ist los, Jessica?«

»Kann man die Tür verschließen?«

Er nickte.

»Bitte, Rupert, verriegle sie. Lucas ... Lucas ist hinter mir her.«

Er zog erstaunt die Brauen hoch, folgte aber ihrer Bitte. »Was ist zwischen dir und Lucas vorgefallen?«, fragte er dann. »Habt ihr euch gestritten?«

»Rupert«, sagte sie, verzweifelt nach den richtigen Worten suchend, um diesen Schlag für ihn zu mildern, »wann hast du Bella zum letzten Mal gesehen?«

»Was hat denn Bella damit zu tun?«

»Bitte antworte mir!«

Er runzelte die Stirn ob ihrer Beharrlichkeit. »Vor vier Tagen, als sie zu einer Einkaufstour in die Stadt aufbrach. Hast du sie dort nicht getroffen?«

»Doch, aber sie wollte gestern nach Chalford zurückkehren. Sie hätte schon längst hier sein müssen.«

»Wie ich Bella kenne, hat sie unterwegs noch ein paar Freunde besucht. Mach dir bitte keine Sorgen um sie, meine Liebe. Erzähl mir lieber, was mit dir und Lucas los ist!«

Seine Worte konnten ihre Befürchtungen nicht zerstreuen. Sie hatte gespürt, dass in der Gruft vor nicht allzu langer Zeit die Stimme zugegen gewesen war. Außerdem hatte der Duft von Bellas Parfüm in der Luft gelegen.

Sie spürte einen Kloß im Hals und räusperte sich. »Rupert, ich muss dir leider etwas ganz Entsetzliches sagen: Lucas ist ein Mörder! Nein, hör mir zu! Lass mich bitte ausreden! Er hat meinen Vater umgebracht. Ich war dort, ich habe ihn gesehen. Er hat auch versucht, mich umzubringen. Und Rupert, ach, Rupert – ich bin mir nahezu sicher, dass er auch Bella ermordet hat. Ich komme gerade aus der alten Abtei. Dort habe ich einen Weg in die Gruft der heiligen Martha entdeckt. Eigentlich suchte ich nach Rodney Stones Leiche. Es war völlig dunkel dort drunten, aber ich roch Bellas Parfüm. Und ich habe eine Rose gefunden. Ich bin mir ganz sicher, dass Bella dort ist.«

Aus seinem Gesicht war sämtliche Farbe gewichen.

»Ich hatte befürchtet, dass so etwas passieren würde«, fuhr sie fort. »Aber ich hatte nicht gedacht, dass Bella das nächste Opfer sein würde. Wir müssen ihn aufhalten! Ich habe ihn in der Gruft eingeschlossen, aber das ist eine Weile her. Er wird jetzt nicht mehr dort sein. Ich habe gehört, wie er nach mir gerufen hat.«

»Du bist in die Gruft gegangen?«, fragte er. »Jessica, wovon redest du überhaupt?«

Sie sprang hoch, trat an die Glastür und spähte hinaus. »Er weiß bestimmt, dass ich nur hierher flüchten konnte. Er kann jeden Moment hier sein, womöglich ist er sogar schon da. Er ist bewaffnet, er ist gefährlich!« Die letzten Worte kosteten sie unendlich viel Kraft. »Ach, Rupert, was sollen wir bloß tun?«

Als sie sich zu ihm umdrehte, versiegten ihre Worte, denn Rupert saß vornübergebeugt auf der Bank, den Kopf in den Händen.

Sie setzte sich neben ihn und legte tröstend eine Hand auf seinen Arm. »Rupert, du musst ihn aufhalten. Aber sei vorsichtig! Lucas ist gefährlich. Es tut mir Leid. Es tut mir so schrecklich Leid. Es ist alles meine Schuld.«

»Jessica!« Er hob den Kopf. »Bella kann nicht tot sein.

Und was hat es mit diesem Rodney Stone für eine Bewandtnis? Du bist verwirrt, ich bin mir sicher, du bist völlig verwirrt. Jetzt beruhige dich erst einmal und berichte mir ganz genau, was passiert ist. Was hast du in der Abtei gemacht? Und erzähl mir nicht, dass Lucas einen Mord begangen hat, denn das glaube ich dir einfach nicht.«

Sie war tatsächlich kurz davor, in Panik auszubrechen, und sein Zögern, ihr Glauben zu schenken, tat ein Übriges. Doch ihr war klar, dass sie alles nur noch schlimmer machte, wenn sie sich nicht beruhigte.

Also berichtete sie ihm noch einmal, was sich an diesem Vormittag zugetragen hatte, wobei ihr Blick immer wieder zu den Fenstern flog.

Als sie geendet hatte, erwiderte er: »Jessica, deine Aufregung ist völlig grundlos. Bella hat ihre Zofe und vier kräftige Kutschknechte dabei, und sie sind mit meiner Kutsche unterwegs. Soll auch all denen etwas zugestoßen sein?«

»Ich weiß es nicht«, jammerte sie. »Vielleicht hat sie Lucas heimlich getroffen.«

Er schüttelte den Kopf. »Das kann ich mir nicht vorstellen.«

»Aber warum war in der Gruft eine Rose?«

»Welche Rose?«

Sie suchte in ihre Taschen, fand aber nur ihre Handschuhe. »Vielleicht habe ich sie verloren, als ich stürzte.«

»Als deine Erinnerungen zurückkehrten?«

»Ja.«

»Und du hast Lucas in die Gruft gesperrt.«

»Ja!«, rief sie laut. »Rupert! Ich bin nicht verrückt! Ich sage die Wahrheit! Ich schwöre dir, Rodney Stones Leiche liegt in der Gruft, und Bella … oh Gott, ich glaube, ihr ist auch etwas zugestoßen.«

Abrupt stand er auf, trat an die Glastür und blickte nach draußen. Mit dem Rücken zu ihr meinte er: »Der Wind hat zugenommen, der Nebel lichtet sich. Von Lucas ist nichts zu sehen. Ich glaube nicht, dass er es geschafft hat, aus der Gruft zu entkommen. Ich glaube, dass er noch dort ist.«

Er drehte sich so plötzlich um, dass sie erschrocken zusammenzuckte. Doch er lächelte nur. »Weißt du«, meinte er, »ich glaube, es macht keinen guten Eindruck, wenn ich den Wachtmeister alarmiere, und eine Stunde später kommt Bella heim. Und was wird in Lucas vorgehen, wenn er erfährt, dass seine Frau glaubt, er sei ein Mörder? Ich denke, wir sollten jetzt zur Abtei gehen und ihn aus der Gruft herauslassen, bevor diese Sache noch weiter aus dem Ruder läuft.«

Wachtmeister? Sie hatte nicht daran gedacht, nach der Polizei zu rufen. Das hätte sie auch gar nicht gewollt. Aber sie wusste nicht, was sie nun eigentlich wollte. Sie wusste nur, dass Lucas aufgehalten werden musste.

Er entriegelte die Glastür. »Und noch etwas solltest du bedenken: Lucas ist lange nach dir zur Abtei gekommen. Wenn Constable Clay Stones vergrabenen Leichnam in der Gruft findet, könnte er den Mord auch dir vorwerfen.«

Seine Augen verengten sich, dann blickte er zu Boden, um zu sehen, worauf sie starrte. Es war die Rose, die aus seiner Brusttasche gefallen war.

Ihre Blicke trafen sich.

Seufzend schloss er die Tür wieder ab und bückte sich, um die Rose aufzuheben. Sie verlor dabei einige Blütenblätter, die langsam zu Boden schwebten.

Jessica versuchte, etwas zu sagen, aber sie brachte kein Wort heraus.

»Das war sehr unvorsichtig von mir«, sagte er, zerdrückte die Blüte in seiner Hand und schleuderte sie weg. »Aber das ist nicht alles, oder? Was habe ich noch gesagt, Jessica?«

Als sie ihm in die Augen sah, erkannte sie, dass Lügen sie jetzt nicht mehr retten konnten. Sie hatte sich verraten, und er wusste jetzt, dass sie ihm auf die Schliche gekommen war. Langsam stand sie auf, bemüht, sich so wenig bedrohlich wie möglich zu bewegen. »Als ich in die Gruft kam, wunderte ich mich, warum es dort nicht nach Verwesung roch«, sagte sie. »Du hast mir soeben erklärt, warum das so war. Du hast Rodney Stones Leiche vergraben, nicht wahr, Rupert?«

»Tja, da hast du wohl Recht.« Er lächelte reumütig. »Es tut mir Leid. Ich wollte dir keine Angst einjagen. Ich hatte vor, die Sache so schnell zu erledigen, dass du gar nicht merken würdest, wie dir geschah.«

Er würde sie töten. Schlagartig wurde ihr bewusst, dass das kein spontaner Entschluss war. Nein, dazu hatte er sich in dem Moment entschlossen, in dem sie ihn vor dem Gewächshaus angesprochen hatte. Und sobald ihr das klar war, wurde auch alles andere klar.

»Du bist meine Stimme!«, sagte sie.

»Stimme?« Er neigte den Kopf zur Seite. »So würde ich das nicht nennen. Du bist ungebeten in meine Gedanken eingedrungen. Darüber habe ich mich schon vor Jahren gewundert, auch wenn ich es damals nicht sehr ernst genommen habe, weil ich glaubte, meine Phantasie spiele mir einen Streich. Aber in der Nacht, als dein Vater starb, wurde es anders.«

»Richtig«, sagte sie, und plötzlich erinnerte sie sich sehr deutlich daran. »Zunächst warst du fassungslos, dass ich deine Gedanken lesen konnte. Aber es gelang dir nicht, dich vor mir zu verschließen.«

»Ja, und das hat mich ziemlich entsetzt«, meinte er tonlos.

»Deshalb bist du mir nachgerannt und hast versucht, auch noch mich umzubringen. Allerdings habe ich dich gar nicht so deutlich wahrgenommen. Eigentlich hättest du von mir nichts zu befürchten gehabt.«

Er sprach absolut leidenschaftslos, doch umso tödlicher wirkten seine Worte. »Nichts zu befürchten? Das sehe ich anders. Versuch doch mal, es von meiner Warte aus zu sehen. Ich dachte, ich würde in der ständigen Angst leben müssen, dass du meine Gedanken lesen kannst. Mein ganzes Leben lang müsste ich diese Angst haben. Und ich habe ja tatsächlich keine Möglichkeit, mich gegen dich abzuschotten, zumindest nicht vollständig. So kann man doch nicht leben!«

»Aber warum bist du es, dessen Gedanken ich lesen kann?«, fragte sie nachdenklich. »Warum nicht ein anderer? Ich war überzeugt, Lucas' Gedanken lesen zu können. In meiner ganzen Kindheit und Jugend war ich davon felsenfest überzeugt.«

»Du hast dich geirrt. Es waren immer nur meine Gedanken. Wir sind nämlich verwandt, allerdings nicht besonders nahe. Ich bin dein Cousin dritten oder vierten Grades, Urgroßonkel Albert war unser gemeinsamer Vorfahr. Weil ich so etwas vermutet hatte, stellte ich Nachforschungen an, nachdem du aus Hawkshill fortgelaufen warst. Es steht alles in den Annalen: Onkel Albert war das schwarze Schaf der Familie. Er ist vor langer Zeit ohne einen Penny in der Tasche verstoßen worden, wohl nicht unverdient, wie ich glaube. Er hatte nicht die geringste Vorstellung davon, was er dem Namen schuldig war, den er trug.«

»Wir sind verwandt?«, fragte sie fassungslos.

»Es besteht sogar eine gewisse äußere Ähnlichkeit zwischen uns, ist dir das nie aufgefallen? Wir haben die gleichen Augen und das gleiche Haar.«

Obwohl ihr keines seiner Worte entging, dachte sie doch auch ständig an Lucas. Was hatte sie getan? Oh Gott, was hatte sie nur getan?

»Lucas kann dir nicht helfen, Jessica. Er braucht sicher noch Stunden, um einen Weg aus der Gruft zu finden, das weiß ich aus Erfahrung.«

Ihre Augen flackerten.

»Nein«, sagte er, »ich kann deine Gedanken nicht lesen; ich bin nur davon ausgegangen, dass du gerade an ihn denkst. Weißt du, nur die Frauen in unserer Familie haben diese … nun, nennen wir es eine Gabe. Natürlich sind auch die Männer sehr sensibel, aber wir besitzen nicht diese Macht, die manche – nicht alle – weiblichen Mitglieder unserer Familie besitzen. Du kannst dir bestimmt vorstellen, wie entsetzt mein Großvater war; er hielt es für einen Fluch, und ich bin völlig seiner Meinung. Es ist ein Geheimnis, das wir sorgfältig vor jedem Fremden gehütet haben.«

Er sah nicht aus wie ein Mörder, und er klang auch nicht so. Selbst in diesem makabren, albtraumhaften Gespräch war er liebenswürdig und charmant wie eh und je.

Die Leute waren so töricht. Wenn sie ihn anblickten, sahen sie nur das, was er sie sehen lassen wollte. Keiner hätte ihn je eines Mordes verdächtigt. Er war zu schlau für sie.

Sie dachte kurz an Rupert an Bellas Seite – das Inbild eines liebenden Ehemanns. Alle wussten, dass Rupert Bella nach allen Regeln der Kunst verwöhnte. Kein Mann liebte seine Frau mehr.

»Es ist Zeit, Jessica.«

Er hatte schon einmal gemordet, und er konnte es wieder tun. Ja, er würde es wieder tun. Ein Schauer lief über ihren Rücken. »Bella wäre dein nächstes Opfer gewesen. Du wolltest deine Frau umbringen. Und du hättest sie schon längst umgebracht, wenn ich nicht nach Hawkshill zurückgekehrt wäre.«

»Stimmt genau. Du kannst dir gar nicht vorstellen, wie erschrocken ich war, als du wieder aufgetaucht bist. Drei Jahre lang dachte ich, du wärst tot oder zumindest so weit weg, dass du keine Bedrohung mehr für mich wärst. Doch dann begann ich, Dinge zu spüren, die mir Sorge bereiteten. Ich kann mich noch genau an den Tag erinnern, als ich den Entschluss fasste, Bella umzubringen. An jenem Tag hatte ich das äußerst seltsame Gefühl, es laut ausgesprochen zu haben.«

»Ich war bei der Abendandacht, als ich erfuhr, dass meine Stimme einen weiteren Mord plante«, sagte sie. »Aber wer das Opfer sein sollte, wusste ich nicht.«

»Als ich hörte, dass du dein Gedächtnis verloren hattest, hoffte ich, du hättest auch deine Gabe verloren, oder sie wäre so schwach, dass ich vor dir sicher sei. Aber ich fand rasch heraus, dass es nicht so war.« Er lachte grimmig. »Du warst zu sorglos, Jessica! Einmal hast du mir einen deiner Gedanken verraten.«

»Daran entsinne ich mich noch sehr gut«, sagte sie. »Ich war auf dem Reitweg und dachte darüber nach, wie du meinen Vater ermordet hattest. Dabei ging mir auf, dass ich mich verraten hatte. Was genau habe ich getan?«

»Es war das Haus«, erwiderte er. »Ich sah Haig House in der Ferne, aber nur verschwommen, und es kam mir auch nicht wie mein Haus vor, sondern eher wie das eines reichen Fremden. Da wusste ich, ja, ich wusste ganz genau, dass du dich in meine Gedanken eingeschmuggelt hattest. Danach wurde ich noch wachsamer. Du hast ja keine Ahnung, wie anstrengend es ist, ständig auf der Hut zu sein.«

»Aber du hast es nicht geschafft. In der Nacht, als ich vor Mr Stone davonlief, spürte ich deine Wut.«

»Tja, wenn ich sehr erregt bin, ist es mir fast unmöglich, dich aus meinen Gedanken herauszuhalten. Deshalb beschloss ich, meine Pläne bezüglich Bella erst auszuführen, wenn ich mit dir fertig sein würde.«

»Aber warum nur, Rupert? Warum hast du das alles getan?«, brach es aus ihr heraus.

Er antwortete ihr freundlich wie immer. »Ich habe jetzt nicht die Zeit, dir das zu erklären, und ich glaube auch nicht, dass du es je begreifen würdest. Aber du wirst doch hoffentlich verstehen, dass ich dich nicht laufen lassen kann. Ich verspreche dir allerdings, es möglichst kurz und schmerzlos zu machen. Ich mag dich nämlich. Ja, ich mag dich wirklich. Ich tue das, weil ich es tun muss, nicht aus Boshaftigkeit. Es bleibt mir einfach nichts anderes übrig.«

Ihr ganzer Körper wappnete sich, Gegenwehr zu leisten. »Du wirst nicht ungeschoren davonkommen! Lucas weiß, dass ich hierher geflohen bin. Er wird alles auf den Kopf stellen, bis er mich gefunden hat.«

»Das weiß ich wohl, so viel Klugheit kannst du mir ruhig

zutrauen. Es wird ein tragischer Unfall sein, du bist in einem Anfall von geistiger Umnachtung von der Klippe gestürzt. Natürlich werde ich dem Wachtmeister erzählen, dass du hier warst, und wenn Lucas aus der Gruft kommt, wird er meine Geschichte bestätigen. Du warst völlig außer dir, du hast getobt wie eine Wahnsinnige.«

Er öffnete die Tür. »Der Fairness halber gebe ich dir noch eine Chance: Du kannst zur Gruft rennen und Lucas herauslassen, aber wenn ich dich vorher erwische, breche ich dir das Genick.«

Es hätte sie weniger entsetzt, wenn er nicht so normal ausgesehen und geklungen hätte. Aber er war nicht verrückt, er war einfach nur ein charmanter, kaltblütiger Mörder.

Panik drohte sie zu übermannen. Er würde ihr niemals eine faire Chance lassen. Sie konnte nicht hoffen, schneller als er zu sein.

Sie fuhr sich mit der Zunge über die Lippen. »Und wenn ich mich weigere?«

»Dann bringen wir es eben an Ort und Stelle hinter uns. Das würde mir allerdings einige Umstände machen, ich müsste deine Leiche zur Klippe schaffen. Aber der Nebel schützt mich, niemand würde mich sehen. Und mit der Hilfe meiner Dienstboten brauchst du auch nicht zu rechnen. Sollte uns einer von ihnen begegnen, werde ich ihm einfach erklären, du wärst verrückt geworden, und dich wegzerren.« Er wartete einen Augenblick, aber als sie sich nicht von der Stelle rührte, seufzte er: »Alsdann, ich werde es dir leichter machen!«

Er ließ die Tür offen stehen und ging zum hinteren Ende des Gewächshauses. Als er sich etwa zwanzig Fuß entfernt hatte, machte sie einen Satz und rannte hinaus.

Instinktiv wollte sie zuerst den Weg zur Terrasse einschlagen. Wenn sie nur ins Haus gelangen könnte, würde sie auf Dienstboten stoßen und könnte sie um Hilfe bitten. Aber plötzlich hatte sie das sichere Gefühl, dass die Terrassentüren verschlossen waren. Sie las seine Gedanken! Sie waren so deutlich, als würde er sie ihr zurufen. Er konnte seine Gedanken nicht vor ihr abschirmen, wenn ihn starke Gefühle erregten. Sie drehte ab und rannte in den Wald.

Seine Schritte kamen immer näher. Ein animalisches Entsetzen verlieh ihr die Kraft, noch schneller zu rennen. Sie befand sich auf einem der berühmten Spazierwege von Haig House, nur kannte sie die nähere Umgebung dieses Weges nicht genau. Man konnte im Nebel zwar am Rand einer Klippe entlanglaufen, aber einen sicheren Abstieg zu finden, wenn einem ein Mörder auf den Fersen war, erschien ihr unmöglich. Doch wenn sie den Pfad verließ, lief sie Gefahr abzustürzen.

Wo genau befand sie sich? Oh Gott, wo nur?

Panisches Entsetzen überwältigte sie. Sie würde sterben. Er würde sie ermorden, und niemand würde es je erfahren. Und dann würde er Bella töten.

Doch auf einmal spürte sie neben der Panik noch etwas anderes. Es musste nicht unbedingt so enden, sie hatte schließlich eine Mission. Die Nonnen hatten gemeint, die göttliche Vorhersehung habe ihr etwas aufgetragen. *Oh, Lucas. Oh, Lucas, was habe ich nur getan?*

Lies seine Gedanken!, überkam es sie plötzlich. *Lies seine Gedanken!* Und tatsächlich, es war ein Kinderspiel, Ruperts Gedanken zu lesen.

Er dachte soeben an die Nacht, als sie vor Rodney Stone davongelaufen war; wie er damals geholfen hatte, sie auf einer improvisierten Tragbahre ins Haus zu bringen, auf eben diesem Pfad; wie er Sorge um sie geheuchelt hatte, während er sie doch am liebsten tot gesehen hätte. Wenn er doch damals nur als Erster zu ihr gekommen wäre! Aber diesmal würde er sie erwischen. Bald würde es vorüber sein. Dieses Mal konnte sie ihm nicht mehr entkommen.

Eine Wegbeschreibung, eine Karte! Er lieferte ihr eine Karte, wie damals bei der Ermordung ihres Vaters. Sie befanden sich auf dem Weg zum Pavillon. Erst nach einer knappen Meile gab es einen Weg in die Schlucht hinab, und wenn sie beim Pavillon angelangt waren, würde ein entschlossener Stoß genügen, um sie in den Abgrund zu stürzen.

Sie saß in der Falle, und es war einzig und allein ihre Schuld. Sie hatte ihrem Mörder einen hervorragenden Dienst geleistet. Er hatte ihr all diese Fragen nur gestellt, um sich zu vergewissern, dass sie ihm schutzlos ausgeliefert war. Und sie war dumm genug gewesen, all seine Fragen zu beantworten. Und als ob dies nicht gereicht hätte, hatte sie ihm noch einmal in die Hände gespielt, als sie zunächst zur Terrasse und dann zu diesem Weg geflüchtet war. Er hatte gehofft, dass sie genau diesen Weg einschlagen würde. Und an der Stelle, wo sie sich jetzt befanden, gab es nur einen Weg nach unten – den Absturz über die Klippe.

Es sei denn, sie fand einen Weg nach oben.

Nein. Diesen Gedanken ließ sie sogleich wieder fallen. Er würde sie daran hindern, diesen Weg einzuschlagen. Schon jetzt ließ er ihr nur einen kleinen Vorsprung, weil sie genau dorthin rannte, wo er sie haben wollte. Sobald sie diesen Weg verlassen würde, würde er sich auf sie stürzen und zum Abgrund zerren.

Der Nebel war hier dichter, weil die Bäume, die den Pfad säumten, den Wind abhielten. Der Nebel sei ein guter Schutz, hatte er gemeint. Aber natürlich würde der Nebel auch sie schützen – wenn sie es schaffte, den Abstand zu ihrem Verfolger etwas zu vergrößern, könnte sie sich verstecken und auf Hilfe warten.

Ihre Kräfte ließen allmählich nach. Ihre Lunge drohte zu bersten, ihre Beinmuskeln verkrampften sich, aber sie rannte trotzdem weiter, sie rannte um ihr Leben. Verzweifelt blickte sie sich nach einem Ausweg um, nach Rettung.

Vor ihr hatte ein Windstoß die Nebelschwaden in einem wilden Tanz mit sich fortgerissen, doch bei dem Anblick, der sich ihr nun bot, entrang sich ihr nur ein entsetztes Stöhnen.

Sie war bereits kurz vor dem Pavillon! Nur ein Urinstinkt verlieh ihr die Kraft, aufzubegehren und nicht in den Tod zu rennen wie ein Lamm zur Schlachtbank. Ihre Kräfte waren beinahe aufgezehrt, aber irgendwo fand sie doch noch Reserven, die sie weiter antrieben.

Mit der Gelenkigkeit einer Gazelle sprang sie vom Pfad weg ins Gebüsch. Sie hörte, wie Rupert überrascht murrte und ihr nachsetzte. Dann rief er nach ihr; der Klang ihres Namens wirkte auf sie wie ein elektrischer Schlag; ungeachtet der Hagebutten- und Brombeerstacheln hetzte sie weiter durch das Dickicht.

Die Todesangst schärfte ihre Sinne. Sie wusste genau, wo sie war, nämlich dort, wo sie damals vor Rodney Stone davongelaufen war. In ihrem Kopf sah sie eine Karte, so deutlich, als ob sie sie in den Händen hielte. Sie war jetzt auf dem Weg zu der Mulde, in die sie auf der Flucht vor Stone gestürzt war.

Und sie hatte eine Chance, eine winzige Chance, wenn sie auf diesem Weg blieb.

Er streckte die Hände nach ihr aus. Sie sah ihn vor ihrem inneren Auge. Seine starken Hände wollten sie packen. Sie war beinahe dort, beinahe …

Jetzt!

Sie ging so rasch in die Hocke, dass er nicht mehr stoppen konnte. Die Hände, die sie hatten packen wollen, ruderten wild, aber sein Schwung trieb ihn weiter. Er stolperte über sie und stürzte in die Mulde. Sie hoffte, dass er sich ein Bein gebrochen oder den Kopf an einem Felsen eingeschlagen hatte, aber sie sah nicht nach, was aus ihm geworden war. Wie ein waidwundes Reh kroch sie auf allen vieren von der Mulde weg, fort von ihrem Verfolger.

Sie glaubte nicht, dass sie noch genügend Kraft hätte, um sich aufzurichten, aber als sie ihn leise lachen hörte, begannen ihre Glieder sich wie von selbst zu bewegen.

»Jessica!«, rief er aus der Mulde. »Warum tust du das? Du

verlängerst nur deinen Todeskampf. Du weißt doch, dass es nur auf eine Weise enden kann!«

Trotz ihrer Panik nahm sie sich die Zeit, seine Gedanken zu lesen. Er war außer Atem, und sein Knöchel tat ihm weh, aber es war nichts Ernstes. Es würde ihn nicht hindern, sie weiter zu verfolgen. Sie unterdrückte ein Stöhnen und suchte fieberhaft nach einem Versteck. Er würde erwarten, dass sie sich so weit wie möglich vom Abgrund entfernte – also würde sie das genaue Gegenteil tun. Möglichst lautlos bahnte sie sich einen Weg zur Klippe.

Sie spähte über den Rand und suchte an dem felsigen Abhang nach einem Vorsprung oder irgendetwas, das Schutz bot. Der Nebel begann sich gerade wieder zu lichten; nur deshalb erblickte sie etwa zehn Fuß unterhalb einen Vorsprung, gerade groß genug, um darauf zu stehen.

Er rappelte sich wieder auf, sie spürte es in ihrem ganzen Körper – ein entsetzliches Gefühl. Sie kroch rückwärts über den Rand der Klippe und klammerte sich mit beiden Händen oben fest. Mit einem Fuß tastete sie nach Halt, und sobald sie einen gefunden hatte, machte sie dasselbe mit dem anderen Fuß; als sie einigermaßen sicher stand, tastete sie mit einer Hand nach einer Felsnase oder sonst etwas, woran sie sich festhalten konnte, dann folgte die andere Hand. So arbeitete sie sich Zentimeter um Zentimeter mühsam weiter in die Tiefe vor.

»Jessica?«

Sie drückte sich so flach an den Felsen, dass sie sich die Knie aufstieß, aber das merkte sie kaum. Sie hielt den Atem an und wartete darauf, dass er über ihr auftauchte.

»Ich weiß, dass du hier irgendwo steckst. Du kannst mir nicht entkommen!«

Sie hörte, dass er sich ein paar Schritte entfernte, dann war es still. Obwohl ihr das Herz bis zum Halse schlug, setzte sie ihren langsamen Abstieg fort.

Plötzlich gab unter ihr ein Stein nach und polterte den Abhang hinab, andere Steine mit sich reißend. Sie unterdrückte einen Schrei, doch das Poltern der fallenden Steine zerbarst die Stille mit tausend Echos. Ihre Armmuskeln waren zum Zerreißen gespannt; verzweifelt tastete sie mit den Füßen nach Halt. Und fand ihn in dem Augenblick, als Ruperts Kopf über ihr auftauchte.

Er kniete am Rand der Klippe. Nebelschwaden hingen an seinen Schultern. Der Wind fuhr ihm durch das blonde Haar, das ihm in wirren Büscheln vom Kopf abstand. Als er sie sah, legte er sich flach auf den Boden und streckte die Arme nach ihr aus. Er wollte den Griff ihrer Hände lösen, sodass sie zu Tode stürzte.

Ihr wurde übel, und vor ihren Augen begann alles zu verschwimmen. Es war nicht Mut, was sie bewog, ihren Halt aufzugeben, es war die reine Panik. Ihre Fingernägel kratzten an der Felswand entlang, als sie nach unten zu rutschen begann, bis sie tatsächlich auf dem etwas größeren Vorsprung zu stehen kam, den sie vorher erspäht hatte. Würde er ihrem Gewicht standhalten? Hektisch suchte sie nach Felsspalten, Vorsprüngen, nach irgendetwas, woran sie sich festhalten konnte, um ihr Gewicht besser zu verteilen.

»Jessica!«

Sie blickte nach oben.

»Warum tust du das?« Er schüttelte betrübt den Kopf, dann verschwand er wieder.

Sie wusste, er würde wiederkommen; natürlich würde er wiederkommen, es war nur eine Frage der Zeit. Sie musste den Abstand zwischen ihnen vergrößern. Als sie mit einer Hand einen neuen Halt suchte, merkte sie, dass sich der Felsvorsprung unter ihren Füßen lockerte. Es war zwecklos. Sie konnte weder nach unten noch nach oben. Sie saß erneut in der Falle.

Als sie hörte, dass er wieder an den Rand der Klippe getreten war, blickte sie hoch. Drohend stand er über ihr, einen großen Felsbrocken in den Händen, bereit, ihn auf sie zu schleudern. Sie duckte sich an die Felswand, aber sie schaffte es nicht, den Blick von ihm zu lösen.

»Ich bewundere deinen Mut«, sagte er. »Wirklich! Und so seltsam es auch klingen mag, ich hege keinen Groll gegen dich.«

»Du bist verrückt!«, schrie sie.

»Nein, verzweifelt.«

»Dann bist du durch und durch böse!«

Ihre Worte schienen ihn getroffen zu haben, aber er zögerte nur kurz. Sein Körper spannte sich an in der Vorbereitung darauf, den Brocken mit aller Kraft auf sie zu schmettern. Doch plötzlich hörte sie donnernde Hufe, als käme ein ganzes Regiment herangaloppiert, dann eilige Schritte, Männer, die etwas schrien – und dann wurde Rupert vom Rand des Abgrunds weggezerrt.

Es kam ihr vor wie eine Ewigkeit, bis endlich ein anderer Mann über ihr auftauchte.

Es war Lucas. Mit grimmiger, totenblasser Miene starrte er auf sie hinab.

Dann legte er sich flach auf den Boden und streckte die Hände nach ihr aus. »Ganz ruhig jetzt!«, sagte er. »Wir machen jetzt einen Schritt nach dem anderen. Gib mir deine rechte Hand, Jessica!«

Doch in diesem Moment verlor sie vollkommen die Nerven. Sie wollte nur noch weinen. »Ich glaube nicht, dass ich das kann!«

»Tu es, und zwar sofort!«, befahl er barsch, und sie reichte ihm die Hand.

In wenigen Minuten war alles vorbei. Sie wurde nach oben gezogen und auf die Wiese gesetzt. Adrian und Perry standen mit gezogenen Pistolen vor Rupert, der dümmlich grinste.

Jessica beachtete ihn kaum. Sie ließ Lucas nicht aus den Augen. Sie wollte sich ihm in die Arme werfen, ihn um Verzeihung bitten, dass sie ihn in der Gruft eingesperrt hatte, doch sein Blick hielt sie zurück.

»Steckt eure Pistolen weg!«, befahl er Adrian und Perry und stellte sich einen Schritt vor Rupert.

»Ich schlage vor, wir begeben uns ins Haus und bringen die Sache auf zivilisierte Art und Weise zu Ende«, meinte Rupert.

Ohne Vorwarnung versetzte Lucas ihm einen Hieb in den Magen, dass er vor Schmerz in die Knie ging, und zog ihn dann am Kragen hoch. »Gut, gehen wir ins Haus. Aber erwarte nicht von mir, dass ich mich zivilisiert benehme!« Er gab ihm einen derben Tritt. »Setz dich in Bewegung!«, brüllte er. »Adrian, du passt auf ihn auf!«

Dann kam er zu Jessica und nahm sie in die Arme. Sie vergrub das Gesicht an seiner Brust und ließ den Tränen freien Lauf.

26

Gleich nach ihrer Ankunft im Haus der Haigs schickte Lucas zwei Diener los, um den Wachtmeister und Ruperts Kutsche zu holen, mit der Jessica nach Hause fahren sollte. Doch davon wollte sie nichts wissen. Nach einer kurzen Diskussion führte er sie in die Bibliothek, wo sie sich auf das Sofa setzte. Er zog seinen Mantel aus und legte ihn ihr um die Schultern, vermied es aber, ihr in die Augen zu sehen.

Sobald Rupert in seinem Reich war, ging eine merkliche Veränderung in ihm vor. Er hatte zwar auf dem Heimweg nicht besonders eingeschüchtert gewirkt, war aber doch still und nachdenklich gewesen. Jetzt wollte er offenbar die Führung in die Hand nehmen und forderte Perry – ganz der gute Gastgeber – auf, die Brandykaraffe herumzureichen. Doch außer ihm wollte niemand etwas trinken.

Er setzte sich an seinen Schreibtisch und legte die Hände um das Brandyglas. Lucas lehnte an dem eichenen Kaminsims, Adrian stand mit dem Rücken zu einem der kleinen Fenster, Jessica und Perry saßen auf dem Sofa neben dem Kamin. Niemand sagte ein Wort, alle Blicke waren auf Rupert gerichtet.

»Ich könnte alles abstreiten«, sagte Rupert. »Keiner von euch könnte vor Gericht etwas vorbringen, was mich eines Mordes überführen würde. Aber ich möchte nicht, dass die Sache vor Gericht kommt, und deshalb werde ich euch jetzt alles erzählen.«

»Du hast versucht, Jessica umzubringen«, fuhr Lucas ihn an, »davon waren wir Zeugen. Glaube ja nicht, dass du ungeschoren davonkommst!«

»Ich sagte nur, ich glaube, dass diese Sache nicht vor einem Gericht verhandelt werden wird. Zumindest hoffe ich das.«

Jessica blickte rasch auf Lucas und dann auf Adrian. Beide wirkten grimmig und entschlossen, doch niemand widersprach Rupert. Aber würden sie ihn wirklich ungestraft davonkommen lassen? Das konnte Jessica nicht glauben. Bestimmt würden sie ihre Meinung ändern, sobald sie erfahren hatten, was Rupert getan hatte.

Sie fröstelte.

Als Perry ihre Hand tätschelte, lächelte sie schwach. Er war der Einzige in diesem Raum, der sie zu verstehen schien. Aber nicht nur deshalb war sie so niedergeschlagen. Sie hätte all ihre Schmerzen, all ihr Leid, das zermürbende Kopfweh klaglos ertragen, wenn Lucas sie wenigstens einmal aufmunternd angesehen hätte. Seit er sie aus dem Abgrund zog, hatte er sie kein einziges Mal mit mehr als einem flüchtigen Blick bedacht.

Rupert sprach weiter. »Ich würde sagen, wir wären nicht hier, wenn du« – er blickte auf Lucas – »vor drei Jahren deine Pflicht erfüllt hättest. Wir hatten ein Abkommen, Lucas. Du hattest den kurzen Strohhalm gezogen, aber dann hast du dein Versprechen gebrochen. Als du uns damals batest, in den Schwarzen Schwan zu kommen, wäre mir nicht im Traum eingefallen, dass du dein Wort nicht gehalten hattest. Ich war zornig und beschloss, die Sache selbst in die Hand zu nehmen. Einer von uns musste sich einfach daran erinnern, was wir unserem gefallenen Kameraden schuldig waren.«

»In unserem Abkommen war nie die Rede von Mord«, erwiderte Lucas. »Und das hätte Philip auch nie von uns verlangt. Wir hatten uns geschworen, uns um die Hinterbliebenen zu kümmern, falls einer von uns fiele. Es war ein Fehler zu knobeln, ein Fehler, den ich rasch bereut habe. Nur ein Gesetzloser begeht einen Mord.«

»Es war kein Mord!«, protestierte Rupert. »Es war eine Hinrichtung. Wir wussten doch alle, was für ein Mensch Hayward war. Wir wussten, was er Philips Frau angetan hatte. Er hatte den Tod verdient.«

»Darum geht es gar nicht. Wir hatten uns auf etwas geeinigt, dann aber einvernehmlich beschlossen, es zu unterlassen. Du hast uns hintergangen, Rupert.«

»Du hast Hayward in den Rücken geschossen«, warf Adrian ein.

Rupert musterte Adrian, dann meinte er gleichmütig: »Das habe ich nur getan, um die Behörden abzulenken, falls sie doch Verdacht schöpften. Niemand hätte mir so eine feige Tat zugetraut. Aber ich sage es noch einmal: Es war eine Hinrichtung, und es tut mir nicht Leid, sie ausgeführt zu haben. Jemand musste es tun.«

Jessica krümmte sich vor Entsetzen. Inzwischen wusste sie besser als je zuvor, dass ihr Vater alles andere als ein guter Mensch gewesen war. Vielleicht hatte er für das, was er Jane Bragge angetan hatte, tatsächlich den Tod verdient. Aber mit seinem Geständnis stellte sich Rupert auf die gleiche Stufe wie ihr Vater, wenn nicht sogar noch tiefer. Doch am schlimmsten war, dass er es nicht einsehen wollte. Zudem fand sie es furchtbar, mit welcher Kälte alle über ihren Vater sprachen.

Immerhin war er ihr Vater gewesen, und sie hatte ihn geliebt, trotz all seiner Fehler.

»Und Rodney Stone?«, fragte Lucas scheinbar vollkommen ruhig. »Ich nehme an, es war sein Grab, das wir in der Gruft gefunden haben?«

»Wir?«, wollte Rupert wissen.

»Adrian und ich. Adrian hörte mich rufen und schaffte es, die Tür zur Gruft zu öffnen.«

Rupert räusperte sich. »Da haben sich doch wirklich alle guten Geister gegen mich verschworen! Wenn die Tür verschlossen ist, kann man die Gruft nur über einen anderen Weg verlassen, denn von innen lässt sich die Tür nicht öffnen. Aber es gibt einen Weg zum Fluss hinab. Mein Großvater hatte ihn anlegen lassen, als er sich ein wenig mit der Schmuggelei befasste, selbstverständlich nur in einem sehr kleinen Rahmen – nur für sich und ein paar Freunde.« Er schnalzte missbilligend mit der Zunge. »Jessica, du hast mir gar nicht gesagt, dass Adrian auch da war!«

»Ich habe dich gesehen«, sagte Adrian, auf sie blickend. »Ich habe auch nach dir gerufen, aber du hast nicht reagiert.«

Sie wickelte Lucas' Mantel fester um sich. »Ich ... ich war völlig aufgelöst.«

Lucas fuhr fort, als habe es dieses Nebengespräch nicht gegeben. »In einer Ecke der Gruft wirkte der Boden frisch umgegraben. Dort hast du Rodney Stone verscharrt, nicht wahr?«

Rupert nickte schwach. »Jawohl, damals, als sich Jessica von ihrem Sturz erholte.«

Also hatte er ihn wohl auch dort umgebracht, das wurde in diesem Moment allen klar. Einen Augenblick lang war es sehr still, dann ergriff Lucas wieder das Wort: »Erkläre uns, wie Rodney Stone ins Spiel kam, Rupert.«

Der Angesprochene nahm einen kräftigen Schluck Brandy, dann meinte er: »Zuerst einmal müsst ihr wissen, dass mir Jessica wirklich eine sehr schwere Last war. Sie kann nämlich meine Gedanken lesen, ob ihr es glaubt oder nicht. Aber ich habe jetzt nicht die Zeit, euch das alles zu erklären, das kann Jessica später tun, nachdem ... nun ja, sie wird euch alles erklären.«

An dieser Stelle warf Perry ein: »Himmel noch mal, Jess, heißt das, es stimmt, dass du wirklich so eine Art Hexe bist, wie wir als Kinder immer geglaubt haben?«

»So weit würde ich nicht gehen«, meinte sie verlegen und schlug die Augen nieder. »Meine Intuition ist nur etwas ausgeprägter als bei anderen. Ich kann auch nur die Gedanken eines einzigen Menschen lesen, und selbst das nicht immer. Allerdings wusste ich die ganze Zeit nicht, um wen es sich dabei handelte.« Sie warf einen raschen Blick auf Lucas, doch seine Miene war undurchdringlich, sie zeigte weder Ablehnung noch Verständnis.

Plötzlich erinnerte sie sich daran, dass ihr Lucas, als sie

noch ziemlich klein war, einmal deutlich zu verstehen gegeben hatte, dass ihre Freunde sie meiden würden, wenn sie nicht mit ihren Spielchen aufhörte. Normale Menschen wollen mit Hexen nichts zu tun haben, hatte er gesagt. Sie hatte sich so geschämt, dass sie daraufhin keinem mehr von ihrer Gabe erzählt hatte.

»Ja, mir kam damals irgendetwas in dieser Richtung zu Ohren«, warf Adrian ein. »Das muss schon Jahre her sein. Lucas, hast du nicht ...«

»Ja«, sagte Lucas. »Das habe ich. Aber ich dachte, Jessica würde nur so tun.«

»Ich habe nicht nur so getan«, widersprach sie ihm.

»Aber es sah so aus. Heißt das nun, dass du dich wieder an alles von früher erinnern kannst?«, fragte er sie.

»Als ich vor ... als ich aus der Abtei flüchtete, bin ich gestürzt und mit dem Kopf gegen einen Stein gestoßen. Als ich wieder zu mir kam, sind mir einige Dinge eingefallen. Aber ich weiß nicht, ob ich mein ganzes Gedächtnis wieder gefunden habe.«

»Wie dem auch sei – Rupert, du wolltest uns mehr über Rodney Stone erzählen.«

Das Wunder, dass sie sich allmählich wieder an alles erinnern konnte, schien ihn nicht weiter zu interessieren. Jessica kam sich vor wie ein unartiges Kind, das einen Klaps bekommen hatte. Wieder war es Perry, der sich ihrer annahm; er tätschelte ihr die Hand, und sie fühlte sich ein wenig besser.

»Hätte Jessica nicht diese verfluchte Gabe besessen«, meinte Rupert, »dann hätte sie von mir auch nichts zu befürchten gehabt. Ich bewundere sie. Ich mag sie. Ich habe sie immer gemocht, ganz ehrlich.«

»Erzähl uns, was es mit Rodney Stone auf sich hatte«, wiederholte Lucas noch einmal gleichmütig.

»Ich habe ihn in London kennen gelernt. Als mir klar wurde, dass ich mich nie von Jessica würde befreien können, habe ich ihn beauftragt, sie zu entführen. Ich wollte es nicht selbst tun, weil ich befürchtete, sie würde wieder meine Gedanken lesen. Aber es hat nicht geklappt. Jessica ... Ich weiß nicht, aber irgendetwas hat sie gespürt.«

»Stone sollte sie also entführen«, sagte Lucas. »Und dann?«

Rupert blickte stumm auf sein Glas, das er immer wieder von der einen in die andere Hand nahm.

»Mein Gott, ich kann es einfach nicht glauben!«, polterte Lucas heraus.

Es dauerte lange, bis endlich wieder jemand etwas sagen konnte. »Aber warum wolltest du sie entführen lassen?«, fragte Adrian schließlich. »Du hättest sie doch einfach im Haus oder auf dem Grundstück umbringen können.«

»Es wäre zu riskant gewesen«, erwiderte Rupert. »Es waren zu viele Leute unterwegs, und ich musste mich um meine Gäste kümmern. Aber das spielt doch jetzt wahrhaftig keine Rolle mehr, oder?«

Er blickte auf Jessica, und sie wusste, was in ihm vorging. Sie las seine Gedanken, sie spürte ganz deutlich, wie er es geplant hatte. »Es gab zwei Kutschen«, sagte sie. »Du hast den falschen Kutscher befragt, Lucas. Stone hätte mich überwältigt, sobald ich in die erste Kutsche eingestiegen wäre, und dann hätte er mich zur Gruft geschafft und dort eingesperrt. Später hätte sich dann Rupert um mich gekümmert. Stone hätte die Kutsche weggeschickt und wäre zu Fuß zurückgekommen. Er hätte sich wieder unauffällig unter die Schar der Gäste gemischt und wäre dann mit der Kutsche weggefahren, mit der er zum Ball gekommen war. Der Fahrer, den du befragt hast, hatte nicht die geringste Ahnung und sollte Stone ein Alibi geben, was er dann ja auch getan hat.« Sie blickte auf ihre Hände. »Das eine kann ich jedenfalls sagen: Rodney Stone wusste nicht, dass er als Mordkomplize dienen sollte. Er dachte, Rupert wollte mich ... er wollte mich ...«

Lucas' Worte klangen gequält. »Du hättest sie also ermordet und ihre Leiche in der Gruft begraben. Sie wäre einfach erneut verschwunden, und ich hätte nie erfahren, was mit ihr passiert war.«

Wieder trat ein langes Schweigen ein. Schließlich fuhr Lucas fort: »Und wie war das mit der Kutsche, in der Jessica entführt werden sollte?«

Rupert leerte sein Glas. »Die hatte Stone besorgt«, sagte er. »Der Kutscher war irgendein Ganove, der dafür bezahlt worden war, den Mund zu halten. Er wusste nichts von mir und ich nichts von ihm.«

»Wenn er geschnappt worden wäre, hätte er uns also nur zu Stone führen können?«, fragte Lucas.

Rupert nickte.

»Wenn Jessica also nichts gespürt hätte …« Lucas konnte den Satz nicht beenden. Er senkte den Kopf. »Und ich habe ihr nicht geglaubt!«

»Sag uns, was du gespürt hast, als Stone versuchte, dich in die Kutsche zu zerren, Jessica«, bat Adrian.

Sie blinzelte. »Etwas Böses. Ich weiß nicht genau, aber es war das gleiche Gefühl, das mich in Rodney Stones Wohnung beschlichen hatte, als Perry und ich dort waren, und dann noch einmal heute Morgen in der Gruft.«

»Kannst du uns das bitte näher erklären?«, forderte Lucas sie auf.

Er sah sie nicht an, aber sie merkte, dass es ihn große Mühe kostete, die Fassung zu wahren.

Sie blickte auf ihre geschwollenen, blutigen Finger und ihre abgebrochenen Nägel. »Ich kann es wirklich nicht genau beschreiben«, sagte sie. »Ich spüre, dass Unheil droht. Ich empfange Eindrücke, Bruchstücke von Träumen.« Sie blickte auf Rupert. »Du bist in Stones Wohnung gewesen, und vor kurzem auch in der Gruft.«

Er nickte. »Ich wollte meine Spuren verwischen und mich vergewissern, dass ich nichts übersehen hatte, was mich belasten könnte. Ich wusste, dass ich ziemlich nachlässig gewesen war, aber ich hatte überhaupt nicht damit gerechnet, dass man über Stones Verschwinden Nachforschungen anstellen würde.« Sie fröstelte und schlang die Arme um sich.

»Ich nehme an, du wolltest Stone von Anfang an beseitigen?«, fragte Lucas.

Rupert zuckte die Achseln. »Wenn ich ihn am Leben gelassen hätte, wäre er mir zu gefährlich geworden. Aber glaube mir, Lucas, es ist nicht schade um ihn, er war ein elender Taugenichts.«

Lucas zeigte keinerlei Regung. »Seine Tante wäre bestimmt anderer Meinung. Aber wenn Jessica deine Gedanken lesen kann, wie du ja sagtest – warum hat sie dann nicht gewusst, dass du Stone ermordet hast?«

»Zum einen war sie ruhig gestellt, zum anderen war ich wachsamer. Sie kann meine Gedanken nicht nach Belieben lesen.«

»Ruhig gestellt?«, fragte Lucas.

»Ich habe ihre Medizin mit Laudanum versetzt. Nur so konnte ich mich unter einem Dach mit ihr sicher fühlen. Außerdem wollte ich bei der Beseitigung von Stone kein Risiko eingehen.«

Lucas' Hände ballten sich zu Fäusten. Jessica fiel ein, wie benommen sie sich nach der Einnahme von Schwester Dolores' Stärkungsmittel gefühlt hatte. All dies war also Ruperts Machwerk. Nur deshalb hatte sie sich so schwach gefühlt, nur deshalb war es erst wieder aufwärts gegangen mit ihr, als sie das Haus der Haigs verlassen hatte!

Ein neuerliches langes Schweigen kehrte ein, bis Lucas sagte: »Dann hast also auch du Stone die Einladung zu Bellas Ball besorgt?«

»Ich habe seinen Namen eigenhändig auf die Einladung gesetzt. Das war ein dummer Fehler. Aber wie ich ja bereits sagte, hatte ich nicht damit gerechnet, dass Stones Verschwinden Anlass zu Nachforschungen sein würde.«

»Und du hast die Einladung gefunden und vernichtet.«

Rupert nickte.

»Hast du auch das Gerücht in die Welt gesetzt, dass Stone nach Chalford gekommen sei, um eine Frau zu treffen?«

»Ja.«

»Um den Verdacht von dir abzulenken?«

»Jawohl.«

»Um ihn auf Jessica zu lenken?«

»Ganz genau. Ich dachte, falls sie mich beschuldigt, würde man eher mir als ihr Glauben schenken. Und es hat ja auch beinahe geklappt. Wenn ihr mich nicht auf frischer Tat ertappt hättet, wenn ihr nicht genau im rechten Moment zur Klippe gekommen wärt, hättet ihr mich nie verdächtigt, egal, was Jessica gesagt hätte.«

Lucas blickte zu Jessica. »Da täuschst du dich, Rupert«, sagte er tonlos. »Ich hätte Jessicas Worten stets mehr vertraut als denen eines anderen.«

Zu jeder anderen Zeit hätte sie sich über diese Bemerkung maßlos gefreut, jetzt aber versetzte sie ihr nur einen schmerzhaften Stich.

Er musterte sie kurz, dann blickte er wieder zu Rupert. »Ich hätte auf sie hören sollen. Sie hat Stone die ganze Zeit über verdächtigt.«

»Ich würde mal sagen, Jessica war die Einzige, die nicht aufgehört hat, Fragen zu stellen! Wenn sie die Sache nicht weiter verfolgt hätte, hätten wir es ganz bestimmt auch nicht getan«, meinte Perry empört.

»Woher wusstest du von der Gruft, Jessica?«, fragte Lucas.

Da war es wieder, dieses »Jessica«.

Sonst nannte er sie immer nur Jess.

So tief war sie also in seiner Achtung gesunken. »Aus einem Traum«, erwiderte sie. »Ich dachte, ich hätte ihn selbst geträumt, aber später kam ich dahinter, dass es wohl ... meine Stimme war.«

»So hat sie mich immer wahrgenommen«, sagte Rupert. »Als Stimme, nicht als Person. Aber ihr müsst mein Dilemma verstehen: Es war ja nur eine Frage der Zeit, bis sie mich entlarvt hätte.«

Adrian machte eine abrupte Handbewegung, und alle drehten sich zu ihm um.

»Was wolltest du sagen?«, fragte Lucas.

»Und damit sollte nur William Haywards Ermordung vertuscht werden? Das kann ich einfach nicht glauben! Da steckt bestimmt mehr dahinter. Wir hatten eine Abmachung. Wenn einer verdächtigt worden wäre, hätten die anderen ihn gedeckt. Wir hätten einander Alibis gegeben. Vor Gericht hätte man Jessica doch nur ausgelacht, wenn sie behauptet hätte, Rupert sei der Schuldige, und das wisse sie deshalb, weil sie seine Gedanken lesen könne. Rupert, du hattest doch sicher noch andere Gründe!«

»Das sagst du nur, weil es nicht deine Gedanken sind, die sie lesen kann. Du kannst dir gar nicht vorstellen, wie ermüdend es ist, ständig seine Gedanken abzuschirmen! Die meiste Zeit konnte ich sie aus meinem Denken heraushalten, aber man kann nicht immer wachsam sein. Und als ich das erste Mal in Panik geriet …«

»Wann war das?«, wollte Lucas wissen.

Rupert blickte ihn ausdruckslos an und schüttelte den Kopf. »Das ist nicht weiter wichtig.«

Gepresst und tonlos sagte Jessica: »In der Nacht, als er meinen Vater ermordete. Ich hatte ihn gesehen, wenn auch undeutlich. Aber seine Gedanken waren offen für mich, ich spürte seinen Hass und seine Wut. Er wusste, dass ich mich in seine Gedanken eingemischt hatte, und verfolgte mich. Wenn er mich erwischt hätte, dann hätte er mich schon damals umgebracht.«

»Ich geriet in Panik«, wiederholte Rupert. »Sie war da. Sie hatte gesehen, wie ich ihren Vater getötet hatte. Sie las meine Gedanken wie ein offenes Buch. Selbstverständlich habe ich sie verfolgt, aber sie ist mir entwischt.«

Sie ist mir entwischt. Das beschrieb die grässlichen Stunden, die Jessica daraufhin durchlitten hatte, nur sehr ungenau. Er hatte sie gejagt wie ein waidwundes Tier, das er von seinem Leid erlösen wollte. Und das Schlimmste war, dass sie sein Mitleid und seine Reue gespürt hatte. Ihr war speiübel geworden, aber gleichzeitig war ihr das Herz zersprungen, weil sie geglaubt hatte, es sei Lucas.

Sie war ihm entkommen, weil sie sich auf einem Lastkahn versteckt hatte, der gerade mit landwirtschaftlichen Erzeugnissen für den Markt in London beladen wurde. Sie hatte sich in einer Kiste mit Kartoffeln verkrochen. Als der Kahn endlich ablegte, war es schon fast dunkel gewesen, und erst am Spätnachmittag des nächsten Tages kam er in London an. Sie erinnerte sich daran, wie sie völlig benommen durch die Straßen getaumelt war. Ihr Vater war ihretwegen getötet worden, und Lucas, so glaubte sie, trachtete auch ihr nach dem Leben. Ihr Elend hatte sie so überwältigt, dass sie vor eine fahrende Kutsche gestolpert war.

»Und das alles hast du wirklich nur getan, um deine Spuren zu verwischen?«, fragte Adrian abermals ungläubig.

»Nein«, sagte Jessica. »Er plante noch einen Mord.«

Rupert lachte trocken, stand auf und trat an den Tisch mit den Kristallkaraffen. Nachdem er sich noch einen Brandy eingeschenkt hatte, setzte er sich wieder an den Schreibtisch. »Offenbar bleibt mir heute nichts erspart«, sagte er.

»An wem?«, fragte Lucas.

»An Bella natürlich«, antwortete Rupert. »Aber deinem Gesichtsausdruck entnehme ich, dass du das schon geahnt hast, Lucas. Hast du meine Listen und Tücken durchschaut?« Hohn stahl sich in seine Stimme. »Oder denkst du wirklich, dass ich meine Frau liebe? Ich verachte sie, und das ist nicht übertrieben.« Er setzte sein Glas an die Lippen und leerte es fast in einem Zug. »Man stelle sich vor – ausgerechnet Bella als Herrin im Hause meiner Vorfahren! Meine Mutter würde sich im Grab umdrehen, wenn sie sehen könnte, welche Frau ihre Nachfolge angetreten hat. Bella ist durch und durch vulgär. Sie hat kein Herz, keinen Geschmack. Sie hat den Verstand eines kleinen Kindes. Du brauchst nur einmal zu versuchen, ein Gespräch mit ihr zu führen, dann siehst du, was ich meine. Bei ihr dreht sich alles nur um eines – sie selbst. Damals, als wir um ihre Zuneigung eiferten, ist das natürlich nicht ins Gewicht gefallen. Aber damals waren wir jung und dumm.«

Er knallte sein Glas auf den Tisch. »Sie schätzt dieses Haus und seine Geschichte in keinster Weise. Und sie bemüht sich auch nicht dazuzulernen. Sie verachtet meine Pächter und deren Frauen, weil sie schmutzige Fingernägel haben. Und das eine kann ich euch sagen: Diese Verachtung beruht auf Gegenseitigkeit.«

Er schüttelte den Kopf. »Ich weiß«, fuhr er fort, »dass du, Lucas, und auch du, Adrian, eurem Schicksal dankbar seid, dass ich derjenige war, der sie geheiratet hat. Ich kann euch versichern: Kaum einen Monat nach unserer Hochzeit wusste ich schon, wie dumm ich gewesen war. Aber ich hielt es noch drei Jahre aus, bis ich beschloss zu handeln. Ich hatte schon einmal gemordet, und ich konnte es wieder tun. Ja, ich *würde* es wieder tun.«

Mit einem Blick auf Jessica sagte er leise: »Aber du warst dabei, Jessica, als mir dieser Gedanke durch den Kopf ging. Du hast mich belauscht, meine Geheimnisse erfahren.«

»Nein, so funktioniert das nicht«, sagte sie.

»Deine Gedanken erscheinen mir als verschwommene Bilder und Empfindungen.« Sie sah Lucas an.

»Ich hatte die Stimme schon früher vernommen; sie beschrieb mir den Mord an meinem Vater, wie ich inzwischen weiß. Aber diesmal war es anders. Die Stimme sagte mir, dass es zu einem weiteren Mord kommen würde. Von da an dachte ich nur noch an eines: Ich musste diesen Mord um jeden Preis verhindern.«

»Und damit hast du Bella gerettet«, rief Rupert und lachte. »Ist das nicht grotesk? Als junges Mädchen hast du sie gehasst, und sie ließ kein gutes Haar an dir. Das ist Bellas Hauptproblem: Sie hat keinerlei Sinn für innere Qualitäten.«

Lucas' Mund zuckte. »Und dann hast du dich also entschlossen, Jessica umzubringen.«

»Mir blieb nichts anderes übrig.«

»Und wie wolltest du es machen, nachdem dein Vorhaben mit Stone gescheitert war?«

»Ich hatte nicht die geringste Ahnung. Ich wusste, dass ich keine Pläne schmieden durfte, denn davon hätte sie Wind bekommen können. Ich musste spontan vorgehen. Und als sie heute vor meinem Gewächshaus auftauchte, im Nebel, ohne Begleitung, ohne Schutz, da dachte ich, das Glück sei mir gewogen.« Er leerte sein Glas. »Ich wollte es kurz und schmerzlos machen. Ich wollte nicht, dass sie litt. Aber sie war zu klug für mich.«

»Und Bella?«, fragte Lucas. »Was hattest du für sie vorgesehen?«

Rupert blickte auf seine gefalteten Hände. »Ich hatte ihr eine Reise aufs Festland versprochen. Das hat sie sich immer schon gewünscht. Ich hätte einen Unfall arrangiert.« Er sah Lucas an. »Ich bin nicht grausam, Lucas! Sie hätte nicht leiden müssen.«

Eine eigenartige Stille entstand, die Rupert schließlich beendete. »Die Zeit läuft ab, Lucas, und ich habe euch alles gesagt. Ich glaube, du, Adrian und ich haben noch etwas zu besprechen.«

Lucas schien vollkommen geistesabwesend zu sein. Als er angesprochen wurde, gab er sich einen Ruck. »Sieh zu, dass Jessica wohlbehütet nach Hause kommt«, bat er Perry. »Nein, wenn ich es mir recht überlege – bring sie nach Hawkshill. Die Nonnen werden sich um sie kümmern. Bleib aber bei ihr, Perry, ich möchte nicht, dass sie mit Fragen belästigt wird. Hast du mich verstanden?«

»Jawohl«, erwiderte Perry still.

Jessica spürte, wie sich ihr Herz zusammenzog. »Ich

möchte nicht nach Hawkshill«, sagte sie. »Ich möchte lieber heim.«

Lucas schüttelte den Kopf. »Nein, dort kann sich niemand um dich kümmern. Ich komme später nach. Perry, alles klar?«

Sie wollte halbherzig widersprechen, doch Perry legte einen Arm um ihre Schultern und meinte: »Lass uns gehen, Jess!« Er half ihr beim Aufstehen. »Wenn du Lust hast, kannst du mein Pferd nehmen, dann reite ich auf Adrians Pferd.«

Perry wirkte gequält, aber als er merkte, dass sie ihn besorgt ansah, glätteten sich seine Züge. An der Tür wandte sie sich noch einmal um und musterte die Männer, die so eng befreundet gewesen waren. Sie hatte das unheimliche Gefühl, Statuen vor sich zu haben. Niemand rührte sich, keiner schien zu atmen, keiner sah sie an.

Sie zog Lucas' Mantel aus und legte ihn auf einen Stuhl. Dann drängte Perry sie aus dem Zimmer.

27

Adrian verriegelte die Tür. Dann trat er ans Fenster und blickte hinaus. »Wir haben nicht viel Zeit«, sagte er.

Lucas starrte unablässig auf Rupert, der unter seinem Blick errötete. »Ich glaube nicht«, sagte Lucas nachdenklich, »dass ich dich jemals richtig gekannt habe.«

»Natürlich hast du mich gekannt; ich bin der, der ich immer war«, erwiderte Rupert. »Mein Gott, Lucas, warum schaust du mich so an? Du weißt doch, was Hayward für ein Mensch war. Glaubst du, Jessica wird ihm auch nur eine Träne nachweinen, jetzt, wo sich ihr Gedächtnis wieder einstellt? Ich glaube es nicht. Er war ein nachlässiger Vater, der kaum etwas für sie empfand. Und mit Stone brauchst du wahrlich auch kein Mitleid zu haben. Glaubst du etwa, ich hätte einem vielversprechenden jungen Mann das Leben genommen? Er war ein Verschwender. Für Geld hätte er alles getan. Und Bella – nun, ich glaube, du verachtest sie ebenso sehr wie ich. Das konnte man deiner Miene entnehmen, wenn du dich unbeobachtet wähntest. Glaubst du, ich wollte den Rest meines Lebens an so eine Frau gebunden sein?«

»Weißt du eigentlich, was du da sagst? Mein Gott, du sprichst von Menschen, nicht von Ungeziefer!«

Rupert schnaubte höhnisch. »Was war dann mit den Franzosen? Das waren doch auch Menschen, oder? Dennoch haben wir sie getötet wie Ungeziefer, und sie sind mit uns nicht anders verfahren. Ich habe bittere Tränen um einige meiner besten Kameraden geweint, die ihr Leben lassen mussten, während irgendwelcher Abschaum heil davonkam. Du musst schon entschuldigen, aber Leuten, die keinerlei Anspruch auf mein Mitgefühl haben, kann ich keine Träne nachweinen!«

»Und Jessica?«, fragte Lucas mit seltsam belegter Stimme.

Rupert blickte auf seinen Schreibtisch und begann, in einigen Papieren zu blättern. »Jessica ist die Einzige, um die es mir Leid getan hätte. Aber das eine muss ich dir noch sagen: Wenn ich gewusst hätte, dass du sie liebst, hätte ich diesen Weg nie eingeschlagen. Aber du hast deine Gefühle ausgezeichnet verborgen. Ich habe immer angenommen, dass du sie nur aus Mitleid geheiratet hast. Ich wünschte, ich hätte gewusst, wie es um dich steht, bevor es zu spät war.«

Adrian sprach über seine Schulter. »Er ist da! Constable Clay ist da!«

»Ich fürchte, ich muss dich um einen Gefallen bitten, Lucas«, sagte Rupert. »Ich habe in meiner Bibliothek keine Pistole. Leih mir bitte deine!«

»Ich würde dich gerne vom höchsten Galgen baumeln sehen für das, was du Jessica antun wolltest«, knurrte Lucas zähneknirschend.

»Das glaube ich dir gerne. Aber wenn du es nicht für mich tun willst, dann wenigstens ihr zuliebe.«

Sie hörten Schritte auf dem Gang, dann klopfte es an der Tür, und die Klinke wurde heruntergedrückt. »Sir?« Eine Pause, dann eine andere Stimme. »Ich weiß, dass sie dort drinnen sind, Wachtmeister.«

Es wurde laut gepocht und an der Klinke gerüttelt. »Machen Sie sofort die Türe auf!«, rief Constable Clay. »Hören Sie mich? Lucas? Was zum Teufel geht hier vor?«

»Lucas«, sagte Rupert, »lass mir einen Rest an Ehre. Um unserer Freundschaft willen?« Er streckte Lucas seine offene Hand entgegen.

Plötzlich fühlte sich Lucas in eine andere Zeit zurückversetzt. Unzertrennlich – er, Adrian, Rupert und Philip, sie waren unzertrennliche Freunde gewesen. Er dachte an die Zeit, als sie hier, in diesem Haus, als kleine Jungen treppauf, treppab getobt waren. An seinem vierzehnten Geburtstag hatten sie im Garten eine Überraschungsparty für ihn veranstaltet, später wurde ihm immer wieder mit einem kleinen Darlehen oder sonstigen Freundschaftsdiensten unter die Arme gegriffen. *Um unserer Freundschaft willen*, pflegte Rupert stets zu sagen – eine lockere Umschreibung des Wahlspruchs der Familie Haig. Letztlich war es immer um Loyalität gegangen.

Plötzlich stiegen ihm Tränen in die Augen. Wie hatte es nur so weit kommen können? Wirre Gedanken gingen ihm durch den Kopf, während er versuchte, eine Antwort zu finden. Es gelang ihm nicht. Er spürte nur bittere, gallenbittere Reue.

Aber er hatte nicht die Zeit abzuwägen, ob das, was er tun würde, richtig oder falsch war. Dennoch zögerte er. Wer eine Hand gegen Jessica erhob, war sein Todfeind. Er wollte Rupert eigenhändig umbringen. Er wollte ...

»Um unserer Freundschaft willen«, wiederholte Rupert, und auch in seinen Augen standen nun Tränen.

Lucas' Entscheidung war gefallen. Rasch trat er an den Schreibtisch und legte seine Pistole in Ruperts Hand. »Ich werde mich um alles weitere kümmern«, sagte er. »Aber vorher muss ich noch wissen, wie Stone umgekommen ist.«

»Ich habe ihm das Genick gebrochen.«

Ein schwerer Gegenstand krachte gegen die Tür, das Holz splitterte.

Die beiden Männer blickten sich noch einmal in die Augen. »Verzeih mir, mein Freund!«, sagte Rupert leise.

Die Tür gab nach in dem Moment, als der Schuss fiel.

Eine Meile entfernt hatte Jessica das Gefühl, als würde direkt hinter ihrer Stirn die Sonne explodieren.

*

Sie spürte etwas und drehte sich um. Die vertrauten Gegenstände in ihrem Zimmer – das Gebetbuch auf dem Tisch, daneben eine Glaskaraffe mit Wasser – waren vom Mondlicht versilbert.

»Lucas«, flüsterte sie und richtete sich mühsam auf.

Er saß still und unbeweglich im Halbdunkel auf dem einzigen Stuhl des Raumes, die Beine lang ausgestreckt. Als er sie hörte, stand er langsam auf und trat zu ihr ans Bett. Sein Gesicht war dem Fenster zugewandt, und sie konnte die harten Züge erkennen, den strengen Mund und die Augen, die sich, schwarzen Höhlen gleich, unheimlich von seiner aschfahlen Haut absetzten.

»Er ist tot«, sagte sie leise. »Nicht wahr?«

Lucas setzte sich auf die Bettkante. »Er hat sich mit meiner Pistole erschossen.«

Ein gequälter Seufzer entrang sich ihr, aber sie war zu angespannt, um ihn zu fragen, wie es dazu gekommen war, und eigentlich wollte sie es auch gar nicht wissen. »Was hast du dem Wachtmeister erzählt?«

Er stieß einen kurzen, halblauten Fluch aus. »Wie gut du uns kennst! Natürlich hast du Recht: Wir haben die Reihen ein weiteres Mal geschlossen, um einen von uns zu schützen.«

Er klang so verbittert, dass sie eine Hand ausstreckte, um ihn zu trösten. Doch etwas an ihm gab ihr zu verstehen, dass er das jetzt nicht wollte, und so ließ sie die Hand wieder sinken.

»Ich habe ihm gesagt, Rupert glaubte, Stone habe dich beleidigt, als du Gast in seinem Haus warst«, erklärte er. »Es sei zu einem Streit gekommen, Stone sei gegen den schmiedeeisernen Funkenschutz vor dem Kamin gefallen und habe sich dabei das Genick gebrochen. Rupert sei völlig außer sich gewesen und habe die Leiche in der Gruft begraben. Ich entdeckte das Grab und stellte ihn zur Rede. Anstatt der Schande ins Gesicht zu sehen, habe er sich lieber umgebracht.«

Sie schluckte. »Ich verstehe. Und Constable Clay hat dir geglaubt?«

»Nein, meine Geschichte wies zu viele Ungereimtheiten auf. So kannte zum Beispiel niemand den Eingang zur Gruft, und ich konnte keine befriedigende Erklärung liefern, wie ich ihn gefunden hatte. Aber was Constable Clay auch immer argwöhnt, er kann nichts beweisen – es sei denn, du erzählst ihm, was du weißt.«

»Ich verstehe«, wiederholte sie, ohne recht zu wissen, was er von ihr erwartete.

Er sprang auf und trat ans Fenster. »Wenn man es recht bedenkt«, meinte er, »dann ist es so am besten. Damit ist jeder geschützt, nicht nur Rupert. Wenn ich ihn dem Wachtmeister übergeben hätte, wäre alles herausgekommen – was dein Vater Jane Bragge angetan hat, was Rodney Stone mit der Sache zu tun hatte – verstehst du, was ich meine? Unschuldige Menschen wären verletzt worden.«

»Ich verstehe.«

»Wirklich?« Er drehte sich rasch zu ihr um. »Du bist wirklich sehr verständnisvoll. Mein Gott, Jess, er hätte dich fast erwischt! Wenn wir nicht rechtzeitig gekommen wären, würde jetzt deine Leiche aufgebahrt und nicht die von Rupert.«

Sie zuckte zusammen und blickte auf ihre Hände. Sie fühlten sich ölig an von der Salbe, die Schwester Dolores auf all die Schnitte und Abschürfungen aufgetragen hatte, die sie sich bei dem Abstieg in die Schlucht zugezogen hatte. Unwillkürlich begann sie, ihre Hände zu massieren. »Du hast mir noch gar nicht erzählt, wie du mich gefunden hast«, sagte sie.

»Es war das reine Glück! Nur reines Glück!« Er klang so ungehalten, dass sie erschrocken zurückwich, als er ans Fußende des Bettes trat. »Ich wusste, dass du zum Haus der Haigs rennen würdest. Wohin auch sonst? Aber die Bediensteten erklärten uns, sie hätten dich nicht gesehen. Sie konnten uns nur sagen, dass Rupert im Gewächshaus sei. Aber dort war er nicht. Allerdings fanden wir dort deine Handschuhe, und da wurde mir klar, dass ...«

Es trat eine lange Pause ein. Er wirkte wie in dem Moment, als sie Ruperts Bibliothek verlassen hatte – reglos wie eine Statue.

Dann atmete er lange aus. »Wir sind in verschiedene Richtungen ausgeschwärmt«, sagte er. »Ich nahm den Pfad zum Pavillon – warum, weiß ich nicht. Als wir Steine fallen hörten, ritten wir alle auf das Geräusch zu. Weißt du überhaupt, welches Glück du hattest, dass wir mit den Pferden unterwegs waren? Ist dir klar, wie kurz davor du warst, dein Leben zu verlieren? Kannst du dir vorstellen, wie es mir dabei ging? Warum, Jessica? Warum hast du das getan?« Er stieß ein kleines, verächtliches Schnauben aus. »Was für eine dumme Frage! Du dachtest ja, ich sei der Mörder. Anders kann ich es mir nicht erklären. Du dachtest, ich hätte deinen Vater ermordet und die Sache mit Rodney Stone arrangiert, um dich zu entführen und weiß Gott was mit dir anzustellen. Du dachtest, ich würde abermals morden. Du dachtest, ich sei die Stimme.«

Sie fühlte sich, als sei der dunkelste, hässlichste Teil ihrer Seele bloßgestellt worden. Es schnürte ihr die Kehle zu. »Bitte, Lucas«, stammelte sie, »versuch doch, mich zu verstehen! Ellie hat mir die Geschichte mit den Strohhalmen erzählt. Sie hat alles mitbekommen. Und ich wusste immer, dass ich herausfinden musste, wer meinen Vater umgebracht hat, um zu erfahren, wer meine Stimme war. Versteh doch, ich wusste, dass er einen weiteren Mord begehen würde! Ich musste ihn aufhalten!«

»Wann hat Ellie dir von den Strohhalmen erzählt?«

Das Denken fiel ihr schwer. Tag und Nacht hatten kaum mehr Bedeutung für sie, seit sie alles wusste. »In unserer letzten Nacht in London.«

»Und davor, hast du mich auch davor schon als Mörder verdächtigt?«

»Nein!«, rief sie erregt. »Nein, ich schwöre dir, nein! Wahrscheinlich habe ich immer gespürt, dass du etwas vor mir verbirgst, etwas, was mit eurer Abmachung zu tun hatte. Ich habe verstanden, dass ihr euch um Ellie kümmern wolltet, aber mir war völlig unklar, was ich damit zu tun hatte. Ich las den Brief deines Anwalts. Ich weiß, dass Adrian und

Rupert dir Geld geliehen hatten, damit du Hawkshill kaufen konntest. Aber ich weiß nicht, warum.«

»Warum glaubst du wohl?«, sagte er tonlos. »Du warst ebenso Teil der Abmachung. Wenn ich gefallen wäre, hätten sich die anderen um dich gekümmert, das haben sie mir geschworen. Und später solltest du nicht mittellos dastehen, falls du wieder nach Hawkshill zurückgekehrt wärst und mir zwischenzeitlich etwas zugestoßen wäre. Ja, Rupert und Adrian halfen mir beim Erwerb von Hawkshill. Ich nahm an, dass sie ihr schlechtes Gewissen beschwichtigen wollten, weil sie erwogen hatten, deinen Vater hinzurichten. Und Rupert ...« Er stockte. »Rupert hat darauf bestanden. Jetzt verstehe ich auch, warum.«

»Lucas ...« Ihre Stimme erstarb. Sie fand einfach nicht die richtigen Worte, um ihm zu sagen, wie sehr sie seine anhaltende Treue zu ihr beschämte.

»Warum hast du dich mir nicht anvertraut, Jess? Warum nicht?«

»Was hätte ich schon sagen können? Dass ich Stimmen höre? Dass ich Visionen habe? Ich hatte Angst, du würdest mich für verrückt halten. Ich habe versucht, es dir zu sagen, aber ich wusste einfach nicht wie.«

»In Ruperts Bibliothek hast du es aber geschafft.«

Sie biss sich auf die Lippen und wich seinem Blick aus. »Es blieb mir nichts anderes übrig, ich musste es euch sagen. Aber hättest du mir geglaubt, wenn Rupert meine Worte nicht bestätigt hätte?«

»Ja«, erwiderte er schlicht.

»Lucas ...« Wieder rang sie nach den rechten Worten, um ihn milder zu stimmen. »Versuch doch, mich zu verstehen! Ich war außer mir, als du in der Abtei aufgetaucht bist. Ich war mir sicher, dass dort Rodney Stones Leiche war und dass mir meine Stimme dieses Wissen vermittelt hatte. Ich konnte daraus nur folgern, dass du meine Stimme warst und gekommen warst, um mich aufzuhalten.«

»So war das also. Hast du denn nie daran gedacht, dass ich vor Sorge um dich schier wahnsinnig war und in der Abtei nach dir gesucht habe? Wahrscheinlich nicht. Entschuldige bitte, ich klinge wohl ziemlich unvernünftig. Aber das ist nicht weiter verwunderlich; schließlich kommt es nicht alle Tage vor, dass jemand von den beiden Menschen, denen er am meisten vertraut hat, hintergangen wird.«

Sein Ton erschütterte sie mehr noch als seine Worte. Er klang so förmlich, so völlig anders als der Lucas, den sie kannte. Wenn er doch nur geflucht, gelästert oder gewütet hätte, sie hätte vor Freude geweint.

»Es tut mir Leid«, sagte er. »Du hast Schreckliches durchgemacht. Wir sollten dieses Gespräch lieber später fortsetzen.«

»Nein!« Sie schüttelte energisch den Kopf. »Ich möchte es jetzt sofort hinter mich bringen. Ich kann diese ... Missverständnisse zwischen uns nicht mehr ertragen. Was möchtest du von mir wissen?«

Er lehnte sich an einen der Bettpfosten. »Erzähl mir mehr über diese Stimme. Erzähl mir, wie du darauf gekommen bist, dass ich es sein könnte. Wann hast du sie zum ersten Mal gehört? Erzähl mir einfach mehr darüber!«

Sie brauchte eine Weile, um sich zu sammeln. Dann begann sie kaum hörbar zu sprechen. »Ich bezeichnete es als Stimme, weil ich nicht wusste, wie ich es sonst hätte nennen sollen. Es waren eher Eindrücke und Bilder, keine Worte. Zum ersten Mal spürte ich es wohl damals, als du anfingst, dich für mich zu interessieren. Doch damals waren Ruperts Gedanken noch nicht gewalttätig. Er fand mich hübsch und klug, und er dachte, ich hätte Stil. Ich schrieb diese Gedanken dir zu, mit Rupert hatte ich ja kaum etwas zu tun. Du warst der Einzige, der mir etwas bedeutete. Aber ich konnte mit dir nicht darüber reden, denn du hattest mir ja unmissverständlich klar gemacht, dass du diese ... diese Gabe nicht besonders schätzt.« – »Aber warum Rupert?«

»Wir waren verwandt. Das hat er mir zumindest gesagt.« Sie berichtete, was sie von Rupert erfahren hatte.

Er dachte lange darüber nach.

»Was weißt du noch von der Nacht, als du aus Hawkshill weggelaufen bist?«, fragte er schließlich. »Hast du deinem Vater erzählt, wir seien ein Liebespaar? Hast du ihn losgeschickt, um mich zu finden?«

»Ja«, sagte sie leise. »Ich glaubte, du würdest mich lieben, egal, was du gesagt hattest. Und ich dachte, Bella würde dich nicht heiraten, wenn es aufkäme, dass wir ein Paar seien. Ihr Stolz hätte es ihr bestimmt nicht erlaubt, dich zu heiraten.«

Sie schluckte, um die Tränen, die in ihr aufsteigen wollten, zu vertreiben. »Ich habe es nicht nur für mich gemacht, sondern auch für dich«, fuhr sie schließlich fort. »Nein, nicht damit du mich heiratest; ich wollte vor allem verhindern, dass du Bella heiratest. Du kanntest sie nicht so, wie ich sie kannte. Sie war grausam, sie log und betrog, wo sie nur konnte – aber all das hat Rupert ja schon gesagt. Ich wusste jedenfalls, du würdest niemals mit ihr glücklich werden.«

Sie seufzte tief. »Dann spürte ich etwas, was mich in Angst und Schrecken versetzte. Ich war unterwegs zu dir, denn ich glaubte, mein Vater sei dort, und auf diesem Weg überkam mich etwas. Ich wusste, es war die Stimme. Lucas, ich dachte, es seien deine Gedanken. Du warst wütend, schrecklich wütend, aber nach all dem, was ich getan hatte, hatte ich nichts anderes erwartet. Doch dann bekamen die Eindrücke eine andere Qualität – es wurden Gedanken an Mord. Oh Gott, es war schrecklich. Ich fing zu rennen an, um dich aufzuhalten. Aber ich kam zu spät. Ich weiß nicht mehr genau, was dann passiert ist, aber der Mörder setzte mir nach, und ich dachte die ganze Zeit, du seist es. Ich dachte, du wolltest mich unbedingt erwischen und würdest erst Ruhe geben, wenn du auch mich getötet hättest.«

Sie musste mehrmals schlucken, bevor sie berichten konnte, wie sie es schließlich doch geschafft hatte, ihrem Verfolger zu entkommen, und wie ihre Flucht damit geendet hatte, dass sie vor dem Kloster von einer Kutsche überfahren wurde.

Ein weiteres, schier endlos langes Schweigen kehrte ein, bis sich Lucas schließlich zu einer weiteren Frage aufraffte. »Du hast also gespürt, dass es Rupert Leid tat, dich töten zu müssen?« Seine Stimme klang seltsam belegt.

Sie nickte. »Er sagte die Wahrheit. Ja, er sagte vorhin die Wahrheit. Er fürchtete sich vor meiner schrecklichen Gabe; er hasste sie, nicht mich.«

Irgendwo im Haus weinte ein Kind. Der Wind rüttelte an den Fensterläden. Draußen im Gang ging eine Tür auf und wieder zu.

Lucas seufzte. »Versuch, ein bisschen zu schlafen, Jess. Ich schaue morgen wieder nach dir.«

Sie bemühte sich ein letztes Mal, die Barriere zu durchbrechen, die er zwischen ihnen aufgerichtet hatte. »Kann ich nicht mit dir kommen? Ich möchte nicht, dass du jetzt alleine bist. Ich weiß, wie viel dir Ruperts Freundschaft bedeutet hat. Es tut mir Leid, Lucas. Es tut mir wirklich sehr Leid.«

»Das glaube ich dir.«

Zum ersten Mal war seiner Stimme all die Anspannung anzumerken, die auf ihm lastete. »Aber es ist besser, wenn du vorerst bei den Nonnen bleibst. Adrian und ich haben noch viel zu erledigen. Wir müssen unsere Geschichte ausfeilen, denn es wird natürlich zu einer Untersuchung kommen. Und wir müssen uns um Stones und Ruperts Beerdigung kümmern.«

»Wo wird Rupert beerdigt?«

»Auf dem Gelände der Abtei. Dort werden die Haigs seit mehr als zweihundert Jahren bestattet. Möglicherweise wird die Kirche Einspruch erheben, weil er Selbstmord begangen hat. Auch darum werden wir uns kümmern müssen. Wie du siehst – ich werde in den nächsten Tagen kaum Zeit für dich haben.«

Es war zwecklos, er ließ sich nicht umstimmen. Aber die Trauer um Rupert war etwas, was nur ihn und Adrian anging, sie würde dabei nur im Wege sein. Das konnte sie gut verstehen, auch wenn es ihr wehtat.

»Also dann, bis morgen«, sagte sie.

»Gute Nacht, Jess.«

Als sie allein war, hielt sie ihre Tränen damit in Schach, dass sie noch einmal alles Revue passieren ließ, was sich seit jener Abendandacht ereignet hatte – damals, als sie erfahren hatte, dass die Stimme einen weiteren Mord plante. Sie hatte Fehler gemacht, aber sie wusste nicht, wie sie es hätte anders machen können. Es tat ihr Leid um Rodney Stone, aufrichtig Leid. Aber sie hatte nicht durchweg versagt – sie hatte einen Mörder daran gehindert, einen weiteren Mord zu begehen.

Bella. Ruperts Worte fielen ihr wieder ein. *Grotesk* – ja, das war es wahrhaftig. All das Elend, das sie durchlitten hatte, um einer Frau willen, die sie durch und durch verachtete. Bella! Ausgerechnet Bella!

Jetzt konnte sie die Tränen nicht mehr zurückhalten.

28

Rosemary ließ Jessica und Ellie im Frühstücksraum von Walton Lodge allein, wo die beiden Tee tranken, und machte sich auf die Suche nach Lucas. Sie fand ihn in seinem Büro. Er steckte gerade Briefe und Dokumente in die lederne Aktentasche, die sie ihm zu seinem letzten Geburtstag geschenkt hatte. Sie wusste, dass der Zeitpunkt ungünstig war, um mit ihrem Sohn zu sprechen. Sie waren gerade von Ruperts Beerdigung in der Abtei zurückgekehrt. Lucas nahm den Tod seines Freundes sehr schwer, ja, eigentlich waren sie alle sehr betroffen. Lucas war zu Ruperts Nachlassverwalter bestimmt worden. Er wollte noch an diesem Morgen zusammen mit Bella nach London aufbrechen, um dort mit Ruperts Anwälten zu konferieren.

Unter normalen Umständen hätte sie bis zur Rückkehr ihres Sohnes gewartet, aber er rechnete damit, mindestens eine Woche in London verbringen zu müssen, und das, was sie ihm zu sagen hatte, konnte nicht so lange warten. Es konnte nicht einmal einen weiteren Tag warten.

»Mutter«, sagte er, als er sie auf der Schwelle erblickte, »komm rein!« Er schloss die Tür hinter ihr. »Ich verlasse mich darauf, dass du ein Auge auf Jessica hast, während ich weg bin. Sie hat Schreckliches durchgemacht. Achte bitte besonders darauf, dass sie sich ausruht, und versuche, sie zum Essen zu bewegen. In den letzten Tagen hat sie kaum etwas zu sich genommen.«

»Ich fürchte, diesmal kann ich deinen Bitten nicht nachkommen, Lucas«, sagte sie. »Ich werde nämlich nicht hier sein.«

Er blickte sie stirnrunzelnd an. »Was soll das heißen, du wirst nicht hier sein?«

»Ich werde mit Sir Matthew Paige zusammen sein, falls er das noch will, nachdem ich ihn so schäbig behandelt habe.«

Sie trat einen weiteren Schritt in den Raum, setzte sich aber nicht, denn Lucas stand ebenfalls, und sie wollte ihm in Augenhöhe begegnen, um sich nicht wie eine Bittstellerin vorzukommen, einer Rolle, die ihr nicht behagte; denn diesmal bat sie ihren Sohn nicht um einen Gefallen, diesmal stellte sie ihn vor vollendete Tatsachen.

»Verstehe«, sagte er knapp.

»Das hoffe ich. Ich für meinen Teil habe es erst verstanden, als ich Matt auf Ruperts Beerdigung sah.« Obwohl sie sich fest vorgenommen hatte, sachlich zu bleiben, traten ihr Tränen in die Augen. »Er sah nicht gut aus. Er sah alt aus. Ich hätte ihn kaum erkannt. Es hat mich zutiefst erschüttert, ihn so zu sehen.«

»Er ist ein Trinker, Mutter, mehr nicht.«

»Weißt du eigentlich, wie verächtlich du klingst?«, fragte sie traurig. »Na ja, wahrscheinlich sollte mich das nicht wundern. Du hast Matt schon mit viel schlimmeren Ausdrücken bedacht – Schurke, Ehebrecher, Lüstling. Für dich war er stets kaum mehr als Ungeziefer.«

Lucas zuckte zusammen, als hätte sie ihn geschlagen. Seine Mutter bemerkte es allerdings nicht, denn sie tupfte sich gerade die Augen.

»Ich möchte nicht mit dir streiten, Lucas. Ich wollte mich nur von dir verabschieden. Du hast mir gesagt, Matt sei jemand, den du nie in deinem Haus zu sehen wünschst. Und ich weiß, dass du nie etwas sagst, wenn du es nicht auch so meinst. Du empfindest nichts als Verachtung für Matt. Nun, dann geht es dir mit mir wohl ebenso. Matt und ich haben deinem Vater Unrecht getan. Aber das eine möchte ich dir noch sagen: Ich glaube, dein Vater wäre viel eher bereit gewesen zu verzeihen.«

Sie trat näher an ihn heran. »Ich war immer sehr stolz auf dich, Lucas. Und ich versichere dir, ich liebe dich, auch wenn du dich falsch verhältst. Und in dieser Sache verhältst du dich falsch. Dir kommt alles so einfach vor. Wie sollte es auch anders sein? Dein Leben war immer sehr einfach.«

Er unterbrach sie mit einer Handbewegung. »Jess sagte mir einmal etwas ganz Ähnliches«, meinte er.

»Und damit hatte sie Recht. Nicht alle Menschen haben so viel Glück wie du. Mit manchen meint es das Leben nicht so gut, und manchmal trifft man auch falsche Entscheidungen und muss die Folgen tragen. Aber das heißt nicht, dass man solche Menschen verachten sollte. Du siehst in Matt nur einen Trinker und einen Wüstling, aber jeder Mensch hat auch Facetten, die man nicht auf den ersten Blick erkennt. Lucas, wenn du nur …«

Sie bemerkte, dass ihr Sohn aschfahl geworden war, und unterbrach sich. »Ach, mein Lieber, es tut mir so Leid! Du denkst jetzt natürlich an Rupert. Aber wer hätte gedacht, dass er sich umbringen würde? Gib dir nicht die Schuld! Seine eigene Frau war ja ebenso schockiert wie alle anderen, und wenn Rupert sich nicht einmal Bella anvertraut hat, wem dann?«

Da er stumm blieb, fuhr sie fort. »Nun, ich denke, ich habe genug gesagt. Ich werde meine Sachen nachkommen lassen, wenn du nichts dagegen hast. Und du brauchst dir um mich keine Sorgen zu machen. Ich weiß, dass Matt mich glücklich machen wird, auch wenn du das nicht glaubst. Doch darum geht es jetzt überhaupt nicht. Mir geht es darum, dass Matt glücklich ist, und dafür werde ich alles in meiner Macht Stehende tun. Auf Wiedersehen, mein Lieber! Ich werde dich sehr vermissen!« Sie seufzte noch einmal tief und schickte sich dann zum Gehen an.

Sie stand schon an der Tür, als sich Lucas endlich wieder gefasst hatte. »Mutter, du bist mir immer willkommen!«

Sie schüttelte den Kopf. »Wie sollte ich mich wohl fühlen, wenn ich Matt vor der Tür stehen lassen müsste, weil ihn mein Sohn für eine Ratte oder sonst etwas Abscheuliches hält? Du wirst wohl verstehen, dass ich ihm das nicht antun kann!« Sie öffnete die Tür.

»Mutter!« Er verstellte ihr den Weg. – »Was ist, Lucas?«

»Ich denke nichts dergleichen!« – »Ach nein?« Sie musterte ihn forschend. »Ich habe nur das wiederholt, was du einmal gesagt hast.«

»Ich mag ja früher so gedacht haben, aber …«

»Aber?«

Er zögerte. »Ich weiß nicht mehr, was ich denken soll«, sagte er. »Aber du hast Recht, Mutter, und ich war im Unrecht.«

»Wie meinst du das?«

Er schluckte. »Ich will damit nicht sagen, dass Sir Matthew und ich jemals Freunde werden können, zumindest keine guten Freunde, aber …« Er hatte den Faden verloren, doch dann setzte er hinzu: »Wenn du dafür sorgst, dass sich bei ihm die Wogen glätten, könnten wir sicher einigermaßen gut miteinander auskommen.«

Einen Moment lang war Rosemary sprachlos, dann löste sich die Erstarrung in ihrem Gesicht, und sie brach in Tränen aus.

*

Rosemary ließ sich von der gerunzelten Stirn und den Ausflüchten eines Butlers nicht einschüchtern. »Sie müssen Breame sein«, sagte sie freundlich. »Sir Matthew hat mir schon viel von Ihnen erzählt.«

Seine Züge glätteten sich. »Danke, Madam.«

»Und er ist wirklich nicht zu Hause?«

»Nein, Madam.«

»Gut, dann warte ich in seiner Bibliothek.«

Nachdem sie ihm ihre Visitenkarte überreicht hatte, marschierte sie schnurstracks an ihm vorbei auf die einzige geschlossene Tür zu, die von der quadratischen Eingangshalle aus zu sehen war. Als sie die Türe öffnete, fluteten ihr Rauchschwaden entgegen, und sie sah, dass sie die richtige Wahl getroffen hatte.

Sir Matthew saß zusammengesunken auf einem Sessel neben dem Kamin. Zu seinen Füßen stand eine leere Flasche, in einer Hand hielt er ein Glas mit einer bernsteinfarbenen Flüssigkeit, in der anderen eine schlanke Zigarre. Sein Halstuch saß schief, das Jackett war zerknittert. Die Falten in seinem Gesicht wirkten tiefer und härter, und seine Augen waren trübe. Aber am schlimmsten war seine Gesichtsfarbe – er war aschfahl.

Als er sie bemerkte, stand er schwankend auf. »Rodie?« Er klang, als habe er einen Geist gesehen.

Breame setzte zu einer Erklärung an, besann sich aber eines Besseren. Er blickte auf die beiden reglosen Gestalten, die alles um sich herum vergessen zu haben schienen, verbeugte sich mit einem kleinen Lächeln und zog still die Türe hinter sich zu.

Das leise Geräusch des Schlosses löste Rosemary aus ihrer Erstarrung. Sie ging zu einem der hohen Fenster und machte es weit auf. »Ich dachte, du bist nach Chalford gekommen, um dieses Haus zu verkaufen? Wolltest du nicht eine große Reise machen?«

Als sie sich umdrehte, ertappte sie ihn dabei, wie er das Glas abstellte, die Zigarre weglegte und sich bemühte, seine Kleidung in Ordnung zu bringen.

»Komm, ich helfe dir«, sagte sie, trat neben ihn und richtete sein Halstuch. »Matt«, sagte sie leise und ein wenig vorwurfsvoll, »du solltest wirklich mehr auf dich achten!«

Er schubste ihre Hand weg und funkelte sie wütend an. »Was zum Teufel hast du hier zu suchen?«

Sie versuchte, sich von der Heftigkeit seines Blickes nicht beirren zu lassen. »Ich habe dich auf Ruperts Beerdigung gesehen. Du wirktest, als ginge es dir ziemlich schlecht.«

»Und du hast kein Wort zu mir gesagt und mich auch nicht angesehen oder mir sonst irgendwie zu verstehen gegeben, dass du dir meiner Anwesenheit bewusst warst. Ich hätte genauso gut unsichtbar sein können.« – »Matt ...«

»Aber wahrscheinlich hätte ich nichts anderes erwarten dürfen; ich sollte es inzwischen wirklich gewohnt sein. Dein Sohn war ja da, und wenn dieses Muster an Tugend auch nur eine Braue hochzieht, kuschst du wie ein zahmes Hündchen.« Er presste eine Hand vor die Augen und schüttelte den Kopf. »Entschuldige bitte, du hast mich in einem denkbar schlechten Moment erwischt. Breame wird dich hinausbegleiten.«

Sie blieb standhaft. »Matt, Anne Rankin hat mir berichtet, dass du dich völlig zurückgezogen hast, dass du kaum mehr einen Fuß vor die Tür setzt und niemanden empfängst. Alle haben sich gewundert, dass du zu Ruperts Beerdigung gekommen bist.«

Er schnaubte höhnisch. »Und dein Sohn hielt es wahrscheinlich für überaus kühn, dass ich mich unter all diese ehrbaren Leute wagte. Nun, meinetwegen kannst du ruhig nach Hause gehen und ihm sagen, dass er Recht hat, was mich betrifft: Ich bin ein verdorbener Mensch, ein Trinker. Das sollte ihn doch wohl freuen.«

»Ich kann ihm jetzt gar nichts sagen. Er ist unterwegs nach London, aber ...«

»Das hätte ich wissen müssen. Schließlich wärst du nicht hier, wenn er davon Wind bekommen könnte. Soll ich mich nun etwa geschmeichelt fühlen?«

Jetzt wurde sie zornig. »Du sollst den Mund halten und mir zuhören!«

Ihr Ausbruch zeigte die gewünschte Wirkung. Er verschränkte die Arme und lehnte sich an einen Tisch.

Von seinem Schweigen ermuntert, begann sie mit der kleinen Rede, die sie sich unterwegs zurechtgelegt hatte. »Lucas hat sich verändert, Matt. Ich glaube, nein, ich weiß, dass Ruperts Tod ihn sehr getroffen hat. Er hat ihn in seinen Grundfesten erschüttert. Nun ja, es ging uns wohl allen so, oder? Es sah Rupert einfach nicht ähnlich, sich das Leben zu nehmen, und alles nur wegen eines tragischen Unfalls. Ich glaube, das hat Lucas dazu gebracht, sich Gedanken zu machen, ob er nicht einfühlsamer hätte sein müssen, ob er sich nicht mehr für den Zustand seines Freundes hätte interessieren müssen. Er ist nicht mehr so unnachgiebig – das wollte ich damit sagen.«

Sie lächelte, als sie sich an das letzte Gespräch mit ihrem Sohn erinnerte. »Er hat uns seinen Segen gegeben, Matt. Wir können heiraten, sobald du willst!«

Der Blick, mit dem er sie bedachte, war so wütend, dass sie vor ihm zurückzuckte.

»Er hat uns seinen Segen gegeben! Wer hat ihn darum gebeten? Ich nicht! Wie auch immer – das ist nicht genug. Auf dieser Grundlage habe ich dich nie heiraten wollen! Du kannst Dundas ruhig sagen, dass sein großzügiges Angebot abgelehnt ist!«

Er richtete sich auf und rief: »Breame!«

Kaum war sein Name verklungen, war der Butler auch schon zur Stelle; zweifellos hatte er an der Tür gelauscht.

»Jawohl, Sir.« Breame bedachte Rosemary mit einem traurigen Blick, der Bände sprach. »Hier entlang bitte, Mrs Wilde.«

»Ich gehe nirgendwo hin«, erklärte sie fest. »Breame, seien Sie bitte so freundlich und bringen Sir Matthew eine Kanne Kaffee, und wenn Sie schon dabei sind, sagen Sie der Köchin, dass sie ein paar Sandwichs herrichtet!«

»Jawohl, Madam.«

»Breame!«, brüllte Sir Matthew.

»Jawohl, Sir, sogleich, Sir«, erwiderte Breame und war schon aus der Tür.

Sir Matthew starrte ihm zähneknirschend nach, dann fuhr er Rosemary erbost an: »Ich weiß nicht, was du dir davon erhoffst!«

Rosemary stand am nächsten Fenster und versuchte, es ebenfalls zu öffnen. »Und ich weiß nicht, wie du hier drinnen überhaupt atmen kannst.« Sie bemühte sich, möglichst munter und beiläufig zu klingen. »Hängst du sehr an diesen Zigarren, Matt?«

»Jawohl!«, erwiderte er trotzig.

Sobald das Fenster offen war, holte sie tief Luft. »Dann werde ich mich wohl daran gewöhnen müssen.«

Ihre Zuversicht war nicht ganz echt, aber als sie sich umdrehte, erhaschte sie einen Ausdruck auf seinem Gesicht, der sie etwas beruhigte, obwohl er ihn sogleich zu verbergen suchte.

»Setz dich doch, Matt«, sagte sie. »Ich möchte dir etwas sagen.«

»Ich will nicht mit dir zusammen sein, wenn es nur geduldet wird, Rodie«, knurrte er ungehalten, wiederholte diese Worte jedoch gleich darauf wesentlich sanfter.

Sie blieb stumm, und sie lächelte auch nicht. Seufzend ließ er sich auf einen Stuhl mit hoher Lehne nieder. Sie setzte sich neben ihn.

»Matt, gib mir bitte die Gelegenheit, deine Fragen zu beantworten. Auch wenn es keine Fragen waren, sondern eher Vorwürfe. Nun – ich habe auf Ruperts Beerdigung nicht mit dir gesprochen, weil ich so niedergeschlagen war; und ich wusste, hätte ich auch nur ein Wort gesagt, dann wäre ich in Tränen ausgebrochen. Du wirktest so gequält, so … vernachlässigt – das konnte ich einfach nicht ertragen.«

Er starrte auf den Boden, sie auf ihre gefalteten Hände.

»Ich habe mich stets von meinem Pflichtbewusstsein leiten lassen«, fuhr sie fort.

»Das habe ich oft genug am eigenen Leib erfahren«, erwiderte er verdrossen.

»Manchmal habe ich meine Pflichten auch vernachlässigt, aber eigentlich standen sie bei mir immer an erster Stelle.«

»Rodie, worauf willst du hinaus?«

Sie lächelte.

»Warte ab, Matt. Als ich dich heute sah, wurde mir zum ersten Mal klar, dass es auf der ganzen Welt niemanden gibt, dem ich so verpflichtet bin wie dir. Und ich hatte dich im Stich gelassen.«

Er blickte sie fragend an.

»Das habe ich erst in diesem Moment verstanden. Wahrscheinlich hatte ich immer Schuldgefühle aufgrund dessen, was früher zwischen uns war, und sie hinderten mich daran zu begreifen, was ich dir schuldig bin. Mein Leben lang habe ich versucht, pflichtbewusst zu sein, und das war nicht einfach. Mit dir, das spürte ich jetzt, würde es mir nicht schwer fallen, nein, es würde mir leicht fallen; und gerade deshalb habe ich meinen Gefühlen wohl misstraut. Aber ich habe eine Lehre daraus gezogen. Ich werde dich nie mehr im Stich lassen. Begreifst du, was ich dir sagen will?«

»Nein«, erwiderte er.

»Nun, vielleicht kannst du es verstehen, wenn ich dir Folgendes erzähle: Ich habe meinem Sohn heute mitgeteilt, dass ich sein Haus nicht mehr betreten werde, wenn nicht auch du dort willkommen bist. Ich sagte ihm, mein Platz sei an deiner Seite, und wenn er das nicht akzeptieren könne, dann müssten wir uns voneinander verabschieden. Schließlich meinte er, er glaube, er könne sich einigermaßen gut mit dir vertragen. Das ist der momentane Stand der Dinge, Matt.«

»Du hast dich für mich entschieden und gegen ihn?«, fragte er mit belegter Stimme.

»Jawohl, mein Schatz, ich habe mich für dich entschieden. Und wenn du noch willst, werde ich dich heiraten, wann immer es dir recht ist. Wohin du gehst, werde auch ich gehen. Und ich verspreche dir, eine liebende, pflichtbewusste Ehefrau zu sein!«

»Rodie!«

Seine Stimme klang brüchig. »Oh, Rodie!« Er streckte die Hand nach ihr aus.

In diesem Moment kam Breame mit einem Tablett beladen mit Geschirr und Gläsern herein. Er blieb wie angewurzelt stehen und starrte auf das Paar, das sich soeben leidenschaftlich umarmte, dann machte er kehrt und schlich ungesehen hinaus. Auf seinem Gesicht lag ein breites Lächeln.

*

Seitdem waren zehn Tage verstrichen. Jessica saß mit angezogenen Beinen auf einem Sessel im Frühstücksraum, als Ellie hereinkam. Sie faltete Lucas' Brief, den sie an diesem Morgen erhalten hatte, und blickte neugierig auf das Päckchen, das Ellie mitgebracht hatte.

Ellie legte es auf den Tisch. »Auf dem Weg von Hawkshill ist mir unser Liebespärchen begegnet«, sagte sie. »Jessica, findest du es nicht seltsam, dass so alte Menschen noch so verliebt sein können? Sie spazierten Händchen haltend auf dem Reitweg!«

»Sir Matthew und Rosemary sind gar nicht so alt«, erwiderte Jessica. »Und außerdem können sich Menschen in jedem Alter verlieben. Und was das Händchenhalten betrifft – ich finde das sehr nett!«

»Aber Lucas und dich sieht man nie Händchen halten«, entgegnete Ellie. »Ist das ein Brief von Lucas?«

»Ja, er kam heute Morgen.«

»Und, was schreibt er?«

»Er meint, dass Bella nicht mehr nach Chalford zurückkehren wird.«

»Na ja, das ist nicht unbedingt ein Verlust, wenn du mich fragst.«

»Ellie«, sagte Jessica, die dieses Thema nicht weiter verfolgen wollte, »was ist denn in dem Päckchen?«

Ellie lächelte verschmitzt, aber auch etwas verlegen. »Es ist für dich, Jessica. Ich hoffe … ich hoffe, dass es dir gefällt. Lucas meinte jedenfalls, es würde dir gefallen.«

»Lucas?«

»Vor seiner Abreise.« Ellie ging zur Anrichte und holte eine Schere aus der Schublade. »Mach es auf!«, meinte sie.

Jessica gehorchte, dann entfernte sie behutsam das Packpapier – und entdeckte ihr Hochzeitskleid.

»Ich verstehe nicht recht …«

Ellie schüttelte das Kleid aus und hielt es hoch. »Und, wie findest du es?«

Jessica untersuchte eingehend die Vorderseite, fand jedoch nicht die geringste Spur von Erdbeerlimonade. »Es ist so gut wie neu. Wie hast du denn den Fleck rausbekommen?«

»Er ließ sich nicht entfernen. Wir mussten die ganze Vorderseite ersetzen. Es war Lucas' Idee. Er hat bei deiner Schneiderin den passenden Stoff besorgt, und Tante Rosemary hat mir geholfen, ihn zuzuschneiden. Ich bin stundenlang daran gesessen, und als wir erfuhren, dass Pater Howie wieder in London ist, habe ich mich noch einmal extra ins Zeug gelegt. Aber ich möchte nicht, dass du denkst, ich hätte es ganz alleine geschafft. Die Nonnen haben mir geholfen. Du kannst es nächste Woche anziehen – du weißt schon, wenn Pater Howie kommt, um den Gottesdienst abzuhalten.«

Jessica konnte den Blick nicht von ihrem Hochzeitskleid wenden. »Es sieht aus wie neu«, meinte sie zögernd.

Ellie wirkte ein wenig verunsichert. »Was ist denn los?«

Jessica suchte nach ihrem Taschentuch und putzte sich die Nase. »Nichts ist los«, sagte sie. »Du hättest mir keine größere Freude machen können. Danke dir, Ellie! Das war wirklich sehr nett von dir!«

Ellie lächelte verlegen. »Es war das Mindeste, was ich tun konnte, das weißt du ganz genau. Ich war schrecklich gemein zu dir.«

»Das kann ich nicht leugnen, du warst wirklich gemein. Das wissen wir beide, und wenn ich es abstreiten wollte, müsste ich lügen. Aber wenn du mir eine große Freude machen wolltest, dann hast du damit voll ins Schwarze getroffen!«, erwiderte Jessica.

Ellie strahlte.

»Und jetzt erzähl mir von Pater Howie. Ich wusste gar nicht, dass er nach Chalford kommen würde.«

»Ach nein? Lucas hat mir das in einem seiner Briefe geschrieben. Ihr seid doch bislang noch nicht dazu gekommen, eure Ehe von ihm segnen zu lassen. Lucas meinte, ich solle mich dahinterklemmen, dass dein Kleid dafür fertig wird.«

»Lucas hat sich um alles gekümmert, ohne mir ein Wort davon zu sagen?«

»Ach, du meine Güte«, meinte Ellie. »Hoffentlich sollte es keine Überraschung sein, die ich jetzt verdorben habe!«

»Wie ich Lucas kenne, hat er bloß vergessen, es mir zu sagen«, erwiderte Jessica.

Aus der Diele waren Schritte und Perrys Stimme zu hören. Er rief nach Ellie und stand kurz darauf vor ihnen. »Guten Morgen, Jessica«, sagte er. »Und du, freche Göre« – er blickte auf Ellie – »bist du bereit für deine Fahrstunde?«

Ellie errötete, stammelte irgendetwas und hängte sich bei Perry ein. Er grinste sie verlegen an, und dann gingen die beiden und ließen eine verblüffte Jessica zurück.

Ellie und Perry? Wann hatte es denn zwischen den beiden gefunkt?

Sie nahm Lucas' Brief zur Hand, der rein gar nichts enthielt, was man nicht auch in aller Öffentlichkeit hätte vorlesen können. Hier in Chalford entfaltete sich vor ihren Augen eine Liebesgeschichte, und die einzige persönliche Nachricht, die ihr Mann für sie hatte, war ein Rezept für ein Mittel, das wieder Farbe auf ihre Wangen zaubern sollte.

Sie brachte ihr Hochzeitskleid nach oben, legte es behutsam über eine Stuhllehne und streichelte zärtlich den weichen Stoff. Dann trat sie zurück, um die Pracht zu bewundern. So viel war passiert, seit sie dieses Kleid zum ersten Mal getragen hatte!

Sie kniete vor den Stuhl und ließ sich von den Erinnerungen davontreiben. Als sie sehr viel später wieder nach unten ging, trug sie ihr Reitkleid.

29

Es war wunderbar, draußen zu sein, den Wind zu spüren, die Sonne und die raschen, sicheren Bewegungen des Pferdes. Es duftete nach Mädesüß und Weidenröschen. Der trockene Boden dämpfte das Geräusch der Hufe. Es gab nichts Schöneres auf der Welt, absolut nichts Schöneres; wie hatte sie das nur vergessen können?

Seit sie ihr Gedächtnis wiederhatte, hatte sie sich über kaum etwas so sehr gefreut wie darüber – nicht nur, dass sie reiten konnte, sondern dass sie furchtlos reiten konnte wie eine geborene Reiterin. Als ihr Gedächtnis sie im Stich gelassen hatte, hatte sie sich ein schiefes Bild vom Leben mit ihrem Vater auf Hawkshill gemacht. Niemand hatte ihr gesagt, dass ihr Vater aus Irland stammte. Niemand hatte ihr von den guten Jahren erzählt, von der Zeit, als er noch nicht trank und sehr fleißig gewesen war. Damals hatte er Pferde trainiert. Alle erinnerten sich nur an die schlechten Zeiten, als der Alkohol und die Spielleidenschaft von ihm Besitz ergriffen hatten und ihm alles entglitten war.

Sie hatte in ihren jungen Jahren mehr teure Pferde geritten als manch anderer in seinem ganzen Leben. Sie wusste alles über die Pflege von Pferden. Sie kannte sich aus mit Umschlägen und Futterbrei, mit Abfohlen und Hufpflege. Aber sie hatte nicht lesen und nicht mit Menschen umgehen können. Sie war wild und ungebärdig gewesen. Daran erinnerten sich die Leute noch gut, und deshalb war Lucas Wilde in ihr Leben getreten.

Wie hätte sie ihm widerstehen können? Es kümmerte sich ja sonst keiner um sie, nicht in diesen schlimmen Jahren, in denen ihr Vater zum Alkoholiker geworden war. Lucas hatte auch in diesem Punkt Recht gehabt. Sie hatte allen möglichen Leuten Lügenmärchen aufgetischt, wie sehr ihr Vater sie verwöhnte. Es hatte keine Geschenke gegeben, keine seidene Unterwäsche, nur Ohrfeigen, wenn sie ihm über den Weg gelaufen war. Sie entwickelte großes Geschick, sich von ihm fern zu halten. Bis sie eines Tages groß genug war und ihr habgieriger Vater sich ausgerechnet hatte, wie er aus ihr Gewinn schlagen könnte. Aber Lucas hätte das nie zugelassen.

Lucas. Sie hatte ihn vom ersten Moment an geliebt, von dem Moment an, als er sie auf den Kirchenstufen vor den beiden gehässigen Gören gerettet hatte, die sich über sie lustig gemacht hatten, weil sie nicht lesen konnte. Offenbar hatte sie sich in der Kirche zum Gespött der ganzen Gemeinde gemacht, als sie ihre Bibel verkehrt herum gehalten und »vorgelesen« hatte. Lucas sagte, nur kluge Leute könnten so etwas tun, und bewies es ihr auch gleich, indem er seine Bibel ebenfalls verkehrt herum las. Sie hatten sich angeblickt, und auch wenn er es nicht wusste, war das der Moment gewesen, in dem sie ihm ihr Herz geschenkt hatte.

Armer Lucas! Er konnte natürlich nicht wissen, welche Phantasien sie von nun an um ihn herum spann, nur weil er nett zu ihr war. Er konnte kaum einen Schritt tun, ohne dass sie – rein »zufällig« natürlich – vor ihm stand, nur um sich in seiner Gesellschaft zu sonnen. Er hatte keine Ahnung, dass sie vom Heuboden in Hawkshill herab all sein Tun beobachtete. Nun, im Rückblick, erkannte sie, dass ihn ihre Possen sicher eine Weile amüsiert hatten. Das änderte sich jedoch, als er anfing, Bella den Hof zu machen. Denn sie konnte es einfach nicht ertragen, dass er sich mit jemandem wie Bella einließ.

Anfangs hatte sie gegen Bella keinen Groll gehegt. Tief in ihrem Inneren hatte sie gewusst, dass sie, Jessica, Lucas nie würde haben können. Er stand viel zu weit über ihr. Und als Bella auftauchte, hatte sie sich in das Unvermeidliche gefügt: Lucas war ein Märchenprinz, Bella die Prinzessin. Sie passten perfekt zueinander.

Aber natürlich hatte sie angefangen, Bella zu beobachten, und das, was sie dank ihrer seltsamen Gabe erkannte, ließ sie vor Abscheu erschauern. Bella log und betrog, wo sie nur konnte; sie war eine Diebin, und wenn sie sich einbildete, dass ihr Unrecht widerfahren war, zahlte sie es tausendfach heim. Gouvernanten, Bedienstete, Freunde – alle mussten für eingebildetes Fehlverhalten büßen. Und niemand zahlte einen größeren Preis als der arme Diener, der für ihr Vergehen in die Kolonien verbannt wurde.

Jessica hatte versucht, ihn zu retten. Sie hatte Sir Henry von dem Goldschmied erzählt, dem Bella ihren Schmuck verkauft hatte. Aber daraufhin hatte er ihr nur gedroht, sie ebenfalls in die Kolonien zu schicken, wenn sie auch nur ein Wörtchen davon verlauten ließe. Und ihr Vater war bestochen worden, damit er sicherstellte, dass sie den Mund hielt.

Sie hatte den Diener nicht retten können, aber sie hatte sich fest vorgenommen, Lucas zu retten, koste es, was es wolle. Deshalb hatte sie an jenem Abend ihren Vater auf Lucas gehetzt. Sie hatte gewusst, Bella würde niemals einen Mann heiraten, der sie betrog.

Sie wusste jetzt, warum sie in ihrer Hochzeitsnacht keine völlig unerfahrene Braut gewesen war. Kurz nachdem Lucas aus dem Krieg heimgekehrt war, hatte er ihren Vater sprechen wollen, aber er hatte nur sie auf dem Heuboden gefunden. Ihre Erinnerungen an diese Begegnung waren allerdings sehr unterschiedlich.

Er war wütend gewesen und hatte sie als Spielhöllenflittchen beschimpft, aber dann hatte er sie geküsst, und sie war in Liebe zu ihm dahingeschmolzen. Nur Lucas hatte ihr Zittern als Furcht deuten können. Doch dann hatte er sie weggestoßen und sich selbst übel beschimpft.

In den nächsten paar Stunden hatte sie jede Sekunde dieses Kusses noch einmal durchlebt. Jawohl, und sie hatte sich ausgemalt, was weiter hätte passieren können, und sich gewünscht, es würde noch einmal dazu kommen. Diese Erinnerung war in ihrer Hochzeitsnacht zurückgekehrt; deshalb hatte sie so viel gewusst – aber eben nur so viel.

Ach, wenn sie nur älter und erfahrener gewesen wäre!

Wenn Lucas nur nicht so entschlossen gewesen wäre, Bella nicht zu verlassen! Wenn nur ... wenn ...

Sie lachte, als sie merkte, wohin ihre Gedanken sie geführt hatten. Das waren wahrhaftig nicht die Gedanken einer Nonne!

Auf einer kleinen Anhöhe zügelte sie ihr Pferd und blickte auf das grüne Tal hinab. Die Themse funkelte als breites silbernes Band, gesprenkelt mit dunklen Punkten, den Schiffen, die in beide Richtungen unterwegs waren. Felder wechselten sich mit dichten Wäldern ab. Im Osten drängten sich die Dächer um den Kirchturm von Chalford. Das Haus der Haigs und die Abtei lagen hinter der Ortschaft, man konnte sie von hier aus nicht sehen, weil der Fluss dort eine Biegung machte.

Doch sie konnte jetzt auch ohne Furcht an Haig House denken. Es war vorbei. In ihren Gedanken waren keine Schatten mehr, keine Geister, keine düsteren Flecken. Sie war endlich frei. Sie reckte das Gesicht in den Wind und ließ die Zügel schießen.

Sie galoppierte den Abhang hinab, setzte über Hecken, dann wieder einen Hügel hinauf, immer weiter hinauf, sie ließ Bäume und Hecken hinter sich, bis sie einen Hügelkamm entlang den höchsten Punkt erreichte. Eine Steinmauer versperrte hier den Weg, aber Jessica ließ ihr Pferd laufen. Sie war jeden Morgen mit Juniper unterwegs gewesen und wusste, dass er dieses Hindernis mühelos nehmen konnte. Er streckte die langen Beine, und sie beugte sich tief über ihn und flüsterte: »Ja, mein Schöner, ja!«

Seine Ohren zuckten, als er sie hörte, alle Muskeln seines kraftvollen Körpers spannten sich, und er wollte gerade zum Sprung ansetzen, als plötzlich ein Hase aus einem Loch unter der Mauer herausgeschossen kam und davonflitzte. Juniper stolperte, bäumte sich auf und blieb abrupt stehen, Jessica flog über die Mauer.

Sie lag lang gestreckt da und starrte in den Himmel. Atemlos war nicht das richtige Wort – es war ein Gefühl, als sei ihre Lunge kollabiert. Sie rang nach Atem und meinte schon, ersticken zu müssen; doch endlich bekam sie wieder Luft, auch wenn ihre Lunge wie ein defekter keuchender Blasebalg klang.

Sie wollte sich gerade mühsam hochrappeln, als ein Pferd samt Reiter über die Mauer geflogen kam. Der Reiter war schon aus dem Sattel gesprungen, noch ehe sein Ross zum Stehen gekommen war, und rannte zu ihr.

Verwundert merkte sie, dass es Lucas war. Er hatte ihr in seinem letzten Brief mitgeteilt, dass er erst gegen Ende der Woche heimkehren würde.

»Jess!« Er kniete sich neben sie und tastete sie nach gebrochenen Gliedern ab. »Ist alles in Ordnung? Hast du dir wehgetan? Sag doch etwas, um Gottes willen!«

»Es geht mir gut«, erwiderte sie. »Ich habe nur einen Moment lang keine Luft bekommen, mehr nicht.«

»Wirklich?«

Sie nickte.

»Zum Teufel noch mal!«, brüllte er auf einmal. »Wer hat dir erlaubt, Juniper zu reiten? Nur ein erwachsener Mann kann ihn bändigen. Und was treibst du überhaupt hier, so weit weg von zu Hause, ohne Reitknecht? Was wäre gewesen, wenn du dir etwas gebrochen hättest? Was, wenn dich jemand überfallen und beraubt oder dir noch etwas Schlimmeres angetan hätte? Lernst du denn nie dazu?«

Sie fühlte sich gekränkt und wollte sich schon verteidigen, als sie bemerkte, dass seine Hände zitterten und seine Angst offenbar ebenso stark war wie sein Zorn. Da fiel ihr ein, dass es ihr einmal ganz ähnlich gegangen war: Einer der Jungen war beim Klettern von einem Apfelbaum gefallen, und nachdem sie sich vergewissert hatte, dass ihm nichts passiert war, hätte sie ihn am liebsten kräftig durchgeschüttelt, war aber stattdessen in Tränen ausgebrochen.

Sie kniete sich hin und legte die Hände sanft an sein Gesicht. »Lucas, es tut mir Leid! Du hast Recht, ich hätte jemanden bitten sollen, mich zu begleiten. In Zukunft werde ich besser auf mich aufpassen, das verspreche ich dir!«

Doch er ließ sich nicht besänftigen. »Und wo zum Teufel ist deine berühmte Intuition abgeblieben?«, fauchte er. »Diese Mauer ist eine Todesfalle! Sie hat bereits einem Menschen das Leben gekostet, und mehrere andere wurden hier schwer verletzt. Hast du das nicht gespürt?«

Sie hätte es spüren müssen, und früher wäre das sicher auch der Fall gewesen. »Nein«, erwiderte sie. »Ich habe nichts gespürt.« Sie strahlte, als ihr klar wurde, was das zu bedeuten hatte. »Meine Gabe ist weg. Ich glaube, ich habe sie verloren!«

Doch ihr Lächeln war offenbar ein Fehler; denn er packte sie bei den Schultern, als wolle er sie kräftig durchschütteln. Doch plötzlich ging eine Veränderung in ihm vor. Er flüsterte mit brüchiger Stimme ihren Namen und schloss sie fest in seine Arme.

Als sie sich endlich voneinander lösten, starrten sie sich lange an, und dann begannen sie sich gleichzeitig die Kleider vom Leib zu reißen. In einem Sturm unbändiger Leidenschaft liebten sie sich unter freiem Himmel, in freier Natur. Worte waren überflüssig. Worte konnten nicht beschreiben, was sie fühlten, Worte konnten nichts bereinigen, Worte brauchten viel zu lange – später würden sie reden können. Jetzt zählte nur ihre Vereinigung. Sie feierten das Leben und die Freude an ihrem Zusammensein. Es gab nur noch sie beide.

»Jess«, murmelte Lucas sehr viel später, »ich kann kaum glauben, was wir soeben getan haben.« Er lag auf dem Rücken, einen Arm vor die Augen gelegt.

Jessica hatte sich eng an ihn geschmiegt, ihr Atem kitzelte seine Schulter. »Ich auch nicht«, sagte sie.

Als ihre Blicke sich trafen, mussten sie beide lächeln.

»Du bist früher nach Hause gekommen«, sagte sie.

»Das hättest du auch getan, wenn du die letzten zehn Tage mit Bella hättest verbringen müssen.« Sein Lächeln schwand.

»Das ist aber nicht der wirkliche Grund. Ich habe dich vermisst!«

»Ich dich auch!«

Er spielte mit ihrem Haar. »Kann ich dem, was wir soeben getan haben, entnehmen, dass du mir verziehen hast?«, fragte er verlegen.

»Aber was sollte ich dir denn verzeihen?«, fragte sie und setzte sich auf.

»Dieses idiotische Abkommen, diese blinde Loyalität zu meinen Freunden, die Tatsache, dass ich die Dinge so weit habe kommen lassen.« Sein Mund zuckte. »Wenn ich doch nur von Anfang an auf dich gehört hätte! Aber ich schwöre dir, ich wäre im Traum nicht darauf gekommen, dass du in Gefahr warst!«

Sie erkannte, dass ihm vieles durch den Kopf gegangen war, aber auch, dass er jetzt nicht leichtfertig eine Absolution von ihr wollte. Er wollte ihr etwas sagen, was ihm sehr wichtig war, etwas, was er sich von der Seele reden musste.

»Warum hast du nicht auf mich gehört?«, fragte sie.

Er setzte sich ebenfalls auf und zog die Knie an. »Ich wollte nicht, dass du alte Geschichten wieder aufrührst. Ich wollte nicht meine Freunde beschützen, sondern dich und Ellie. Ich wollte nicht, dass herauskommt, was dein Vater Jane angetan hatte, und dass sie sich das Leben genommen hatte. Allerdings – Gott möge mir verzeihen – war es mir gleichgültig, dass dein Vater umgebracht worden war. Ich fand, er hatte nichts Besseres verdient.«

»War Jane schwanger?«, fragte sie leise.

Er nickte. »Sie hatte Angst vor der Schande. Alle Welt hätte gewusst, dass es nicht Philips Kind sein konnte.«

Er sah ihr direkt in die Augen. »Aber ich schwöre dir, Jess, mir ist nie in den Sinn gekommen, dass einer meiner besten Freunde hinter all dem stecken könnte, zumindest nicht am Anfang. Ich habe Rupert vertraut. Wir waren Ehrenmänner, wir hielten uns an einen Ehrenkodex – vor allem Rupert. Erst am letzten Tag fiel mein Verdacht auf ihn, und selbst dann wollte ich es noch nicht glauben. Nur ein Feigling würde einen Mann in den Rücken schießen, und Rupert war kein Feigling.«

Er zuckte hilflos die Schultern.

»Er war ein mustergültiger Soldat, er zog furchtlos in die Schlacht. Seine Leute verehrten ihn. Aber was sage ich da«, brach es aus ihm heraus. »Selbst jetzt, wo ich weiß, was für ein Mensch er war und was er dir antun wollte, finde ich noch Entschuldigungen für ihn!«

»Er war dein Freund«, entgegnete sie still, »da ist das doch ganz natürlich.«

»Ein Freund, den ich nie richtig gekannt habe! Ich glaube, ich werde seine Worte nie vergessen, als er in seiner Bibliothek versuchte, sich zu rechtfertigen. Wie er die Menschen in Würdige und Unwürdige aufteilte! Wie er uns alle manipulierte! Es macht mich krank, aber dennoch ...«

»Dennoch?«

Er zog eine Grimasse. »Später erkannte ich, dass mich nur ein sehr schmaler Grat von Rupert trennt. Nein, ich habe niemanden umgebracht, nicht eigenhändig, aber ich habe Menschen manipuliert und sie auf andere Weise büßen lassen. Zum Beispiel meine Mutter und Sir Matthew. Ich habe geglaubt, ich wüsste, was Ehre und Loyalität bedeuten, aber jetzt weiß ich es einfach nicht mehr. Ich werde nie mehr so sein wie früher.«

Sie fragte ihn nicht nach seiner Mutter und Sir Matthew, weil sie ihn nicht ablenken wollte. Aber sie hatte sich längst Gedanken über die beiden gemacht und verstand deshalb annähernd, was jetzt in ihm vorging.

»Und es gibt noch etwas, was du wissen solltest«, sagte er schließlich. »Ich war dir gegenüber nicht ehrlich: Als ich Rupert meine Pistole gab, dachte ich nicht daran, Unschuldige zu schützen. Ich dachte nur an Rupert. Er war mein Freund, und ich konnte ihn nicht im Stich lassen. Trotz allem, was er getan hatte, konnte ich ihn nicht den Behörden übergeben. Kannst du das verstehen?«

»Nur zu gut.«

»Wirklich?«

Sie nickte. »Weißt du, mein Schatz, ich bin keinen Deut besser als du.«

Er horchte auf.

Sie nickte. »Als Ellie mir die Geschichte mit den Strohhalmen erzählt hatte, war ich überzeugt, dass du meinen Vater ermordet hattest und einen weiteren Mord begehen würdest. Aber ich habe nie ernstlich erwogen, dich den Behörden auszuliefern und vor ein Gericht zu stellen. Erinnerst du dich noch an meinen Vorschlag, eine große Reise zu unternehmen? Ich wollte dich aus England fort an einen sicheren Ort bringen. Als das nicht klappte, bin ich in deinen Ankleideraum geschlichen und habe deine Pistole an mich genommen.«

»Du hast meine Pistole genommen?«, wiederholte er ungläubig.

»Ich dachte, ja ich hoffte, dass ich den Mut aufbringen würde, dich zu töten, wenn es zum Schlimmsten gekommen wäre.«

»Mich zu töten!« Er richtete sich auf. »Du hättest mich getötet?«

»Natürlich hätte ich das nie gekonnt. Schließlich erfreust du dich nach wie vor bester Gesundheit, oder? Ich will damit nur sagen, dass ich verstehe, warum du dich so verhalten hast und nicht anders. Ich weiß nicht, warum du mich um Verzeihung bittest, aber ich verzeihe dir alles. Bedingungslos! Und Rupert war nicht durch und durch schlecht. Du hast ihn geliebt. Liebe kann plötzlich in Hass umschlagen, das weiß ich leider allzu gut. Lucas, sei nicht so hart zu dir!«

Er riss einen Grashalm aus und begann, darauf herumzukauen. Das Schweigen war nicht unangenehm; sie schloss die

Augen und genoss diesen Moment der Nähe. Er drehte sich zur Seite und kitzelte sie mit dem Grashalm am Hals.

»Etwas macht mir noch immer zu schaffen«, sagte er leicht verstimmt. »Nein, es bedrückt mich nur ein bisschen.«

Sie waren nun an einen Punkt gelangt, der beiden nicht leicht fiel. Sorgfältig die Worte wählend meinte sie: »Dass ... dass ich dich für den Mörder hielt? Dass ich dich in die Gruft eingesperrt habe und vor dir weggerannt bin? Dass ich mich dir nicht anvertraut habe?«

»Nein«, sagte er. »Darüber habe ich viel nachgedacht, und ich habe eingesehen, dass du glaubtest, gute Gründe dafür zu haben.«

Sie konnte es kaum fassen, dass sie so leicht davonkommen sollte. »Was bedrückt dich denn dann?«

Er blickte sie an. »Dass du mit Rupert diese besondere Verbindung hattest. Warum nicht mit mir? Das kann ich einfach nicht verstehen. Ich habe dich seit vielen Jahren geliebt, und er war dir gegenüber völlig gleichgültig. Ich will dir nichts vorwerfen, ich weiß ja, dass du dir diese Verbindung mit Rupert nicht *ausgesucht* hast. Wahrscheinlich bin ich – nun ja, ich bin wohl einfach eifersüchtig. Aber ich werde darüber hinwegkommen.«

»Verbindung?«, wiederholte sie ungläubig, doch dann geriet ihre Stimme zu einem Schrei. »Verbindung?« Sie sprang auf. »Es war eine Fessel, eine grauenhafte Marter! Ich bin mir vorgekommen wie im Gefängnis. Nein, schlimmer noch, es war die reine Hölle! Und jetzt bin ich frei. Kannst du das verstehen? Ich gehöre nur mehr mir selbst. Ich bin frei, frei, frei!«

Eine unbezähmbare Freude erfasste sie. Sie streckte die Arme und das Gesicht der Sonne entgegen. »Ich bin frei«, rief sie wieder und immer wieder, sang es hinaus wie eine Hymne. »Ich bin frei!«

Und dann begann sie inmitten des üppigen Grüns, das den Hügel bedeckte, zu tanzen, nackt und schön, wie sie war, nur begleitet vom Ruf eines einsamen Reihers. Gebannt, aber auch leicht beunruhigt sprang Lucas auf und versuchte, sie zu fangen, aber sie entwischte ihm immer wieder. Schließlich gab er sich damit zufrieden zuzuschauen, wie seine Frau herumwirbelte und hin- und hersprang, bis sie nicht mehr konnte.

Endlich kehrte sie erschöpft zu ihm zurück. »Ich warne dich!«, keuchte sie und bohrte ihm den Zeigefinger in die Brust. »Ich warne dich, Lucas Wilde! Solltest du jemals versuchen, in meine Gedanken einzudringen …« Sie hielt inne, um Atem zu holen.

»Was dann?«, wollte er wissen.

»Bei Gott, dann erschieße ich dich wirklich, ohne es mir noch einmal zu überlegen. Wir sind zwei normale Menschen, hörst du? Und wenn wir uns etwas zu sagen haben, dann tun wir das so, wie es normale Menschen tun: Wir reden miteinander. Reden, Lucas Wilde! Du solltest dich wirklich darum bemühen, das zu lernen!«

»Das verspreche ich dir!«

»Und wenn wir einmal nicht zusammen sein können, dann schreiben wir einander. Und du erzählst mir bitte nichts vom Wetter oder was dir zum Frühstück oder zum Abendessen serviert worden ist, sondern das, was du denkst und fühlst. Du bist jetzt zehn Tage weg gewesen und hast dich mit deinen Gedanken an Rupert und an was weiß ich alles herumgequält. Aber du hast mir kein Wort darüber geschrieben, was in dir vorgegangen ist.«

»Na ja, ich bin eben kein guter Briefeschreiber.« Er streckte hilflos die Arme hoch. »Aber gut, ich werde mich bemühen, es in Zukunft anders zu machen.«

»Und … und es würde auch nichts schaden, wenn wir ab und zu Händchen halten würden.«

»Gib mir deine Hand!«

Sie tat es. »Und du wirst Tanzen lernen und auf jedem Ball nur mit mir tanzen!«

»Na ja, Jess, das ist jetzt wirklich ein bisschen viel verlangt … aber gut, ich verspreche es.«

»Und du wirst mir ein bisschen öfter sagen, dass du mich liebst.«

»Ich liebe dich.«

»Öfter!«

»Ich liebe dich, ich liebe dich!«

Als sie Atem holte, meinte er: »Kann ich auch mal einen Vorschlag machen?«

Sie nickte.

»Ich weiß noch etwas viel Besseres.« Und er stürzte sich lachend auf sie und rang sie zu Boden.

*

Die Mutter Oberin zupfte ihren Schleier zurecht und ließ Pater Howies Predigt an sich vorüberziehen. Es war heiß hier draußen auf der Wiese vor Hawkshill, aber im ganzen Haus gab es keinen Raum, der groß genug gewesen wäre, alle Kinder unterzubringen; und Schwester Martha hatte besonderen Wert darauf gelegt, dass auch wirklich alle an der Zeremonie teilnahmen. Sie kniete neben ihrem stattlichen jungen Mann auf einem Kissen vor Pater Howie, als dieser den Segen über ihre Verbindung sprach. Endlich, dachte die Mutter Oberin, endlich hat Schwester Martha ihre wahre Berufung gefunden. Die junge Frau war völlig verändert. Ein Blick genügte, um das zu erkennen. Sie strahlte vor Glück und vor etwas, das noch tiefer ging. Sie hatte ihr Leben gefunden.

Die Mutter Oberin richtete den Blick auf Lucas. Er war wirklich ein sehr netter und angenehmer junger Mann, aber sicher hatte er Schwester Marthas Herz nicht nur damit erobert. Auffällig war, wie sehr er seine Frau liebte; er würde Martha glücklich machen. Das hatte die Mutter Oberin in dem Moment erkannt, als er sie im Kloster aufgesucht und gebeten hatte, ihm dabei zu helfen, dass Martha ihn heiratete. Schon damals hatte sie klar erkannt, dass er sowohl Martha liebte als auch das Mädchen, das sie früher gewesen war, und dass ihr junger Schützling gut bei ihm aufgehoben sein würde. Und sie hatte Recht behalten. Nein, sie bedauerte nicht, dass sie den Brief geschrieben hatte, der Martha in die richtigen Bahnen gelenkt hatte.

Vor langer Zeit hatte sie das merkwürdige Gefühl beschlichen, Schwester Marthas Auftauchen in ihrem kleinen Kloster sei eine göttliche Fügung. Wenn sie jetzt auf das Meer der Gesichter blickte, die der Feier beiwohnten, war sie überzeugt davon. Hawkshill wuchs und gedieh. Die Kinder waren stark und gesund wie die hohen Weizenhalme, die auf den Feldern reiften. Die Schwestern waren glücklich und betriebsam. Das alles war nur dank Marthas Hilfe möglich geworden.

Ihr Blick fiel auf die kleine Schar der Gäste, die im Schatten einer Eiche standen. Sie waren nur zu fünft – Lord Dundas' Mutter mit ihrem frisch angetrauten Ehemann, Sir Matthew Soundso, zwei Cousins und Lord Dundas' Mündel Ellie. Vielleicht bildete sie es sich nur ein, aber sie ahnte, dass Marthas Auftauchen in Hawkshill auch das Leben all dieser Menschen verändert hatte.

Dann nahm sie die Schwestern Dolores und Elvira in Augenschein, und ihre Stirn legte sich in Falten. Die beiden standen neben Joseph, der ernst und andächtig lauschte, während die Nonnen wie zwei Gänse schnatterten. Die Mutter Oberin wusste ganz genau, was das zu bedeuten hatte. Sobald die Schwestern den tadelnden Blick ihrer Oberin bemerkten, verstummten sie. Als die Predigt vorüber war, ging sie zu den beiden hinüber.

»Na, worum geht es denn diesmal, Schwester Elvira?«, wollte sie wissen.

Die Nonnen blieben stumm.

»Raus mit der Sprache! Schließen wir gerade eine Wette

ab, wann ihr erstes Kind auf die Welt kommt, oder was sonst?«

Die Schwestern tauschten einen verblüfften Blick aus.

»Nun?«

Schwester Elvira sah ein, dass sich die Mutter Oberin nicht abwimmeln lassen würde. »Wir haben nicht gewettet«, gestand sie. »Wir haben nur beide ein unbestimmtes Gefühl, dass Jessicas erstes Kind in genau neun Monaten auf die Welt kommen wird.«

Die Mutter Oberin faltete die Hände, schloss die Augen und wandte ihr Gesicht der Sonne zu. Sie sah sich selbst gern als eine Art heilige Hexe, und nun spürte sie deutlich, dass die Zeichen günstig standen. Sie machte die Augen wieder auf. »Da könntet ihr durchaus Recht haben«, sagte sie und fuhr, an Joseph gewandt, fort: »Ich wette vier zu eins, dass ihr erstes Kind ein Junge sein wird!«

»Wissen Sie, wenn etwas so sicher ist wie das, wette ich eigentlich nie«, erwiderte Joseph zahnlos grinsend.

Mit einem leisen Lächeln und einer kurzen Verbeugung verabschiedete sich die Mutter Oberin von den staunenden Nonnen und trat zu den Gratulanten, die sich um das strahlende Paar drängten.